문화비평서

인식의 전환과 현대시의 변주

엄 창 섭 著

제이앤씨
Publishing Company

고정 틀 깨기와 현대시의 변주

　인간관계의 소중함을 인식하면서 나름대로 언어의 분별력과 배려에 관해 열정을 쏟아 왔다. 때로는 시적 치유治癒의 현실과 현대시의 존재론적 해석에 애정과 관심을 지니며 비정한 후기산업화 시대에 몸담으면서 언어공해의 심각성을 토로하기도 하였다. 삶의 일상을 뒤돌아보면 동물적인 언어나 금속성 언어의 사용은 상대방에게 깊은 상처를 주는 계기가 될 위험성이 내포되어 있기에 의도적으로라도 식물성 언어, 풀꽃을 노래하는 푸른 생명적 언어를 사용할 것을 조심스럽게 소망하면서 여기까지 왔다. 종교적으로 제단을 쌓을 때는 흙이나 자연석을 사용하고, 비교적 쇠붙이로 만들어진 도구(정)를 사용하여 다듬은 돌을 사용하지 아니한다. 쇠는 곧, 금속으로 재생된 무기이며 생명을 살해하는 도구로 사용되기 때문이다.

　모름지기 정신작업에 종사하는 문인이라면 최소한 동물적이거나 파괴적인 언어가 아닌 푸른 생명의 언어, 꽃향내가 나는 식물성 언어, 기분 좋은 언어를 사용하는 심성心性이 지극히 선하고 따뜻한 가슴의 언어를 사용하여야 한다. "생선을 싼 종이에서는 비린 냄새가 나고, 향을 싼 종이에서는 향 묻은 냄새가 나는 이치"로 문화인식의 확장과 변형을 일련의 축으로 한 『인식의 전환과 현대시의 변주』라는 저서를 묶으면서도 항시 가슴의 틈새를 저리게 하는 것은 안타깝게도 이 시대를 살아가는 대다수 이들에게 언어에 대한 분별력이나 타인에 대한 배려에 철저하게 인색하다는 현상이다. 불행하게도 삶의 일상에서 생명외경에서 비롯된 만남의 소중함과 조화로움을 거부하고 이 시대를 살아가는 대다수 이들은 온통 비열한 이기주의에 사로잡혀 증오와 편 가르기에 너무 익숙할 뿐더러, 고정 관념에서 일탈하여 경계를 허무는 낮아짐과 감춤으로 인한 감동의 회복을 상실하였다. 자아성찰에서 오는 삶의 지혜를 체득하면서 미끄러짐의 자세로 조금씩 흐르면서도 주위의 누군가에게 버팀목이 되어야하는 선한 인성을 하나 같이 저버리고, 철저하게 이해타산에 약삭빠르다 보니 물안개 뒤의 실상이나 사물의 본체를 응시하려는 '보다 천천히'라는 느림의 미학, 즉 미끄러짐에서 비롯되는 넉넉함이나 너그러움은 결코 허락되지 않는다. 안타깝게도 삶의 일상에서 접하는 물상을 따뜻한 시선으로 더 이상 응시할 수 없을뿐더러 주위의 누군가를 위한 칭찬과 격려, 박수에 인색할 수밖에 없다.

　기회 있을 때마다 내 자신이 실천궁행하면서 2-3%의 염분이 오염된 바다를 생명의 처소로 정화시키듯 선하고 정의로운 사회를 함께 만들어가는 '극소수의 창조자'로서의 소임을 다할 것을 조심스럽게 다짐해 온 까닭이나, 민족의 암울한 미래를 우려하는 한 사람의 시인으로서 '민족의 문화요, 역사이며 혼인 모국어의 속살에 대한 항변'을 거듭하는 것도 같은 맥락에서 지향하는 삶의 모형이며 변명 같지만, 바로 이것이 나의 지론이며 소박한 신념임을 천명한다. 참으로 나 자신 세월의 물발에 밀리면서도 이렇게 60평생을 고향의 산자락에 줄곧 몸담을 수 있게 나의 운명을 허락하여준 신께 항시 감사하는 마음이다. 깊은 밤 손 없는 바람이 창문을 흔들 때면 경건하게 무릎을 꿇고 견고한 고독 앞에서도 그분을 향해 영혼靈魂의 창문을 열어 놓고, 가끔은 나의 무관심과 비정함, 그리고 한순간의 분노로 마음에 상처를 입었을 내 주위의 이들을 위해 뜨거운 눈물의 기도를 드린다.

비열한 이기주의로 치닫는 절망의 끝이 보이지 않는 혼돈의 시간대일지라도 대학 강단에서 미래의 젊은 지성들에게 꿈의 날개를 달아주는 교수들 또한 자의적인 결단에 의해 고정 틀을 깨고 고루한 인식을 전환하여 문화예술에 관한 안목을 확장하는 사람이 되어야 할 것이다. 특히 자의적 은폐와 소박한 감성의 붓끝으로 지나친 의욕에 앞서 문화인식의 결여에서 오는 '언어 공해의 심각성을 자아내는 인자가 되지 않을까?'라는 의구심이 따르지 않는 것은 아니나, 감동을 회복시키려는 작은 용기로 노만 핀센트 필의 "한 순간 격정이 치솟아 오를 때 좋은 기억을 떠올리거나 아름다운 시구를 읊조리면 마음에 평정을 얻는다."라는 지적을 되 뇌어 본다.

모쪼록 미국의 대법관을 역임한 프랭크 후트의 "모름지기 대학의 교수들은 젊은 대학생들에게 밝은 미래의 꿈과 이상을 심어주어야 한다."라는 사고를 반복하며, 부단히 최소한 매 마른 영혼을 촉촉이 적셔주고 감동을 안겨주는 감미로운 눈물 같은 정화의 매개로서 역할 담당을 소망할 뿐이다. 끝으로 글의 말미에서 이 책이 세상에 빛을 볼 수 있도록 닫혀 있는 연구실 문을 두드려준 '정직과 창의'를 표방한 「제이앤씨」의 윤석원 사장님께 감사를 드린다.

2009년 2월
청송 숲에서　지은이 識

제1장
문화인식의 확장과 변형

문화비평서
인식의 전환과 현대시의 변주

▌1▐
예술문화 정책의 향방과 탐색

▌1. 문화의 다양성과 공동체 의식

예술문화 정책-협의적으로는 지역예술문화의 발전 과제-의 방향 제시는 공동체 인식으로서 '더불어 함께'라는 삶을 향상시키는 기틀이 됨은 물론, 향토애를 굳게 다져 지역발전을 고양시키는 정신적 동력으로서의 역할과 구실을 담당하여야 한다. 이 점의 선결을 위하여서는 다음의 문제가 검증되어야 할 것이다. 그 하나는 주민의식의 정비로 애향심이 제고되고 축적되어야 하며, 둘째는 지방자치제의 시행을 계기로 예술문화와 지역구심주의 시대의 함수관계에 대한 확인, 셋째는 후기산업화 사회로 이행되는 과정에 있어서의 병폐 요인에 대한 분석과 그 치유의 방안 모색이다.

우리가 몸담고 있는 "문화(수출)의 시대"를 맞아 이 충격을 이겨내기 위해서 국가 구성의 개체가 되는 지역의 예술문화가 활성화되는 요인을 찾지 못할 때, 그 한계가 비단 지역사회 발전의 중단에만 국한되는 것이 아니라 더 이상의 민족 문화의 개화와 중흥을 기대할 수 없다. 특히 하나의 보기로 강원도의 르네상스를 위해 학자나 전문 인력의 이론 체계와 실무 경험을 바탕으로 [강원의 비전 21](강원도, 1997)에서 논의된 바는 있지만, 행정 구조를 통해 새로운 지역문화의 창출을 모색하는 제 방안으로 소득 수준에 따른 문화 수요의 증가, 문화의 중앙 편중과 지역문화의 낙후, 지역문화를 통한 지역 발전 전략의 추구, 그리고 자치 단체의 문화발전 전략과 방향 등이 심도 있게 모색되고 방안이 구축될 때야 비로소 지역의 예술문화가 확고하게 그 위상을 정립할 수 있다.

구체적인 계획과 방향의 제시로 독자적인 지역예술문화의 창조, 지역문화의 특성화, 지역문화의 관광 상품화, 지역 예술문화의 창조력 제고, 문화의 생활화, 문화 환경의 인프라 조성 등 다양하고도 발전적인 정책을 통해 '지역민의 삶의 질을 높이는 새로운 지역문화의 창조'를 구축하기 위해 강원지역이라는 공간과 잇닿은 미래의 시간대에 몸담고 있는 이들은 관심 있는 소수의 발상일지라도 예술인구의 저변확대와 참여를 폭넓게 유도하여 지역예술문화의 선진화를 앞당기는 역할을 담당하여야 할 것이다.

2. 예술문화 정책과 발상의 전환

1) 지역 예술문화의 발전 과제

전통과 보수라는 특유의 지역문화 풍토와 아집의 늪에서 오랜 날 안주해 온 지역의 주민, 특히 예술문화(관광)에 관계한 공직자들은 급변하는 사회구조 속에서 대처해 나가기 위해 하나같이 고정의 관념(틀)을 깨고 다양한 문예사조를 적극적으로 수용하고 여과해 나가야 할 것이다. 나태한 정신적 자세로 현실에만 안주할 것이 아니라, 새로운 가치의 추구와 형성을 위해 상상력의 정신세계를 부단히 열어가며 지속적으로 변혁의 장을 구축하여야 한다. 이 점에 있어 서울 테헤란로에 위치한 어느 벤처회사의 사훈 "현실에 안주하는 자에게는 자녀가 둘 있다. 배고파 우는 딸과 도둑질하는 아들이다."는 교시적 의미를 안겨줄 것이다. 어쨌든 아직도 세계 경제의 불황으로 절망의 끝이 보이지 않는 우리네의 암울한 현상에서 다수의 공직자들에게 있어 세계 경제 불황의 충격으로 인한 구조 조정이라는 사회 분위기 속에서 불안과 박봉에 시달리며 해결해야 할 많은 일들이 산적해 있지만, "지역 예술문화 정책의 방향 제시"의 선결과제로 중앙 편중의 문화 구조에서 기인되는 병폐 성을 안이 하게 답습할 것이 아니라, 이를 극복하여 차별화 된 지역의 문화풍토 조성에 정진해야 할 것이다.

일차적으로 문화유산의 자원화를 위하여 문화유산의 패키지 화, 테마투어코스의 개발-'98 HAPPY 700M(대관령 문화 축제)', 정동의 관광열차, 도민들의 열망인 평창 동계올림픽 유치, 빙어와 산천어 축제, 춘천의 인형극제, 강릉의 단오제 등을 생산적 차원에서 문화 지형도로 작성하는 등 문화관광의 새로운 매력 창출, 역사문화 테마파크의 조성, 공감각화 할 수 있는 무형문화재의 상설화는 물론하고 문예 진흥기금도 확보할 수 있도록 생산적인 노력과 대책을 강구해야 한다.

여기서 확인하고 넘어갈 문제는 어디까지 지역문화란 그 지역의 특성이 기본조건이 아니라, '가치'가 기본조건이 되어야 한다. 때문에 음울한 이기주의로 치닫는 지방주의의 주장 자체가 부당하거나 반역사적인 것이 아니라 모든 지역적 조건에 의한 '지방적 특색을 가치의 차원으로 추구'하는 지방주의의 정체성(identity) 확립이 시급한 것으로 인식된다. 무엇보다 지역문화의 이벤트의 활성화(향토문화축제의 특성화-현대 또는 과거 예술분야의 문화이벤트)를 위한 다양한 프로그램의 개발에서 지방주의를 표방한다면, 그 지방적 특

색을 가치의 차원으로 추구함으로써 '지방적 특색이 민족적 특색이
라는 보편성을 획득'해야 한다.

　단, 여기서 편의상 중앙문화의 상관적 개념으로 지방문화로 구별
하지만, 제3의 물결로 지칭되는 21세기, 즉 정보화 시대에 생존하고
있는 상황에서 사실상 용어의 제시는 별의미가 없다. 주어진 주제의
명증성이나 지역의 예술문화라는 특수성을 도출하기 위해 지역문화
란 용어를 사용하나 이것은 인위적인 수직의 도식이나 공간 차에서
오는 편 가름을 뜻하는 것은 결코 아니다. 아울러 경쟁적으로 지역
마다 "판만 벌리면 된다."는 무분별한 축제의 다양한 창출은 경계해
야 할 항목이다.

2) 공직자의 문화인식과 발상전환

　국가나 기업, 그리고 개인은 후기산업사회를 살아가기 위해 요청
되는 많은 것 중에서 상상력의 확장을 위해 문화인식에 대한 안목과
발상의 전환을 구조적으로 절감하여야 할 시점과 잇닿아 있다. 그
한 보기가 캐나다 몬트리올 근처의 트로이 리비에르(인구 10만) 시
가의 담벼락에 문패 대신 주인의 애송시가 씌어져 '시인의 마을'로
관광 상품화된 보기나 뱅쿠버 아일랜드의 세마이너스(인구 4천명)
는 임업이 폐업되자 세계화가의 벽화 32점을 전시하여 60만 명 이
상의 관광객이 찾아오는 명소(1983년 이후)로 그 양상을 달리한 것
은 기억할 일이다. 지혜로운 지역민들은 일차적으로 몸담고 있는 공
간에 깊은 애정을 절감하여야 한다. 성숙한 지역의 주민들은 단순히
공직자나 지역개발에 종사하는 이들에게만 의존할 것이 아니라, 부
단히 조상들이 물려준 정신적 유산을 통해 저마다 자긍심을 일깨워
나가야 한다.

　그 하나의 보기로 필자의 고향인 강릉을 예향, 문향이라고 하지

만, 고급 예술을 향유하지 못한 이 지역의 주민들에게 다양한 국제
행사를 유치해 새로운 계기를 만들어 주어야 하고, 다소 어려움이
따를 지라도 행정당국의 도움으로 연차 사업일 수도 있지만 다양한
문화관광 상품을 관과 민의 인식의 접목으로 수행해 나가야 한다.
이 점에 있어 기우일 수도 있으나, 시대적인 흐름에 역행하여 의식
의 전환을 꾀하지 못하고 아직도 예술문화에 종사하는 이들의 창조
행위를 마치 술이나 마시는 딴따라 패거리로 인식하고 예술문화에
대한 투자 또한 단순히 소비성으로 이해하는 공직자들이 있다면 그
것은 시대착오적인 발상으로 모두의 불행이 될 것이다.

　문화의 지방화시대가 활성화되어가는 현실적 상황에서 예술문화
에 토대를 둔 지역 활성화 전략(경제적 효과–소득 창출, 생산과 파
급, 고용 파급, 사회 문화적 효과–주민 문화의 향수 제고, 교육적 성
과, 지역이미지 창출, 문화 교류)을 이제는 지역 연계 소득(문화자원
확충, 관광 상품 연계, 기념품 제작, 지역문화 산업 육성 등)과 접맥
시켜 발전을 주도해야 한다. 물론 기술개발 없이는 세계시장에서의
수출 신장이 어렵듯이 지역문화 또한 나름대로의 자구책으로 전통
과 정신, 그리고 방법론을 강구하지 아니하면 문화 상품화(디자인
개발, 문화상품전 개최, 문화상품 전시 판매시설의 개설 등)는 결코
자리매김을 기대할 수 없다. 그 하나의 보기가 양양의 송이 축제, 광
주 비엔나레, 부산의 국제영화제, '천년의 미소'를 테제로 한 경주의
세계문화관광 엑스포, 장성의 홍길동 캘릭터(1천억의 부랜드 가치)
나, 20세기 마지막 북경 자금성에서 1천만 불 이상의 수익을 거둔
푸치니의 오페라 <투란도트>의 연출 등이다.

　이 같은 점을 중시할 때 지방문화의 새로운 변화·발전과 국가적
위기인 경제난을 극복하기 위해서는 무엇보다도 구성원 모두의 합
일에서 비롯된 응집력은 무론하고 인식의 전환이 절대적으로 요청

된다. 여기서는 어느 개인의 문화적 재능이나 업적의 우월성에서 야기되는 문화에 대한 인식의 확장이 아니라, 공간으로나 시간적으로 사회지도 계층의 총체적 활동이 공감대를 형성하여 화합·이해를 축으로 하는 끈끈한 결속에서 비롯되는 범한국적 문화에 대한 안목의 확장이다. 예술의 한 장르에 있어 향토문학이란, 그 지역의 자연적 배경 및 사회구조, 주민 특유의 언어와 기질, 정서와 관습, 그리고 구비문학적 요소 등이 작품의 외적·내적 구조물로 작용이라는 점도 한번쯤은 곰씹어 보아야 할 항목이다.

3.　예술문화 발전을 위한 정책의 모색

일차적으로 각 지역 단위 문화의 활성화와 새로운 위상 정립을 위한 전망과 그 과제는 도민 상호간, 지역과 지역 간의 유기적이면서도 우호적 교류와 관계가 제도화되고 증진되어야 하며 이의 해결을 위해서는 다음과 같은 방안이 유추된다. 첫째는 그 지역 나름의 역사와 전통(Tradition)에 대한 새로운 인식과 조명, 둘째는 도심은 물론 농산어촌 문제도 지역민들에게 있어 애증과 갈등의 대상으로 수용, 셋째는 민속예술의 유산과 전통의 계승, 파괴되는 전통문화의 수호와 공동체 인식에 연유한 향토의 설화, 무속신앙, 민요, 민화, 놀이 문화 등이 의의 있는 예술적 질감으로 심도 있게 다루어져야 하고. 넷째는 경제적 뒷받침이나 행정상의 상호 구조적 보완의 미흡에서 오는 문화의 취약성의 하나로 지적되는 예술작품의 발표 공간의 부재 현상에 대한 시급한 대책의 강구, 다섯째는 지역문화를 축으로 주민 상호간에 있어 학연, 지연을 초월하고 세대차나 계층 간의 벽이 없는 공감대의 조성이다.

후기산업사회에 생존하고 있는 지역민들은 Know-what(企業文化-目的意識)이라는 새로운 가치를 추구하는 존재의 인간(to be)으로서 도전해 오는 현상을 지혜롭게 대처하여야 한다. 쇼스타코비치가 '창의적인 예술가는 이전 작품에 만족하지 않기 때문에 다음 작품에 열중한다.'는 지론에도 유념할 필요가 따른다. 지역문화의 발전을 위한 방안의 모색 중 제기되는 많은 문제가 있다. 문화에 대한 무관심을 사회지도층이나 지역민들에게 전가시킬 것이 아니라, 예술문화라는 정신적 작업의 종사자들에게 일단은 그 책임을 물어야 한다. 그것은 예술인을 자처하는 이들이 서재나 창작공간에서 고독한 작업에 몰입하는 것으로 소임을 다했다는 공허한 변명이나 현실의 안주는 마땅히 거부되어야 한다. "모든 지식은 행동을 수반해야 한다."는 아리스토텔레스의 지적에 견주어 <문화의 바람개비 운동>을 외면한 이들에게도 최소한의 책임이 주어지기 때문이다.

보편적 양상이지만 각종 심포지엄이나 토론회에서는 주최 측과 발제자, 토론자와 질의 자가 대결 구도 양상으로 공격적이고 주제의 틀에서 다소 거리가 있는 사소한 문제를 놓고 감정의 돌출이 심하다. 그러나 문화의 세기에 몸담고 있는 오늘의 우리는 건강하고도 생산적인 비판정신에 의한 공동체 의식을 지닌 삶의 동반자로서 질 높은 예술문화를 향수 하는 밝은 미래강원의 구성원으로서 긍정적 방안을 모색하고 따뜻한 정신적 기후를 함께 조성하여야 한다.

이상에서 언급하였듯이 국가적으로 지역문화에 대한 관심이 높아진 추세이다. 메세나 운동의 보편화를 거론하지 아니 하더라도, 지역마다의 다채로운 문화 풍경의 조성으로 지역구심주의(local centripetalism) 양상이 현저하다. 물론 중앙중심의 문화 흉내 내기에서 벗어나 지역주의를 부추기는 생각과 돋보이는 의욕은 실로 바람직한 실상이다. 이 같은 변화 요인으로는 첫째, 지역자치가 구도적 장치로 마련되는 제도의 변화 둘째, 우리 사회가 겪어온 근현대의 역사 경험 셋째, 모든 영역에서 지역 간의 이동과 이질성을 빠른 속도로 변전시켜주는 사회, 경제 문제를 지적할 수 있다. 일단 종전의 관례를 답습하는 중앙문화의 지방화, 획일화, 규격화가 아니라, 지역의 예술문화의 분권화, 다양화, 생활화 전략이 지역문화의 향방과 지침이어야 한다.

결론적으로 모름지기 정신작업에 종사하며 물질보다 생명적인 것을 창출하는 예술인들에게는 무한의 상상력이 있기에 그가 생존하고 있는 시대와 공간이 사실상 중요한 것은 아니다. 현실적으로 행정의 중심 공간에 머물든 농산어촌에 자리하든 이 시대의 당당한 예술문화인으로 죽어 없어지지 않을 모국어로, 불굴의 신념에서 비롯된 영혼의 노래를 부른다는 것은 소중한 예술적 행위이다. 기실 닫힌 세계에서 열린 세계로 정진해야 할 이 시대의 우리는 보다 높은 자유와 지성, 그리고 진정한 세계의 문화시민으로 성숙하기 위해 저마다 처해 있는 자리에서 진지하게 땀 흘리는 소중한 작업을 엄숙하게 수행하여야 할 것이다.

▌2▐

문화인식의 확장과 긍정적 사고

▌1. 고통 분담과 눈물의 미학

피곤하고 다망한 일상에서도 우리는 예술처럼 아름답되 생명적이고도 창조적인 삶을 영위하여야 한다. 삶의 공간은 자아실현의 성실한 일터이기에, 산다고 하는 것은 곧 자기의 생명을 아름답게 조각하는 생산적 행위에 해당된다. 비록 삶의 일상에서 고통은 그 깊이가 깊을수록 미명처럼 따뜻한 해후邂逅가 약속처럼 은밀히 숨 쉴 것이다. 특히 정신작업의 종사자들에게 있어 사는 것이 문제가 아니라 바로 사는 것이 문제일 것이다. 우리의 삶에 있어 신과 인간, 그리고 자신에 대해서 언제나 성실하고 싶은 것이 간절한 소망이 되어야 하고 한결 같은 기도가 되어야 한다. 이 점에 있어 "신의 나라에는 열매를 팔지 않는다."라는 탈무드적인 발상은 시사示唆하는 바가 크다.

작은 신적神的 존재로 문화예술에 종사하는 이들의 육신과 마음, 고독과 사유는 고통과 절망 속에서도 조금은 더 건강하고 생산적이어야 한다. '네 영혼이 피곤하거든 산으로 가라'는 독일 시인의 노래는 건강한 것이 곧 생명적이요, 생명적인 것이 영원한 빛임을 재인시켜 주는 결과이다. 간혹 삶의 처소에서 고뇌의 시간을 접하기도 하지만, 투명하고도 따뜻한 한 방울의 눈물은 비정한 지식·정보화 사회에 몸담고 있는 이 시대의 우리에게 그나마 서정적 자아와 감동, 그리고 사랑의 유의미를 뜻하는 것이다. 그렇다. 눈물은 곧 영혼의 샘에서 흘러나오는 피보다 순수하며 언어 이전의 영혼의 말씀이다. 때문에 눈물보다 더 큰 목소리, 신선한 감동을 주는 웅변은 없다.

삶의 길목에는 얽히고설킨 숱한 사연들이 있다. 그것은 크고 작은 환희의 꽃들로 은유되기도 하고, 처절한 비애와 절망의 표징으로 해명되기도 한다. 우리의 삶을 통해 접할 수 있는 많은 현상은, 절망의 도도한 강물이 가로놓이는가 하면 때로는 뼈를 에이는 고통과 분노, 말 못할 서러움과 연이 닿기도 한다. 이 같은 아픔과 상처와 고뇌, 비통함을 따스한 손길로 어루만져 치유하고 정화시키는 역동적 인자因子가 눈물이다. 눈물은 인간이 지닌 모든 것들보다 더 값진 청정淸澄한 진주며 신이 허락한 축복이다.

이기주의로 치닫는 각박한 현대산업사회에 있어 피가 영혼의 원색이라면 눈물은 그것이 승화하여 응결된 이슬이다. 인간들이 아무리 타락해도, 물질문명이 세상을 냉혹하게 만든다 해도, 따뜻한 가슴에 눈물이 남아 있는 한 인류의 미래는 밝고 행복할 것이다. 겟세마네 동산에서 흘린 그리스도의 그 뜨거운 눈물, 안회顔回의 죽음을 가슴 아파하며 흘리던 공자孔子의 눈물이나 죽음의 그림자를 보고 흘리던 알렉산더 대왕의 눈물, 또는 한 평생 어리석은 자식을 위한 어머니의 자애로운 눈물이야말로 소중하고 값진 것임에는 틀림없다.

2. 문학 작품을 대하는 삶의 여유

눈물은 인간의 영혼 깊은 곳에 항시 자리해 있는 생명의 샘이다. 눈물이 점차 메말라 가는 현대인의 심상心象을 어느 시인은 이렇게 노래한 바 있다. '이 육신 비틀어 쥐어짜면 이렇게나 진하고 진득한 즙이 몇 방울 더 남아 있을까…' 눈물은 사람의 악하고 추한 마음을 항시 정화해 주고, 상처 입어 쓰린 심정을 감싸주는 어머니의 사랑 어린 손길처럼 한 순간의 끓어오르는 분노도 갈아 앉게 하고 평안을 도닥여주는 감동의 인자因子이다. 심지가 타고나 촛물처럼 흘러내리 듯 신선한 감동을 충격적으로 안겨주는 눈물이 항시 우리 영혼에 충만해 있다면 사랑과 생명의 불꽃은 영원히 꺼지지 않을 것이다.

교육학자들은 흔히 인생을 보이지 않는 전장 속에 던져진 병사라고 일컫는다. 인생의 쓰라림을 경험하지 못한 젊은이들에게 풍부한 간접체험을 위해 문학작품을 읽으라고 권하고 싶을 때가 많다. 우리는 쫓기는 시간 속에서 한편의 시나 수필을 읽으면 거기에서 꿈과 낭만 그리고 때로는 각박한 현실사회에 몸담고 있지만, 잔잔한 호수에 돌을 던지면 파장이 일듯 어느새 가슴에 젖어오는 어떤 아픔 같은 것을 느끼게 된다. 실리에만 눈이 밝아 꿈에 이미 눈먼 이들에게 한편의 문학작품을 읽고 생활하는 마음의 여유를 지니게 한다는 것은 세계의 무의미성을 다시금 일깨워주는 계기가 될 뿐더러, 탕아로 하여금 고향의 체온을 안겨주어 감동을 회복시켜 주는 행위에 비견될 것이다. 기실 신체적 장애로 고통 받는 불행한 이들이 우리 주위에도 있지만, 자연의 비경秘境과 사랑하는 대상을 응시할 수 없는 고통은 실로 가슴 저려오는 비통일 것이다.

새로운 것에 익숙하고 보다 풍요하고 문명적인 것을 즐기며 쫓는

다고 자부하는 오늘의 우리가 '고향 뒷산이 비에 젖는다. 그때 나는 맨발로 무지개를 잡는다고 뛰어 갔었지. 잡힐 듯하면서도 무지개는 한 십리 앞서 가고 있었지. 그래서 발가락이 피투성이가 되어 몰려 다녔고, 그 후 빗속에서 나의 삶은 잔뼈가 굵었다.' 라는 어느 문인의 글은, 한 인간의 정신적 고뇌와 아픔, 그리고 서러움을 통하여 우리는 지나쳐 온 날의 추억을 되씹게 된다. "독서하는 국민은 위대하다."는 것이 필자의 주장이지만, 어디까지나 책을 읽으므로 유한적인 인간은 보다 겸허한 심성의 소유자가 된다.

인간은 문학작품을 읽으면 언어에 대한 분별력이나 상대방에 대한 배려로 건강한 비판정신의 소유자가 된다. 따라서 근간에 무차별 쏟아내어 국민의 정서를 불안하게 하고 민주질서를 훼손하는 국가의 통수권자의 "그 놈의 헌법"이라는 경비한 언어로 인한 심각한 언어공해 조성은 더 이상 반복되어서는 아니 될 것이다. 이제 신록의 계절에 온통 조국의 산하에는 매미의 시끄러운 울음만큼이나 정치인들의 개소리(?)로 개판이 될 끔찍한 사회현상을 예상할 때 숨 막힘으로 가슴이 답답하다. 그러나 도시의 소음과 인간의 허무, 그리고 일상의 시달림에 짜증이 난 이 땅의 문화예술인들은 새벽을 깨우는 비전과 예술혼을 불태우는 열정으로 이 암울한 시대, 양심의 기수로서 각자의 처소에서 다음세대들에게 정신적 유산을 물려주기 위한 가치창출에 진력하여야 할 것이다.

아침 햇살 같이 피어오르는 환희라고 할 수는 없지만, 보다 생명적이고 인생의 향기가 내재된 문학작품을 수시로 감상하여 '묵언默言과 느림의 미학'에 대하여 저마다 내적 충만充滿인 사유의 시간을 지니고 부드러운 정감과 독립된 자의식, 차분한 일상의 담화로 저마다 마음의 평정을 얻는 기틀을 추구해야 할 것이다.

3. 생명외경과 합일의 조화로움

근간에 보편적으로 삶의 현장에 교사는 넘치도록 많아도 참다운 멘토(mentor=스승, 아버지, 친구)를 만나기 드물 듯이, 작가정신이 눈부시게 빛나는 작품을 대하기도 사실상 힘겹다. 사실 극한상황에 접하게 되면 원점으로 돌아가는 것이 자연의 이법이며, 그 다음에 만나는 것이 바로 생명외경生命畏敬에서 비롯된 현실적 삶이다. 모름지기 대다수 역사인식을 지닌 이 땅의 문화예술인들은 '나는 작가가 피로써 쓴 책만을 읽겠다.'는 니체의 지론처럼 생활에서 비롯된 진실 된 생명의 본질을 자신의 분신처럼 언어예술로 생산하도록 노력해야 한다. 허튼 기침소리나 어설픈 몸짓이 아닌 피가 튀는 자아창조自我創造를 위해 나름대로 열중해야 한다. 들뜬 명성엔 아랑곳없이 자신의 나직한 육성 그대로를 말할 수 있는 정직한 삶, 구체적으로 지적한다면 신선한 감각, 꾸밈없는 지성, 이따금 뭉클하게 마음을 휘어잡는 시정詩情에 가득 찬 깔끔한 문체의 구사, 또는 누구나 깊은 숨을 몰아쉬며 읽고 음미할 수 있는 마음의 정조情調를 가다듬어야 할 것이다.

인간에게 주어진 일생은 조각가로서의 삶의 여정이다. 각박한 일상적인 삶을 통해 우리는 진지한 작가적인 자세나 자기의 흉상을 조각하며 이미 상실했던 자아, 메말라버린 정감을 되살려 확신 있는 자로서 하루의 첫걸음을 되돌려야 한다. 이처럼 미래지향적인 삶의 자세를 지닐 때, 우울한 시간대는 밝고 희망찬 하루로 변형될 것이다. 지금의 우리는 '무엇을 해야 할 것인가?' 라는 자명한 물음 앞에 직면해 있다. 몇 년 전 위기적 상황 속에서 국가경제가 파탄하는 IMF 한파로 국민 모두가 충격적인 변화로 소용돌이치는 숨 가쁜 격변기를 겪었다. 그러나 이제는 지혜롭게 우리는 역사인식과 시대적 소임을 자각하고 암울한 동굴에서 뛰쳐나와 신생과 활력으로 펄떡이는 생명의 창조를 위해 지혜를 모아야 할 것이다. 그렇게 하여야 생성된 결과물은 승화된 감동과 더불어 삶의 고통과 슬픔의 합일을 통해 비로소 따뜻한 해후의 매개물로 변주될 것이다.

이처럼 모든 분야에서 총체적으로 신뢰를 구축하고 생산적인 일에 몰두하여야만 사치와 무절제에서 오는 시대적 병폐 성 또한 떨쳐버린 건강이 회복될 것이다. 진정 지혜로운 우리는 혼돈의 위기를 맞은 조국의 참담한 현상 앞에서도 실험과 도전정신으로 긍정적 사고를 지녀야 한다. 모름지기 정신적인 창조와 생성을 위해서는 고통과 인내, 그리고 노력이 반드시 경주되어야 한다. 위대한 조국의 건설을 위해 모두의 한결같은 슬기와 애정이 더 없이 요청된다. 그간의 무턱대고 저항하고 까닭 없이 불만을 터뜨린 방종이 아니라, 역사에 대한 안목으로 시대감각을 발효시켜야 할뿐더러 고뇌 없이 적당한 편의주의에 몸을 맡기고 살아온 시간들에 대해서는 깊은 자성을 하여야 한다.

또 하나 정권이 바뀔 때마다 정치 보복이나 편 가르기의 행태는 더 이상 지속되어서는 아니 될 것이다. 국가나 국민이 하나같이 고통을 받는 때일수록 민족적 화합과 민족적 화해는 시대의 요청으로 기필코 우리의 손으로 이루어야 할 과제이고, 그 같은 소임을 양식 있는 이 땅의 문화예술인들이 먼저 온전히 실천궁행實踐躬行하여야 한다. 오늘날 국민 대다수는 정신적 빈곤과 엄습해 오는 불안감과 초조로 점차 정서가 메말라 가고 있다. 도시 공간에 그것도 백주에 대중이 지켜보는 가운데 태연하게 '살인이나 성폭행이 가하여졌다.' 라는 언론보도에도 격분하는 사람이 없다. 비열한 이기주의로 한 순간 직장을 잃어버린 이들이 생활고로 자살해도 불행하게도 감정이 무디어져 더 이상 가슴 아파하는 이웃이 없다.

우리가 몸담고 있는 비정한 시간대는 '교육의 부재', '존경받는 어른이 없는 사회'이다. 혹여 이 시대에 부당하고 불의한 일을 저지르는 측도 문제가 있지만, 그것을 방관하는 쪽의 문제도 심각하다. 이같은 양상은 인간으로서 필히 공동체인식을 상실한데서 비롯되는 단적인 현상들이다. 우리는 무한 경쟁으로 치닫는 조국이 당면한 현실을 주시할 때, 혼란을 수습하고 질서를 회복하려는 인식의 확장이나 화합하려는 자발적인 의지가 더 없이 요청된다. 몇 년 전 국민이 <금모으기 운동>을 통해 보여준 그 감동의 역전 드라마나 한·일 월드컵의 하나 된 그 열광이 살아있는 위대한 민족혼으로 반드시 재연되어야 할 것이다.

이와 같은 국가위기를 극기하려는 순수한 애국심의 발로는 중요하지만, 우리가 민족적으로 이 시대를 함께 살아간다는 결집된 의식으로 암울한 90년대의 위기를 슬기롭게 대처한 것은 자랑스러운 정신작업에 틀림이 없다. 자중자애, 견인불발의 의연한 자세로 아직은 암울한 시대이지만, 밝아오는 미래를 응시하며 새로운 도전을 시작해야 할 지혜로운 이 땅의 문화예술인들은 또 다시 겸허한 자세로 좌절과 절망을 딛고 일어나야 한다. 단언하건데 인과율을 거론하지 아니하더라도 정녕 복되고 영광된 조국의 밝은 미래는 신선한 감동을 충격적으로 안겨 줄 것이다.

4. 삶의 외경과 존귀에 관한 시론時論

영국의 극한상황을 그려낸 리처드 로마의 논픽션이 무려 200만 부가 넘게 판매된 적이 있다. 종종 서구인들은 아시아인에게 가지는 공포증을 황화黃禍라는 말로써 표현해 왔다. 년 전에 유럽 여행길에 동행한 교수가 "영국에 가니까 택시운전사까지도 '우리는 가난하다.'는 말을 곧잘 쓰는데 비해, 독일인들은 인사를 주고받을 때 '용감한 겔만이여!'라고 외친다."라는 지적이 시사示唆하는 바란, 그렇게도 기세 높던 대영제국의 깃발이 펄럭임을 멈추고 석유 달러에 파묻혀 가는 한 국가의 슬픈 운명을 예시한 것이다.

한 때나마 우리의 조국을 "에베레스트 정복, 고도의 경제성장, 무섭게 달리는 한국인, 일본을 바싹 뒤쫓는 코리언, 한강의 기적 등"으로 외지外誌가 소개하던 것은 다시 돌이킬 수 없는 어제의 기억 흔적이 되었다. 모름지기 인간은 실존적 한계에 직면하면 새로운 통로를 되찾고 삶의 본질적 문제를 극복하기 위해 초월을 갈망하는 실체이다. 그 때 인간의 심리는 초월적 힘이 작용되는 처소며, 동시에 어떤 힘이 발현되는 역동적 공간이기도 하다. '마음이 빈한한 자에겐 항상 가난이 뒤따른다.'라는 말이 있다. 오늘의 눈부신 한국을 세계 속에 부상시킨 것은 무엇보다 궁핍을 딛고 일어선 민족의 강인한 정신력이다. 아울러 그 원인은 "나도 할 수 있다"는 자신감이나 "하면 된다."는 불굴의 투지와 신념이 낳은 마음의 넉넉함 곧, "은근과 끈기"에서 비롯된 것임을 먼저 인식하여야 한다. 비록 사우디가 천연의 힘인 석유로 푸른 눈의 서구인들에게 '황화'를 안겨주었다면, 우리에게 허락된 참담한 고통을 극복하는 끈질긴 신념이 인류에게 한화韓禍를 안겨준 힘의 동력이 되었다는 사실이다.

'사회 표면에 분열이 있을 때에는 그 밑바닥에 반드시 혼의 분열이 있다.'라고 아놀드 토인비는 역설하였다. 우리는 스스로 엄숙한 생의 물음 앞에 서서 '자신의 생명의 불꽃은 죽음과 더불어 아무 보람 없이 영원히 꺼지고 마는 것인가? 우리가 사는 이 사회와 역사에는 왜 많은 악이 존재하는가? 왜 착하고 의로운 이가 가끔 불행에 빠지고

악하고 부정한 자가 때로는 부강한 것일까? 인생의 모든 일이 우연인가 필연인가?'를 되씹어야 보아야 한다. 우리의 미래사회가 건강할 수 있도록 정직하고 깨끗한 정신을 소유하기 위해서, 훈훈한 품격으로 서로의 존재를 폭넓게 감싸 안고 상대방의 의견에 귀를 기울여야 한다. 하나 같이 공동체 의식과 믿음을 지니고 성실의 언어와 사랑의 노래, 창조의 기쁨으로 우리생활의 새로운 질서와 방향을 구축할 때 생명의 존귀함을 알 수 있고 비로소 열정을 바쳐 일할 수 있는 보람의 자리를 확인하게 될 것이다.

사람이 산다는 것은 자아를 표현하고 실현하는 행위이다. 개성이 강한 사람일수록 창조성이 강하고 개성이 약한 사람일수록 창조성이 약하다. 인생이란 창조적 자기표현이며, 창조적 자아실현이다. 민족의 큰 스승인 월남 이상재 선생은 민족수난기를 청렴결백한 야인의 모습으로 일관된 생을 마감하였다. 그의 성품에서 나타난 직언은 상하를 막론하고 주위의 간담을 서늘하게 하다. 3·1만세 운동사건으로 일본의 검사에게 고문을 받을 때의 유명한 일화를 옮겨 보기로 한다.

선생은 갑자기 두 팔을 들고 손가락을 폈고, 일본인 검사더러 두 손을 합쳐달라고 했다. 그가 의아스럽게 생각하면서 두 손을 합쳐주니 다시 떼어달라고 하였다. 두 손바닥이 떨어지자 '그것 보라! 한 번 붙으면 떨어지는 것이 천리天理이니, 한일합병도 이와 마찬가지라.'고 하였다. 검사는 기가 막혀 더 문초를 하지 못했다. 특히 기독교의 선교사들이 선생을 미국에 여행시키려고 수속을 직접 마치고 일본 관헌에게 얼굴만 보이기를 간청할 때도 '나는 죽어서 천국에 간다하여도 일제 통감부를 거쳐야만 한다면 천국을 포기하고 지옥으로 가겠소.'라고 단언한 것은, 조국애로 일관된 그분의 지조를 드러낸 보기이다.

　우리는 걸핏하면 민주주의나 국제정세를 거창하게 떠벌리지만, 언어가 정신적 바탕에 뿌리를 내리지 않는 이상 모두 허망한 것이다. 진정한 나라 사랑은 멀고 거창한 것이 아니라, 가장 비소한 신변의 사소한 일부터 깊은 애정을 지니는 행태에서 비롯된다. 조용한 내발적 개혁은 깨어있는 혼 불을 요청한다. 지금 우리의 정부는 과거를 청산하고 새로운 시대의 창조를 위해 시행착오를 반복하면서도 분망奔忙하다. 이제 우리에게 '바쁠수록 돌아가라'는 우리네 속담이 없는 것은 아니나, 조급함 속에서도 '조금은 천천히'라는 여유로움과 느림의 미학이 절실히 요청된다. 실로 우리의 조국은 '90년대의 진통은 2000년대의 도약으로, 20세기의 좌절은 21세기의 긍지로 전환되어야 할 때와 직면해 있는 것임'을 이 시대의 지혜로운 문화예술인들은 항시 기억하여야 할 일이다.

　아울러 역사인식의 확장과 위대함을 재인식하면서, 어떤 직업에 종사하든 민족의 자긍심을 일깨워 가는 일에는 지속적으로 용기와 지혜를 함께 모아가야 한다. 바로 그 같은 좋은 일면이 피를 뜨겁게 하는 이기담의 역사소설 『대륙을 꿈꾸는 여인』이 새롭게 구성되어 민족의 활로를 개척한 『소서노召西弩-고구려를 세운 여인』의 일대기가 위대한 민족 서사시로 부활한 것이나, 국민들에게 민족의 정체성을 놀랍게도 일깨워준 MBC TV의 꿈의 국민 드라마 <주몽朱夢>이 그 하나의 보기일 것이다.

▐ 3 ▐
문화인의 언어에 대한 인식

▐ 1. 언어공해와 인간소외

생명의 계절을 맞아 언론을 통해 대선주자들의 이름과 행보가 반복되며, 구체적으로 거론되는 우리네 사회 현상은 언어공해가 그 어느 때보다 심각한 현상이다. 불행하게도 우리 국민에게 있어 '칭찬과 격려, 그리고 박수치는 행위가 철저하게 인색하다.'는 지적은 비단 어제와 오늘의 일이 아니다. 특히 경제 위기로 하나 같이 고통을 받고 있는 우리에게 있어, 경쟁력이 약한 지역주민들이 겪고 있는 인간소외는 심각하게 논의되어야 할 현실적 문제이다. 통시적으로 고찰하지 아니하더라도 역사적으로 산업사회의 등장으로 인하여 인간소외의 문제가 대두되었듯이 비정한 지식·정보화 사회에 있어서 인간의 소외문제는 점차 심각한 사회현상으로 야기되고 있다.

그 연유를 지적한다면 우리가 몸담고 있는 현대사회에서는 실생활에 필요한 모든 정보들을 컴퓨터를 통해서 확인할 수 있을 것으로 인식하고 있기 때문에 일상적인 시간대에서 주위의 사람들을 대면할 기회를 별로 중시하지 않는 것으로 대부분 이해하고 있는 편이다. 인간이란 문자적인 해석처럼 홀로 설 수 없는 사회적인 층위를 본질로 하는 실체이다. 일단, 만나면 비록 불편한 관계일지라도 차와 술을 마시거나 또는 식탁이라는 공간을 통해 허심탄회하게 대화를 나누고 이런 문화의 토양에서 인간으로서의 정분情分을 쌓고 느끼는 존재이다. 물론 다양한 정보사회와 직면하고 있는 대중은 지금도 인간소외의 현상을 심각하게 받아들이고 있지만, 모름지기 이 같은 시간대일수록 언어에 대한 배려와 분별력을 지녀야 할 것이다.

국가적으로나 개인적으로 살아남기 위해서는 처절하리만치 미래상품을 전략적으로 개발하여야 하고 문화의 세기에 몸담고 있는 오늘의 우리에게는 문화에 대한 안목의 확장과 역사인식은 물론이거니와 비정한 시장논리가 지배하는 사회현실은 그 어느 시간대보다 '더불어 함께(inter-being)'라는 공동체 인식을 절실하게 요청하고 있는 실상이다. 특히 사회의 지도층 인사들이나 공인에게는 시대적 소임과 역할이 더 없이 소중하기에 언어공해가 심각한 현대산업사회에서 '언어에 대한 분별력이나 배려'의 문제는 더 없이 소중한 생산적 인자因子에 해당한다.

인격과 인권, 그리고 건강한 비판세력이 존중되는 열려 있는 민주사회는 다양한 목소리와 색깔이 조화롭게 자리 매김한다는 것은 타당성이 있지만, 입이 무거워야 할 공인들에게 있어 최소한 자기가 뱉어 놓은 말이나 행위에 대하여 반드시 책임을 지는 토양이 보편적으로 조성되어야 한다. 그간에 국가통수권자가 "대통령 못해 먹겠다. 쪽 팔려, 막가자는 것이지요?" 등등 무차별적으로 쏟아놓은 무분별적인 언어공해의 심각성은 물론하고, 시장의 논리가 지배하는 무한 경쟁의 시대에 몸담고 있는 우리는 저마다 인내를 가지고 때로는 삶의 현장에서 조급성을 버리고 구성원의 화합을 위해 언어에 대한 절제와 배려의 소중함을 일깨우며 살아온 날을 한번쯤은 뒤돌아보아야 할 것이다. 이 점에 있어 기분 좋은 아침이 하루를 빛나게 하듯이 상대방에 대한 배려는 결코 지나침이 없을 것이다.

여기서 애써 생명외경과 인격의 존엄성을 강조하지 아니하더라도 한 순간의 무책임한 언어공해는 상대방의 영혼에 치유 받을 수 없는 깊은 상처를 안겨주는 예리한 칼날과 같은 금속성의 무기가 된다. 실로 무분별한 언어 행위가 소중한 인간관계를 단절시키고, 상대방의 자긍심을 무차별 난자하는 파괴적인 흉기가 된다는 정황을 한번 쯤 사려 깊게 분별하여야 할 것이다.

그간 우리 민족은 역사적으로 불행하게도 감격의 조국 광복을 맡고서도 줄곧 편 가름과 지역이기주의에 발목을 잡히어 국론이 분열되고 아직도 총체적으로 절망의 끝이 보이지 않는 암울한 시대를 살아가고 있다. 10년 안팎을 가름하여 볼 때도, 사회지도층 인사들의 '노블레스 오블리제(Noblesse oblige)'의 상실감으로 선량한 이 땅의 국민들이 좌절감과 불신, 초조로 마음의 상처를 받고 안타깝게도 삶의 비통함을 수없이 체득하면서 여기까지 흘러오지 않았는가?

2. 언어에 대한 분별력과 배려

우리는 거대한 조직적인 불의 앞에 의로운 소수의 힘이 얼마나 무력한가를 확인하기도 하였고 때로는 처절하리만치 비장감마저 절감하였다. 물론 누구를 탓하기에 앞서 용어의 개념도 정립되지도 않은 현상에서 조급하게 '세계화'라는 언어의 통용을 공공연히 서둘렀던 역대 통수권자나, '대통령 못해 먹겠다.'라고 해서 한 때 사회분위기를 씨끌벅쩍하게 만들었던 전직 대통령의 한심한 발언, 기억 혼적에서도 지워버리고 싶은 사실이지만, 불과 몇년 전에 '60대 노인들은 미래를 설계할 필요가 없다. 인생의 무대에서 떠나라.'던 당시 모당 대표의 무책임한 언어 행위로 노인들의 불만이 극대화 했던 사건, 그리고 또 모 축구해설가의 특정지역민 비하 발언으로 인한 공식해명 등... 도대체 사람과 개의 차별화가 어디 있는가? 바로 그것은 사람은 사유思惟하는 존재이나 개는 생각 없이 짖어대는 동물이라는 점이다.

오늘날 우리 사회는 고정 틀(개념)을 깨는 인식의 전환을 절실히 필요로 하고 있다. 오마를 이븐은 <인생에 돌이킬 수 없는 네 가지> 즉 '뱉어버린 말, 쏘아 버린 화살, 놓쳐버린 기회, 흘려보낸 시간'에 대해 역설하고 있다. 한 때 대권주자 중의 한 사람이 '경포대'라는 경비輕肥한 말을 무책임하게 사용하고, 뒤늦게 '그것은 단순히 조크였다.'라는 변명으로 일관해 도리어 오해를 불러주기도 하였다.

어디 그뿐인가? "사람 잡는 교육 무엇이 문제인가?"라며 일간지에 대서특필한 모 교육전공 교수의 기고문이나, 우리대학의 상징인 국립대학 총장이 대학입시 선발문제를 거론하며, "학생 솎아내기, 원자재가 좋아야 좋은 상품을 생산할 수 있다."는 무책임한 발언 등은 정말 한심스럽기 짝이 없다. 뿐만 아니라 우리나라의 저명한 지식인이 1천여 명의 하객이 자리한 자리에서 '결혼 주례사라는 것이 실상은 신랑과 신부가 잘 먹고 잘 살라는 것이 아닙니까? 신랑 신부 잘 먹고 잘 살아라. 주례사 끝' 정말 코메디에 가깝게 결혼 주례를 한 황당한 경우도 문제일 것이다.

한편 수시로 접하는 사회 현상이지만, 병원을 찾은 어린 아이에게 "애, 내가 너 잡아 먹니?"하며 위협적인 어투의 모소아과 원장님의 일상적인 언어 행위나 신도들의 인격을 무시하는 성직자들의 언어 횡포 또한 짜증스러운 행위일 것이다. 이미 언로를 통해 광속으로 확산된 '흘려버린 시간 위에서, 뱉어놓은 말'은 매스컴을 통해 무서운 속도로 파급되고 있는 아베 수상의 '위안부 문제'도 간과할 수 없

는 현실이었기에 한번쯤 이 땅의 식자층들만이라도 교외별전敎外別傳
의 의미를 곰씹어보아야 할 것이다.

　우리가 폭넓게 이해하고 있는 문화의 21세기를 지혜롭게 대처해
야 할 신지식인의 사고 중에 '긍정적 사고, 실험·도전정신, 유머 감
각, 시간관리' 등은 교양인이 갖추어야 할 항목임에는 틀림이 없다.
그러나 30년 남짓 조상의 뼈가 묻혀 있는 고향을 종교처럼 사랑하는
사람에게는 한 대권주자의 무책임한 "경포대 발언"은 그냥 지나치
고 넘어 갈 수 없는 망언이기에 격정이 치솟아 오를 뿐 아니라, 국
민통합을 이끌어내야 할 공인의 언어에 대한 치졸한 분별력을 가늠
할 때, 조국의 미래가 암울하여 가슴이 답답하다.

　특히 이순耳順의 나이에 대학의 강단에서 미래의 지성들에게 꿈의
날개를 달아주려고 나름대로 노력하는 하찮은 사람의 지론이지만
신념과 자신의 결의에 의해 행하기를 자처한 그 일이 밝은 미래 사
회를 위해 정녕 옳고 정의로운 일이라면 비록 고통이 따르고 좌절감
에 부딪칠지라도 결코 포기하지 말아야 할 것이다. 비록 '경제를 포
기한 대통령'이라 할지라도 경포대鏡浦臺에 빗대어 표현한 것은 분명
히 경비한 자의 언어횡포이며 '선량한 지역민'을 안중에 두지 않은
한심한 작태의 행위라고 아니 할 수 없다.

3.　공인의 입은 무거워야 한다

　구체적 일례이지만 역사적으로 '천하제일天下第一의 명승지인 강릉
의 경포대'는 단순히 몇몇 정치인들의 언어유희에 난도질을 당해야
할 이유가 없다. 조선조의 지방문화재 경포대는 지역민들에게 있어

하나 같이 소중한 정신적 유산으로, 민족의 혼이며 역사며 자긍심의
실체이다. 때문에 '경포대 발언'은 언어 사용이나 수사修辭에 있어 은
유, 상징, 심지어 역설逆說이 아니라 어디까지 위트나 재치와 접목된
유머감각이 아닌 무지의 소치이다. 이처럼 오늘 우리가 몸담고 있는
비정한 후기산업사회에는 철저하게 이해 중심으로 얽혀 있기에, '향
을 싼 종이에서는 향 묻은 냄새가 나고, 생선 싼 종이에서는 비린
내음이 난다.'는 사실을 공인들은 항상 기억 흔적에 간직하여야 할
것이다. 오늘 우리 사회의 현상에서 사회지도층 인사들이나 특히 정
치에 몸담은 정객들의 경우, 역사의 정체성(Identity)이나 문화인식
에 대한 불가피성을 제시하지 아니하더라도 반드시 공인의 입은 무
거워야 하고, 언어에 대한 각별한 배려나 분별력을 지녀야 한다는
사실을 깊이 인식하여야 할 것이다. 아울러 영혼과 가슴에는 감동을
안겨주는 투명한 눈물과 언어를 정화시켜주고 쫓기는 시간 속에서
도 살아 온 날을 돌아보는 내적 충만充滿인 사유의 고뇌 앞에 반드시
자신을 놓아 보아야 한다.

　일찍이 놀란 핀센트 빌이 '한 순간 분노가 치솟아 오를 때, 좋은
생각이나 아름다운 싯귀를 사용하면 한 순간 마음이 평정된다.'는
지적처럼 모름지기 우리 모두는 감정의 정화나 시적 치유를 위하여
가급적 금속성이고 파괴적인 동물적인 언어보다는 식물성인 푸른
언어, 생명적인 언어를 사용하도록 노력해야 할 것이다. 아울러 부
족하지만 정신작업에 종사하는 한 사람의 시인으로 불교의 하안거夏
安居를 떠올리며 생명경외의 소중함을 일깨우기 위하여 항시 언어의
분별력을 인식하여야 줄 것을 소망할 뿐이다.

　결론적으로 스피노자가 도덕과 힘을 동일한 것으로 보았듯이 도
덕적 행위를 앞에 놓고 새로운 변화를 위하여 우리는 저마다 때로는
일생을 한 순간을 가름하는 참으로 어려운 결단을 내리며 또 자신의

집념에 의해 설정된 좌표를 향해서는 오로지 열정적으로 바람보다 빠르게 질주하여야 한다. 이 같은 결단을 위해 저마다 따스한 심장과 영혼을 지녀야 하고, 실로 신 앞에서나 역사 앞에서 부끄러움 없이 당당히 서야 할 진정한 자유의 투사가 되어야 할 것이다.

인간은 과거에 대하여 운명으로 그리고 미래에 대하여는 사명으로 신이 목숨을 허락한 이 대지 위에서도 생명의 실체로서 풀꽃을 피우고 향내를 발하며 살아가야 할 존재임을 항시 기억해야 한다. 뿐만 아니라 비정하고 냉엄한 삶의 현장에서 살아온 시간대를 자신의 손금을 보듯 조용히 돌이켜 보며 슬픔, 절망, 고통 등으로 이름 지어진 회의는 때로 스스로의 무력감에서 비롯되었음을 자인하는 지혜로운 존재가 되어야 한다. 참으로 값진 일은 고통을 통해서 이루어진 결과물일뿐더러 속진俗塵 위에서 초연히 이루어지는 것이란 이치를 깨달을 때, 비로소 증오도 저주도 모두가 하나같이 사랑과 용서 속에 용해될 것이다. 모쪼록 언어의 공해를 경계하여 국민의 한 사람인 우리가 한번쯤 언어에 대한 배려와 분별력에 대해 깊이 자성하는 계기가 되기를 소망할 뿐이다.

▮ 4 ▮
21세기 문화예술인의 소임과 역할

▮ 1. 긍정적 자세와 소중한 삶

비정한 무한경쟁의 시장이론이 지배하는 혼돈의 시대를 살아가는 이 땅의 정신작업의 종사자인 문인들은 저마다 시대적 소임과 물음 앞에 한번쯤 자신을 놓아 보아야 할 것이다. 바로 그것은 현실에 안주하는 자에게는 실험과 도전이 주어질 수 없을뿐더러, 끝내는 충격적인 자기파멸을 안겨주기 때문이다. 이 점에 있어 미국 실리콘 밸리의 상징어처럼 "cold pizza, no sleep, red eye."는 기억 흔적에 오래 남겨둘 어휘이다. 이처럼 고정관념(틀)을 깨는 발상의 전환은 인위적인 결단에서 비롯되기에 최소한의 시간을 필요로 한다.

"예술에는 국경이 없지만, 예술가에게는 조국이 있다."는 것은 오랜 날 소박한 자신의 지론이다. 우리는 삶의 일상에서 따뜻한 관심을 갖고 애정을 쏟아야 할 대상이 있지만, 조상의 뼈가 묻혀 있는 고향의 산촌과 살을 부비고 살아가는 이웃에 대한 한결같은 사랑은 모두에게 허락된 필연적인 운명이다. 일찍이 이스라엘의 지도자 모세는 바로 왕으로부터 400년간 지배를 믿던 민족을 이끌고 출애굽을 하는 과정에서, 자신의 백성에게 임하는 여호와의 저주를 사하게 하여 줄 것을 목숨을 걸고 신 앞에 강청强請하며 눈물겹게 호소를 한

다. "모세가 여호와께로 다시 나아가 여짜오되 슬프도소이다. 이 백
성들이 자기를 위하여 금신을 만들었사오니 큰 죄를 범하였나이다.
그러나 이제 그들의 죄를 사하시옵소서. 그렇지 아니하시오면 원하
건대 주께서 기록하신 책에서 내 이름을 지워 버려주옵소서.(출애굽
기 32:31-32)" 모름지기 21세기 문화예술의 시대 화두는, "더불어 함
께(inter-being)"라는 공동체 의식이다. 이처럼 '누우 떼를 위한 변
명'의 시인 복효근의 『누우 떼가 강을 건너는 법』이라는 시집의 교
시적 깨우침은 실로 소중하다.

　기실 변화·발전이란, 구조나 제도의 보완보다는 항시 스스로의
영혼 깊은 곳에서 조용한 변화로 수행될 때, 비로소 의미 있는 정신
작업으로 변형되는 것이다. 넉넉한 마음 씀과 깊은 사유, 그리고 삶
의 현장에서 우리가 지녀야 할 애정과 관심, 비록 그것이 때로는 '종
이 한 장, 물 한 방울 아끼려는 하찮은 배려 바로 그 같은 섬세함'이
인간애로 승화되는 것이다. 그 하나의 보기가 예술원 회원으로 조각
가인 전뢰진(홍익대 명예교수)이 부산 태종대 자살바위에 세운 위대
한 예술혼이 묻어난 전설적인 '모자상'(당시 부산시장 박용수 의뢰
로 1970년 이후, 매년 30명 이상의 자살 인구 현격 감소, 1976년 제
작)의 보기일 것이다.

　우리의 삶이 공존하는 공간과 시간대란, 부단한 수고와 노력을 요
하는 정성스러운 일터이기에 생명의 촛불이 다 연소되기 전에 인간
과 진리, 그리고 자신에 대해서 열정을 쏟던 젊은 날의 그 순수한
감동이 항시 심장에 자리매김을 하여야 할 것이다. 이제 우리 문화
예술인들에게 허락된 삶은, 자기의 노래를 부르고 절박한 기원과 꿈
을 이루려는 노력으로 일관되어야 한다. 모름지기 인간은 어떤 운명
의 별 아래 태어나서 저마다 인생의 십자가를 운명처럼 짊어지고 살
아가는 존재이다. 우리네 짧은 생애를 통해 중요한 것은 '길은 가까

이 있다.'는 맹자의 가르침처럼 자기의 분수에 만족할 줄 아는 평범
한 삶 속에서 진리의 소중함을 깨닫는 존재로 수분守分의 철학을 확
인하여야 한다.

2. 예술처럼 아름다운 삶의 일상

일찍이 「소라치」, 「잊을 수 없는 사람들」로 일본의 근대문학을 주
도하였던 일본의 작가 구니키다 돗포는 그의 소설 중에서 시사적 의
미를 일깨워주고 있다. '새해 아침, 한 청년이 바닷가 벼랑 끝에 섰
다. 그에게 있어 벼랑은 종점을 의미하는 것이다. 등 뒤에는 절망과
죽음의 그림자가 발 앞에는 기슭에 물어뜯는 사나운 파도가 울고 있
었다. 이 때 한 노인이 새해 아침의 해맞이를 위해 바닷가에 나왔다.
그 노인은 어두운 청년의 얼굴을 주시하면서 이렇게 입을 열었다.'
"자, 보시오. 바로 지금이오. 저 새 태양의 얼굴을 보시오." 하면서
청년의 잠든 영혼을 흔들어 깨웠다. 순간 청년은 장엄하게 솟아오르
는 새해 새 아침의 얼굴을 바로 바라보았다. 돌아오는 길에 노인은
'사람은 해가 뜰 때 태어나서 저녁 잠들 때 죽는 것이니 하루가 바로
한 생애임을 일러주었다.'

이 같은 현상에서 긍정적 사고와 발상의 전환으로 지금 우리와
함께 같은 시간대에서 살아 숨 쉬고 있는 전설적인 여성이 있다. 일
단, "오프라 윈프리의 효과"와 연계하여 지상에서 제일 유명한 토
크쇼의 여왕인 오프라 윈프리(Oprah Winfrey 1954~)에 대한 일면
을 소개한다. 그녀의 존재는 2000년 이후, 현재까지 미국 연예계에
서 가장 강력한 브랜드 가치를 지닌다. 1954년 미시시피 주 코시어
스코에서 사생아로 태어난 그녀는, 9살 이후 끊임없는 성적 학대를

받았고, 14세 때에 미숙아를 사산했으며 20대 초반에는 마약을 상용했다. 그러나 1973년 테네시 주립대학에서 의사 전달과 공연 예술을 전공한 직후, 내쉬빌 WTVF-TV 리포터 겸 앵커로 방송계에 첫발을 내딛었고, 현재 ABC에서 방영되는 오프라 윈프리 쇼는 1500만명의 고정시청자를 가지고 있다.

오프라 윈프리는 미국을 움직이는 또 하나의 힘이자 막강한 브랜드이다. 불행한 어린 시절을 이겨냈고 유색인종에 대한 편견이 존재하는 미국 사회에서 흑인인 그녀는 모든 악조건을 극복하고 당당하게 성공했다. 어려운 환경에도 불구하고 그녀가 성공할 수 있었던 비결은 무엇인가? 그것은 바로 끊임없는 지적탐구이다. 윈프리는 그나마 다행스럽게도 어린 시절 계부를 통해 일주일에 책 한권을 읽는 습관을 기르게 되었다. 오늘날 그녀는 '출판업계의 마이다스'로 불리며, 그녀가 괜찮다고 추천하는 책은 순식간에 베스트셀러가 된다. 이를 두고 '오프라 현상'이라고 할 정도로 오프라 윈프리가 책과 독자들에 미치는 영향은 지대하다.

현재 약 1조원의 사유 재산을 소유하고 있는 그녀 자신이 종교적 십계명처럼 중시하는 항목은 1. 남들의 호감을 얻으려 애쓰지 말라 2. 앞으로 나아가기 위해 외적인 것에 의존하지 말라. 3. 일과 삶이 최대한 조화를 이루도록 노력하라. 4. 주변에 험담하는 사람들을 멀리하라. 5. 다른 사람들에게 친절하라. 6. 중독된 것들을 끊어라. 7. 당신에 버금가는 혹은 당신보다 나은 사람들로 주위를 채워라. 8. 돈 때문에 하는 일이 아니라면 돈 생각은 아예 잊어라. 9. 당신의 권한을 다른 사람에게 넘겨주지 말라. 10. 포기하지 말라. 여기서 무엇보다 내 자신이 강조하고 싶은 것은, 오랜 날 그 자신의 고백처럼 "남보다 많이 소유했다는 것은 축복이 아니라 그것은 사명이다. 남보다 아픔을 많이 소유했다는 것은 고통이 아니라 그것은 사명이다. 남보

다 꿈과 환상을 소유했다는 것은 위대함이 아니라 그것은 사명이
다.” 이처럼 바로 이 땅의 모든 문화예술의 종사자들이 저마다의 운
명을 스스로가 후회 없이 만들어가야 할 것이다.

3. 고통 분담과 눈물의 의미

지극히 제한된 삶 속에서도 우리는 좀 더 건강하고 성실하게 예
술처럼 아름답게 창조적으로 인생을 살아야 한다. 인생은 자아실현
의 성실한 노력의 일터이기에, 산다고 하는 것은 하루하루 자기의
생명을 아름답게 조각해나가는 행위이다. 노왓(KNOW-WHAT)이
라는 기업문화(목적의식, 자기관리) 제고에 열정적인 문인들에게 있
어서도 사는 것이 문제가 아니라 바로 사는 것이 문제일 것이다. 성
서는 ‘만일 소금이 그 맛을 잃으면 무엇에 쓰리요. 밖에 내어버릴 뿐
이라’ 고 일깨워 주고 있다. 소중한 일상적 삶에 있어 신과 역사, 그
리고 인간에 대해서 언제나 당당하고 자신에 성실하고 싶은 것이 한
결 같은 소망이어야 할뿐더러, “승려와 시인이 살이찐다는 것은, 그
시대가 불행하다는 것을 의미한다.”는 인도 격언의 교시적인 가르침
은 항시 되뇌어 보아야 할 것이다.

이제 이 땅의 지성적 양심인 문화예술인들의 육체와 영혼, 고독과
사유는 절망 속에서도 조금은 더 건강하고 생산적이어야 한다. ‘네
영혼이 피곤하거든 산으로 가라’는 독일 시인의 노래는 건강한 것이
곧 생명적이요. 생명적인 것이 영원한 빛임을 재인시켜 주는 결과이
다. 우리는 때로는 고통일 수도 있는 삶의 처소에서 순수의 눈물을
흘리는 시간을 접하기도 하지만, 투명한 눈물이 있다는 것은 따뜻한
사랑이 있음을 뜻하는 것이다. 이처럼 눈물은 곧 영혼의 샘에서 흘

러나오는 것으로 피보다 순수한 언어 이전의 영혼에 비견되기 때문에, 눈물보다 더 큰 목소리 감동을 주는 웅변은 없다.

우리네 삶의 길목에는 숱한 사연들이 있다. 그것은 때로 크고 작은 환희의 꽃들로 은유되기도 하고, 처절한 비애와 절망의 표징으로 자리 매김을 하기도 한다. 우리의 삶을 통해 접할 수 있는 많은 현상은, 절망의 도도한 강물이 가로 놓이는가 하면 뼈를 에이는 고통과 분노, 그리고 말 못할 서러움으로 상징되기도 한다. 이 같은 아픔과 고뇌, 그리고 비통함을 따스하게 적셔주고 정화시켜주는 대상이 눈물이다. 눈물은 인간이 소유한 모든 것들보다 값진 청징淸澄한 진주며 지나치고나면 신의 축복일 수도 있다.

"치열한 전쟁 중에 잠시 투구를 벗어 놓고, 작은 교회에서 하나님께 눈물을 흘리며 감사의 기도를 드리던 시간이 내 삶에 있어 가장 행복한 시간이었다." 라는 나폴레옹의 간증이나 오늘도 영혼의 상처로 고통을 받는 인류를 위해 전 세계를 무대로 복음 성가를 부르는 '감사의 화신'인 스웨덴 출신의 레나 마리아(1968년생)처럼 불행과 위기를 행복과 감사, 그리고 축복의 기회로 전환시키는 위대한 삶을 영위하여야 한다. 15세기 어느 선사禪師의 선시처럼 "오! 놀라운지고. 내가 샘물을 긷고, 장작을 패다니."처럼 반복되는 평범한 일상에서도 문화예술인들은 감동과 감탄을 회복하여야 하고, 보다 천천히 그리고 조금 느리게라는 느림의 미학에 대해서도 관심을 지녀야 한다.

'생선 싼 종이에서는 비린내가 나고 향香을 싼 종이에서는 향 묻은 냄새가 나듯이', 우리는 언어생활에 있어서도 가급적 동물적이고 파괴적인 금속성 언어가 아니라, 풀꽃 내음이 나는 식물성이고 생명적인 푸른 언어를 사용하여야 하고 언어에 대한 분별력과 배려가 있어야 한다. 아울러 이 시대 모든 문화예술인들은 보다 생명적이고 창의적인 작업에 몰두하면서도 틈틈이 시간을 쪼개어 자기 파멸인

고독이 아니라, 홀로 있기라는 사유의 시간을 지니는 열정적 노력이
요청된다. 때문에 부드러운 정감과 독립된 자의식, 차분한 대화 속
에서 저마다 마음의 평정을 얻는 기틀을 지속적으로 추구하며 문화
에 대한 안목 또한 새롭게 확장해 나가야 한다. 오늘도 인류의 가슴
속에 남아 사랑받고 있는 마더 테레사는 "세월은 강물처럼 흘러가
는 것이다. 어제의 시간을 지나갔고, 내일은 나의 시간이 아니다. 오
늘만이 가장 소중한 나의 시간이다."라고 언급하며 "테레사 효과
(Teresa effect)"를 제기한 바 있듯이 생명의 존엄성을 지니고 주어
진 소중한 삶을 의미 있게 살아가야 한다.

모쪼록 국가와 민족을 위한 비장한 결의와 순수한 애국심의 발로
도 중요하지만, 저마다 불신에서 오는 경계를 허물고 민족적으로 이
시대를 함께 살아간다는 공통된 의식으로 절망의 끝이 보이지 않는
암담한 시간대를 슬기롭게 극복하여야 한다. 항상 자중자애, 견인불
발의 의연한 자세로 밝아오는 미래를 응시하며 새로운 도전을 시작
해야 하되 보다 겸허한 자세로 현실을 박차고 절망을 딛고 일어나야
한다. 애써 인과율因果律을 거론하지 아니하더라도 더 큰 감격으로
찾아올 민족의 푸른 생명의 계절은 정녕 단언하건데 신선한 감동과
환희를 안겨 줄 것이다.

| 5 |

모국어에 대한 인식의 소중함
'조금은 천천히와 미끄러짐의 미학'

| 1. 삶의 지혜와 수분守分의 철학

일반적으로 안녕安寧의 국어사전적 의미는, '아무런 탈이나 걱정 없이 편안함. 사회가 평화롭고 질서가 흐트러지지 않음(public peace, tranquility, good health)'에 해당한다. 근간에 강도 높게 논의되고 있는 사회 현상의 단면적 지적이나 한때나마 대통령 인수위원회의 해법이 투명하지 않은 "영어 몰입교육, 또는 영어교육의 강화 정책"에 나름대로의 기우로 치부할 수도 있을 것이나 그저 가볍게 받아들이고 지나칠 수 없어 가슴이 무겁고 답답한 심정이다. 시간이 있을 때마다 내 자신의 소박한 일상의 지론이지만 "예술에는 국경이 없지만, 예술가에게는 조국이 있다."는 의지표명이나 "무관심은 죄악이라."는 오스카 와일드의 지론을 되씹으면 스키마 현상으로 그 반응은 보다 심각하다.

몇 년 전 UN은 한국정부에 "인종차별이 심한 국가이니 개선하라"는 권고문을 보내온 적이 있다. 세계화로 급변하는 사회현상에서 서로 간 의사소통이 가능한 공용어를 사용하는 것은 분명 이점이 된다. 물론 이 같은 상황에서 인종차별의 기초에는 한민족의 강한 결속력이 포함되고 있으며 이 바탕에는 자국어自國語가 자리하고 있음은 주지할 바이다. 그러나 <모국어는 안녕한가?>라는 논의에 앞서 우리가 직면한 현실은 절망의 끝이 보이지 않아 실로 안타깝다.

구정 연휴가 끝나기 직전인 지난 2008년 2월 10일 오후 8시 50분경, 화마로 인해 국보 1호 숭례문이 흉물스럽게 붕괴된 모습을 드러내어 한순간 무너져 내린 민족적 자존심으로 국민들은 참담함을 감추지 못했다. 11일 오전 횡단보도 앞에서 신호를 기다리던 일부 시민들은 "이렇게까지 처참하게 변했을지 몰랐다"며 한숨을 내쉬기도 하였으며, 안타깝게도 소실燒失된 숭례문을 기리기 위한 시민들의 발걸음이 끊이지 않았다.

화재 발생 후, 폴리스라인 앞에서 시민들은 폐허가 된 숭례문에 꽃을 바쳤다. 국보를 제대로 관리하지 못한 데 대한 시민들의 질책도 질책이지만, 전시행정을 위해 보완대책도 없이 숭례문 개방을 추진한 서울시 당국의 졸속 행정은 비난 받아도 마땅하다. 일부 언론의 보도처럼 조선왕조 5백년의 상징이며 민족의 자존심인 '국보 제1호(남대문)'에 대한 치밀한 문화재 방재시설이나 관리대책을 확보하지 않고 무책임하게 숭례문을 개방한 것은 일부 지도층의 노블레스 오블리즈의 한심스런 작위이기 때문이다.

일찍이 그리스 최초의 역사학자인 헤로도토스가 <역사>라는 그의 저서 서문에서 "역사를 다스리는 신은 오만한 자에게 보복한다."는 점을 인류에게 교시하고 있음은 반드시 기억할 일이지만, 검증이나 공론화 되지 않은 무리한 서울시의 선심성 전시행정과 문화재 당국의 무책임에 의해 한국의 자존심이 무너져 내린 비통함은 '오호! 통재, 망극함이다.' 조선조 내방문학으로 의인법으로 처리된 「弔針文」에 빗대어 볼 때, 안타깝게도 이 끔찍한 국가적 재난의 일차적 실책이 서울시가 주도하여 숭례문을 철저한 보안대책도 없이 2006

년 6월부터 전면 개방한 사실에 기인함은 애써 변명할 필요가 없다.

특히 짜증스러운 것은, 우리말에 '불난데 부채질 한다'는 말처럼 국민들의 울분이 가라앉지도 않은 상황에 국민의 사회정서를 도외시한 대통령직인수위원회가 화재로 소실된 숭례문을 '국민성금으로 복원하자'는 제안 직후, 논란의 진화에 부심한 해명은 분명 코메디였다. 제안의 본질에 다소의 오해가 있었다고는 하지만 이 같은 위태하고도 조급한 발상은 정치권의 비난처럼 '독재정권 시절에나 있을 법한 수치스러운 일'이라는 비판의 제기는 물론 국민들 사이의 찬반논의나 쏟아져 나온 각종 언론매체의 행태를 지켜보면 심히 안타까울 뿐이다.

항시 예기치 못한 대형 사고나 사건 직후, 철저한 진상규명이나 대책의 마련 없이 무책임하고 분별력 없는 경박한 언어행위는 국민의 인식에 혼란을 야기 시켰다. 솔직히 필자의 사적인 제안이었지만 김영삼 정부가 당시 국민의 합의를 거치지 않고 한 때 조선총독부 건물이었던 과거 국립중앙박물관을 조급하게 철거하였지만, 거시적인 차원에서 숭례문 복원 문제도 후대들을 위한 교육의 장으로 일정한 기간 동안 활용하는 방안도 다양하게 검토할 필요성이 분명하기 때문이다.

2. 민족의 혼魂인 모국어의 소중함

국민의 한결 같은 기대 속에서 새롭게 출범한 이명박 정부를 숨죽여 응시하면 평생을 이 땅의 국어교육에 몸담아 온 한 사람의 국어교육자이기에 앞서 예감의 시인으로 비통함을 억제할 수 없어 가슴 한구석이 저려 옴을 절감한다. 내 자신이 방관자임을 자처하며 침묵으로 일관하기엔 예리한 붓끝이 심장 깊이 파고들기에 더 이상 인간적인 고뇌, 설움을 털어낼 수 없다. 정책의 혁신, 물의 효율성을 위한 대운하 건설 문제는 접어두고라도 "솔직히 말해서 영어 잘하는 국민이 잘 산다."는 발상이나, 영어가 세계 공용어이기에 미래를 책임질 제2세들에게 철저하게 영어를 교육시켜야 한다는 논의에 선뜻 공감대가 형성되지 않을뿐더러 국어교육의 밝은 미래가 결코 낙관되지 않기 때문이다.

오랜 날, 대학의 강단에서 어설프게나마 "국어는 민족의 혼이요, 역사며 문화임"을 역설하면서 민족의 정체성(identity)을 열정을 쏟아온 내 자신에게 있어 '말을 잘하면 누구나 국어교사가 될 수 있다는 발상은, 국어교육의 부재를 가져올 것이 너무도 명백한 탓이다.' 영어를 강조하는 엘리트들이 국민의 합의도 없이 우리의 정신문화를 영어화 하여 세계질서에 편입시키겠다는 분별력 없는 행위는 이번 숭례문 소실燒失의 교훈처럼 너무 위험하고 조급한 결론이다. 세계화에 앞서 가장 한국적인 것이 세계적이라는 문화에 대한 인식(토대) 위에서 심도 있는 국민적 총의나 최소한 국내 국어교육자들의 철저한 검증도 걸치지 않은 외발적外發的 개화는, 국민적 저항을 불러올 것이며, 마침내 친미주의로 전락할 위험성이 예상되기 때문이다.

이 점에 있어 데니스 기자(오마이뉴스)의 "오렌지나 어륀지나 미국인에겐 똑같습니다."는 지적은 한번쯤 의미 있게 고려하여야 한다. 이 같은 지적을 애써 낡은 사관에서 비롯된 비생산적이고 도전과 실험정신의 가치를 혼동한 시대감각에 뒤진 무지의 소치로 치부할지도 모르지만, 일제 강점기 '조선어 말살정책'에 대항하여 목숨으로 맞섰던 이 땅의 한글학자들이나 문인들의 혼 불을 그들의 후손인 이 시대의 우리가 결코 경시해서는 아니 될 것이다.

　그간에 대통령직인수위의 영어 공교육 강화 정책의 강도 높은 뉴스를 접하며 알퐁스 도데의 단편소설 『마지막 수업』이나 폴란드의 센키비이치의 『등대지기』를 다시 꺼내들 때, 정말 필자의 마음은 참담하였다. 하찮게 자신의 명분을 내세우려는 의중은 아니지만, 역사의 정체성이 외면당하고, 가뜩이 열악한 국어교육이 홀대받는 궁핍한 삶의 일상에서 '이것은 아닌데, 정말 아닌데'라며 깊은 고뇌의 시간을 보낸다는 것이 솔직한 고백이다.

　놀랍게도 대통령직인수위에서 우리나라의 중등학교에서 국어와 국사를 포함한 전 과목을 영어로 가르치겠다는 몰입교육 방안 자체는 다행스럽게도 철회하였지만, "이 시대 이 땅의 모든 한국인들이 국적을 상실한 체 영어공부에 몰입한다면 과연 조국의 문화적 미래가 국제사회에서 민족적 당위성을 지니고 당당히 비정한 시장경쟁에 맞설 수 있을까?" 한 순간 의구심으로 끓어오르는 감정을 억제할 수 없다. 일선학교에서 영어교육을 많이 시키면 사교육비가 절감된다는 인수위의 주장에 애써 반론을 제기할 필요성은 새삼 느끼지 않지만, "공인의 입은 무거워야 하고, 언어 사용엔 반드시 분별력이 따라야 한다."라는 나의 의지엔 일체의 용납이 허락되지 않는다.

　'우리나라에는 영어를 잘하는 사람, 2만 명이 있으면 된다.'는 일부 학자의 주장도 있었지만, 현실적으로 기실 농산어촌에 몸담고 있는 대다수 이들을 비롯해서 지역의 편의점이나 주유소의 종업원, 가정주부, 어린 초등학교 학생들까지 총동원이 되어 국제사회의 거대 기업 회장이나 무역 종사자들과 이마를 맞대고 국제 경제, 정치, 문화 또는 비즈니스를 위해 그렇게 역사적으로 자국어와 민족의 전통문화를 지닌 온 국민이 영어교육에 몰입해야 할 필요성은 사적으로 그렇게 공감대가 주어지지 않는다.

　여기서 초등과 중등학교의 영어교육의 문제점, 교육의 효율성에 대한 논의와 보완은 분명히 강구되어야 한다. 영어 교육과 영어를 공용어화 하는 것은 완전히 별개의 문제이기에, 한순간 모든 국민을 국가가 주도하여 전반적으로 영어교육의 몰입을 조장하는 현상은 국민의 지적 능력과 정서, 국가 경쟁력 강화에 부정적 요인이 따를 것이다. 우리 근대사에 있어 일제 강점기에 모국어를 수호하기 위한 끊임없는 저항은 한국인의 정체성 말살에 대한 투쟁에서 비롯되었음을, 문화의 세기를 살아가는 실체로서 한번쯤 역사에 대한 인식을 응당 지녀야 한다.

위대한 한글을 창조한 조선조의 세종대왕의 지혜로운 후손들이 여과과정 없이 일부 인사들의 지극히 편파적인 발상의 전환에 의한 인식과 대립구도에 의한 주의 주장과 국가정책이라는 제도적 장치에 의해 모국어(혼)를 뿌리 채 흔들고 영어교육에만 전념하는 교육 풍토 조성에 헛된 열정을 소모하는 비생산적인 정신작업은 심도 있는 검증 과정 없이 결코 용납되어서는 아니 될 것이다. 새삼 "영어 몰입교육"에 관해 다시 재론할 필요는 없지만, 무리수를 지니고서도 많은 교사(재외동포, 유학생, 주부 포함)들에게 영어 수업 능력을 단시간에 습득시켜도 꿈의 날개를 달아주어야 할 이 땅의 제2세들에게 영어가 모국어가 아닌 까닭에 미국인이나 영국인에 견주어 그 한계성을 쉽게 극복할 수는 없다. 미묘한 기호에서 오는 발음과 악센트는 물론 문법의 사용과 인식은 그 나라만의 특이한 문화의 차에 의해 정확할 수 없다.

그 하나의 구체적 보기로 인도나 필리핀, 말레이시아, 라이베리아 등 영어를 공식 언어로 사용하는 국가에 있어서도 실제로는 변형된 영어가 사용된다. 특히 영국인들이 아시아인들의 영어를 정통 영어로 간주하지 않는다는 사실쯤은 필히 기억에 담아두어야 할 항목이다. 우리 민족의 일상적 삶에 있어 "한국적인 것이 가장 세계적이라."는 말의 보편성은 한국적인 것을 소중히 간직할 수 있는 세계인이 되라는 가르침이다. 여기서 외국어의 수용 문제는 교육과 노력으로 그 격차를 줄여나갈 수 있으나 그것은 어디까지나 합리적이며 "필요"라는 인식이 바탕이 되어야 한다. 어쩌면 지금 국어의 위기를 만들어 내고 있는 전반적인 상황은 국어교육과 연구에 몰입하는 학자들의 자성과 애정의 결핍을 질책하는 갈등구도의 변형과 반대급부로, 지나치게 영어를 필수라고 외쳐대는 한국사회가 스스로 자초한 결과임을 간과치 말아야 한다.

차지에 우리사회의 현실을 돌아보며, 현재 국내에는 자격을 갖춘 원어민 영어교사가 그렇게 많지 않을 뿐더러, 가끔 언론을 통해서 부정적이며 부도덕한 일면을 접하는 문제도 무시할 수는 없지만, 들뿔이 듯 가까운 시간대에 수천, 수만에 달할 원어민 영어교사의 확충문제는 실로 어려움이 예상되기에 어디까지나 그 해법을 충분히 검토·모색하고 차근차근 긍정적으로 풀어가야 할 것이다.

3. 열림 지향과 경계 허물기

언어의 인식과 사용은 단순히 경제적 행위나 수치가 아니라, 민족혼인 역사와 문화의 문제이다. 언어에 대한 인식작용은 사유思惟 뿐만 아니라, 마침내 인간의 무의식까지 지배하기에 결론적으로 일제 때의 모더니즘 시인 이상李箱(1910-1937)도 가장 사적이며 정서적인 일기는 일본어를 섞어서 썼듯이 영어만을 유년기부터 배우며 자란 어린이들은 영혼마저 영어화 할 수밖에 없다는 사실은 너무도 자명하다. 때문에 부정적 시각에서 접근한 의지의 나약함이라고 지적할지도 모르지만, '조금은 보다 천천히'라는 미끄러짐의 미학을 도외시

한 영어를 강조하는 일부 엘리트의 조급한 의식이, 극단적 친미사대
주의자를 양산할 위험성이 있음은 항시 경계하여도 지나침이 없다.

유명한 언어학자인 촘스키에 따르면 언어는 사고를 지배한다고
한다. 하나의 언어를 어려서부터 배운 사람은 그 언어를 바탕으로
사고한다. 한국인, 한민족은 어려서부터 국어를 듣고 자라왔으며 또
한 교육과정을 통해 심도 있게 배운다. 그러나 그렇게 배워온 언어
가 너무 가까이 있는 탓인지, 그릇된 세계화에 쫓기는 한국인들 때
문인지 모르겠지만, 국어에 대한 잘못된 인식과 경시는 민족의 위기
를 조장할 것이다.

"신의 나라에는 열매를 팔지 안는다."는 탈무드의 교시를 내 자신
이 분명히 소중히 여기고 아껴야 하는 것은 곧, 겸손과 어울림을 아
는 노력의 결과이다. 다시금 모국어에 대한 소중한 인식과 끊임없는
조탁彫琢은 오랜 시간 방황을 끝으로 세종대왕의 <훈민정음訓民正音>
을 통해 완성되었기 때문이다. 여기서 영어교육에 앞서 우리의 모국
어를 제대로 교육하고 그 소중함을 인식하자는 소박한 소망은 우리
의 역사와 문화의 실체를 인식하고 공유하는 하나의 종교적 신앙과
동일한 신념의 표출이기 때문이다.

세상의 이치란, 차고 넘치면 지나침이며, 때로는 수분의 철학이
삶의 지혜이다. 일부의 지식인들은 이 지구상에 영어를 공용어로 하
는 국가들이 많고, 어디까지나 영어는 커뮤니케이션의 행위수단이
라고 하지만 인도, 말레이시아, 필리핀 등 영어를 공용어로 하는 나
라들은 역사적으로 영국과 미국의 식민지였고 현재도 영미주의의
영향을 강하게 받고 있는 국가임을 고려할 때, 독자적으로 한국인의
깊은 사상과 섬세한 정서의 표징인 자국어를 공유해온 민족으로서
제2의 공용어를 국가적으로 선택해야할 시대적 타당성이 따르는가
를 조금은 시간과 분별력을 지니고 냉정히 비교 분석하여도 결코 지

나침이 없을 것이다.

이 같은 상황에서 비록 비정한 이기주의로 치닫는 지식·정보화 시대에 몸담고 있을 지라도 잠시 삶의 여유를 지니고, 고구려의 어머니들이 아이들이 입을 열어 말을 배우기 시작할 때, 많은 장수중에서 을지문덕乙支文德 장군을, 많은 임금 중에서도 19대 광개토대왕의 이름을 가르친 것을 모름지기 이 시대를 살아가는 오늘의 우리는 결코 망각하지 말아야 한다. 차지에 필자의 졸시 <어머니의 교훈> 일부를 글의 말미에 옮겨 결론으로 대신한다.

> 지혜로운 조선의 어머니는/ 목숨처럼 소중한 아이가 입을 열어/ 말을 배우기 시작하면 맨 먼저/ 겨레의 혼인 한글을 깨우치게 하고/ 신라 천년의 古都 서라벌과/ 5천년 역사의 맥이 굽이치는 漢江이/ 조국의 큰 강임을 가르친다.//

> 지순한 이 땅의 어머니는/ 사랑하는 아이가 자라/ 혈육의 의미를 깨닫게 될 때면/ 대한민국이 한반도의 이름이며/ 태극기는 겨레의 표징이라는 것과/ '동해물고 백두산이'로 시작되는 애국가를/ 목이 쉬도록 가르친다.//
>
> ─<어머니의 교훈>에서

그렇다. 언젠가 미래의 꿈인 우리의 아이들이 한국인만의 고유 정서를 상실한 체, 흔들림에 떠밀리어 정신적 혼돈과 공황의 늪으로 추락하지 않게 하기 위하여서는 수시로 "모국어는 안녕한가?"라는 엄숙한 물음 앞에 자신을 놓아 보는 일을 지속적으로 펼쳐 나가야 할 것이다. 위기적 상황으로 치닫는 이 땅의 언어정책의 부재를 심히 우려하는 내 주위의 지인들 가운데는 차라리 '모국어를 영어, 제2의 국어를 한국어'로 하자는 역설逆說이 토로되는 현실은 못내 가슴을 아프게 할 뿐이다.

1) '국어＝민족의 혼' 소중함 일깨우다

책의 그늘은 넓고 크지만, 근간 해법이 투명하지 않은 영어몰입교육은 그저 지나칠 수 없다. '예술에는 국경이 없지만, 예술가에게는 조국이 있다'는 내 소신을, 절망의 끝이 보이지 않는 안타까운 시간대에서 '모국어는 안녕한가?'라는 어설픈 논의로 다시금 제기해본다. 이 시점 모국어의 소중함을 각인시킨 헨리크 센키에비치의 '등대지기'(작은키나무)를 떠올리지 않을 수 없다.

젊은날 내게 신선한 감동을 준 이 단편에는 "그가 마지막으로 조국을 본 것이 40년 전이었으며, 모국어를 들은 지 얼마나 되었던가는 오직 하나님만이 알 것이다. 그런데 지금 그 모국어가 홀로 그에게로 왔다. 너무도 아름다운 그것이!"라는 부분이 나온다. 이유야 어떠하든 노인은 다음날 등대지기에서 해고된다. 같은 맥락에서 알퐁스 도데의 '마지막 수업'에서 제기된 "한 민족이 노예로 전락했을 때 그 언어만을 지키고 있다면 감옥의 열쇠를 쥐고 있는 것과 마찬가지"라는 가르침을 기억할 일은, 현 정부의 언어정책을 숨죽여 응시하기엔 한 사람의 시인으로서 가슴 한구석이 저려오기 때문이다.

모름지기 '국어는 민족의 혼이요, 역사며 문화'이기에 우리의 정신문화를 영어 화하여 세계질서에 편입시키겠다는 행위는 큰 위험성이 따른다. 촘스키가 "언어는 사고를 지배 한다."고 지적했듯 하나의 언어를 어려서부터 배운 사람은 그 언어를 바탕으로 사고하게 된다. 우리의 아이들이 민족의 정서를 망각하지 않게 하기 위해서는 국어의 소중함을 일깨워주어야 한다.

<아시아문예 주간>

2) 태극기가 바람에 펄럭입니다.

필자는 몇 년 전의 졸시 <어머니의 교훈>에 "지순한 이 땅의 어머니는/ 사랑하는 아이가 자라/ 혈육의 의미를 깨닫게 될 때면/ 대한민국이 한반도의 이름이며/ 태극기는 겨레의 표징이라는 것과/ 동해물과 백두산이로 시작되는 애국가를/ 목이 쉬도록 가르친다."라는 심상을 시적으로 형상화 한 바 있다. 마침 53회 현충일인 2008년 6월 6일, 「365일 태극기 달며 '애국·애향'」이란 제목의 기사는 '강원도 춘천 근화동槿花洞 22개의 통장협의회에서 나라, 고향 사랑 연중 게양운동 펼쳐' 지역주민들이 한 마음으로 결집·화합하여 동의 발전을 다짐했다고 보도하였다.

특히 "비가 오나 눈이 오나 태극기로 나라 사랑하는 마음을 다짐합시다."라는 지역 주민들의 확고한 캐치프레이즈도 신선한 감동임에 틀림이 없지만, 주민 화합을 위한 여러 가지 방안 중에 태극기 게양운동이 혐오시설의 집중으로 고통받아온 주민들의 화합과 애향심을 키우는데 이바지 할 것이라는 발상의 전환에 뜨거운 격려와 박수를 보내지 않을 수 없다. 태극기 게양운동을 주도한 근화동의 통장협의회장(김한웅)의 "태극기 게양운동은 낙후된 지역과 주민에게 자신감을 심어줄 수 있는 좋은 방법이며, 마을 이름이 무궁화인 만큼 무궁화공원도 함께 만들어 졌으면 하는 소망이라."는 의지의 표명은 당연한 처사이기에 우리의 가슴을 저리게 할뿐더러 감동의 눈물을 자아내기에 부족함이 없다.

오랜 날 "예술에는 국경이 없지만, 예술가에게는 조국이 있다."를 역설해 온 필자의 지론이지만, '국어의 세계화를 심도 있게 논의하고 모색해야 할 현상'에서 안타깝게도 민족의 혼이며, 역사요, 문화인 국어의 존폐가 '영어몰입교육'의 문제로 위협받고 있는 현실과 국보 제1호로 한국인의 자긍심의 표징인 '숭례문(남대문) 소실'로 민족의 자존심이 온통 무너져 내린 혼란한 우리네 사회의 현상에서 이같은 지역주민의 위대함과 당당함은 새삼 충격적인 감동을 안겨주기에 결코 부족함이 없는 자랑스런 정신행위이다. 한번쯤 확인하여 도 좋은 일이겠지만 간혹 우리가 외국의 여행길에서 접할 수 있는 일로 새삼스런 경우는 아니지만 한국 대사관 청사에 게양된 태극기 를 응시할 때 '태극기가 바람에 펄럭입니다. 태극기는 우리나라 깃 발입니다'의 가슴이 찡한 그 감격, 또는 미국의 공공건물에서 <혹성 의 탈출>은 아니더라도 휘날리는 성조기를 보게 될 때 가슴을 뭉클 하게 만드는 한순간 조국에 대한 충성심, 민족에 대한 그리움, 익히 일체감을 체험한 경험이 저마다에게 다시금 살아날 것이다.

이처럼 필자 자신이 춘천의 근화동 주민들이 합의 하에 365일을 비가 오고 눈이 와도 태극기로 나라 사랑하는 마음을 다짐한다는 놀 랍고도, 감동적인 사실을 접하고 많은 것을 일상의 소중하고 분망한 삶의 시간대에서 다시금 되 뇌이게 되었다. 젊음의 한 때, 4월이면 전국 곳곳에서 <벚꽃 축제나 놀이>로 명승지가 온통 시끌뻑쩍하기 도 하지만, 우리나라의 몇몇 도시에서라도 나라꽃인 <무궁화 축제> 가 열리는 곳이 있으면 너무 좋겠다는 기대감으로 한두 번 지역 언 론사의 협찬으로 '무궁화 축제 행사'를 개최하며 미래의 민족 지성 인 젊은 제자들과 함께 도심의 공간에 몇 천 그루의 무궁화를 심기 도 하였다. 그렇다. 언젠가 도시의 가로수가 개화하여 100여 일간 줄 기차게 꽃이 핀 무궁화의 도시 공간에 항시 펄럭이는 위대한 민족의 상징인 태극기, 그리고 네모난 현대 빌딩의 숲을 간간히 적셔주고 또 가득 울려줄 '코리아 판타지의 선율' 이렇게 눈을 감고 한번쯤 상 상만하여도 우리네 심장의 피는 뜨겁고 가슴은 뛸 것이다.

특히 필자의 경우 태어나 성장하고 60년 남짓 줄 곧 몸담고 있는 향리는 지정학적으로 산수가 빼어나고 자연이 함께 어우러진 공간 이다. 산자락 푸른 시정이 넘쳐나는 천년 문향인 강릉 시청 입구의 도로 주변(종전의 홍길동 캐릭쳐가 자리했고, 지금의 명품 소나무인

금강송金剛松이 이식되어 있는 주위)에 '전국에서 제일 큰 태극기를
제작하여 1년 365일 내내 바람에 펄럭이는 태극기를 게양하여 영동
嶺東의 수부首府도시를 찾아 줄 이들에게 꿈과 낭만의 도시로 문화관
광지에 대한 강한 이미지를 각인'시켜주고 또 거주하고 있는 23만
시민들에게도 문화시민의 자긍심과 결집력을 일깨워 주는 동기를
부여했으면, 너무 좋을 것이라는 소박한 기대감을 지난 11월, 춘천
자유회관에서 있었던 강원문인대회 특강에서 피력하여 청중의 박수
를 받기도 하였다.

　<태극기가 바람에 펄럭입니다.>라는 논의의 최소한 기대치라면,
무엇보다 주저함이 없이 몸담고 있는 공간과 시간대에 대한 뒤돌아
봄이며 21세기의 화두인 '더불어 함께'라는 공동체 인식(inter-being)
에서 비롯된 지극히 건강한 비판정신에 의거한 바로 생산적인 제언
일 것이다. 그 점에 있어 필자 또한 부족한 대로『문화인식의 확장
과 변형』, 그리고『문화인식의 변형과 다이돌핀』(아세아문화, 2008)
이라는 저서를 지속적으로 출간하여 지식·정보화 사회에 몸담고
있는 대중의 문화에 대한 안목의 확장을 나름대로 소임으로 자인하
며 노력하는 연유는 같은 맥락에서 비롯된다고 할 것이다.

　바로 그 점은 작게나마 취임 직후부터 남 다른 열정으로 의지의
표상인 소나무 숲을 가꾸며 도시의 공간을 '명품도시'의 새로운 이
미지로의 변형을 위해 고정 틀을 깨는 차별화된 기업문화인식으로
도시의 미관을 가꾸어가는데 참으로 열중하고 고뇌하는 강릉시 행
정의 책임자(최명희 시장)에게도 가까운 시일에 지역주민들의 폭넓
은 공론과 검증 수순을 차근차근 걸치고 이 같은 방안을 심도 있게
모색하여 그 시행의 기대효과를 스스럼 없이 한 사람의 시민으로 제
언하였기 때문이다.

▌ 6 ▌
한국 속의 혼재混在된 일본문화 양상

▌ 1.   문화의 정체성

타일러(Tylor, Edward Burne)는 문화의 개념을, "지식·신앙·예술·도덕·법률·풍습 등 제요소의 복합총체"로서 인류문화의 발전을 상승 진화시키는 역사로 해석하고 있다. 분트(W. Wundt)에 의하면 문화는 라틴어의 쿨투스(Cultus)에 기인한 것으로 다양한 종교의식과 토지의 경작·파종·수확 등의 농업행위로도 풀이된다. 일찍이 폴 엘뤼아르는 시 <자유>에서 "나는 한 마디 진실 된 말의 위력으로 일상을 새롭게 시작한다./ 오! 자유여/ 자유에의 길은 시인의 길이며 그것은 정신의 자유다."며 자신의 신념을 천명하였듯이, 일차적으로 정신작업의 종사자인 지식인들은 인간의 정신적 자유와 평화를 위해 공헌해야 할 최소한의 시대적 소임이 있다.

문화의 사전적 의미는, 인지人智가 깨어 세상이 열리고 생활이 보다 편리하게 되는 일, 철학에서 진리를 구하고 끊임없이 진보, 향상하려는 인간의 정신적 활동 또는 그에 따른 정신적, 물질적인 성과를 이르는 어휘로, 학문·예술·종교·도덕 등으로 통합되지만, 한시대를 살아가는 사람들의 다양한 양상을 뜻한다. 물론 인간의 기본적인 의식주 외에도 각종 사회제도라든가 언어, 관습, 종교, 정신구

조 등의 실체로 한국인의 시각에서 일본을 '가깝고도 먼 나라'라고
표현하는 일상성과도 의미가 상통한다.

일단, 현대적 시각에서 문화란, '정서 공유의 리추얼(ritual)'로 놀이
와 축제가 대표적인 장르로 인식되는 점에 미루어, 일본 사회의 배면
에 깔린 대표적인 정서 공유의 방식은 '배려, 결핍, 자학'이라는 세 가
지 키워드로 압축된다. 글의 모두冒頭에서 '고매한 국화와 잔혹한 칼'
이라는 은유를 통해 일본의 겉마음과 속마음을 해부하여 인류학의 고
전이 된 문화인류학자인 루스 베네딕트(Ruth Benedict)가 3년에 걸쳐
집필한『국화와 칼(the Chrysanthemum and Sword)』, 축소라는 관
점에서 접근하여 일본문화의 날줄과 씨줄의 틈새를 분할·통합한 이
어령의『축소지향의 일본인』, 일본에 대한 한국인의 반감을 고조시킨
전여옥의『일본은 없다』, 조영남의『맞아죽을 각오로 쓴 친일선언』
등의 간행물들을 다시점多視點으로 직조하여 한번쯤 한국인의 관점에
서 논의하려는 행위는 응당 그 의미가 크다고 할 것이다.

이 같은 현상에서 사소하고 기발한 호기심에서 비롯된 문화심리
학적 메커니즘에 의해 문화가 의식을 결정하는 치열한 작금의 경쟁
사회에 몸담고 있는 발표자의 지론이지만, "예술에는 국경이 없지
만, 예술가에게는 조국이 있다."는 논의에 근거하여 한국과 일본문
화의 키워드, 정체성(identity) 그리고 21세기의 화두인 공생(inter-being)
에 근거하여 '한국 속에 혼재된 일본문화'에 관해 언급해 보기로 한다.

2. 한국문화와 일본문화의 계연성繫連性

1) 사회현상과 정신지리

지정학적으로 한국과 일본도 하나의 거대한 대륙에 잇닿아 있었기에 인류학적으로는 같은 혈통으로 분류된다. 대륙별로 판 이동 후 같은 조상은 이분화 되었고, 유추하건데 유구한 역사의 변천에 의해 그 결과 서로 다른 문화와 언어를 형성하게 된 것이다. 한국과 일본이 교류하게 된 시점은 이미 문명이 발생하고서도 오랜 시간이 지난 후로 불과 몇 천 년에 지나지 않았음이 진화론에서 논의되고 있다.

앞서 일본 역사연구에 기여한 극작가 신봉승은 『국보가 된 조선 막사발』에서 400여 년 전 임진, 정유재란 때 일본으로 잡혀간 한국의 도공들이 일본에서 빚은 42점의 막사발 중 하나가 일본의 국보가 되었음을 기술하고 있다. 또 그는 『양식과 오만』(甲寅出版社, 1993)의 <서문>에서 "아, 나를 기다리고 내 손을 따뜻하게 잡아준 그 스승은 '역사를 관장하는 신'이었음"을 피력하였다. 특히 그 자신이 언제나 역사의 감시를 받고자 자청한 까닭은 놀랍게도 그 같은 일련의 행위가 가지런한 삶의 본질을 깨닫게 하는 채찍이었기 때문이다.

이와 같이 삶의 본질을 깨닫는 관점에서 삶을 향유해 온 오랜 날, 그 하나의 결과물로 단적이나 한국과 일본의 정신문화를 분할·통합하여 열거하여 보면 문화의 형태 양상은, 거치(정거장) 문화로 반도문화인 반면 수용 문화인 해양문로 구별된다. 일반적 속성이라면, 이념적, 원리적, 남성적, 형이상학적으로 기존의 것에 대한 부정을 통해 비교적 새로운 것을 생산하는데 견주어 즉물적, 구체적, 여성적, 심미 감의 특이성을 지니며 외부 현상을 자기 방편으로 해석하고 마침내 자기의 것으로 재창조하는 능력이 뛰어난 편이다. 역사적으로 지방제도의 특이성은 지방자치를 실시한 근거가 전무하며 강력한 중앙집권 형태가 뿌리내린 반면, 막부체제 아래서 250여개의 번으로 구분되어 고도의 지방자치가 철저하게 시행된 점에 비추어 과거제도와 계급조직 또한, 고려 광종 때 과거제도가 시행되어 국가

이념이 통제되었고, 양반계급의 형성과 신분계급이 절대적이었으나 제도적인 측면에서만 그 의미를 지님에 견주어, 중앙차원의 관리 선발 제도는 없었으며 무사계급의 실력 본위 사회 형성으로 계급조직은 절대적 개념으로 안정적 존재감은 보다 강한 편이다.

특히 장인문화와 종교, 그리고 유교관습에 대한 통합의 문제를 지적하면, 역사적으로 생업을 저급한 일로 치부하였다. 절대적, 이념적 종교관을 지녔고 제사, 장자 상속 등 유교식 제도 및 생활습관에 익숙한 편이나, 일본의 문화인식의 단면에 접근하면 각 자는 생업을 절대적으로 존중, 독자적인 가치를 인정하였고 비교적 현실적 삶을 중시하여 종교성에 관해서는 무관심 또는 자유로운 정서로 한국에 비해 유교식의 제사 의식과 장자 상속의 개념은 무관한 편이었다. 차지에 이해를 돕기 위하여 삶의 공간인 가정(家)의 개념과 혈연·지연의 문제 또한 검색하여 정리하면, 절대적인 남성 중심의 남아선호 사상으로 방대한 혈연 중심사회의 지향인 반면, 생업을 위한 골격으로 타성바지를 후계자로 들이기도 하며 자연 중심사회로 혈연의 관계는 비교적 전통적으로 4촌 이내로 한정하는 관습이었다. 아울러 경쟁의식과 책임성의 문제 또한 치열한 경쟁의식으로 개인은 혈연적 의무에 비중을 두지만 비교적 책임감은 상대적인데 견주어 경쟁심보다는 협동성을 강조하는 사회성을 중시하며 자긍심에 근거하여 각자의 명예를 중요하게 인식한다는 점이다.

여기서 현실 사회적 현상에 있어, 인터넷 포털사이트로 한국에서 가장 많은 회원 수를 보유하고 있는 다음커뮤니케이션의 커뮤니티 서비스인 다음카페 상위권에 랭크되어 있는 <일본TV> 카페가 요즘 한국의 10대와 20대 초반의 젊은이들이 해방 전 세대에 견주어 대체적으로 일본을 앞으로 함께 협력하고 교류를 넓혀가야 할 나라로 생각하고 있는 의식변화의 조짐이다. <일본TV> 카페는 일본의 텔레비전 프로그램, 연예계 뉴스와 유행하는 패션 그 밖의 다양한 일본 관련 정보들로 넘쳐나는 문화적인 교류뿐만 아니라, 일본은 경제적 측면에 있어서도 한국의 주요 수출국으로 미국에 이어 두 번째로 수출이 많은 나라로 과거에 비해 그 양상을 달리하고 있는 점이 관심의 대상이다.

특히 근간 민족문제연구소(소장 임헌영) 주관으로 일제 강점기에 다양하게 활동한 인사 4,776명의 명단이 『親日人名事典』(2008)에 수록, 간행되어 한국인들의 혼돈과 분란을 조장하는 행위로 평가받는 현실에 있어, 한국의 법조계나 건축·토목 계통, 그리고 음식문화에는 아직도 일본식 어투나 표현이 적지 않게 혼재되어 있다. 오늘날 한국인의 놀이문화로 정착한 고도리(ごどり)(5개의 광을 중심으로 본다면 삼광의 (さくら), 팔광은 일본 국기인 (ひのまる), 똥 광은 일본이 아시아를 제패했을 때를 상상해서 그린 지도, 비광의 노인이 신은 げた)를 비롯해 와리바시(わりばし=나무젓가락)는 와리(わり=나눔)와 하시(はし=젓가락)의 복합명사이다. 또 한국 사회에서 통용되는 스키다시(つきだし=곁들임 반찬), 또 닭 도리 탕(どり)이나 가마(がま)솥의 예는 역전驛前 앞과 같은 어법의 흔적이다.

비교적 한국인들 사이에서 거부감 없이 사용되는 입빠이(いっぱい), 한국의 노래방 문화를 조장한 가라오케(カラオケ)나 장기자랑의 18번은 일본 에도시대의 '가부끼'에서 연유한다. 또한 점차 대중화되고 있는 사구라(さくら) 피는 4월이면 꽃놀이(はなみ)에 분주한데 이 같은 나들이 문화의 잔존도 그 하나의 보기이다.

보다 한·일간의 틈새를 좁히려는 정치, 경제, 사회적인 다양한 방안들이 검색되는 현실이지만, 두 나라 간의 돈독한 관계성을 회복하기 위해서는 문화에 대한 바른 이해가 선행되어야 한다. 주제에 보다 접근하여 세계화의 추세에 부합, 경쟁심을 자극하려는 의중은 아니지만, 양국민의 문화에 대한 교감과 이해의 폭을 넓히고 조명하기 위한 방편으로 특이성을 끄집어내어 그 항목을 비교해 보기로 한다.

ⓐ한국인은 좋은 옷을 입고 다니는 것을 자랑하지만, 일본인은 평범한 근무복이나 작업복을 입는 것을 자랑스럽게 여긴다. ⓑ한국인은 호의호식하는 것을 성공으로 알지만, 일본인은 공기 밥 1공기, 단무지 3개, 김 3장 정도면 충분하다고 여긴다. ⓒ한국인은 외형적으로 큰집에 사는 것을 자랑으로 알지만, 일본인은 20평 정도에 거처하는 것에도 자족한다. ⓓ한국인은 비싼 승용차로 위세를 떨지만, 일본인은 자전거를 타고 다녀도 자존심을 상하지 않는다. ⓔ일부의 한국인은 탈세, 감세를 하려고 거짓신고를 하지만, 일본인은 철저하게 납세하면서 정직하게 살려고 한다. ⓕ한국인은 아홉 번 잘하다 한번 잘못하면 비난하지만, 일본인은 9번 실수를 해도 한번 잘한 것을 칭찬·격려한다.(일본인 중에는 전두환, 노태우 대통령이 형무소에 구치된 것을 보고 울기도 하였다.) ⓖ한국인이 가득 찬 물병이라면, 일본인은 공부하고 노력하는 빈 항아리이다. ⓗ한국인은 자기를 과시하며 상대를 깔보는데, 일본인은 자기는 낮추고 상대를 존중한다. ⓘ한국인은 출세지향주의에 익숙하지만, 일본인은 근검·절약이 몸에 배여 있다. ⓙ한국인은 곧잘 국가나 대통령을 비판하는데, 일본인은 국가의 정책을 받들고, 총리 말을 바르게 실행하는 애국심이 강하다. ⓚ한국인은 매사를 아는 체하고 단독으로 처리하는데, 일본인은 아는 것도 동료와 협의·확인하며 전문가의 조언에 경청한다. ⓛ한국인은 말로만의 애국애족에 그치고 실행에 소극적인 반면, 일본인은 애국애족을 소리 없이 실행에 옮긴다. ⓜ한국인은 외국에 나갈 때 빈손으로 나가서 사들고 오는데, 일본인은 자국 상품을 들고 나가 홍보하고 자랑한다. ⓝ한국인은 상약하강 형이 많은데, 일본인은 만나는 사람에 대하여 예의가 철저하다. ⓞ한국인은 비교적 무책

임한 편이나 일본인의 책임감은 세계적이다. ⓟ한국인은 사치심이 강한 편이나 일본인은 검약하며 국가 또한 세계적인 경제국이다. ⓠ 한국인은 비교적 개인주의나 일본인은 단결력이 강한 민족이다. ⓡ 한국인(노조)은 회사가 손실이 심각해도 성과급 달라고 파업하는데, 일본인(노조)은 흑자가 발생해도 회사의 미래를 위해 임금동결을 자청하기도 한다. 그러나 무엇보다 자명한 것은 상생相生・보완의 차원에서 건강하게 사고・판단하여 문화인식의 안목을 저마다 확장하여 고정 틀을 깨는 긍정적 작업을 수행해 나가야 하는 점이다.

한편, 냉혹한 시장 경제가 지배하는 근간에 이르러 일본문화가 한국사회에 어떻게 작용하고 있는지는 영화, 음반, 애니메이션, 캐릭터 산업, 패션 방송 등을 살펴보면 가장 쉽게 접할 수 있다. 양국은 1965년에 외교관계가 수립되어 40여년 역사의 시간이 흐르는 가운데, 음반 분야를 검색하면 한국에서는 X-JAPAN을 일본 최고의 가수로 대접하지만 현지에는 그들보다 능력 있는 가수들이 많다. 또한 초・중등학교 교문 앞의 문방서점과 주택가의 책 대여점에는 일본 캐릭터 상품과 일본 복제만화가 80% 이상을 점유하고 있음은 눈여겨 볼 현상이다

2) 밝은 미래사회의 지평 열어가기

보편적으로 한국의 문화권에서 기층문화라고 하면 의식주衣食住로 표기하는데, 대만에서는 식의주食衣住로 기록한다. 여기서 구체적 예를 기술하지 아니하더라도 '한국은 항일성의 문화인 반면 일본은 착지성 문화의 색이 짙다. 한국의 속담에 '옷이 날개'라며 옷의 중요성이 예부터 강조되어 왔지만, 한국인이 만들어낸 위대한 러브 스토리인 「춘향전」의 첫 배경은 바람에 옷이 날리는 것으로 시작된다. 한복이 바람 부는 대로 순응하는 '바람의 옷'이라면 기모노는 형식

을 고정한 채 화려한 색감으로 어필하는 '꽃의 옷'이다.

　여기서 길게 객관적 설명을 열거하지 아니하더라도 한복이 고요하고 풍요로운 여유의 미학이 있다면, 기모노(着物)엔 불편함의 미학이 분명 있다. 한복과 기모노가 공통적으로 갖고 있는 신비로움은 그걸 입었을 때 우리 몸의 동작이 완전히 달라진다는 점이다. 신체의 구속, 혹은 여유로움에서 오는 동양적인 단아함과 우아함, 그리고 범접할 수 없는 은근함까지 곁들이고 있기에 한복과 기모노를 입은 여인의 목선과 틀어 올린 머리에 찬사를 보내는 것이리라. 또 하나 공감되는 일본의 풍습 중에는 비교적 한국의 남성들이 장죽을 사용했는데, 일본의 경우에는 긴 담뱃대는 주로 화류계의 우두머리 여자들이 사용하였다. 한국의 경우 전통적으로 다소 거리가 있는 재떨이마저 가져오기를 꺼려서 장죽을 만들었다는 점은 유념할 필요가 있다.

　이제 21세기 태평양시대를 맞아 무엇보다 자명한 것은 한·일 간의 음식, 주거, 교통 등의 문화를 보는 시각의 관점이다. 기실 자기민족만의 차별화된 문화를 알리고 인식시키는 것이 국력을 높이는 길이기에 서로 간에 대립 갈등구도로 공동체 인식을 경시하고 서로의 민족이나 정신문화를 폄하하거나 편향된 시각으로 문화를 보면 결코 세계화의 세기에 단 하나의 지구촌에서 결코 공존·공영할 수 없을 것이다.

　국가마다 겪고 있는 현상이지만, 교통수단인 자동차 문제의 심각성을 고려해 보기로 하자. 혹간 대만의 택시기사들은 "A급은 다 죽고 C급만 남았는데, 제가 C급이라 살아남았다."고 위트 있게 말한다. 한국, 태국도 교통정체가 극심하지만, 일본의 경우는 예외다. 대로변을 운행하다가도 골목길에서 어떤 차가 비집고 들어오려 들면 한국의 경우 경적을 울리고 라이트를 번쩍이지만, 최소한 일본의 운

전자들은 멈추기를 우선하는 미끄러짐의 미학을 보여준다는 사실이
다. 이처럼 얼마 전 영국에서 세계에서 가장 잘 만든 교통안전 표어
를 뽑은 적이 있다. 그것은 간혹 지금도 도쿄의 버스 정류장에서 접
할 수 있는데, 내용인 즉 '이렇게 좁은 일본 그렇게 서둘러 어디로
가시나요?'이다. 이것은 하나의 작은 보기이지만 어떤 면에서 실용
주의 정신이랄까? 한번쯤 자신을 솔직히 돌아보는 홀로 있기라는
사유思惟는 일본문화를 통해서 배워야 할 점이다.

　여기서 또 하나 교육적인 측면에서 접근할 때, 한・일의 유소년들
은 아이스크림을 푹푹 퍼먹는다. 이것은 두 나라의 생활관습, 즉 문
화의 내면에는 농경민족의 전통이 잔존해 있기 때문에 유목민인 피
가 흐르는 서양인들과 구별되는 보기일 것이다. 뿐만 아니라, 비근
한 예이지만 아이들이 잘못을 저지르는 경우에 밖으로 내어 쫓는 일
이 다반사인데 그것은 예부터 농경민들은 집 밖을 공포의 공간으로
생각했기 때문이다. 바로 이 점에 견주어 유목민인 서양인들은 집
밖을 알아야만 살 수가 있었기에 아이들이 잘못을 저지르는 경우
'네 방에 들어가 있어'라고 종종 꾸짖음을 당하는데 그 단면적인 정
서를 '나 홀로 집에'라는 영화에서 접할 수 있을 것이다.

3.　한류의 문화적 현상

　그 어느 시간대보다 국가, 지역간 다양한 문화풍토의 조성으로 문
화의 지역구심주의(local centripetalism)를 맞고 있는 사회 현상에
서, 정권이 바뀔 때마다 겪는 한・일간의 감정 갈등의 문제는 어디
까지나 예술문화를 통한 '감동感動'으로 해소되는 점을 확인하여야
할 것이다. 그 실례가 한류에 의한 근간의 오페라 <명성황후>, TV

드라마 <겨울 연가>, <대장금> 등을 통해 일본국민들이 한국국민들에게 갖는 자발적이고도 순수한 감정이 생산적이고 창의적인 방향으로 점차 전이轉移·확장擴張되는 점이다.

근간에 일반화되는 한류韓流는 다음과 같이 다루어지고 있다. 1)서구적 감성주의 문화의 분방함과 2)대세에 밀리며 겨우 명맥을 유지하고 있는 일부 유교문화가 3)한국인 본래의 기질과 서로 부딪혀 내는 기묘한 트라이앵글 문화현상을 근거로 한 대중문화를 그 본질로 한다. 특히 문학, 서예, 미술 등 예술 문화계의 뜻 있는 종사자들이 지성과 대중의 가교로서의 시대적 역할과 분담을 충실히 수행하여야 할 것이다. 동아시아에 한류 바람이 불면서 음악과 영화를 주축으로 한국의 문화적 현상이 커다란 반향을 불러일으키는 것을 어떻게 받아들여야만할까? 중국인들은 서구문화가 한국에 강하게 유지되고 있는 한국이 유교문화와 결합하여 새로운 문화성향을 창출하였기 때문이라고 인식하고 있다.

결론적으로 한국문화와 일본문화의 비교연구 과정에서 특정한 나라 문화의 우위성을 지적하기에 앞서, 양 국가 간의 차별화된 문화와 고유의 가치에 대한 그 깊이가 전달 또는 존중되지 않는다면 한류가 전파하는 한국적인 양식 또한 항구적으로 수용되기는 어려울 것이다. 그 같은 요인을 정작 문화상품으로 부각하는 것도 필요하지만, "진실로 너희에게 이르노니 무엇이든지 너희가 땅에서 매면 하늘에서도 매일 것이요 무엇이든지 땅에서 풀면 하늘에서도 풀리리라(마 18:18)" 성서의 말씀을 인용하며 국민 간의 화해와 배려의 소중함을 새삼 강조하면서 한류문화의 내적 가치문제를 비중 있게 논의하여야 할 것이다. 차지에 현재의 한류가 한국의 현대사로 세계화 시대에 걸맞게 그 시대정신을 반영하고 새로운 화합의 질서를 재편하기 위하여, '극소수의 창조자'들이 열린 사고로 의지를 함께 하고 태평양문화의 새로운 지평을 열어가는 중차대한 시점에서 결단코 국가 간 공동의 지표를 모색하여 보다 생산적인 면을 탐색해야 한다.

아울러 또 하나 해결되어야 할 문제라면, 비정한 지식·정보화 시대에 몸담고 있으면서 '언어공해의 심각성'에 대한 논의이다. 그간 필자 가슴의 틈새를 저리게 하는 것은 소유한 자, 지성인들이 소외된 이들에 대하여 안타깝게도 언어에 대한 배려나 분별력이 없는 점이다. 증오와 편 가르기의 경계를 허무는 낮아짐과 감춤을 거부한 일상에서 '수분守分의 철학'을 체득하면서 미끄러짐의 자세로 주위의 누군가에게 버팀목이 되어야 할 뿐더러, 삶의 일상을 눈부신 감동으로 장식하는 한 사람의 지성이기를 소망한다.

따라서 소박한 지론은 일제 강점기를 거치며 우리 국민과 일본 국민들의 갈등·구도는 한·일 정상 간의 정치적 협상으로 결코 풀어갈 수 없다. 일전에 오페라 <명성왕후>가 일본 동경에서 공연되었을 때, 일본 지식인들에게 충격적 감동과 자성을 안겨주었듯이 문화예술의 다양하고 폭넓은 교감을 통하여 그간의 분노와 증오심을 풀어가고 정화시켜 나갈 수 있다는 교훈은 항시 기억할 일이다.

제2장
시적 해석과 경계 허물기

1. 초허超虛 시의 형상화와 인식의 특성
2. 심연수 시문학과 고향 이미지의 층위
3. 영혼이 잠들지 않는 솔숲의 바람
4. 만남의 소중함과 수분守分의 인생론
5. 순수서정의 시학과 주의집중
6. 생명외경의 시학과 관조觀照
7. 시인의 응시와 자아 회복

문화비평서
인식의 전환과 현대시의 변주

‖1‖
초허超虛 시의 형상화와 인식의 특성

‖ 1. 서론 : 문제 제기

백두대간의 허리를 영동고속도로가 관통하고 있지만, 물안개에 젖은 대관령의 정상은 해발 표고 865m이다. 영동의 수부水府도시로 지조 있는 선비의 고장 강릉은 삼청(靑松, 靑水, 靑心)의 고장으로 일컬어진다. 경주와 함께 천년千年의 시향詩鄕인 강릉은 화폐의 인물 (율곡과 사임당)로 유명세를 달리할 뿐 아니라, 일제 강점기의 현대 문학사를 새롭게 조명시켜주는 심연수沈連洙(1918-1945) 시인의 등 장으로 주목을 받고 있지만, 우리 현대문학사에서 ‘호수와 파초의 시인’으로 다양한 삶을 마감한 초허超虛 김동명金東鳴(1900-1968)의 출생지이다.

광복 이후, 젊은 세대들에게 애송되었던 <파초>와 <내 마음>의 시인 김동명은 순수문학종합잡지인 『개벽』(통권40호, 1923년 10월) 에 처녀작 <당신이 만약 내게 문을 열어 주시면>을 발표하며 문단 에 데뷔했다. 이후 그는 6권의 품격 있는 시집을 간행하면서 우리나 라의 대표적 시인으로 자리매김하였다. 그러나 생리적으로 인위적 인 도그마에 구속되기를 원치 않는 한 시대의 진정한 크리스챤으로, 망국의 통한을 고아한 시적 형상화한 민족 시인으로, 교육자로 또

한때는 정객으로 분망한 삶의 거적을 남긴 보기드믄 실체이다. 초허
의 실존에 관한 지속적인 논의는, 영어몰입교육, 쇠고기 파동이 소
용돌이치는 혼돈의 시대적 현상에서 더 없이 소중한 인자因子로 제
기된다.

그 같은 까닭은 "조국을 언제 떠났노./ 파초의 꿈은 가련하다."로
시작되는 <芭蕉>를 그 자신이 민족과 조국(자연)을 애상적 음조로
읊으며 열정적으로 사랑하였으며, 조선어말살사건의 과도기에서도
우리의 언어로 <술 노래>, <狂人>(1942)의 시작詩作에 최후까지 도
전하였다. 뿐만 아니라, 현실의 통분을 극복한 그의 시적 동력이 기
독교의 박애정신과 깊은 연계성을 팽팽하게 유지하였기 때문이다.

사실 한국현대문학사에 있어 2인문단시대로부터 새로운 문학 활동
이 전개된 1920년대는, 다양하게도 『泰西文藝新報』(1918) 창간을 기
점으로 서구문학이 본격적으로 태동한 시기이다. 『創造』(1919)를 비
롯한 『廢墟』, 『薔薇村』 등과 또한 『朝鮮文壇』, 『文藝公論』 등의 순수
문학지와 『開闢』(1920) 등 일반 종합지 성격을 뛰운 잡지들이 다양
하게 출간되었다. 비록 이 시간대는 낭만주의 색채가 지배적이어서
시의 경우 1925년 조선 프롤레탈리아 예술가 동맹의 결성으로 카프
문학의 활동을 배제할 수는 없지만, 유미적이고 다소 퇴폐적인 경향
의 감상주의가 보편적이고도 지배적인 양상을 지녔다. 일단, 본고에
서는 초허의 애상적이고도 담백한 시적 정조와 간결한 언어로 직조
된 일련의 작품들은 우리 현대시사現代詩史를 장식하고 있다. 그의 분
망한 삶은, 부당한 권력에 의해 인권의 자유가 구속받던 불행한 시
대에 불의에 맞서 자신만의 신념과 의지, 그리고 신앙으로 실천궁행
實踐躬行하며 고뇌한 시간대와 맞물려 있다. 한편 그의 시편들이 독자
의 폭넓은 관심의 대상에서 멀어진 까닭은 그간의 평자들이 자연
적·목가적·전원적 시로 그의 시를 평이하게 해석하고 일축함으로

써 논의의 전개를 축소한 것에 기인한 탓이다. 일단, 초허의 미적 주권의 확립을 심도 있게 검색하기 위해 수용된 시적 형상화와 산문 전반에서 확인되는 기독교적 특성에 관해 논의하기로 한다.

2. 초허 시의 형상화와 내면 인식

한 시인의 생애와 사회적 환경, 작품 및 정신 등에 관하여 연구하는 것은 그 자체를 이해하는 정신작업으로 삶의 고통에 동참하는 생산적인 행위이다. 한편의 시는 개인의 생활과 사상·감정의 산물이기에 한 편의 시를 이해한다는 것은, 화자(persona)의 인간성과 정신세계를 아우르는 계기가 될 것이다. 필자는 편의상 『金東鳴 文學研究』1)에서 초허의 시력詩歷을 3기로 구분지어 기술한 바 있다. 초기는 나의 거문고(1923~1930)시대로, 인생을 고민하는 허무적 특성을 지닌 세기말적인 감상주의와 퇴폐적인 경향을 지닌다. 보들레르의 '악의 꽃'에 대한 헌시인 <당신이 만약 내게 門을 열어 주신다면>과 <애닯은 기억>, <내 거문고>, <기원> 등이 이 시기에 쓰여진 대표작이다. 중기는 파초(1936~1938)시대로, 절망적인 시대 상황과 인생의 무상함, 그리고 역사적 고뇌를 극복하려는 인생관으로 일제의 탄압을 피해 농촌에서 살며 민족적 염원을 서정화한 시기이다. <파초>, <내 마음은>, <생각>, <손님>, <밤>, <민주주의> 등이 쓰여 졌다. 또 말기는 삼팔선, 진주만, 목격자(1947~1957)시대로, 우울한 이야기로 민족의 참상, 태평양전쟁의 상황 및 일제의 암흑상, 그리고 풍물적인 사회상이 시적 형상화를 걸쳐 주로 감상적인

---

1) 엄창섭, 『金東鳴文學研究』, (학문사, 1986).

낭만이 주조를 이룬다. 그러나 이와 같은 정황 중에도 '운명의 아들, 카인의 후예後裔'를 자처한 초허의 시적 깊이와 골격은 '삶이란 한낱 환상과 가식에 지나지 않으며 죽음 속에서 또 다른 생명이 비롯된 다.'는 기독교적 부활론과 구원관의 상통이다.

> 그대는 차디찬 의지의 날개로/ 끝없는 고독의 위를 나르는/ 애달픈 마음/ 또한 그리고 그리다가 죽는/ 죽었다가 다시 살아 또다시 죽는/ 가여운 넋은 아닐까//
>
> -<水仙花>에서

초허는 일제 강점기에 몸담으면서도 유일한 탈출구로 문학의 길을 택한다. 그에게 있어 고독이란 안수길의 지적처럼 '남달리 조국과 민족을 사랑한 열정의 발로發露'이기에 예시豫詩인 <水仙花>는 단순한 연애적 감상이나 민족의 정한情恨을 읊은 서정시로 단정지을 수만은 없다. <水仙花>는 보다 높은 차원에의 민족과 조국혼을 시적 대상으로 형상화 한 민족시인의 절규絶叫로, 그것은 마침내 '죽었다가 다시 살아나는' 기독교의 부활론復活論을 축으로 한 불멸의 영혼으로 점철된다. 여기서 서정주의 『韓國詩文學略史』를 편의상 도입하면, 초허가 활동하며 시작詩作에 열중한 시간대는 '1919~1921 浪漫派 前期, 1921~1925 浪漫派 後期, 1925~1934 프롤레타리아詩, 1931~1942 純粹詩(1934~1942 主知詩, 1936~1942 人生派, 1940~1942 自然派), 1945~1950 解放後 前期, 1950~현재 解放後 後期로 구분지을 수 있을 것이다. 본고에서 『朝光』(1936년 1월호)에 조국을 상실한 비애의 삶을 영위하는 화자(persona)의 처지를 남국南國을 떠난 파초에 견주어 감정이입 수법으로 동일화를 꾀한 <파초>는, 상징·우의·의지·전원적인 시격詩格이 시각적 심상을 매개로 수용되고 있다. 이 같은 시편을 통해 충직한 한 사람의 독자인 우리는

시인이 자기의 감정적 상태 혹은 활동을 지각의 대상인 파초에 투사
投射하는, 시적 수법을 통해 동병상련同病相憐을 체득하고 있음에도
주목할 필요가 있다. 아울러 시작의 배경이 된 공간은 함경남도 서
호진西湖津의 처가妻家로, 그 자신이 우거寓居에서 일제의 탄압을 피하
던 때였다는 전기적 기술도 참조할 필요가 있을 것이다.

초허는 등단한 직후부터 아름답고 참신한 메타로 단조로운 문단에
서 명성을 떨쳤다. 비교적 동인활동을 하지 않은 것이 연유일 수도
있지만, 동시대의 문인에 견주어 양과 질적 면에 많은 결과물을 남겼
으나, 상대적으로 작가나 작품론에 걸쳐 다양한 연구와 평가가 결과
적으로 이행되지 않았다. 일부의 평자에 의해 안타깝게도 그의 시 전
반에 대한 평가마저 목가적 낭만적으로 고정되어 그 한계성을 벗어
나지 못하고 있다. 일찍이 <水仙花>를 가곡으로 작곡한 김동진은,
한 때 스승의 연緣을 맺은 그의 인간적인 면에 깊이 매료됐음을 술회
한 바 있다. 이것은 초허를 퇴폐적이고 전원파적인 낭만시인으로 국
한 지은 그간의 평가와는 달리 조국을 상실한 예술가의 고뇌를 민족
적인 서정과 독특한 미의식으로 표출하였다. 현실적으로 일제 강점
기 망국의 통분에 절규하는 뜨거운 피의 청년일지라도 체념이 아니
면 탈출할 통로가 없었기에, 의지가 나약한 지식인에게 치욕과 좌절
에서 오는 자학은 일차적 선택이며 그 가능성으로 치부될 것이다.

근자에 『親日人名事典』(2008)이 간행되어 친일의 개념, 한계성이
명확하지 못해 사회적으로 다소의 혼란을 증폭시키고 있다. 이 같은
현상에 미루어 당시의 상황은 이 땅의 문인들에게 '친일을 택하여
황국신민을 자처하거나, 일제에 저항하는 문학을 양산하거나, 또는
현실도피의 방안으로서의 자연귀의-정당화 될 수 없는 현실도피'를
택할 수 밖에 없는 운명적인 존재였기에 오늘의 우리가 임의의 잣대
나 주관적 판단으로 평가하며 질책할 수는 없다. 당시의 전원 파나

『文章』(1939년) 출신인 청록파 시인들, 그리고 초허의 시적 정조情調
가 다소 여유롭고 감상적인 것이나, 어떤 면에서 일제 강점기 사실
주의의 흐름도 이 같은 정황 중의 변형된 양상으로 해석될 수 있다.

> 자, 그러면 여보게, 잠은 내일 낮 나무 그늘로 미루고 이 밤은 노래
> 로 새이세 그려. 내 비록 서투르나마 그대의 곡조에 내 악기를 맞춰보
> 리. 그리고 날이 새이면 나는 결코 그대의 길을 더디게 하지는 않으려
> 네. 허나 그대가 떠나기가 바쁘게 나는 다시 돌아오는 그대의 말방울
> 소리를 기다릴 터이니
>
> -<손님> 중에서

시인이며 교육자, 종교인, 그리고 정객政客으로 다양한 삶의 거적
을 남긴 초허의 고향, 국도 변에는 "떠나기가 바쁘게 다시 돌아오
는" 주인을 기다리는 시비가 자리해 있다. 시비2)에 각인된 '시인의
약력' 일부를 인용해 보기로 한다.

> 한 시대의 준엄한 필주筆誅의 글이며 증언이기도 한 님의 정치평론
> 과 또한 정치활동까지도 필경 궁핍한 땅의 한 시인이 그리는 조국祖國
> 의 모습이 가져온 애국의 시작이며 창조의 시업詩業이었던 것이다.

특히 정치를 '또 다른 시'로 인식한 그만의 독특한 시각은 망국의
한恨에 절여 살아온 젊은이의 또 다른 열정의 표출로도 해석할 수
있다. 이미 동경 유학시절부터 정치에 대한 꿈을 키워 '정치는 제2의
시'라고 역설한 초허는 평론집 『나는 증언한다』(新雅社, 1964)에서
다음과 같이 <시와 정치, 그리고 현실>에 대해 인식하고 있다.

---

2) 1985년 11월 3일, 강원도 명주군 사천면 미노리 산61번지에 <민족시인
   김동명>의 시비공원이 준공되었음.

이 글은 내가 조국에 바치는 나의 시요. 또 이 책은 내가 겨레에게 보내는 나의 제7 시집인 것이다.…(중략) 내가 만일 내 시에 좀 더 충실할 수 있었다면, 나는 벌써 칼을 들고 나섰을지도 모른다.

사실 이 같은 예문을 통해 '계속 펜을 들고 살아갈 것인가, 아니면 칼을 들 것인가'를 수 없이 반복하며 고민한 흔적이 역력한 대목을 그의 저서에서 횟수가 잦게 접할 수 있다. 의도적으로 강릉 출신인 초허가 이 땅의 어느 시인보다 민족정신을 예술적 차원으로 승화시킨 민족 시인이라는 점, 그리고 만해萬海와 같이 민족의 뼈아픈 현실을 신앙에 의지해 정화시킨 종교 시인이라는 점, 기독교문학사에서 전혀 논의되지 않고 있는 현상이지만, 특징적으로 그의 내면인식에 일관되게 깔려 있는 '죽음 의식', 저항시를 쓰면서 함께 한 산문에 대한 검토 등도 심층적으로 검색되어야 한다. 비록 서울 망우리 가족 묘소에서 고향을 떠난 그 애잔함으로 <파초>의 혼 불로 타 오르는 시인의 <내 마음>에 이 시대를 살아가는 후학인 우리가 더 이상의 머뭇거림 없이 결단코 '피리를 불어주어야 할 시간대임'을 애써 천명闡明한다.

한국현대시사에서 '전원시인, 목가적 시인'이란 평가를 받을 만큼 자연 친화적인 초허에게 자연이란, 상실한 조국의 산하이며 삶의 이상향으로 결부된다. 시선집 『내 마음』3)에 수록된 시편에서 다양하게 확인되는 '흐름이며, 생명의 원천源泉, 그리고 변전變轉'의 속성을 지닌 물의 상징성은 그의 시에서 힘의 집합으로 바다와 같이 거대한 세계를 형성하고 있다. 이처럼 대상과의 은밀한 결합으로서 물의 이미지는 그리움의 정조情調 즉, 시적 대상과의 합일을 지향하는 열망으로도 해석되어진다.

---

3) 김동명문집간행편, 『내 마음』(新雅社, 1964).

초허의 산문散文(수필, 수기, 정치평론 포함)을 일반적으로 고찰하면, 기독교 사상적 경향, 즉 냄새나 느낌이 너무 강하다. 그의 산문은 그 자신이 정치평론집 『나는 증언證言한다』의 후기에서 '나의 제7시집'으로 기술하였듯 충실한 시 작업을 위한 열린 통로로 의관衣冠, 즉 형식을 비러 쓴 흔적이 여실하다. 작품 <고독孤獨>에서는 '무릇 인간으로서는 신을 떠나서 살 수 없는 것도 그 타고난 운명인 것이다. <自畵像>(요한12:24, 창세3:19)의 인용이나 "「여호와」도 일찍이 소돔성城에 유황불을 나리시지 않았든가?(술 노래 解題/창세19:24)", <三樂論>(창세2:22, 눅2:7~10, 창세20:3~17), <세대의 揷繪>(마 26:75, 마27:3, 마6:33, 마27:32~33, 마7:6), <敵과 同志>(마10:35~37), <第二代國會行狀記>(창세19:24, 창세18:32), <愛國者냐 反逆者냐>(마7:16~18), <歷史는 보고 갔다>(마11:3), <民主黨에 바람>(요8:7, 마5:39), <批判精神의 昂揚을 爲하여>(마5:13), <神의 誕生>(창세1:27, 마2:11), <民族主義와 民主主義>(마9:17), <時局은 重大하다>(마4:4) 등을 통해서 확인할 수 있는 점은 초허 자신이 구약성서 보다는 신약성서를 자주 인용하였으며, 4복음서(마태, 마가, 누가. 요한복음) 중에서는 "하나님의 선물膳物로 약속된 왕국王國4)"을 예언한 마태복음의 말씀을 빈도수 높게 사용하였다.

특히 수필의 본말 중 '바벨塔, 나사렛, 요단江, 요한, 牧師, 예배당, 강단, 이스터의 季節' 등 기독교의 용어가 상식선 이상으로 폭넓고 다양하게 사용되어 기독교적 특색을 강하게 노출하고 있다. 차지에 문장 곳곳에서 접목되는 설교 투의 가르침, 문장 기술이나 어법에도 관심을 지니어 기독교적 시문학의 발전·변형에 대한 검토도 초허의 문학을 새롭게 정리하는 차원에서 반드시 모색되어야 한다.

---

4) 강병도 역, 『톰슨 聖經』,(기독지혜사, 1984), p.1364.

3. 결론 –남는 문제

이상에서 간략하게 기술하였지만, 지금까지 김동명에 대해서 본격적인 연구가 수행되지 못하고 몇몇 연구자에 의해 인상 비평적으로 다루어진 점은 못내 아쉬움이 남는다. 그간에 문인들에게는 '문단 밖의 浪人', 정치인들에게는 '문단의 周邊人物'로 경시된 초허에게 그나마 한국 현대문학사에 견주어, 기독교계나 신학대학에서 그의 실체가 일체 논의되지 않은 현상은 안타까울 뿐이다. 그의 시 해석에 있어 물의 형상화는 상실된 조국의 그리움으로, 유년시절 그 자신이 고향을 등진 유랑과 접맥된다. 그의 시에서 소재로 즐겨 다루어진 '돌·물' 같은 자연의 기본적인 물상은 항구적이나 인간의 의식과 존재는 가변적이고 일시적이다.

　그 가운데서도 물의 속성, 이것은 물의 美感을 형성한다. 물의 예술적 미감을 기초로 하여 종교적 神秘性이나 도덕적 교훈성이 증명된다.[5)]

　일반적으로 물은 인류학이나 潛在心理學에서 생명의 원천, 久遠한 생명의 母胎를 象徵한다.[6)]

이처럼 종교적 재생의 한 과정으로서 죽음에의 유혹誘惑으로 표현되는 물은, 상상력의 원천이나 시적 상상력을 통해 다양한 이미지로 확장된다. 물은 생리적으로 시적 자아와 세계를 소통시켜주는 매개

---

5) 엄창섭, "초허 김동명문학연구", (성균관대학교 대학원 박사학위논문, 1986), p.35.
6) 金烈圭, 『韓國民俗과 文學硏究』, (一潮閣, 1971), p.216.

적 대상이다. 일단, 초허의 시편에서 변형의 표징인 물의 이미지는 힘의 집합으로 교감의 공간이거나 시간의 매체로도 사용된다. "하하하. 그러면 그대는 황혼과 함께 영원히 내 것이 된답니다 그려.(황혼의 속삭임)"에서 황혼이 자리한 공간에 생동감과 낭만적인 전원의 모습이 현현하고 있음이 감지되듯 황혼의 에로틱한 낭만성은 사랑의 비극적인 이별을 가져오는 귀결로 유추할 수 있다.

근간에 비중 있게 논의되고 있듯이 전원을 구가한 시에서 사회적 경향의 시까지 다양한 시세계를 구축한 초허에게, 비교적 물의 이미지를 전개할 때보다 아름답고 시적인 때는 없었다. 이처럼 감미로운 시 속에서 그는 끊임없이 또 다른 세계를 동경하고 추구하였다. 그 같은 까닭에 광복 이후 사회현상에 민감해질수록 그의 시는 점차 서정성과 시적 긴장감에 거리를 두다가 비로소 50대 이후에는 정치평론이라는 새로운 장르의 지평을 열고, 마침내 정객政客으로 변모하여 이 땅의 민주화를 위해 몸을 던진다. 한편, 노년기엔 지성적 면모를 지닌 정객으로, 시대의 비통함을 신앙으로 굳건히 인내하며 미래의 꿈을 확신했던 예언자적 시인이었다는 점은 반드시 평가되어야 할 업적이다.

예감의 시인인 초허는, 신사참배의 조짐이 사회 도처로 점차 파급되는 시기에 기독교 교세의 확장을 위해서는 명분상 교파간의 분파 조성보다는 화합을 다져야 하는 힘의 역동성을 시사示唆하며 기독교계에 본격적인 논문을 발표하였다. 「장감 양 교파 합동 가부 문제長監兩敎派合同可否問題」(진생眞生 54호, 1929. 6.)는 현실 정황에 비춰 장로교와 감리교 분리의 부당함을 논리적으로 기술한 점을 미루어 그의 기독교 신앙과 학문성의 깊이가 점철點綴된다. 특히 문제의 논문이 발표된 『진생眞生』은 1925년 9월에 창간된 기독교의 월간지로 편집 겸 발행인은 앤더슨(W.J. Anderson)이다. 한편 초허는 1923년 3

월에 도일渡日하여 청산淸山학원 신학과에 입학하고 1928년에 졸업한 신학문의 습득자였으나 그 자신은 목회를 하지는 않았다. 비록 임종 직전 아들(김병우)의 간청에 의해 천주교로 개종하였으나, 생전에는 장로교에 교적을 두었다. 1948년 5월~1960년 6월까지의 기간을 이화여자대학교 교수로 재직한 것도 결코 우연일 수는 없지만, 1923년 일본에 유학하기 전, 서호西湖에 잠시 체류할 때에도 한 달에 한번 꼴로 교회당에서 설교를 하였다. "마음이 청결한 자는 복이 있나니 저희가 하나님을 볼 것임이요(마5:8)"를 좌우명座右銘으로 삼아온 그의 행적을 미루어 볼 때 어디까지나 제도에 구속되기를 거부한 자유분방한 종교 시인이었다. 또 그의 경력 중 1947년 4월 한 때나마 김재준 목사의 사택에 기거하며 한국신학대학 교수로 재직한 것도 고려될 항목이다.

특히 초허의 시편 중에서 "아아, 幸福스런 꽃이여!/ 「그리스도」도/ 하마터면 너 때문에/ 詩人이 될뻔 하셨다./ 아아, 榮光스런 꽃이여! (白合花)"를 비롯하여 <기원>, <수난>, <애사>, <명상의 노래>, <성모 마리아의 초상화 앞에서> 등은 물론이거니와 『동아일보』사설을 통해 민주수호를 위하여 정권의 부당성을 강도 높게 제기하며 정치평론의 지평을 열어준 평론집 『나는 증언한다』(新雅社, 1964)를 통하여, 정권의 부당함에 항거하며 위엄 있게 예리한 필봉으로 대처하였던 그의 지사적志士的 행적이 기독신앙과 접목되어 있음은, 시문학의 내면적 특이성을 고찰함으로 쉽게 파악되어진다.

결론적으로 한국현대사에 있어 초허는 문학·정치·교육·종교 등에 걸쳐 다양한 족적을 남긴 인물이다. 특히 그의 문학관은 명상적·사색적 태도로서 비유적 이미지와 회화적 기법으로 즉물적 현상을 시로 형상화하는데 성공한 시인이다. 일제 강점기엔 상징적 서정시를 발표한 저항시인으로 민족적 비애를 절창絶唱하며 교육계에 투신하였다. 한편 공산치하에서는 압정을 배격하였으며, 무능한 자유당과 군사정권 당시 민주수호의 지성으로서 진실과 정의를 위해 주저할 줄 모르는 예리한 필봉의 소유자였다. 이 점은 그 자신이 김용호金容浩에게 답한 <恥辱의 辯>에서 '민주주의를 수호하고 독재악獨裁惡의 퇴치를 생애의 남은 과업으로 생각한다.'라고 천명한 바 있듯이, 소박한 종교 시인으로서 자신의 작품 속에 특성 있게 기독교의 부활復活을 축으로 한 죽음의식마저 긍정적으로 수용하였다. 따라서 그 자신은 내면의식에 '개아個我와 절대자와의 합일, 그리고 죽음을 완전한 자유를 누리기 위한 성취의 과정으로 인식하면서 영원한 정신적 자유를 허락한 신의 은총恩寵'을 수긍한 점은 새로운 시각에서 논의되어야 한다.

　　* 강릉지역의 교회 역사 환경 (이해를 돕기 위하여, 『목회와 신학(1990. 10)』에서 발췌하여 옮겨 본다. 필자)

　　대관령 아흔아홉 굽이굽이. 산허리를 나선형으로 감아 오르는 해발 표고 865m를 가리키는 대관령 고개 마루에서 갑자기 차가 멈추는 듯하여 눈을 멀리 뜨고 아래를 내려다보았다. 차창으로 구름 안개가 우리의 허리를 휘감듯 흐르고 있다. 순간 하늘에서 내려오는 천군 천사들의 옷자락 소리가 들리듯 한 환상 속으로 젖어들었다. 천사들의 옷자락 소리에 묻혀 바다를 뒤에 둔 촘촘한 시가지가 펼쳐지기 시작했다. 이 시가지가 바로 청송青松 · 청수青水 · 청심青心의 고장 강릉이라고 한다.
　　대관령은 속칭 원울이 고개라고도 한다. 옛날 강릉에 부임하는 원님이 이 고개에서 두 번 울었다 해서 붙은 이름이라 한다. 한번은 부임하면서 험준한 산림을 지나 이곳에 올라서는 "에고, 내 여기서 어이 지내노"하고 한탄 하며 운다는 것이고, 또 한 번은 산 좋고 물 좋고 사람 좋은 강릉을 떠나며 그동안 든 정을 못 이겨 운다는 것이다.

앞서 말한 대관령 아흔아홉 굽이는 고속버스 안내양이나 관광회사 안내원이 만들어낸 말이 아니다. 그것은 대관령의 장엄함과 그 고갯길을 넘어야만 바깥 세계와 숨통을 틀수 있었던 이곳 사람들의 절연함을 동시에 나타내는 표현이다. 거기에는 갇힌 사회에서 벗어나고자 하는 욕망과, 그러기 어렵다는 절망이 함께 깃들여 있다. 그만큼 이 대관령은 철도가 놓이기 전까지 강릉 땅을 넘나드는 오로지 하나뿐인 통로였다. 이곳 사람들이 흔히 하는 강릉에서 태어나 평생 대관령을 한 번도 넘지 않고 죽으면 그보다 복된 삶은 없다는 말을 강릉 땅이 살기 좋은 곳이라는 자랑을 나타낸다고 하지만 달리 풀이하면 대관령이 얼마나 험준한지를 나타낸 말과 다르지 않다.

· 강릉이 심한 몸살을 앓고 있다

이처럼 한반도의 오지이면서도 산과 바다와 호수가 한데 어우러져 절경을 이루고 있는 강릉은 뼈저리게 가난했던 우리나라 사람들이 산업화의 물결로 조금 여유를 찾게 되면서부터 심한 몸살을 앓고 있다. "여름만 되면 가만히 앉아서 피해를 보는 도시입니다. 전국에서 피붙이들과 피서객들이 몰려드니 물가는 사정없이 뛰고, 오는 손님들 뒤치닥거리 해야지요. 그러다보면 남는 것은 쓰레기뿐입니다. 덕 보는 사람들이야 장사꾼들이지요. 오죽하면 대표적인 석호라고들 하는 경포호가 썩어가겠습니까?"

강릉시내에서 누구를 만나도 쉽게 들을 수 있는 이 말 속엔 강릉 시민의 잠재된 피해의식이라고도 할 수 있겠다. 그들의 표현에 따르면 강원도란 이름 자체가 강릉의 강자江字와 원주의 원자原字를 따서

이루어질 만큼 강원도에서 맏형 된 지역으로서 자부심을 갖고 있었
는데, 도청도 춘천에 빼앗기고, 그나마 위안이 되었던 절경조차도
바깥사람들이 쉴 새 없이 몰려들어 사정없이 짓밟아대니 자연이 죽
어가고 있는데 안 그러게 됐느냐는 점잖은 항변이었다.

　뛰어난 여류 예술가요, 동양의 여인상으로 추앙받는 신사임당과
그녀의 아들로 대학자요 정치가였던 이율곡이 이 곳 강릉 출신임을
모르는 사람은 아마 없을 것이다. 「홍길동전」의 저자로 혁명적 사회
개혁론자였던 허균과 그의 누이로 우리나라 여류 시인의 원조며 남
존여비의 시대 때 규방생활에 한을 품고 요절한 허난설헌도 강릉 출
신이다. 허균은 명주군(강릉권을 이야기 할 때 대부분 명주군을 포
함시킨다) 사천면 진리 외가에서 태어났는데, 지난 83년 그곳에 그
의 시비가 세워졌다. 허난설헌은 간수를 안 쓰고 바닷물을 고아서
만든 값싼 순두부로 유명한 초당동에서 태어났다고 하는데, 지금도
그가 살던 집이 2만평을 자랑하는 초당솔밭(松林) 한가운데 옛 모습
을 거의 그대로 간직한 채 서있다.

　· 파초의 꿈과 시인의 고향

　크리스챤인 우리로서는 그 누구보다 더 소중히 간직해야 할 시인
이 있다. 민족적 수난시대에 태어나 잃어버린 조국을 부르며 민족
시인으로 교육자로 살다간 초허 김동명 시인이다. '조국을 언제 떠
났노. 파초의 꿈은 가련하다'로 시작되는 파초로 널리 알려진 그가
민족과 조국(자연)을 사랑하며 현실의 아픔과 비애를 기독교 신앙에
의지하여 극복하려던 그의 근본이념이 기독교의 박애정신과 깊은
관계를 맺고 있음을 알고 있는 크리스챤은 그리 흔하지 않다.

　초허의 본격적인 논문이라 할 수 있는 "장감양교파합동가부문제

長監兩敎派合同可否問題에 대하여 (「眞生」, 54호, 1929. 6)"를 발표하여 그의 기독교 정신을 추적하고 있는 시인 엄창섭 교수(관동대 교무처장)는 "초허의 시 '기원 수난' '애사' '명상의 노래' '백합화' '성모 마리아의 초상화 앞에서' 등은 말할 것도 없고 정치평론집『나는 증언한다』를 중심으로 살펴보아도 그의 생애는 기독교를 축으로 해서 접맥되고 있습니다."라고 했다.

엄창섭 교수는 계속하여 "초허는 일본 청산淸山학원 신학과에서 신학을 공부했지만 목회를 하지 않았어요. 신학을 전공하기 전 서호西湖에 있을 땐 한 달에 한번 꼴로 교회에서 설교를 하기도 했습니다. 마음이 청결한 자는 복이 있나니 저희가 하나님을 볼 것임이요(마5:8)를 좌우명으로 삼은 그는 한마디로 자유분방한 종교 시인이었지요." 라고 했다. 강릉-속초를 잇는 국토 변(명주로)에 있는 그의 시비공원엔 10m정도 되는 시비가 서 있고, 대표작 2편-'파초'와 '내 마음은'-과 역시 이 지방 출신으로 수많은 기독교시를 쓰고 있는 황금찬 시인의 송시가 새겨져 있다. '김동명-> 황금찬-> 엄창섭' 순으로 이어지는 강릉 출신 기독교 시인들은 저마다 한몫씩 하고 있다. '영혼은 잠들지 않고'로 유명한 황금찬 시인은 이미 문단에서 원로 대우를 받으면서 해마다 여름이면 이 지방에서 열리는 해변시인 학교 교장 직을 여러 해째 장기집권(?) 해오고 있다. 최근에 시집「눈부신 약속」을 출간한 엄창섭 교수는 고향을 지키는 장로 시인으로서 주로 바람이 심하게 부는 날, 창이 흔들리는 소리가 들리는 가운데 성경을 읽으며 시를 쓴다고 한다. 이와 같은 때, 그는 영혼의 깊은 소리를 듣는 느낌이 든다고 하면서.

· 복음의 씨앗을 뿌린 쿠퍼 목사

산과 바다와 호수를 끼고돌며 다정다감한 자연환경을 가진 강릉에 복음의 씨앗은 언제 흩날려 왔는가? 이 문제를 추적하는 것이 우리의 가장 큰 과제 가운데 하나지만, 대부분의 지방에서 체험한 것처럼 충분한 사료史料도, 보존된 기독교 유적지도 오늘을 위해 남겨진 것이라곤 거의 없었다.

기록으로 정확히 나타나있는 것은 아니었지만 주문진감리교회 이종만 권사(現/장로)에 따르면 1900년 초 원산에서 울진까지 선교 사업을 벌이던 선교사 쿠퍼 목사가 당시 진사부인이었던 김원준(주밀리엄) 여사와 함께 강릉에 처음으로 복음의 씨앗을 뿌린 것 같다고 했다. 원산중앙감리교회에서 부설병원으로 구세병원을 세우고 약병을 자체로 생산할 정도로 큰 규모의 선교활동을 벌이던 쿠퍼 목사는 살아있는 천사 등의 애칭을 들으며 숱한 일화를 남겼다고 한다. 그가 일제말 일제의 선교사 추방령으로 미국으로 잠시 건너갔다가 다시 한국에 와 감신대에서 교편을 잡기도 했다는 것, 말고는 강릉 사람들이 쿠퍼 목사에 대해 기억하는 것이 거의 없었다.

김원준 여사는 쿠퍼와 더불어 복음 전파에 동역을 이루던 한국부인으로서 예수를 믿는다는 이유로 가문에서 버림받기에 이르렀다. 영동지방 교회의 뿌리라고도 하는 그녀가 강릉에서 복음을 전파하거나 장성에서 말년을 보냈는데, 얼마나 기도를 열심히 하였던지 특히 임종 3년 전부터 무릎을 거의 펴지 않아 구부린 그대로 죽음을 맞아 후손들이 팔다리를 펴서 입관할 정도였다고 한다. 그리고 1900년 강릉 명주동에 명국성 씨의 개인주택(초가 8칸)에 기도처가 마련되고 집회가 이루어졌는데 이것이 오늘날 **강릉중앙감리교회의** 첫 출발이다. 당시엔 20~50명 안팎의 교인들이 이동식 목사(초대 담임목사)의 인도로 모였다고 한다. 이 시기는 노일전쟁, 을사보호조약, 이등박문 피살, 한일합방 등 울분과 치욕을 느낄 수밖에 없는 우리의 민족사에서 절망적인 상황이 계속되던 때였으니 당시 민족을 위한 교인들의 기도 제목도 쉽게 유추해 볼 수 있다.

교회에서 예수 그리스도와 민족을 사랑하는 방법을 배운 교인들은 1919년 4월 2일에 있었던 강릉만세운동은 당시 중앙감리교회를 담임하고 있던 안경록 목사(6대 담임목사)를 중심으로 교회에서 태극기를 인쇄하여 장터로 나가 일반인들에게 나눠주면서 교인들이 주도했다고 한다. 그날이 장날이었지만 40명 정도가 동원됐다는 것은 비록 대중의 큰 호응은 받지 못했지만 그 당시 살벌했던 사회분위기로 볼 때 목숨을 건 참여였음은 분명한 사실이다. 이처럼 목숨을 걸고 만세시위를 벌였던 시장 통 거리도 개발에 밀려 풍물시장으로 변하여 옛날 모습은 흔적조차도 없었다. 이뿐만 아니었다. 1915년 5월 강릉에서 최초로 세워진 의숭유치원 역시 최초란 말이 무색할 만큼 그 자리엔 이미 여관이 들어서고 말았다.

발전과 진보의 역사를 위해 군이 옛 모습 그대로를 유지할 필요가 있느냐, 그 자리를 비싼 값으로 팔아 다른 곳에 더 웅장하고 화려하게 지으면 된다는 생각에서인지 국토기행을 할 때마다 우리는 신앙의 선배들이 겪은 고난과 영광의 현장이 홀忽이라도 남아 있으면 할 때가 한 두 번이 아니다. 어떨 땐 국토기행 자체를 아예 포기하고픈 생각이 들기도 하지만, 그나마 이렇게라도 우리가 정리해 두지 않으면 우리민족의 사도행전적인 신앙의 현장은 깡그리 사라지고 말 것 같다는 절박한 심정으로 달마다 새롭게 출발하는 것이다.

| 2 |
심연수 시문학과 고향 이미지의 층위

| 1. 심연수, 그 불멸의 시혼

일상적인 삶에 있어 특정 사람과의 만남은 운명적일 수 있다. 그 실례가 사적으로 21세기 벽두부터 8년 남짓한 기간 동안 향리 출신의 민족시인, 청송靑松 심연수의 조명과 시문학사상의 연구에 관심을 기울여 온 작업일 것이다. 일단, 한 사람의 문인으로 몸담은 공간과 시간대에 관심을 지닌다는 것은 응당 시대적 소임이며 도리이지만, 저자 또한 『20세기 중국조선족 문학사료전집(심연수 문학편)』(중국조선민족문화예술출판사, 2004)이 새롭게 육필의 검증을 거쳐 수정본이 출간되었고, 종전의 『민족시인 심연수의 삶과 문학』(홍익출판사, 2004)도 보완하는 한편, 『심연수문학연구』(푸른 사상, 2006)를 최종인 박사와의 공저로 간행한 일환의 작업이다.

한국현대문학사에서 새롭게 논의되는 심연수는, 조국에 대한 집념을 불멸의 시혼으로 승화시킨 민족시인임에 틀림이 없다. 2001년 8월≪우리문학기림회≫에 의해 중국 용정실험소학교 교정에 시비(地平線)가 건립되었고, 국내에서는 의로운 삶을 기리기 위해 생가 터 인근의 경포호변에 ≪심연수시인선양사업위원회≫(2004. 5. 20)에서도 시비(눈보라)를 제막하였다. 물론, 우리현대문학사에 있어 『개벽』

(1923)을 통해 등단한 강릉(사천면) 출신의 초허 김동명은 시집『나
의 거문고(1930)』를 펴냈다. 전원적인 서정성을 민족적 비애로 형상
화한 이 시집은, 공간적으로 강원지역 현대문학의 지평을 여는 계기
가 된다. 이 무렵 백담사에 은거한 만해萬海는『님의 침묵(1926)』을
묶어 민족에게 봉헌하였으며, 또 강릉 출신의 박기원朴琦遠(1908~
1978)도『문예공론』(1929)에 <洪水>를 발표하였다. 공간적 측면에
서 심연수는, 격랑의 한 시대를 생존하면서 기질적으로 문단이라는
울타리 속에 처하기를 원하지 않았던 김동명과 출생지를 함께 하고,
윤동주와도 그 맥을 함께 한 인물이다.

　심연수 자신이 즐겨 다룬 한국의 자연은 곧, 유년의 기억 속에 항
상 잠재된 고향으로 해석된다. 예부터 강릉은 경주와 함께 한국의
천년 시향詩鄕으로 일컬어져 온 지역으로 자연이 아름다워 "溟州詩
人之多(藥城社詩集序)"라는 지적처럼 비교적 문사들을 많이 배출한
도시이다. 1919년(대정 8년, 강릉인쇄소)에 간행된『藥城詩稿』를 통
해 그 사실은 입증된다. 심연수의 시편에 내재된 순수와 정의, 진리
를 추구하는 시정신과 담백한 시미詩味는 단시적인 틀 속에 담겨 서
정적 미감으로 처리되었으며, 1940년대 전반기 문학사의 공백기를
메우며 치열한 저항과 인간미가 넘치는 서정시를 썼음은 객관적으
로 확인된 바다.

　일단, 현대문학사에서 논외의 대상인 심연수에 대한 정황은, 중국
현지나 우리 문단에서 "암흑기 민족의 별, 재중국조선인 문학의 산
맥, 일제 강점기의 대표적인 저항시인, 하나의 詩聖" 등으로 다양하
게 평가되고 있다. 문학의 장르를 폭넓게 갈마들며 활동한 그에 대
해『한국시대사전』(을지출판공사, 2002)의 수록은 물론이거니와, 문
학사적 위상과 시학에 대한 논의는 심연수선양사업위원회와 한중국
제학술심포지엄, 국제한인문학회, 부경대학교 인문연구소 등에서도

심도 있게 다루어지고 있으며, 근자에도 석·박사학위 논문이 발표되고 있는 현상이다. 현재 강릉경포초등학교 옛 건물에 <헤르만 헷세 문학박물관> 건립이 리모델링 중에 있는 시점에서 그의 생가(강릉시 난곡동 399번지) 터에, 가까운 시일에 테마파크의 성격을 지닌 문학공원이 조성되어 저항기 민족 시인으로의 위상을 정립하는 것은 후학의 몫이기에 통시적 관점에서 <심연수 시문학과 고향 이미지의 층위>에 관한 논의는 바람직하다.

2. 시사적 검토와 심연수 시의 특성

그간에 심연수 시문학에 대한 다각적인 해석을 위해 시사적 검토와 특성의 측면에서 구분지어 기술하는 것은 그의 시에 있어 분할·통합의 효과적인 결과가 될 것이다.

1) 시문학과 시적 층위

연구사적 맥락에서 그에 대한 조명작업이 진행되는 과정에서 석·박사학위 논문7)을 포함하여 허형만, 이명재, 임헌영, 이승훈, 홍문표, 김우종, 오오무라 마스오 교수 등의 검증된 결과물과 박미현 기자의 심층보도 등은 그 맥을 함께 한다. 한편 황규수에 의한 『심연수 원본대조 시전집』(한국학술정보(주), 2007), 이경득의 소설 『불멸의 혼불-심연수』(성원인쇄문화사, 2007) 등에 의해 그의 삶과 문학세계 검증은 새로운 의미를 지닌다. 심호수에 의해 유고가 발굴된

---

7) 金海鷹, "沈連洙詩文學硏究"(한국정신문화연구원 박사학위 논문, 2004. 2), 최종인, "심연수시문학연구"(관동대학교 대학원 박사학위 논문, 2006. 2)

2000년 이후, 그간의 연구 결과에 견주어 심연수의 위상은 일제 강점기의 윤동주와 쌍벽을 이룬다. 윤동주의 시가 부끄러움의 미학에 뿌리를 둔 여성적이며 비장성에서 뛰어난 반면, 그의 시는 남성적이며 거창함과 정신적 빈곤에서 생산된 불안의식으로 구별된다. 앞서 용정의 통신원인 김문혁은 "용정이 낳은 또 한 명의 저항시인 심련수, 그의 이름과 청춘의 뜨거운 피로 쓴 주옥같은 시편들은 윤동주와 마찬가지로 우리 민족의 마음속에 깊이 자리 잡을 것이다."로 지적하였다.

비교적 그의 시편에서 유년의 그리움으로 단정 지을 수만은 없지만, '강과 호수, 그리고 바다'가 연계된 변전의 표징으로의 물이 많이 차용된 것은 항구와 같은 고향江陵의 강한 이미지가 그의 의식 속에 잠재하였기 때문이다. 아울러 심연수 시인에게 있어 고향의 개념은, 일제에게 강탈당한 한국적 자연(공간)이기에 이역인 용정에 몸담고 있으면서도 향수에 스며 있는 지극한 소망, "내 마음에 흰 돛을 달고/ 네 가슴을 헤쳐 가리라/ 그 님 가슴에 안기러 가리라.(수평선)" 이 같은 시적 형상화는 뜨거운 눈물의 질료로 작용한다. 편의상 심연수 시인의 시적 긴장미를 통한 시의 경향은 1)시의 유연성과 병폐성, 2)전통의 인식과 고향회귀성, 3)시의 호방성과 거창성 등으로 지적할 수 있다. 반세기 동안 실체를 파악할 수 없던 심연수 시인의 문학 자료는 대다수 미 발표작으로 광복 전에 창작된 것이다. 때문에 해방 후 중국의 문화혁명의 와중에서 그의 유작이 발표될 수 없던 점은 충분히 고려되어야 한다.

2) 정직성과 남성다움의 시적 매력

심연수의 시 의식을 중점적으로 논할 때, 그의 시편은 정직한 언어의 행보나 시적 구사로, 가식되지 않은 일상의 어법으로 처리된

질감의 투박함이다. 이 같은 그만의 시적 특성은 1)정직한 시어의
구사력, 2)남성다움과 신념의 노래, 3)빛나는 서정과 시의 틀이 흔들
림 없이 유지된 점이다. 새롭게 조명 받는 심연수의 시편에는 순수
한 영혼과 신념, 그리고 날카로운 비판과 준엄한 자기반성이 형상화
되고 있다. 대체로 그의 시편은 사회적 공간의 모순, 비정, 모함, 비
열한 이기주의, 환경 등 동시대가 지닌 부조리로 응축된다. '눈을 감
고 귀를 막고 입코까지 막어라'라고 강하게 역설하는 것은 시의 틀
에 담아 표출하려는 조짐의 대응對應이다. 그만의 독자적인 시적 대
상은 삶의 편린에 해당되지만 실상은 민족이 겪는 시대적 고통으로
총체적 삶의 표징이다. 빛나는 서정과 시격을 유지하는 심연수의 시
적 메시지는 비교적 리얼리즘 쪽으로, 정지용보다 김기림적인 모더
니즘 경향에 편중되고 있으며, '체험+형상'이라는 시의 틀은 이를 증
명한다.

특히 검증된 258편의 시편 중 <옛터를 지나면서>, <바닷가에서>,
<鏡浦臺>, <鏡湖亭>, <兄弟岩>, <海邊一日>, <새바위>, <竹島>
등은 민족 고유의 4음보율의 시조 형식에 담아낸 현실 인식의 자장磁
場에서 형성된 결과물이다. 그만의 빛나는 서정은 한국적 자연에 힘
입고 형상화되어 체험과 관념의 틀 속에서 새로운 시의 가능성을 열
어주고 있다.

3) 시 특성과 역동적인 힘

심연수 시의 틀 짜기란, 혼돈의 문학풍토에서 새로운 정체성(identity)
을 추구하는 정신적 형상화의 접목이다. 그의 인식과 삶의 실체를
해체, 통합하는 정신작업은 시인이 생존했던 당시의 전통적 문학의
토양으로서의 상황 설정에 해당한다. 그간에 한국의 전통문학에 견
주어 문학적 암흑기[8)]에서 심연수 시인의 시편을 시의 주제나 경향,

그리고 꼴(형식)을 무의미한 상태로 치부할 수는 없다. 근간에 그의 시적 모더니즘 성향에 대해 소수의 평자들은 두 가지 요소에 의견을 함께 하고 있다. 즉 일제 강점기 민족의 저항성과 전통성의 인식, 그리고 미학적 승화로 부각되는 모더니즘적 요소인 현대성에 대한 위상의 확장이다. 민족성과 현대성은 심연수 시의 양대 축이다. 전자의 민족주의 성향은 비교적 연구되어 왔지만, 후자의 모더니티에 대해서는 특징적 단초로 논의될 뿐, 아직은 미흡한 연구에 머물고 있다.

　이 점에 있어 김명순의 <심연수 시의 상상력과 모더니티 연구>는 시의 현대성에 대한 이 계통의 선행연구이다. 이 같은 시각을 확대 해석하면, 암울한 미래의 삶에 대해 현재 결정하지 못하는 의사 결정은 보류의 결과로 유추할 수 있다.[9] '조선어말살'이라는 시대적 상황에서 시적 완성과 만족을 확보하는 유일한 방법이 새로운 문명과 정신적 원천을 찾는 도구로 대치되었을 가능성이 예상된다. 이 점은 ≪심연수문학편≫에 수록된 다수의 '일기 및 서간, 기타 글', 그리고 '추가 발굴된 일문 시편'에 의해 그의 시적 콘텍스트(context)에서 색채와 특성이 다양하게 확인되고 있기 때문이다. 특히 1940년대 패망을 앞둔 일제의 황국신민정책에 동화되기를 거부하고 역사의식으로 민족에 대해 미래의 의지를 일깨워준 시적 성과는 값진 것이다.

　시적 상상력 연구가 보다 심층적인 분석과 접근을 통하여 명료하게 천착穿鑿되면, 그의 시에 대한 비평적 패러다임 정립은 무엇보다

---

8)　강원도민일보사, 『소년아, 봄은 오려니』(민족시인 심연수 시선집, 2002) pp.201-203.

9)　이에 대한 논증할만한 근본 자료가 없는 것이 아쉽다. 다만 미화된 프론티어 정신을 강조하거나 시대적 주제의식을 강조하지 않고, 순수 시적 자료(시 성격 및 어조 등)만 의존해서 평가할 때의 유학의 성격은 미결정의 새로운 탈출구로서 이해할 수 있다.

가능하다. 일단, 그의 시 연구가 문학 콘텍스트 내에서의 비평, 민족
의식 비평, 고향의식 연계 비평 등의 미흡한 단계로 지적되고 있는
현실은 안타깝지만, 시문학 전반에 대한 본격적인 연구가 수행된다
면 그 나름대로 연구물은 빛을 볼 것이다. 김해응은 "심연수의 생애
와 시세계 연구"10)에서 시사하고 있다.

3. 저항기 문학의 이해와 해석

저항기 문학의 새로운 지평과 심연수 시문학의 시간과 공간 문제
에 대한 다양하고 깊이 있는 해명은 문학사적으로 거쳐야 할 엄연한
통로이다.

1) 저항기 문학의 새로운 지평

『20세기 중국조선족문학사료전집』의 재출간 동기를 이상규가 피
력하였지만, 국권의 상실된 처지에서 심연수 시인이 문학과 사상을
갈마들며 추구한 정의와 진리는, 상실된 국권 회복의 적극적인 행위
와 수단이다. 순수와 정의를 주장하는 그의 시정신과 시 의미는 비
교적 담백하게 단적으로 처리되어 있다. 그의 시에 수용된 의식은,
미래에 대한 갈망과 소명의식을 거쳐 거듭나기의 몸부림과 저항의
식이 전제된 "새로운 세계질서 추구정체성의 확인"11)의 집약이다.

---

10) 국제한인문학회 제1회 정기학술대회, "국제한인문학의 現況과 課題"
   (2003. 5. 30), pp.78-79.
11) 고세환, "심연수의 시연구 – 시의 발전과정과 시의식 전개를 중심으로",
   (관동대학교 교육대학원 석사학위 논문, 2002. 6.)

문학 사료전집의 부록12)에서는 "심연수 시문학의 특징"을 비애 어린 유랑의식, 같은 민족의식과 항일정신, 민족수난 고발과 고난 극복, 범우주적인 시야 활동, 상징성과 시조양식의 활용으로 구분 지어 기술하였다.

　암울한 강점기의 정황을 감안하지 않을 수는 없지만, 심연수의 남성다움이나 기질적인 호방성은 단면적이나 "紂나 네로같이 暴君이 되어/ 세상을 한번 맘대로 해 볼 걸/ 한 손에는 玉佩를 들고/ 한 손에는 칼을 쥐고(暴想)"에서나 "가슴 속 불길을 뿜어 보자/ 타올으는 불길에 태워 보리라(寒夜記)"에서 검증된다. 그러나 그의 시편은 "뼈 속까지 저린/ 그러나 맨살로/ 더듬는 초행길(觸感)"이나 "내 마음이 흰 돛을 달고/ 네 가슴을 헤쳐가리라(水平線)" 항시 '그님'의 실체를 단적으로 밝힐 필요는 없지만, 따뜻한 감성과 감미로운 서정성의 확증이다.

2) 시문학의 시간과 공간

　'시간은 모든 현상 일반의 형식적 조건이다.'13) 공간 또한 모든 외적 직관작용의 근저에 있는 필연적인 표징이다. 시에 수용된 시간과 공간은 시인의 시를 가능하게 하는 근본 요소이다. 츠베탕 토도로브는 구조주의 시각으로 문학의 시간성14)과 관련하여 (1)순서, (2)지속, (3)빈도와 관계되는 문제로 연관 짓고 있듯이 빈도는 진술의 시간과 허구의 시간 사이의 관계가 지니는 본질이다. 시에서 공간의 문제는 조동일의 지적15)처럼 음악의 공간적 질서는 시간적 질서에

---

12) 중국조선민족문화예술출판사, 앞의 책, pp.537-565.
13) I. 칸트, <純粹理性批判>, (崔載善 역), 박영사, 1981, p.83.
14) 츠베탕 토도로브, <구조시학>, (郭光秀 역), 문학과 지성사, 1983, pp.65-69.

종속되어 있다. 문학의 공간적 질서는 진행과 내용 사이에서 파악되는데 진행의 내용은 안·밖에서 다룰 수 있다. 문학의 장르에서 어둠과 밝음, 보수와 진보 등이 함께 대립을 이루는 공간적 질서는 문학의 본질을 구명하는데 중요한 요소로 작용한다.

그의 시편에서는 사랑으로 열병을 앓는 시적 심리가 수식이나 화려한 치장 없는 진솔함으로 들어난다. 흩어진 기억을 옷섶에 싸들고 (추억의 해변)'에 표출하듯 일정한 거리를 유지하며 자리해 있는 것은 그리움과 고독이다. 심연수에게 있어 그토록 사모하는 그리움의 대상은 단순한 연인이기보다는 또 하나의 조국이며 겨레로 해석된다. "옛일이 그리워 찾아왔으니/ 그대여 반가이 맞아 주게/ 산을 넘고 물을 건너/ 찾아왔노라(舊友를 찾아서-향토를 밟으며)"이처럼 그 자신이 조선 국적임을 자부하는 정신기후는 한국적인 것에 기인하기에 시적 글감은 우리에게 감동을 안겨주기에 부족함이 없다.

직면하는 대상을 그 자신이 <새바위>, <바닷가에서(동해안에서)>처럼 국문학 장르상 민족혼의 표징인 시조에 담아 고아한 서정시로 꽃 피운 점에 비추어 볼 때, 심연수 시인은 까닭 없이 분노하거나 저항하는 병적 심리의 피해자가 아니라, 정감의 구속을 원치 않는 본질적으로 서정적 감성의 시인으로 직감된다. "작가는 올바른 질문을 제기하는 것만으로 만족할지 모르지만 자기 시대의 주인 노릇을 하려면 올바른 해답을 제시해야 한다."16) 라는 지론에 수긍이 따르지만, 이 점은 성숙된 작가의 정신적 표상에 결부되는 것이다.

우리 현대문학사에 있어 1930년대의 문학적 징후가 고향상실감이기에 대다수 이 시기의 문인들은 고향을 제재로 한 작품들을 양산했다. 1920년대의 고향이 단순히 소재적인 차원으로 공간에 대한 막연

---

15) 조동일, <문학연구방법>, 지식산업사, 1982, pp.163-164.
16) A·하우저, 『문학과 예술의 사회사』, 창작과비평사, 1985, p.165.

한 동경과 그리움을 전제로 노래되었다면, 1930년대의 상이점은 소재의 차원을 넘어 저마다의 의식을 다양한 골격으로 모색한 것이다. 따라서 시대적 환경에서 배태胚胎된 그의 문학작품과 의식에 대한 깊은 관심과 이해는 바람직한 것으로 평가된다. 자기고백적인 수필 <농가>에서 심연수의 고백은 지극히 공감대를 불러 모으기에 족하다.

예술은 인간이 만든 문화 중에서 가장 자연친화적이기에 본질적으로 환경 생태학적이기도 하다. 예술의 생성 자체는 인간에게 있어 가장 자연스러운 관습적 행위이며 제도이기에 우리의 삶에 있어 추동력은 자연회귀나 자연을 회상함으로써 작동된다. 인간과 자연의 연관성은 자궁회귀 본능으로도 해석된다. 마치 그것은 포스트·구조주의 정신분석학자 자끄 라깡이 말하는 거울의 단계에 대한 그리움으로 고향의식과 결부되고 있다. 예술의 기능을 좀 더 자연회귀로 확산시켜 불건전한 의식을 통한 내적 충만으로 변전시켜야 할 것이다. 자연의 원대한 섭리, 즉 16세기의 생태학자 스피노자가 범신론적인 "신(자연)에의 이성적 사랑(amor intellectualis dei)"이라고 지칭한 것을 상기할 필요가 있다. 이 같은 시각에서 심연수 시의 특성인 "전통인식과 고향 회귀성"17)은 그의 담백한 시 의식을 떠받들고 있는 축이며, 동력이기에 귀농의식의 검색은 의미 있는 작업이다. 실제로 1940년 12월 17일(雪)에서 25일(晴)까지 강릉에 체류하며 남긴 그의 일기문을 중심으로 강릉의 지명과 몇 가지 객관적 사실을 확인해 보기로 한다.

"6시경에 안도安堵를 떠나서 리양서 자동차로 정동丁洞(苧洞의 誤記)까지 오니 해는 저쪽 산봉우리로 넘어가고 있었다. 나는 향골댁에 들렸고 그 외도 몇집을 돌아다녔다.(12월 17일).", "립암리笠岩里 아재네 집으로 갔다. 아재는 반가이 맞아주었다....생략...아버지 누이

---

17) 엄창섭, 앞의 책, p.68.

인 아재는 나를 무척 사랑해주었다.(12월 18일 晴雲)”, “내가 떠난다
고 아재네 집서 떡까지 하였다.(12월 20일)”, “강릉으로 가는 차를
타고 정동丁洞(苧洞)에 와서 내려 웃댁에 들렸다가 송정松亭으로 갔
다. 어두운 밤에 험한 길을 걸었다.(12월 21일 晴)”, “송정아제네 집
을 떠나서 초동리草洞里로 왔다. 아무데도 들리지 않고 향수珦洙를 찾
았다.(12월 22일 雨)”, “자동차부에서 그냥 떠나려 하다가 그만두고
죽암리로 갔다. 동수(東洙)를 찾아보고 또 아제네 집으로 갔다. 벌써
세 번째나 되돌아들게 되었다.(12월 23일 晴)”, “아저씨의 주선으로
돈이 되었다. 감사한 일이다. 나는 강에 나가서 세수를 하였다. 대관
령을 넘으려는 붉은 해도 희망에 타는 불덩이로 보였다.(12월 24일
晴)”, “내가 남대천을 건늘 때 새벽하늘을 뒤흔드는 인경소리가 들
려왔다. 내가 첫 음향을 들었을 때 형언할 수 없는 심사가 가슴에
차올랐다.(12월 25일 晴)”

　이렇게 심연수 시인의 9일간 다소 무료한 고향나들이가 끝났다.
삶의 터전에 대한 흔들림으로 인한 유이민의 발생과 고향을 노래하
는 시의 상관성은 사회현실을 감안할 때 숙고할 과제이다. 또 하나
심연수의 농민 관련의 소설에서는 예외 없이 독자적 사상으로의 귀
농의식이 주목된다. 이 같은 귀농의식은 그의 1인칭 단편 <農鄕>에
서 적절히 묘사될 뿐 아니라, 자연회귀 의식 즉, 귀거래사 격인 고향
의식과의 무리 없는 융합이다.

　일제 강점기에 문인의 길을 걷겠다고 자처한 심연수는 애국애족
의 신념을 지닌 열혈熱血의 젊은이로, 그의 심성은 특수한 역사의 시
공에서 압제와 구속에 대한 증오와 거부감을 분출하였다. 물론 그의
표현 수법이 다소 현실・도피적이거나 은폐적이어서 사회적 현상을
거부하거나 불만을 토로하는 양식으로도 표현된다. 그에게 있어 생
득적 체험의 공간인 고향은 시대상황으로 인해 상실된 공간이지만,

의식 속에서는 그리움의 처소로 자리한다. 고향의 서정적 양감은, 생명적 모태이면서 미래를 꿈꾸는 자연이거니와 궁핍한 시대에 존재하였던 그에게 조국의 소중함을 환기시켜주는 생명적 원형이다. 여기서 귀농의식을 하나의 축으로 한 고향회귀의 상징성은, 세상의 고뇌와 갈등을 말끔히 치유시키는 모성으로의 동질성을 의미하는 평화적이고 구속이 없는 자유공간을 뜻한다.

4. 해결해야 할 과제들

<심연수 시문학과 고향 이미지의 층위>를 아우르는 과정에서 얻은 결론은, 한국의 현대시가 안고 있는 시의 철학성과 사상성의 궁핍함에 비추어 그 자신의 시편은 서정적 감상주의가 아닌 보편적 세계주의나 철학적 보편주의를 구축하고 있는 점이다. 초기의 시편은 비교적 자연을 대상으로 낮은 언덕이나 산자락, 여울의 흐름을 섬세한 감성으로 시화詩化하였다. 특히 과학기술과 산업문명이 대량 생산하는 정황에서 왜소하고 분열된 개인 대신 그는 우주라는 모체 속에서 동화적이고도 동시적인 매개체를 이끌어내고 그나마 순수한 자연아自然兒를 제시한다. "얼음장 나리는 봄이 왔대요(大地의 봄)", "나의 故鄕 뒤ㅅ山에/ 묵은 솔밭 길/ 단 혼자서 올으기는/ 너무 힘들어(故鄕)", "어린이의 天眞같이/ 맑고 깨끗한/ 천사의 얼골같이/ 아름답고 유순한/ 풀게 곱게 개여진(개인 하날)", "빛을 찾어 헤매는 천사의 옷고름에/ 싸락 별들이 반작이더라(星座)" 등이 그 보기이다.

우리가 접할 수 있는 것은 심연수 자신이 그처럼 "눈을 귀를 다뜨고 듣고 보고 하였쇠다(서울의 밤)"에서 그렇게 절박한 심정으로 확인한

것은 민족혼의 상징인 조선의 옷과 조선의 얼굴이다. 이처럼 민족혼을 시조에 담아 고아한 서정을 <새바위>, <바닷가에서>, <鏡浦臺>, <옛터를 지내면서> 등에서 꽃 피운 심연수 시인은 까닭 없이 정감의 구속을 원치 않는 심성의 소유자로 서정적 감성을 형상화하였다. <기행시초편>에 수록된 시편은 슬픔과 기쁨을 교차시켜 날줄과 씨줄로 섬세하게 얽어 짠 실크 같은 특성이 나타나 있다.

결론적으로 비교적 여성적인 유연성도 내포하고 있는 그의 시조 70여 편에 지형지물地形地物의 대상물은 막연한 그리움의 총체적 드러남으로 작용한다. 글의 말미에서 이 같은 생산적 결과물은, 문화의 지역구심주의에 입각하여 또 다른 반세기를 준비하며 새롭게 정진할 지조 있는 지역문인들의 문학정신에서 불멸의 시혼으로 눈부시고 황홀하게 꽃 필 것을 확신한다.

▌ 3 ▌
영혼이 잠들지 않는 솔숲의 바람

▌ 국민 시인 후백后白 황금찬

- 대담정리 [이진모] 관동대 겸임교수
- 일   시 : 2008. 10. 22. 14:30
- 장   소 : 강릉시 박월동 534 (허숙랑 시인 자택)

　강원도의 푸른 산자락이 홍엽으로 물들어가는 계절, 세월의 흐름을 잊고 문단의 일선에서 활동 중이신 황금찬(91세) 시인은 일찍이 민족의 격동기인 젊음의 한 때를 강릉에서 몸담으며 강릉사범학교와 강릉농공고등학교에서 국어교사로 재직하였다. 1954년 무렵 고향과 같은 강릉의 강릉사범학교에서 제자의 연을 맺은 허숙랑 시인의 자택에 초청을 받았다. 모처럼 관동대학교 평생교육원 시낭송반 출신들로 발기된 <쌍마시 낭송회(회장 장정권)> 행사의 초청으로 강릉을 찾아주었기에 대담은 자연스럽게 격식 없이 마련되었다. 모두에서 사적인 기술이지만, 고등학교 검은 제복의 세대를 지나치며 어느덧 짧지 않은 세월이 바람처럼 덧없이 흐른 탓인지, 황금찬 시인과의 만남도 그렇게 벌써 40여년이 지나친 사실을 돌이켜 보면 늘

감회가 새롭다.

특히 황금찬 시인은 창립 108년의 역사를 지닌 영동지역의 모교회母教會 격인 강릉중앙감리교회에서 신앙생활을 하였으며, 강릉에 체류할 당시, 교회를 중심으로 지역청년문학도들의 '문학의 밤', '초청문학 강연' 등을 이끌며 사실상 영동지역문학의 맥을 이어가는 「관동문학」(1958년)의 기틀을 마련해 주었다. 대담자 또한 강릉중앙감리교회의 장로로 시무하고 있으며, 황금찬 시인이 한국기독교문인협회 회장을, 또 같은 교회 학생회 출신인 이성교 장로 역시 한국기독교문인협회 회장을 역임한 사실을 우연이라고 치부할 수는 없을 것이다.

엄창섭 : 선생님, 모처럼 사랑하는 제자의 집을 찾아주셨는데, 먼저 등단 당시의 배경과 박목월 시인과의 관계, 또 <청포도>(1951) 동인에 대한 감회를 언급하여 주세요.

황금찬 : 아, 그래요. 박목월 시인이 우리 현대문학사에 있어 정식으로 추천제를 시행한 『문장』(1939년)을 통해 정지용 시인의 추천을 받게 되었어요. 저는 지금도 기억이 새롭지만, 정지용 시인은 추천사에서 박목월 시인에 대해 "朴木月君, 등을 서로 대고 돌아앉아 눈물 없이 울고 싶은 '리리스트'를 처음 맞나 뵈입니다. 어쩌자고 이 험악한 세상에 애련측측哀憐惻惻한 '리리시즘'을 타고 나셨습니까. 모름지기 시인은 강해야 합니다." 라고 언급하였고, 뒷날에 '북에는 소월, 남에는 목월이라는 극찬을 아끼지 않았어요." 사실 나도 『문예』(1953)와 『현대문학』을 통해 1956년에 박목월 시인의 추천을 받아 등단했지만, 지금 생각해도 그분의 인간성은 정말 존경스러워요. 목월은 참으로 눈물이 많은 시인이었기에, 시 얘기를 하다가도 감정이 지나치면 이내 눈물을 흘리곤 했어요. 1950년 피난 온 문인들이 대구에서 8·15 조국 광복기념행사를 거행할 때, 목월이 <가족>이라는 시를 울면서 낭송했어요. 그곳에 참석했던 사람들도 모두 울었지요. 식이 끝나고

나는 목월을 만났고, 두 번이나 목월에게 편지를 보낸 일이 있었기에 서로 쉽게 알아볼 수 있었어요. 그렇게 순수한 시적 정서를 가진 다정한 시인은 목월 외엔 누구도, 어디에도 아마 없을 겁니다. 그 인연이 참으로 소중해 내 자신이 오랜 시간 '해변시인학교 교장'을 맡게 된 연유이지요. 특히 강릉이라는 소도시의 <靑葡萄>는 우리나라 문학동인지의 지평을 열어 놓는 문학사적 의의가 크지요. 일본에는 무려 723 그룹의 문학동인지가 있는데 비해 안타깝게도 우리의 문학풍토는 그렇지 못했어요. 젊은 나이에 작고한 최인희 시인과 나, 동인 수는 이인수, 김유진, 함혜련 이렇게 5명이었는데, 더욱 놀라운 것은 3명의 동인이 제자였다는 사실이지요. 제1집은 한국 전쟁 중 부산에서 간행되었고 2집은 출판비가 마련되지 못해 출간이 어려웠는데 정말 고맙게도 당시 <창조사>를 운영하던 박목월 시인이 변종화 화백의 그림까지 담아 선뜻 화려한 동인지를 간행해준 사실이지요.

엄창섭 : 금번 선생님의 36번째 시집『고향의 소나무』가 간행되어 주위의 가까운 후배문인들과 출판기념회를 갖으셨는데, 지금까지 시작에 몰두하시면서 가장 마음이 저리고 또 행복했던 때가 기억에 남는다면 들려주시기 바랍니다.

황금찬 : 그래요. 이 나이까지 열정적으로 시를 쓰다 보니 36권의 시집을 간행하게 되었군요. 내년 봄에도 호흡이 짧은 단시, 꼭 4행이라는 틀에 맞출 필요는 없겠지만 선별해서 묶으려고 준비하고 있어요. 지난 9월에 정말 감사하게도 절친하게 교분을 맺고 있는 후배 시인, 내가 나이가 많으니까 이렇게 말해도 되겠지요? 허영자, 오세영, 윤강로 송명진, 오탁번, 홍금자, 김지현 등이 모여『고향의 소나무』간행을 함께 축하하는 조촐하지만 따뜻한 정성이 담긴 출판기념 자리를 만들어 주었어요. 몇 주 전에도 행사가 겹쳐서 큰 고민을 하였는데 고맙게도 강원도 춘천의 문인들이 출판기념회를 준비해주었는데…, 아참, 말이 나왔으니 말이지, 우리나라는 시인이 제일 많은 나라인데도 시집이 너무 안 팔려요. 국가별 독서 통계를 보면 미국이 1위, 일본이 2위, 우리나라는 세계 27위인데 이것은 아프리카 수준이지요.

사실 타계한 피천득 선생이 미국의 잡지에 소월과 목월 시를 영역해서 1편씩을 소개했는데, 지역문인들의 반응이 놀랍게도 "이렇게 아름다운 시가 있는 곳-그곳에서 살고 싶다."는 것이었데요. 김영랑, 박두진, 조지훈이 있는 나라, 바로 한국현대시의 현주소를 우리의 국민들과 시인들이 너무 몰라 안타까워요. 그리고 또 하나 경계하여야 할 항목이라면, 문예사조상 모더니즘은 유물사관에 뿌리를 둔 것이기에 깊은 사유 없이 모방(parody)의 유행성은 더 이상 수용해서는 안 된다고 생각해요. 아, 그리고 1950년 12월 한국전쟁 중에 나는 경북 울진에 주둔한 1군단 정훈국의 정훈장교로서 '절망 중에 있는 피난민들을 위로하는 시를 붓으로 써서 벽에 게시하는 일을 했어요. 물론 목적이 선한 다소의 거짓말(?)이었지만, 그 시를 읽고 감격해서 흐느끼는 피난민을 볼 때 다소의 보람을 느꼈고 행복하기도 했지요. 그러나 기억나는 나의 시로 <보내 놓고>가 있는데, 전쟁 중에 강릉여고와 강릉사범학교 제자들이 정훈장교(대위)인 나를 꽤 높은 사람인 줄 알고 찾아와서 물질적인 도움을 요청하였지요. 그런데 아무 것도 도와줄 수 없는 상황이 안타깝고 안쓰러워 눈물이 났고 정말 속이 많이 상해 당시에 울기도 했어요.

엄창섭 : 선생님은 명실 공히 한국문단의 상징적 어른이신데, 신념처럼 강조하시는 '시의 공리성, 즉 언어와 정서 순화'에 대한 평상시의 생각을 일반 독자들과 이 시대 문인들의 소임에 관해서도 다시금 일깨워 주시면 감사하겠습니다.

황금찬 : 그럴까요. 저는 기본적으로 시란, 그 시인의 양심의 소리라고 생각해요. 그 같은 연유로 패러디(재창조)는 절대적으로 배격할뿐더러 누가 무어라 해도 이 점에 있어서만은 용서하거나 양보할 수 없다고 생각해요. 시인에게는 시의 독자성이 반드시 주어져야 하지요. 그래서 가끔 기독교 시문학에 있어서도 의구심을 지니게 되는데, 그것은 시적 분위기 조성에 의한 참 신앙, 진실된 삶의 표현이 중요한데 기독교 시문학이라 하면서 일부 문인들 중에는 지나치리만치 성서를 그대로 옮겨 놓는 안이함의 위험성이랄까. 저의 솔직하고 담백

한 고백입니다만 마리아 릴케의 <두이노의 비가>를 읽으면서도 "나를 가슴에 끌어안는다 해도/ 사뭇 강한 그의/ 존재로 말미암아 나 스러지고 말텐데, 아름다움이란" 이처럼 시적 동기나 정조에 김현승의 <절대 신앙> "당신의 불꽃 속으로/ 나의 눈송이가/ 뛰어듭니다. / 당신의 불꽃은/ 나의 눈송이를/ 자취도 없이 품어줍니다."를 견주며 못내 의문을 떨쳐 버리지 못합니다. 바로 이 같은 문제의 제기는, 우리의 고전문학을 점검하며 스스로 격하시킬 의중은 아니지만, 중국 초나라 굴원의 <어부사>, 당나라 백낙천의 <비파행>, 소동파의 <적벽부>, 이백의 <왕소군> 같이 '위대한 우주의 법칙'을 교시하여 준 거짓말(창조적 자아)에 의한 실리추구가 목적이 아닌 시적 상상력에 의해 꿈결 같은 음률의 시, 순리를 거스르지 않으며 다른 사람에게 행복을 안겨주는 시문이 과연 있는가를 스스로 자문해 봅니다. 다시 말해서 1945년 8월 9일 히로시마에 원폭이 투하된 비극을 잊지 않기 위해 호숫가에 상징적 구조물로 세워진 소년 동상의 글귀 "아, 목이 마르다."를 보고 울지 않는 사람이 있겠는가? 이처럼 울컥 울음을 토하게 하는 감동의 문학을 생산하고 회복하는 시대적 소임을 다하여야 하지요.

엄창섭 : 일전에 선생님의 자사전 『나의 인생 나의 문학』(창조문예, 2007)이 출간되었는데, 보편적으로 선생님 삶의 일상에서 '문학과 인생'에 대한 의견도 차지에 밝혀주시기 바랍니다.

황금찬 : 사실 몇 년 전만해도 심사숙고 하지 않고 편하게 신춘문예 심사를 맡아 보았어요. 그러는 가운데 당선작이 보편적으로 시 제작의 경향에 크게 작용한다는 것을 인식하게 되면서 또 심사위원의 책임을 새삼 의식하게 되었어요. 잘못하면 시의 흐름에 유행의 오류를 조성하는 결과를 빚을 것이라는 판단이 서서 근간에는 심사를 거절하게 되었어요. 그리고 요즘 다양한 문학지를 통해 시인들이 고통 없이 추천제라지만 너무 양산되는 풍조는 대필과 같은 병폐마저 유발하기에 우려가 됩니다. 특히 '문학과 인생'은 무겁고 어려운 주제임에 틀림이 없지만, 생산적인 비평정신에 근거하여 예술의 생명은 본질적

으로 선과 미의 추구, 인간에게 행복과 절대자유를 향유하게 하는데
있다고 생각합니다. 저주와 증오, 즉 추·악은 결코 인간에게 행복과
정신적 자유를 안겨 줄 수 없기에, 사견이기도 하지만 노벨문학상의
수상자 선정도 '작가 인성의 본원, 그 뿌리가 어디에 근거하고 있는
가?'를 중시한다는 생각이 듭니다. 어쨌든 좋은 작품이란, 시도 마찬
가지지만, 역사적으로 문학의 가치와 예술성이 바르게 평가되어 인
간의 가슴 속에 오래 남는 고전작품일 것입니다.

엄창섭 : 일찍이 선생님은 이 땅의 시적 환경에서 시낭송의 필요성을
　　　　인식하시고, <보리수 시낭송회>를 이끌어 주셨는데, 근간 점차 대중
　　　　화 되고 있는 시낭송 운동의 확장에 대해서도 그 방향과 견해를 짚
　　　　어주시면 감사하겠습니다.

황금찬 : 사실 제 기억에는 1952-3년 한국 전쟁 당시이기도 하지만, 지
　　　　역의 문학 지망생들과 <강릉극장>, <강릉중앙감리교회>에서 시낭
　　　　송의 텃밭이라고 할 수 있는 예술제 및 문학의 밤을 가끔 개최한 일
　　　　들이 뒷날에 30여년 남짓 <보리수 시낭송> 일을 하는데 큰 힘이 되
　　　　어준 것 같아요. 당시 강릉상업고등학교에 재학 중이던 <산초원> 모
　　　　임의 이성교 박사나 허숙랑, 또 엄창섭 교수가 이렇게 시인이 되고
　　　　장로가 된 것은 하나님의 축복이고 감사할 일이라고 생각해요. 저는
　　　　개인적으로 20세기 말 인간의 자율성을 소멸시키는 컴퓨터의 발명을
　　　　보면서 문명사회에서 '제일 나쁜 기계'라고 생각했지만, 컴퓨터가 기
　　　　억하고 다양한 기능을 지니는 것이 결국은 인간의 손과 두뇌에 의하
　　　　여 제작된다는 것을 확인하고 마음이 놓였지만, 컴퓨터에 익숙하지
　　　　못하다 보니 늘 불편해요. 가끔 손녀가 컴퓨터로 글 쓰는 일을 도와
　　　　주지만, 근자에 일부 문학지에서 육필 원고로 집필하여 달라는 부탁
　　　　을 받는 경우 조금 안도감이 따르기도 하지요. 또 하나 근간에 방송
　　　　사에서 맛 자랑 또는 요리 관계의 프로를 제작하여 방영하고 있는데,
　　　　음식을 요리하는 과정은 몰라도 먹는 모습을 방영하는 것은 바람직
　　　　하지 않다고 생각해요. 가급적 먹는 행위도 우리네 양반처럼 멋스러
　　　　움이 따라 주어야 하듯 문학에도 품격이 있어야 하고 시낭송 또한

시적 정취에 어울리는 담백함이 있어야 합니다. 지난번에 홍윤숙 시인이 나를 보고 "열심히 시 쓰는 일에나 전념해야 되겠다."고 하였는데 시낭송도 그렇게 쉬운 일은 아니지만, 독서를 즐기지 않는 우리 국민들을 위해서 서정시의 보급이나 저변 확대, 그리고 정서의 순화를 위해서는 시낭송은 꼭 필요하고 좋은 운동이고 장르라고 생각합니다.

엄창섭 : 한국전쟁 당시 38선 이북에 위치하였던 선생님의 고향인 양양군에 선생님의 시비가 건립된 바 있고, 최근에도 보령시 육필공원과 그 외 지역에도 건립된 것으로 알고 있는데, 간단히 소개를 곁들어 주세요. 아울러 선생님이 대표고문으로 있는 사단법인 한국육필보존회에서 지난 10월에 행한 '한국현대문학 100주년 기념탑 건립 행사'에 관해서도 언급하여 주세요.

황금찬 : 2004년 5월에 시인의 고향인 강원도 양양군 낙산도립공원 관광안내소 앞 잔디공원 에서 열린 바 있지요. 시전문계간지 「시인정신」(대표 강옥현)이 모금운동 등을 펼쳐 세운 나의 시비에는 <별과 물고기>가 각인되어 있지요. 2006년 충남 보령의 성주산 자락의 개화예술공원 육필시비, 또 2007년 9월 남양주시의 북한강 문학비, 춘천시의 MBC 언덕에 한국 전쟁의 이산가족을 위한 시비, 그해 11월 대구시 등 현재 저의 시비는 전국적으로 9기가 건립되었으며, 내년에는 서울 강북구 소나무 공원에 목비가 세워질 것 같아요. 그리고 지난 10월 25일에는 보령 주산면 샘실마을에 21C 한국현대문학 100주년기념탑이 건립되었는데 중앙 탑을 중심으로 옆면에 1만 여명의 문인의 명단과 간략한 연보가 새겨 넣어졌으며 200여 평의 전체를 병풍모양으로 이어진 초대형 탑의 큰 제자를 평소 글씨를 잘 못 쓰는데 어쩔 수 없이 내가 썼어요. 참고로 일본의 이시까와 다꾸보꾸石川啄木(1886~1972)의 시비가 무려 22기가 세워졌는데, 평상시에 술을 좋아해서 술집 여자들이 기념으로, 또 바닷가를 즐겨 찾았다고 해서 그 지역의 어부들이 모금해서 세우주기도 했어요. 일본 사람들 정말 대단해요.

엄창섭 : 선생님, 오랜 시간 다소 피곤하셨을 터인데, 기억을 더듬어 가
시며 좋은 말씀 많이 하여 주셔서 정말 감사합니다. 모쪼록 건강하시
고, 항시 대지처럼 우리 문단의 빛난 미래를 지켜주시기 바랍니다.

황금찬(호 后白) 약경

출   생 : 1918년 8월 10일
출신지 : 강원도 속초시
학   력 : 일본 다이도오 학원 중퇴
주   소 : (132-030) 서울 도봉구 쌍문동 494-22 청한빌라 3동 101호
데   뷔 : 1953년 『문예』, 1956년 『현대문학』에 시 <여운>으로 천료
경   력 : 1981년 추계예술학교 강사, 해변시인학교장, 1993년 시마을 출판 대
         표 등 역임
수   상 : 1996년 대한민국문학부문문화예술상/ 1992년 문화의 달 보관문화훈
         장
시   집 : 『음악이 열리는 나무』, 『噴水와 나비』, 『보릿고개』, 『영혼은 잠들지
         않고』, 『 조국의 흙 한 줌과 아름다운 죽음』, 『고향의 소나무』 외
         다수.
(『아세아문예』, 2008. 겨울호)

∥ 4 ∥
만남의 소중함과 수분守分의 인생론

∥ 1. 운명적 만남과 관계성 회복

한국전쟁 이후, 혼돈의 한국현대문학 변화·발전에 분명한 역할을 담당했던 원로 문학평론가 윤병로尹炳魯(1936-2005) 교수가 2005년 12월 17일, 숙환으로 이산離散의 통한을 가슴에 안고 평소 그를 아끼고, 존경하고 사랑하는 소중한 이들의 곁을 꽃잎이 이울 듯 그렇게 아주 조용히 떠났다. 뒤돌아보면 강물처럼 덧없이 흐르는 세월이지만, 우리가 한 시대의 진정한 휴머니스트였고, 양심 있는 지성을 떠나보낸 지 4주년이 된다.

뒤늦게 2006년 9월, 한 카페 [시와 글벗]에 수록된 고인의 <새 시대의 농민문학의 역할과 전망>이라는 논제의 글을 새삼 대할 때, 평소 소외된 계층에 애정과 관심이 남달라 정신 지리적으로나 경제적으로 피폐한 농민과 운명처럼 궁핍함이 늘상 자리한 이 땅의 농촌에 연민의 정을 보였던 참으로 심성이 따뜻한 분의 눈길을 새삼 떠올리게 되어 가슴이 뭉클하였다. 특히 우리의 평단을 주도하면서도 농촌문학에 대한 윤병로 교수의 경우에 있어서도 "예술에는 국경이 없지만, 예술가에게는 조국이 있다."라는 지적은 다음과 같은 결론 부분에서도 확연히 명증되기에 새삼 기억 흔적에 자리한 만남에서 비롯된 인연의 소중함을 다시금 되 뇌이게 된다.

　　농촌문학은 생존의 갈림길에 놓여 있다. 과거부터 내려오는 전통적인 농촌문학을 맹목적으로 고수한다면, 머지않아 농촌문학의 운명이 소멸할 수 있다는 것은 불을 보듯 뻔하다. 다시 한 번 강조하건대, 변화되는 현실에 밀착하여 그에 걸 맞는 문학적 대응을 보이는 농촌문학이야말로 생명을 유지할 수 있다. 이를 위해서는 편협한 지역감정과 지역 문제에 사로잡혀서는 안 되며, 중앙문단에서 소외받았다는 극단적 피해의식에서도 벗어 나야 할 것이다. 그리하여 지역을 사랑하는 애향심이 민족을 사랑하고, 궁극적으로 인간을 사랑하는 대승적 차원으로 승화되어야 할 것이다. 내가 기대하는 농촌문학의 미래는 바로 여기에 있다.

국가적으로나 개인적으로 다잡하고 분망했던 1년을 조용히 마무리해야 했던 2007년 12월 1일, 서울 남산에 위치한 '문학의 집'에서 윤병로 교수의 작고 2주년을 기념하기 위해 제정된 <제1회 윤병로 문학상 시상식>이 성균관대학의 명예교수인 조건상 소설가의 사회로 다소 갈앉은 애도적 분위기 속에서 진행된 바 있다.

기실 이순耳順의 인생을 살아온 필자에게 <추억의 오찬午餐> 행사는 참석해야할 분명한 까닭이 있어 이른 새벽, 간간히 뿌리는 빗방울을 맞으며 서울 강남터미널로 향한 고속버스에 몸을 담았다. 살다 보면 우연이랄까, 가끔은 예정된 인연인지도 모를 일이 주어진다. 문학상의 명칭은 박사과정의 지도교수였던 윤병로 박사(문학상 제정자는 이명희 수필가)를 기리는 <윤병로 문학상>이었고, 또 우연의 일치이겠지만 본상의 수상자는 대학원 석사과정의 지도교수로 '한국문인의 양심'으로 평가받는 김우종 평론가였다.

시상식장인 '산림문학관'에는 문학상의 심사를 담당하였던 구인환, 신동한(심사위원장), 이성교, 김양수, 강우식 원로 문인을 비롯한 엄기원, 이경희, 조병무, 이명재, 이광복, 박곤걸, 김병권, 박영애, 유혜자, 한분순, 김송배 등 문단의 중진들과 윤병로 교수의 지인들, 그리고 필자의 기억으로는 생존시에 고인의 문학과 인간미를 퍽으나 존중했던 월간『순수문학』의 편집인인 박영하 시인을 비롯한 수상 축하 인사들이 다수 참석하였다. 문학상 시상식은 시종 엄숙하고도 따뜻한 분위기 속에서 '인연의 소중함을 확인시켜주는 추억의 오찬'으로 이어졌다.

한국 평론계의 어떤 인사보다도 인품이 고매할 뿐더러 자상한 심성으로 항시 타인에 대한 배려가 남달랐으며, 나무처럼 큰 존재였던 두명 윤병로 교수는, 평남 중화 출신으로 평양고와 성균관대 국문학과를 졸업하였다. 감수성이 예민한 21세로 <현대문학>(1957)을 통해 문학평론으로 등단하였으며, 일찍이 1961년 모교인 성균관대 교수로 임용되어 2001년까지 재직하였고, 국제펜클럽 한국본부 이사, 문학평론가협회 회장, 한국현대소설학회 회장, 성균관대 문과대학장 등을 역임하기도 하였다. 그의 역저로는 <한국 현대소설의 탐구>, <민족문학의 모색>, <박종화의 삶과 문학>, <한국 근·현대 비평의 흐름>, <한국근현대문학사>, <윤병로 평론 선집 1, 2> 등 다수가 있다. 수상으로는 월탄문학상을 비롯하여 서울시 문화상, 대한민국 문화예술상, 근정포장 등을 수여받았으며, 한국문예학술 저작권협회 회장 등을 역임한 고매한 품격의 소유자였다.

이날, 평소 각별한 교분을 나누었던 성신여대 명예교수인 이성교 시인은 "같은 해 <현대문학>으로 등단한 각별한 연으로 문학 활동을 줄곧 함께 하였으며, 또한 교수직에 몸담은 학자의 신분으로 오랜 날의 강사시절부터 사귐이 남달랐다. 윤병로 교수는 평소 술과 담배를 멀리했고 학구적인 성품으로 학문연구와 집필에 몰두했으며, 또 깔끔한 천품을 지닌 한 시대의 지성이었다."라고 고인과의 소중한 인간관계를 회상하면서 못내 끓어오르는 정한을 감추지 못하였다.

지난 2004년 보령시의 육필문학비공원에 황금찬, 윤병로, 김우종, 신봉승, 이성교, 엄기원 등의 원로문인들과 함께 필자의 '육필시문학비'도 세워졌는데, 그곳에 각인刻印된 윤병로 교수의 <아! 나의 어머니>를 남다른 감회에 젖어 제자의 격으로 낭송하였다. 비교적 인용한 시는 전문全文으로 호흡이 짧다.

어머니!/ 얼마 만에 불러보는 어머니인가/ 살얼음 대동강에서 남긴/ '3일의 약속'//

지키지 못한 세월/ 어언 55성상/ 고향을 등졌던 철부지 소년/ 어머니의 외아들//

이제 70의 노년에도/ 아련한 어머니의 얼굴 그리워/ 혹여 살아계시면 올해 101세// 아! 나의 어머니/ 오늘도 불효의 한 뼈저려/ 북녘하늘 향해/ 어머니! 서럽게 불러 봅니다//

기실 우리네 삶의 일상에 있어 특정한 사람과의 만남은 운명적이다. 돌이켜 보면 필자에게 윤병로 교수는, 당신의 큰 스승이셨던 월탄선생을 통한 분수의 철학과 너그러움의 품성을 항시 일깨워 주었고, 또 문학상을 받는 김우종 교수는 부족한 필자에게 틈틈이 예리한 비평정신과 생명외경의 존엄성을 확인시켜 준 큰 스승이다. 특히 민지원 소설가는 생의 동반자였던 이명희 수필가의 <세월이 가도>를 애조 띈 음성으로 울먹이며 '모든 것이 반듯이 놓여 있어야 하는 당신 테이블에는 아직도 하얀 원고지와 파란 볼펜이 그대로 놓여 있다. 지금도 윤병로 교수 앞으로 오는 우편물이 쌓이고 집필실, 서고에는 당신의 저서 30여 권이 꽂혀 있다. 매일 그 저서를 읽어나가면서 축원한다.'라고 낭송하여 행사장을 숙연하게 하였고 끝내는 유족들의 눈시울을 뜨겁게 하였다.

2. 따뜻한 감성과 평단의 두 얼굴

이날, 신동한 평론가의 <제1회 윤병로 문학상> 심사경위 발표
후, 「문학의 집·서울」이사장 김후란 시인은 축사를 통해 자리를 함
께한 따뜻한 감성의 소유자인 문인들의 가슴을 찡하게 울려주었다.
"오늘의 이 문학상은 두 가지 측면에서 깊은 의의를 지닌다. 하나는
윤병로 교수의 발자취를 돌아보게 된 점과 김우종 교수의 수상을 축
하하는 점이다. 특히 고인인 윤병로 교수는 문학의 집 첫 삽 착공식
때부터 발기인으로 뜻을 같이 하였고, 초대부터 생을 마감할 때까지
줄곧 이사를 맡아 주셨다. 너무 일찍 돌아가셔서 지금도 놀랍고 서
운한 마음이며, 저에겐 너무나도 그립고 소중한 분이시다. 모처럼
윤병로 교수를 비롯한 떠나가신 문인들을 생각하고 헌시 한 편을 지
어 바친다."

잠든 이의 고요함이 허공에 사무친다./ 이어짐이 비친 빛이.....(생
략)/ 어제와 오늘을 이어주는/ 무한 공간의 바람 고리./

-<바람 고리>에서

"우리의 삶에 있어 누군가 우리 곁을 떠난다는 것은 슬픔이다. 별
리의 아픔을 나눈 이들에 대한 인연, 분리分離의 골은 살아 있는 이
들에게는 너무 절절하여 귀하고도 애절하다. 유가족들의 정성이 평
론가들의 뒷받침이 될 것으로 보아 중요하다. 이 행사가 유가족만의
행사가 아니고 문단의 큰 행사로 이어지기 바란다."는 김후란 시인
축사의 마무리는 애도의 정으로 변주變奏되어 한순간, 잔잔한 감동마
저 일깨워 주었다.

이날 수상자인 김우종 평론가는 답사에서 "이 문학상을 받게 되

어 기쁘고 가슴이 찡하다. 윤병로 선생과의 첫 만남은 <현대문학>지 등단에서 비롯되었고, 또 같은 실향민이라는 공감대가 서로 위로하고 격려하며 가깝게 친분을 맺고 지내는데 연계가 되어주었다. 생각하면 그 때는 하루 세끼도 밥을 못 먹고 지내던 시절이었다. 우리는 남다른 정열, 분노, 절망을 문학에 대한 정열로 불태웠다. 고향에 두고 온 어머니 때문에 통일이 된 후 결혼하겠다고 자주 언급해서 걱정 끝에, 그에게 내가 이명희 씨를 소개했고, 월탄 선생의 주례로 결혼했다. 예쁜 딸 넷 잘 키웠다. 또 그는 많은 평론가와 제자를 길러냈다. 모쪼록 그의 빛나는 이름을, 우리현대문학사에서 더욱 빛내기 위해 그가 이루지 못한 정신적 작업을 사는 날까지 보다 열심히 살며 이루어 놓겠다."라며 자신의 의지를 표명하기도 하였다.

한번쯤은 기억되어야 할 인물인 김우종 교수는, 민족사에 있어 격동의 시대를 온몸으로 부딪혀온 한국현대문학사는 물론, 이 땅의 민주화의 산증인으로, 펜으로 지켜온 문인의 양심, 즉 불같은 열정과 강인한 의지의 표상이다. 1930년 출생으로 그의 호는 녹규鹿叫이다. 40년전 경희대 교수 재직 시에 선배교수인 황순원, 조병화, 박노춘이 도장까지 새겨주며 지칭해준 호로 '사슴은 평화를 상징하고, 평론가는 해야 할 말을 꼭 해야 하는 평화의 절규'라는 뜻이다.

우리 평단사에 있어 '60년대 순수-참여 논쟁'은 1)순수-참여 문학론의 출발, 2)60년대 초반의 문학 논쟁, 3)작가와 사회의 논쟁, 4)순수-참여 문학론의 검토'로 논의된다. 특히 우리의 현대문학사에서 순수-참여 문학론은, 30년대 이후 60년대 후반까지 줄기차게 전개되어 왔다. '참여'라는 용어는 1923년 카프(KAPF)의 출발에서부터 쓰이기 시작함과 동시에, 그 대립 항목으로 '순수'라는 용어가 의미와 체계를 가지고 사용되어 왔음은 주지할 바이다. 이후 순수-참여 논쟁의 발단은, 1930년대 말 기성 평론가 유진오와 신진 작가 김동리로 대변되는 세대-순수 논쟁과 맞물려 있는 순수문학 시비是非로 집약된다. 이들의 논의는 바로 전 단계에 있었던 휴머니즘 논쟁의 연장선상에서 이루어진 현상으로 당시, 양자 모두는 인간성 옹호를 문학정신의 본질로 규정하였다.

이처럼 해방공간에서 전개된 조선문학가동맹과 조선청년문학가 협회 사이의 순수-참여 논쟁은, 휴머니즘에 관한 이해와 인식의 차이에 의해여 두 조직의 문학적 이념을 수립하게 된다. 참여 측은 민족문학의 구성 요소에 관한 깊은 성찰을 전제로 하지 않았기 때문에, 문학이 미적 형상화 과정을 거친 창조적이며 자율적 인식의 산물이라는 점을 간과 하였다. 마찬가지로 순수 측 역시 인간성 옹호에 대한 정확한 논리나 구체적 이론을 제시하고 있지 못하고, 참여론에 대한 피상적 대응 논리만으로 응전하고 있음을 본다. 결국 순수-참여 양쪽 모두 주장하는 이론의 구체적인 노출을 하고 만다.

이 같은 순수-참여 논쟁은 50년대 초반에 일시 잠잠해졌다가, 다시 50년대 중반 이후 신세대 비평가들에 의해 논쟁이 다시 격돌하게 되는데 바로 김우종, 이어령, 유종오, 윤병로 등은 소위 이 시대의 비평가들이다. 그 중에서도 한국현대문학사에서 이데올로기의 횡포에 초연하게 투항하며 예리한 비판정신의 소유자로 독재정권의 압제 하에서 한국문단을 질타하며 직격탄을 날린 김우종 교수는 1960년대 참여문학의 논쟁을 주도하며 대다수 문인들이 순수문학의 시대적 정조情調에 머물고 안주할 때, <저 땅위에 도표를 세우라>, <인간구원으로서의 문학> 등의 평론을 통하여 기존문학의 풍토를 극열하게 비판하며 문학인의 시대적 소임을 일깨운 민족의 지성이며, 양심이었다. 그의 역저인 <한국현대소설사>는 국내보다 일본에서 출판되는 우여곡절을 겪기도 하였으며, 1974년 직후 교수직에서 해직되고 투옥되는 수난으로 집필마저도 허락되지 않은 형극의 시간대를 화필생활로 생계를 연명하였다. 그는 집념의 문인으로 독일 청년 문학파의 거두격인 '영원한 자유의 병사' 하이네와 견주어도 지나침이 없는 존재이다.

3. 문인의 실천궁행과 실험정신

암울한 민족사의 격동기에 활동한 춘원 이광수는 한국근현대문학을 개척한 선구자임에도 불행하게 '친일파'라는 수식어로 장식된다. 아직은 끝나지 않은 이광수의 친일행적에 문제를 제기하며, 김우종 교수는 친일문학가로 폄하된 '이광수를 위한 해명과 복원'을 지속적으로 전개하고 있다. 필자 역시 「한국현대문학사」(새문사, 2005)에서 이광수의 친일은 '보살정신에 의한 자기희생'으로 서술한 바 있다.

한편, 김우종은 문학계간지인 「휴먼메신저」(2007, 가을호)의 소논문 <우리가 사랑하다 버린 선구자>에서 "친일에 대한 이광수의 업보는 남들에 비해 너무 많은 대가를 치렀다. 수십 년간에 걸친 그의 항일운동과 문학적 업적을 제대로 평가할 필요가 있다."고 기술하면서, 해방정국에서 반민족행위 특별조사위원회(반민특위)가 춘원을 친일혐의로 구속 투옥한 것에 대해 "친일인사 다수 중에서 특히 죄질이 나빴던 문인은 빠지고 이광수 등 선배 문인만 기소한 것은 잘못이며 독립운동가에 대한 참작 없이 구속투옥에 의한 재판을 진행한 것은 결코 공정한 처사가 아니었다. 힘없는 사람들만 처벌했다는 점에서 큰 과오가 있으며 법이 대중적 인기 논리에 편승한 것이라."고 비판하였다.

근자에 '휴머니즘의 전도사'를 자처한 김우종은, 생명외경의 기치 아래 <문학은 소외계층에 희망임>을 나름대로 역설하며, "과학기술의 발달은 인간존중 사상이 밑바탕에 깔려 있지 않으면, 인간 자체를 파괴시킬 수 있습니다. 우리 생활에 필요한 것을 유용하게 쓸려면 사용하는 사람이 올바른 가치관이 정립돼야 합니다." 이와 같이 따뜻한 가슴의 소유자로 정신적 실향의식에 시달리는 소외된 계층을 향해 이 땅의 문인들이 공동체 인식의 소중함을 일깨우며, 애정과 관심을 보여야 함을 몸소 실천궁행하고 있다.

특히 민족의 양심과 평화의 세계를 지향한 지사적 인물인 김우종 교수의 서슬 푸른 문학정신은, 윤동주의 시에 수용된 평화의 메시지로 응축되어 빛난다. 윤동주가 그의 <서시序詩>에서 "별을 노래하는 마음으로/ 모든 죽어가는 것을 사랑해야지"라는 시행詩行이 2차 세계대전의 전화戰禍로 인한 모든 것에 대한 사랑이고 연민이며, 그것은 곧 전쟁에 대한 강력한 저항이요 평화에 대한 갈망임을 입증하였다. 일반적으로 윤동주 시의 핵심인 평화의 메시지는 기독교적 신앙의 층위로 "예수 그리스도에게/ 처럼 십자가가 허락된다면"이라는 시적 처리를 통해 "예수 밑에/ 자신의 피를 조용히 흘리겠습니다." 한 것이 그의 항일독립운동 방법임을 지적한 김우종 교수는 윤동주 시인이 평화주의자로서 시를 쓰고 또 평화의 메신저로서 민족의 해방과 독립의 길을 실천하였을 뿐더러 그 이념을 위해 절명하였으며, 그 같은 평화의 메시지가 시의 축軸임을 천명하였다.

여기서 결론적으로 조상이 물려준 축복받은 이 땅에서 몸담고 살아가는 선량한 이 시대의 예언자인 문인들은 결단코 타인에 대한 배려로 따뜻한 격려와 칭찬, 그리고 박수치는 일에 더 이상 인색하여서는 아니 될 것이다. 다음 세대들에게 물려 줄 활력이 넘쳐날 정신문화풍토조성을 위해 보다 점진적이고 합리적인 방법으로 이해와 설득을 통합의 과정으로 전환하는 가치혁신의 패러다임 또한 확장해 나가야 한다.

태풍이 지나간 후에도 누군가 새로운 출어를 위해 그물코를 반드시 기워야 하듯이 항시 역사는 노력하는 자의 편에 서기에 절망의 끝이 보이지 않는 현실이지만, 보다 생산적인 작업에 적극 동참하여야 한다. 이 점에 있어 일제 강점기 비중 있는 민족 시인으로 학계의 비상한 조명을 받는 심연수선양사업의 일환으로 지난 해 12월 5일 서울 프레스센터에서 <심연수 국제학술세미나, 문학상 시상식, 심연수 소설 출판기념회>를 필자가 주관한 바 있다. 이 또한 같은 맥락에서 아름답고 감미로운 예술혼을 불꽃처럼 피워 올려 새로운 도전과 화합의 지평을 열고, 문화의 지역구심주의의 매개체로 지역민의 자긍심을 일깨우는 활기찬 시간대가 되기를 소망하였기 때문이다.

『우리시대 진정한 한국문인의 양심』

- 대담정리 : 이진모(편집위원, 관동대 겸임교수)
- 일　시 : 2008. 7. 29. 14:00
- 장　소 : 매리어트호텔 중식당 '만호'

　* 2000년 10월 8일, KBS는 <펜으로 지켜 온 양심, 평론가 김우종>을 60분에 걸쳐 상세히 방영하였다. <對話, 세기를 넘어서>라는 이 프로는 20세기를 총정리하며 각계의 대표를 소개하는 자리로 문학계에서는 유일하게 평론가 김우종 특집으로 꾸며졌다. 격랑의 세기를 거슬러 80년의 세월을 부딪끼며 온몸으로 힘겹게 살아온 김우종 평론가는 서울대학교 국문학과 재학 중 입대하여 국군, 인민군, 중공군, 미군 생활을 두루 거치고 남과 북의 참혹한 포로수용소와 야전병원에 이르기까지 한반도 분단의 비극적인 현장을 직접 체험하였다.

　1960년대에는 문학의 사회참여운동이라는 치열한 논쟁을 통해 우리 문학사의 흐름을 바꾸어 놓았으며, 1970년대는 에세이집과 평론집까지 출판금지 되는 고통 속에서도 지사적 투혼으로 올곧게 글쓰기로 일관한 이 시대의 진정한 문사요, 예언적 선구자로 한국을 대표하는 문인 화가이다.

　엄창섭 : 무더위가 기승을 부리는 날씨라 선생님께 대담을 청하고는 많이 걱정하였습니다. 지난 초여름 <한겨레문학> 특강 때 뵙고 오늘 이렇게 건강하신 선생님의 모습을 다시 뵈니 한결 마음이 가볍습니다. 근간 선생님께서는 휴머니티 운동에 헌신적이신데, 일제강점기 한국 현대문학사에서의 휴머니티는 어떻게 그 성격을 평가할 수 있습니까?

김우종 : 주권을 상실한 일제강점기에는 인간다운 삶을 살 수 없었습니다. 그래서 지식인들은 사람다운 삶을 찾는 것에 관심을 지니게 되지요. 비록 친일은 하였지만 이인직을 시작으로 민족을 위해 운명적으로 문사의 길을 걷던 이광수, 이런 분들이 휴머니즘에 바탕을 두고 가난에서 벗어나는 길을 찾으며 내놓은 것이 이른바 계몽문학입니다. 예술지상주의를 표방한 김동인의 문학은 휴머니즘과는 다소 거리가 있습니다. 그의 <광염소나타>나 <광화사>에서 보이는 살인, 방화 등의 비인간적 행동을 통해 반도덕성을 표출하고 있기 때문이지요. 반면에 카프로 대별되는 사회주의 문학은 일제로부터의 해방을 행동강령으로 하고 있어 휴머니티에 기저를 두고 있다고 보아도 무방합니다.

엄창섭 : 이 시점에서 일제강점기 한국문학사의 범위 설정 문제도 심도 있게 다루어져야 한다고 봅니다. 예컨대 재만조선인들의 문학사를 한국문학사에서 어떻게 수용해야 하는 것이 바람직한가에 관해서도 논의해 볼 필요가 있는데, 한 말씀 언급하여 주시지요?

김우종 : 재만 조선인들의 문학사는 당연히 우리 문학사에 포함되어야 합니다. 1930년 후반에서 1940년 초에 이르는 시기에 국내에서의 문학 활동은 궤멸 상태에 이르렀습니다. 대표적 문예지인 <문장>이 폐간되고 일본어로 문학 활동을 하다 보니 국내에서의 문학 활동은 한국문학으로서의 가치를 상실하기에 이르렀습니다. 따라서 한반도에서 주변국으로 망명하여 우리 문학을 지켜낸 재만 조선인뿐만 아니라 러시아, 중국에서 활동했던 문학까지 편입하여 우리 문학사의 공백기를 메워야 할 것입니다.

엄창섭 : 당시 우리글을 지키며 문학 활동을 했던 대표적 저항시인이 윤동주입니다만, 선생님께서는 오랜 기간 윤동주 추모제를 봉행하여 오고 있으신데 앞으로 윤동주 선양 사업을 어떤 방향으로 추진하실 생각이십니까?

김우종 : 윤동주에 대한 선양 사업은 무엇보다 윤동주 시인의 작품을 널리 읽히게 하는데 있습니다. 다양한 문학 행사를 통해 선양 사업을

수행하고자 하지만, 작금의 선양 사업은 주로 지방자치단체의 관심에서 비롯되는 경우가 많은데 윤동주는 용정에서 성장하여 연희전문을 거쳐 일본 동지사대에서 유학을 하였기 때문에 특별히 연관을 지을 수 있는 지역이 사실상 없습니다. 사실 윤동주 50주기 행사를 할 때는 그나마 한국문예진흥원에서 300만원을 지원받았습니다. 나머지 1억 원 정도의 예산은 개인적으로 후원을 받아서 진행하였지요. 그러나 어디까지나 개인적으로 후원을 받는다는 것은 한계가 있고, 또 일본의 후쿠오카라는 곳이 관광지도 아니고 하여 동참할 회원을 모집하는 것도 여간 어려운 일이 아니었어요. 앞으로 여건이 허락한다면 매년 학술세미나를 지속적으로 개최하고 윤동주문학관을 건립하거나 윤동주가 태어났던 용정에 윤동주의 생가를 복원하는 일 등을 나름대로 생각하고 있습니다.

엄창섭 : 윤동주와 심연수는 여러 환경 조건에서 매우 유사성을 지니고 있습니다. 최근 활발히 진행되고 있는 심연수 선양사업이 윤동주 선양 사업과 긴밀한 연계를 맺어 양 선양 사업이 상호 상승효과를 가져올 방법이 있다면 말씀하여 주시지요.

김우종 : 심연수와 윤동주는 너무도 흡사한 길을 걸었습니다. 심연수는 1918년 강릉에서 태어나 일곱 살 때 블라디보스토크를 거쳐 용정으로 갔고, 그곳에서 동흥중학교를 다녔습니다. 윤동주는 함경도에 살던 증조부가 중국으로 이주하여 1917년 용정에서 태어나 그곳의 광명중학교를 다녔습니다. 두 사람 다 중학교를 졸업하고 일본으로 갔고 또 불행하게도 광복을 앞둔 1945년에 죽었습니다. 여기서 동일한 조건하에서 활동하였다 하여 두 사람 모두 당연히 항일시인으로 일컫는 것은 다소 해결되어야 문제가 있지요. 물론 민족의식을 가지고 두 주먹 불끈 쥐고 앞장서야만 항일운동가라고 정의할 수는 없습니다. 문학을 통해 피압박 민족의 아픔을 표현하고 그 아픔을 함께 나누었다면 역시 항일에 동참했다고 볼 수 있기 때문입니다. 심연수 역시 중국 땅에서 조선인의 아픔을 달래주었다는 점에서 민족시인의 반열에 넣을 수 있습니다. 다양한 연구와 실증적 검토를 통해 동질성

을 확보하고 두 사람에 대한 선양 사업을 연계하여 진행한다면 더욱 큰 상승효과를 얻을 수 있다고 봅니다.

엄창섭 : 심연수를 민족 시인이라 칭하는 데는 이제 큰 거부감은 없다고 봅니다. 그러나 적극적인 항일운동을 했는가에 대해서는 역사적 사료가 뒷받침 되고 있지 않는 것도 또한 사실입니다. 윤동주와 더불어 일제강점기 항일운동에 대해서는 어떻게 평가하는 것이 바람직하다고 보시는지요?

김우종 : 앞서도 언급했듯이 저항은 꼭 피 흘림만을 의미하는 것은 아닙니다. 이런 부조리한 압제 속에서는 도저히 살아갈 수 없다고 외친다면 그것 또한 항일이라고 봅니다. 나는 언젠가 대담 프로에서 미당 선생님이 "요즘은 시를 잘 읽지 않는다."라고 하여서 "아니다. 선생님의 시를 잘 읽지 않는 것이지 모든 사람이 다 시를 읽지 않는 것이 아니라."라고 말한 적이 있습니다. 힘들고 아픈 시대 현실을 위로하는 문학을 다수의 대중은 사랑하기 때문입니다. 따라서 일제암흑기 이국땅에서 우리글로 문학 활동을 하였다는 사실만으로도 항일에 대한 평가를 받을 수는 있다고 생각합니다.

엄창섭 : 심연수 문학에 대한 평가, 혹은 심연수 문학의 정체성에 대해 현재까지의 논의를 중심으로 살펴본다면 어떻게 평가할 수 있겠습니까?

김우종 : 이명재 교수는 심연수에 대해 민족수난의 삶과 항일적인 작품 실적 등에서 결코 윤동주와 우열을 가리기 힘들 정도로 일제말의 한글문학을 지켜온 쌍벽이라 하였고, 중국의 김룡운 교수는 1940년대 일제강점 시기를 시의 횃불로 밝힌 민족 시인이며 저항시인일 뿐 아니라 무산계급 사상의 경향 시인이라고 평가한 것을 저 또한 동의합니다. 특히 작품성과 관련하여 이승훈 교수는 모더니즘을 고집한 것도 아니고 모더니즘에 대한 자의식이 있었던 것도 아니고 대체로 그의 경우엔 전통적인 서정시, 민족적인 리얼리즘, 모더니즘이 혼재한다고 하였습니다. 이런 평가들을 종합적으로 살펴볼 때 심연수의 문학세계는 비록 적극적인 저항은 아니더라도 윤동주와는 또 다른 측면의 독자적 문학 유산을 남긴 민족 시인으로 마땅히 추앙되어야 할

것으로 생각합니다.

엄창섭 : 심연수 시인과 같은 민족시인 선양 사업의 바람직한 방향이
나 과제에 대해서도 한 말씀해 주시기 바랍니다.

김우종 : 민족 시인에 대해서는 독자들이 강점기 시대의 역사적 배경에
서 조명해 볼 수 있는 안목을 갖게 해야 합니다. 역사적 배경 속에서
작품을 보아야 민족 시인으로서의 가치가 부각됩니다. 이러한 점에
서 심연수 시인을 비롯한 민족 시인에 대한 연구는 용정 문학에 대
한 역사적 연구를 병행할 필요가 있다고 봅니다.

엄창섭 : 장시간 동안 좋은 말씀 감사합니다. 앞으로도 늘 건강하시고
오래도록 이 땅의 존경받는 평단의 원로로 후학들의 지표가 되어주
실 것을 소망합니다.

김우종 : 감사합니다.

(『아세아문예』, 2008년 가을호)

▮ 5 ▮

순수서정의 시학과 주의집중
-신봉승 시인의『草堂洞 소나무떼』

▮ 1. 영혼에의 변주變奏와 외경

　우리의 소중한 삶에 있어 특정한 사람과의 만남은 운명적일 수도 있지만, 필자의 경우도 예외일 수는 없다. 먼저 글의 모두에서 밝히고 넘어가야 할 것은 20여 년 전 서울에 상주하는 강릉 출신의 인사들이 묶어낸 [강릉사람들]이라는 책자에서 기술한 바 있듯이 "개인적으로 강릉에 태어난 것을 신에게 감사드리며, 항시 내 삶의 주변에 동포東圃 정순웅鄭順膺 박사(타계)와 현재 한국예술원 회원인 초당草堂 신봉승辛奉承 선생님과 같은 정신적 어른이 있어 행복하다."라는 것은 솔직한 고백이다.

　일반적으로 시작과정詩作過程에 있어 시적 이론의 검색과 보완은 매우 소중하다. 그 어느 시간대보다 비열한 이기주의로 언어공해가 심각하고 생명에 대한 존엄성이 상실된 궁핍한 사회현상에서 정관적인 면을 구축하며, 역사의 정체성을 강하게 표출하고 있는 신봉승 시인의 사려思慮 깊은 삶의 총합인『草堂洞 소나무떼』(도서출판 나남, 1990)를 대하면 다행스럽게도 가슴 뭉클한 감동을 받게 된다. 30년 남짓한 시간대를 갈마들며 내 자신이 신봉승 시인을 통해 예리한 비판정신과 삶의 지혜, 그리고 한결 같은 고향에 대한 애정과 관심을 열정적으로 불태울 수 있었던 분명한 사실은 "역사가 두려운 것은/ 오늘 우리가 사는 것이/ 역사이기 때문, 역사를 적은 문자가/ 두려운 것이 아니라/ 삶이 두려운 것이다.(단상斷想)"에서 명증되는 신선한 감동과 같은 실로 큰 깨우침이었다.

그 같은 연유는 시집의 <서문>에서 밝히 드러나고 있다. "시인이 되겠다고 고향을 떠났던 내가 다시 고향으로 돌아가자면 시집 한 권은 있어야 한다. 나는 시와 문학평론으로 문단에 나왔지만, 지난 30년 동안 극영화의 시나리오와 텔레비전 드라마를 쓰는 일에 몰두했었다. 그런 까닭으로 가까이에 있는 문우들로부터 <외도를 그만하고 친정으로 돌아오라>는 우스갯소리를 많이 들었다." 그의 자서自序처럼 격랑의 세월에 부대끼며 신봉승 시인은 이순을 바라보는 나이에 금의환향錦衣還鄉의 징표로 자신의 문신文身과도 같은 삶의 기억들을 '강문江門을 넘나드는 파도소리로, 난설헌蘭雪軒의 옷자락 날리던 훈훈한 영혼'을 시적으로 형상화하여 그와의 조우遭遇를 고대하는 향리의 후학들 앞으로 시집 한 권을 들고 성큼 다가온 것이다.

물론, 그 자신이 고집스럽게도 첫 시집의 제목을 『초당동草堂洞 소나무떼』라고 정한 것은 "새로 마련한 고향집이 초당동에 자리해 있기도 하지만, 6·25전란 때 초당동 사람들은 북쪽으로부터도 남쪽으로부터도 엄청난 살상을 당했다. 그 처절했던 피의 현장을 끝까지 지켜보았던 소나무 떼들이 내 초당동 집 서재의 창밖에 아무 내색 없이 의연히 서 있는 모습은 세월을 지키는 파수꾼이 아니고 무엇이겠는가. 그 소나무 떼가 때로는 온 몸을 흔들며 포효하는 것을 나는 보았다. 그것이 큰 두려움으로 내 가슴을 짓눌러 왔기 때문이다." 여기서 한 사람의 충직한 독자인 우리는 공동체 의식의 소중함을 명증시키는 그의 이 같은 정신적 행위가 어디까지나 열정적인 삶과 미적

주권이라는 기본 틀 위에서 시 쓰기를 통한 소외된 이웃의 끌어안기와 역사인식에서 기인된 파상破狀의 탐색과 연계되는 점을 간과하지 말아야 할 것이다.

특히 언어의 집합이며 정신적 생산물인 『초당동 소나무떼』는, 자연 친화적인 것과 역사인식, 그리고 세속성과 초월성의 불교적 대상을 생명경외의 엄숙성으로 형상화 한 시집이다. 그의 이 같은 존재의 표징은, 언어의 절제된 힘과 내면적 깊이를 통해 삶의 호밀 밭을 지키는 한 시대의 양식 있는 시인으로 충직한 삶의 내면성을 풀어보인 '영혼에의 변주變奏와 경외敬畏'이다. 한편 한국문단에서 사제 간 인연因緣의 돈독함으로 귀감龜鑑이 되는 황금찬 시인은 신봉승 시인의 <시집 머리에서> "하늘은 그에게 두 가지 은총을 내리었는데 한 가지는 예술적인 재능이요, 또 한 가지는 땀 흘리는 근면성이다. 하지만 그가 이룩한 장르 중에서 내가 보기엔 가장 천재성이 빛나는 것은 시라고 생각한다."고 강조하고 있다.

우리는 그의 시집 차례에서 확인할 수 있듯이 <제1부, 잃은 것이 더 많았던 삶, 제2부, 아픔과 미움으로 가득했던 나날, 제3부, 방황도 아름다운 꿈이어서, 제4부, 지금은 더 가까이 다가서서>는 바로 신봉승 시인의 시적 토양이며, 시정신이 직조織造해 놓은 그만의 빛나는 의상이며 집념의 노래이다. 시론에서 확실히 엄숙한 시인이란, 지금까지 정체된 전통성을 회복할 뿐만 아니라, 빗나간 전통의 실을 가능한 자신의 삶에 시안에 다시 꼬아 넣는 시정신이 맑게 깨어있는 자이다. 이 점에 있어 삶에 충직한 신봉승 시인의 정체성을 조명하기 위하여, 불교적 발상인 홀로 있기라는 내적 충만을 내면의식에 수용하고 있는 그의 시편을 손금을 보듯 찬찬히 검색하며 행복한 시 읽기를 시작하기에 앞서, 일단 『초당동 소나무떼』를 텍스트로 삼고 "순수서정의 시학과 주의집중"을 신봉승 시인의 시 정신으로 전제하고, 행복한 시 의미와 해석의 수순을 밟기로 한다.

2. 주의집중과 우주의 신비 캐내기

우리에게 부담 없이 읽혀지고 신선한 감동을 안겨주는 신봉승 시인의 시적 발상은 다행스럽게도 그가 살아 온 삶의 흔적을 통해서 확인되어지는 역사적 삶과 세태 비평적 삶이 통시성을 지닌 자기성찰을 통한 진솔한 삶의 고백이며 현상이다. 그것은 어디까지나 비틀기가 아니라, 다가서기 또는 손잡아 주기라는 시적 토양에서 자신의 생각을 경박하게 표출시키지 않는 겸허하고 따뜻한 심성이 늘상 자리해 있다.

　　우산 같은 잎새로
　　물덩이를 굴리더니
　　사발 같은 한송이 연꽃을 피워놓고
　　지친 연못은
　　썩어서 잠들었네.

　　　　　　　　　　　　　　　　　　-<雅歌> 전문

인용한 시 <아가雅歌>에 대해 황금찬 시인이 '이 시는 언어의 색깔과 역사의 색깔을 같은 곳에 모아 본 작품이다. 특히 다양성의 통일은 내 손이 미치지 못할 만큼 높은 곳에 있다. 그가 시집의 발간을 서두르지 않은 이유를 이제야 알 것 같다.'라고 지적하였듯이, '연못이 썩어 연꽃을 피우는' 세속적인 트임은 자기반추와 자기 깨우침에서 비롯되는 것이기에 지고지난일 수밖에 없는 것이다. 그렇다.

깨달음의 못(沼)은 진흙소와 같기에 치열함을 수면 밑에 은밀히 감추고 있다. 이처럼 신봉승 시인은 독자인 우리들에게 조금은 천천히라는 느림의 미학과 관조에 대해 나직한 음성으로 교시敎示하지만, 놀랍게도 그의 시편들은 숨 막히는 단절, 경계, 담쌓기, 문 걸어 잠그기가 아니라 경계 허물기이며 문 열어 놓기로 따뜻한 감성이 체온처럼 묻어 있다.

이 같은 다양성을 고려할 때, 한편의 시란 가장 행복한 심성의 최고 열락을 표현한 눈부신 언어의 기록이다. 또한 주의집중을 통해 우주의 신비성을 캐내려는 정신작업은 진정한 예술은 남편의 사랑을 받고 있는 아내처럼 지나친 화장이 필요 없듯이 그의 시편에는 지나친 기호의 도식이나 희언戱言(pun)적인 가식이 없다. 어디까지나 자신의 시적 형상화의 방편인 시 쓰기를, 즐길 줄 아는 시격詩格이 담백한 신봉승 시인은 일순간 격정을 갈앉게 하는 비법을 터득한 도인道人적인 실체일 뿐 아니라, 절박한 우리의 일상 속에 생명의 소중함을 부단히 일깨워 주려고 진지한 삶의 자세를 겨냥하는 존재이다. 이 같은 정황은 박덕규의 <삶과 시>라는 해설에서 명백하게 드러나고 있다.

> 삶의 완성이 있다면 그것은 자기 시간 쌓기에 충실했던 자만이 얻을 것이요, 그때의 시간 쌓기란 끝없이 제 몸을 자연의 순환 속으로 던져 자기 삶을 반추해 보는 자만이 충실해질 수 있는 것이다. 세속 속의 삶은 세속으로부터의 도피나 세속으로의 함몰이 아니라 도피와 함몰의 유혹과 갈등 속에서 자기 실존을 깨우쳐 감으로써 비로소 세속적 트임의 단계에 이른다.18)

우리가 신봉승 시인의 시편을 통해 쉽게 감지할 수 있듯이 신봉

---

18) 신봉승, 『草堂洞 소나무떼』(도서출판 나남, 1990), p. 140.

승 시인은 그 자신의 내면적 성찰을 통한 인생론적 체험을 나직한
육성에 담아 절절히 노래하고 있다. 표제 시 "초당동 소나무떼는/
억센 톱날 도끼날도 받아들이는/ 이웃을 다독이는 사랑이었네./ 세
월을 지키는 파수꾼일레."에서 확인되는 '쏟아지는 눈자락으로 드센
가지 꺾이어도 푸르기만 한 소나무는' 강인한 생명력이기에 그 자신
에 있어 흘려보낸 시간의 개념은 '비바람을 몰고 와 기나긴 나날을
신음하는 천둥소리'로 해석되기도 하지만, <대설주의보大雪注意報>의
시행처럼 '한 떼의 친구들이 몰려와 멍들었던 지난날을 피 토하듯
외치다가 문득 창밖을 응시하면', '생각이 나고 눈물이 나는 강문江門
의 파도(파도는 내 친구)'이거나 '태초, 고향을 바라보며 한恨을 푸는
(진또배기)' 반복의 행위(list up)처럼 깊은 내면의식에 돋아있는 유
년의 그리움으로 풀이된다.

　이처럼 언제 어디서나 삶의 호밀 밭을 지키는 파수꾼이어야 할
시인의 존재를 확인시키듯, 언어의 절제된 힘과 내면적 체험의 깊이
를 형상화하며 참음의 의지를 통해 정신적 넉넉함을 다시금 일깨워
혼돈에의 방황을 끝내려는 부단한 그만의 정신적 작업은 신선한 감
동을 안겨주기에 언젠가 [아 바오 아쿠]라는 가상적인 동물을 만날
수 있는 영혼이 순수한 이들에게 투명한 눈물을 자아내게 한다.

　　저기, 물안개 소낙비
　　아련한 산은
　　그려도 움직이는
　　한 폭의 비단.
　　저기, 빨간 단풍으로
　　색칠한 산은
　　의연히 손짓하며 우릴 부르네.
　　대관령 아흔아홉 굽이굽이는
　　내 인생 초록물 들이면서

나그네가 되라네.

-<大關嶺>에서

가곡으로 작곡되어 우리 귀에 친숙한 <대관령>은, '푸른 잉크'로 집필한 천상의 시인인 칠레의 파블로 네루다처럼 '평생을 초록 잉크로 탈고하는 신봉승 시인의 우직한 성품'은 깨끗한 시혼으로 접맥되고 확장되기에 이른다. 마침내는 "불타는 하늘에 울리는/ 山寺의 범종소리도/ 서늘한 바람으로 흐를 뿐이다." 이와 같이 <산에 오르며>에서 감지되는 섬세한 시적 발상과 미감, 그리고 반짝이는 시적 처리는 한 순간 분노나 격정으로 치닫던 우리의 불안한 서정抒情에 놀랍게도 평정을 안겨준다.

미풍에도 흔들리는/ 5월 나뭇가지는/ 다시 날아올 작은 새들의/ 중량을 지탱하기 위해/ 분주한 두레박질로/ 수액을 빨아올리고 있다.//

-<5월 나뭇가지>에서

사상과 정서의 자유로운 교감을 거쳐 마침내 자각 속에 생명체로 존재하는 시는 깨달음의 미학이다. 신봉승 시인의 시편에는 지상적인 것에서 확산, 승화되어 우주와 통하는 다가서기라는 적극성이 내재되어 있다. "지난날 처연한 몸짓으로/ 떠나간 친구들아,/ 지금은/ 어디쯤에서/ 지는 해를 보는가/ 뜨는 달을 보는가.(친구들아)" 일상적인 삶속에서도 나름대로 감동과 영탄을 회복하려는 그의 시편에는 재생적, 미학적인 면보다 생산적 요소가 짙은 상상력이 가라앉은 가락 속에 이미지가 제시되며 입체적인 구조와 점층적인 효과가 조화되어 전통적인 맥락에 담겨져 있기에 그만의 차별화 된 진지함은 충격적인 감격마저 안겨주기에 항시 부족함이 없다.

미워하는 사람을 가지지 말라
만남이 있다.
사랑하는 사람도 가지지 말라
이별이 있다.

                    -<미워하는 사람도-民草論·7>에서

애써 법구경法句經의 말씀을 인용하지 아니하더라도 인과응보因果
應報는 진리의 보편성을 함축하고 있다. 특히 심리학에서 서로를 적
대시 할 때, 자신의 어두운 측면, 즉 그림자(shadow)를 상대방에게
상호 투시하는 것을 삶의 일상에서 대다수의 이들은 인지하지 못하
고 있다. 이 점에 있어 개인적인 그림자를 투시透視할 경우, 대인관
계에서 갈등을 일으킨다는 사실을 신봉승 시인은 오랜 날 삶의 현장
에서 체득하여 왔다. 분노, 시기심, 거짓말, 비난, 탐욕 등은 개인적
인 그림자의 투사로 일어나는 심리현상이다. 그러나 집단적 또는 원
형적 그림자를 투사할 경우에는 인종차별, 희생양 만들기, 원수 만
들기, 전쟁과 같은 위험한 행위에 이르게 된다는 위험성을 인식하고
있기에 신봉승 시인은 "아으, 힘없는 잡것들도/ 견딘 세월을,/ 비 개
이면 만나세나/ 청산靑山 가세나.(청산靑山 가세나-민초론民草論·8)"
에서는 청유형을 빌려 겸허한 심상의 내면을 은밀히 털어내고 있는
것이다.

그대들은 나이테로
세월을 간직하면서도
아픔도 서러움도 내색하지 않았네.

초당동을 스쳐간
피멍든 가슴앓이
눈물에 젖은 옷자락을

한으로 말릴 때도
의연하였네.

-<草堂洞 소나무떼>에서

신봉승 시인이 무척이나 아끼는 <초당동草堂洞 소나무떼>에서는 한국전쟁의 비참 속에서 동족이 겪은 치열한 비극이 눈물 속에서 절창絶唱으로 읊어지고 있다. 시인 자신이 시집의 <서문>에서 "내가 겪으며 살아온 지난날이 너무 메마르고 아파서 시의 내용에도 그런 상처 자욱이 아물지 않은 흔적이 보인다. 시인에게 있어 자신이 살고 있었던 시대의 아픔을 씹어보며 간직하는 것이 의무까지는 아니더라도 소임의 하나가 분명하다면 앞으로도 나는 이 시대의 모순된 정황과 거기에 부대끼는 사람들, 아니 친구들의 얘기를 내 시에만이라도 담아서 전할 것이다."라고 피력披瀝하였다.

이와 같이 한편의 시는 존재와의 만남이듯 우리의 정신적 기후를 알맞게 조성시켜주고 있는 신봉승 시인의 진정한 시적 마력은, 분리와 고립으로부터 인간의 개성을 해방시키어 타인과 일체가 되어야 함을 항시 마음에 두고 시작에 몰두하는 점이다. 때문에 시인의 올바른 시 해석을 위하여 그의 고뇌를 비틀거나 거리감 없이 이해하고, 공동체 인식(inter-being)의 소중함을 재인하여 낯설게 하기로부터 껴안기, 단절이나 담쌓기로부터의 경계 허물기를 통해야 비로소 미적주권은 확립된다.

일반적으로 시인은 우리가 감히 날아오를 수 없는 곳에 앉아 있는 존재이기에, 창조적 활동을 통하여 영감의 역할을 충실히 수행하여야 한다. 여기서 순리를 거역하지 않는 세상의 이치란, 삶의 일상사日常事로 "잠들기 전/ 파도波濤소리는/ 어수선한 함성이다.//...생략...// 잠들기 전/ 파도波濤소리는/ 아득히 간직되는/ 뒤척임이다.(살아가는 일)" 그의 삶의 행위는 살아갈 삶의 계획보다 살아온 삶의 반추에서 기인한 역정과 고뇌의 정체성으로 빛난다. 이와 같이 신봉승 시인의 시편이 독자의 사랑을 받고 관심의 대상이 되는 것은, 세속성과 초월성의 불교적 세계를 골격으로 윤무輪舞하는 의지의 충동을 내면미학으로 수용하고 변주變奏하는 참 자기(眞我)의 가짐이 내재해 있기 때문일 것이다.

> 여보, 그게 아니질 않소./ 올빼미 같은 자/ 두더지 같은 자/ 살쾡이 같은 자/ 철판 같은 몰염치로/ 정치를 더럽히고/ 경제를 어지럽히고/ 아첨이 죽 끓듯 하는데/ 당신의 絶筆은/ 너무 아프오/ 우릴 두렵게 하오.//
>
> ─<金周榮에게>에서

　시인의 내면의식에 있어 시가 창작되어지는 것은 개성 미의 재현이기에 자기존재의 확인은 더없이 소중한 정신작업이다. 우리는 대립과 모순이라는 갈등 구도에서 부당한 것을 거부하고 오로지 예리한 비판의식과 투철한 역사인식의 증인으로 한 시대의 진정한 예언자인 신봉승 시인이 분신처럼 아끼는 동시대의 중견작가가 절필을 결행한 정황에 대해 '당신의 절필은/ 너무 아프오/ 우릴 두렵게 하오.' 절규하듯 항변하는 그의 분노 앞에서 한순간 할 말을 잃고 숙연하여질 수밖에 없다. 그러나 한순간도 그의 눈이 사물을 응시하며 놓치지 않고 예리한 메스로 토막 내어 자르고 때로 확대하는 것은 시의 본질인 서정성의 확립을 위한 도전과 의지의 표명이다.

> 초당의 소나무는 江門을
> 넘나드는 파도소리를 듣는다.
> 초당을 스치는 솔바람은
> 松江의 발길을 멈추게 한
> 그날의 속삭임이다.
>
> ─<草堂洞>에서

老松 처마 밑
젖은 꼴머슴
良圓大師 부도의 푸른 이끼가
비 개인 산곡山谷의 천둥소리 듣는다.

-<여름 普賢寺>에서

인간의 원초적인 향수, 만유의 본체인 자연을 축으로 하여 자연회귀自然回歸를 인식시키는 그의 작업은 한순간 본래의 나를 의식하면서도 흘려버린 시간에 대한 절절함을 함께 하기에 이른다. 때로는 자신을 해체하고 창조하는 진통을 절감하는 그의 시편에는 목관 악기의 저음低音처럼 범신론적인 종교관이 시적 토양으로 여실히 자리해 있다. 신봉승 시인의 시적 경향은 깊은 종교성과 접목되고 생명에의 서정적 변용變容이 시적 공감대를 형상화하고 있다. 자연 친화적인 색채감과 불교적인 사유에서 기인한 그의 시격詩格은, 너무도 깨끗하기에 우리에게 거부감이나 갈등, 그리고 긴장감을 을 말끔히 해소시켜주는 저력을 지니고 있다.

한편, 이미지를 감각물의 단순한 재현으로 한편의 정신 풍경화로 드러내 보인 신봉승 시인의 시편들은 찬찬히 검색하지 않으면 창조의 능력이 나약한 듯한 착각·모순에 머물 것이다. 그러나 모름지기 감성을 지닌 독자라면 사물에 대한 깊은 애정, 향토성 짙은 전통적인 가락으로 일상적인 대상을 세세히 풀어 보이며 생명의 소중함을 일깨워 역주力走 뒤의 평온함을 안겨주는 것이 그만의 시적 장점임을 인식하게 될 것이다.

특히 자연 관조를 통해 정관적인 면을 구축하고 있는 그의 시는 사변성을 강하게 표출하면서도, "내 동쪽 창가에서/ 자라는 난초는/ 물만 주면 꽃 피는데/ 그것들을 키우는 책이/ 백 가지도 더 되는 것은/ 왠지 몰라.(난蘭)"에서 확인되듯 진실한 인간성의 회복을 위해 그가 추구한 구도적인 시작과정일지라도 때로는 지상에 속하는 여성상징인 꽃으로 형상화되지만, 이는 근본적으로 인간의 존재에 대한 물음이다.

3. 행복한 삶의 공간 만들기

행복한 집짓기와 기억의 흔적으로 해석되어지는 신봉승의 시정신은 비교적 식물성 언어로 직조된 전율 같은 가슴 떨림이며, 동시에 그만이 겪는 황홀함이다. 내가 알고 있는 신봉승 시인의 삶은 열려 있는 사고로, 도전·실험정신의 맥락 속에서도 좌절을 극복한 기질의 실체로 유추된다. 여기서 화자가 제시한 '초당동의 소나무떼'는 단순성에서 변주變奏된 또 다른 징표로서 다잡하고 다양한 내용물로 형상화되기에 그의 시적 모티프를 행복한 시적 정한情恨의 대위법對位法으로 규정지을 수 있다. 시론에서 언어로 창조하고 현실화하는 행위에 의한 언술言述의 양식으로 정서적 차원에서 형성되기에 과학적, 실용적 차원에서 발화되는 일상적인 언술과는 상이한 것이다. 이처럼 신봉승 시인의 시편에서 어디까지나 기본 골격은 마치 수행자들이 열린 사고와 각고의 고뇌를 통해 목어木魚의 문양처럼 항시 변주와 인식에 대해 깨여 있는 열림에 대한 세세하되 자잘한 정감을 표출하여 미적주권을 확립하고 있는 점이다.

풀벌레의 목청이나
갓 핀 풀잎의 보조개로 피어나
또 한 발자욱 외로움 앞에

다가선 모습일 것이다.

-<이슬>에서

안개는/ 멀리 있는 산을 막아서서/ 손짓으로 가까이/ 다가오게 하고
/ 새순 솜털을 씻어내며/ 눈부신 광채를 솟게 한다.//

-<안개는>에서

이와 같이 서정성에 대한 미적주권의 확립은 그의 시 정신을 관
통하는 도도한 강물이며 불멸의 음조音調이다. 이 시대를 살아가는
대다수 이들은 눈앞을 가로 막는 안개에 너무 익숙해 있어 사물의
본질을 투시하는 여유가 없어 사유思惟라는 통로를 거치기를 생리적
으로 거부하고 있다. 평생을 문학세계에 몸담고 있는 신봉승 시인의
경우는, 기인적이랄까? 실로 젊음의 한 때는 뒤돌아 볼 수 있는 조
급함에 이끌려 다양한 체험을 겪으며 숨 가쁘게 질주해 온 인생여정
의 실체이다. 그 자신이 평화주의자로 온유한 심성의 소유자라는 확
증은, 오늘도 눈부신 생명의 꽃으로 피어나는 그의 시편을 통해 실
증된다. 좋은 시인이라면 최소한 그의 체취는 풀꽃 향이거나 모과
향이어야 하고, 추하고 우울한 것도 조금은 생명적인 식물성 언어로
깨끗하게 정화시키는 소임을 이행해야 할 존재이기 때문이다.

신봉승 시인의 시 창작의 큰 틀은 자연친화적인 것과 고향과 연
계된 물상, 그리고 진위와 명암이 밝히 드러나는 역사성에서 접목된
생명경외의 엄숙성이다. 때로는 삶을 관조하면서 언어예술로 직조
해낸 대다수 그의 시편들은 나름대로 체험하고 조선왕조실록朝鮮王朝
實錄을 통해 확인된 교시적인 사념을 '홀로 있기'라는 과정을 통해
조심스럽게 창조해 낸 생산물이다. 실체의 껍질을 벗기고 일순간 깊
은 사상에 몰입하는 정신력이 직관적이라면, "처음엔 물이었다네./
까마득히 얼어붙은 빙폭/ 그 태초의 정적도 처음엔/ 물이었다네.(회

귀回歸)"처럼 사물의 전체를 거시적 시각과 영원한 시간의 관점에서 주시하는 정신력의 한 방법을 관조의 세계라 칭할 수 있다. 여기서 놀랍게도 신봉승 시인의 영혼의 창窓은 역사인식을 향해 항시 열려 있다는 사실이다.

일상적인 물상과 예술적인 감성의 접합인 <흔들리는 거울 속의 얼굴-올훼>에서 확인되듯 "거울 속을/ 출렁이며 헤엄치고 있는/ 나, 나의 얼굴을/ 美女가 유혹을 해 온다.//...생략...// 미녀가 이끄는 대로/ 야수가 이끄는 대로" 지극히 아니무스(animus)적이며 모성적인 결과물로 생산된 신봉승 시인의 시의 특징은 생의 달관에서 오는 감정의 절제에서 비롯된 여유로움으로 풀이된다. 이와 같이 재빠르고도 날개 달린 그리고 신성한 것을 받아들이는 시인으로서 신봉승 시인의 시는 심신의 최고 순간을 신비적인 계시에 따라 표출되고 한편으로는 가장 행복한 심성의 최고 열락의 순간의 동적인 시감의 풍미風味가 감미롭게 응축되어 있다

여기서 신봉승 시인의 시를 깊이 있게 음미하며 기억 흔적에 남기기 위해서는 진지한 독자로서의 고뇌와 작품에 대한 지속적인 응시가 있어야 한다. 응시凝視의 문자적 해석은 '시선을 모아 한곳이나 대상을 중점적으로 관망하며 주시하는 행위'에 해당한다. 아울러 미술에서 차용되고 있는 투시도법透視圖法은 물체를 원근법에 따라 눈에 비친 그대로 묘사하는 방법으로 배경화법, 원경법, 투시화법으로 구분 지을 때, 거울 속에 흔들리는 피사체로서의 나의 얼굴은 '개념과/ 창조 사이에/ 감정과/ 반응 사이에/ 그림자는 자리 한다.'라는 T.S Eliot식 발상으로 신봉승 시인의 시적표징이며 신비스런 동반자(companion)로서의 시 쓰기로 유추할 수 있다.

결론적으로 현대시 쓰기에 두려움으로 어려움을 겪고 있는 이들을 발터 벤야민은 '파괴와 폭발의 전장戰場에 던져진 존재'로 지적한

바 있지만, 신봉승 시인의 시편에서 보편성을 지닌 시어의 사물성이 다행스럽게도 존재의 현현顯現을 위한 언어의 집으로 제기되어 깨달음으로 확증되고 있다. 감사하게도 그가 그토록 숨죽이며 오랜 날의 고뇌 끝에 상처 깊은 우리의 영혼을 치유하기 위하여 간행한 시첩은 -우리의 청각에 초당동 그 소나무 가지를 마구 흔드는 감미로운 음조로 다가 온다. 또 하나 분명한 것은 '가르페 디엠(Carpe Diem), 현재를 즐겨라, 자신의 삶을 잊혀 지지 않는 것으로 만들기 위해'-현상적 일탈과 존재를 충위로 한 시적 모더니티에 대한 경이로운 변형을 구가하고 있는 점이다. 특히 무엇보다 우리 현대문학사에서 문학 장르에 걸쳐 거장巨匠으로서 손색이 없는 신봉승 시인은 이 땅의 모든 독자로부터 존경받는 역사적 투시력을 지닌 당당한 예언자로 오랜 성채城砦처럼 위엄 있는 존재이지만, 모쪼록 순수서정의 시학과 생명외경을 실증시키며 겸허한 자세로 드러냄 보다 감추려는 품격의 소유자이기에 한국시사에 뚜렷한 존재임을 오래 기억할 일이다.

▌6▐

생명외경의 시학과 관조觀照
─『함동선 詩99選』의 시적 미학

▌1. 심성 다스리기와 시적 자아

글의 모두에서 솔직한 고백이라면 종종 활자화된 지면을 대하면 가끔은 후회도 하지만, 월간『文學空間』의 최광호 주간과의 맺어진 인연으로 <문화 칼럼>을 집필한지 벌써 10여년이라는 짧지 않은 시간이 흘렀다. 오늘도 푸른 생명의 계절이, 단절된 조국의 산하에 고향 냄새가 묻어 있는 옷자락을 펄럭이며 그렇게 다가오고 있다.

근간에『함동선 詩99選』을 출간한 함동선 시인은 전화戰火의 상흔이 자리한 분단된 북녘 땅인 황해도 연백 태생이다. 문화충돌의 21세기 화두인 공생(interbeing)의 바탕 위에서, 오랜 날 변주와 조화를 반복하며 한국현대시인협회의 기수로 활동하던 순수한 그날의 열정과 자신이 몸담고 있는 대학의 캠퍼스에서 예술인구의 저변 확대와 안목의 확장을 위해 새로운 시적 토양을 조성하는데 열중해 온 시사적詩史的인 존재이다. 암울한 우리네 사회 현상에서 선비적인 기질과 열정으로 예술의 자유와 시적 치유의 방법 모색을 위해 과거에서 현재, 맞물려 있는 가까운 미래의 시간대에서 따뜻한 감성과 생명외경의 틀 짜기로 항시 고뇌하는 함동선 시인의 시편을 통해 또다시 얻는 심적 평안과 희열은 모두가 절감하는 하나의 기쁨으로, 영혼의 노래이며 행복일 것이다.

우리에게 친근하게 다가오는 함동선咸東鮮 시인은, 『현대문학』(1958년)을 통해 등단하였다. 1966년 12월 한림각에서 상재한 처녀시집 『雨後開花』이후, 『꽃이 있던 자리』, 『눈감으면 보이는 어머니』등 십년 안팎을 주기로 줄곧 마르지 않는 시샘詩泉에서 길어 올린 폭포수 같은 열정으로 시의 꽃을 눈부시게 피우며 『함동선 詩99選』을 간행하기에 이르렀다. 비교적 그의 시력詩歷에 있어 초기 시편의 특성은 평자들의 지적처럼 "원형질原形質 속에 움직이고 있는 힘, 식물로 하여금 빛을 구하게 하는 힘의 추구"였으나, 점차 후기에 이르러 그의 시적 변모양상은 시인 특유의 형상성에 대한 언어구조가 점차 간결하게 처리되어 동양적 직관의 세계로 변주變奏하게 된다. 바로 이 점은 내적 충만의 층위인 사유思惟에서 근거한 파상破狀으로의 전이, 곧 사설조의 자기변명, 담론적인 시적 자아로 해석되어진다.

여기서 무엇보다 한 사람의 충직한 독자의 관심사는 시인 자신이 <自序>에서 천명하였듯이 "그 동안 바쁘게 살아온 나날을 돌아보니, 한때 나답지 않게 속기를 부린 적도 없지 않아 있어 여간 부끄럽지 않다. 앞으로 자연을 찾아 자연과 조화를 이루도록 느리게 사는 법을 배워야겠다."는 시적 이론의 틀 위에서 형성된 화소話素일 것이다. 물론 그 자신이 해명하고 있듯이 '느리게 사는 법'이란, 단순한 게으름이 아니라, '삶의 순간을 구석구석 느낄 수 있도록 속도를 늦춘다는 것'을 의미한 그만의 시 창작의 비법에 해당된다. 비정한 지식이 광속으로 전달되는 정보화시대에 몸담고 있는 현대인들의 정신적 결핍이나 한 순간의 격분, 증오는 바로 자기 파멸의 고독이 아닌 홀로 있기라는 사유, 느리게 사는 비법을 체득한 시인의 철학과 사상에서 기인한 생산물이다.

이 점에 있어 <10편의 시와 군말-자작시 해설(植民地, 38선의 봄, 꽃, 旅行記, 지난 봄 이야기, 산수유 꽃이 필 때마다, 내 이마에는, 어느 날 오후, 이 겨울에, 가을 散調)>을 다시 옮겨 논의하지 아니하더라도 "사랑을 고백한 여인의 눈물처럼/ 포도나무 잎을 말리고 가는 바람 곁에/ 우수수 지는 꽃잎을 따라/ 떠날 채비를 한다(가을 散調)"를 통해 확인되는 관조와 여유(surplus)로 변형시켜 '느리게 사는 삶의 지혜'를 생산적인 결과물로 교시하는 남다른 애정과 끊임없는 관심의 실체인 그는 혜안을 지닌 예언자적 시인임에 틀림이 없다.

2. 불투명의 공간 확인과 관망으로의 전이轉移

칠순의 굽이를 지나친 연륜이지만 활활 타오르는 그만의 창조적 자아는, 비공인 된 입법자로서의 소임을 양식 있는 시인으로 고독한 가운데서도 충직하게 담당하고 있기에 존경스러움이 내재해 있다. 여기서 중요한 인자因子라면, 언어공해가 심각한 현대산업사회에서 식물성인 언어로 상처받은 영혼을 치유하며, 정신적 기후를 따뜻하게 조성하는 함동선 시인과 오늘의 우리가 한국시단의 미래를 걱정하는 동반자로서 교분을 나눌 수 있다는 사실은 그저 고맙고도 감사할 일이다.

  가르마를 한 가운데로 탄 머리를 어때 위로 늘어뜨린/ 어린이 모양의 민들레가 지천으로 피어/ 작고 앳되며 작고 담담한 빛깔대로/ 천지의 신비를 담고 있다.//

  　　　　　　　　　　　　　　　－<禮成江의 민들레>에서

　　잠깐일 거다/ 부적을 허리춤에 넣어주시던 어머니의 손을 놓고/ 고
향을 떠난 지가 50년이 된/ 나를 보면서/ 남은 것은 그리움과 기다림
뿐이다//

　　　　　　　　　　　　　-〈남은 것은 그리움과 기다림뿐이다〉에서

　　종교적으로 빚은 어둠과 대치되며 밝음의 징표로 순수성과 동일
시되기에 '나를 보면서/ 남은 것은 그리움과 기다림'으로 응시되고
투사된다. 예술의 힘은, 피폐한 영혼과 오염된 세상을 정화할 뿐 아
니라, 인간의 고통과 상처를 치유하는 능력을 지닌다. 정화와 재생
은 양면성을 지니고 있어 언제나 동체胴體를 이루고 있어 사유 체계
로 해석된다. 여기서 예술의 신성한 기운에 의해 영혼이 깨끗해진
인간이라면 부서지고 상처 입은 정신 상태일지라도 "작고 앳되며
작고 담담한 빛깔대로/ 천지의 신비를 담고 있어" 때때로 순수한 생
명력으로 고양되는 느낌을 체득하게 한다.

　　돌맹이 구르는 소리가 들리는/ 백도의 신기루 현상은/ 이따금 옛날
을 생각게 한다/ 우리가 지금 보고 있는 저 절경은/ 그 당시 낙원의
한보기 일뿐이다//

　　　　　　　　　　　　　-〈거문도-白島이야기〉에서

　　이끼 낀 돌들이 촉감 이름 모를 들꽃/ 유심히 보면/ 또다시 산이 부
르는 소리에/ 나를 돌아보게 하는 잔에는/ 자유가 가득 고인다//

　　　　　　　　　　　　　-〈산에 홀로 오르는 것은〉에서

　　어디까지나 그의 시적인 저력은 노장적·불교적인 사고에서 기인
한다. 그 자신이 추구하는 시적 의미를 파악하려는 독자들에게 "우
리가 지금 보고 있는 저 절경은/ 그 당시 낙원의 한 보기 일뿐"이거
나 "나를 돌아보게 하는 잔에는/ 자유가 가득 고인다"에서 암유暗喩

하듯 무위자연에 대한 시학의 반증을 통시적으로 해명하는 안목이 요청된다. 바로 이 같은 그의 시적 자아는 사물과 감성의 합일을 꿈꾸는 시적 동력으로 화해와 공존의 열린 세계를 지향하는 정신적 작업에 해당된다.

> 다시 만나야 한다/ 어깨의 우주 자국이/ 이른 초저녁별처럼 돋아나 있는//
>
> -<우리는·1>에서

> 저녁 햇살이 걸어진 나무 그림자가/ 남에서 북으로 누울 때/ 이 능선을 다시 오르기 위해/ 뻐꾸기 울음이 밟히는 하산을 한다//
>
> -<진달래 능선>에서

시인 자신이 안타까워하는 실상은 "이 능선을 다시 오르기 위해/ 뻐꾸기 울음이 밟히는 하산을" 운명처럼 반복할 수밖에 없는 일상을 확인시켜 줄 뿐더러 "어깨의 우주 자국이/ 이른 초저녁별처럼 돋아나 있는" 정황을 통하여 주체 못할 전율을 느끼고 있다. 이 같은 수사적 배경은 바슐라르가 『공기와 꿈』에서 "대지의 환희가 풍요이며, 바람의 환희는 자유"라는 기술처럼 함동선 시인의 경우, "파도에 떠밀리고 떠밀리고 떠밀리고/ 다시 만나야 한다(우리는 1)"라며 이산가족의 참담한 심적 정황을 "그 시간이 빚어 놓은 일이/ 짧다면 짧고 길다면 긴/ 들꽃으로 피기 시작한다(한계령에서)"처럼 절제된 정감으로 처리하여준다. 바로 이 같은 그의 줄기찬 작위作爲는, 존재의 물활성을 그만큼 강하게 노출시킨 드러냄의 보기로 지적된다.

> 물수제비 예닐곱 개나 뜨던 여름이 오면/ 형님은 언제나 거기에 있다/ 6·25를 기억하는 예성강처럼/ 언제나 거기에 있다.//
>
> -<형님은 언제나 서른네 살>에서

　　잠자리 한 마리가 날아온다/ 구름과 바람과 세월 속에/ 무게를 느낄
수 없는 시간이/ 이 산골엔/ 이미 정해진 것처럼/ 새가 날아가는 쪽으
로 해가 진다//

-<간이역·1>에서

　　특이하게도 함동선 시인의 <형님은 언제나 서른네 살>이나 <간
이역·1>과 같은 계열의 시편에서 한번쯤 조망해야 할 점은, 끊임
없이 생성하며 변형되는 대상과 내면의 의식에 "6·25를 기억하는
예성강처럼" 서른네 살 형에 대한 끈끈한 기억 흔적은, 혈연의 층위
로 접목된다. 그것은 "구름과 바람과 세월 속에" 새가 날아가는 쪽
으로 해가 지는 자연의 섭리와 같은 원리일 것이다.

　　불을 끈 방에/ 달이 뜨면/ 고향의 초가도 보이고/ 달구지 길도 보이는/

-<그리움>에서

　　다소 냉소적이고도 불안한 시대의 늪을 건너며 살아가는 우리네의
불행은, 소중한 일(직업)을 위해 애씀의 땀을 흘리기를 거부하고 찰
나적인 것들을 위해 순리를 거부하고 비열한 이기주의에 철저하게
사로잡히는 데 기인한다. 이 점을 함동선 시인은 그리움을 통한 상상
력의 확장에 의해 '불을 끈 방에 달이 뜨면, 고향의 초가도 달구지 길
도 보이고, 귀뚜라미 소리 들리는' 홀로 있기라는 내적 충만, 즉 느리
게 생각하는 사유의 소중함을 다시금 일깨워주기도 한다.

　　해가 진 다음 어디선지 남아서/ 밤과 낮의 숨소릴 나누는 마지막 빛
은/ 우리를 둘러싼/ 한낮의 설레임 같은 바람으로 곁자리 하였다가/
이불 속에 깨어 있는 살들과도 같이/ 천맥天脈의 많은 할 말을 받아/
다시 자리 잡는다//

-<交感>에서

함동선 시인은 오랜 날부터 생명에 대한 경외심을 소중히 인지하고 시 창작에 몰두해 왔다. 우리는 몸담고 있는 현실적 상황이 때로는 불확실성과 불특정 다수를 겨냥한 생명경시의 충격으로 참담함을 겪기도 하지만, 언어에 대한 분별력으로 상생의 통로로 나아가기 위해 사유의 시간을 소유해야 한다는 것을 교시하고 있는 지극히 따뜻한 정신적 기후가 그의 시편에 조성되어 있다. "그것도 내 아내 고무신 끄는 소리로/ 꽃샘추위 속에 내리고 있어요(춘삼월)"나 또는 "한낮의 설레임 같은 바람으로 곁자리 하였다가/ 이불 속에 깨어 있는 살들과도 같이(交感)" 그의 시편은 온화한 정감의 교신이어서 신선한 감동을 안겨준다.

새 소리로/ 꽃그늘이 깔리는 봄이었죠/ 깃털과도 같은 웃음 웃으시며/ 내 어머니 가슴에 강물은 푸른빛이 돼/ 길길이 뛰었는데요//

-<그 강은>에서

날아오름을 희구하는 시인은 천상의 표징인 새는 소리 하나로도 꽃그늘을 깐다고 인식할 뿐 아니라, 어두운 동굴에서 노래하지 않으며, 자신을 위해 무덤을 만들지 않는 새의 생리를 체득하고 있다. 모름지기 삶의 처소에서 저마다 불러야 할 노래와 꿈을 소망하는 함동선 시인은 "내 어머니 가슴에 강물도 푸른빛으로 길길이 뛰는" 생명의 충일함을 밝음 지향指向으로 시의 틀에 담아내는 이 시대의 현명한 존재자이다.

창문을 열고/ 꽃의 향기 맡던 사람/ 그 꽃 지기도 전에/ 상여 타고 가네//

-<인생>에서

스적스적 휘젓는 도포자락에 매달린 손톱에는/ 어렸을 적 물들인 봉숭화 빛으로/ 독경 소리가 들린다//

-<산에서 만난 스님의 말씀>에서

여기서 그 보기를 조목조목 제기하여 예증하지 아니 하더라도 인생의 허망함을 꽃상여 타고 가는 실체로, 또는 <산에서 만난 스님의 말씀>에서 확인되듯 "스적스적 휘젓는 도포자락에 매달린 손톱에는/ 어렸을 적 물 들인 봉숭화 빛으로/ 독경 소리가 들린다"와 같은 시적 발상이나 '스적스적 휘젓는 도포자락과 봉숭화 물든 손톱'의 대조에서 생태시(ecolyric)의 빛깔이 순수하게 채색되어 있음이 파악된다.

특히 상징의 숲을 거니는 대다수 이 땅의 시인들은 칼날이 섬뜩한 금속성 언어를 마구잡이로 사용하는데 견주어 투명한 서정성을 확립하고 있는 함동선 시인은 비교적 식물성 언어와의 연계선상에서 생명적인 대상이나 자연을 소재로 거부감 없이 폭 넓게 다루고 있다. 생명 외경의 사상은 자연 친화와 융화적 교감이라는 이론의 틀 위에서 마땅히 시인 스스로가 해결해야 할 시대적 소임임을 확증시켜주고 있다. 차지에 지나친 구조적 처리나 난해한 시어의 배치에서 파생되는 모순 갈등과 혼란을 거부한 그의 정신적 산물은 서정시의 본질인 미적 주권의 확립이기에 더욱 빛나고 품격이 높은 것으로 평가된다.

예술의 신성한 기운에 의해 영혼이 깨끗해진 인간이라면 부서지고 상처 입은 정신상태일지라도 "하늘은 푸르고/ 샘은 흐르고/ 눈 섬벅이며 한 아름씩/ 붉은 꽃과 노랑꽃과 그리고 진한 흙빛이/ 구름을 보내는 마음으로/ 바람을 보내는 마음으로 있다(樓上洞詩)"처럼 그의 시적 자아는 푸른 생명력으로 고양되는 느낌을 피부로 체험케 하는 마력을 지니고 있다.

3. 행복한 공간 만들기와 참 자기[眞我]의 발견

함동선 시인이 빚어낸 눈부신 시편들은, 순수한 서정의 틀 위에서 미적 주권을 형상화하고 칙칙함을 떨쳐 버린 현상적 일탈과 존재를 위해 노력의 편린[片鱗]이다. 여기서 궁색한 평자의 변명 같지만, 그에 대한 작은 관심의 일면일 수도 있지만, 현대시의 현상과 존재론적 해석이나 판단에 있어 그의 시적 행위소를 행복한 공간 만들기와 참 자기의 발견으로 구분 지어 제시할 수 있다.

꼭 쥔 주먹엔 나비가 앉지 않듯/ 세월을 때린 빗방울에 멍들었으니/ 누가 선을 그은 사람이고 누가 뛰어넘은 사람인가/ 미움의 키 높이고 단절에 길든 시절이 가면/ 신바람에 오는 역사의 목소리/ 개울물이 되어 넘치고 넘칠 것이다//

−<너는>에서

인간의 삶은 고통이 따르기에 보다 존엄한 것이다. 그 자신 "신바람에 오는 역사의 목소리/ 개울물이 되어 넘치고 넘칠 것이다(너는)"에서 확인하듯 심장 깊은 곳에 세월의 물결에 부딪겨 온 연륜보다 뜨거운 피를 올곧게 간직하고 있다. 함동선 시인의 내면의식에 있어 물상에 대한 고집스런 애정과 관심의 발동은, '응시→관찰→분석(해부)'의 과정을 거치는 재창조의 통로로 생명의 존엄성을 확대시켜 주고 있다.

함동선 시인은 모순어법을 시적 수사로 즐겨 사용하지는 않는다. 그러나 시 의식에는 모순과 갈등의 대립된 양상이, 기성세대가 겪는 보편적 심리 현상이지만 항시 남모를 비분[悲憤]과 통한[痛恨]으로 자리한다. 다행스럽게도 그 자신은 내면의식에 흐르는 울분과 까닭 모를

슬픔을 예술가의 기질로 말끔히 걷어내고 있다. 특히 대다수 종교인
들은 신앙의 대상을 향해 영혼의 창문을 항상 열어 놓기를 소망한
다. 천상을 향해 영혼의 눈(心眼)이 열려 있는 경이로움, 바로 그것
은 신선한 감동이다. 그 점은 구도자求道者의 열린 사고와 끊임없는
수행을 위한 가치의 회복을 위해 깨여 있는 발상의 전환에 타당성을
부여한다.

  현실적 상황에서 자기 삶의 충직한 실체로서 내적 충만을 위해
사유의 시간을 즐기는 멋스러움으로 시작에 열중하는 시인에 대한
새로운 해석과 조명은 삶의 의미를 부여하는 기쁨으로 간주된다. 따
라서 『함동선 詩99選』은 생명외경의 시학에 대한 검색과 실험에 근
거한 이해의 모형으로, 담백한 시 정신에 대한 분할과 통합, 그리고
관심사에 해당하는 행위로 해석되어진다. 시 해설을 마감하며 어디
까지나 『함동선 詩99選』(도서출판 善)은, 현상적 일탈과 존재론적
해명을 계기로 시적 상상력의 확장에 대한 변주變奏임에 틀림이 없
다. 다소 낯설게 하기의 시적 수사의 아쉬운 바도 없지는 않으나, 사
상성이 빈곤한 한국현대시단에서 독자적인 냄새, 느낌, 의식이 강도
높게 자리한 지극히 한국적인 토양 위에 그만의 생명적인 기후를 독
자적으로 조성해 줄 것을 절박한 심정으로 기대할 뿐이다.

| 7 |

시인의 응시와 자아 회복
-고창수 시인의 시적 공간 만들기

| 1.   미적 주권과 생명에의 변주

　오랜 날, 조금은 현실에 물러서서 화합을 위한 차원에서 언어에
대한 절제와 배려를 일깨우며 살아온 날을 돌이켜 볼 때, 한스러움
이 못내 증오심을 불러준다. 한 순간 언어공해가 폭력으로 변형되어
인간관계를 단절시키는 삶의 비정함을 체득할 때, 우리는 거대한 조
직적인 불의 앞에 의로운 소수의 힘이 얼마나 무력한가를 확인하게
되어 비로소 처절하리 만치 비장감을 맛보게 될 것이다.

　오늘 우리가 몸담고 있는 비정한 후기산업사회에는 철저하게 이
해 중심으로 얽혀 있기에, 영혼과 가슴에는 감동에 의한 투명한 눈
물이 없다. 때문에 불행하게도 대다수 이들에게는 최근 의학이 언급
한 다이돌핀이 생성되지 않는다. 호르몬 중에 엔돌핀이 암을 치료하
고 통증을 해소하는 효과가 있다는 것은 이미 주지하는 바이지만,
이 다이돌핀의 효과는 엔돌핀의 4,000배에 해당한다. 바로 이 다이
돌핀은 일상에 있어 좋은 노래나 아름다운 풍경의 경이로움에 압도
되거나 전혀 알지 못했던 새로운 진리를 터득했을 때, 엄청난 사랑
의 감미로움에 빠져들 때, 그리고 우리의 인체에서 놀라운 변화가

주어질 때 전혀 반응이 없던 호르몬 유전자가 활성화되어 엔돌핀, 도파민, 세로토닌이라는 유익한 호르몬들이 비로소 생성되는 현상이다.

특히 내적 충만에서 비롯되는 깊은 감동을 받았을 때 인체 내의 면역체계에 강력하고도 긍정적인 작용이 발생되어 암세포를 공격하는 기적이 일어난다. 이처럼 평자가 바로 문제시하는 고창수 시인의 시도 이 같은 신선한 감동과 충격을 불러 일깨우는 시적 치유의 효과가 있음을 전제하고 <시인의 응시와 자아 회복>에 관해 기술해 보기로 한다.

모두冒頭에서 지적한 바 있듯이 언어공해가 심각하여 불신으로 치닫고 있는 지식·정보화 사회의 공간에 처한 대중에게, 삶의 기본적 양상으로 생명·의식·서정을 따뜻한 감성으로 아우르는 고창수高昌秀 시인의 시편들은 자잘한 감동과 마음의 평안을 조장한다. 이 점에 있어 그의 시는 생산적인 시론에 근거하며 공동체 인식의 소중함을 확인시켜 주고 있다. 또한 그의 정신적 행위는 미적 주권의 확립과 생명에의 변주라는 틀 위에서 공간 만들기를 통한 사유思惟에서 기인된 파상破狀의 탐색이기에 모성적인 평온함마저 조성시켜준다.

자신의 분신과 동일한 언어의 집합인 고창수 시인의 시편들은, 자연 친화적인 것과 생명외경의 모티프가 고뇌의 숨결에서 생성된 실체이기에 새로운 관심과 논의의 대상이 된다. 그의 존재론의 표징은, 언어의 절제된 힘과 내면적 깊이를 통해 충직한 삶의 내면성을 풀어 보인 언어의 행보이기에 절망을 무너뜨리는 구원의 징표로 비견되어진다. 바로 이 점이 그의 시적 토양이며, 시정신이 직조織造해 놓은 빛나는 의상이기에 감히 불멸의 노래로 지적하여 본다.

암울한 현상에 실존하고 있는 우리에게 친근하게 다가서며 단절된 인간 간의 모순과 갈등의 경계를 허물어주는 따뜻한 감성의 고창수 시인은, 1934년 함남 흥남 출신으로 1966년 『詩文學』으로 등단하였다. 성균관대학교 대학원에서 영미시인 「T.S. Eliot의 시에 나타난 불교사상 연구」로 문학박사 학위를 취득하였으며, 미국 Columbia대학교 등에서도 수학한 동서의 학문을 갈마드는 존재로 미국과 캐나다 문단에도 자작시 및 번역시를 줄곧 발표하고 있다.

1965년부터 외무부에 몸담으며 국내판 시집으로 『파편 줍는 노래』, 『산보로』, 『소리와 고요 사이』 등과 영문시집 『Seattle Poems』, 『Between Sound and Silence』 등과 번역시집 『Koreas Best Loved Poems』 『Anthology of Contemporary Korean Poetry』 등을 올곧은 시 정신으로 간행하고 시작에 몰두하는 고희를 넘긴 중진의 시인이다. 지난 2002년 12월 <제1회 시인들이 뽑는 시인상>에 선정된 그에 대한 심사평은 「존재에 대한 물음과 명상」이라는 전제 아래 다음과 같이 지적되었다. "그의 시가 소요하고 도달하고자 하는 곳은 현실적·실존적 가치의 세계가 아니다. 그는 심층의 의식 세계를 넘나들며 정신적 공황과 어둠을 밝히고자 하며 나아가 심적 정착 점을 찾지 못하는 현대인의 들뜸을 가라앉히기 위한 향도적 구실을 한다. 그의 시의 또 하나의 특징은 불교적 사유를 바탕에 둔 전통성을 중시하고 있으면서도 편협한 로칼리즘에 빠지지 않고, 그것을 확장하여 세계사상 속에서 수용하고, 존재 규명의 과정을 거쳐 보편적 시의 세계로 승화하고 있다."

한편 「반성과 더 치열한 통찰」에서 그는 내면의식을 진솔하게 술회하여 자신의 정신적 생산물을 아끼는 충직한 독자들에게 진아眞我의 면모를 절제된 언어로 안겨주었다. "그간 시를 너무 쉽게 쓰지 않았으나 반성하면서, 시에 대하여 더 진지하게 수도자적 입장을 다져보고자 한다. 우선 그간 다소 딜레탕트적인 자세로 쓴 시들을 돌아다보고 앞으로의 진로를 조절하고 싶다. 또한 시란 과연 나의 존재에 어떤 의미를 가지고 있고 이 험준한 사바세계의 변전 속에서 시란 과연 무엇인지를 더 치열하게 통찰해 보고 싶다."

▌2. 응시凝視와 투시도법透視圖法

내적 충만이라는 사유의 생산물인 자신의 시편에 거부감 없이 즐겨 시적 대상으로 수용되고 때로는 해체되고 재창조된 언어의 편린片鱗들이 푸른 생명의 비늘로 반짝이는 물화론의 현란함을 단순히 시적 비약이나 질서의 파괴, 그리고 혼란스러움이라고 치부할 수는 없다.

> 山들은 九天으로 뻗어가는 손가락이었다. 새들은 몇 천의 거울이 담겨 있는 숲 속에서 번쩍이는 긴 呪文이었다. 원효는 간 데 없고 나는 子宮 속 기억과 무덤의 恐怖로 타는 한 낱 불길에 지나지 않았다.
>   -<원효대사가 시인에게 한 말>에서

신라 천년의 전통이 향가 한 자락인 처용가處容歌의 정한이 묻어 있는 <원효대사가 시인에게 한 말>은, 바로 전통적인 맥락을 자신의 언어로 시화하려는 노력의 현저함에 기인한 사설조의 시편이다.

> 목청에 피 맺히는 육자배기 가락에 맞추어/ 배는 물을 떠났습니다. / 바람에 팽팽한 꽃의 서정은 없어도/ 뱃길 위에 기러기가 꾸미는 서정은 없어도/ 그림 속 같이 순수한 빛 속에//
>   -<뱃노래>에서

"보내는 사람도 슬픔도 없는 순수한 이별 속에(뱃노래)"에서 확인되듯 소재의 자유로운 취급과 미적 주권의 확립을 위한 서정성의 표

출을 심화한 작위는, 친근한 소재의 확장과 다양한 기법의 원용, 그리고 복잡하고 다양한 어조와 어법을 생명의 변주로 형상화 한 점일 것이다. 특히 전통적인 정서와 때로는 전형적인 풍물을 다루되 새로운 도식과 언어의 조합, 이미지의 연결, 어조의 복합성, 운율의 변화 등을 통하여 자신의 독자성을 구축하려고 노력한 그만의 진지함에 대해 박수와 격려를 보내는데 결단코 인색할 필요는 없다.

　삶의 일상에서 타자를 적대시 할 때, 그림자를 상대방에게 상호투시 한다는 평범한 사실을 대다수의 현대인들은 의식하지 못하고 있다. 개인적인 그림자를 투시할 경우엔 인간 관계에서 갈등을 일으킨다는 것을 고창수 시인은 오랜 날 삶의 현장에서 그 나름으로 체득하였다. 분노, 시기심, 비난, 증오심 등은 개인적인 그림자의 투사로 일어나는 현상이다. 오랜 날 그는 "어떤 날개로도 지울 수 없는 그림자"에 해당하는 <말의 幻像>, "네 얼굴은 은유인가"의 <얼굴> 등과 같이 "나뭇잎 사이에 번쩍이는 바람"이거나 "우리의 눈길 속에 잠깐 안개꽃처럼"깊이 잠들어 눈뜨지 못한 영혼을 위해 숨결 죽여가며 아주 조심스럽게 "그림 속 같이 순수한 빛 속에" 뱃노래로 빚어내는 비법을 터득하여 왔다.

　　낱말은 그림자를 우리의 心魂에 던진다.
　　어떤 날개로도 지울 수 없는 그림자를 던진다.
　　　　　　　　　　　　　　　　-<말의 幻像>에서

　　네 얼굴은 은유인가,/ 시간의 바람결에 날리는 민들레 꽃잎의 은유인가,/ 우리가 부르면 허공에 사라지는 은유인가,/ 고요와 어둠 속으로 사라지는 은유인가?/ 우리의 눈길 속에 잠깐 안개꽃처럼 피었다가,//
　　　　　　　　　　　　　　　　-<얼굴>에서

　　기쁨을 고창수 시인은 비정한 지식·정보화 시대에 있어서도 지상의 매개물인 꽃을 즐겨 시적 질료로 사용하여 왔다. <얼굴>에서 확인되는 "민들레, 안개꽃"에 대비되는 천상적인 새처럼 "복사꽃이 심청의 길을 밝혀주었듯/ 솟아오르는 노랑나비가/ 우리의 행색을 꾸며주었듯/ 그 먼 길을 꾸며다오.(새와 풍경)", 그의 시편은 가식을 거부한 진실함과 순수함이 돋보여 시의 품격을 높여주고 있다. 어디까지 그의 시는 활력과 영감의 징표로 기쁨을 주는 매력이 신비스럽게 자리해 있어 독자의 관심을 끈다. 이것은 시적 진실 외에 삶과 우주에 대한 경이와 기쁨, 그리고 인간의 정직하고 겸허한 시적 자세로 무상의 노래이기 때문이다.

　　　그러나 날아가는 새여!/ 너의 움직임은 나의 눈을 시리게 하는/ 그런 움직임이 아니고,/ 金이 銀이 되는, 꽃이 지고 꽃이 피는/ 그런 움직임이다.//

　　　　　　　　　　　　　　　　　　-<인왕산에서 본 새>에서

　　"아 늘 뜨고 있어라, 열려 있어라/ 사물의 눈이여 귀여(事物에는 모두 눈과 귀가 있다)"에서 확인되듯, 사물을 응시하며 형상화시키는 그의 작위는 이채롭다. 여기서 응시凝視의 문자적 해석은 시선을 모아 한곳이나 대상을 중점적으로 관망하며 주시하는 행위에 해당한다.

　　사물에는 눈이 있다/ 문돌쩌귀 같은 것, 손거울 같은 것 또는 옷장 같은 것/ 모두 퍼렇게 눈을 뜨고 있다//

　　　　　　　　　　　　　　　　　....생 략...

　　사물에는 귀가 있다/ 손거울 같은 것, 참빗 같은 것, 빗자루 같은 것//

　　　　　　　　　　　　-<事物에는 모두 눈과 귀가 있다>에서

투시도법透視圖法은, 미술에서 차용되고 있는 쓰임으로 물체를 원
근법에 따라 눈에 비친 그대로 그리는 방법으로 배경 화법, 원경법遠
景法, 투시 화법으로 통용된다. "떨리는 먹물 한 방울로 내 미망未忘
을 점안하였습니다.(書藝)"로 시작되는 그의 시편 <서예>는, 자기
응시와 동시에 자아회복의 내면성을 응축시켜준 보기이다. 고창수
시인의 시에는 추상적인 상징성이나 난해성이 치열하게 도식화되지
않아 편하게 이해되고 친근함마저 더해주는 따뜻한 감성의 시적 매
력이 자리해 있다. 이것이 그의 시가 내포하고 있는 역동적 힘이다.

> 마음 한 자리엔 시퍼렇게 서슬이 피어오릅니다.
> 어둠 속에 버렸던
> 개울 물 소리가 돌아와 빛납니다.
>
> > —<서예書藝>에서

> 1. 동강 따라 수백 리/ 파랗게 서린 김삿갓의 한./ 내 허파에 써늘한
> 그늘지네./ 내 가슴에 써늘한 바람 부네.//
> 8. 서울 지하철 한나절 혼잡./ 잠결에 푸드득 동강의 붉은 송사리.//
>
> > —<관동 8경>에서

고창수 시인의 시편에는 '성장, 감동, 희망'과 결부된 푸른 색채어
가, '탄생, 포근함, 비옥함'으로 지칭되는 원형적 성향이 담담하게 바
람의 숨결로 표출되어 한순간의 분노도 잠재우는 서정성으로 빛난
다. 근작 시 "파랗게 서린 김삿갓의 한...생략...서울 지하철의 한나절
혼잡(관동팔경)"처럼 그만의 의지의 표현방식으로 선택되어 언어에
대한 분별력과 배려를 지닐뿐더러 사회현실과도 적당히 정서의 양
감量感을 긴장미 있게 유지하고 있다. 바로 이것은 그만의 담백한 시
격詩格으로 역동적 힘의 드러남이다. 국제적으로 폭넓게 활동하는

그의 경우, 영역시 <In a Remote Korean Village>는, 캐나다의 Pearson Education Canada 출판사가 편찬한 고등학교 3학년 영어 교재에 Tagore, Neruda 등 저명한 외국 시인들의 시와 함께 수록된 시편 중의 보기이다.

> 어느 날, 점잖던 정원사는 은행나무의 중심부 큰 가지에 올라서서/ 망나니 같이 나무를 굴러대고 있었다. 햇볕을 등지고 역광의 정원사는 / 엄숙한 검은 마법사와도 같이/ 지구의 중심에론 듯/ 은행잎을 마구 떨어뜨렸다. 그날 정원사는 이상한 미소를 머금고 있었다.//
> 　　　　　　　　　　　　　　　　　　　　－<한국 마을 정원에서>에서

이처럼 그만의 시적 소재는 단순한 것이지만, 현상적인 물상과 시적 정감을 과거의 기억 흔적을 환상에 융합시킴으로 현실과 기억, 그리고 환상의 경계를 풀어 보이고 있다. <한국 마을 정원에서>가 암시하듯 "은행잎을 마구 떨어뜨렸다. 그날 정원사는 이상한 미소를 머금고 있었다"에서 순수서정은 희생의 통로와 접목되어 있다. 그러나 "가을 한동안/ 정원의 은행나무는 공작이 날개를 펴듯/ 찬란한 황금빛 잎을 펼치고 있었다."에는 현란한 언어기교나 가식적 장치가 없는 순수한 감성과 담백한 시적 처리로 독자의 관심을 도출하는 그만의 저력을 지닌다.

> 앞만 바라보며 가마에 실려 가는 신부新婦처럼/ 말문이 막힌 불꽃입니다./ 바다가 날 부르는 목소리는/ 눈도 귀도 없는 불꽃입니다.//
> 　　　　　　　　　　　　　　　　　　－<바다가 날 부르는 목소리는>에서

시가 존재와의 만남이라는 이론의 틀 위에서 발아發芽되어, 정신적 기후를 알맞게 조성시켜주는 고창수 시인의 시적 마력은, 분리와 고립으로부터 인간의 개성을 해방시키어 타인과 일체가 되어야 함

을 확신하고 시작에 몰두하는 점이다. 비교적 그의 시편 <바다가 날 부르는 목소리는>, 즉물적인 현상에 대한 파도와 음성의 암시성을 교접한 그만의 시적 의미이기에, "말문이 막힌 불꽃" 처럼 강렬한 서정을 전통적 선율에 담고 있다. 그는 보다 가라앉은 운율 속에 이미지를 형상화하여 소재를 차근차근 분석하고 때로는 입체적 구성과 점층적 효과를 의중에 담아 그 나름의 실험과 탐색을 충직하게 수행하고 있다.

언어는 상징으로 존재의 뿌리이다. 이 점에 있어 "말문이 막힌 불꽃, 눈도 귀도 없는 불꽃"의 표징은 불꽃에 영혼이 있다는 불꽃에 대한 미학적인 접근이 아니라 소중한 삶을 불태우는 자기희생의 통로를 통한 지극히 선하고 밝음을 추구하려는 시인 자신의 신념의 표출이다. "꽃나무 아래에서/ 야멸차게 풍경을 파악하는/ 고양이의 눈 (고양이 풍경)"에서도 접할 수 있는 고창수 시인만의 차별화 된 시적 경향은 생명에의 서정적 변용變容이 시의 골격으로서 공감대를 형상화하고 있다. 바로 그의 시격은, 에코토피아적인 색채감과 사유에서 기인된 층위이기에 경계 해체의 비법을 터득한 숙련공으로서의 솜씨를 유감없이 발휘하고 있다.

고창수 시인은 '다르게 바라보기'라는 시적 투사透寫로 새롭게 시의 지평을 열어 시인의 고뇌와 집념 앞에 잠시 숨결을 고르고 언어 경제라는 시론의 틀 위에서 고뇌와 갈등의 시간대를 거쳐 자기만의 육성, 의식, 냄새를 담아 정열화整列化 한 언어 양상을 관심을 쏟아 밀도 있게 조명해 보이고 있어 일체의 거부감이나 갈등의 요소는 발견되지 않는다.

▌3.   언어의 결합과 행복한 시 쓰기

  랜섬(John Crowe Ransom)은 "시는 자연미의 표현이며, 상상이라는 훌륭한 기능이 시의 작인이다."라고 지적한 바 있다. <시인의 응시와 자아회복>으로 해석되어지는 고창수 시인의 시정신은 비교적 식물성 언어로 직조된 전율 같은 가슴 떨림이며, 동시에 그만이 겪는 황홀이다. 그는 이 땅의 어느 시인보다 순수서정의 시학을 현대시의 틀에 담아 형상화하려고 애쓴 흔적이 역력한 실체이기에, 그에게 거는 소박한 일념은, 탈진(burn-out)된 우리의 정신세계를 더 이상 현란하게 하는 모순된 언어유희에 이끌리지 말고 오로지 자기의 육성, 냄새, 느낌 그리고 색깔이 있는 시의 영토를 지속적으로 확장해 달라는 조심스런 주문이다.

    제대로 와 주지도 않는 시를 쫓는/ 부질없는 일에 지친 나는/ 시를 쫓는 일을 포기하기로 마음먹었다./ 시에 신들린 것도 아니면서//
                                    -<시를 찾아서>에서

  시인의 시대적 소임을 강조하여 술회하지 아니 하더라도, 비록 고창수 시인이 "시를 쫓는 일을 포기하기로 마음먹었다./ 시에 신들린 것도 아니면서(詩를 찾아서)"라고 지적하고 있지만, 양식을 지닌 시인이라면 혼돈과 비정한 사회에 몸담으며 다툼과 좌절을 제조하는 언어의 횡포를 삼가야 할 것이다. 무엇보다 다행스러운 것은 그 자신이 분망奔忙한 일상에서도 시적 공간 만들기를 위해 몰두하는 진지한 자세를 보여주고 있다. 그 자신이 시작활동에 열중하면서 푸른 생명적인 언어로 우리의 삶을 빛나게 하고 풀꽃 향내의 식물성 언어로 긴장과 증오심을 풀어주어 공동의 세계가 무너진 이 불신의 시대를 한순간 신뢰의 세계로 전환시키는 행위를 줄기차게 반복하고 있다. 이 같은 시적 행위와 꼬인 전통의 실타래를 풀어주는 해법은 "낱말에 대한 회열"을 통한 언어적 반응과 충격적 감동을 안겨주는 질료로 전이된다.

> 청동 빛 고구려의 종소리로/ 우리의 꿈을 흔드는 이/ 그 누구인가.//
> 일상으로 따뜻한 우리의 꿈에/ 고구려의 불길을 불어넣는 이/ 그 누구인가.//
>
> ─<고구려의 종소리>에서

아직은 그의 뜨거운 심장 속에는, 영혼을 흔들어주는 '청동 빛 고구려의 종소리"가 서슬 푸른 역사의 실체인' 우리의 꿈과 고구려의 불길'로 타오르고 있다. 이처럼 잡다한 상념으로 형성된 언어의 다발을 엉클어진 실타래를 조심스럽게 풀어가듯 절제된 아픔과 자신만의 내면공간에서 반복하는 치열한 작업을 지켜보노라면 한순간의 분노도 갈았고 영혼의 충만 감을 얻게 된다. 이 신록의 계절에 <한국 마을의 정원에서> 생명의 나무에 가지치기를 하는 세련된 정원사(연금술사)의 손길을, 손금을 보듯 면밀히 그의 내면을 주시하면 시적 공간을 만들기 위해 대상물을 의식의 공간으로 끌어들이는 시인의 미감과 심안을 스스럼없이 발견할 수 있을 것이다.

유추하건대 잘려나간 가지는 어디에선가 수분이 남은 시간, 마지막 생명력을 유지할 수도 있고 연緣이 닿으면 삽목揷木으로 새로 뿌리내린 객체로서의 현상이 허락될 수도 있다. 바로 그것은 새로움에 대한 도전·실험정신으로, 독자적인 시적 영토를 확장하는 계기가 된다. 이처럼 가지치기와 잘리는 두 객체, 즉 양극 사이에는 서로 다른 이해와 존재와의 깨달음이 자리하기에 그의 시에 대한 행복한 시읽기는 투시도법을 통해 침잠하고 응시해야 할 타당성이 따른다.

결론적으로 고창수 시인은 현대시의 특성을 의도적으로 도식화하지는 않지만, 시작의 근원적인 힘을 순수상상력의 확장으로 인식하고 있다. 바로 그것은 감지하고 접하는 대상의 물활론物活論을 넓고 깊게 수용하려는 흔적이 운명적인 받아드림으로 가슴 죄어오는 전율 같은 고조된 긴장으로 시적 분위기를 안정감 있게 조성하는 현상이다. 아울러 소외된 이들을 향해 비틀기보다 깊이 있는 서정성으로 손잡아 주고 다가서는 품격 있는 고창수 시인이야말로 투명한 영혼으로 단절의 경계를 허무는 한국의 현대시사에 당당한 실체로 자리매김 하기에 결코 부족함이 없는 예언자적 존재로 다이돌핀을 쏟아내는 감동의 시인임을 글의 말미에 부기한다.

제3장
새로운 조응과 미학적 접근

▌ 1 ▌
상상력의 자유로움과 진동하는 언어
-홍문표 시인의 만남과 조화의 경이로움

▌ 1.   소중한 삶과 집짓기

　가난한 우리네 일상에서 '정신적 기후를 따뜻하게 만들어 주는 좋은 시인과의 만남'은 더 없는 행복이다. 하버드대학의 나탄프지 박사의 지론처럼 '힘차게 흔들 수 있는 깃발, 온전히 믿을 수 있는 신념, 그리고 진실로 부를 수 있는 노래'를 위하여 항시 지극한 사랑과 정성으로 좋은 인연을 만들려고 땀 흘리며 시학과 인생, 그리고 신앙과 철학을 위해 한 시대를 고뇌하는 이 땅의 시인을 만나면 영혼 깊은 곳에서 방울방울 솟아나는 순수의 눈물을 접하게 된다.

　우리는 암울한 사회 현상에서 '존재의 가벼움'을 확인해 왔다. 문화 충돌이 예견되는 후기 산업사회로 지칭되는 열린 세계에서 저마다 생존하기 위해서는 풍부한 시적 상상력의 확장이 요청된다. 거대한 현대산업사회를 구축하는 힘, 그것은 예술에 대한 안목에서 비롯되는 상상력의 자유로움이며 예술에 대한 깊은 이해와 관심이다. 우리의 소중한 삶에 있어 집이란, 항시 존재의 뿌리로 보람의 일터이기에, 한 사람의 시인에게 있어 온 몸으로 진동하는 사랑의 언어를 빚어내기 위한 정신적 작업은 곧, 소중한 삶의 집짓기에 비견된다.

정서의 파괴로 정신적 질병을 앓고 있는 오늘의 불행한 세대에게 위로와 평안을 안겨 주려는 애정과 관심은 다행스러울 뿐 아니라, 언어 공해가 심각한 우리네 현실 상황에서 공동의 관심사가 되어야 할 것이기에, 네 번째의 눈부신 시집 『당신이 당신일 수 있다면』(양문각 간행)을 상재한 홍문표 시인의 정직함과 성실함에 뜨거운 박수를 보내는데 결코 인색할 수 없다. 여기서 거창한 시세계를 들먹이기 보다 그만이 지닌 시적 특성과 품격, 그리고 너무나 인간적인 친근미가 베어 있는 시의 날줄과 씨줄을 한올한올 조심스럽게 풀어 시의 독자성을 해명해 보기로 한다.

> 너의 순결만으로도 죽도록 아름다운 것을
> 눈물은 그리움의
> 마지막 흔적이 되고
> 때로는 외로운 사람들의
> 기적일 수도 있지만
>
>   -<너의 순결만으로도>에서

> 흰나비/ 아, 오월의 하늘처럼 푸르던/ 그날의 산길이 눈물처럼 그리워/ 나비야 청산 가자/ 범나비 너도 가자.//
>
>   -<그날이 눈물처럼>에서

> 골짝을 찍어대는/ 두견새의 슬픈 목청/ 너와의 끈질긴 애달픈 노래/ 아카시아 줄기마다/ 은초롱 등불을 달고//
>
>   -<은초롱 등불을 달고>에서

비교적 눈물과 슬픔이 정신지리에 자리해 있는 다정다감한 홍문표 시인의 시편을 접하면 모성적인 정감을 확인하게 된다. 때로는 "우리들의 구구한 넋두리도/ 눈물도 한숨도/ 미움도 사랑도 없는/

그리하여/ 죽음조차 아득한 두려움으로/ 가리워진 새하얀 나라(새하얀 나라)"에서 처럼 처절한 절망 속에서도 항시 자신을 본질적 물음 앞에 놓아 보고 상실된 시간대를 회복하기 위해 온갖 회한을 머금은 인간적 고뇌 또한 발견하게 된다. 진정한 예술은 남편의 사랑을 받고 있는 아내처럼 지나친 화장이 필요 없다. 가식이 없는 표정으로 우리에게 다가오는 홍문표 시인의 시편에 수용된 정신은 "코발트빛 하늘/ 티 없이 순수한 산언저리의 허공이 있기 때문이다./ 허공의 무심이 있고/ 허공의 무욕이 있고/ 허공의 가득함이 있기에 (빙벽에 펄럭이는 유혹)" 더욱 담백하고 투명하다 못해 푸르다.

　　산들이 우뚝한 것은/ 산들이 우뚝해서가 아니다./ 그것은 오히려/
　　계곡의 애절한 절망 때문이다.//

　　　　　　　　　　　　　　　　－<산들이 우뚝한 것은>에서

　　산이 산인 것처럼/ 눈물이 눈물일 수 있다면/ 눈물은 눈물이 되고//
　　　　　　　　　　　　　　　－<당신이 당신일 수 있다면>에서

　　바람처럼 살다가/ 강물처럼 살다가/ 청산처럼 살다가//
　　　　　　　　　　　　　　　　　　－<꺾어지면 어떠리>에서

"낙엽을 밟으며/ 침묵의 껍질들을 벗겨본다./ 겹겹이 싸여진 이력들과/ 다가오는 겨울의 일정들이(내 영혼의 가지 끝에도)"라는 시행에서 확인할 수 있듯이 자연의 섭리에 순응하는 귀향자로서 불안한 우리네의 삶에 신선한 감동을 안겨주는 그의 시편은 가장 행복한 심성의 최고 열락을 표현한 눈부신 언어의 기록이다.

우리는 언어의 절제된 힘과 내면적 체험의 깊이를 형상화하여 절절한 삶의 애환을 다시금 일깨워 혼돈에의 방황을 끝내려는 힘겨움에서 비롯되는 정서와 사상의 자유로운 교감을 거쳐 빚어지는 절절한 시편들이, 안식할 처소가 없어 방황하는 상처 입은 영혼들을 위해 공간을 마련하는 눈물겨운 그만의 '삶의 집짓기'라는 충격 앞에 신선한 감동을 받게 되는 것이다.

2. 예언자적 시인의 존재와 소임

자신을 해체하고 재조합하는 정신적 행위로 창조 행위의 근본은 상상력이다. 모름지기 한 국가나 개인에게 있어 생명력을 지닌 언어란 의미나 그 꼴이 항상 고정된 것이 아니다. 그것은 짜맞춤과 그것을 받쳐주는 문맥에 의해 변화한다. 감히 내 자신 '이 것이 좋은 시며 절창이라'고 언급할 수 있는 홍문표 시인의 시편들은 질서에 의해 통일된 하나의 세계이며 전통의 확인이다.

이끼낀 돌비에/ 무욕의 동화를 새기고/ 쾌청한 날이면/ 접동새 산울음/ 그 넉넉한 곡조를 계곡에 뿌리며/ 오늘도 창세기 첫 장을 편다.//
　　　　　　　　　　　　　－<일흔 번씩 일곱 번쯤이야>에서

아니면 휘이휘이 고전의 하늘을 나르는/ 동양화의 단정학/ 은빛 날개로 달빛을 품고/ 황금 비단을 마름하는/ 애절한 춤사위다.//
　　　　　　　　　　　　　　　　　　－<달빛 부루스>에서

대다수 새로운 시의 지평을 열어 보인 그의 시작품들은 항시 미적 세계의 창조라는 고정관념만을 고집하는 것이 아니라, 그것은 예술가의 상상력이 인자因子가 되어 경험의 정체성이 중시되어 창조된 자유로운 새들의 날개 짓처럼 일정한 거리를 유지하고 있는 점이다.

'만남과 조화'라는 끈끈한 인연의 층위를 소중하게 인식하고 있는 홍문표 시인의 시정신은 목이 곧은 들어냄 보다 감추려는 낮춤의 미덕이 자리해 있어 스스로의 품격을 높여 주고 있다. 그 자신이 조심스럽게 빚어 보인 생명의 편린은 공동의 세계가 무너진 비정한 현대사회에서 무엇보다도 공동체 인식을 절감해야 할 인간 관계의 일깨움이다. 그것은 기계적인 것이 아니라 훨씬 친근하고 근본적인 관계성으로 설명된다.

　창을 열면/ 탁 트이는 바다/ 내륙으로 다가오는 당신의 옷자락 소리 / 그 풍만한 자유의 몸짓이여//

　청송가지 사이로/ 밤새워 잉태한 지맥地脈의 언어들이/ 한 줄기 바람되어/ 내해를 달린다.//

　아침 햇살/ 그 한 아름의 은총이/ 계곡에 뿌려지면/ 산은 온통 금빛으로 비상하고/ 순수를 겨냥한/ 파아란 유혹의 가슴은 언제나/ 파도가 되고/ 무지개가 되고/ 신명나는 한줄기 바람이 되고//
-<바람의 유혹> 전문

　홍문표 시인이 명증하고 있는 물상의 편린 즉, '내륙=내해, 햇살=은총, 파도=무지개, 소리=바람' 등과 같이 상대되고 때로는 연계되는 이미지를 두 개의 별다른 극점으로 구조화하지 아니하고 동시에 두 개의 것을 총체적으로 통합하여 이해하는 것은 따뜻한 심성의 들어남이라고 언급할 수 있다. 그것은 사물을 관찰하는 예리한 눈(心眼)이 상오의 연계성을 중시한 결과로 해석된다. 이처럼 정신적 피곤함 속에서 영위되는 우리네 삶에 있어서 그의 높은 시정신이 겨냥한 새로운 발견, 접근 그리고 신선한 감각은 사물을 수용하는데 철저하고 치밀하다는 것이다.

하찮은 사물로부터 놀라운 현상을 발견하기 위한 그의 정신력은 집착력이 강하여 매사에 몰두할 뿐만 아니라, 정신작업에 종사하는 고귀한 한 사람의 충직한 시인으로서 사물에 대한 번뜩이는 투시력과 항시 문화에 대한 안목을 넓고 깊게 지니고 있다는 사실이다. "누가 바람을 보았을까. 나도 그대 본 일이 없지만 나뭇잎을 흔들면서 바람은 지나간다."는 크리스티나 로제티의 싯구처럼 홍문표 시인은 눈에 보이지 않는 존재에 대해서도 일상적인 일깨움과 감동, 바람의 마음을 부드럽게 전이시키는 비법을 터득하는 감미롭되 쫓기는 시간 속에서도 여유롭고 조화된 삶을 살아가는 안목 있는 이 시대의 거인이다. 특히 상처 입은 영혼을 치유하고 소외된 이들의 손잡기를 한 순간에도 거부하지 않는 그의 따뜻한 마음씀은, 모든 독자로부터 존경받기에 충분한 시인으로서의 명분과 위치를 확보하고 있다.

상징의 숲을 거니는 인간은 엄숙한 존재이기에 생명력 있는 언어로 죽어간 것들도 사랑해야 하고, 살아 있는 정신을 직조織造하여야 한다. '우직했던 빛깔이며/ 눈속에 묻고 / 홀가분한 체중으로/ 겨울 춤을 춘다./ 나무들은 추울수록 옷을 벗는다./ ... / 내 발등에 엎드리는/ 참으로 겸손한 복종이 된다. (겨울나무)', 일반적으로 시학에서 논의되는 '겨울'은 시대정신의 반영으로 삶에 대한 강한 시인의 의지를 대변한다. 홍문표 시인의 시편에 수용된 '양지바른 비탈'은 겨울나무로 표징된 시인 자신의 삶이 공존한 본원적인 처소이며 활력에 찬 생명감과 접합된 새로운 인식의 공간 대이다.

그의 시편 <겨울나무>에서 제시된 '절망과 알몸'을 들어내는 '계절과 바람'은 소유할 수 있는 개체로서의 단순한 자연 현상이 아니다. 그것은 함께 공유할 수 있는 생명을 지닌 모든 것들의 거듭남의 시간이며 삶과 죽음, 동動과 정靜, 다툼과 화해, 분할과 통합이 한데 어우러지는 의미를 내포하고 있는 한 순간의 실체이다. 이 점에 있어 우리는 자기 흔적을 남기는 대상이기에 하나님, 사람 그리고 역사 앞에서 '겸손한 복종'만이 허락되어야 함을 신앙의 간증으로 고백하고 있듯이, 홍문표 시인의 시는 사뮤엘 헌팅톤이 "문화의 충돌"을 예견하고 있듯이 목숨의 촛불이 연소되기 전에 비록 이기주의로 치닫는 불신의 현상이지만 믿음의 소중함을 한번쯤 확인하고 저마다 양심의 소리에 귀 기울여야 한다는 시론을 일깨워 주고 있다.

3. 인간 존재의 탐구와 날아오름

푸른 동해에 마음을 묻고 사는 사람들은 마음이 답답하고 울적할 때는 가끔 거센 파도가 일렁이는 바닷가를 거닐던 경험이 있을 것이다. 홍문표 시인은 비록 매연이 끓어오르는 도시 공간에 몸담고 있지만, 1970년대를 '모성과 생명의 본원'으로 표징 되는 바다와 인접한 강릉에 삶의 짐을 풀어놓고 시심詩心을 꽃 피운 적이 있다. 새삼스러운 일은 아니지만, 대학에서 시학과 비평을 강의하면서 어떤 학자보다도 한국문단과 학계에서 막중한 소임을 담당하며 활동하고 있다. 애써 밝은 미래를 열어가는 시론時論을 기술하지 아니 하더라도 우리네 삶의 일상에서 연유된 문학에 대한 접근이나 풀이문화를 위해 그는 자아 성찰의 시간과 분별력으로 그 어느 때보다 절감하는 시대적 현상과 직면하고 있다.

지난 주말엔 눈 덮인 산정山頂에 오르며 <새하얀 나라>라는 홍문표 시인의 시를 읊어본 적이 있다. "억년 빙설로 무장한/ 장엄한 침묵/ 거기엔 은빛 권력과/ 바람의 항거와 / 신들의 질투가 있을 뿐이다." 기실 바쁘다는 핑계로 사유할 시간이 없는 우리의 정신적 삶은 얼마나 각박하고 불안한가. 그러나 그는 먼지내 나는 서재에서 책과 원고에 묻혀 밤을 새우고, 때로는 강의실에서 젊은 지성과 열띤 강의로 본질적인 물음 앞에서 인류의 미래를 위해 함께 고뇌하는 이 시대의 지성인이다. 그러나 거인적인 행함이나 실상의 내면에는 항시 살 저미는 겨울바람 앞에서도 인간의 유한성에 눈물을 감추는 너무나 인간적인 정감이 우리의 사랑과 존경을 받는 인자로 해석된다.

> 쩌렁한 골짝의 메아리를 씹으며/ 새벽하늘/ 외로운 별빛의 마지막 눈물을 씹으며/ 무명초 짜릿한 향기를 씹으며/ 세월의 가는 목숨/ 그 까칠한 등뼈를 씹으며 //
>
> ─<풋내를 씹으며>에서

필자가 알고 있는 홍문표 시인은, 바쁜 일상 속에서도 홀로 해변을 거닐며 실체를 드러내 보이지 아니 하면서도 온몸으로 모래사장에 부딪치며 흔적을 남기려고 처절한 바람의 몸부림을 바라보면서 삶의 소중함을 재인해 왔다. 절망의 겨울 바다에서 일정한 방향도 없이 휘몰아쳐 오는 해풍이 피곤한 육체뿐만 아니라 삶의 진실함을 교시하고 있음을 일깨워 주려고 애씀의 땀을 흘리는 그는, 너무나 열정적이고도 성실한 혼불의 시인이다.

우리는 때로 초조와 불안감에 이끌려 절망의 늪에서 살아간다. 그것은 어딘가 공허하고 선명하지 못한 부분들이 최소한 양심 속에 그 형체를 숨기고 있기 때문이다. 대다수 이 땅의 시인들이 옳고 그름보다는 하찮은 세상적 명예나 실리에 이끌려 시인으로서의 엄숙한 사회적 소임과 방향을 상실한 냉혹한 시대적 상황에서도 얼어버린 눈물도 따뜻한 정신적 기후를 조성할 뿐 아니라, 사물의 실체를 구명하고 본래의 형질을 회복하는 고독한 작업을 언어를 절제하고, 묵묵한 침묵 속에서 끊임없이 지속하는 점을 감히 홍문표 시인만이 지닌 정신적

위대함이라고 천명하고 싶다. 그는 매 순간을 놓치지 않고 후기산업사
회에서 생존하고 있는 인간존재의 탐구를 위하여 반복적이면서도 물
의 흐름처럼 지속적으로 우리 앞에 명증시키려고 땀 흘리고 있다.

피조물인 인간에게 주어진 목숨의 시간은 너무나 유한적이다. "해
아래서 행하는 모든 일을 본즉 다 헛되어 바람을 잡으려는 것이로
다.(전도서1:14)"라는 성서의 말씀처럼 비록 모든 것이 허망한 현상
이지만, 공동의 벽이 무너져 내린 후기산업사회에 몸담고 있는 오늘
의 우리들에게 바쁜 일상 속에서도 저마다 비열한 이기주의를 과감
히 떨쳐버리고 신이 물위에 펴신 이 지상에서 영원히 살 수 없는 삶
의 자리를 뒤돌아보고, 생의 본질적 문제를 조심스럽게 정신 풍경으
로 처리하라는 생명적 잠언箴言을 친근한 음성으로 들려주는 이 시
대의 정신적 스승이다. 살 저미는 겨울바람이 빈 가슴에 안겨오는
깊은 밤에도 잠자지 않고 흔들리는 촛불 앞에서 "상상력의 자유로
움과 진동하는 언어"를 축으로 윤무하는 그의 간절한 영혼의 기도
는 무엇일까. 그것은 창조자에게 드리는 소중한 간구로서 영혼의 호
흡과 같은 가식이 없는 진실, 그 자체이기에 그가 지닌 시적 힘은,
무지를 일깨우는 폭발력과 무한한 가능성이 있는 것이다.

생명의 존엄성을 중시하는 예술적 정감이 있는 홍문표 시인은 어
느 누구보다 자신을 해체하고 창조하는 전통을 절감하면서 생명에
의 서정적 변용을 꾀한다. 때문에 우리는 신에게 드리는 그의 절절
한 기도가 단순히 이 땅에 안주하기만을 원하지 않는 순수한 영혼임
을 발견하게 된다. '나비-꽃-(푸른) 강물'로 이름 지어지는 표징, 특
히 홍문표 시인의 시편에서 유독 횟수가 작게 등장하는 무한 자유공
간을 향해 날아오르는 '(접동)새' 또한 단순히 지상에 속한 것이 아
니라, 천상에 속한 것으로 절대적 신앙인 기독교와 접목되어 있음은
항시 기억할 일이다.

▌2▐
순백의 언어와 신비의 연금술
-김완성 시인의 일상적 고뇌와 삶

▌1. 행복한 언어의 집짓기

'문학적 유산을 소홀히 하는 국민은 야만해지고 문학을 낳지 못하는 국민은 사상과 감성의 활동을 낳지 못하는 국민이다.'라고 T.S. Eliot가 『시의 효용과 비평의 효용』에서 지적했 듯이, 시는 상상과 감정을 통한 생명의 해석이다. 특히 피코크(T. L. Peacock)는 고전 시에 관해서 '철의 시대는 은유의 시대, 금의 시대는 호메로스의 시대, 은의 시대는 버질의 시대, 청동의 시대는 논노의 시대'로 지적하고 있다. 이처럼 상상과 추상에 의한 인식의 세계에서 창출되어지는 시는 어디까지 유의미한 것으로 적확, 격렬, 구체적, 복합적이어야 하고 리듬을 지니고 또 형태를 갖추어야 함은 물론이다.

'시의 기원'에 관한 시점을 애서 기술할 필요는 없지만, 원시종합 예술原始綜合藝術에서 분화 발전되어 오늘에 이른 현대시는 ①감정 작용의 상극(모순과 갈등) ②모순성과 갈등성(심리특성의 반영) ③학문성 내지 박학성(복잡성) ④인식의 즉물성과 참신성(감정과 관념 배제)을 특성으로 하고 있다. 내면적 체험을 상실하고 정치적, 사회적 현실에 예속되려는 위기와 기교에 빠져 주제의 빈곤이라는 문제

점을 이 땅의 현대시가 안고 있는 현상에서 나름대로 현대와 전통의
시간대를 넘나들며 순수 서정의 세계로 정신적으로 피곤한 우리를
인도하는 김완성 시인과의 만남은 실로 의미 있는 행운이다.

　오랜 날, 그는 시적 이미지의 미적 주권을 확립하여 시의 자주성,
독자성을 회복시켜야 할 소임을 비공인 된 한 시대의 입법자로서 현
대(詩)와 전통(時調)의 틀을 쌓고 허물며 엄숙하게 수행하여 왔다.
이처럼 우리가 김완성 시인의 '아담의 꿈, 눈이 떠지면 그것은 진리'
로 수용되는 시적 상상을 통해 얻는 기쁨은 ①창의, 즉 사상의 발견
②공상, 즉 발견된 사상을 판단력이 주제에 적절하게끔 변화, 전개,
형성시키는 것 ③표현, 즉 발견된 것만으로서 아직은 정돈되지 못한
사상에 적합하고 함축성이 있으며 음조가 좋은 언어라는 옷을 입히
고 장식하는 작업에 고뇌하며 몰두하고 있는 점이다.

　우리는 먼저 "부끄럽다/ 詩集을 낸다는 것도/ 自序를 쓴다는 것도
/ 천성이 게으른지라/ 작품도 여문 놈들보다는/ 쭉정이 농사가 아닌
가 싶다(自序)"를 통해 김완성 시인의 들어냄보다 감춤의 미학에 익
숙한 겸허한 심성을 확인하게 된다. 원시적인 생활은 자연적, 종교
적으로 접맥되고 또 자연과 신의 존재는 거대한 힘으로 작용하는 공
포와 경외의 존재가 되었다. 때문에 그 힘을 자기편에 끌어들이려는
염원이 제의나 주술이 되고 변화, 발전된 형태의 시편이 곧 문학의
모태임을 김완성 시인은 그 자신이 시집『결』을 통하여 비장미 넘치
는 정신적 행위로 실증하고 있다.

　일반적으로 보다 나은 시 교육을 위해 모름지기 한 사람의 시인
은 언어에 대한 애정과 시 창작 방법에 관심을 지녀야 하고, 둘째는
시 창작에 주의를 집중하는 시인이 진정으로 시를 사랑하게 될 때
결국 시를 읽는 모든 독자까지도 시를 창작하고 싶은 욕구가 생긴
다. 셋째는 현실적으로 예술 전반에 대한 프로그램이 21세기 문화의

시대를 대비한 감성 교육과 접목되어야 한다는 지론 아래, 손금을 보듯 꼼꼼히 그만의 ≪정금의 언어와 신비의 연금술≫로 제시되는 행복한 시 읽기를 [행복한 집짓기, 시적 자리 매김과 언어의 향연, 빛나는 삶의 영토, 천년의 바다와 풍경] 으로 구분 지어 치밀하게 들여다보기로 한다.

2. 시적 자리 매김과 언어의 향연

보편적으로 김완성 시인의 시는 크게 세 가지 성향을 보여준다. 첫째는 상실된 유년의 꿈 자락과 회상에서 연유된 기억의 흔적과, 둘째는 정적인 신비성에서부터 시작하여 동적인 시감의 풍미이다. 셋째는 그의 일상적 삶에서 발견되는 고뇌와 한순간 마음의 평정이다. 특히 시집의 표제가 되는 <결>은 이러한 세 요소가 어우러져 회상적 신비주의, 우주론적 물활론(Animism) 성향으로 전이되는 색채를 유감없이 암시하고 있다. 이러한 신비적이고도 정적인 시적 태도는 4연 2행의 꼴(골격)을 지니어 고요와 은유적 비밀스러움마저 신선한 감동으로 안겨준다.

네 마음과 내 마음이 만났을 때
호수 속 나무들은 춤을 추었다

내가 네 가슴에서 밀려났을 때
호수 속 별들은 깨져버렸다

빈 가슴속으로 들어온 춤추던 나무
빈 가슴속으로 들어온 깨진 별 조각

　　가슴 속 그 깊은 곳에
　　마침내 화석으로 굳어버린

　　　　　　　　　　　　　　　　-<결> 전문

　이처럼 생명이 유한적인 대상일지라도 끝내 시인의 가슴속에서는 화석처럼 결석結石되어 변화무쌍한 우리네 현실 속에서도 불변이어야 함을 천명하고 있다. 바로 이 같은 시적 형상화가 그만의 강직한 성품의 드러남이다. 그러나 그의 의식은 고정화 된 죽음과 휴식, 정체가 아닌 생명의 호흡이며 율동이기에 마침내 "너를 생각하면 마음이 간지럽다/ 너는 고향의 시냇물 속에/ 내 가슴속에 언제나 헤엄치고 있다(송사리)"에서 느끼는 낭만적 자연주의, 휘트만적인 생명성의 결부로 현대문명에 찌든 우리를 마침내 올곧은 미감味感에 취하게 한다.

　때로는 김완성 시인은 시적 구원성을 논하지 않으면서도 실존적 고뇌로 자신에게 주어진 운명을 떨쳐 버리려는 욕망보다는 울음 섞인 껴안음의 축복을 향유하려 한다. 그러면서도 생존을 위한 삶의 현장에서 자신의 시적 수확에 자족하는 심성의 소유자로서 미감을 즐기며 정신적으로 홀로 있을지라도 위선과 불의를 증오하는 충직하고 깨끗한 영혼을 지닌 한 사람의 양식良識 있는 행동인이기를 스스로 자부한다.

　그의 시정신의 풍경화로는 에니마(Anima) 존재, 모성으로서의 바다가 내면에 자리해 있다. 시적 원류로 끊임없이 열정을 제공하는 동해와 경포호가 모신母神의 양수처럼 분출한다. 여성적 서정성이 저변에서 숨어 나온다. 깨어 있는 일상에서 과거와 현재의 물발 위에 부표하는 세월은 항시 아쉬운 삶의 흔적으로 남는다. 그러나 생명을 발아시키는 시적 종자는, 과거에 이미 심어 놓은 씨앗이기에

<세월>과 "청춘은 죽지 않고 우리를 아름답게 한다"는 시편 <청춘은 죽지 않고>에서와 같이 눈부시게 꽃을 피우고 향내를 뿜어내고 있다.

> 손에 쥐었던 모래알들이/ 속절없이 달아나더니/ 저 멀리 엔간한 것들은 훤한데/ 코 앞에 들이대는 것들은 가물가물하니//
>
> —<세월>에서

> 마음 한 자락에 물빛 지난날들이/ 싱겁게 우러난 찻잔 속에 자신을 담아 놓는/ 청춘은 죽지 않고 우리를 아름답게 한다//
>
> —<청춘은 죽지 않고>에서

그에게 있어 "손에 쥐었던 모래알들이/ 속절없이 달아나더니(세월)" 세월의 덧없음이 블레이크 식 발상으로 신비성이 강하다. "젊은 날의 초상"으로 존재하는 "찻잔 속에 자신을 담아 놓은/ 청춘은 죽지 않고(청춘은 죽지 않고)" 바람처럼 실체가 없는, 시간과 공간의 개념을 상호대비 시키지 않은 수사적 처리는 순백의 언어로 정금을 빚어내는 연금술처럼 그저 경이롭다. 이처럼 그의 시적 음계는 높은음자리표를 같이 겨냥하나 낮은음자리표로 항상 미끄러져 가는 연계음이 보이고, 그 이상성(Ideality)의 색감, 형상, 추구는 이채롭다.

강원도 원주시 문막 동화리 앞산이 고향인 김완성 시인의 경우, 라깡(Lacan)의 결여된 세계에 대한 그리움과 성찬의 높이에서 현실의 언덕으로 썰매 타고 파스텔 농도로 여리게 또는 짙게 퍼지며 "낚시 줄에 끌려오는 풍경들이/ 아득하게 수채화로 파닥인다(꿈속에 그려라)"처럼 스타카토의 빠른 박자로 풀이된다. 고뇌에 찬 일상적 삶을 통한 김완성 시인의 정신 지리는 바이올린이나 플룻의 맑은 날씨, 봄기운이 울리는 "물소리 낭자한 그림 속을 거닐며(화랑에서)"

회랑 안뜰 풍경에 견주어지기도 하고, 때로는 낮닭이 울고 키 큰 미루나무가 있는 낯익은 산촌의 작은 냇자락을 걷는 길손의 한가한 도보를 연상시킨다.

　　밭에서 쟁기질하는 농부/ 멀리 마을에서 낮닭 우는 소리/ 산책을 즐기는 구름/ 시냇물에 사진 박힌/ 바람을 비질하는 미루나무//
　　　　　　　　　　　　　　　　　　　　　　　-<풍경>에서

　　푸드득 푸드득/ 새벽을 차고 날아오르는 물새 떼/ 일찍 일어난 강물이/ 물안개로 세수를 하고/ 서슬에 눈을 뜬 물레방아소리 그친/ 먼 고향 누나 같은 찔레꽃/ 고운 녹색 치마/ 강물 속에 나부낀다//
　　　　　　　　　　　　　　　　　　　　　　-<화랑에서> 전문

　　<풍경>과 <화랑>을 통한 두 개의 미적분 포물선이 교차하는 공집합 속에서 비롯되는 고향 회귀적 감수성이 확인된다. 강물처럼 흐르는 세월에 완연히 드러나는 회상적 정취는 고향의 원상原象을 한 폭의 풍경화로 대치시켜 주고 있다.

　　눈이 부시게/ 막무가내로 달려드는//

　　바람이 흐르는 몸짓/ 햇빛이 묻어나는 눈빛//

　　나는 눈을 감을 수밖에/ 달리 어쩔 도리가 없네//

　　신록을 보면/ 아득해진다//
　　　　　　　　　　　　　　　　　　　　-<신록을 보면> 전문

　　우리는 저마다 삶의 일상에서 절실하게 그리운 대상 앞에서는, 두 눈을 감을 밖에 어쩔 도리가 없다. 김완성 시인은 <신록을 보면>

이라는 시편을 통해 그의 눈이 단순히 직면하는 현상에 머무르지 않고, 유년 시절의 추억, 기개, 젊음의 속박과 풀어짐이 어우르는 상상력을 확장·확대시키고 있다. 세월의 자락이 달리 펼쳐진 미래 시간(어찌 보면 바로 현재 시간이 되는 과거 속에서의 미래 시간)에서도 수열된 기억 흔적은 때로 시적 맥박을 같이 한다. 따라서 그의 시어詩語는 햇빛이 묻어나는 눈빛으로 반짝이고, 바람의 몸짓으로 그저 아득해 질밖에 없는 것이다.

　　흙바람 먼지 속/ 한 세상 벗어 놓고 물 건너갈 때/ 잘 있거라, 그대여/ 웃으며 손 흔들고 떠날 수만 있다면/ 아, 얼마나 유쾌한 일이냐//
　　　　　　　　　　　　　　　　　　　　　-<강릉별곡>에서

특히 그의 시적 지형성(Topography)이나 고향의식은 <강릉별곡>에서 확인되듯 한국적인 자연의 드러남이며, '흙바람 먼지 폴폴 날리는' 울퉁불퉁한 시골길로 객관화된다. 잘 다듬어지고 포장된 도로보다는 거친 섬세함이 있다. 모순적인 듯하나 거칠면서도 섬세한 내성의 묘사가 탁월하다. 바로 이처럼 때로는 모순적이어서 생경하여 낯익고, 추상적이면서도 물상적物像的인 시어에서 발견되는 거친 듯한 섬세함 바로 이것이 그의 시적 매력이다. 다시 이와 같은 시적 모순점은 다음 시에서 해명된다.

　　떠나버린 기차를/ 기다리고 기다렸네//

　　기차는 여섯 시에 떠나고/ 여섯 시가 지난 후 나는 도착했네//
　　　　　　　　　　　　　　　-<기차는 여섯 시에 떠나고>에서

놀랍게도 김완성 시인의 일상적 대화는 지울 수 없는 운명의 문

신에 노여워하지 않고, 오히려 자아 존재의 무게 중심으로 위치시킨
다. 우리는 모두가 떠나버린 공허한 프렛트 홈에서 "기차는 여섯 시
에 떠나고/ 여섯 시가 지난 후 나는 도착했네(기차는 여섯 시에 떠
나고)"라는 시적 은유를 통해 자아 존재의 공간에서 비정함을 체험
하되, 고독한 현기증을 극복하는 한 시인을 만나게 된다. 살아 온 날
을 뒤돌아보며 다시 돌이킬 수 없는 시간의 덧없음을 아쉬워 하지
만, 여섯 시의 상징성이 그가 삶의 처소에서 지나쳐 온 이순耳順의
세월인지는 알 수 없어도 도락적道樂的 여유를 즐기는 아름다운 시적
경지를 접하게 된다. 넉넉한 마음 씀과 여유로운 삶은 <풀베기>를
통해 불안, 초조, 조급함에 몸담은 이들에 비해 "황간黃侃의 유인遊刃
처럼 행복한 시 쓰기를 즐기며 예술의 품격을 향유할 줄 아는" 그
자신이 예언자적 시인임을 다시금 실증하여 준다.

> 낫으로 억새같이 억센 풀을 벨 때는/ 풀을 꽉 잡아 쥐어야 한다/ 섣
> 불리 낫질을 하다가는/ 영락없이 풀에 손을 베인다//
>
> -<풀베기>에서

신비주의자 스웨덴보르그(Swedenborg)의 신비적 해석에 따르면,
나무가 곧 인간의 형상과 같으므로 나무의 가지, 잎, 꽃, 열매, 씨앗
은 각기 상응되는 의미를 지닌다. "잎 새는 추락할 때/ 울지 않는다
(슬픔)"처럼 나무 가지는 인간의 자연스런 감각적 진리, 잎 새는 이
성적 진리, 꽃은 인간의 합리적 마음속에 내재된 원시적 영혼의 진
리, 열매는 사랑과 자비의 산물, 씨앗은 인간의 창조 원리인 동시에
궁극적인 인간 존재 원리라고 한다. 이 점에 있어 김완성 시인은 삶
의 비법을 <슬픔>에 담아 내면의 음성으로 무지한 우리에게 끊임
없이 <암호>로 교신하여 준다.

깊은 강은 흘러 갈 때/ 울지 않는다//

깊은 슬픔은 소리내어/ 울지 않는다//

-<슬픔> 전문

다음 해에는 커다란 녹색/ ●(마침표)를 찍겠지/ (글세, 그렇게 마칠 수만 있다면)//

-<암호>에서

김완성 시인은 시의 종자를 조심스럽게 합리적 시어로서 발아시키고, 가꾸어 마침내 자아 영혼의 합물合物인 시적 조화造花를 생성시키는 천부적 재능을 지닌 존재이다. 다만 그가 대지에 떨어트리고자 하는 열매의 색채, 모양, 때로는 은밀하게 교신되어지는 암호가 특이한 의미망을 지니되 대상을 향한 암시성을 지니고 있기에 우리는 한 잔의 녹차를 음미하는 심정으로 그의 시 맛(詩味)을 음미하기 위해 깊은 식별력과 주의집중을 기울여야 한다.

우리는 김완성 시인의 시편을 통하여 그의 시적 층위가 항상 지상에서 자유공간으로 상승하기를 원하고 있음을 발견하게 된다. "바람의 고향을 나는 모른다(바람)"라는 그의 고백처럼 그의 정신적 언어를 싣고 비상하는 바람의 날개 짓을 다행스럽게도 한 순간이나마 들을 수 있다. 아래서부터 수직으로 날아오르며 포스라이 지저귀는 새의 음조까지 연상할 수 있다. 그러나 그의 시를 심층적으로 파고 들고 해석하려면 목숨의 바다 위에서 천상을 향해 비상하는 새들의 처절한 날개 짓이, 정지의 한 순간이라는 것을 상상력을 확장해 발견하여야 한다. 그의 "가슴속에 품고 살던/ 새 한 마리(여름 산)"는 그저 여름 산 계곡과 푸른 산자락을 넘나들며 날개 파닥이는 새가 아니라, 시적 다양성에 기인한 시인의 영혼 속에 자리한 예감의 새로 인식하여야 한다.

3. 눈부신 삶의 영토와 신비성

　정신적 피곤함 속에서 자리하고 있는 우리의 다잡한 삶에 있어
그 만의 시정신이 겨냥한 새로운 발견과 접근, 그리고 신선한 감각
은 사물을 형상화하는데 그 수법이 능란하다. 오래날 정신적 작업에
종사한 한 사람의 충직한 시인으로서 사물에 대한 번뜩이는 투시력
과 자연환경에 대한 안목을 보다 깊게 지니고 있는 김완성 시인이
몸담고 있는 삶의 영토는 빛으로 장식되어 있다. 특히 즉물적 현상
을 거부하지 않는 그의 섬세하고 치밀한 비밀 캐내기 작업은 모든
독자들에게 긴장미와 때로는 비장미를 충격적으로 안겨주기도 한다.

　나무 새를 장대 위에 붙잡아 놓고/ 비나이다 비나이다/ 풍어와 무병
안택을//

　고운 옷 입은 여자는/ 집 밖으로 못나가서 안달이고/ 날개 달린 것
들은/ 날고 싶어 야단이다//

　오늘도 나무 새는 날개를 펴고/ 구만 리 長空을 날아가고 싶다//
　　　　　　　　　　　　　　　　　　　　　　　-<솟대> 전문

　보편적으로 생명의 나무와 예감의 새는 분명히 시가 지향하는 최
고 존재의 궁극점이다. 우리의 원시종교나 민속신화, 설화에서 등장
하는 <솟대>는 비록 날개를 펴고 있어도 장공長空을 날아오를 수
없고 소리 내어 울 수도 없다. 민속신앙으로서 솟대의 표징은, 풍어

와 무병과 안택을 통하여 갯가에 사는 이들에게 물질적으로 풍요함을 주는 신화적 가치로 존재한다. 시인은 그 생명의 신화 나무의 가지를 더욱 번성케 하고, 영원한 인류의 지혜를 멈추지 않게 하는 것이 시인의 소명이라는 발상을 취하고 있다. 인간의 삶에 있어 우주의 상징으로 존재하는 생명의 표징인 <솟대>에 신성神性을 접합시킨 그의 시적 의도는 향토성에서 비롯된 작업이기에 더욱 소중한 가치를 지닌다.

> 비자나무 숲에 바람이
> 다문다문 열리는 녹우당은
> 사시장철 녹색비가 내린다
> 물
> 돌
> 솔
> 대
> 달
> 고산의 다섯 친구가 있는 듯 없는 듯
> 어두운 세상이 환하게 조용하다
>
> 공재*의 커다란 얼굴이
> 나를 들여다본다
>
> -<녹우당에서> 전문

　　고산 윤선도의 <五友歌>를 빌어서 녹우당의 정경과 느낌을 시화한 김완성 시인의 <녹우당에서> 는 그야말로 절창이다. 그래도 시를 쓰는 시인이라면 이 정도의 시 몇 편은 남겨야 한다. 현대시의 특성과 본질을 떠벌리지 않더라도 최소한 독자들에게 신선한 감동을 충격적으로 안겨주어야 한다. 기실 공재*의 커다란 얼굴이 시인

을 들여다보는지, 시인이 공재의 커다란 얼굴을 들여다보는지? 그것
이 중요한 것이 아니다, 물아일체物我一體가 되는 서정, 바로 그것이
시인이 되는 비법이며, 김완성 시인의 매력이며 힘이다. "고산의 다
섯 친구가 있는 듯 없는 듯/ 어두운 세상이 환하게 중요하다(녹우당
에서)" 이처럼 어두운 세상을 환하고 조용한 현상으로 변형시키어
녹색비가 나리는 공간에 물과 돌. 솔과 대가 뿌리박음 할 수 있도록
자연의 이법理法을 거스르지 않을 때에, 그의 시는 한층 더 영원한
가치를 지닌 별빛으로 빛난다.

> 진실로 바라노니 내가 죽으면
> 아무도 아무도 울지 말아라
>
> －<내가 죽으면>에서

시인은 <내가 죽으면>에서 "아무도 아무도 울지 말아라"고 처
절한 절규로 자신의 강한 의지를 천명하고 있다. 마치 최초의 여류
시인인 샤포가 최후의 임종 앞에서 자녀들에게 "시인의 집에서는
절대 울음소리가 나서는 안 된다." 라며 당부한 그 넉넉함으로 김완
성 시인은 강직한 삶의 단면을 분명히 밝히고 있다. 우리는 무한 경
쟁으로 치닫는 비정한 후기 산업사회의 언어 공해 속에서 전통의 실
타래 다시 꼬는 위대한 시인이기를 자처하는 그의 시를 통하여 왜
그 자신이 시집의 제목을『結』로 확정짓고 있는지? 그 의문은 쉽게
해명된다.

우리에게 친밀감을 주는 김완성 시인은 스스로 시적 절제와 시어
가지치기를 실험하는 오르페우스로 부활하여, 타고르적이며 휘트만
적인 시 창작에 놀랍게도 주의를 집중하기도 한다. 그는 대영박물관
에 소장되어 있는 고대 이집트 상형문자의 해독 열쇠가 되는 로제타
석을 시적 소재로 취하는 다양성을 취하기도 한다. 때로는 유럽을

답보하며 세계의 문화유산을 전통적인 4행시로 형상화하여 "너처럼 커다란/ 돌덩이가 열쇠가 되는구나(로제타스톤)", "오백 년 후/ 지금 나는 어지럽다(모나리자)"의 시적 표현이나 <노트르담 대성당> 처럼 소묘 처리로 거칠게 다루기도 한다.

> 진정 아름다운 사람은/ 뒷모습이 아름다운 것처럼/ 그대, 앞모습도 빼어나지만/ 단아한 뒷모습이 아름답구나//
>
> -<노트르담 대성당> 전문

김완성 시인은 "시는 제2의 갈증을 적셔주는 정신적 생산물로 왕과 목자牧者들을 신에게 이끄는 찬란한 영혼의 별이라." 는 지론에 공감하고 있다. 따라서 그는 보다 신비적이고 종교적인 명상은 현기증 속에서도 <노트르담 대성당>처럼 '진정 아름다운 사람의 뒷모습은 단아해야 하지만', 시바 여왕의 풍염한 가슴처럼 팽창해야 한다고 인식하고 있다. 역사와 종교, 그리고 예술의 조화를 위해 빛나는 삶의 영토를 가꾸려고 고뇌하는 그의 시격을 대할 때, 한 사람의 성실한 독자인 우리는 심각한 언어공해로 상처받은 인류의 영혼을 치유하며, 정신적 기후를 따뜻하게 조성시켜주는 그의 정신적 작업이 실로 눈물겹도록 소중한 실체임을 확인할 수 있다.

4. 천년의 바다와 풍경

김완성 시인은 공히 풍부한 시적 형상과 투명한 시어를 고전적으로 정갈하게 표출하고 있다. 그의 시적 기교는 이 땅의 어느 시인보다 능숙하며, 시적 사명에 충실한 일면을 보여준다. 고전적 우아미

와 더불어 현대시적 은유를 동시에 내포하는 시격詩格은 향토적 서
정을 아우르고 있어 더욱 푸른 한 자락 동해의 파도로 출렁이며 살
아 있어 눈이 부시다.

　　바다로 가는 길은/ 쉬지도 않고//

　　갈래갈래 모여든/ 모든 길들이//
　　　　　　　　　　　　　　　　　　-<바다로 가는 길>에서

　　허망한 풍선 속 푸른 바람/ 동해바다 파도처럼 출렁거리지도 못하
　고/ 해망산처럼 먼/ 수평선만 바라기 했다//
　　　　　　　　　　　　　　　　　-<호산에서 보낸 한 철>에서

　그의 시는 바다를 향한 깃폭의 흔들림과 동시에 산지山地의 지형
을 동시에 싸안는다. 과거와 현대의 시공간을 동시에 유포有包하려
는 시적 접근은, 젊음의 일탈과 장년의 몰입을 동시에 잉태胚胎한다.
그만의 조급한 지나침이라면 바다와 산의 벗어남과 바람의 조화를
동시에 체득하려 한다. 그러나 김완성 시인은 고정된 틀 속에 머물
기를 원치 않을뿐더러 일상적 행위 속에서 시 쓰기를 운명으로 받아
들이고 있는 그의 시심은, <호산에서 보낸 한 철>처럼 항시 소박한
향토적 지역성과 어우러져 출렁거린다. 다음의 시편에서도 예외는
아니다.

　　개암사 부처는/ 참 고달플 거라/ 등뒤에 커다란 바위를/ 짊어지고
　있으니//
　　　　　　　　　　　　　　　　　　-<개암사>에서

　　동백나무 숲 아래/ 동백꽃이 지천으로 누워있다/ 한 길 밖에 안 되

는/ 이승과 저승 거리 우습다//

-<선운사 동백꽃> 전문

1연 4행의 골격을 유지하고 있는 임보 시인의 경우처럼 토속적 향수와 신비한 자연성의 마력에 이끌려 산사山寺를 배경으로 한 김완성 시인의 시적 처리는 정치精緻하여 더 이상의 가감이 없는 완벽에 가깝다. 우리는 <고창 고인돌>, <개암사>, <선운사 동백꽃>을 통하여 자연이 주는 신비성이 강한 생명력과 묘사성이 강한 사물론으로 성장하고, 세속화된 인간의 갈등과 실존주의적 고뇌와 방황을 초극하려는 불교적인 종교성을 발견하게 된다. 이처럼 그는 올곧게 시인의 방황의 첫걸음인 자연과 인간, 사회와 자아의 비탈길에서 선택하려는 의지를 시로 창조해 보이고 있다.

영혼의 계단으로 상징되는 도시의 산자락을 바람처럼 휘도는 김완성 시인의 시적 상상력은 <금산사 가는 길에>, <무위사 벽화>로 형상화되어 더욱 빛난다. 이처럼 그의 고독한 시적 작업은 지나쳐 온 세월의 뒤안길에서 낮음에서 높이로 변한 자화상을 뒤돌아보게 하고, 의식의 행적을 집산集散하려는 "녹음 영그는 벌레 소리(금산사 가는 길에)"로 영혼이 숨 쉬는 가슴 깊은 곳에서 선명한 의식으로 자리한 행장行狀이다.

새 소리 물소리/ 바람 소리 푸르게/ 녹음이 영그는 벌레 소리/ 골짜기에 내 가슴에 자욱합니다//

-<금산사 가는 길에> 전문

김완성 시인은 자신의 시편을 통해 토속적 감성주의와 종교적 극복이라는 이중구조의 의미망으로 혼이 담긴 육성으로 사물의 본질을 구명하고 본래의 형질을 고독한 작업을 반복하고 있다. 젊음의

한 때 그의 시적 행보는 산의 정상을 향한 오름의 땀 흘림에서 비롯된 결단과 참여, 그리고 인내의 표징이라면, 이순耳順을 지나쳐 온 현실적 공간의 머뭇거림은 신의 존재를 찾는 심적인 고요의 표출로 압축된다. 여기서 그만의 정신적 상승과 하강, 그리고 시대의 와중에서 추구하는 정신적 평온함을 통해 강직한 성격과 올곧은 집념으로 목표를 향한 시 작업에 시혼을 불사르는 열정적 시인을 만날 수 있다는 것은 우리 모두의 행복이다.

결론적으로 김완성 시인은 정신적 생산물의 총합인 그의 시집 『結』을 통하여 한 사람의 독자에 이르기까지 심리학적 전문가, 문학이론가, 작품에 대한 충실하고 개방적인 중개자, 그리고 시에 대한 진지한 열정을 불사르는 존엄한 시인으로서의 소임을 다행스럽게도 명증하고 있다. '무관심은 죄악이라'는 지론도 있지만, 예술에 대한 안목을 부단히 확장하며 시적 상상력을 끊임없이 추구하는 김완성 시인이야말로 강물처럼 흔들리는 격랑의 세월을 지나쳐 온 삶의 처소에서 예술처럼 아름다운 삶을 위하여 쌓기와 허물기를 반복하며 진리의 종을 울리는 한 시대의 예언자적 시인이라고 언급하고 싶다.

‖ 3 ‖
문화 지역구심주의의 시학
-심재교 시인의 자아회복과 응시凝視

‖ 1.   미적주권의 확인과 변형

  백두대간이 뻗어 내린 대지에 고향 냄새가 묻어 있는 만추晩秋의
계절이 붉은 옷자락을 펄럭이며 그렇게 다가오고 있다. 우리네 일상
에서 줄곧 향리에 몸담으며 어린 후학들에게 꿈의 날개를 달아주는
삶은 실로 소중한 행위에 해당한다. 정서의 양감量感인 본질적 그리
움을 미적 대상으로 노래하여 시집『젖은 발이 꿈꾸는 날』을 상재한
심재교沈在嬌 시인이 미적주권의 확립과 변형을 추구하며 지역문학
인구의 저변확대와 시적 토양을 조성하는 그만의 열중은, 문화의 지
역구심주의(local centripetalism)1)라는 시각에서 접근하면 시사적
의미를 지닌다. 일단, 본고에서 비중 있게 논의할 심재교 시인은, 품
성이 온유하며 이순을 지나친 연륜에도 해맑은 미소를 지닌 시인이
다. 아울러 천성적으로 슬픔, 고통과는 단절되어 있으며, 대다수 그
의 시편은 정한의 눈물에 젖어 있다. 그래서 내면의식 깊은 곳, 그의
영혼은 영원회귀의 상징인 촉촉한 물기에 항시 잠식蠶食되어 있음을

---

1) 엄창섭,『문화인식의 현상과 이해』(새문사, 2005), p. 64.

전제한다.

　이와 같이 암울한 사회현상에서도 순수문학의 자유와 시적 치유의 방법을 모색하기 위해 과거에서 현재, 맞물려 있는 가까운 미래의 시간대에 따뜻한 감성과 생명외경의 틀 짜기로 고뇌하고 있는 심재교 시인이 자신의 시편을 통해 다수의 독자들에게 안겨주는 심적 평안과 희열은, 하나의 기쁨이며 행복에 연유한다. 비교적 그의 시력詩歷에 있어 초기의 특성은, 원형질原形質 속에 미세하게 움직이며 미적주권의 확인과 빛을 추구하는 힘이었으나, 점차 후기에 이르러 그의 시적 변모양상은 시인 특유의 형상성에 대한 언어구조가 점차 간결하게 처리되어 동양적 직관의 세계로 변주變奏하는 것이다. 바로 이 점은 내적 사유思惟에서 근거한 파상破狀으로의 전이, 곧 담론적인 시적 자아로 해석되어진다.

　여기서 무엇보다 한 사람의 충직한 독자로서 우리의 관심사는 그 자신이 해명하고 있듯이 '느리게 사는 법'이란, 단순한 게으름이 아니라 "그렇게 지나온 찰나이거나/ 앞으로의 겁이거나/ 누구도 쉬이 발 들여 놓을 수 없는/ 깊고 깊은 곳으로 가라앉아 있네/ 깊고 깊은 곳의 가난한 고요/ 그 고요를 깨뜨릴 수 없어/ 누구나 쉽게 발 넣어 볼 수 없는.(睡蓮이 피는 곳)" 삶의 순간을 구석구석 느낄 수 있도록 속도를 늦추는 시작의 비법에 해당된다. 수련은 '잠자는 연꽃'이란 뜻으로 꽃은 3일간 피었다가 지는데 낮에 피었던 꽃은 밤이 되면 꽃잎을 오므린다. 관상용으로 산사山寺나 공원의 연못 등지에 심겨지는 여러해살이 수생식물로 꽃은 6월 초순부터 피기 시작하여 10월까지 이어지며, 긴 꽃자루 끝에 1개씩 달리는데 흰색 또는 옅은 자주색 등의 색조를 지닌다.

　특히 분망한 일상의 삶을 '관조와 여유(surplus)'로 변형시켜 '느리게 사는 지혜'를 생산적인 결과물로 교시하는 심재교 시인은 "작고 여린 몸으로 건너가야 할 생을 위해/ 오늘 같이 세찬 꽃샘바람이 부는 날/ 산꽃들은 있는 힘을 다해/ 의식을 치르듯 바람에 몸을 맡기고 있다.(사월 대관령에 핀 꽃)"처럼 지극히 작은 사물도 응시하며 미래를 예견하되 참음의 의지가 강한 시인이다. 그 자신은 인내심을 지니고 한 순간의 언어공해가 소중한 인간 관계를 단절시키는 삶의 비정함을 경계하면서 "깜깜한 밤 동네 어귀에서 큰 소리로/ 아무개 오느냐고 외치는 어머니처럼/ 가늠할 수 없는 불안지대를 향한/ 생명의 소리/ 무적을 울려줘요.(霧笛을 울려줘요)" 처절하리만치 비장감마저 가늠케 하는 실체임을 확인시켜주기도 한다.

우리가 몸담고 있는 비정한 후기산업사회는 철저하게 실리 중심으로 얽혀 있기에, 영혼과 가슴에는 감동에 의한 순수하되 뜨거운 눈물이 없다. 마치 그것은 "한때의 눈물겨운 흔적 스러지고/ 이제 지난날을 뒤돌아보며/ 진정 꽃다운 꽃일 수 있었는지 뒤돌아보며/ 풀어 놓는다/ 이제 마지막 핏빛 통증을 끌어안고/ 떨어져 무너지는 때를 어찌하랴.(꽃, 진다)"를 통해 확인되듯이 불행하게도 대다수 이들에게는 최근 의학이 언급한 다이돌핀이 생성되지 않는다. 바로 이 다이돌핀은 일상에 있어 좋은 노래나 아름다운 풍경의 경이로움에 압도되거나 전혀 알지 못했던 새로운 진리를 터득하거나 엄청난 사랑의 감미로움에 빠져들 때, 인체 내에서 놀라운 변화가 주어질 때 전혀 반응이 없던 호르몬 유전자가 활성화되어 생성되는 현상을 뜻한다.

일단, 자신의 분신과 동일한 언어의 집합인 심재교 시인의 『바다를 품은 꽃』에 수록된 빛나는 시편들은, 자연 친화적인 것과 생명외경의 모티프가 고뇌의 숨결에서 생성된 시의 종자種子이다. 일반적으로 게린(Guerin. W.L)의 원형 상징인 '물'은 '창조적 신비로 탄생－죽음－부활로, 정화와 구원, 풍요와 성장으로', 융에 의하면 무의식의 가장 일반적 상징에 속한다. '바다(海)'는 모든 생명의 어머니(母)로 정신적 신비, 무한, 죽음과 재생, 영원, 무의식 등으로 해석된다. 여기서 그의 시집에서는 만유萬有의 본원인 바다가 개체적 상징인 꽃에 의해 비로소 인식된다.

이 점에 있어 독자인 나 자신도 한순간 화엄의 세계, 일체만물의 진공묘유眞空妙有 두두물물頭頭物物의 사이, 사이에 존재하는 나라는 가유된 없는 듯이 짐짓 있고 있는듯하나 실은 없는 진공묘유眞空妙有의 나, 또는 일체만물, 즉 바람이나 구름 같은 사이와 사이에 가유하는 사이 미학의 형상화로 확인되는 현상이다. 그것은 곧 A=Â라는 모순어법과 기상, 절연絕然, 고도의 상징으로 만나게 되는데 이는 세계를 재창조, 혹은 본원으로 회구懷舊하려는 시적 방법의 해석으로 진실부허眞實不虛에 유념[2]할 필요성이 따른다. 때문에 "별똥별 흐르듯 아프게 쏟아낸 흔적들/ 하늘 길로 향한 주술의 기도가 닿아 있는/ 은행나무의 눈물겨운 통로/ 그 통로를 줍고 있다.(은행을 줍다)"에서 반복되어지는 일상적인 삶은 우주 생성의 신비를 풀어내는 그의 정신작업으로 관통되어 새로운 관심과 논의의 대상이 된다. 이처럼 그의 존재론의 표징은, 언어의 절제된 힘과 내면 깊이를 통해 충직한 삶의 암시성을 풀어 보인 언어의 처소이기에 절망을 무너뜨리는 구원으로도 해석되어진다. 또한 "어제 보성 다향제에서 마신 차향이/ 아직 내 안에 서려 있는 아침/ 율포의 안개가 먼 바다의 물빛을/ 내 눈의 한계에서 어제의 찻빛을 보라한다.(율포에서)" 이 같은 행위의 언어 편린片鱗이 그의 시적 토양으로, 시정신이 직조織造해 놓은 빛의 날개이고 결정체結晶體이기에 불멸의 선율旋律에 견줄 수 있다.

한편 반성과 더 치열한 통찰에서 심재교 시인은 내면의식을 진술하게 표출하여 자신의 정신적 생산물을 간혹 충직한 독자들에게 진아眞我의 면모를 절제된 언어로 전달해 주기도 한다. 마치 그 같은

---

2) 엄창섭·송준영,『현대시의 이론과 실재』(홍익출판사, 2006), p.148.

서정은 "우리가 누릴 수 있는/ 자유와 평화의 슬픈 대가에 대하여 '자유는 거저 얻어지는 게 아니다'/ 돌에 새긴 글귀가/ 그렁해진 내 눈에 어룽거리며 확대된다.(햇볕 쨍쨍한 날 우의를 입은 그들)"에서 확인되듯이 누구나 미국의 워싱턴 D.C에 가면 '한국전 참전비'와 만나게 된다. 특히 내적 충만에서 비롯되는 깊은 감동을 받았을 때 인체 내의 면역체계에 강력하고도 긍정적인 작용이 발생되어 암세포를 공격하는 기적이 일어난다. 이처럼 필자가 문제시하는 심재교 시인의 시도 이 같은 신선한 감동과 충격을 일깨우는 시적 치유의 효과가 있음을 지적할 수 있기에 <미적주권의 확인과 변형>에 관한 기술은 실로 의미 있는 작업에 해당된다.

2. 화자의 자아회복과 응시

사유의 생산물인 자신의 시편에 거부감 없이 즐겨 시적 대상으로 수용하고 때로는 재창조된 언어의 파편들이 푸른 생명의 비늘로 반짝여 '노틀담 사원의 스테인드 그라스' 같은 물활론物活論의 현란함으로 비쳐지는 착시를 단순한 시적 비약이나 질서의 파괴, 그리고 혼란스러움으로 동일시 할 수는 없다.

> 내 시를 위한 시인의 붉은 장미꽃 한묶음
> 노틀담 사원의 스테인드 그라스
> 높은 창에 그려진 장미 성모의 마음으로
> 하얀 모자를 쓴 시인은
> 괜찮습니다 맑게 웃어주었다
> 따뜻했다 고마웠다

-<시인과 장미>에서

"능소화는 처지고 흰 나뭇가지에/ 세상에서 가장 아름다운/ 시를 써 주었다.(相生)"에서 확인되듯 심재교 시인의 격조格調 높은 시작의 비법은 소재의 자유로운 취급과 미적주권의 확립을 위한 서정성의 표출로 심화한 작위의 연계성이다. 어디까지나 그 자신의 시에 물 흐르듯 자연스럽게 용해되어 있는 놀라움은, 친근한 소재의 대입과 다양한 기법의 원용, 그리고 복잡한 어조와 어법은 생명의 변주로 형상화되어 긴장미와 결부되고 있다.

한창 꽃이었을 때/ 열 손가락 꽃물 들여주 듯/ 덜 여문 가슴마다 색색의/ 꽃물을 들여 가꾸고 키워주신 어머니/ 당신의 계절은 슬프게도/ 어느덧 늦은 가을인 듯 시프습니다.//

-<늦은 가을>에서

여남은 살 적 죄 지으면 누구나/ 벌하리라 믿었던 무서운 서낭님/ 다른 한 사람은 벌 받았다는 소문 못 들어/ 서낭님보다 더 무서운 존재가 또 있음을 알았다.//

-<서낭님>에서

특히 전통적인 정서와 때로는 전형적인 풍물을 다루되 새로운 도식과 언어의 조합, 이미지의 연결, 어조의 복합성, 운율의 변화 등과 통합하여 자신의 독자성을 구축한 그만의 진지함에 대해 박수를 보내는데 결단코 인색할 필요는 없다. 그것은 상상을 통해 시인이 얻는 기쁨은 공상, 즉 발견된 사상을 판단력이 주제에 적절하게끔 변화, 전개, 형성시키는 행위[3]와 접목되기 때문이다. 일반적으로 삶의

---

3) 위의 책, p.423.

일상에서 타자를 적대시 할 때, 그림자를 상대방에게 상호투시 하는 평범한 사실을 폭넓게 인식하여야 한다. 개인적인 그림자를 투시할 경우, 대인관계에서 상충되는 것이 갈등구조라는 것을 심재교 시인은 삶의 현장에서 나름으로 체득하여 왔다. 그는 현재 관동지역의 큰 문학단체인 <관동문학회>의 회장직에 있으면서 구성원 간의 오해, 아집我執, 비난 등에서 파생되는 사적인 그림자의 투사透寫를 아우르고 완충하는 역할을 몸소 실천궁행하고 있다.

오랜 날 그는 "안인진 바다/ 빨간 등대와 하얀 등대가 서로 비스듬하게 놓인 축항/ 하얀 등대 바깥쪽 널찍한 바위에/ 새로 돋은 해초가 연두로 반짝인다./ 차양 넓은 모자를 깊게 눌러쓴 여자가/ 바위에 붙은 해초를 뜯고 있다(그리움 둥글게 말아 쥐고)"에서 '속내를 감추기라도 하듯/ 떨리는 시선 끝에 매달린 또 하나의 바다'를 통해 자기 응시와 자아회복의 내면성을 동시에 응축시켜주고 있다. 여기서 투시도법透視圖法은, 미술에서 차용되는 쓰임으로 물체를 원근법에 따라 눈에 비친 그대로 그리는 방법으로 배경 화법, 원경법遠景法, 투시화법으로 종종 통용된다. 비록 심재교 시인이 의도적으로 추상적인 상징이나 난해성을 치열하게 도식화하지 않기에, 도리어 그의 시편은 편하게 이해되고 친근함마저 더해주는 따뜻한 감성의 시적 매력을 발산하고 있는데, 이 점이 그의 시가 내포하고 있는 역동적 힘이다.

> 가난한 아침에 이르러/ 얼었던 몸/ 떠오르는 햇살 잎에서만/ 꽃으로 오느니/ 그 꽃으로 오르는 계단에서/ 네 고향을 보리라.//
> ─<나팔꽃의 계단>에서

비교적 삶의 뿌리며, 본원의 처소인 고향을 축으로 한 그만의 시적 소재는 <나팔꽃의 계단>처럼 복선이 깔려 있지 않는 단순성으로 처리되고 있다. 비교적 현상적인 물상과 시적 정감을 과거의 기억 혼적과 환상으로 접합시켜 현실과 기억, 그리고 환상의 경계를 풀어내기도 한다. <곤줄박이가 멋지다>가 암시하듯 "엉덩이를 쫑긋거리며/ 여전히 보라색 변을 볼 것이다/ 보라색 열매를 먹었다고/ 곧이곧대로 보라색 변을 보는/ 곤줄박이는 정말 멋진 놈이다."에서 빛나는 순수 서정은 '엉덩이를 쫑긋거리며'라는 회화적 요소와 접사接寫되어 있다. 그러나 "창밖이 낯설다/ 산불로 온전한 나무 한 그루 없는/ 산등성이를 내려다본다/ 등성이 아래 듬성한 집들 사이를/ 천천히 밝히고 있는 가로등(저녁 산마을)"에서 확인되듯 현란한 언어 기교나 가식적 장치가 없는 순수한 감성과 담백한 시적 처리로 독자의 관심을 도출하는 작위作爲가 바로 그만의 저력이기도하다.

　　바다는 긴 혀로/ 향기를 핥으며 춤을 추리라/ 망망하여 무연한 바다의/ 황홀한 수평선과/ 해송 숲의 향기로운 선에 놓인/ 푸른 노래여//
　　　　　　　　　　　　　　　　　-<바다와 해송 숲의 노래>에서

시가 존재와의 만남이라는 이론의 틀 위에서 발아發芽되어, 정신적 기후를 알맞게 조성시켜주는 심재교 시인의 시적 매력은, 분리와 고립으로부터 인간의 개성을 해방시키어 타인과 일체가 되어야 함을 확신하고 시작에 몰두하는 점일 것이다. 비교적 그의 시편 <바다와 해송 숲의 노래>에서 지극히 동적 현상인 파도와 파도성의 암시성을 접목시킨 그만의 시 의미는 "단단한 몸피를 푸르게 닦고 있었네/ 나무들은 파리한 혈관이 조금 돋아난" 것처럼 '바다의 긴 혀'에서 확인되는 시각적 처리에 강렬한 서정을 전통적 선율에 담아 가라앉은 운율 속에 청각적인 이미지를 공감각적으로 형상화한 것이다. 한편, 소재를 정치精緻하게 분석하고 조립하며 때로는 입체적 구성과 점층적 효과를 의중에 담아 실험과 탐색을 반복하고 있는 그만의 고뇌에는, 프랑스의 발작크가 임종 시에 "아프고 힘겨웠노라. 사랑하고 썼노라. 이제는 사라지노라."라던 유언처럼 절박감 또한 서려 있다.

언어는 상징으로 존재의 집이다. 이 점에 있어 "바깥은 점점 어둠에 잠기고/ 가로등이 낮은 조도로 켜지기 시작하고/ 소리 없이 쌓이는 폭설에 아프게 부딪치는 비명/ 순찰차와 견인차 앰뷸런스의 다급한 소리/ 차선과 화살표가 깊게 묻힌 길 위를 헤집는다.(폭설, 파일)" 그렇다. 종일 내려 쌓이는 눈에 켜켜이 쌓여 있는 높이 위로 또 쌓이는 눈, 폭설 뒤에 펼쳐지는 겨울풍경이다. 빛이나 열에 녹아내리는 눈(雪)은 미학적인 접근으로 자기희생의 통로를 걸친 극히 선하고 밝음을 추구하려는 시인 자신의 신념의 드러남이다. 이처럼 그의 시격詩格은, 에코토피아적인 색채감에서 기인된 층위이기에 경계 해체의 비법을 숙련된 솜씨로 유감없이 발휘하고 있다.

심재교 시인의 고뇌와 집념은 동일한 사물이나 현상을 다른 시각에서 응시하는 시적 투사透寫로 새롭게 시의 지평을 열어놓고 잠시 숨결을 고르고 자기만의 육성, 의식을 담아 정열화整列化한 언어 양상을 밀도 있게 조명해 보이고 있어 충직한 독자들에게 일체의 거부감이나 갈등의 요소를 충동하지 않는다.

3. 내면 성찰과 시적 응시

랜섬(John Crowe Ransom)은 "시는 자연미의 표현이며, 상상이라는 훌륭한 기능이 시의 작인이다."라고 지적한 바 있다. 시인의 '내면 성찰과 시적 응시'로 해석되어지는 심재교 시인의 시정신은 비교적 식물성 언어로 직조된 전율 같은 가슴 떨림이며, 동시에 그만이 겪는 황홀감이다. 그는 깊이 있고 강도 높은 톤으로 순수서정의 시학을 현대시의 틀에 담아 형상화하려고 애쓴 흔적이 역력한 실체임에 틀림이 없다. 모름지기 그에게 거는 소박한 일념은, 탈진(burn-out)된 우리의 정신세계를 더 이상 현란하게 하는 모순된 희언戱言(pun)에 이끌리지 말고 오로지 자기의 육성, 냄새, 느낌 그리고 색깔이 있는 시적 토양의 지속적 확장일 것이다.

> 사철 중 이맘때를/ 가슴 설레며 기다려온 꽃/ 저들을 들여다보는 동안만이라도/ 나는 타래난초처럼 환해지고 싶네.//
> -<02년 7월 X일-변방 일기>에서-

시인의 시대적 소임을 강조하여 술회하지 아니 하더라도, 심재교 시인이 "시를 쫓는 일을 포기하기로 마음먹었다./ 시에 신들린 것도 아니면서(詩를 찾아서)"라고 지적하고 있지만, 양식을 지닌 시인이라면 혼돈과 비정한 사회에 몸담으며 다툼과 좌절을 제조하는 언어의 횡포를 삼가야 할 것이다. 무엇보다 다행스러운 것은 심재교 시인이 분망奔忙한 일상에서도 시적 공간 만들기를 위해 몰두하는 진지한 자세는 눈물겹도록 감사할 일이다. 그 자신은 시작활동에 열중하면서 생명적인 푸른 언어로 우리의 삶을 빛나게 하고 풀꽃 향내 배어나는 식물성 언어로 긴장과 증오심을 풀어주어 공동의 세계가 무너진 불신의 거리감을 한순간 신뢰의 세계로 전환시키는 행위를 줄기차게 반복하고 있다. 이 같은 시적 행위와 꼬인 전통의 실타래를 풀어주는 해법은 낱말에 대한 기쁨을 통한 언어적 반응과 충격적 감동을 안겨주는 질료의 전이轉移이다.

> 풍화되어 가는 손금처럼/ 희미한 길도 있고 이미 지워진 길도 있고/ 밤새워 떨어져 쌓인 나뭇잎들/ 조금 남은 물기에 기대고 있네/ 스러져 가는 쓸쓸함을.//
> -<스러지는 때>에서-

아직은 그의 뜨거운 심장 속에는, '그 별에도 그리운 빛이 물들어 있는/ 나뭇잎들이 보이듯' 심안心眼을 열어 잡다한 상념으로 형성된 언어의 다발들을 엉클어진 실타래를 조심스럽게 풀어가듯 절제된 아픔과 자신만의 내면의식에서 반복하는 치열한 작업을 지켜보노라면 한순간의 분노도 갈앉고 영혼의 충만감을 얻게 된다. 만추의 계절에 손금을 보듯 면밀히 그의 내면을 주시하면 시적공간을 만들기 위해 대상물을 의식의 공간으로 끌어들이는 시인의 미감과 치밀한 관심을 '풍화되어 가는 손금처럼' 발견하는 심미안도 지녀야 할 것이다. 어디까지나 정화와 재생은 양면성을 지닌 동체胴體로 형성되고 있기에 사유 체계로 해석된다.

심재교 시인이 빚어낸 정갈한 시편들은, 순수한 서정의 틀 위에서 미적주권을 형상화하고 칙칙함을 떨쳐 버린 현상적 일탈과 존재를 위한 노력의 편린片鱗들이다. 여기서 그에 대한 남다른 관심의 일면일 수도 있지만, 현대시의 현상과 존재론적 해석에 있어 그의 시적 행위소를 행복한 공간 만들기와 진아眞我의 계연성으로 구분 지어 이해할 타당성이 있다. 날아오름을 희구하는 시인은, 미당 서정주처럼 천상의 표징인 새는 음조音調 하나로도 꽃을 피울 수 있다고 인식할 뿐 아니라, '어두운 동굴에서 노래하지 않으며, 자신을 위해 무덤을 만들지 않는 새의 생리'로 이해하고 있다.

모름지기 삶의 처소에서 저마다 불러야 할 노래와 꿈을 소망하는 심재교 시인은 고향의 온갖 질료들을 즐겨 시의 소재나 대상으로 삼아 "호수의 오리들 힘찬 날개 저어 떠나갔다/ 솟구쳐 날아보려는 욕망은/ 없는 날개도 만들어 날아오르는 흉내를 내는데(솟대 마을의 오리)" 생명의 충일함을 밝음 지향指向으로 시의 틀에 담아내는 천부적 재능을 지닌 존재임에 틀림이 없다.

여기서 예술의 신성한 기운에 의해 영혼이 깨끗해진 인간이라면 부서지고 상처 입은 정신 상태일지라도 때로는 순수한 생명력으로 고양되는 느낌을 몸소 체득하여야 할 것이다. 유추하건대 "저 한량 없는 공손의 아름다움/ 진창의 밑바닥으로부터 끌어안은/ 지고의 뜻/ 지순의 향으로 공양하는 자리/ 나는 잠시/ 백련 차의 화엄 근처에 있었네(백련차를 머금고)" 좋은 시는 정신적 기후를 따뜻하게 조성하여야 하지만, 언어의 다발에서 불필요한 부분은 나뭇가지를 절단하는 정원사의 노동에 견줄 수 있다. 일단, 잘려나간 가지는 어디에선가 수분이 남은 시간, 마지막 생명력을 유지할 수도 있고 연緣이 닿으면 삽목揷木으로 새로 뿌리내린 생명체로서의 현상이 허락될 수도 있다. 바로 그것은 새로움에 대한 실험정신으로, 차별화된 시적 영토를 확장하는 계기가 될 것이다. 이처럼 가지치기와 잘리는 두 객체, 즉 양극 사이에는 서로 다른 이해와 존재와의 깨달음이 자리하기에 그의 시에 대한 행복한 시 읽기는 투시도법을 통해 침잠하고 응시해야 할 타당성이 따른다.

활활 타오르는 그만의 창조적 자아는, 비공인 된 입법자로서의 소임을 양식 있는 시인으로 고독한 가운데서도 충직하게 담당하고 있기에 더없이 존경스러울 뿐이다. 여기서 무엇보다 중요한 인자因子라면, 언어공해가 심각한 후기산업사회에서 풀꽃의 언어로 상처받은 영혼을 치유하는 심재교 시인과 오늘의 우리가 한국시단의 미래를 걱정하는 동반자로서 교분을 나눌 수 있다는 사실은 그저 감사하고 고마운 일이다.

울컥 비린 바람이 가슴을 쓸고 지나갔다/ 어시장을 올 때면 선택의 여지가 없는 단골이었는데/ 예고 없이 믿음을 저버린 배신감 같은 내 어이없음이라니/ 썰물로 빠져 나가버린 빈자리//

그녀는 이제 비린 바다는 접어두고/ 굽은 허리 곧게 폈으리라.//

-<그녀는 비린 바다를 접어두고 굽은 허리 곧게 폈다>에서

우리는 어시장 풍물을 통해 심재교 시인의 눈물이 그렁그렁한 큰 눈과 만나게 된다. 분명 시인은 눈물 속에서 이 시를 썼을 것이다. 인간의 삶은 고통이 따르기에 보다 존엄한 것이다. 그 자신의 "신선한 산꽃들을 만났네/ 내 굳이 그 꽃들을 뿌리 뽑아 약재로 쓰지 않아도/ 열락으로 뛰는 벅찬 가슴이 되어/ 마디마디 버텨낼 수 있는 약효를/ 앞산 방목장에서 충분히 비축할 수 있었네.('03년 10월 X일 -변방일기)"를 통해 확인되는 것은 풀꽃 같은 작은 생명에 대한 외경심으로 심장 깊은 곳에다 세월의 물결에 부디껴온 연륜보다 뜨거운 피를 올곧게 간직하고 있다. 이처럼 '열락으로 뛰는 벅찬 가슴'을 소유하고 있는 그의 내면의식에서 발아되는 물상에 대한 고집스런 애정과 관심의 발동은, '응시→관찰→관조'의 과정을 거치는 재창조의 통로로 생명의 존엄성을 점차로 확대시켜 주고 있다.

우리가 해결해야 할 문제라면, 심재교 시인은 모순어법을 시적 수사로 즐겨 사용하지는 않는 점일 것이다. 그러나 시 의식에서 모순과 갈등의 대립된 양상은 기성세대가 겪는 보편적 심리 현상으로 깊은 상흔처럼 남모를 비분과 통한이 자리해 있다. 다행스럽게도 내면의식에 흐르는 울분과 까닭 모를 슬픔을 시인의 품격과 기질로 말끔히 걷어내고 있어 그의 하늘은 티 없이 맑게 깨어 있다. 종교인들은 신앙의 대상을 향해 영혼의 창문을 항상 열어 놓기를 소망한다. 천상을 향해 영혼의 눈(心眼)이 열려 있는 경이로움, 바로 그것은 신선한 감동에 해당된다. 구도자求道者의 열린 사고는 끊임없는 가치의 회복을 위해 깨어 있는 발상전환의 타당성을 부여하는데, 심재교 시인의 경우도 결코 예외는 아니다. 현실적 상황에서 자기 삶의 충직한 실체로서 내적 충만을 위해 사유의 시간을 즐기는 멋스러움으로

시작에 열중하는 시인에 대한 새로운 해석과 조명은 삶의 의미를 부여하는 기쁨으로 간주된다. 따라서 그는 생명외경의 시학에 대한 검색과 실험에 근거한 이해의 모형으로, 담백한 시 정신에 대한 분할과 통합, 그리고 관심사에 해당하는 행위로 해석되어진다.

　여기서 특정한 시인의 시세계에 대한 논의를 마감하면 어디까지나 심재교 시인의 시적 특성은, 언어의 메타적 기능이 비교적 강한 시의 유형으로 구분되는 점이다. 언어의 메타적 기능이란, 단순히 삶의 반영이 아닌 삶의 반영인 원전을 반영한 시를 일컬음이며, 곧 페러디(parody-풍자적 개작)와 페스티쉬(pastiche-혼성모방) 시는 삶의 '반영의 반영'을 한 메타시(meta-poetry)를 의미한다. 이와 같이 현상적 일탈과 존재론적 해명을 계기로 시적 상상력의 확장에 대한 변주變奏임에 틀림이 없지만, 사상성이 궁핍한 한국의 현대시단에서 독자적인 느낌과 의식이 강도 높게 자리한 지극히 한국적인 토양 위에 심재교 시인만의 정신적 기후를 조성해 줄 것을 절박하게 소망할 뿐이다.

　아울러 현대시의 특성을 의도적으로 도식화할 필요는 없지만, 어디까지나 시작의 근원적인 힘을 순수 상상력의 확장으로 인식할 타당성이 요구된다. 바로 그것은 감지하고 접하는 대상의 물활론物活論을 넓고 깊게 수용하려는 마음 씀에서 비롯된 가슴 죄어오는 전율 같은 고조된 긴장으로 시적 분위기를 안정감 있게 조성하는 현상의 변이變移이다. 모쪼록 소외된 이들을 불꽃같은 감성으로 이해시키고 손잡아 주는 품격 있는 심재교 시인은, 투명한 영혼으로 단절의 경계를 허무는 당당하되 결코 부족함이 없는 예언자적 존재로 다이돌핀(Didolphin)을 쏟아내는 진정한 감동의 시인임을 글의 말미에서 밝힌다.

ǀ 4 ǀ

천년, 물안개에 잠긴 선비정신
─김학주의 투명한 시혼에 관한 의미론

ǀ 1.   글머리에

상징의 숲을 거닐며, 자기 흔적을 남기는 존재로서의 인간은 '창조와 구현' 또는 '보존과 파괴'라는 이중적 구조의 양면성을 영혼 속에 은밀히 숨기우고 살아간다. 비록 소중한 생명체이며 인격체인 인간이 자신의 거울을 타인의 손에 맡겨 놓은 존재임을 확증하지 아니하더라도, 그가 속한 시대, 인종, 문화, 역사 등을 초월하여 집단적 무의식 속에서 저마다의 삶을 지향하는 것이 공동의 관심사임을 애써 부정할 까닭이 없다.

문학의 문자적 해석은, 일상적으로 접하는 대상을 활자예술로 형상화 하여 영혼 깊은 곳에서 길어 올리는 샘물처럼 소중한 정신적 작업을 의미한다. 창조적 언어의 구성체인 문학작품을 심도 있게 이해하기 위해서는 제작자인 작가(시인)의 종교, 사상 그리고 인간에 대한 의미론적 접근이 일차적으로 주어져야 한다. 우리가 감히 날아오를 수 없는 눈부신 곳에 자리한 명예로운 자로서의 시인은 그가 속한 공간에 있어 신의 실체와 인간 속성의 카테고리를 고해苦海로 명명하기도 한다. 때문에 우리는 인간적 삶의 속성을 목숨의 바다

위에서 무한의 자유 공간을 향해 비상하기 위해 수천수만 번의 날개
짓을 하는 새의 생리에 빗대어 명증하는 것이다.

특히 영혼을 정화하고 상상력을 확장하여 정서의 미감을 부단히
일깨워 주는 문학작품이 인생에 관한 문제와 그 관계를 제시하고 시
대와 독자에 따라 그 의미와 예술성이 새롭게 해석된다. 구체적으로
희곡이라는 장르에 있어서는 내재된 문제점을 연기자를 통해 대리
체험 시킴으로 관객이 삶의 현장에서 느낀 불만을 정화해 줌으로서
그 존재의 가치를 지니는 것이다. 분명한 논리는 문학작품의 이해와
감상에 있어 독자는 끊임없이 질문을 하고 시인 또한 자신을 해체하
고 재창조하기 위하여 물음 앞에 자신을 놓아 보는 정신적 작업을
반복하여야 하는 것이 이 시대의 소임인 것이다. 이제 시에 관한 원
론적 이론은 접어두고 '천년, 물안개에 잠긴 선비정신'으로 통합되는
김학주 시인의 투명한 시혼에 관한 의미론적 접근을 시도해 보기로
한다.

2. 예감의 시인으로서의 조건

시인의 조건이라는 말이 있다. 그것은 시인으로서의 기초를 어떻
게 갖추고 있으며, 시를 쓰는 환경, 즉 객관적 조건인 역사, 사회, 시
대 그리고 개인적 상태의 문제로 해석된다. 시인의 조건은 다양한
양상으로 분류될 수도 있지만, 국가적으로나 사회적으로 동일한 현
상으로 제시된다. 유럽의 경우, 시인들은 그리스와 로마의 문학작품
을 원서로 읽고 암송하며 자기 나라의 문학과 역사인식에 남다른 지
식과 견해를 지니고 있다. 최소한 시인이라는 친숙한 어휘를 훈장처
럼 가슴에 달지는 않더라도 모름지기 시인이라면 시정신이 눈부신

자이어야 한다. 시인으로서의 데뷔가 하나의 취미화로 전락되고 있
는 오늘의 문단 현상에 있어 경계해야 할 문제가 적지 않지만 한 나
라의 언어는 그 민족의 역사와 문화, 그리고 혼으로서 민족의 힘을
표징하는 생명체이기에 언어공해의 심각성을 분별하는 남다른 애정,
몸담고 있는 공간과 시대에 대한 관심이 절절이 요청된다.

창의적인 작품을 생산하면서도 지나친 거리감이 없이 전통의 유
파에 속하는 시를 쓰며 시의 본질인 서정성을 중시하였기에 영국의
세익스피어나 미국의 삼림森林 시인 휘트먼이 공간과 시대를 뛰어
넘어 오늘도 문제의 대상이 되는 것이다. 이 같은 도식에 있어 무한
경쟁으로 치닫는 각박한 후기산업사회에 생존하면서도 물질문명으
로 탈진한 영혼들을 치유하기 위해 인간성의 회복을 주문呪文처럼
간간히 흘리며 갈등과 고뇌 속에서 칠흑 같은 어둠을 밝히는 김학주
시인의 고독한 정신적 작업은 생명의 존엄성을 일깨우는 엄숙한 행
위이기에 연민의 눈길을 보내지 않을 수 없다.

> 평생
> 만날 수 없던 사람마저
> 어쩌다 만나
> 한잔 술로 깊어갈 때쯤이면
>
> 대관령 산신마저 취해
> 밤이 익어가고
> 난장은
> 풍물패로 달뜬다.
>
> -<강릉단오장>에서

호수의 언덕에 깔려 있던 물안개는/ 바람을 헤집고 들어와/ 이른 새
벽을 여는 이들에게/ 초당 순두부 빛 새끼손가락을 걸면/ 풀잎 흔들던

새들이 초록빛 음색 속에/ 해맑은 하루가 시작된다.//

-<강릉의 아침>에서

우리가 자신의 손금을 보듯 찬찬히 김학주 시인의 시편을 살펴보면 일차적으로 그의 심장 속에 수용되는 공간이 확인된다. 그것은 조상의 **뼈**가 묻혀 있는 그리움의 대상으로 정서적 량감의 표징인 고향이다. '대관령, 풍물패, 호수의 물안개, 초당동....풀잎, 해맑은 하루' 등과 같은 시어들은 형식주의자들의 '낯설게 하기(異化)의 기법'을 거론하지 않더라도 정신적 빈곤 속에서 이 시대를 살아가는 우리 모두에게 항시 낯설지 않은 정겨운 어휘들이다. 기실 인간에게 푸른 하늘 높이 날아오를 날개는 없지만 불가능을 가능하게 하는 꿈이 있다는 것은 그나마 큰 기쁨이며 다행스러움이다. 우리는 그의 정신적 세계가 단절, 절망, 죽음 같은 어둠이 아니라 항시 새벽 창가에 날아와 청아하게 울어주는 새들의 초록빛 음색으로 하여 눈 뜨는 맑고 투명한 하늘임을 접하게 된다.

깊은 적막을 홀로 깨어나
깊게 패인 산허리 상처를 싸매주는 계절.

겨울 들판에 산이 몸져누우면
빈손의 아침은 뿌리 채 안아주었다.

-<겨울나기>에서

마음 갈피에// 꽂아두고 싶은// 산 냄새.//

-<낙엽> 전문

산을 넘다가/ 펼쳐 놓은 빛깔.//

성큼/ 꽃 한 다발로/ 유혹하는 사랑.//

하늘
　　땅
　　　바다
　　　　산

그리움을/ 애태우다/ 그대로/ 벗어 놓는 노을.//

-＜노을·1＞에서

봄밤/ 뜰 밝히는/ 화사한 웃음//
바람에/ 부푼/ 하얀 꽃망울//
그리운/ 사람처럼//
바라보고만 있어도/ 아름다운 밤/ 곁에만 있어도/ 아름다운 밤//

-＜목련＞ 전문

　일반적으로 좋은 시란, 일단 정신적 기후를 따뜻하게 하여 줄 뿐 아니라 영혼을 정화시켜 주며 깊은 상처를 치유하여 육체적으로도 기쁨을 안겨주는 소임을 엄숙하게 수행하여야 한다. 항시 고통을 통해 얻어지는 것이 진실하듯 시인의 입은 죽어서도 진실만을 말해야 한다. 좋은 시인은 성품이 곧고 품격이 단아할 뿐더러 의식세계 또한 금화처럼 눈부시고 시혼詩魂 또한 맑고 투명하다. 우리가 눈여겨 보지 않더라도 '산허리 상처를 싸매주는 계절/ 산이 몸져누우면...뿌리 채 안아주고(겨울나기)'라는 발상의 접근이나 놀란 빈센트 빌이 '분노가 한 순간 치솟아 오를 때는 아름다운 기억을 떠 올리던지, 시편을 연상하라'는 지적처럼 '마음 갈피에/ 꽂아두고 싶은/ 산 냄새(낙엽)'가 어찌 낙엽이라고 한정지을 수는 없을 것이다. 비교적 투박하고 보편적으로 표정이 굳어 있는 영동인이면서도 첫인상과는 달리 김학주 시인은 시적 서정이 풍부하며 신경 구조가 섬세하고 치밀한 정신의 소유자다. 그에게 있어 시적 서정이 풍부하다는 지적은 강물처럼 흘려보낸 지난날의 아름답고 순수한 사랑이며 마음 구석에 자리한 유년의 소박한 기억 흔적이 특이성을 지니기 때문이다.

비록 품격이나 시적 기법, 시어의 난해성이 포스트모더니즘이나 주지주의적인 분할과 통합이라는 이론의 접근에 다소의 문제점이 주어질 수도 있다. 그러나 그의 시편 <목련>을 통해 확인되는 일련의 싯귀들 '화사한 웃음, 부픈 하얀 꽃망울, 아름다운 밤'을 대할 때는 기교와 오만한 자의 양상으로 우리 앞에 다가서는 이 땅의 시인들과는 달리 상상력의 자유로움이나 지난한 몸짓으로 독자적 시의 지평을 구축한다는 것이 너무나 미더워 안도감이 따른다.

비가 오면 세상은/ 옷을 벗는데/ 길 떠난 隱者/ 어디에서 쉬어 갈거나.//

−<빗속에서>에서

그 안으로/ 성큼/ 들어선다네/ 그래서 나도/ 들꽃 된다네.//

−<산>에서

김학주 시인의 작품 속에는 자연의 풍물이 치밀한 구도에 의해 조화롭게 배치되어 있을 뿐 아니라, <산>과 같은 시작품은 그 내면에 동양적인 신비성, 선적禪的인 바탕이 깔려 있다. 선하고 지나친 과장이나 꾸밈이 없는 솔직한 심성의 들어남, 이것이 바로 그의 시적 매력이며 역동적 힘이다. 불신의 세대라며 목소리를 높이며 실리를 추구하는 각박한 현대산업사회에서 기만과 술수, 그리고 온갖 욕망에 사로잡힌 세속적인 이들에 비해 피곤한 육신이 쉴 처소 하나 마련하지 못하고 방황할 수밖에 없는 헤브라이적인 사고와 '산'이라는 가시적인 삶의 공간 속에서도 '들꽃'이기를 소망하는 시적 발상은 상상력의 표징인 꿈을 먹고 살아가는 한국인 본래의 품격이며 그만이 추구하는 예술성의 확증이기에 그의 시적 투혼을 높이 살 필요가 있다.

고인이 된 구영주 시인이 김학주 시인을 "바람이 지나가고/ 숲을 지키는 사나이 하나/ 연장을 매고 나타난다/ 언어의 밭을 일굴 사람이다"라고 지적한 바 있듯이 그는 우직할 정도로 뚝심 하나로 자기 세계에 몰입할 줄 아는 넉넉한 마음 씀의 소유자이다. 프랑스의 박물학자인 뷔퐁(Buffon)의 "글은 곧, 그 사람이다."라는 문즉인文卽人은 곧 그 사람의 됨됨이를 뜻한다. 일반적으로 작품과 작가는 별개라고 하지만, 일단 김학주 시인은 심성이 선하고 사람됨이 진실하다. 비교적 시인의 인간성이나 타인과의 관계가 별로일 수도 있지만 매사에 신중하며 적극적인 그의 인성人性은 토박이 강릉인으로의 순후함을 그대로 간직하고 있기에 총체적 그리움의 징표인 정신적 고향을 상실한 우리에게 향수의 소중함을 눈물 속에서 자아내게 한다. <싸리 꽃>이라는 시의 전문을 옮겨 본다.

연분홍 순한 입술/ 바위틈에서/ 뉘 볼까/ 뉘볼까 피어 있는/ 내 어머니의 꽃//
그리움이 많은/ 너는/ 조선의 빛깔이다.//
그 새벽 홀로 가신/ 어머님 무덤가에서/ 아픔을 머금은 채/ 끝내 참았던 눈물/ 잎, 잎에 매단/ 싸리 꽃아, 싸리 꽃아.//

눈물 속에 자리한 한국적 자연인 청산은 항시 신비로움을 간직하고 있다. 비교적 사물에 대해 접하는 태도가 분석적이며 지적이기보다는 껄끄러움이나 경직성에서 오는 부정적 사고가 아닌 덕스러움을 보이고 있기에 자연히 그의 시적 대상(우주)은 인간사人間事가 융화되어 있는 자연, 그 중에서도 청산과 불가분의 관계를 맺고 있다.

비록 그의 시정신은 지고하지만, 지상에 속해 있는 하찮은 대상이나 일시적인 현상에 대해서도 깊은 연민의 정을 지니고 있다. 연분홍 싸리 꽃의 색감을 통해 김학주 시인은 유년의 시절, 어머니에 대한 회한과 사모의 정을 일깨우면서도 현실의 아픔을 이겨내고 더 큰 조선의 얼굴을 발견한다. 역사인식과 상상력의 확장을 통해 끝내는 '싸리 꽃아, 싸리 꽃아' 비통함에 목이 메이며 끈끈한 눈물 뒤의 정감을 시적 여운으로 처리하여 절제미를 돋보이게 하고 있다.

> 맨 살을/ 바람에 내맡기며/ 추위를 견뎌내야 했다./ 나의/ 겨울나무는.//
>
> 오늘도 바람이고 싶다//
>
> 동구 밖에서 모여든 아이들 웃음소리가/ 소나무 새순처럼 파릇파릇 메아리져 오는/ 오늘도 그런/ 바람이고 싶다.//
>
> -<겨울나무>에서

글을 쓰는 이들은 항상 작품을 앞에 놓고 독자와 당당하게 대결할 수 있는 마음가짐이 있어야 한다. 때문에 자신의 분신으로 형상화 된 작품은 또 하나의 생명체로서의 기능이나 대리자로서의 주어진 역할을 다하여야 하는 것이다. 지워버릴 수 없는 지난날의 슬픈 자화상, 설움과 뼈를 깎고 살을 저미는 고통 속에서도 조금은 더 청순한 아이들의 해맑은 웃음을 실어 나르고, 소나무의 새 순을 파릇파릇 틔우되 실체를 드러내 보이기를 원하지 않는 한 순간의 존재(의미)인 '바람'으로 자리매김하려는 신념과 노래이기에 가히 선비정신과 비견하여 의미망을 확장 시키는 것이다.

> 강문과/ 경포호수를/ 동무 삼은/마을.//
>
> 이따금/ 안개에 덮여/ 떠다니는/ 마을.//
>
> 대관령에서/ 보듬은/ 산, 구름이/ 함께 마주 앉은 마을.//

-<초당마을에서>

하늘 떠받친/ 주목들은/ 침묵의 의미/ 화두로 꺼내 놓는다.//
나는/ 역사를 굽어보는/ 민족의 산허리에서/ 太白山의/ 그 청정한
목소리를 듣고 섰다.//

-<태백산>에서

우리가 말없이/ 오늘을 살아가고 있는 것은/ 내게/ 저 산의 소리 없
는 언어./계곡의 선율이 있기 때문이다.//

-<산 오르기>에서

비교적 우리가 쉽게 접할 수 있는 김학주 시인의 대다수 시편들
은 현대시의 특징인 난해성이나 애매성의 문제점을 수용하지 못하
고 있다. 그러나 이것을 문제로 제기하여 시의 무게가 가볍고 시적
이해의 폭이나 깊이가 용이해서 다소 수준이 떨어지는 시라고 매도
하는 경솔함을 범해서는 아니 될 것이다. 시의 본령은 어디까지나
서정성이 중시되어야 한다. 비록 시어의 배치나 구도가 보다 치밀하
고 현학적이어야 하고, 언어의 조탁은 물론 현학적인 구사 등을 운
운하며 현실 참여 의지가 병약하다든지 비판 의식의 결여성만을 비
중 있게 다루는 것은 문제가 있다.

해석이 다양한 기호의 나열이나 정신적 분열의 조장으로 문학의 취
미 화를 위해 기교에 관심을 집중하여 산업쓰레기 같은 작업에 임하
는 작가의 소임을 상실한 이들과 견주어 볼 때, 생명의 존엄성과 문화
에 대한 안목의 확장을 위해 상상력의 표징인 꿈에 날개를 달려는 그
의 지난한 몸짓에 뜨거운 박수를 보내지 않을 수 없다. 김학주 시인이
추구하는 정신적 세계가 천상에 이르지 못하고 지상에 머물려는 의지
의 나약함을 하나의 병폐성이라고 지적할 수도 있다. 일단은 그가 몸
담고 있는 공간인 초당마을에 깊은 관심을 지니며 민족의 영산인 태

백산의 위용을 항시 간직하면서 살아가려는 그 자체가 산을 오르는 일상적 작업의 반복임을 명증시켜 주는 행위이다. 특히 그에게 있어 남다른 신념이라면 곧 '저 산의 소리 없는 언어/ 계곡의 선율'을 발견하려는 눈물겨운 노력이 끊임없이 주어지기 때문일 것이다.

3.   시인의 말-삶의 집짓기

김학주 시인의 시작품을 도식적으로 분할과 통합하여 볼 때, 비교적 자연적인 요소 즉, 산과 하늘 그리고 꽃 나목 등은 그의 시 밭을 떠받들고 있는 정신적 토양이다. 시인에게 있어 시를 짓는 행위는 자신을 해체하고 재구성하는 작업으로 삶의 근거가 되는 집을 짓는 노동-꿈과 행복이 있는 가정 만들기-과 비견할 수 있다. 이 점에 있어 그는 모진 비바람 앞에서도 견고하여 요동이 없는 굳건한 집을 짓는 한 사람의 참으로 부지런하고 성실한 목수로서, 눈물과 땀의 가치를 아는 이 시대의 시인으로서 자신에게 부여된 소임을 충실하게 수행하고 있다.

아직은 음계가 서툰 육성으로 자기의 인생을 절절하게 노래하며 친근감 있는 표정으로 우리 앞에 다가오는 김학주 시인은 좌절, 자기파멸, 다툼이 어둡게 자리한 오늘의 사회현상이지만 오로지 무한의 자유 공간을 향해 비상하기 위하여 하찮은 명예나 실리를 위해서 부당한 시류에 휩쓸리며 손잡는 타협의 명수가 아니다. 비록 고독할지라도 항시 물음 앞에 겸허하게 자신을 놓아 보며, 일단 숙명처럼 허락된 길이라면 주저하거나 망설임 없이 정직하게 밤잠을 설치면서도 오늘도 묵묵히 걷는 자이다. 삶이 목적이며 수단과 방법이 아님을 감지하고 있는 그의 시편을 통해 천부적인 시적 영감이나 번뜩이는 재능을 발견할 수는 없다. 그러나 식물적인 영혼과 감각적인 영혼을 인간이 지닌 생명력의 원리인 이성적인 영혼으로 전환시키려고 땀 흘리는 구도자의 경건한 자세가 수시로 검색된다. 따라서 지나칠 수 없는 그만의 공적이라면 인간에 대한 깊은 애정, 탐색 그리고 영혼의 실상을 효율적으로 표출하는데 특징이 있다.

또 하나 그의 시 작업을 관심 있게 지켜보는 동안 발견할 수 있는 것은 노력한 그 이상의 결과를 지나치게 기대하거나 욕심 부리지 않는 심성心性 고운 정신작업의 종사자라는 것이다. 우리가 목숨의 바다인 삶의 어장으로 나가기 위해 해일이 핥고 간 해변에서 누군가 찢어진 그물코를 기워야 하듯이 투명한 시혼으로 부단히 시의 꽃을 눈부시게 피우며 푸른 머리 위의 하늘을 보지 않고 손가락 끝만 바라보는 아집에 사로잡힌 어리석은 자들을 위해 항시 삶의 소중함을 정감 어린 음성으로 재인시키는 가슴이 따뜻한 존재이다. 모쪼록 사회제도의 모순적 구조의 발로에서 기인되는 충격적인 갈등과 고뇌 속에서도 문화 인식의 확장과 신선한 감동의 일깨움을 지속적으로 수행하여야 할 것이다. 비교적 감정이 섬세한 김학주 시인에게 거는 한결같은 기대라면 현실에 자만하여 안주하지 말고 부단히 허물벗기를 반복하는 것이다. 특히 피가 뜨거운 지사적 풍모를 지니고 겨레의 밝은 미래를 열어가는 선비정신을 소유한 이 시대의 개성 있는 시인으로 자기의 족적을 뚜렷이 남기며 주체적 삶을 영위해 주기를 바라는 마음 간절할 뿐이다.

| 5 |

정신풍경, 시 의식의 들여다보기
-류영환 시인의 영혼과 생명

| 1. 시적 접근과 창조적 언어

역사의 강물은 굽이쳐 흘러 하나 같이 지혜로운 국민 모두의 기대 속에서 소망의 한 해가 밝았다. 우리의 소중한 삶에 있어 특정한 사람과의 만남은 지극히 운명적일 수 있다. 한 시인의 시적 해석에 앞서 고희古稀를 코앞에 둔 류영환 시인과 평자의 만남 또한 예외일 수 없다. 2005년 11월 말, 뜻밖에도 청송 숲에 자리한 나의 연구실을 찾아준 그분과의 가슴 따뜻한 만남은 자연경관이 아름답게 어우러진 강릉경포호수의 시비공원과 물빛 고운 동해 바닷가에서 문학과 인생, 그리고 종교에 이르기까지 소박한 담론에서 시적 접근과 창조적 언어의 공감대를 공유하는 친근함으로 이어졌다. 글의 모두冒頭에서 차별화된 조화의 시세계를 구축하려고 진지하게 노력하면서도 '시적 현성을 위한 해제와 새창조를 반복'하는 류영환 시인의 깨끗한 영혼과 생명의 생산물에 관하여 공간과 시각, 그리고 기독교적인 시 정신에 관해 통합의 이론을 검색해 보는 것은 더 없이 의미 있는 작업으로 인식된다.

감동과 순수함이 변질되어 순수 서정시를 쓰기가 참으로 어려운 시간대에서, 조금은 힘겨울지라도 삶의 매순간, 꽃향내 피워내는 식물성 언어, 푸른 생명의 언어로, '오! 놀라운 지고, 내가 샘물을 긷고, 장작을 패다니.' 하는 그 일상적 삶의 현장에서 감동과 감탄문을 회복하는 품격 있는 시인과의 만남은 정신적 기후를 따뜻하게 조성시켜 주는 계기가 되기에 그저 고맙고 감사할 뿐이다.

어디까지나 한 편의 시는 맥리쉬의 지적처럼 '의미하는 것이 아니라, 존재하는 것'으로 상상과 감정을 통한 생명의 재해석이다. 현재 글로리아파크(주)를 경영하는 존경받는 기업인으로 이순을 지나친 존엄한 삶의 시간대에서 순수문학 월간지인 『文學空間』으로 등단한 이후 조심스럽게 자신의 분신으로 생산한 80여 편의 시를 선별해서 상재한 첫 시집 『빛과 생명』(월간문학사 간행)은, <1부 내면의식의 들여다보기, 2부 바람, 흔들리는 풍경, 3부 일상, 그 소중한 삶의 片鱗, 4부 천상, 층계 오르기>로 골격이 짜여 진 고풍스런 언어의 성곽城郭이기에 한층 탄탄하다. 치열한 시장의 원리가 지배하는 지식·정보화 사회에 몸담고 있는 한 사람의 충실한 독자로서 그의 시편에서 발견할 수 있는 것은, 일상의 현상에서 자신이 풀어 쓴 정직한 시론과 절대자에게 드리는 절박한 기도, 눈물겹도록 따뜻한 감사의 미학일 것이다.

일반적으로 '예술에는 국경이 없지만, 예술가에게는 조국이 있다.'는 역설처럼 류영환 시인의 시편을 들여다보면, 기억의 흔적과 내적 충만에서 비롯된 사유思惟와 강직하되 담백한 심성心性이 지상에 나직이 숨죽인 체 엎드려 있는 것을 발견하게 된다. 그 자신의 체취와 색깔, 음성을 내세우려는 아집我執의 모남이 없는 그의 정신기후精神氣候와 낯익은 풍경의 현현은 류영환 시인이 지닌 시적 매력이며 역동적인 힘이다. 때문에 정신적으로 피폐한 우리는 그의 시편을 통해 상상과 추상에 의한 인식의 세계에서 생산된 푸른 생명의 언어로 상처 입은 영혼을 치유하려고 눈부신 시어를 담근 질하며 갈증에 탄 심령心靈을 은총의 말씀으로 다독여주는 눈물겨운 행태에서 한순간 마음의 평정을 확인하게 되어 참으로 행복할 수 있다.

류영환 시인이 그 나름의 일상에서 '연습(list up)은 우리를 배신하지 않는다.'는 가르침처럼 열정적으로 형상화한 시편들은 어디까지나 엄격하게 유의미한 것으로 적확, 격렬, 구체적, 복합적이고 리듬과 형태를 갖춘 정신적 부산물이기에 지난한 몸짓에 해당한다. 이처럼 정직하고 성실함에서 비롯된 그의 시편이 신선한 감동을 안겨주는 비법은, 바로 시인만의 독자적인 특성特性이며 시적 품격品格의 배어남이다. 이 같은 생생한 일탈의 정신을 기독교의 상징인 십자가를 축으로 하여 균형 감각을 유지한 생명적인 시적행위는 따뜻한 감성에서 빚어진 고뇌의 서정과 눈물, 그리고 천상의 층계를 오르는 고독한 순례자의 생산물이기에 깊은 공명共鳴임에 부족함이 없다.

근자에 "현실에 안주하는 자에게는 자녀가 둘 있다. 배고픈 딸과 도둑질하는 아들이다."라는 어느 벤처 기업의 슬로건에 견주어, 현실에 안주하기를 철저하게 거부하고 시적 상상력에 몰두하며 정신세계를 존재와 빛나는 감성의 융합으로 펼쳐 보이려고 고뇌하는 류영환 시인의 삶을 통해 놀랍게도 이 말의 진위가 확인된다. 그에게 있어 본질을 감추려는 가식적인 언어유희가 아니라 영혼의 기도와 정직을 추구하는 지속적인 땀 흘림, 바로 그것은 생명외경의 엄숙함에 대한 일깨움이기에 그의 시편은 독선이나 아집에서 비롯되는 역겨움을 철저하게 배제하고 있다.

비록 절망의 끝이 보이지 않는 시간대이지만, 삶의 매순간을 응시하여 미세한 움직임을 놓치지 않고, 불안하게 생존하는 존재의 탐구를 위해 항시 지상에 가라앉은 낮은 음계와 겸허한 몸가짐, 그리고 불멸의 시혼을 불태우는 시격詩格 높은 류영환 시인의 정신풍경과 내면의식을 숨죽이며 손금을 보듯 찬찬히 들여다보기로 한다.

2. 시적 의미와 영혼의 치유治癒

가슴 따뜻한 열정과 순수성이 변질되고 무너져 내린 삶의 현장에서, 우리는 저마다 생명적인 푸른 언어를 조탁하여 실상이 흐려 있는 영혼의 통로를 지속적으로 투시하여야 한다. 모름지기 예언자적인 시인은 영혼의 안식을 위해 언어에 대한 식별력 또한 지녀야 할 것이다. 이 점에 있어 궁핍한 시대 시적 의미와 영혼의 치유를 영혼의 확인시켜주는 류영환 시인과의 만남은 경이로운 은총이며 충격적인 감동이다. 놀랍게도 그는 따뜻한 감성의 소유자이기에 앞서 인식의 깊이를 지닌 시인으로, 우리의 시가 너무나 감각적 유희화遊戲化하는 현상에서 내면인식의 심층 부위를 파고들고 예리하게 토막을 내어 확인하는 섬세한 비평적 감각의 존재이다.

비정한 후기산업사회에 몸담고 있는 이 시대의 우리가 그의 시편에서 쉽게 발견할 수 있는 것은, 그 자신이 호흡하는 삶의 일상에서 절대자에게 드리는 절박한 기도와 눈물겨운 감사의 미학일 것이다. 모름지기 정직함과 성실함은, 신선한 감동을 안겨주는 비법으로 류영환 시인이 독자의 시선을 모으는 담백한 질감에 해당한다.

그대 향기 아련한 모천의 여울로
거슬러 올라 퍼덕이다 알 낳고 죽는
연어의 생성과 소멸이 공존하는 그곳
내 눈물방울의 소금기 섞인 원죄
유혹과 참회의 피돌기인데

-<내 안의 빈 터에는>에서

　자못 생생한 일탈의 정신을 기독교의 상징인 십자가를 축軸으로 예술적인 질감과 터치로 자신의 시편에 수용한 엄숙하고도 생명적인 시작詩作 행위는 따뜻한 감성에서 배어나온 감미로운 눈물과 천상의 층계를 오르는 고독한 순례자의 창조적 정신능력의 결과물은, 수동적인 사물과 능동적인 사물을 결합하는 매개적 정신능력의 범주에 위치한 시적 상상력이기에 더없이 신선한 감동을 회복시켜주는 것이다.

　　시공을 넘어 묵상의 잠을 잤을까/ 불현듯 돌개바람의 언약 같은 소
　용돌이 속에서/ 흰옷 입은 겨울나무에 봄이 엎드려서/ 땅의 깊은 곳
　생명수를 퍼 올려/ 움틔우는, 홍매화의 꽃망울/ 그 빛 부신 생명//
　　　　　　　　　　　　　　　　　　　-<빛과 생명>에서

　항상 류영환 시인은 <청개구리>, <왜 나인가>, <무촌>, <옆구리가 시리다> 등의 시편을 통해서 확인할 수 있듯이 정신적 생산물을 은유와 해학, 역설의 수사적 기교에 의지하면서 우리에게 깨우침을 안겨주려는 소박한 기대감을 내면의식에 간직하고 있다. 이와 같이 "땅의 깊은 곳 생명수를 퍼 올려/ 움틔우는, 홍매화의 꽃망울을/ 그 빛 부신 생명(빛과 생명)"의 파편은 냉혹한 시대적 상황에서 얼어버린 눈물도 따뜻한 정신적 기후로 변형시킬 뿐 아니라, 직면하는 대상의 형질을 회복하는 고독한 작업을 전제된 언어로 빛과 생명으로 변형시키는 엄숙함에 기인한다. 바로 그 하나의 보기가 <빈 찻잔>의 경우이다.

　　영혼을 관통하는 삶의 의지로/ 벽 저쪽 깊은 곳, 화려한 영혼의 메

아리/ 밀가루 서 말을 부풀게 하는 누룩처럼/ 순간을 은혜로 아는 빈 찻잔에/ 붉게 익어 넌지시 출렁이는 영원은/ 보이지 않는 삶을 부활시키고//

-<빈 찻잔>에서

삶의 매 순간 흔들리는 물상을 포착하여 놓치지 않고, '영혼을 관통하는 삶의 의지로' 불확실한 공간에서 생존하는 인간존재의 탐색을 위해 땅위에 가라앉은 낮은 음성과 겸허한 몸가짐, 그리고 감성으로 불멸의 시혼을 노래하는 지조 있는 시인의 "순간을 은혜로 아는 찻잔에/ 붉게 익어 넌지시 출렁이는 영원은/ 보이지 않는 삶을 부활시키고(빈 찻잔)"와 같은 예언자적 행위는 향방이 일정하지 않는 바람의 출구(통로)를 찾기 위한 작업에 해당한다.

3. 견고한 골격, 시의 틀 짜기

고뇌와 갈등, 때로는 본질적인 견고한 고정 체를 언어로 빚어내는 시의 틀 짜기와 공간 만들기라는 부단한 정신적 행위는 행복한 집짓기로 비견할 수 있다. 그 어느 시간대보다 언어공해가 심각한 현실적 삶에서 한 사람의 예언자적 시인으로 피폐된 영혼의 정화를 위해 치유의 언어로 고뇌의 밤을 지새우는 뜻 있는 이의 고독한 작업을 응시하면 때로는 신선한 감동과 삶의 환희를 맛볼 수 있다.

나는 탄생이다/ 부재의 허수아비를 움직이는/ 창조는 존재의 올곧은 씨앗/ 그렇게도 고뇌하고 갈망하던/ 내 안에 있는 이의 섭리이다//

-<그대의 올곧은 씨앗>에서

정신작업의 종사자인 시인에게 있어 탄생의 기쁨을 수반하는 고통은 '창조는 존재의 올곧은 씨앗'으로 해석된다. 고뇌를 통해 생산된 결과물은 때로 보람과 감사와 감동을 안겨주는 매개媒介가 된다. "그 어느 것에도, 언제라도/ 마침표 아닌/ 쉼표이기를/ 천개의 나뭇잎 흔들던 바람도/ 간절하게 지금은 묵상 중이다(계곡에서)" 이처럼 정신적 빈곤을 체득한 궁핍한 시대의 우리는 미적 주권이 확립된 류영환 시인을 통해 잘 다듬어진 목관 악기에서 쏟아내는 투명한 음계와 같은 서정시의 시미詩味를 접할 수 있어 한순간 치솟던 분노가 가라앉아 마음의 평정으로 변주되는 시적 치유의 가능성마저 다행스럽게도 확인할 수 있다.

한 번도 입어본 적이 없지만/ 섬기는 길 위의 나그네로/ 천의를 깨쳤으니/ 내 언어들 날개 달고 무한을 순회한다//

-<天衣>에서

그 자신이 시적 정감에 담은 '내 언어들 날개 달고 무한을 순회한다(천의)'는 간증干證을 통하여 시인은 일상적 관심의 실체를 명증하고 있다. 내면적 체험이 형상화된 삶의 일상에서 언어의 식별력을 상실한 위기와 무의미한 언어의 도식화라는 기교에 빠져 주제의 빈곤이라는 문제점을 안고 있는 우리 시단의 공간과 시간을 넘나들며, "시간의 무게도 끝내 이긴/ 화석/ 그 생명에서 부활하는/ 기억의 불꽃은 더 이상 죽은 돌이 아닌/ 살아 숨 쉬는 나무네/ 아니, 사람과 나무의 틈 없는 사이에 선/ 영락없이 사람이네(살아 숨 쉬는 나무)"로 노래되는 그의 시적 인식은 때로 눈이 부시다. 때문에 순수 서정의 세계를 시향하며 정신적으로 빈곤한 우리네 시적 토양을 다채롭게 조성하여 기독교의 경작과도 연계시키려는 실험적 윤무輪舞는 더없이 진지한 작업임에 틀림이 없다.

나름대로 시적 이미지의 미적 주권을 확립하기 위해 시의 자주성, 독자성을 회복시키려는 시의 틀 짜기를 위해 한 시대의 비공인 된 입법자이며 충직한 사제로서 전통의 틀을 쌓고 허물며 자신의 시적 터 밭을 구도적인 자세로 아우르기를 반복하는 그의 열정과 고뇌는 뜨겁다.

> 나무마다 수액이 차오르고 풀잎마다 꽃잎마다 아름다운 색깔을 뿜어 올리니, 오늘 이 하루부터 과거는 망각 속에 잠들어도 오늘 이 하루부터 미래는 영원의 눈에 이어져 죽어서부터가 아닌 살아서 보이는 빛, 비바람에도 젖지 않는 소망을 담은 영원한 빛이다. 하늘 끝에 겨우 매달린 물방울 하나가 오늘의 땅에 겨자씨로 앞당겨 꽃피우고 열매를 맺나니
>
> -<물, 영원의 눈>에서

"과거는 망각 속에 잠들어도, 소망을 담은 영원한 빛"이라는 발상의 전환, 바로 이 점이 우리의 시선을 끄는 류영환 시인의 힘의 층위일 것이다. 비교적 정직한 심상으로 사상에 적합하고 음조가 좋은 언어를 화려한 의상으로 장식하려는 그만의 고뇌苦惱와 시작詩作에 몰두하는 진지함에는 비장감마저 묻어 있다.

> 혹시 아버지께서 나 같은 것/ 기억이나 하실까?/ 염치도 없지/ 역시 주섬주섬 죄의 봇짐 다시 싸는 뜻은/ 이름 없이 빛도 없이 지고 가려는 신앙//
>
> -<날마다 지는 짐>에서

<날마다 지는 짐>에서 류영환 시인이 한 사람의 충직한 신앙인으로서 드러냄보다는 '기억이나 하실까?/ 염치도 없지'처럼 감춤의 미학에 익숙한 심성의 소유자임을 확인하게 된다. 비교적 시적 접근

을 서정적 이미지로 형상화 하고 있어 열려 있는 영혼의 하늘은 더 없이 푸르고 생명적이다. 다소 보편적인 지론이지만 시 쓰기의 총체성을 위해 류영환 시인의 시적 대상을 정치精緻하게 살펴보면, 언어에 대한 감식력이 돋보이는 점일 것이다. "제 몸 태워 없애도/ 회한의 눈물 한 방울 없이/ 수줍게 수줍게 미소 지으면서/ 순간마저 영원으로 향유하고파/ 바람에 깃발 펄럭이며 춤춘다(촛불)"에서 확인되듯 존재의 명증성을 위해 생태(시)학을 들먹이지 아니하더라도 존재의 소멸도 생명외경의 사상으로 그 층위를 끌어올리고 있다.

> 흐르는 물은/ 생명을 잉태하고/ 포옹하면서 생명을 지키는/ 자연의 신실한 순종자다//
>
> -<箴言>에서

바로 이 같은 시적 형상화는 그만의 강직한 성품의 드러남이다. 그러나 그의 잠재의식은 고정화된 죽음과 휴식, 흐르는 물처럼 정체가 아닌 생명의 호흡이며 율동이기에 <이 가을에>, <단풍산책·Ⅰ, Ⅱ>, <계곡에서> 등의 시편을 통해 휘트먼적 생명성의 결부로 현대문명에 찌든 우리의 정신세계를 마침내 감미로운 입맞춤(味感)으로 변주變奏시킨다. 이처럼 그의 다양한 시적 행위는 <잠언>에서 보여지 듯 서정적 자아自我의 양상으로도 해석된다.

4. 언어의 심연과 시적 층위

언어의 심연과 시적 치유를 위해 쌓기와 허물기를 반복하는 류영환 시인의 시적 발상이나 접근은 블레이크식 발성으로 신비성이 적절하게 배치되어 있다. 영혼이 비어 있음으로 내적 충만의 변주나 초대로의 가능성을 열어 보이며, 시간과 공간의 개념을 상호대비 시키되 틈새를 보이지 않는 그의 시적 기법은 순백의 언어로 정금을 빚어내는 연금술사처럼 경이로움을 안겨준다. 이처럼 그의 시적 음계는 낮은음자리표로 갈앉는 연계음이 자리해 있어, 그 이상성(Ideality)의 색감은 이채롭다.

특히 류영환 시인에게 있어 미와 선의 추구를 위한 주의집중의 시간들은, 아름다움과 진정한 행복의 가치를 확장하기 위한 투자이다. 행복한 사람은 언제나 시간이 짧아, 시 쓰기에 빠져 들다보면 어느새 새벽과 만나게 될 것이다. 마치 그것은 두 개의 미적분 포물선이 교차하는 공집합 속에서 파악되는 천상이라는 모성회귀母性回歸로 풀이된다. 또한 그의 시편을 통해 우리가 발견할 수 있는 것은 고독한 현기증을 신앙으로 극복하면서 삶의 충만감으로 차오르는 감사라는 언어의 심연과 만난다는 점이다. 그리고 또 하나 자명한 것은 때로는 꿈꾸는 것 같은 황홀함 이전에 예감하지 못했던 님이 허락한 은총의 강물 같은, 성령의 충만함을 발견하는 것이다.

우리가 확인할 수 있듯이 그것은 "웬 걸, 먼저 남겨 두었던 마음의 길/ 그것이 바로 출구였다/ 결국 몸 하나로 두 길을 갔다 오고/ 바퀴로 굴린 환상環狀의 단풍 길은/ 입구 출구가 따로 없다/ 항시 이승과 저승처럼(단풍산책 · II)" 남은 것은 끝없이 두 갈래로 갈라지는 길들의 의미로 풀이되고, 파스(Octavio Paz)의 지적처럼 '종교의 문제는 신이 아니라 시간이다.'에 연유한다. 때문에 미로의 출구로 통하는 길과 출구 바깥의 세계는 모두 시간의 직선적 개념의 산물인 점은 기억 흔적에 남겨야 할 일이다. 여기서 배경지식으로 해석되어지는 스키마(schema)를 '우리 기억 속에 저장되어 있는 경험의 총체'로 이해할 필요성이 따르기에, 갈등과 모호성 다음의 한순간 놀라움을 천상을 향해 날아오르는 영혼의 전이轉移로 수용하여야 한다.

결론적으로 소중한 정신적 생산물의 총합으로 세 개의 꼭지점(**내면의식의 들여다보기 + 바람, 흔들리는 풍경 + 일상, 그 소중한 삶의 片鱗= 천상, 층계 오르기**)으로 설명되는 『빛과 생명』을 시집으로 간행하는 류영환 시인은 창의적 생산물인 작품에 대한 개방적인 중개자이며 존엄한 생명외경의 실체로 시대적 사명을 자인하는 품격의 소유자라는 확증이다. 아울러 <정신 풍경, 시의식의 들여다보기>에 있어 '시적 접근과 창조적 언어, 영혼의 잠식과 시 의미, 시의 틀 짜기와 공간 만들기, 언어의 심연과 시적 치유'를 위해 갈등구조가 내재된 삶의 처소에서 주의집중과 불멸의 시혼을 이 땅의 독자들에게 당당히 펼쳐 보이며 영혼의 닻줄을 피멍든 손으로 움켜잡는 예언자적 시인으로 그 소임을 엄숙하게 수행하는 특유의 체취와 음성, 눈부신 시 정신을 지닌 실체임을 우리 현대시사에 기록하여 두고 기억할 일이다.

∥ 6 ∥

자연교감과 감성의 동질성

-김경식의 『경원선』과 정한情恨의 시학

∥ 1. 사유와 언어의 집짓기

인간의 정신적 행복은 외적인 조건에 의해서 결정되는 것이 아니라 내적인 태도에 의해서 결정된다. 일찍이 스티븐 코비(Stephen R. Covey)는 "세 종류의 삶에 대하여 언급하기를, 공적인 삶과 사적인 삶, 그리고 세 번째는 내면의 삶이라." 라고 지적한 바 있다. 이와 같이 위대하고 엄숙한 삶은, 자기파멸인 고독이 아니라 사유함에서 비롯되는 '홀로 있기'를 통해 보다 내적 풍요와 충만을 체험하는 삶임에 틀림이 없다.

이 같은 이론의 틀 위에서 『떠도는 바람』의 시인인 김경식의 또다른 시집 『경원선』(고글)을 읽으면 "억새를 베고/ 누운 철로/ 종착지를 먼 곳에 두고/ 동족 가슴에/ 아픔 준 변경/ 이그러진 열차/ 가로막힌/ 응어리 달랜다.(신탄리역)"의 싯귀처럼 충직한 독자라면 가슴 깊은 곳에서부터 투명한 눈물이 배어날 것이다. 김광림 시인이 「서문」 <시동을 거는 듯한 소리>에서 "김시인은 경원선 주변의 산하와 촌락, 그리고 작고 시인까지 곁들어 90편 가까운 시를 엮어내고 있는데 놀라지 않을 수 없었다...(생략)...알고 보니 그는 실향민 2세였다. 어버이의 한스러움을 고스란히 이어 받아 이 한풀이는 몽땅 <경원선>으로 했구나 싶으니, '옳지!'하고 절로 탄식이 나왔다."라고 기술하였듯이 해탈解脫을 위해 항시 현실 안주를 거부하고 떠도는 바람처럼 숨 막히는 긴장과 그리움, 소외의 아픔이 한국전쟁의 상흔傷痕으로 고정된 이산離散의 비탄 속에 어둠의 형상으로 엎드려 있다.

비록 지구상에 유일한 분단국이라는 비극적인 불행과 직면하고 있는 우리는 하나 같이 '세계화·정보화·지방화'라는 변화의 시간 대를 살아가면서 보다도 적극적 사고로 역사적 소임을 엄숙하게 수행하여야 하지만, 민족사적으로 하나 같이 절박한 소망은 조국의 미래가 더 많은 꿈과 자유로움으로 태평양 시대를 주도하는 실체로서 그 역할을 담당하여야 한다는 엄연한 사실일 것이다. 차지에 무한 경쟁이 요청되는 미래사회는 예술적 상상력이 없는 상품의 개발이 불가능하기에 자기 관리(know-what)라는 차원에서 시적 상상력을 확장하는 일은 결코 간과看過하지 말아야 할 것이다.

지금 우리는 언어공해가 심각하고 무책임한 시간대에 몸담고 있다. 언어에 대한 배려나 분별력이 없기에 퓨전 시대를 살아가는 대다수 이들은 치유 받을 수 없는 영혼의 상처를 안고 있다. 바로 이 같은 사회 현상에서 놀란 핀센트 빌의 "한 순간 분노가 치솟아 오를 때, 좋은 시나 아름다운 기억을 떠올리면 마음에 평정을 찾을 수 있다." 라는 지론처럼 가급적 파괴적이고 공격적인 금속성 언어나 동물적 언어가 아니라 나무와 풀꽃을 노래하는 생명적이고 푸른 식물성 언어를 사용하여 영혼의 깊은 상처를 서로가 치유 받아야 할 것이다.

먼저 시적 정감의 거시적 관조와 미시적微視的인 사물의 분석력은 스카치 폴의 지적처럼 "토막 내고 확대하는" 응축과 확장의 특이성은 그의 첫 시집인 『떠도는 자의 우편번호』에서부터 정치精緻하게 각인되고 충직한 독자들의 심금을 울려주어 모두의 관심사가 되고 있다. 한편 "떠남과 흐름, 그리고 변전變轉의 시학"은 그만의 역동적 힘이며, 시적 매력임에 틀림이 없다. 이 점에 대해서 김남석이 <떠도는 자의 유랑에 피는 詩情>에서 다음과 같은 "저자의 13년 이국 생활이 바람난 자의 떠돌이가 아니라 일찍 인생의 의의에 심취된 반종교적 순례巡禮로 영국 시인 바이런의 해양순회海洋巡廻를 방불케 한다는 데서 시편마다 주옥같은 시정으로 다듬어졌다. 더욱 주목되는 점은 이 시인이 상징적인 표현을 통해 실체주의實體主義의 유래까지를 꿰뚫고 있는 관조에 연유하기에 떠도는 바람 자체가 풍자적인 지적 상징이다."라는 지적은 시사示唆하는 바가 크다.

일단, 인식의 변화라는 틀 위에서 격변의 세계로 향해 도약하는 이 땅의 정신작업의 종사자인 김경식 시인이 풀어낸 불멸의 시혼을 통해 열정적으로 빚어 놓은 서정의 시편을 통해 우리는 한 사람의 독자로서 저마다 결집된 의지로 통일된 조국의 미래를 응시하면서 새로운 도전과 변혁의 시대를 접하며 치밀한 구성에 의한 변화의 청사진을 주인 의식을 지니고 차근차근 확인하고 검색하여야 할 것이다. 안타깝게도 체제의 색깔, 지나친 대북 지원의 진상 등의 민감한 현안 문제들이 아직은 서로 맞물려 대립구도를 보이고 있는 우리네 사회 현실이지만 그 어느 시기보다 이 시대를 힘겹게 살아가는 모두에게 긍정적 사고와 시적 치유로 인한 따뜻한 영혼의 소유가 더없이 요청된다.

어디까지나 충직한 이 땅의 문인들은 치열한 경쟁 속에서 보다 더 성실하고 건강한 비판의식과 문학에 대한 열정은 물론 진리와 자유로 철저하게 무장하여 미래를 성실하게 준비하라는 교시적 의미를 따뜻한 감성에 담아 잠언적箴言的으로 들려주는 한결 같은 그만의 '사유와 언어의 집짓기'는 빛나는 정한과 삶의 구조에 해당한다. 여

기서 시인의 응시와 자아 회복이라는 시각에서 김경식 시인의 시집
『경원선』은 초연한 삶과 현실을 교감시키는 미학적 도전을 통해 정
신적으로 궁핍한 우리네 삶을 내적 충만의 인자因子로 변주시키는
즐거운 시적 상상력을 확장하는 놀라움을 일깨워 줄 것이다.

2. 시적공간의 확장과 내면인식

새로운 가치관과 인생관을 지속적으로 설계하고 확인하면서 문화
인식의 쌓기와 허물기를 반복하고 있는 김경식 시인은, 문화 전통의
큰 틀 위에서 양식 있는 교양인으로서, 비열한 이기주의자들이 행하
기를 거부한 선하고 정의로운 일을 몸소 찾아서 실천하며 존엄한 삶
을 영위하는데 최선을 다하는 존재이다. 그토록 푸른 꿈과 생명감
있는 기대로 저마다 높은 이상을 꽃 피우기 위하여 깊은 밤에도 바
람 앞에서 고뇌하며, 직면하고 있는 암울한 현상에서도 항상 조국과
민족 앞에서 감사하는 마음을 지닌 참다운 생명적 실체이다.

지금 당장 자신의 열정을 쏟을 기회가 허락되지 않는 정황에서도
순수한 영혼을 지니고 시의 종자를 조심스럽게 싹틔우면서도 참으
로 뜨거운 침묵 속에서 인고忍苦의 오랜 날을 좌절하지 아니하고 견
디어 왔다. 그 점은 김경식 시인 자신이 『경원선』의 후기에서 "불혹
이 지나서야 실향으로 속 알이 하던/ 님을 그리며 2세의 입장에서
분단이 되어/ 가지 못하는 곳까지 오고 가면서/ 주변에 일어났던 사
연을 엮어보니/ 시간의 여행으로 실향사失鄕史를..." 눈물 묻은 정감
으로 읊어낸 사실로 확인된다.

어디까지나 이 같은 힘겹고도 고독한 작업은 그 자신이 정제淨濟
된 시어로 다양하게 구도화 시킨 '뒤안길, 정리, 마차다방' 등과 같은

삶의 다반사에 향수가 잔잔히 깔려 있는 애틋하고도 아련한 감회로 해석된다. 여기서 심도 있게 논의할 문제이지만 김경식 시인의 시적 특성이라면, 내면의식의 풍경화를 기억 흔적에다 클로즈 업 시키면서 현대시의 비극성을 응시와 투시도법으로 투사하고 시적으로 형상화하여 분단의 참담한 현상을 절제된 정감으로 표현한 것이다.

바로 그것은 "치열한 전쟁 중에 잠시 투구를 벗어 놓고 교회에 나가 하나님께 눈물의 기도를 드린 순간이 내게 가장 행복한 시간이었다."라는 나폴레옹의 간증처럼 대다수 신앙인들은 신의 사랑에 감사하고 의지하는 믿음을 소유할 때 비로소 밝은 미래를 보장받을 수 있다는 확신에서 비롯되는 행위이다. 그것은 마치 "동두천역에 가면 / 가슴이 울렁거리는/ 현수막이 춤춘다/ 시베리아 횡단/ 철도 타고 세계로 가는/ 철의 실크로드 있기에/ 꿈고 희망이 여물고 있다.(가슴에 품은 동두천)"에서 발차된 감흥이 고조된 숨가쁜 김경식 시인의 기차여행은 "이제는/ 동두천역에서/ 경원선 열차 타고/ 추억을 숨겨둔/ 암스텔담에/ 가는 꿈꾼다(그리움)"로 확장되는 한 순간의 밝음 지향으로 전이轉移되는 것이다. 이처럼 그는 뇌에 각인된 삶을 지울 수 없는지, 한반도의 동두천에 살면서 암스텔담을 그리워 한다는 모순성을 지니고 있으면서도 근원적 고독인 그리움을 증폭시켜 자신의 중요한 시적 대상을 삼고 있는 정신 환경을 우리는 놓치지 말고 눈여겨 보아야 할 것이다.

우리는 비교적 호흡이 장중하고 남성적 음색을 지닌 김경식 시인이 눈물 속에서 간행한 시집 『경원선』의 목차의 구성, <제1부 시간의 역을 지나며, 제2부 기다림의 역을 지나며, 제3부 북행열차가 달리던 길, 제4부 잊혀진 땅을 여는 길>을 통하여 그의 사고가 분노와 증오가 아닌 닫힘과 단절로부터 경계 허물기와 열림 지향으로 잇닿아 있음을 확인할 수 있다는 사실은, 모든 독자로 하여금 놀랍게도 그의 시적 마력에 흠뻑 **빠져**들게 하는 저력을 지니고 있다.

　인간의 존엄한 삶에 있어 필연적인 만남을 인연이라고 한다. 때로 그것은 인격 형성에 큰 영향을 줄 뿐 아니라, 위대한 민족의 혼이나 사상을 심어주고 위대한 영혼을 흔들어 깨워 삶의 지침을 돌려 놓기도 한다. 이 점에 있어 일상적인 시간대에 있어 신선한 감동을 안겨주는 인간과의 만남은 정신적으로 가난한 우리네 삶을 눈부시게 하는 내적 풍요의 층위가 된다. 이 같은 정황을 김경식 시인은 "매연의 거리가 싫어/ 땅 속을 달려가는지/ 밀리고 부딪혀도/ 느물거리는 눈 빛/ 삶이 숨 쉬는 곳에서/ 밀려난다 해도/ 사랑할 수밖에(회기역)"로 그 자신이 몸소 증오와 거부를 이해와 감싸 안음이라는 따뜻한 정신기후로 조성하여 넉넉한 심성의 소유자임을 확인시켜주고 있다.

　　기어오르는
　　겨울 햇살에
　　꽃잎 태우는
　　설화(雪花)의 눈물
　　빈 가슴에 고인다.

　　　　　　　　　　　　　　-<수락산>에서

　　기억 저편
　　적막이 밟히면
　　산 자의 아픔
　　감싸 안는 **부**정(父情)에
　　기대고 싶어진다.

　　　　　　　　　　　　　　-<회상>에서

　연유야 어떠하던 활활 타오르는 그의 이 같은 시혼詩魂은 한 사람

의 공인으로서 시대적 소임을 비중 있게 절감하면서 그 자신이 언어
공해가 심각한 현대 산업사회에 있어 '꽃잎 태우는 雪花의 눈물' 이
나 또는 '감싸 안는 父情'처럼 상처받은 영혼을 치유하며, 자랑스럽
게도 식물성인 언어로 민족의 빛난 미래와 지극히 서정성에 의한 미
적주권의 확립을 위해 시작詩作에 몰두하고 있는 그만의 충직함은
신선한 감동을 안겨주기에 부족함이 없다.

> 방황의 여정은
> 울타리 있는 곳에
> 나팔꽃 심고 싶은데
> 풍향계가 없는 도시
> 길 잃은 바람은
> 울지도 못한다.
>
>   -<바람>에서

여기서 일정한 통로가 없이 동과 서로 구분 짓지 않으면서 흐르
는 바람처럼, 시인의 정신적 향방은 끝남이나 정지를 허락하지 않는
다. 이처럼 김경식 시인의 방황 또한 3·8선 남에서부터 녹슨 철마鐵
馬가 나뒹군 북으로, 또 두만강과 압록강을 치달아 고구려의 옛 영토
인 대륙을 공간으로 확대된 신기한 모험, 여정으로 연계되어 항시
본의本意를 드러내지 않는다. 그는 잔잔한 애한哀恨이나 감미로움으
로 외피적 형상을 때로는 낯설게 하여 다양하고 다잡한 의미를 부여
한다. 애써 김남석의 지적처럼 "고향의 정한을 눈물겹도록 찾아내며
서구세계를 순방하다 이률 배반의 모순성을 어쩌지 못하며 희귀라
는 의미를 바람결 순회적의 회개를 거쳐 한스러워한다. 그 회한은
이어져 절절한 회포의 통찰 자아내고 있는 시상들은 회상으로 절정
에 이르다."고도 할 수는 있지만, 그의 시적 모티프를 행복한 시적

정한의 대위법이라 칭할 수 있는 근거는 이 같은 까닭에 기인한 탓이다.

3. 주의집중을 통한 실험과 탐색

우리에게 부담 없이 읽혀지고 낯설지 않은 김경식 시인의 시적 발상은 다행스럽게도 그가 살아 온 삶의 흔적을 통해서 확인되어지는 소박한 삶의 고백이며 현상이다. 비록 사물의 소묘와 인생론적 명상의 결합이 그만의 주된 시의 특성이라고 지적할 수는 없지만, 어디까지나 '주의집중을 통한 실험과 탐색'의 시편들은 숨 막히는 단절, 경계가 아니라 주의집중을 통한 다가서기이며 문 열어 놓기라고 감히 지적할 수 있기에 그의 시는 친근함을 겨냥하고 있다.

한편, 김경식 시인의 시적 소재는 단순하지만, 현상적인 물상과 시적 정감을 과거의 기억 흔적과 환상에 융합시킴으로 현실과 기억, 그리고 환상의 경계를 풀어 보이고 있어 그의 시적 층위層位는 난해하지 아니하다. 다소 설익어 풋과일의 맛과 향이 나는 그의 시편에는 "분단된 조국에/ 동강난 철길 보면/ 사막을 헤맨 목마름으로/ 그리움 재운다.(그리움)" 분단된 조국의 참상을 기리는 절박한 심정이 자신을 불태우는 순수함으로 채색되어 있지만, 현란한 언어의 기교나 가식적인 장치는 없다. 그저 순수한 정감과 꾸밈없는 그리움, 이 점이 독자의 눈길을 끄는 그만의 시적 매력이며, 저력으로 지적된다.

질곡의 역사에 한 묻고/ 가지 못하는 귀향 길/ 소식 모르는 그리운 얼굴/ 사람이 살지 못하는 분단의 공간//

                                             -<연천의 영가>에서

   억새를 베고 누운 철로/ 종착지를 먼 곳에 두고/ 동족 가슴에/ 아픔
   준 변경/ 이그러진 열차/ 가로막힌/ 응어리 달랜다.//

-〈신탄리역〉에서

   분단된 민족의 참상으로 휴전선에 문명의 잔해로 버려진 열차, 그
리고 질곡의 역사에 응어리진 정한情恨을 눈물 속에 묻고 "다시는 고
향에 돌아 갈 수 없는 슬픈 존재"로 귀향 길에도 오를 수 없는 현상
이지만, 비공인 된 한 사람의 입법자로의 김경식 시인은, 자신의 망
막 속에서 그리운 또 하나의 대상을 저토록 낯익은 얼굴로 변형시켜
주고 있다. 또 그는 뼈를 깎아내는 이산離散의 비통함과 서정성을
"슬픔이 응고되어/ 고체固滯로 매달려 있는/ 아버지의 눈물(아버지의
고향)" 속에 담아내고 있다.

   노을이 산 붙들고/ 이별을 하고/ 나뭇 잎새 헤치며/ 다가오는 종소
   리/ 불심이 되어/ 바람과 선문답 한다.//

-〈회룡사〉에서

   한 점 티끌/ 시선에 스치면/ 서투른 시 같이 되는 인생/ 산사에 고
   요/ 낙엽만 길손을 안고/ 어린아이 어르듯 토닥인다.//

-〈소요산〉에서

   위의 시편 〈회룡사〉와 〈소요산〉을 통해 파악되듯이 김경식 시
인의 뛰어난 미감은 범종의 투명한 선율을 잔잔하게 풀어내는 바람
의 미세한 떨림과 산사山寺의 적요寂寥 속에서 "노을이 산 붙들고 이
별을 하는" 정감의 극치에 이르러서는 마침내 눈부신 빛으로 발광
하고 긴장감 속에서 절창된다. 특히 나직한 톤으로 일상적 삶의 본
말本末을 우리는 그의 시편을 통해 감지할 수 있지만 "육신과 영혼/

갈림 길/ 昇天하는/ 무희/ 下山하는/ 중생/ 뛰어봐야/ 부처님 손바닥
인데.(하산)"처럼 허락된 운명을 거역하지 않고 자연의 순리로 받아
들이고 있다. 이처럼 김경식 시인이 담담한 어조로 내면적 성찰을
통한 인생론적 체험을 자신의 육성에 담아 거부감 없이 소화해 낼
줄 아는 은밀한 비법을 터득하고 있는 무게 있는 시인임에는 틀림이
없다.

물론 김경식 시인의 시편을 통해 천부적 재능이나 언어유희가 눈
부시게 뛰어나거나 치열한 시정신이 해학과 슬기로 매력적인 조화
를 완벽하게 직조해 냈다고 일방적으로 지적할 수는 없을 지라도,
언어의 절제된 힘과 내면적 체험의 깊이를 참음의 의지로 다시금 일
깨워 "뼈아픈 추억이/ 침묵으로/ 두드리는/ 서러운 독백/ 일렁거리
는 가슴의/ 간이역.(초성리)" 이제 막 혼돈에의 방황을 마감하려는
그만의 정신적 작업은 영혼이 순수한 이들에게 투명한 눈물을 자아
내게 하기에는 부족함이 없을 것으로 자부한다.

이 점에 있어 김남석이 <투철한 통일염원과 섬세한 덕고정한德古
情恨-김경식 시집「경원선」의 시 이미지>라는 시평詩評에서 "이 시
집은 사찰을 통한 성취를 지적 불심佛心으로 보는 귀로 이승의 하직
이요, 귀착일 것인데 그 회포가 절실히 느껴지게 고백하고 있어 현
대사회에 촉박하게 쫓기는 삶을 돌아보며 수행자로서 자존심을 심
화시키고 감회를 일으키며 추억이 서려 있다." 천명하고 있듯이 삶
의 일상에서 서로를 적대시 할 때, 그림자를 상대방에게 상호투시
하는 평범한 측면을 김경식 시인은 시적 기법으로 처리하고 있다.

이와 같이 개인적인 그림자를 상대방에 대한 배려 없이 강하게
투시할 경우, 인간 관계에서 갈등을 일으킨다는 것을 김경식 시인은
그 나름으로 예감하고 있기에 잠자는 바다를 깨우려고 파도 위를 질
주하는 바람이거나 격랑의 세월 속에서도 하염없이 피고 지는 찔레

꽃처럼 "금강산 가는 철길이라는/ 푯말이 붙은 부식된 다리/ 북녘 바람이 불어오면/ 알 수 없는 신음을 낸다.(용담리)"에서 확인되듯이 깊이 잠들어 눈뜨지 못한 영혼을 위해 숨결을 죽여 가며 아주 조심스럽게 <최북단 무궁화>처럼 자기 고뇌 속에서 몸살을 앓고 있을 뿐이다.

　여기서 다행스럽게도 한 사람의 독자인 우리는 김경식 시인의 시편을 통해 섬세한 시적 발상과 미감美感, 반짝이는 시적 처리는 격정으로 치닫던 우리의 불안한 서정抒情에 한순간 평정을 안겨주는 사실에 크게 감동하는 즐거움을 만끽할 수 있을 것이다. 이 같은 그의 해체하고 재해석하는 정신작업은, 어디까지나 사상과 정서의 자유로운 교감을 거쳐 자각 속에 생명체로 존재하는 깨달음의 미학임을 재인시켜 주는 생산적 행위이다.

　시가 존재와의 만남이라는 이론의 틀 위에서 발아發芽되어, 정신적 기후를 알맞게 조성시켜주는 김경식 시인의 시적 매력은, 분리와 고립으로부터 인간의 개성을 해방시키어 타인과 일체가 되어야 함을 항시 마음에 두고 열정적으로 시작에 몰두하는 점이다. 이 같은 시적 특성은 그 자신이 상세하게 설명하지 아니하더라도 누구나 쉽게 이해하는데 있다는 점이다. 모름지기 원론적 논의이지만, '우리가 감히 날아오를 수 없는 곳에 앉아 있는 존재'로서의 시인은, 창조적 활동을 통하여 영감의 역할을 충실히 수행하여야 한다. 무엇보다 한 편의 시가 창작되어지는 것은 개성 미의 재현이기에 이처럼 자기 존재의 확인은 더없이 소중한 정신작업일 것이다. 비교적 즉물적인 현상에 대하여 양면성을 지니는 김경식 시인의 시창작의 태도는, 강렬한 서정을 전통적 리듬에 담으면서도, 보다 가라앉은 운율 속에 이미지를 형상화하여 소재를 차근차근 분석하고 때로는 입체적 구성과 점층적 효과를 의중에 담아 그 나름의 실험과 탐색을 지속적으로 수행하고 있는 점일 것이다.

　모름지기 김경식 시인은 "신망리역에서/ 실안개/ 비 맞으며/ 열차 뒤로하고/ 중사리에 가면(통일 안국사)"나 "빈 가슴 가지려/ 산에 오르면/ 옷 벗은 나무에/ 눈이 내려앉아/ 꽃 피우며/ 아픔/ 번뇌를 묻고(수락산)" 등의 시편을 통하여 만유萬有의 본체인 자연을 축으로 한 자연회귀의식自然回歸意識을 새롭게 조명하여 한순간 본래의 자아를 인식시키기에 이른다. 자신을 해체하고 재창조하는 진통을 절감하는 그의 시편에는 목관 악기의 저음低音처럼 지극히 한국적인 자연인 고향에 대한 그리움이 시적 토양으로 변형되어 다층적多層的인 시어로 눈부시게 빛나는 점이다.

　우리는 위의 시편을 통하여 시각성 보다 사유를 중시하여 생명의 유한성과 아름다움의 덧없음을 지적으로 파악하려는 시인의 고뇌를 발견하게 된다. 다소 이미지를 감각물의 단순한 재현으로 드러내 보인 김경식 시인의 이 같은 시편들은 창조의 능력이 나약한듯하지만 사물에 대한 깊은 애정, 전통적인 가락으로 일상적인 대상을 세세히 풀어 보이려는 집념이 놀랍게도 자리해 있다. 결론적으로 시 해설을 가름하며 한 사람의 독자로서의 소박한 바램이라면, 김경식 시인의 시집 『경원선』은 현상적 일탈과 존재를 계기로 시적 상상력과 모더니티에 대한 놀라운 변화를 보여주고 있기에 모쪼록 이 땅의 당당한 시인으로 독자적인 시의 지평을 줄기차게 열어가며 그만의 강한 집념만큼 폭포수 같은 시편 또한 콸콸 빚어낼 것도 다시금 기대한다.

‖ 7 ‖
쌓기와 허물기를 통한 공간 만들기
-심상순의 『풍경으로 남은 그대』

‖ 1. 공간-존재의 뿌리

애써 시인의 시대적 역할을 강조하지 아니 하더라도, 그 어느 시간대보다 "쌓기와 허물기를 통한 공간 만들기"를 위해 치열한 역할 분담이 요청된다. 한 때나마 언어공해에서 파급된 대통령 탄핵소추의 충격이나 세대 간의 갈등이 대면 국면을 보인 참담한 현상에서도 잇닿은 미래를 위해 애씀의 땀을 흘리고 있는 정직한 시인들에게, 생명감 충만한 도전을 기대한다. 비록 대립과 갈등으로 불신이 팽배된 냉혹한 현실이지만, 그나마 상생相生과 조화의 정치를 표방한 17대 국회의 출범으로 비상의 날개 짓을 시도한 이 땅의 시인들은 비정한 지식 · 정보화 사회의 대립 갈등 구조로부터 꼬인 실타래와 물꼬를 풀고 트는 일에도 깊은 관심을 지녀야 할 것이다.

이제 공동체의 소중함을 인식하여야 할 지혜로운 이 시대의 시인들은, 초조와 불안감을 떨쳐버리고 주어진 운명을 긍정적 사고와 실험정신으로 도전해 나가야 할 저마다의 시대적 역할을 확인하여야 한다. 역사를 다스리는 신은 공의롭지만 항시 선하고 의로운 일을 위하여 노력하는 자를 사랑한다. 대다수 이들이 즐겨 행하기를 거부하는 속성적으로 진실하되 아름답고 힘겨운 일을 찾아 황폐한 인간관계를 회복하는 성숙한 민주시민으로서 몸소 경계를 허무는 공생共生의 소임 또한 엄숙하게 수행하여야 한다.

모름지기 일상적 자아로부터 내적 자아의 성숙을 위해 자기 성찰의 시간을 만들어 가야 할 시인들은 그 어느 때보다 "승려와 시인이 살이 찌는 사회는 불행하다"라는 인도의 격언처럼 동시대의 아픔을 인식하여야 하기에 삶의 공간대인 예술을 사랑하는 사회 즉, 쌓기와 허물기를 통한 행복한 정신작업으로의 공간 만들기를 위해 열정을 쏟아야 할뿐더러, 어두운 질곡을 헤쳐 나가기 위해 언어에 대한 분별력과 여유로움(surplus)을 지녀야 할 것이다. 이제 비정한 후기산업사회에 몸담고 있는 양식 있는 시인들은 내적 충만에서 기인한 사유思惟의 시간을 소유하고, 진실된 것을 생산하기 위해 사랑의 상징인 눈물과 인고의 상징인 땀을 흘려야 한다. 고통이 있기에 삶은 보다 더 존엄하고 값있는 법이다.

일반적으로 좋은 시란, 외연外延과 내포內包의 최원最遠의 양극에서 모든 의미를 통일한 것으로, 어디까지나 정서와 상상을 통한 문학으로 인생의 표현이며 생명의 재해석이어야 한다. 이 점에 있어 정감적 미와 정신적 의의에 대해 일깨움을 주며 고향의 소중함을 통해 생명의 가치를 신선한 감동으로 안겨주는 지향芝香 심상순沈相舜 시인의 두 번째 시집 『풍경으로 남은 그대』를 대할 수 있음을 우리 모두는 함께 기뻐하고 크게 축하할 일이다.

2. 압축된 삶의 구조構造

소중한 인간관계의 회복을 위해 이 시대의 시인들에게 기대하는 것은 모두에서 기술하였듯이 언어공해가 없는 밝은 사회, 작게는 사랑과 화합이 자리한 행복한 공간을 구축하기 위한 역사인식의 확대일 것이다. 일차적 인자因子로서 타인에 대한 최소한의 배려와 분별력, 그리고 참음에서 비롯된 여유로움의 이행移行이다. 선인장 아가 그베는 1백년에 한번 꽃을 피우고 열매를 맺는다. 어제의 영광에만 머무르는 자는 오늘의 경쟁에서 승리할 수 없다. 꿈과 내일에 대한 밝은 예지를 지니지 못한 개인이나 민족에게는 승리의 새날 또한 주어지지 않는다.

영국의 아펑겜 스쿨의 교훈처럼 '비록 백만장자나 장군, 위대한 정치가를 배출하지 않았으나 역사를 만들어 가는 보통사람들' 곧, '좋은 시인과 아버지와 어머니'가 축이 되는 공간을 만들어가기 위해서는 제도적 장치의 보완에 의한 발상의 전환이 요청된다. 2백만명의 페르시아 군과 3천명의 스파르타 용사와의 접전인 테르모필레의 전투(B.C. 480)에서 유명을 달리한 스파르타 병사의 비문碑文, "길손들이여, 스파르타에 가서 전해주오. 조국의 명을 받들어 여기 우리가 이렇게 누워 있노라(<불의 門>, 스티븐 프레스필드)"는 비장감을 안겨준다.

이 같은 우리네 삶의 현상에서 심상순 시인이 감정을 절제하고 내면의 음성으로 풀어낸 <풍경으로 남은 그대>는 소박한 감성과 순수한 목가적 서정을 안겨준다. 우리의 삶에서 특정한 사람과의 만남은 가히 운명적이다. 거대한 격랑에 밀리 우면서도 끊임없이 전통의 실타래를 꼬는 감성의 시인으로 단절된 도시 공간, 좌절과 회색의 시간대에 몸담으면서도 '바다만큼의 눈물 흘린 과거, 빗장을 지

르고 석고石膏처럼 굳은 가슴이지만, 그리운 그대의 초상肖像이 하나
의 풍경으로 다가와 초점을 흐리지 않고 응시할 수밖에 없는 인연'
그러나 아름답고 밝은 미래를 위해 인생을 설계하며 불태우는 열정
은 너무 절절해 눈물겹다.

　　바다만큼 눈물 흘리고/ 빗장 지른 스물의 나날들/ 낡은 사진첩의 기
억 흔적/ 그곳에 그리운 그대의 肖像/ 하나의 풍경으로 남아/ 나를 응
시하고 있다//

　　그대 위해서라면/ 나 죽어 더 이상/ 흘릴 눈물 없어/ 지난 세월 굽
이마다/ 石膏 같이 굳은 가슴/ 모질게도 닫았는데//

　　어느 날의 회상/ 살며 무디어진/ 기억 저 편에 서서/ 풍경으로 박제
된 형상/ 이리도 옹골찬 그리움으로/ 나를 응시하고 있다//
　　　　　　　　　　　　　　　　　　-<풍경으로 남은 그대> 전문

　독자의 이해를 돕기 위하여 <풍경으로 남은 그대> 전문을 옮겨
보았지만, 상실된 자아를 발견하려는 고독한 작업을 통해 언어 공해
가 심각한 현대산업사회에서 차창 밖의 흔들리는 물상을 주시하듯
살아온 날을 뒤돌아보는 내적 충만-사유의 시간은, 우리의 감성을
눈뜨게 한다. '기억 저편의 박제된 형상을 그리움으로 인식하게 만
들고 때로는 잠든 영혼을 흔들고 기억 흔적을 일깨워 그리움'에 대
한 세세한 서정의 실타래를 풀어낸다. 시어詩語에 대한 이해화 관심
을 남백하게 표출하는 시인의 몸짓, 그것이 바로 심상순 시인의 시
적 역학으로서의 저력이다.
　오늘의 우리사회를 떠받들고 있는 구성원들이 하나같이 밝은 사
회를 열어가기 위해 시간과 열정을 불태우는 행위는 더 없이 소중하
다. 바로 이것은 공동체에 대한 지속적인 관심과 애정의 도출이다.

일단, 행복한 삶의 공간을 만들고 시적 치유와 언어의 조우에 대한 관심은 이 시대의 시인들이 풀어가야 할 소중한 과제이기에 거듭 논의하여도 결코 지나침은 없을 것이다.

▌3. 언어와의 조우와 시적 공간

일반적으로 시 쓰기란 대상과 언어라는 두 요소에 집중하여, 이른바 사물과 존재의 집으로 해석되는 언어와의 만남 또는 관계이다. 인간의 존엄한 삶에 있어 특정한 시인과의 만남은 운명적이다. 그 같은 인연은 인격 형성에 큰 영향을 줄 뿐 아니라, 위대한 영혼을 흔들어 깨워 삶의 지침을 돌려놓기도 한다.

산 내음 곁 드린 시간/ 아주 조금씩/ 아릿하게 젖어오는/ 그리운 향기 같은//

　　　　　　　　　　　　　　　　　-<내가 그대에게>

절대 고독의 끝에 서서/ 필사의 몸부림으로/ 벗어나고 싶은/ 절망의 나락 끝/ 無人孤島//

　　　　　　　　　　　　　　　　-<꿈꾸는 인형의 집>에서

암울한 절대 고독의 끝에서도 꿈을 지니고, 아주 느린 속도나 미세한 움직임으로 일정한 대상, 목표를 향해 다가가려는 지난한 몸놀림, 이 같은 행위가 신선한 감동을 안겨주고 가슴이 따뜻한 시인과의 조우遭遇는 한순간의 격정이 평정을 얻는 시적 치유와 경계 허물기의 층위가 된다.

이슬인 줄 알았는데// 눈시울에 맺히는// 작은 방울// 가슴 깊은 곳 적시는// 투명한 눈물이네요//

-<기다림> 전문

'투명한 눈물'의 <기다림>에서도 쉽게 체득할 수 있는 심상순 시인의 문제는 서정시의 항성恒性일 것이다. 보편적으로 서정시는 구조상으로 단시(short poem)여야 한다. 단순한 내적 정서의 표현물이어야 한다는 개념상의 문제는, 시인의 의식 내면에 펼쳐 보이는 풍경화로 일상성 또는 쉽고 부드럽고 친근감을 불러주는 정황에 근거하여, 예술적 감성으로 응고된 서정의 실타래를 풀어내 보이기 때문이다.

바람 스치는 풀잎에 앉은/ 작은 이슬이/ 또르르 구른다/ 잠시 누웠던 풀잎/가볍게 일어선다//

-<아침 산책>에서

어둠 사르며/ 망각의 늪으로 추락하는/ 旅路의 끝에 묻어/ 물처럼 나도 흐른다//

-<밤기차>에서

유한적 인간은 자기의 흔적을 남기는 존재이듯, "旅路의 끝에 묻어/ 물처럼 나도 흐른다(밤기차)"에서 확인되듯 마음도 쉽게 흔들리고 세월은 항상 흘러가며 목숨의 모래 또한 없어지게 마련이다. 실로 암울한 현실에서 소외된 인간 관계를 회복하기 위해 경계를 허무는 고뇌의 작업과 그만의 애씀은 실로 눈물겨운 현상이다. 여기서 "잠시 누웠던 풀잎/ 가볍게 일어선다(아침 산책)" 우리네 삶의 일상에서 미세한 작은 자연의 현상을 통해서도 심상순 시인이 교시하려는 정신적 작위는, 시는 언어예술로서 사물의 참모습을 표현하는 예술로 해석하고 있는 점이다. 동일한 대상이 다른 양상으로 인식되고, 삼라만상의 형상이 받아들여지는 것은 바로 사람의 마음(眞我)에서 기인된다.

> 눈의 착시 현상을/ 믿고 싶은 간절한 마음에/ 혹시 내가 세상을/ 멋대로 굴곡 시켜 보면서/ 즐거워하고 있다면/ 거울에 비쳐진 모습 뒤편/진실은 어떻게 찾을까//
>
> –<참 좋은 거울>에서

거울의 개념은 반영의 부분성을 규정하는 분석적 개념에 의해 보충될 때, 비로소 어떤 의미를 지니나 그것은 어떤 몽타즈의 기계적 산물처럼 현실을 재현하는 경향이 있기 때문에 모호성을 지니기도 한다. 일단 거울은 반영과 표현의 개념으로 풀이된다. 기실 거울과 이 거울이 투사하는 대상(역사적 현실) 사이의 관계는 부분적이다. "진실은 어떻게 찾을까(참 좋은 거울)" 주어진 물음의 해답은 아니지만, 거울은 선택에 기인하기에 자신에게 주어진 현실의 총체성을 반영하지는 않는다. 이 선택은 우연히 형성되는 것이 아닌 독특한 것으로 우리에게 거울의 본질은 알 수 있는 매개물로 작용한다.

언어조탁이나 치열한 언어의 생산적 작업으로 고뇌하는 일군一群의 시인에게 있어 삶의 공간에서 접하는 대상과 내면의식에 대한 차별화 된 응시는 맥락이 끊어진 문장을 재배열하는 행위로 종종 간주되기도 한다. 따라서 행복한 시 쓰기라 할지라도, 어디까지나 자녀라는 혈육血肉에 대한 소중한 애정과 관심, 응시의 대상인 현상에 대한 집착과 자의적인 해석을 위한 결합에 해당되는 시인의 정신작업으로 존재의 뿌리인 공간 만들기에 해당하기에 무관심으로 일관할 수는 없다.

　하늘이 내게 맡겨주신/ 소중하고 보배로운 아들아/ 너 위해 나 오늘 살거니/ 빛나는 내일은 너의 몫으로 두련다//

-<아들아>에서

　맘껏 나래 펴고 힘차게 날아/ 둥지를 박차고 네 꿈을 잡아라/ 이 넓은 세상은 모두/사랑하는 너의 것이란다//

-<꽃지>에서

　시적 실존의식과 황홀한 바라보기로 풀이되는 내면적 응시의 문제를 비교적 언어 충돌이나 정감의 갈등 없이 이를 조화롭게 처리하고 있다. 일상에서 이혜숙 시인의 시를 읽으며 조금은 심도 있게 이해하기 위한 다양한 접근 방법을 위한 도구의 모색으로 응시와 투시 도법을 적용할 수 있다.

　어둠 밝히는/ 작은 초燭불 앞에/ 허물 많고 부끄러운 내 모습/ 그림자를 감출 수 없다//

-<촛불>에서

　심상순 시인의 경우, 아직은 경계 해체의 비법을 지닌 숙련공의 솜씨는 아니더라도 어설픈 대로 '다르게 바라보기'라는 시적 투기로 새롭게 시의 지평을 열어 보이려는 열정이 있다. 여성적 글쓰기(criture feminine)를 통해 시인의 고뇌와 집념 앞에 잠시 숨결을 고르고 언어 경제라는 시론의 틀 위에서 문제의식을 자신만의 육성, 의식, 냄새를 담아 정열화整列化 한 언어 양상을 조금은 빌노 있게 조명하려는 것은 일단은 의미 있는 작업으로 간주할 수 있다.

　인간은 사고하는 존재로 자신의 마음가짐에 의해 자신의 인생을 바꿀 수가 있다. 여기서, 영혼을 정화시키기 위해 언어를 지속적으로 조탁하거나 '창조적 저항과 집념의 힘'을 파괴적인 언어보다는 지극히 선한 일을 행위로 옮기려고 노력하는 자라는 것이다. 이 점에 있어 심상순 시인의 시적 매력은 언어의 담백함에서 비롯된 서정의 진솔함일 것이다.

> 닿는 감촉/ 상큼하고/ 감미로운 황홀함/ 뿌리칠 수 없는 유혹//
>   -<濃霧 경계>에서

> 도심 속 빌딩의 현란한 네온 불빛/ 桑田이 碧海된 타인의 거리에/
> 아직 떨쳐버리지 못한 앙금으로/ 무겁게 갈앉은 낯선 그리움//
>   -<고향집>에서

이와 같이 그의 시편에 낯설음과 허망함이 어두움과 교접되어 때로는 "무겁게 갈앉은 낯선 그리움(고향집)"으로 수용된다. 영동지역이 고향인 이들은 한번쯤은 대관령 옛길을 오르내리며 물안개에 촉촉이 젖던 아련한 기억이 남아 있을 것이다. 이처럼 정신적 기후를 따뜻하게 조성시켜주려는 그의 시격을 통해 접할 수 있는 것은 적절한 어둠과 울음이 아니라, 일상적인 현상을 애정을 지닌 눈으로 응시하는 따뜻한 시인의 감성이다. 무관심은 죄악이라는 지적이 있지만 그의 시를 떠받들고 있는 원초적인 힘은 고향이라는 모성에 대한 그리움이다.

비교적 심상순 시인의 시에는 추상성이나 난해성이 제기되지 않아 쉽게 이해되고 친근함을 더해주는 장점이 있다. 이것이 그의 시가 수용하고 있는 역동적인 힘이다. "댓잎(竹葉)처럼 파랗게 날선 / 샛별 하나 고이 담아 두었지요(별 그림자 하나)"에서 확인되듯 그의 시편에는 성장, 감동, 희망과 결부된 푸른색이, 탄생, 포근함, 비옥함으로 지칭되는 원형적 여성적 성향이 그저 담담하게 바람의 숨결로 표출되고 있어 한순간의 분노도 잠재우는 서정성이 빛난다.

안타까운 바람이 지나간 자리/ 채울 수 없는 빈 가슴 한 자락에/ 댓 잎竹葉처럼 파랗게 날선/ 샛별 하나 고이 담아 두었지요//

-<별 그림자 하나>에서

눈 덮인 산마루에/ 내 어머니 마음 같은/ 붉은 노을 내려앉는다//

-<추억>에서

시 쓰기와 시 읽기라는 두 개의 양식을 즐겨 넘나들고 있는 그만의 시적 정감은 생명적이면서도 자기희생의 통로를 거쳐 그의 시 정신을 올곧게 표출하고 있다. 그러면서도 물화론物化論을 통한 심상순 시인만의 의지의 표현방식을 언어에 대한 분별력과 독자에 대한 배려로 항시 사회 현실과도 적당히 정서의 양감量感을 유지하고 있는데, 바로 이것이 단아한 품격으로서의 역동적 힘이다.

4. 발상의 전환과 물화론物化論

사상과 정서의 자유로운 교감을 거쳐 마침내 자각 속에서 하나의 생명체로 형상화되는 시는 깨달음의 미학이다. 정신적으로 압축된 지향芝香의 시 세계는 지상적인 것에서 확산. 승화되어 우주와 통한다. 항시 자연의 이법理法을 거스르기를 원하지 않는 그는 재생적, 미학적인 면보다 생산적 요소가 짙은 상상력의 소유자로서 가라앉은 가락 속에 이미지를 제시하며 입체적인 구조와 점층적 효과를 조화시킨 삶의 현장을 전통적인 맥락에 담고 있다. 그 보기가 "6) 월궁에 걸린 연리지連理枝"에 수록된 <용추 가는 길>, <동해 추암 촛대

바위>, <월궁에 걸린 연리지>, <약천 남구만>, <고려성 아랫동
네>, <墨湖> 등이다.

> 洞空화된 도시의/ 허허로운 거리 찬란한 불빛에/ 잠들지 않은 묵호
> 가 무릎을 세운다/ 삶을 용트림하고 있다 / 힘찬 나래 편 飛翔이다//
>
> ―<墨湖>에서

오랜 시간 환경공해 못지않게 정신적 건강에 해악을 주며 건전한
사회에 증오와 불화를 충격적으로 안겨주는 언어공해의 심각성을
개인적으로 지적해 왔으나, 지나친 기교나 난해한 시어의 사용을 절
제하고 나름대로 가라앉은 나직한 톤으로 삶의 예지를 부단히 일깨
우며 그리움을 안고 '힘찬 나래 편 비상'을 도전과 실험정신으로 시
도하는 영원한 모성母性의 노래에 찬사를 보내게 되는 것이다.

> 곱게 접어/ 갈무리하는 것은/ 그대를 향한/ 그리움 때문이다//
>
> ―<편지·3>에서

> 바람에 부러지지 않는/ 마른 갈대처럼/ 꺾이지 않으려고/ 무던히도
> 애 쓰며/ 지켜낸 삶의 긴 역사가/ 하나 둘 숫자로 돌아와/ 척추 속에
> 빗금으로 박혔다//
>
> ―<삶>에서

시가 존재와의 만남이듯 '만남'의 소중함을 <편지·3>, <삶>이라
는 시편에 담아 정신적 기후를 알맞게 조성시켜주고 있는 심상순 시
인은, 예술의 매력이 분리와 고립으로부터 인간의 개성을 해방시키
어 타인과 일체가 되어야 함을 항시 마음에 두고 시작에 몰두한다.
"척추 속에 빗금으로 박힌" 고뇌의 편린片鱗을 확인할 때, 우리는 동
시에 미적주권美的主權도 접하게 된다.

가장 행복한 심성의 최고 열락의 순간을 표출한 언어의 예술이 시임은 새삼 논할 바는 아니나, 심상순 시인은 따뜻한 영혼의 소유자로서 동해도서관 운영위원장 뿐만이 아니라 몇 개의 봉사 단체에서 실천궁행實踐躬行하며 소외된 이웃의 아픔을 대승적인 견지에서 인고의 고통을 이겨내며 밝음이 주어지는 이치를 육성에 담아 절절하게 노래하고 있다.

모름지기 인식이 대상을 결정한다는 시각에서 심상순 시인의 시학은 마치 존재(be)가 본질이며, 절대적이나 비밀에 가득찬 형이상학적 신神과 연계를 지어 수용할 타당성을 이 시대의 시인은 독자들에게 인식시켜 주어야 한다. 신이 비록 현상적인 것을 취해 현현하지 아니하더라도 어떤 계시성啓示性을 지니고 있음을 확증하여야 하기 때문에 거리 두기나 낯설음 없이 그 계시성은 어떤 사물, 즉 존재구명을 위한 반복구도를 통해 끊임없이 해명되어야 할 것이다.

제4장
시적 치유와 자아의 변주

문화비평서
인식의 전환과 현대시의 변주

시적 치유治癒와 인간소외
‒배진혹 시인의 『時角 · 3』과 생명외경의 시학

▮ 1. **따뜻한 감성과 시적 공간**

회색과 단절, 무거운 침묵의 대지에 푸른 생명의 계절이 고향 냄새가 묻어 있는 옷자락을 펄럭이며 그렇게 다가오고 있다. 아직은 원시의 그 적막함이 자리한 강원도 횡성군 갑천에서 생산적인 시 쓰기에 몰두하고 있는 배진혹 사백詞伯은 신라 천년의 고도古都 경주에 태를 묻은 시인이다.

그는 문화충돌의 21세기 화두話頭인 공생(共生, interbeing)의 바탕 위에서, 오랜 날 변주와 조화를 반복하며 ≪발원문학≫을 창간하는 한편, 자신이 몸담고 있는 지역문학 인구의 저변 확대와 안목의 확장을 위해 새로운 토양을 조성하는데 열중해온 존재이다. 그 자신은 암울한 사회 현상에서 선비적인 기질과 열정으로 예술의 자유(즐거운 구속은 자유이나)와 <시적 치유와 경계 허물기>의 방법모색을 위하여 따뜻한 감성과 생명외경의 틀 짜기에 전념하며, 작품을 통해 얻는 심적 평안은 모두가 절감하는 하나의 기쁨으로, 영혼의 노래이며 행복이다.

"태초에 빛이 있었느니라."는 성서의 말씀처럼 우주를 창조하신

신은 맨 먼저 진리의 표징인 빛을 허락하였다. 빛은 어둠을 밝히고 무지를 무너뜨리는 저력을 지니고 있기에 언어가 존재의 집이듯, 역사의 동반자인 우리는 저마다 자기의 흔적을 남기는 존재임을 자인하여야 한다. 그러나 역설적으로 배진혹 시인은 자신의 시집 <책머리 글>을 통해 "깨끗하게 살고 떠날 때는 허접 쓰레기 한 점 남기지 말아야 하는데..." 라고 천명하고 있듯이 그의 시편은 순수 서정의 미감으로 빛나고 있다.

마음은 쉽게 흔들리고 세월은 항상 흘러가며 목숨의 모래 또한 없어지게 마련이기에, 경계 허물기와 홀로 있기 위한 고뇌의 작업에 종사하는 이들은 그 어느 때보다 문화충돌의 세기를 맞아 한번쯤 엄숙한 삶의 순간을 반추해 보아야 한다. 이 같은 현실적 상황에서 자기 삶의 충직한 실체로서 무한 경쟁이 요청되는 지식·정보화 사회에서 생존하며 내적 충만을 위해 사유思惟의 시간을 즐기는 멋스러움으로 시작詩作에 열중하는 시인에 대한 새로운 해석과 조명은 삶의 의미를 부여하는 기쁨으로 간주된다.

이 점에 있어 오늘은 우리에게 허락된 최초의 시간이며, 최후의 날이라는 절박감 속에서 고뇌하는 자성의 시간, 즉 홀로 있기란 소중한 정신적 행위의 실체로 이해할 수 있다. 따라서 배진혹 시인의 제3시집 『時角·3』과 생명외경의 시학에 대한 검색과 이해는, 담백한 시 정신에 대한 분할과 통합, 그리고 관심사에 해당하는 행위로도 풀이된다.

연유야 어떠하던 이순耳順을 지나친 연륜에도 활활 타오르는 그만의 시혼詩魂은, 비공인된 입법자로서의 소임을 양식 있는 시인으로 고독한 가운데서도 충직하게 담당하고 있기에 존경스러움마저 따른다. 또 하나 중요한 인자因子라면, 언어공해가 심각한 현대산업사회에서 식물성인 언어로 상처받은 영혼을 치유하며, 정신적 기후를 따뜻하게 조성하는 그와 함께 우리 시단의 빛난 미래를 걱정하는 동반자로서 교분을 나눌 수 있다는 것은 하나의 보람이며, 신에게 감사할 일이다.

인간의 존엄한 삶에 있어 필연적인 만남을 인연이라고 한다. 때로 그것은 인격 형성에 큰 영향을 줄 뿐 아니라, 위대한 민족의 혼이나 사상을 심어주고 영혼을 흔들어 깨워 삶의 지침을 돌려놓기도 한다. 이 점에 있어 신선한 감동을 안겨주는 인간과의 만남은 정신적으로 가난한 우리네 삶을 눈부시게 하는 내적 충만의 계기가 되기에 '따뜻한 감성과 시적 공간'이라는 전제 아래, 투명한 물속에 잠긴 수초의 미세한 움직임을 관찰하듯 아주 찬찬하게 몇 편의 시 읽기를 시작하기로 한다.

2. 어둠을 깨는 밝음으로의 변전

배진혹 시인의 개성적인 시작법에 의해 쓰여진 <묶음 하나, 깨어 있는 불빛>, <묶음 둘, 할머니 나의 할머니>, <묶음 셋, 나의 귀도 울고 있다>, <묶음 넷, 사랑의 질량>, <묶음 다섯, 老木을 만지며>와 같은 시편들은 자연과의 조화로운 교감이나, 생명의 황홀감 같은 장치로 장식되어 있다. 특히 그는 시적 기법을 통하여 갈등의 정서들을 화해와 동화(童話, 메르헨적), 어둠을 깨는 밝음으로의 변전과 같은 정서의 매개물로 대체하고 있다.

설움도 한을 놋 삭여/ 울분에 뒹굴다가/ 어둠이 눈뜨고 살피는/ 깨어 있는/ 불빛//

－<깨어 있는 불빛 · 2>에서

우주의 창은 하늘이고 하늘의 창은 사람이고 사람의 창은 눈이고

눈의 창은 별이고 별의 창은 어둠이고 어둠의 창은 세상이고 세상의
창은 밝게 사는 사람 밝게 사는 사람 어디 보입니까?

-〈창〉에서

　빛은 밝음으로 통하기에 '우주의 창은 하늘로' 대치된다. 밝음은
깨끗함(순수성)과 동일성을 지니며 '깨어 있는 불빛'은 창窓으로 투
시되고 반사된다. 예술의 힘은, 피폐한 영혼과 오염된 세상을 정화
할 뿐 아니라, 인간의 고통과 상처를 치유하는 능력을 지니고 있다.
정화와 재생이란 개념은 양면성을 지니고 있어 언제나 한 몸을 이루
고 있는 사유 체계로 해석된다. 여기서 무엇보다 예술의 신성한 기
운에 의해 영혼이 깨끗해진 인간이라면 부서지고 상처 입은 정신 상
태라 할지라도 태양처럼 눈부시게 살기를 소망하는 '밝게 사는 사람'
은 순수한 생명력으로 고양되는 느낌을 체험할 수 있다.
　"꽃밭도 멀리서 불밭/ 불밭도 멀리서 꽃밭(노을)", "햇살도 눈이
부셔/ 세상을 소리 속에 흘려/ 아침 풀밭엔/ 평화의 작은 왕국이 있
고(아침 풀밭)"에서 발견되는 배진혹 시인의 시적 대상은 정서적 등
가물로서 모든 대상들과 조우할 때 비교적 투사投射와 동화同化의 방
법으로 특징지어진다. 이렇게 자아와 세계의 동일성에 의한 시적 표
현은 하나의 인간 중심적 미적 장치로 표출되어 자연 친화적 교감의
의식 또한 생명존중과 우주적 상상력으로 확장된다. 이처럼 모든 개
체가 긴밀히 연결되는 상호작용의 과정에서 "할머니, 사랑(질량), 나
무"는 둥근 모양의 원형적 세계관과 연계한다.

밝다고 다 보이고 어둡다고 다 보이지 않습니까?//
밝아서 안 보이는 게 있고/ 어두워서 잘 보이는 게 있고//
이제 조용히 좀 삽시다/ 안으로 성장하는 게 바쁩니다//

-〈어둠에서〉에서

배진혹 시인의 이 같은 시론의 원천은 노장적·불교적인 사고이기에 그 자신이 추구하는 시적 의미를 파악하려는 독자들에게 '이룸(쌓기)도 허묾(허물기)도' 없는 무위자연 그 자체 '조용히 좀 삽시다'에 대한 시학의 반증을 통시적으로 해명하는 안목(시 해석의 눈(目))과 노력이 요청된다. "넘어진 오뚜기를 보는 와블臥佛의 자애慈悲로운 눈빛(視覺)"은, 바로 사물과 감성의 합일을 꿈꾸는 사상을 시적 동력으로 삼고 있는 것으로 화해와 공존의 열린 세계를 지향하는 정신적 작업으로 이해된다.

　　어둠이 싫지 않습니다/ 당신의 숨소리가/ 나와의 거리를 측정하는
　　자가 되어/ 몸을 맞대지 않아도 따뜻합니다//
　　　　　　　　　　　　　　　　　　　　　　　-<어둠·3>에서

　어찌 보면 배진혹 시인의 시정신은 지극히 노장의 무위자연과 불교적 생명관에 뿌리내리고 있음이 도처에서 확인된다. "있고/ 없고에/ 매끄럽게 대처하는/ 진한 생활/ 비릿한 삶의 굴신 또 굴신(메기)"과 같은 색즉시공色卽示空 공즉시색空卽示色의 발상, 그래서 평자는 앞서 생명외경과 우주적 상상력과 맞닿아 있는 그의 시적 특성을 중도中道에 뿌리한 자연 친화적 융화와 교감의 시학으로 접근한다.

　　싸리비 기댄 하얀 벽에/ 무질서한 나뭇가지 그림자에 잎이 다시 피
　　어난다 해도/ 동자승 미소 속에 실파람 같은 눈물이 보여 아프다//
　　　　　　　　　　　　　　　　　　　　　　　-<山寺에서>에서

　　죽고/ 살고가 아닌/ 극과 극이/ 하나인/ 머리에/ 새//
　　　　　　　　　　　　　　　　　　　　　　　-<石佛>에서

시인 자신이 안타까워하는 실상은 무엇보다 "아! 인간사 무엇으로 하여/ 기쁨도 아파하는 눈물 닦으랴(臥佛 앞에서)"처럼 돌이 되고 싶다는 무의식 속의 표정을 일상적인 삶을 통해 확인시켜 줄 뿐더러 사물을 통해서도 주체 못할 전율을 느끼고 있다. 이 같은 수사적 배경은 바슐라르가 『공기와 꿈』에서 "대지의 환희가 풍요이며, 바람의 환희는 자유"라고 기술한 것처럼 배진혹 시인의 경우, "담장 넘은 호박넝쿨 하얗게 바랜 허리에/ 분탕칠 듯한 스산한 바람 한 줄기(가을 서경)"이거나 "아이들이 강둑에서 연을 날리고 있네// 내가 연이 되걸랑 연이여 너는 바람이 되거라(近況)"는, 강둑에서 날리는 연(鳶)이 부질없이 장난질하는 감미로운 자연의 숨결(목숨의 바람)의 작위作爲이지만, 때로 그것은 존재의 물화성을 그만큼 강하게 노출시킨 드러냄의 보기라 할 것이다.

특이하게도 배진혹 시인의 "할머니 우리 할머니/ 호호 약과 약손은 주고 가시지(할머니 나의 할머니)", "아랫목 더듬더듬 온기 만지고/ 슬그머니 문을 여는/ 아버지/ 산마루에 걸린 달이 외롭다(아버지 · 2)"와 같은 계열의 시편에서 이 땅의 시인으로 한번쯤 주시해야 할 점은, 끊임없이 생성하며 변형되는 할머니와 부친에 대한 끈끈한 사모의 정은, 바로 가족이라는 혈연血緣의 층위로 드러난다.

> 당신의 머릿속에는 컴퓨터의 회로보다 더 정교한 그러나 하나 기웃 둥 하는 저울대를 알고 있는 나는 너와의 거리를 당분간 두고 있을 꺼야
>
> -<나의 아포리즘 중에서 5>에서

다소 냉소적이고도 비정한 시대의 늪을 건너며 살아가는 우리네의 불행은, 소중한 일(직업)을 위해 애씀의 땀을 흘리기를 거부하고 옳고 그름의 분별보다는 실리적이고도 일시적인 것들을 위해 순리

를 거부하고 비열한 이기주의에 철저하게 사로잡히는 데 기인한다. 이 점을 배진혹 시인은 "기웃 등 하는 저울대를 알고 있는 나는"과 같은 패러독스 적인 시적 수사를 통해 자연의 묵묵함과 철리哲理를 확인시켜주기도 한다.

　　조용한 미소// 속이 타는 열병// 숯 검댕이 몇 개//뚝뚝 떨구고 떠나다//

-<꽃> 전문

　　올해는 푸르게 푸르게 풍성한데/ 때아닌 무서리에/ 풀죽은 풀이되어 시들허네//

-<풀이야기>에서

　비교적 식물성 언어인 풀, 풀밭, 꽃, 박꽃, 국화, 백목련, 나무 등을 시의 소재로 즐겨 사용하는 배진혹 시인은 생명에 대한 경외심을 소중히 인식하고 있다. 우리가 몸담고 있는 현실이 때로는 불확실성과 불특정 다수를 겨냥한 생명경시의 충격으로 참담함을 겪기도 하지만, 다행스럽게도 그는 너그러운 마음가짐과 언어에 대한 분별력으로 상생相生의 통로로 나아가기 위해 사유의 시간을 소유해야 한다는 것을 교시하고 있어 때로는 신선한 감동을 접하게 된다.

　　새가 되리라/ 기어이 새가 되리라/ 밤눈 밝은 새가 되리라//
-<나의 새는 아직도 날개를 키우고 있다>에서

　날아오름을 희구하는 배진혹 시인은 천상의 표징인 새가 '어두운 동굴에서 노래하지 않으며, 자신을 위해 무덤을 만들지 않는다.'는 생리生理를 체득하고 있다. 모름지기 사람에게는 삶의 처소에서 저마다 불러야 할 노래와 꿈과 기원이 있다. 때문에 비정하고 피곤한

일상에서 우리가 존엄한 삶을 영위한다는 것은, 선하고 아름다운 인간 관계를 형성하며 자신의 꿈을 성취하기 위한 경계 허물기로서 고정의 틀을 깨는 반복 작용이다. 우리에겐 언제나 쓰고 남는 목숨의 시간이 허락되는 것이 아니기에 의롭고 정직한 일을 해야 할 기회를 지혜롭게 포착하여야 한다.

이 점에 있어 까닭 없이 불안하고 들뜬 마음과 한 순간의 분노를 잠재우기 위해 한편의 아름다운 시를 촉매로 생산하며, 쫓기는 일상에서 "사랑의 모양새를 말할 수 있나요/ 사랑의 무게가 얼마나 되던가요/ 사랑의 맛으로 잃은 구미 찾았나요(사랑의 질량)" 던져지는 물음에 답하는 대언자로서 진실을 밝히기 위해 고뇌하는 배진혹 시인의 지난한 몸짓은 이처럼 엄숙한 일면을 보인다.

> 밟히는 풀벌레 울음/ 하 그리 애달픈데/ 황혼을 꽃밭으로 보는 시각
> / 아쉬움을 뉘알리//
>
> 　　　　　　　　　　　　　　　　　　　　　-<나이>에서

> 내 너를 사랑한 게 죄가 되어 벌 받으라면 / 설해목 부러지듯 매운
> 바람 달게 받고 / 또 한 번 이차돈의 하얀 피로 火石되어 남으리 //
>
> 　　　　　　　　　　　　　　　　　　　　　-<戀歌> 전문

여기서 그 보기를 조목조목 제기하여 예증하지 아니 하더라도 "황혼을 꽃밭으로 보는 시각"의 배진혹 시인의 시편에는 생태시적 요소와 빛깔이 순수하게 채색되어 있다. 일반적으로 논의되고 있는 생태시(ecolyric)의 명칭은, 헤겔이 제시한 생태학과 서정시의 합성어로, 생명체와 환경의 상호관계를 시적으로 형상화한 작품에 대한 일컬음이다. 따라서 생태시학은 생태시의 원리, 창작방법, 작품해석 등에 관한 비평적 논의임은 새삼 언급할 필요는 없다.

상징의 숲을 거니는 대다수 문인들은 섬뜩한 금속성 언어에 견주어 비교적 식물성 언어와의 연계선상에서 생명적인 대상이나 공간인 자연을 소재로 거리감 없이 폭 넓게 다루어 나가야 할 막중한 소임이 있다. 대다수 이 땅의 시인들에게 있어 생명존중과 우주적 상상력은 생태학적 성격으로 변주된다. 일단, 생명외경의 사상은 자연친화와 융화적 교감이라는 이론적 틀 위에서 마땅히 정신작업의 종사자인 시인들 스스로가 해결해야 할 시대적 소임임에는 틀림이 없을 것이다. 차지에 지나친 구조적 처리나 난해한 시어의 배치에서 파생되는 모순 갈등과 혼란을 거부한 배진흑 시인의 시는 서정시의 본질인 미적 주권의 확립이기에 더욱 빛나는 것이다.

예술의 힘은, 피폐한 영혼과 오염된 세상을 정화할 뿐 아니라, 인간의 고통과 상처를 치유하는 능력을 지니고 있다. 정화와 재생이란 개념은 양면성을 지니고 있어 언제나 한 몸을 이루고 있는 사유 체계로 해석된다. 여기서 무엇보다 예술의 신성한 기운에 의해 영혼이 깨끗해진 인간이라면 부서지고 상처 입은 정신 상태라 할지라도 때로는 태양처럼 눈부시고 "떨어져 처박히며 번득이는/ 네 이놈 날치(날치 네 이놈)"처럼 푸른 생명력으로 고양되는 느낌을 체험케 하는 것이다.

비록 오늘의 우리가 삶의 현상에서 고통 속에 몸담을지라도 그것은 결코 신이 인간을 괴롭히는 것이 아니라, "밤에 보니 뿌린 씨앗 별이 되어 반짝이네// 내 인생 쟁기질한 것 어둠밖에 없네 그려(별을 보다)" 땅에 속한 지상적인 것보다 천상적인 대상을 즐겨 시적 소재로 다루는 배진흑 시인이 접하는 자잘한 현상을 형상화하는 시를 언어 경제라는 측면에서 '미워서 다시 안 볼/ 예쁜 미아迷兒야'라는 역설적 수사修辭로 시대적 모순을 우회적으로 빗대어 일깨워 주는 그의 시 의식에도 한번쯤 초점을 모아야 할 것이다.

3. 행복한 시 쓰기와 정한情恨

배진흑 시인이 빛나는 서정의 틀 위에서 미적 주권을 위해 적지 않은 시편들을 형상화하면서, 자잘한 우려를 떨쳐 버리고 현상적 일탈과 존재를 위해 노력한 그 집념은, "내가 간직하고픈 몇 편의 제3시집"에 수록되어 담백한 시격詩格을 통해 오래 기억될 것으로 인식된다. 이 같은 자위적 해석은 적극적 사고를 가지고 사회 현상에 철저하게 부딪쳐 보려는 그 자신의 실험·도전일 수도 있지만, 충직한 독자들에게 선입견 없이 있는 그대로의 물상을 받아들이는 것은, 구속으로부터의 자유로움을 위한 문화인식의 쌓기와 허물기의 오류로 풀이될 위험성이 따른다.

여기서 궁색한 평자의 변명 같지만, 배진흑 시인에 대한 작은 관심의 일면으로, 현대시의 현상과 존재론적 해석이나 판단을 잠시 언급해보기로 한다. 미학에서 사랑받는 아내는 남편을 위해 지나친 화장을 하지 아니 하듯 꾸밈없는 그대로의 자신의 진면목을 들어내 보이는 것도 그 나름의 의미를 지닌다. 애써 그의 시적 모티프를 <행복한 시 쓰기와 情恨>으로 구분 지어 제시하는 데는 그만의 연유가 따른다.

인간의 생존은 고통이 따르기에 보다 존엄하고 가치가 있다. 그 자신 세월의 물결에 부딪겨 온 연륜보다 뜨거운 피를 올곧게 간직하고 있다. 그의 내면의식에 있어 상재한 3번째권의 시집 ≪時角≫을 통해 물상에 대한 고집스런 애정과 관심의 발동은, '응시→관찰→분석(해부)'의 수순을 거치는 재창조의 통로로 생명의 존엄성을 강렬하게 증명하는 엄연한 사실이다.

비록 배진흑 시인이 모순어법을 즐겨 사용하지는 않지만, 의식의 내면에는 모순과 갈등의 대립된 양상이, 항시 남모를 비분悲憤과 통한痛恨으로 자리해 있음을 발견하게 된다. 그러나 그 자신의 내면의 식에 흐르는 울분과 까닭 모를 슬픔을 예술가의 기질로 말끔히 걷어 내고 있다. "햇애기 잠 깨울라 조용조용 살펴보니/ 지난밤 근심한 빗줄기 소리 죽여 내린 탓에/ 하얀 이 잇몸 근질거리듯 새순 뾰족 돋고 있네(씨를 넣고)"라고 시 의식을 형상화시키며 신의 나라에 씨는 팔아도 과일을 팔지 않는 이유를 놀랍게도 교시적으로 일깨워 주고 있다.

특히 대다수 종교인들이 신앙의 대상을 향해 영혼의 창문을 항상 열어 놓고 있듯이 배진혹 시인은 "저렇게 별이 돋은 우물은 하늘이다(時角)"에서 확증되듯 '하늘(天上)'을 향해 영혼의 눈(心眼)이 열려 있는 경이로움, 바로 그것은 신선한 감동으로 다가온다. 그 점은 구도자求道者의 열린 사고와 끊임없는 수행을 위해 목탁木鐸 문양이 '물고기의 뜨고 있는 눈'의 표징이듯 새로운 가치와 인식을 위해 깨여 있는 "열린 사고"에 대한 확인이야말로 분명 의미 있는 작업임에는 틀림이 없다.

이념이 이념으로서의 발전을 이루어 버리면 자기를 소외·외화시켜 자연이 된다. 여기서 논리적 이념은 자연을 매개로 하지 않고서는 정신이 될 수가 없다. 정신은 단순히 논리적인 것이 아니고, 이념과 자연과의 통일이기에, 자연도 지양止揚된 계기로서 자기 속에 포함한다. 때문에 G.W.F.헤겔은 ≪精神現象學≫에서 자기소외·자기외화의 현상을 가장 전형적으로 나타내는 것은 자기의식, 특히 주인과 노예와 물성物性과의 관계로 밝힌 바 있다.

일단, 자기의식은 노예에게 있어 자기소외·자기외화를 받는 것이지만, 자기외화가 대상화對象化인 것에 의해서 그 부정 대상적 활동에서 적극적인 것이 생겨나고, 자기의식의 발전보다 높은 단계, 즉 자유로운 자기의식으로의 이행移行이 비로소 행하여지는 것이다.

시 해설을 가름하며 한 사람의 충직한 독자로서 거는 소박한 기대라
면, 배진혹 시인의 제3시집 『時角·3』은 현상적 일탈과 존재를 계기
로 시적 상상력의 확장에 대한 놀라운 변주變奏임에는 틀림이 없다.
다소 시어의 애매 모호성에 대한 처리능력이나 낯설게 하기의 시적
기교의 아쉬움이 남지만, 철학성이 빈곤한 한국 현대시단에서 독자
적인 냄새, 느낌, 의식이 자리 매김한 그만의 시적 토양과 따뜻한 정
신적 기후를 지속적으로 조성해 줄 것을 시집의 말미에 조심스럽게
부기附記한다.

▌ 2 ▌
시적 응시와 자아의 변주變奏
-『소나무의 기도』와 송병훈의 시학

▌ 1. 분방한 상상력과 내면인식

지나치게 분방한 상상력과 현실적 모자이크로 미적 퇴행을 거듭하는 답답한 우리시단에 신선한 활력으로 막힌 숨통을 예감叡感과 서정성으로 열어 보인 송병훈 시인의 영역시집인 『소나무의 기도 -The Prayer of Pine Tree』(아송, 2007)가 정해丁亥년의 초입에 간행되어, 한겨울 혹한으로 얼어버린 정신기후를 따뜻하게 조성시켜 주는 역동적 힘으로 작용해 퇴색된 감동마저 회복시켜주고 있다.

격랑과 혼돈混沌 속에서도 새로운 태양이 솟아오르지만, 온통 비정한 갈등과 대립구도로 절망의 끝이 보이지 않는 조국의 슬픈 사회현상은 너무나 암울하다. 그러나 '이미 죽어간 이들이 그토록 갈망했던 미래의 시간인 오늘'을 살아가는 우리는 인류에 대한 사랑을 생산하지 않으면, 결코 눈부신 꿈과 이상을 실현할 수 없다. 꿈이 실현되지 않으면, 불가능 또한 가능한 현실로 전환할 수 없기에 진리와 자유를 수호하는 이 땅의 정신작업의 종사자들은 이 같은 창조적 행위를 반복하여야 한다. 모름지기 격랑의 세월이 변형變形의 틀을 만들어가는 소중한 시간대에서 우리네 삶을 새로운 소망 감으로 빛나게 하는 그만의 시적 매력과 친숙함은 무엇에서 기인한 것일까?

우리가 몸담고 있는 오늘의 현상은 하나 같이 지나친 자기합리화와 획일화된 변명으로 인한 비열한 이기주의로 점철되고 있다. 때문에 우리네 일상의 공간에서 직면하는 물상에 대한 공포와 불안에서 비롯된 자아분열의 양상은 마침내 주체내면의 자의식에서 발상하는 지나친 시적 치열성으로 인해 음울함과 거대한 갈등구조 변질되는 세태이어서 실로 안타깝다. 이 같은 시대상황에서 물질적인 것보다 생명적인 양상을 추구하여 회복시키며 자신의 이전 작품에 만족하여 현실에 안주하지 아니하고 다음 작업에 주의집중과 눈부신 도전정신으로 몰두하여 우리를 감동시키는 것은 실로 창의적인 행위의 소치所致임에 틀림이 없다.

"이제 새벽이슬 솔잎에 매달린 채/ 나오라 소리쳐도 곧바로 달려갈/ 휘영청 달빛에 하얀 솔잎 돼버린/ 내 고향 서면 친구에게로 가련다." 다양한 삶의 괘적을 통해 누구보다 친근하고 정감어린 시인으로 우리 곁에 다가온 송병훈 시인은, 자서自序 격인 <친구에게로 가련다>를 통해 자연 친화의 귀소심리歸巢心理로 탯줄이 묻힌 '강원도 춘천 서면'의 나직한 산자락을 유년시절의 회상에 담아 시적으로 형상화하며 응시와 자아의 변주곡으로 읊어내는 그의 악성은 물안개에 촉촉이 젖어 있어 감미로움마저 묻어난다. 이처럼 시인이 오랜만의 침묵을 깨고, 상재上梓하는 지극히 천상적이고 건강한 생명력이 내재된 시집 『소나무의 기도』는 김준호 시인의 영역에 의해 눈부신 의상으로 장식되어 빛날뿐더러 충직한 독자들의 관심을 유발시키고 시선을 모으기에 결코 부족함이 없다.

근간에 한 의학보고서가 '좋은 노래나 아름다운 풍경의 경이로움에 압도되거나 엄청난 사랑의 감미로움에 빠져들 때 엔돌핀보다 다이돌핀을 생성하여 전혀 반응이 없던 호르몬 유전자를 활성화시켜

질병을 퇴치시켜준다.'고 밝혀주었듯이 송병훈 시인의 물활론적物活論的 상상력의 결집으로 존재의 뿌리인 그의 시집은 <1부 소나무의 기도, / 2부 봄, 여름 / 3부 가을, 겨울 / 4부 사랑과 꿈 / 5부 믿음으로 / 6부 세상의 얼굴들>로 이렇게 보편적인 질료로 직조되고 있어 낯설거나 거부감이 없다. 그러나 그만의 감미로운 시적 등가물等價物은 어디까지나 따뜻한 감성을 축으로 윤무輪舞하는 눈부신 서정의 시학이기에 풀꽃의 향내를 토해내며 잔잔한 정감을 일깨워 줄 뿐 아니라, 모성 같은 친근하고 정갈한 시미詩味마저 배어 있어 시적 치유治癒의 가능성을 열어주고 있다.

특히 근자에 이르러 비중 있게 논의되는 미적주권이 확립된 시편들이 생명에의 변주를 위한 신선한 감동을 충격적으로 일깨워 주기에 분방한 상상력과 내면인식은 의미 있는 정신작업으로 해석된다. 일단, 여기서는 캇슨의 지적처럼 새가 사라진 거대한 숲의 침묵을 상상하여 볼 때, 한 순간 우리를 엄습하는 불안과 초조, 그리고 공포의 구속으로부터 벗어나기 위한 하나의 도구로 "시작詩作의 분할과 통합"에 접근하여 잠시 영혼의 잠식에 머물러 보기로 한다.

2. 홀로 있기와 내면인식

오랜 날, 엄숙한 종교 시인으로 탐색과 통회의 기도를 통해 독자적으로 조화의 세계를 구축하려고 인고하는 송병훈 시인의 시적 특성을 조심스럽게 공간과 시각, 그리고 수사적인 면으로 구분지어 분할과 통합의 이론에의 접근을 시도해 보고자 한다. 여기서 '홀로 있기(思惟)와 내면인식'에 관한 심도 있는 검색은 지극히 일상적인 일과에 불과하다. 바로 그것은 자못 생생한 일탈의 정신을 축軸으로

하여 예술적 질감과 터치의 대비로서 상징화한 창의적 행위가 마침
내 잔잔한 감동을 공명으로 울려주기 때문일 것이다.

> 祈禱하기 위해
> 하늘을 쳐다보고 있습니다
>
> -<소나무·Ⅰ> 전문

> 임의 소리만 듣기위해
> 하늘을 쳐다보고 있습니다
>
> -<소나무·Ⅱ> 전문

이처럼 송병훈 시인은 한 사람의 예언자적 시인으로 '시인과 승려
가 살이 찐다는 것은 바로 그 시대의 불행을 의미한다.'는 인도의 격
언처럼 세계고世界苦에 절감하면서도 <소나무 Ⅰ·Ⅱ>에서 확인되듯
모든 우주 형상의 편린片鱗들을 종교적인 대상으로 인식하고 있다.
파스(Octavio Pazz)는 "종교의 문제는 신이 아니라 시간이다."라고
제시하며 미로의 출구로 통하는 길과 출구 밖의 세계를 모두 시간의
직선적 개념의 산물로 해석하였지만, 한편의 시가 존재와의 만남이
듯이 정신적으로 행복한 송병훈 시인은 기도에 열중하다보면 언제나
시간이 짧아 어느새 새벽과 만나는 필연성을 명증하여준다. 그렇다.
항상 하늘을 우러러 두 팔 벌려 기도하는 나무, 바로 그의 시적 대상
은 신에게 드려지는 절박한 영혼의 기도로, '시적 응시며 자아의 변
주'로 확증된다. 후기산업사회는 그 어느 시간대보다 공동체 인식의
소중함이 요청되며 비정한 사회를 사랑과 꿈, 그리고 노래가 있는 밝
은 사회로 변화시키도록 진지하게 노력하여야 한다는 것을 항시 기
억 흔적에 담아 지행知行하는 그의 정직성과 진실함은 시적 매력과
접목되어 있기에 일반 독자의 관심이 되는 것이다.

일찍이 필립 라아킨(Philip Larkin)은 "시란 맑은 정신의 문제, 즉 사물을 있는 그대로 보는 것이다."라고 지적하였지만, 때로는 생명의 모형이며 총합의 개체인 가족을 대상으로 하여 전통적 소재를 보편적 정서에 담아 형상화시키는 따뜻한 감성을 소우주의 표징으로 그간의 작업에 견주어 한층 성숙한 편이다. 그 자신의 정신적 산물에 그 깊이와 중후감을 표출하고 있는 송병훈 시인의 지극히 생명적이고 생산적인 결과물은 <기도>, <새해의 기도> 같은 시편에서 삶의 단순성으로 처리되기에 더욱 눈부시다.

> 사랑의 세상은
> 자신을 가르쳐 줄 수 있는
> 기도 속에서만
> 찾을 수 있다고
>
> ―<기도>에서

> 사랑의 꽃을 가꾸고 피우기 위한/ 세계의 공동목표가 이뤄지도록/
> 꿈을 엮는 열정의 기도소리만이/ 어둔 세상을 밝게 비추어주소서//
>
> ―<새해의 기도>에서

특히 사적으로 신학을 전공한 독실한 종교인으로 신앙심이 깊은 송병훈 시인은 영혼의 창을 항시 신앙의 대상인 하나님(그분, 당신)을 향해 열어 놓고 있다. 그 자신의 동공瞳孔은 푸른 하늘을 향해 투명하게 열려 있기에, 그가 응시한 시적 대상은 줄곧 '구원의 상징인 십자가에 머무는 환희'의 경이로움으로 충만 되어 있다. "악한 일에 눈과 귀는 외면케 하고/ 선한 일에 두 손 모아주는 나날로/ 자연과 가꾸는 음악과 시를 쓰면서/ 평화의 밝은 웃음만을 듣게 하소서(소나무의 祈禱·Ⅰ)", "하늘땅의 축복받으며/ 반세기 등 돌리고 살던/ 한겨레의 한결같은 소망/ 두 손 잡게 하여 주소서(소나무의 祈禱·

Ⅱ)” 이처럼 그의 눈물겨운 간구는 비록 인간에게 새처럼 자유롭게 무한공간을 향해 날아오를 날개는 없지만, 시적 상상력과 꿈, 그리고 정금 같은 영혼靈魂이 있기에 가능한 것이다.

여기서 지극히 상식적인 항목이지만, 송병훈 시인의 시적 대상인 소나무는, 우리나라 전 지역에서 서식하는 겉씨식물(Pinaceae)로 상록교목이다. 수피樹皮는 적갈색 또는 흑갈색이나 밑으로 갈수록 검어지며, 겨울 눈(冬芽)은 적갈색이다. 사계절 청록의 침엽수로 강인한 인상을 안겨주기 때문에 대나무와 함께 송죽지절松竹之節로 상징되거나 간혹 송교지수松喬之壽로 지칭된다. 특히 인생의 황혼기에도 현실에 안주하기를 거부한 송병훈 시인은, 의지의 건강한 출판인으로 생업에 열중한 신실한 크리스천이다. 그는 놀랍게도 무한경쟁으로 치닫는 이 시대, 나름대로 심각한 언어공해로 인한 영혼의 깊은 상처로 피 흘리는 현대인들을 위하여 ‘부러진 날개를 치유하고, 꿈의 날개를 달아주는 작업’을 지속하고 있다.

이 점은 다음과 같은 그만의 시적 표현을 통해 여실히 명증된다. “마음 상한 자 추위에 옷 벗기지 말고/ 네 원수가 목말라하거든 물을 떠주라/ 악한 본성은 궤휼로 잠시 감출지라도/ 회중 앞에는 무덤을 파는 것과 같다(소나무 삶의 교훈).” 그렇다. 이분법적인 갈등구조로 비정한 산업사회에서 종교적 교리를 실천궁행하며 진실 위에 서서 진실을 말하며 사는 존재이다. 이 같은 까닭에 그만의 시정신은 생명에 대한 일깨움이며 즐거움이기에 충직한 독자들에게 더 없이 역겨움이나 거부감 없이 시적 상상력을 확장하고 있다.

> 희생의 큰 사랑받은/ 병든 자나 가난한 자나 모두/ 기쁨 충만한 삶을 영위하지/ 완전한 사랑 앞에는 무릎을 꿇자//
>
> 　　　　　　　　　　　　　　　　　　　　－<사랑 앞에는>에서

　　이제는 갈라진 형제의 상처를/ 우리들의 사랑으로 싸매주어/ 한겨레를 확인할 때가 왔습니다//

　　　　　　　　　　　　　　　　　-<사랑은 한겨레로>에서

　　물질적인 것보다 정신적인 생산물을 보다 소중하게 인식하는 창의적인 사람은 '머리가 말랑말랑하다.'는 것이 일반적 지론이다. 여기서 인식의 전환을 위해서는 인간 성격유형과 유형들의 연관성을 기하학적 도형으로 상징한 인간의 성격에 대한 심층적 지혜인 에니아그램(enneagram)에 관해서도 다양한 이해가 필요하다. 고대 전통인 영적 지혜에 뿌리를 둔 이 학설은 현대 심리학에 원용되고 있으며, 어원적으로는 아홉이라는 뜻의 그리스어 에니아(ennea)와 그림이라는 뜻의 그라모스(grammos)로 '아홉 개의 점으로 이루어진 그림'이라는 의미이다.

　　여기서 송병훈 시인은 이 땅의 어느 시인보다도 무분별한 언어의 독화살에 맞아 마음에 상처를 입은 주위의 소외된 이들에게 아홉 개의 부러지거나 꿈을 상실해 접혀진 날개를 활짝 펼쳐 보이기 위해 고뇌하는 실체이다. 삶의 일상에서 자신감을 일깨우거나 상호의 신뢰를 회복시키며 활기찬 내적 인식을 위하여 '에니아그램'으로 피폐한 영혼을 치유하는 그의 눈물겹고도 힘겨운 행위야말로 생명외경과 엄숙함을 조성하는 빛된 인자因子임에 틀림이 없다.

　　오로지 그 자신은 최소한 사랑의 공간인 가정이나 보람의 일터, 그리고 에클레시아라는 공동체로서의 교회를 위해서도 애씀의 땀과 사랑의 눈물을 흘리며, 영혼의 기도가 내제된 행복의 정원을 가꾸는 작업에도 열중하고 있다. "머리되신 여호와여/ 오순절의 열기처럼/ 성령의 뜨거운 불길이/ 머리 숙인 모든 자들 심장 속에/ 훨훨 타오르게 하여 주옵소서(거룩한 성전)"이나 "사랑의 꽃밭 가꾸듯/ 다양한 각기의 색채를/ 더 아름답게 연합시켜/ 하나 되는 꿈을 이루자

(사랑의 꽃밭)"를 통해 확인되듯이 어디까지나 그 자신은 신의 나라
에 씨앗을 팔지만, 과일은 팔지 않는다는 사실을 이해하고 있기에,
송병훈 시인은 비열하게 타인의 정원에서 노동의 댓가 없이 과일을
따는 위선적인 행위보다 자신의 정원에서 스스로가 가꾼 과일을 따
는 것이 보람에 의한 행복의 본질임을 자인하고 있다.

불행하게도 당면한 삶의 문제에 대한 성찰이나 홀로 있는 내적
충만인 사유의 시간을 대다수의 시인들도 망각하고 있다. 비록 비공
인 된 입법자이나 예언자로서의 소임을 감당해야할 이들마저 복효
근 시인이 『누우 떼가 강을 건너는 법』에서 '발굽으로 강둑을 차던
몇 마리 누우가 저쪽 강둑이 아닌 악어를 향하여 몸을 잠그고, 악어
가 강물을 피로 물들이며 누우를 찢어 포식하는 동안 누우 떼가 강
을 건너는 참담한 생의 비법, 생의 존엄성'을 까마득하게 상실하고
있다.

우리는 그의 연작 시편인 <소나무 Ⅰ·Ⅱ·Ⅲ·Ⅳ·Ⅴ>를 통해
소나무가 그토록 하늘을 응시하는 절박한 이유가 '기도↔임의 소리
청취↔ 시의 발견↔ 당신과의 만남↔사랑의 소유'로 밝히 드러나 보
편성을 지닌 시어의 투사나 동일화와는 다소 거리가 있는 물활론적
상상력으로 유추되어 존재의 현현顯現을 위한 언어의 결합으로 깨달
음의 미학임을 확인할 수 있다. 한편 '소나무+기도'라는 도식은 두
개의 상이한 미적분 포물선이 교차하는 공집합 속에서 파악되는 복
락원적福樂園的인 눈부신 축복이며 허락된 천상의 은총이라는 발상이
다. 이처럼 그는 생명외경이 생성된 순수서정의 시학을 식물성인 소
나무를 통해서도 믿음을 형상화하려고 고뇌한, 본질적으로 감성의
구도자求道者임에는 틀림이 없다.

뿐만 아니라 송병훈 시인이 다행스럽게도 영혼이 피폐한 정신세
계를 현란하고 모순된 언어유희나 시어의 현학성에 이끌리지 아니

하고 삶의 기본적 양상으로 생명·서정·의식으로 독자적 색깔이 있는 시적 특성을 조성하며 순수서정의 맥을 팽팽하게 유지하고 있다. 특히 그 자신이 서정시를 쓰기가 힘겨운 시간대에서 우직하리만치 감미로운 시적 서정의 쌓기와 허물기의 반복을 통하여 고정 틀을 허물고 소외된 이들을 향해 스스럼없이 다가서는 품격 있는 시인으로 자리 매김은 물론하고 언론·출판인, 남북경제협력업무 담당, 종교인 등 다양한 삶의 실체로서 시대적 소임마저 엄숙하게 수행하고 있다는 사실은 자못 존경스럽기까지 하다.

3. 자아의 변형과 영혼의 잠식蠶食

행복한 꽃나무 가꾸기와 영혼의 잠식으로 해명되는 송병훈 시인의 시정신은, 비교적 식물성 언어로 직조된 전율 같은 가슴 떨림이며, 동시에 그만이 겪는 황홀함이기에 지극히 서정적이다. 우리가 예감할 수 있는 시인의 실체는, 지극히 온유한 심성의 소유자이기에 평화주의자로 확증될 뿐 아니라 생명의 꽃을 눈부시게 피워내는 지난至難한 행위는 그의 시편을 통해 드러난다. 미적주권의 확립과 생명에의 변주라는 틀 위에서 새로운 공간 만들기를 통한 내적 충만에서 기인된 파상破狀의 탐색으로 모성적인 평온함을 수용하고 있기에 그의 체취, 의식은 풀꽃 향에 빗되어질 뿐더러 추하고 우울한 대상도 깨끗하게 정화시키는 저력이 있다.

이와 같이 송병훈 시인의 시작詩作의 큰 틀의 장점은 "어머니의 얼굴 닮은/ 봉의산의 동그란 자태가/ 새벽안개 속에 아련한 모습도/ 햇빛을 받으면서 또렷해지듯이/ 색 바랜 일기장을 매만지며/ 짝사랑 추억의 꽃망울이 피던/ 개나리, 소양강 처녀가 반겨줄/ 하얀 마음의

고향을 달리고 있다(하얀 마음의 고향)"의 시편처럼 자연친화적인
것과 고향과 연계된 혈연, 그리고 순치 되지 않은 그의 투박한 품격
이 빠삭한 속셈하기에 항시 낯설어 모가 나지 않아 대결구도의 양상
과는 거리가 있는 소박하고도 정직한 천품을 그대로 시속에 용해시
키고 있는 점일 것이다.

　바로 이 같은 송병훈 시인의 시적 부산물은 삶의 일상에서 항시
접하는 사물을 따뜻하게 응시하는 지극한 선의 드러남인 애정과 관
심이다. 그 자신이 조금은 천천히, 느리게 삶을 관조하며 언어예술
로 직조해낸 『소나무의 기도』에 수록된 다수의 시편들은 교시적인
사념을 사유思惟의 통로를 거쳐 체험을 통해 조심스럽게 빚어놓은
산물이기에 거부감이 없다. 여기서 실체의 껍질을 벗기고 일순간 깊
은 사상에 몰입하는 정신력이 직관적이라면, 사물의 전체를 거시적
입장과 영원한 시간의 관점에서 주시하는 정신력의 한 방법이 바로
관조의 세계이다.

　일상적인 물상과 예술적인 감성의 접합인 "찌들어 엉켜버린/언어
들/ 봄볕에 싹을 틔우듯이/ 한 올씩 타래는 풀려도/ 일기장은 항상
덮여 있다(回想)"에서 확인되듯 지극히 아니무스적이며 모성적인
결과물로 생산된 그의 시적 특성은 생의 달관에서 오는 여유로움이
변이된 감정의 절제로 풀이된다. 그것은 마치 "개념과/ 창조 사이에
/ 감정과/ 반응 사이에/ 그림자는 자리한다."라는 T. S Eliot식 발상
으로 신비스런 동반자(companion)로서의 시 쓰기에 해당한다.

　결론적으로 송병훈의 시편에서 시어詩語의 상징성은 다행스럽게
도 존재의 처소로 제기되어 깨달음의 위상으로 확장되고 있다. 때문
에 생명외경이 생성된 감성의 시학으로 해석되어지는 그에게 거는
평자의 소박한 기대는, 혼성모방(pastiche)이나 화려한 희언(pun)에
이끌리지 말고 자기만의 육성과 색깔, 냄새가 있는 시적 토양을 조

성해 달라는 것이다. 어디까지나 비틀기보다는 경계를 허물고 손잡아주는 반복학습을 통하여 인간소외를 조성하는 모든 매체나 제도를 순수한 영혼의 노래로 변형시키는 뚜렷한 실체로서 보다 자신을 가혹하고 엄격하게 담근 질하여 잇닿은 시간대를 축으로 시적 상상력을 확대하되 정신세계를 존재와 빛나는 감성의 융합을 위해 고뇌하며 항시 생명의 푸른 언어를 조탁하는 시인의 소임을 담당해 줄 것을 조심스럽게 글의 말미에서 기대할 뿐이다.

▌3▐
『물푸레나무 사랑법』과 감성시학
–권정남 시인의 '우주의 신비 캐내기'

▌ 1. 시적 모사模寫와 내밀한 정신풍경

시격詩格이 담백한 시인에게 서정성의 논의가 중시되는 까닭은, 그 자신의 시편에서 추상어인 소박함을 시적으로 모사模寫하면서 잠재된 내면의식으로 응축하기 때문이다. 다수의 독자들에게 따뜻한 정신기후를 조성시켜주는 권정남 시인의 경우, 시적자아를 통해 실행하려는 자신의 끝없는 무욕에서 내포된 자족의 삶은, 곧 화자 (persona)의 자아인식에서 비롯된다. 그 자신이 지향하는 시적세계 또한 육체와 정신에 한정된 고립의 세계가 아니라, 자생의 힘을 발산하는 시적 동력임을『서랍 속의 사진 한 장』(2002)에서 확인시켜 준 바 있다. 영혼의 잠식으로 해명되어지는 그만의 시정신은 푸른 생명의 언어로 직조된 전율 같은 가슴 떨림이다. 순수서정의 꽃 향을 발산하는 그의 지난至難한 시적 행보는 '버리고, 비우고, 넉넉함' 이라는 통로를 걸쳐 마음의 평정에 이른다. 피곤한 삶의 일상에서 언어에 대한 식별력으로 오랜 날 버텨온 권정남 시인의 묵언들이 생명의 변주라는 틀 위에서 탐색된 생산물이어서, 시 의식의 확장과 예감의 파상波狀은 빛나는 삶의 기쁨과 환희, 곧 정신적 황홀함의 변형·추이推移에 해당한다.

자신의 관조적 삶을 통한 시인의 일관된 자기변명은 "살아오면서 시의 밧줄을 붙잡고 문학을 통해 삶의 새로운 의미를 찾게 되고 행복과 기쁨을 얻기까지" 일상에 열중하며 언어의 기호화로 직조해낸 『물푸레나무 사랑법』의 총화는, 다양한 체험을 통해 응축된 낯익은 언어들로 현학적인 표현과 일정한 거리를 유지하고 있어 거부감이 없다. 아울러 심층에 내재된 순수서정과 정신풍경에는 모성적인 평온함이 늘상 자리해 있을 뿐더러, 그의 체취에서 영혼의 우울함마저 깨끗하게 정화시키는 외경畏敬이 묻어 있다. 어디까지나 정직하고 고매한 그의 품격은 자신의 시속에 용해되어 있어 한순간 독자들의 격정을 평정시켜 정신기후를 따뜻하게 조성시켜주는 매력마저 지니고 있다.

권정남 시인의 시적 형상화는, 삶의 공간에서 접하는 대상물을 응시하는 최선最善의 드러남인 생명외경의 엄숙성이다. 실체의 껍질을 벗기고 일순간 깊은 사상에 몰입하는 정신력이 직관적이라면, 사물의 전체를 거시적 관점에서 주시하는 정신력의 한 방법을 관조의 세계로 유추할 때 시적 상관성은 '시적 재현과 내밀한 정신풍경'이라는 상상력에 의한 '시 종자의 극대화와 패스티쉬'로 변형되기에 그의 시에 대한 이해는 충직한 독자들에게 감미로운 다이돌핀 (didorphin)을 쏟아내는 행복한 계기가 되기에 족하다.

2. 시종자의 극대화와 패스티쉬

시의 현상과 존재론적 해석의 문제로 고뇌하는 권정남 시인이 시의 종자를 발아시키어 단숨에 한편의 눈부신 시편을 형상화하려는 열정은 실로 눈물겨워 감동적이다. 시적 상황의 존재론적 해석을 위해 자신의 기억력을 재생시키며 위대한 영혼을 지닌 사제司祭로서 경비하게 속내를 드러내지 않은 그만의 시 의식에 관한 작업은, 분할과 통합이라는 각고의 통로를 걸친 결과이기에 시작詩作의 동기와 가치는 심도 있게 논의될 것이다. 패스티쉬(pastiche)는 패러디(perody)와 같은 모방적 기교를 의미한다. 제임슨(F. Jameson)이 주창하듯 풍자적 의도가 없는 혼성모방으로 두 가지 상황을 발생시키는데, 그 것은 새로운 세계와 스타일이 모두 소진되어 더 이상 독창적인 스타일의 혁신이 불가능하여진 고갈의식이고, 가정법을 구사해서 언어적 규범, 곧 패러디의 대상이 상실되고 언어의 다양성만 남게 된 현상학적 수사임은 기억할 바다.

가을비(秋雨)에 젖은 설악산의 비선대 지역은 이동통신의 불통지역으로 간혹 서비스가 되지 않기에 <비선대로 들어 간 사람>에서 '서비스가 되지 않는 지역입니다'라는 시적 모티브에 해당한다. 이 점에 착안한 권정남 시인은 자신의 감성과 언어로 사랑의 기쁨과 고통, 환희와 힘겨움 등을 가을비에 촉촉이 젖는 시로 빚어내고 있다. 기실 사랑이란, 세상에서 가장 아름다운 상처일 수도 있다. 그 자신의 시편에서도 오규원의 <한 잎의 여자>나 서정윤이 사랑을 주제로 한 시선집 『견딜 수 없는 사랑은 견디지 마라』(이가서 刊)에서와 같이 '감성과 언어로 사랑의 기쁨과 고통, 환희와 힘겨움 등을 시로 빚어낸다.'는 나름의 지론을 한번쯤 확인할 필요성이 따른다. 삶의 일상에서 대상과 묵언의 대화를 나누는 즐거움은 '아름다움이고, 행복이고, 운명적인 만남'에 해당된다. "물푸레나무를 만났네, 지켜보고 있다네, 푸르게 키우고 있다네, 사랑법을 배웠네"같은 서술어미의 반복은 중층적 울림을 자아내는 시적 효과를 거두고 있다

우리들 영혼이 푸른빛으로/ 세상을 눈부시게 한다면/ 물푸레나무가 비선대 바위 틈새에서/ 천 년 지킴이가 되어/ 물.푸.레 물.푸.레/ 사랑하는 이 가슴에 푸른 잎사귀를/ 달아주는 업보業報라는 걸/ 설악산 비선대를 오르다가/ 오늘 우연히 만난 물푸레나무한테/ 사랑법을 배웠네//

-<물푸레나무 사랑법>에서

"설악산 비선대를 오르다가/ 오늘 우연히 만난 물푸레나무한테/ 사랑법을 배웠네"인용한 시는 시집의 표제 시에 해당하는 <물푸레나무 사랑법>이다. "물을 푸르게 키우고 있다네" 의지의 표명과 함께 이전 작품에 결코 만족하지 아니하고 전통의 실타래를 다시 꼬아내며 재창조라는 예술가 본래의 소임을 성실하게 수행하는 권정남 시인은 가식을 거부한 정직한 시인의 당당함을 주변의 이들에게 확인시켜주는 동시에 모두의 기대에 어긋나지 않는 행위로 '들어냄보다는 감춤'의 담론을 통해 '사라지는 것의 소중함'을 실증하여주는 존재이다.

특히 시집의 상징적 소재가 되는 '물푸레나무'는 올리브(Olea europaea)과로 교목·관목·덩굴식물에 속한다. 열매는 올리브처럼 다육질이거나, 물푸레나무속(Fraxinus) 식물같이 날개가 달려 있거나, 자스민속처럼 둘로 갈라진 장과漿果이다. 목재는 강하고 결이 고와 장식용 조각품과 여러 가지 기구의 손잡이를 만드는 데 쓰인다. 꽃은 아름답고 향기는 다소 향기로운 데 동일한 종류로는 이팝나무속, 개나리속, 자스민속, 수수꽃다리속, 목서(Osmanthus) 식물들이다. 한국 고유 식물인 미선나무는 종鐘 모양의 꽃을 이른 봄에 피워낸다. 우리나라에는 8속 25종이 산 속에서 흔히 자라는데 물푸레나무(F. rhynchophylla)가 가장 흔한 목서이다.

오색 등으로 화려하게 장식된 크리스마스나 신년 축하의 트리처

럼 <백화점 앞 겨울나무>나 또는 민족의 영산인 백두산의 천지天池
처럼 펄펄 끓고 있는 천년 사랑의 황홀함을 예증한 <천년의 고독>
에서 확인되는 것은, 경계를 허무는 생태시학적인 시각에서 반복학
습을 통한 인간 소외와의 결별이다. 시인의 삶에서 시적 대상은 순
수서정으로 변형되는 빛나는 감성의 충동이기에 그의 고독한 정신
작업을 관조적 시각에서 주시하면 내면풍경은 사실성의 발견물이어
서 가슴 찡한 감동을 안겨준다. 불행하게도 2002년 8월 31일 토요일
아침, 강릉의 왕산 국도 35번이 태풍 루사에 의한 산사태로 차량이
매몰되는 사건은 지역민들의 기억 속에 살아 있다. 이 사건으로 혈
족血族이 참사를 당하는 끔찍한 아픔을 겪게 되고, 다음의 시편에는
시인의 뜨거운 눈물이 묻어 있다.

　모름지기 우리가 "서른 갓 넘은 너를 하관하고 돌아서니/ 내 뼈를
관통하고 지나가는(내 수첩에서 너의 이름을 지운다)"에서 접할 수
있듯이, 그렇다. 정신적으로 창조된 것은 물질보다 한결 생명적인
층위이기에, '감동의 파상과 영혼의 정화'라는 새로운 연계성을 확립
한다. 내면의식이 예감의 시학으로 전이되는 권정남 시인이 서정시
를 쓰기가 고통스러운 시간대에서 상실한 감동의 진동振動을 일깨워
주는 것은, 그 자신에게 있어 미래사회를 구축하는 힘이 시적 상상
력의 자유로움에 연유한 까닭이다. 때문에 개인의 소중한 삶에 있어
내적 충만의 인자가 되는 사유思惟란, 존재의 뿌리로 정신적 종사자
가 몰두하는 창조적 언어의 형상화 작업이다.

　이와 같이 <보푸라기를 뜯다>에서처럼 시인이 "시도, 사랑도, 보
풀이다"라는 고정된 관념에서 직조한 시적 의상은 화려하지는 아니
하지만, 그 자신이 보여주는 참신성은 흘려보낸 시간을 단지 어둠의
실체가 아니라 미래에 대한 꿈을 응축시켜 마침내 놀라움으로 변주
시키고 있다. "올과 올 사이 비밀을 지키며/ 잔디밭 풀을 손질하듯/

살살 삶의 보풀을 뜯어낸다" 오랜 날 그 자신이 현대사회에서도 '인생이란 현재진행 중인 고통 속에서도 살아가는 존재임'을 감당하며 객혈咯血을 토해내는 비장감으로 사유의 결과물을 생산하여준 것은 눈물겹도록 감사할 일이다. 정서와 사상의 자유로운 교감을 거쳐 빚어진 그의 시편들은, 상처 입은 영혼을 치유하는 엄숙한 행위로 "시적 상상력과 시종자의 극대화"의 과정을 걸쳐 생산된 명료한 결과물이기에 생명감마저 안겨준다.

 권정남 시인과의 남다른 교분을 쌓고 있는『주문진 항구』의 이구재 시인에 빗대어『속초 바람』으로 일컬어지는 그의 현재 시적공간은 속초(영랑호)지역이다. "목이 긴 모딜리안 여인이/ 빨래처럼 흔들리고 있다(영랑호 스케치)"나, "장사동 다리 아래/ 안개 꽃다발이 심하게/ 흔들리고 있다(경계)"에서처럼 '흔들림의 시학'에 익숙한 그 자신이 가슴앓이 하며 망설임 끝에 상재한『물푸레나무 사랑법』에서 발현되는 견고한 성채城砦가 발산되는 힘은 실로 역동적이다. 한편, 충직한 독자들의 관심사는 그 자신의 삶의 처소를 서정의 미감으로 장식하고 있다는 사실이다. 피멍든 손으로 영혼의 닻줄을 잡아당기는 행위를 자신의 소임으로 인식하며, 즉물적 현상에 대한 치밀하고 적확한 기호 캐내기 작업은, 번개 같은 영감靈感을 충격적으로 형상화하는 예술 작위이다. 이 점은 "흰색 나비와 보라색 나비 날아드는/ 천경자, 그림 속 꽃에 손을 대면/ 독毒이 묻어난다/ 붉은 반점 꽃가루가/ 살 속 심장까지 빠르게 번진다/ 화끈거린다(천경자, 그림 속 꽃)"에서나 또는 "달빛 창연한 겨울 밤/ 자르르 수정을 쏟아 붓듯/ 내 몸 속 관절마다에/ 반딧불이로 피어나는/ 사리 꽃 화관(상고대 피어나다)" 등을 통해 수시로 명증된다.

 특히 "물결무늬 나이테에/ 촘촘히 별이 되어 박혀 있다(규화목)"의 메타적 처리, 이처럼 인간의 영혼은 신으로부터 나와 신으로 회귀하는 반사상反射像이기에, 생티에리가 "인간의 영혼이 어떻게 자기 자신의 아름다움을 생각할 수 있겠는가? 또한 어떻게 자기 안에 그 모습을 비추는 자의 찬란함에 정복당하지 않을 수 있겠는가?" 라는 자문을 유추할 수 있다.

3. 언어의 소통疏通과 우주의 신비 캐내기

자신을 해체하고 재조합하는 작업은 시적 상상력의 확장과 결부된다. 권정남 시인의 파생된 시학적 특이점은, 시인의 주관적 정서나 내적 세계의 드러남에서 비롯된 주·객관의 융합의 추구이다. 이처럼 손금을 보듯 그의 시편을 찬찬히 음미하다 보면 언어질서에 의해 통일된 체계의 유지와 전통의 확인에서 우주의 신비를 캐어내는 현상이 가늠되기에 결코 긴장감을 늦출 수 없는 상황인식과도 직면한다. 예기치 못한 영동지역의 산화山火로 천년의 사찰 낙산사落山寺가 소실되었다. 권정남 시인은 가슴 아픈 삶의 현장에서 "검은 사월, 낙산사/ 밤 연등 밭을 거닐어보라(낙산사 밤 연등)"고 암울함 속에서도 "느릿느릿/ 온몸 담벼락에 바짝 붙어서/ 그렇게 올라가는 거야"라며 <건봉사 담쟁이>의 생리를 통해 생명의 강인함을 교시하고 있다. 바로 이 모든 것은 "종이 접듯 바쁜 일상 접어두고/ 누워있기/ 창밖 하늘만 원 없이 바라보기(성찰의 시간)"에서 모름지기 자각自覺, 즉 관조觀照에서 비롯되는 깨달음이다.

한편, 불확실한 시대에 몸담고 있는 우리에게 기억 흔적에 남겨두어야 할 것은 질서가 으깨어진 도덕성의 불감증이다. 그 보기가 그 자신의 손孫이 없어 퇴락하는 친정집이 빈집처럼 인식될지라도, "그 집에 머물러 있던/ 오래된 빛과 향기/ 댓잎 서걱이던 소리들이/

한때 주인이었던 나를 반기며/ 와르르 쏟아져 나온다(빈집인 줄 알았더니)"처럼 시간의 흐름 속에서 비록 소멸되는 만상萬象일지라도 그 나름의 의미를 지닌다는 것을 곰곰이 되씹어주는 점이다. 뿐만 아니라, 다음과 같은 "몸 안에 웅크리고 있던/ 얼음기둥 같던/ 무수한 나의 이십대가/ 따가닥 따가닥 하이힐 신고/ 걸어 나오고 있다(딸 아이 구두를 신다가)"에서 항시 다정다감한 심성의 권정남 시인은 가족사에 대한 자잘한 것도 시적 소재로 즐겨 다룬다. 그의 시격이 담백하다는 것은, 천품이 모질지 아니하고 선하다는 것을 재인시켜준 보기이다. 평자의 지론은, "세상 바닷가에서/ 너풀거리며 헤엄치던 물미역이/ 열다섯 끈적한 너의 검은 고독이 초겨울 아침 한 올 흐트러짐 없이/ 난전 고무 함지에 널려져 있다(물미역)"처럼 좋은 시인은 시도 잘 써야하지만, 품격이 시인다워야 하고 영혼이 티 없이 맑아야 한다는 것이다.

우리가 끙끙거리며 고민하지 않더라도 그의 시편을 통해 파악할 수 있는 것은 다양한 음조와 색조로 시의 지평을 열어 보인 권정남 시인은, 통상적인 미적 세계의 창조라는 고정관념을 고집하지 않는다는 점이다. 이와 같이 체험을 바탕으로 창조된 자유로운 새들의 날개 짓처럼 일정한 거리 두기(異化)라는 이론의 틀에서 구상화된 시학은, <붉은 색, 그 설레 임들>에서 확인되어지는 '그 홍건하던 현기증과 같은 수줍음, 곧 부끄러움'이다. 한편, 그 자신이 빚어낸 생명의 편린片鱗은, 핵가족 중심의 현대사회에서 공동체 인식의 조화로운 관계의 일깨움으로 수줍음의 극치는 다음의 시행에 잇닿아 있다. "해당화 꽃그늘에 숨어/ 아무도 몰래 첫 생리를 하던 날" 이처럼 그 자신은 빚어 놓은 시적 형상화로, 따뜻한 정신적 기후를 조성하여 한순간 우리의 격정激情을 평정시켜준다. 자연의 순리를 거스르지 않은 여유로움과 건강한 서정성을 접할 수 있는 것은, 가끔은 그의 동시적童詩的인 시적 정조情調가 예감의 파상을 불러 모아 분열된 자아를 소통의 통로로 이행시키는 정체성에 긴장의 끈을 놓지 않기 때문이다.

비정한 후기산업사회에서 끈끈한 혈연의 관계성을 위해 치밀한 구도로 주의집중을 고집한 점은 권정남 시인의 시격에서 비롯된 감동의 진동이다. 그의 시편은 그리움이라는 모형을 감성에 호소하기 위한 끈질긴 탐색으로 독자의 사랑과 관심의 대상이 되는 언어의 큰 덩어리로 한 떨기의 꽃이다. 감정을 엄격히 절제하는 담백한 시격, 즉물적 현상을 적확하게 풀어 보인 그만의 시적표징은, 우리가 접하는 현상은 일정한 패턴의 고정이 아니라 새로움을 향한 끊임없는 변주이며 스스로의 성숙을 위해 반복되어지는 눈물겨운 허물벗기라는 시론에 그 뿌리를 내리고 있다. 모쪼록 정신적으로 궁핍한 현대인의 삶에 있어 좋은 시인과의 교감과 가슴 따뜻한 해후는 결코 우연일 수 없다. 자신의 눈물마저 선명한 이미지로 형상화하는 심성이 지극히 선한 권정남 시인에게 거는 소망이라면, 피폐된 독자의 영혼에 일상에서 발아되는 푸른 식물성 언어를 개성적으로 통신하는 친근한 삶의 동력자로서의 소임을 다하라는 것이다. 아울러 그만의 담백한 시편을 통해 명증되어야 할 열정적 몰입은, 사물을 관찰하는 예리한 눈(心眼)이 물상과 관념이라는 상오의 연계성을 빛나는 결정체로 정제하는 것과 생산적이고 긍정적인 감성과 지력으로 사물을 예리하게 투사하되, 통합적으로 단절된 인간관계를 회복시키는 소통疏通의 지평을 열고 확장하라는 당부를 글의 말미에 남긴다.

‖ 4 ‖
영혼 잠식蠶食과 의미 공간
-장병훈 시인의 생명적 언어와 노래

‖ 1. 길 찾기와 바람의 통로

가슴 따뜻한 감성과 순수성이 변질되고 무너져 내린 삶의 현상에서, 우리는 저마다 조금은 힘겨울지라도 생명적인 푸른 언어를 조탁하여 실상이 흐려 있는 영혼의 통로를 확인하기 위해 내적 충만인 '홀로 있기'를 위해 고뇌하여야 한다. 모름지기 개성이 강하다는 변명으로 상성相生의 원리를 거스르지 않도록 다문화시대를 살아가는 예언자적인 시인은 영혼의 안식을 위해 언어에 대한 식별력을 지녀야 할 것이다. 이 점에 있어 궁핍한 "영혼잠식蠶食과 의미 공간", 그 길 찾기를 확인하려는 장병훈張炳勳 시인과의 소중한 만남은 경이로운 은총이며 신선한 감동임에 틀림이 없다.

필자와의 40년 남짓한 인관관계는 접어두고라도 뒤늦게 220여 편의 시편을 언내순으로 묶어 상재하는 장병훈 시인은 그 자신의 제1시집 『님의 나라에서 바람이』에서 다음과 같이 고백하고 있다. "새삼 많은 후회가 되는 것은 '지방에서 문학 활동만 하지 말고 시집을 빨리 묶으라.'는 고언을 여러 번 들었는데 면목 없게 되어 송구스러울 뿐이다. 그러나 언젠가 세상 끝나는 날 엎드려 다시 뵐 날을 믿을 뿐이다. 또한 그동안 주변에서 뛰어난 시집을 상재한 많은 분들에게 조금이나마 빚을 기워 갚는 마음도 깊다."는 (자서自序)에서 우리는 순수한 심성, 같앉은 침묵의 음성을 접할 수 있다.

여기서 그 자신이 독자들의 관심의 대상이 되고 시선을 끌기에 충분한 까닭은, 찬란한 감성의 소유자라기보다 인식의 깊이를 더욱 지닌 시인으로, 오늘날 우리 시가 너무나 감각적 유희화 하는 경향 속에서 존재 내면이나 둘레에 향한 근면한 삽질의 존재로 비평적 감각(sene)을 지니고 있기 때문이다.

엘리엇(T.S. Eliot)이 말한 "문학적 유산을 소홀히 하는 국민은 야만해지고 문학을 낳지 못하는 국민은 사상과 감성의 활동을 낳지 못하는 국민이다."라는 문학의 교시적인 가르침도 있지만, 어디까지나 한 편의 시란, 상상과 감정을 통한 생명의 재해석이어야 한다. 일단, 장병훈 시인이 절박한 심정으로 조심스럽게 묶어낸 3권의 시집『님의 나라에서 바람이』(제1시집),『나귀에게 길을 묻다』(제2시집),『우주의 한 켠을 떠 흐르며』(제3시집)는, 행복한 시의 틀(골격)로 짜여 있다. 비정한 후기산업사회에 몸담고 있는 오늘의 우리가 한 사람의 충직한 독자로서 그의 시편에서 쉽게 발견할 수 있는 것은, 그 자신이 호흡하는 일상의 시간대에서 절대자에게 드리는 절박한 기도와 구도자로서의 눈물겹도록 따뜻한 감사의 미학일 것이다.

무엇보다 격려에 인색할 수 없는 점은 장병훈 시인이 자신의 일상에서 틈틈이 정신적 부산물로 형상화한 낯익은 시편들을 보다 엄격하게 유의미한 것으로 적확, 격렬, 구체적, 복합적임은 무론하고 리듬과 형태를 갖추어 가치를 확증하려고 노력한 지난한 몸짓에 연유한다. 정직하되 성실함이 신선한 감동을 안겨주는 비법, 바로 그것이 장병훈 시인의 저력이며 독자의 관심을 끌게 하는 담백한 매력이다. 자못 생생한 일탈의 정신을 기독교의 상징인 십자가를 축으로

하여 예술적인 질감과 터치는 3권의 시집에서 엄숙하고도 생명적인
시작 행위로 수용되고 있다. 도외시할 수 없는 그의 따뜻한 감성에
서 배어나온 연민의 정과 감미로운 눈물, 그리고 천상의 층계를 오
르는 고독한 순례자의 창조적 정신능력의 결과물, 즉 수동적인 사물
(the passive things)과 능동적인 사물(the active thoughts)을 결합
하는 매개적 정신능력(the intermediate faculty)의 범주에 위치한
시적 상상력이기에 충격적 감동을 불러일으킨다.

> 더러는 깨우치는 불멸의 소리 있어/ 기억의 뿌리를 뒤흔들어 주시
> 오면//
> 하나의 생명 그 숨결이 되고자.//
>
> 　　　　　　　　　　　　　　　　　　　　　－<序詩>에서

> 울며 태어나다, 인간/ 내 인식 밖의 하늘구름이다.//
> 아담은 흙에서/ 에와는 그의 갈비뼈에서/ 지옥과 천국의 문을 여 닫
> 는다//
>
> 　　　　　　　　　　　　　　　　　　　　　－<고독>에서

　"눈물로 빚은 술잔 속으로/ 나의 시드는 허무의 무게를/ 등허리로
느낄 때(비정)"의 그 싸늘한 지식·정보화 시대에 몸담고 있는 우리
가 초조와 불안감에 이끌려 절망의 늪에서 살아가고 있는 것은, 어
딘가 공허하고 선명하지 못한 부분들이 가난한 양심 속에 형상을 숨
기고 있기 때문일 것이다. 장병훈 시인이 의욕적으로 오랜 날, 정신
적 생산물을 은유와 해학, 역설의 수사적 기교에 의한 3권의 시집을
상재하여 우리에게 깨우침을 안겨주려는 소박한 기대감, 냉혹한
시대적 상황에서 얼어버린 눈물도 따뜻한 정신적 기후로 변형시킬
뿐 아니라, 직면하는 대상의 형질을 회복하는 고독한 작업을 절제된
언어로 제작한 엄숙함이다.

모름지기 삶의 매 순간을 포착하여 놓치지 않고, 불확실한 시간대와 공간에서 생존하는 인간존재의 탐색을 위해 땅위에 가라앉은 낮은 음성과 겸허한 몸가짐, 그리고 감성으로 불멸의 시혼을 노래하는 지조 있는 시인이라는 전제 아래 충직한 독자로서 장병훈 시인의 시 읽기를 검색하는 것은 바람의 출구(통로)를 찾기 위한 작업이다.

2. 의미 공간과 혼돈混沌 털어 버리기

고뇌와 갈등, 때로는 견고한 고정 체를 언어로 빚어내는 시 쓰기의 작업은 행복한 집짓기에 비견된다. 그 어느 시간대보다 언어공해가 심각한 일상에서 피폐된 영혼의 정화를 위한 치유의 언어 조작을 위해 고뇌의 밤을 지새우는 뜻있는 시인과의 해후는 생명의 환희를 안겨주는 계기가 된다. '의문 공간과 혼돈 털어 버리기'는 투명한 의식의 깨어남을 전제로 한다. 일단, 논의에 앞서 우리들은 미국의 전직 대통령 지미 카터가 노벨 평화상을 수상하고도 '자신은 오로지 고통 받는 가난한 인류를 위해 사랑의 집을 지어주는 작은 봉사대원이기를 소망한다.'는 그의 겸손함에서 '테레사 효과(Teresa effect)'를 다시금 확인할 수 있다.

미리암, 저 머언 종소리의 여운은
너와 나의 이별의 찬란함을 잠 깨운다.

미리암, 님이 사시는 이 고요의 숲에는
천국의 가을을 노래하는 두 벗이 있다.

−<숲>에서

나는 하늘마저 잠들이는 염원으로 속삭인다./ 그 이별의 밤은 영원한 음성으로 귀가 열려 있었다고/ 잎 새에 떠는 바람결처럼 들을 수 있었노라고/ 우리가 질서와 조화의 나직한 대화의 숲길을 지날 때/ 님의 하이얀 이마에서 무수히 부서지는 별눈꽃들이/ 지금처럼 우리가 걷는 이 숲길 바람에 즈려 불리는데/ 아, 누가 있어 이 찬란한 슬픔에 눈물 뿌리겠느뇨.//

-<이별>에서

인용한 그의 시 <숲>에서와 같이 생명의 모형이며 총합의 개체로서 빈도수 높게 다루어진 '미리암'(성녀 카타리나의 어린 시절 이름)에 대한 장병훈 시인의 깊은 관심은 비교적 '천국의 가을을 노래하는' 삶의 대상으로 변형된다. 때문에 '우리가 질서와 조화의 나직한 대화의 숲길을 지날 때/ 님의 하이얀 이마에서 무수히 부서지는 별 눈꽃들'이나 바람결처럼 일상적인 질료를 보편적 정서에 담아 형상화시키는 시인의 담백함은 그만의 시적 매력으로 해명된다. 개인적으로 독실한 카톨릭 신자이기도 한 그는 과거에 집착하면서도 현상에 안주하기를 거부하고 잇닿은 시간대를 축으로 상상력을 확장하며 정신세계를 존재와 빛나는 감성의 융합으로 펼쳐 보이려고 고심하고 있다.

어디까지나 본질을 감추려는 가식적인 언어유희가 아니라 정직한 영혼의 기도와 그만의 지속적인 관심, 바로 그것은 생명외경의 엄숙함에 대한 일깨움이기에 장병훈 시인의 품격品格은 독선에서 비롯되는 역겨움을 결코 허락하지 아니 한다. 정신적 빈곤을 체득한 궁핍한 시대에 몸담고 있는 우리는 미적 주권이 확립된 그의 미감이 뛰어난 서정시를 접하고 한순간 치솟던 마음의 분노가 평정으로 변주되는 시적 치유의 가능성을 확인하게 되어 다행스럽게도 안도의 순간을 맞게 된다.

　　빛으로 바랜 강물의 역정/ 꿈 잃은 안개 소리 일던 바람 속에/ 우주
의 휘장을 걷는 마른 번갯불/ 광야를 여는 푸른 말씀/ 황무지의 아침
은 그렇게 열렸는가.//

-<배덕자의 노래·Ⅰ>에서

　　끝내는 옴붙게 잡힌/ 어판장 고기처럼 퍼렇게/ 바다 귀신 될 몸 아
닙니까./ 그럼요. 머구리한 물고기를 아시지요?//

-<어부타령>에서

　　한때 그 자신이 몸담았던 바람의 통로인 <山寺에서·1>에서 '적
막도 끊긴 자리/ 세월도 먼발치에서 가섭처럼 웃고 있는' 정황을 시
적 정감에 담아 '잘 있었느냐 겉묻는 나는 또/ 뉜가' 라고 끊임없이
반문하는 내면의식에는 시인의 깊은 고뇌와 관심의 실체를 명증하
려는 그만의 열정이 숨죽이고 있음을 간과하지 말아야 한다. 특히
내면적 체험이 형상화된 일상적 삶과 시대적 흐름에 편승하려는 위
기와 기교에 빠져 주제의 빈곤이라는 문제점을 안고 있는 한국시단
의 정황에서 나름대로 공간과 시간대를 넘나들며 <배덕자의 노래·
1>에서 '황무지의 아침은 그렇게 열렸는가' 라며 수준 높게 노래하
는 그의 시적 영토는 '푸른 말씀'으로 채색되어 눈이 부시다. 이처럼
순수 서정의 세계를 지향하며 정신적으로 빈곤한 우리네 영혼을 '어
판장 고기처럼 퍼렇게/ 바다 귀신 될 몸 아닙니까(어부타령)'로 변주
시켜 종교적으로 이미지화하려는 물음과의 해명은 분명 의미 있는
정신작업으로 해석된다.

　　나름대로 미적 주권을 확립하기 위해 시의 자주성, 독자성을 회복
시키려는 시의 틀 짜기를 위한 그의 열정과 고뇌는 한 시대의 비공
인 된 입법자나 충직한 사제로서 현대와 전통의 틀을 쌓고 허물며
자신의 시적 토양과 지평을 구도적인 자세로 아우르기를 반복하는

정신적 행위, 바로 이 점이 우리의 시선을 이끄는 장병훈 시인의 따뜻한 인간미임에 틀림이 없다.

> 적막과 환상의 난간에 비 내립니다.
> 불새 한 마리 떠 바다로 간 날
> 길 떠난 어머니는 돌아오지 않고
> 사려 깊은 바람만이 이 비를 압니다.
> 죽어서도 비의 흔적을 헤는 바람
> 바람은 비의 심장을 적시며
> 난간 그늘을 조심조심 지납니다.
>
> ─<바람과 비> 전문

> 얼마쯤 날아올랐을까.
> 신비에 싸인 하늘 우러르니
> 눈부신 음악 들리고
> 온 누리 빛에 둘러싸입니다.
>
> ─<님의 나라에서 바람이>에서

정신적으로 빈곤한 이 시대에서 절제된 정감으로 시인의 소임을 엄숙하게 수행하고 있는 장병훈 시인이 추구하는 신적 존재는 "알파와 오메가로, 우주 생성의 빛, 그 근원으로.(신)" 해석된다. 마침내 그 자신의 고백처럼 일상의 좌절을 신앙심으로 극복하는 강직한 면은 "미지의 제자들은 검은 수의를 입고/ 당신의 눈물 자락에 피는 십자가의 길을 떠났네.(당신의 눈물·I)"로 구도화 되어 구명된다. <바람과 비> 전문에서 보여 지듯 "길 떠난 어머니는 돌아오지 않고 / 사려 깊은 바람만이 이 비를 압니다./ 죽어서도 비의 흔적을 헤는 바람"이나 표제시가 되는 <님의 나라에서 바람이>를 통해 "신비에 싸인 하늘, 눈부신 천상의 음악, 빛에 둘러싸인 우주"처럼 절대자인

님(여호아)을 정직한 자신의 심성에 접합시켜 음조가 좋은 언어를 화려한 의상으로 장식하는 그만의 시작詩作의 주의집중과 신념은 너무 진지해 자못 비장감마저 묻어난다.

> 어디로푸른섬이떠가고 있다/ 어디로노오란바람이끝내타오르고 있다/ 어디로붉은하늘이 끝내흔들리고 있다/ 어디로흰별하나가끝내헐리고 있다/ 어디로청회색사내눈이끝내병들고 있다.//
>
> −<자성예언・4> 전문

> 무심하지 않은 재미야 하늘 두루 둘러 돌지./ 갯풀인들 선선히 살랴 별 서넛 내린 마을/ 검정 좀잠자리도 실구름 타고 놀다 선잠 드는데/ 멧새 웃음 흘린 자갈 물소리 놀진 산자락 돌려 앉힌다.//
>
> −<산그늘에서> 전문

여기서 인용한 <자성예언・4>, <산그늘에서>를 통해 장병훈 시인은 한 사람의 비공인된 입법자로서 드러냄보다 감춤의 미학에 익숙하되 온유한 심성의 소유자임을 확인하게 된다. '어디로푸른섬이 떠가고 있다' 처럼 자연적인 대상은 종교적으로 접맥되고, 또 자연과 신의 존재는 거대한 힘으로 작용하는 공포와 경외의 존재가 되기도 한다. 때문에 그 힘을 자기편에 끌어들이려는 염원이 제의나 주술이 되고 변화, 발전된 형태의 서정적 시편이 곧 문학의 모태임에 틀림이 없다. '멧새 웃음 흘린 자갈 물소리 놀진 산자락 돌려 앉힌' 산그늘도, 시인의 눈에는 열려 있기에 영혼의 하늘 또한 더없이 푸르고 생명적인 대상일 수밖에 없는 것이다. 그 자신의 절절한 노래 "어디로흰별하나가끝내헐리고 있다/ 어디로청회색사내눈이끝내병들고 있다.(자성예언・4)"에서 충직한 독자인 우리는 사랑의 감화력 그 위력에서 경이감을 발견하게 된다.

한 사내가 나귀에게 길을 물었다.
내가 가는 길이 어디 있냐고
나귀는 모른 척 하늘을 바라보았다.

한 사내가 나귀에게 길을 물었다.
내가 무엇을 해야 하느냐고
나귀는 모른 척 풀을 뜯었다.

한 사내가 나귀에게 다시 물었다.
내가 무엇이 돼야 하냐고
나귀는 모른 척 잠이 들었다.

　　　　　　　　　　　　-〈나귀에게 길을 묻다〉 전문

태초의 땅은 거칠어서 아름다웠느니라.
외롭던 성주는 이제 나직히 읊조린다.
에와의 자식 데불고 홍건한 대지를 바라보며
생사의 긴 기다림을 마침내 홀로 이루었나니.

　　　　　　　　　　　　　　　-〈바둑·8〉 전문

　보다 좋은 시 쓰기의 통합을 위해 장병훈 시인의 시적 질료를 정직하게 응시하면, '한 사내의 물음에도 나귀는 하늘을 보고, 풀을 뜯고, 잠이 들고(나귀에게 길을 묻다)'를 반복하거나 '태초의 땅은 거칠어서 아름답다(바둑·8)'와 같은 역설로 언어의 생명력에 관한 식별력이 돋보인 점을 쉽게 확대할 수 있을 것이다. 이처럼 그의 시편은 비교적 언어감각의 유연성과 전체적인 구조의 안정성, 그리고 내면의식의 개성적 표출이 탁월하다. 그 자신이 그의 큰 스승인 구상 시인으로부터 10년만의 시 천료를 받으면서 "오랜 영혼의 밤은 깊다. 끝내 침묵할 수 있는 영혼은 그 때 보리라. 오후 네 시의 공허한 바람과 회색 안개의 숨결을, 적막을, 예술의 뼈아픈 희생(재창조)을, 또한 알리라. 역사의 명제는 아직 시원이고 자연은 풍화 이전의 의연함이며 인간의 창조 의지는 바벨탑의 하늘이나 무지의 확인이었음을. 하여, 시인은 이 거리와 세기. 자연을 떠나 끝내 자유롭다.”는 소감과 맥을 같이하는 자유로움을 소망하는 시인의 시 정신에는 우주의 생성원리와 실존이 수용되어 있다.

그의 시편에서 감지되는 현상은 끝내 유한적이기에 우리네 현실 속에서 불변일 수 없는 시론의 대입을 통해 “흠. 흠./ 내가 어디 있는가./ 태어나고 감이 없는데/ 없음도 있음인데/ 가고 옴이 웬 말이야.(옥여봉 · 10)”의 경우는 존재의 생성, 소멸, 생명외경의 접합이, 불교적 중도中道의 층위로까지 끌어올려지고 있다. 바로 이 같은 시적 형상화는 그만의 강직한 성품의 드러남이다. 그러나 그의 잠재의식은 고정화된 죽음과 휴식, 정체가 아닌 생명의 호흡이며 율동이기에 “석가와 가섭의 연꽃이다./ 바람 한 잎 일고 질 때도/ 무심한 나의 눈썹이다.(산사에서 2)”에서 우리가 수시로 확인되는 미국의 휘트먼적 생명성의 결부로 현대문명에 찌든 우리의 정신세계를 마침내 감미로운 미감味感으로 촉촉이 적셔주고 있다.

> 떠돌지 않고 눈멀기고
> 비우지 않고 믿기로
> 되짚지 않고 살기로
> 서늘하지 않게 가기로
> 생각을 끊다.
>
> 생각을 끊은 자리에 한없이 큰 우주가 마침표로 있었다.
> –<미로학습 · 10>에서

미로학습에서의 길 찾기는 미로 바깥쪽을 지우면서 동시에 안쪽의 주체를 지운다. 남은 것은 끝없이 두 갈래로 갈라지는 길들로 의미의 처소로 풀이되는데, 파스(Octavio Paz)의 지적처럼 종교의 문제는 신이 아니라 시간이다. 때문에 미로의 출구로 통하는 길과 출구 바깥의 세계는 모두 시간의 직선적 개념의 산물임은 기억 흔적에 남겨야 할 일이다. 일반적으로 배경지식으로 해석되어지는 스키마(schema)란 '우리 기억 속에 저장되어 있는 경험의 총체'를 지칭한다.

여기서 장병훈 시인의 휴머니즘적 형질의 시편을 통해 제기되는 물음은, 시인의 존재 의미마저 부정적 시각으로 인식하는 현대의 독자들에게 '어떤 형상의 언어 상징으로 다가갈 것인가?'는 풀어가야 할 하나의 현실적 과제에 해당된다. 전통적인 맥락에서 서정시는 의미 있는 시, 생명력이 있는 건강한 시로 존속되어야 한다. 어디까지나 모더니즘 유파의 다양한 실험 시와 공존하면서 문예사조에 대응하는 팽팽한 긴장감과 치열한 시 정신 또한 결코 상실되어서는 아니 될 항목이다. 이 같은 물음의 해명이라면, 젊은 한 때 장병훈 시인이 관심을 지니고 의욕적으로 내면의 심층을 표출한 "생각을 끊은 자리에 한없이 큰 우주가 마침표로 있었다.(미로학습 · 10)"와 같이, 끊임없이 반복되는 그 자신과의 대화란 조성되는 정신지리이며, 내면 심리의 채색화彩色畫로 풀이된다.

> 내 시는 버림받는 신의 미아다. 집시처럼 노래한다. 너는/ 동정한다. 내 시를 모르므로 화두만 남는/ 시다. 내 시는 넋두리다. 미쳤을 때와 평화로움을/ 읊는다. 너는 당황한다. 끝내/ 당황이 절망의 시계추를 놓친다. 내 시는/ 민들레 꽃씨다. 바람이 불면 떠나는/ 슬픔, 너는 내 정처를 찾지 못한다. 떠도는/ 유전이다, 내 시는.//
>
> ―<내 시는>에서

　　동일한 시대를 살아가는 우리의 삶에 있어 자명한 사항은, 순수예
술(창작예술)이 대중예술을 주도하지 못할 때 문화의 퇴폐, 즉 정신
적 혼란이 야기되기에 최소한 공존의 기법을 신중하게 모색해야 한
다. 따라서 장병훈 시인이 올곧게 자신의 내면의식인 <내 시는>을
통해 역설하는 자신만의 시론詩論은 공감대를 형성하여 준다. 기도
의 절대성에 근거한 그 자신의 지적처럼 '자신의 시는 신의 미아로,
집시처럼 노래하는 넋두리이며, 민들레 꽃씨이며 유전'이기에 지극
히 자기고백적인 내적 인자因子를 골격으로 한 냉정한 내면인식이기
에 시인의 존재의미가 재인되어야 하고, 마땅히 우주적 상상력과 현
실을 융합되어야 한다. 아울러 인간의 눈과 가슴을 생명의 눈과 가
슴으로 전환할 때, 현대시의 상상력 또한 새로운 세계의 토양으로
전이될 것이다.

3.　언어의 심연과 시적 치유

　　언어는 질서가 아니라 숲처럼 불타는 심연深淵에 해당한다. 빛나
는 시적 영토와 시적 치유를 위해 쌓기와 허물기를 반복하는 장병훈
시인에게 유년의 인물화로 정지된 "과묵한 사내가 하늘을 떠돈다/
묵호 항 어달리 산 흙벼락 집에도/ 정선 두매 산골 외진 나무 그루
터기에도/ 사람과 사람들 사이/ 속마을 찾아 떠돈다.(김덕남·4)"나
"햇살 누리져/ 바람 스미고/ 아이들 누워/ 푸른 잠들어라.(아이)"와
같은 정신적 휴식을 동경하는 시적 발상은 종교적인 신비성을 지니
고 있다. 영혼이 비어 있음으로 인하여 내적 충만의 변주나 초대로
의 가능성을 열어 보인 그의 시편은 순백의 언어로 정금을 빚어내는

연금술사처럼 경이로움을 안겨준다. 이처럼 그의 시적 음계는 항상
미끄러져 가는 연계음이 자리해 있다. 따라서 그의 시의미의 추구는
특이해서 독자의 관심을 불러주기에 부족함이 없다.

> 산타모니아 해변에 들면/ 비치 빛 모래벌이 낮게 누워 있고/ 녹색
> 잔디와 포장된 길이 보이는데/ 평화로운 사람들이 여름 햇살에 비쳐
> 정겹다.//
> 들꽃처럼 순수한 그네들이/ 여린 가슴들을 달래려고 찾아 와/ 아무
> 간섭도 없이 홀로/ 여유로운 침묵과 낮은 평화를 누리고 있다.//
> –<산타모니아 해변>에서

> 강릉 한가위 달맞이 가는 길은/ 내 어머니를 뵈러 가는 길/ 휘엉청
> 밝은 달빛 따라서/ 어화 둥실 내 살던 고향 집 찾아가는 길//
> –<달맞이 가는 길>에서

그의 시편에서 확인되는 삶의 공간으로서의 처소는 생명에 대한
존엄성이 사랑이라는 끈, 즉 관계성을 팽팽히 유지하고 있어 '평화
로운 사람이 되고, 나그네가 되고(산타모니아 해변)', '고향집 찾아가
는 길'(달맞이 가는 길)이 된다는 사실이다. 이처럼 장병훈 시인에게
있어 미와 선의 추구를 위해 흘려버린 시간들은, 아름다움과 진정한
행복의 가치를 확장하기 위한 투자이다. 행복한 사람은 언제나 시간
이 짧아, 성서를 읽다 보면 어느새 새벽과 만나게 된다. 그것은 두
개의 미적분 포물선이 교차하는 공집합 속에서 파악되는 시적 묘미
가 있어 경이로움마저 안겨준다.

뒤늦게 장병훈 시인은 다시 돌이킬 수 없는 시간의 덧없음을 <화
두·4>에서 "코스모스가 바람에 나부끼던가. 바람이 코스모스의 품
에 안기던가. 누가 누구의 뜻에 따르는가. 임자를 데려 오라."고 소
망하지만, 그 자신은 삶의 처소에서 아주 천천히 그리고 느리게를

즐기는 미학으로서의 여유로움마저 보여주고 있다. 한편, "눈 덮인 산자락을 배경으로/ 비치 빛 레이 호수가/ 맑은 여름 끝 하늘을/ 바람 한 점 없이 담아놓고 있었다.(레이 호수가 있는 풍경)"에서와 같이 그 자신이 응시하는 물상은, 한순간 영혼의 안식을 얻어 일상에서 체득한 삶의 환희로 표징이 된다. 그리고 또 하나 자명한 것은 비정한 현상에서 꿈꾸는 것 같은 황홀함 이전의 막연함, 예감하지 못했던 가운데의 물 묻은 안개처럼 때로는 크신 님이 허락한 은총의 강물 같은 충만함이다.

그 하나의 보기로 "안개는 걸어온다./ 작은 고양이 발로"는 칼 샌드버그의 시 <안개>의 일부분이다. 안개와 고양이의 연관은 전혀 생소한 양상이지만 살그머니 찾아와 쪼그리고 앉았다가 사라지는 물리현상이 정감 있게 처리되고 있다. 안개에서 작은 고양이의 발을 느낀 시인의 상상력이 독자에게 감미로움을 안겨주 듯이 장병훈 시인의 시편을 통해 발견할 수 있는 현상은, 그 자신이 살아온 삶의 여적과 살아갈 잇닿은 미래에 대해서 메타퍼를 통해 자아존재의 공간에서 비록 비정함을 체험할지라도 언어의 심연에서 상처받은 영혼을 시적으로 치유하며 삶의 충만감으로 차오르는 감사의 존재라는 것이다.

이제 무엇보다 갈등과 모호성 다음에 그 자신이 맞는 한순간의 놀라움은 천상을 향해 날아오르는 영혼의 평안일 것이다. 아울러 생명의 호흡을 통하여 빛나는 시적 영토를 가꾸기 위해 인고의 밤을 고뇌로 밝히는 시인은, 정신적 피곤함 속에서 그만의 시 정신이 겨냥한 새로운 발견과 접근, 그리고 신선한 감각은 사물을 형상화하는 수법에 비교적 익숙하다. 덧붙여 말하면 그는 한 사람의 충직한 시인으로 삶의 처소를 아름다운 서정의 미감으로 장식할 뿐만 아니라 영혼의 닻줄도 맨손으로 잡아당기는 힘겨운 행위를 자신의 소임으로 인식한다는 점이다. 특히 즉물적 현상을 거부하지 않는 그의 섬세하고 치밀하고 적확한 언어 캐내기 작업은 모든 독자들에게 번개같은 영감을 충격적으로 안겨주는 시적 행위의 소산이다.

결론적으로 정신적 생산물의 총합인 시집을 간행하는 이 땅의 시인들은 한 사람의 심리학자, 작품에 대해 충실하고 개방적인 중개자, 그리고 존엄한 실체로 시대적 소임을 자인하는 나직한 음성, 온유한 품격의 소유자이어야 한다. 아울러 장병훈 시인에게 거는 우리 모두의 한결같은 기대는, 한국의 현대시단에서 누구도 흉내 낼 수 없는 독자적인 시적 기법과 지평을 열어가는 자랑스러운 존재가 되어 달라는 것이다. 모쪼록 "영혼잠식과 의미 공간"을 위해 오로지 증오와 고통이 내재된 삶의 처소에서 신선함과 주의집중, 신념을 번뜩이는 예지로 이 땅의 독자들에게 당당히 펼쳐 보이며 시대적 소임을 엄숙하게 수행하여 한국시사에 기록되어 오래 남는 시인이기를 기대해 마지 않는다.

▎5▎
시적 감응感應과 자아의 변주變奏
-김남구 시인의 그 빛나는 시적 상상력

▎1. 내면인식과 상상력의 확장

자의적 은폐를 감성의 시학으로 표출하려는 시인의 회의와 변명은, 시적 의미와 그 대상을 변형·확장하는 역동성을 수용하여 마침내 모순과 갈등구도로부터의 이행을 추스르는 통로가 된다. 이 점에 있어 서정의 미감으로 빛나는 자연, 영혼회귀(천상)에 대한 집념을 소망의 틀로 일정하게 유지하며 일상적인 삶에 차별화된 시정신의 접목과 해명의 이행은 실로 감동적이다. 이처럼 화자(persona)가 열정적으로 대다수 독자들에게 반복되어지는 애증, 갈등과 화해의 사회현상을 잇닿은 시간대에서 예술적 질감으로 정제시키는 정신작업은 시적 생명력을 지니는 것이다.

못내 획일화 된 이기주의로 점철되는 사회에서 물상에 대한 회의와 불안의식에서 파생된 자아분열의 양상이 거대한 갈등구조로 변형되는 세태는 실로 절망적이다. 이 같은 시대적 상황에서 현실에 안주하지 아니하는 '극소수의 창조자'로서 잇닿은 정신작업에 시적 감응과 자아의 변주에 주의 집중하며 독자를 감동시키려는 열정은 지극히 생명적이고도 창의적인 행위임에 틀림이 없다.

지나치게 분방한 상상력과 현실적 모자이크로 미적 퇴행을 거듭
하는 답답한 우리시단에 신선한 활력으로 막힌 숨통을 서정의 예감
叙感으로 열어 보이는 김남구 시인의 『마음의 창을 여는 세상풍경』
(한국문협, 2008)은 냉소적인 현대인의 정신기후를 따뜻하게 조성시
켜주는 역동성이 있어 퇴색된 감동마저 회복시켜준다. 실로 혼돈混沌
의 시간대에서 '이미 죽어간 이들이 그토록 갈망했던 미래의 시간인
오늘'을 살아가며 인간에 대한 관심의 공감대를 형성하지 못하면,
결코 눈부신 꿈을 실현할 수 없다. 따라서 꿈이 실현되지 않으면, 불
가능 또한 현실로 치환될 수 없기에 진리와 자유를 옹호하는 정신작
업의 종사자들은 창조적이되 생명적인 행동을 반복하여야 한다. 그
같은 연유에서 창조주를 향해 영혼의 창을 활짝 열어 놓은 빛의 시
인, 김남구의 시적 초점과 관심의 대상물은 마침내 현실적인 세상
풍경의 층위로 해석된다.

지극히 천상적이고 내적 충만이 내재되고 물활론적物活論的 상상력
의 집산인 김남구 시인의 시집 구성은 보편적이고도 눈에 익숙한 질
료로 직조되어 낯설거나 거부감이 없다. 이처럼 그만의 감미로운 시
적 등가물等價物은 따뜻한 감성을 축으로 윤무輪舞하는 눈부신 서정
의 시학으로 정감을 일깨워 주는 정갈한 시미詩味를 지니고 있어 시
적치유治癒의 가능성을 지닌다. 일단, 캇슨의 지적처럼 새가 사라진
거대한 숲의 침묵을 상상하여 볼 때, 한 순간 엄습하는 불안과 초조
로부터 일탈하기 위한 방향의 모색으로 "내면인식과 상상력의 확
장"에 근거하여 영혼의 잠식蠶食에 머물러 보기로 한다.

2. 시적 감응感應과 주의집중

인간의 영혼은 신으로부터 비롯되었기에 결과적으로 회귀하는 반사상反射像이다. 생티에리가 "인간의 영혼이 어떻게 자기 자신의 아름다움을 생각할 수 있으며, 어떻게 바로 자기 안에 그 모습을 비추는 자의 찬란함에 정복당하지 않을 수 있겠는가?"라고 자문하였듯, 인간은 점진적으로 영적 상승을 통해서 동물적 상태에서 이성적 상태로, 또 이성적 상태에서 영적인 상태로 전이轉移되는 존재이다. 감성적 시학의 이론에 뿌리를 내리고 감동을 회복하는 작업에 열중인 김남구 시인은 '오늘의 위대함을 포용하는 순간은 지금이다'라는 오프라 윈프리의 주장에 공감하듯 "살아가는 의미가 퇴색될 때면/ 실바람 타고 오는 해조음에 귀 기울여/ 아침놀 퍼져 오르는/ 하늘을 응시하자(하늘을 보자)"를 뜨겁게 읊조리며 다망한 일상에서 정신세계의 의미망을 보다 확장하는 일에 몰두하고 있다. 이처럼 그의 시적 감응은 정신적 내구성耐久性이 견고한 자연(하늘)을 대상으로 한 그만의 세상풍경과 접합된 자잘한 심상心象의 형상화임에 틀림이 없다.

> 누군가에 감동을 주는/ 노래가 있어/ 목청껏 불러 줄 수 있다는 건/ 참으로 행복이다//
> 내게 있는 모든 것/ 당신에게 드릴 수 있어/ 전율戰慄적 감동을 느낄 수 있는 건/ 참으로 큰 행복이다//
>
> ─<참으로 행복이다>에서

냉소적 이기주의로 치닫는 후기산업사회에서 하나 같이 공포와 불안의식에 이끌려 암울한 절망의 늪에서 허우적이며 그나마 살아가는 것은, 어딘가 공허하고 선명하지 못한 부분들이 의식의 심부深部에 그 실체를 숨기고 있기 때문이다. 예언자적인 김남구 시인에게 있어 견고한 고정 체를 언어로 빚어내는 일상은 행복한 언어의 집짓기에 해당한다. 차지에 표제 시에 해당하는 "누군가에게 감동을 주는/ 노래가 있어/ 목청껏 불러 줄 수 있다는 건/참으로 행복이다(참으로 행복이다)"의 시 해석은, 의혹을 말끔 씻겨내고 행복을 전제로 한 시적 상상력의 확장이기에 빛나는 감성의 충격이다. 이처럼 시적 자주성과 독자성을 회복시키려는 그만의 고뇌는 실로 눈물겹다. 한편, 자의적 은폐를 서정적 미의식으로 회복시켜 우리에게 미감이 뛰어난 순수 서정성을 안겨주어 한 순간 치솟던 분노마저 평정시키는 시적 치유治癒의 비법은 그저 감탄할 일이다.

　　오늘 아침에 내리는 비는/ 조용한 축복/ 그리워 할 줄 아는 생명의 경이/ 마지막 남겨진 꽃잎으로/ 파란 수맥 올리는 가지 끝/ 연두색 행복 밀어 올린다//

　　　　　　　　　　　　　　　　　　　-<마지막 남겨진 꽃잎>에서

　정신적으로 궁핍한 삶의 처소에서 절제된 시어로 사제의 역할을 충실하게 담당하고 있는 김남구 시인은 <마지막 남겨진 꽃잎>, <창가의 시간> 등의 시편을 통하여서도 '파란 수맥 올리는 가지 끝/ 연두색 행복 밀어 올린다' 또는 '어느새 땅 끝 어딘가에 서러운/ 영혼이 탄생하는 시간'이라며 보다 생명적 사유思惟에 근거하여 경계 허물기의 등식으로 불신의 인간관계를 '사랑→행복→감사'로 변형시키고 있다. 이처럼 삶의 일상을 순수한 자신의 영혼에 접목시키려고 음조가 좋은 언어로 조탁彫琢한 주의집중은 비장감마저 묻어나기에, 파스(Octavio Paz)의 지론인 '종교의 문제는 신이 아니라 시간이다.' 와 동일선상에서 연계지어 해석할 타당성이 따른다.

　비교적 전통의 맥락에서 김남구 시인이 일정한 매개로 즐겨 사용하는 순수 서정시는 의미 시 또는 생경한 현대시와 별개일 수는 없다. 비록 그의 시적 특이성은 생명의 본원本源에 대한 회귀로, 고향의식이라는 시적 추이推移로도 풀이되지만, 이 같은 경향은 절박한 상황 속에서 사랑이 종자(씨앗)가 되어 생명(행복)으로 변형되는 섬세한 정감으로 주지적 사고를 뛰어 넘은 주정적 세계로의 전이轉移로 그 맥을 함께 한다. "천년 해란강에/ 물안개 촉촉이 젖고/ 일송정 /하얀 넋으로/ 돌아서는 환청(海蘭江)"에서 열린 사고의 결과물로서 '사랑의 유의미'는 '백두산 등정'을 노래한 <얼마 만이었다고>를 통해서 "돌아가 다시/ 못 올 곳이 아니지만/ 하늬 쪽 바라보며/ 한 갑자甲子를 넘겼는데/ 기어이 되돌리는 맨발의 빈 가슴"에서 다시금 확인된다. 그러나 무엇보다 자명한 것은 아직도 일제 강점기의 민족에 대한 처절한 통한이 그 자신의 심층에 털어낼 수 없는 깊은 상흔으로 자리하고 있다.

　바로 이것은 빛의 현상학으로 에드워드 호퍼(Eward Hopper)의 시선이 닿은 모든 대상과 공간이 무미건조한 공간에 익숙한 현대인들의 도시 위로 사각형의 햇빛이 쏟아지기 때문이다. 오늘날 보편적인 시적 관심은 점차 심층적인 경향보다 언희言戱, 시의 표층으로 전이되는 추세이기에 시인의 시적 특성 또한 본능적 지략으로 육화해야 살아남을 수 있다. 이 점은 김남구 시인에게도 결코 예외일 수 없지만, "죽도봉竹島峰의 댓잎 위 바람은/ 말간 월광을 부수기에 겹고/ 갯바람 타고 오는 갈매기들은/ 오백년 시문을 읊고 있다(안 초당에서)"라는 시편에서도 명증될뿐더러, 언어의 논리 사이에 불현듯 출현하는 그의 시적 산물은 어디까지나 자기희생을 통한 역동성으로 표출되고 있다.

　까닭에 그만의 시적 감응과 주의집중은, 2-3%의 염분이 오염된 바다를 생명의 처소로 다시금 정화시키듯 세속적인 틀을 부수며 불신의 세기를 자신의 의지로 헤쳐 나가는 '진정한 극소수의 창조자로서의 소임'과 결부되어 엄숙하다. 한편, 증오의 육성肉聲이 생명세포를 죽이는 결과물로 확증되기에 '음악, 용서와 사랑'의 구도를 통한 김남구 시인의 시적 골격은 한결 같은 화합과 그 궤를 함께 하기에 그의 시적 지형성(Topography)은 마침내 분단된 조국의 아픈 현상마저도 풀꽃 같은 심상과 시각, 그리고 미감과 접목되어 빛난다. 비록 모순어법적이어서 생경하고, 물상적物像的인 시어가 발견되는 것은 이 같은 그의 시적 동력에 기인한 탓임을 간과하지 말아야 한다.

나름대로 김남구 시인은 심각한 언어공해로 인해 영혼의 상처로 가슴을 앓는 현대인들을 위하여 그의 두 눈은 '당신의 못 자국 응시' 할지라도 '부러진 날개를 치유하여, 꿈의 날개를 달아주는 작업'을 엄숙히 수행하고 있다. 이 점은 <새벽기도 가는 길>, <귀향>, <믿음>, <당신을 다르게 하소서> 등의 기독교적 시편을 통해서 명증된다. 이처럼 이분법적인 갈등구조로 비정한 산업사회에서 종교적 교리를 실천궁행하며 진실 위에 서서 진실을 항변하는 시인의 존재를 묵언으로 일깨워 주는 그만의 시 정신으로, 생명에 대한 일깨움이기에 충직한 독자들에게 거부감 없이 시적 상상력을 확장하여준다. 비록 그에게 있어 미와 선의 추구를 위해 허비한 시간들의 실상은, 아름다움과 진정한 행복의 가치를 확장하기 위한 투자의 시간대이다. 행복한 사람은 언제나 시간이 짧아, 성경을 읽다보면 어느새 새벽과 만나게 되는데, 그것은 두 개의 미적분 포물선이 교차하는 공집합 속에서 파악되는 천상이라는 모성회귀母性回歸로 해명되기 때문이다.

김남구 시인은 장로로 시무하는 진실한 신앙인과 교육자로서의 길을 올곧게 걷고 있는 실체로, 간혹 무분별한 언어의 독 묻은 화살로 인하여 마음에 상처를 받은 주위의 소외된 이들에게 아홉 개의 부러지거나 꿈을 상실해 접혀진 날개를 몸소 활짝 펼쳐 보이고 있다. 일상적인 삶에서 잠든 영혼을 흔들어 깨우며 서로 간의 신뢰를 회복시키기 위한 에니아그램의 모색이야말로 피폐한 영혼을 치유하려는 그의 힘겨운 행보로 생명외경의 엄숙성을 조성하는 빛된 인자임에 틀림이 없다.

여기서 주어진 삶의 여정을 존경받는 사도師道의 길에 전념하며 '꿈나무들이 읊는 성장일기'를 <비 내리는 교정1·2>에 틈틈이 담아온 김남구 시인의 면모를 단적으로나마 이해하기 위해서 인간 성격유형과 유형들의 연관성을 기하학적 도형으로 상징한 심층적 이론에 관한 지적 이해가 필요할 것이다. 왜냐하면 그 자신의 시 쓰기를 위한 과정에는 신앙으로 따뜻한 그의 가슴 깊은 곳에 벅찬 행복의 선율, 즉 '가슴속에 머무는 소리'로 충만하기 때문이다. 또 다른 그의 시편 "허위허위 가슴으로/ 인고忍苦하는 노래/청포靑葡빛/ 물마루 타고/ 굴러오는 만선가滿船歌(그물코 깁는 아내)"를 통해 확인되듯, 그 자신은 '신의 나라는 씨앗을 팔지만, 과일은 팔지 않는다'는 사실을 인식하고 있기에, 타인의 정원에서 노동의 대가 없이 과일을 따는 위선적인 행위보다 스스로 가꾼 과일을 따는 것이 보람에 의한 행복의 본질임을 자인하고 있다.

뿐만 아니라, <어머님 그리워>, <가을 여행>을 통해서 김남구 시인은 영혼이 피폐한 정신세계를 현란하고 모순된 언어유희나 시어의 현학성에 이끌리지 아니하고 생명·서정·의식으로 독자적 색깔이 있는 시적 특성을 조성하며 순수서정의 맥락을 팽팽하게 유지하여준다. 그 자신이 서정시를 쓰기가 힘겨운 시간대에서 우직하리만치 '파르란 유리알의 향수로', '한껏 취해가는/ 문재 터널 꽃바람'처럼 감미로운 시적 서정의 쌓기와 허물기의 반복을 통하여 고정 틀

을 허물고 소외된 이들을 향해 스스럼없이 다가서는 품격 있는 시인
으로 시대적 소임을 수행하고 있는 현상은 존경스럽다.

특히 "가슴 뛰는 겨울 산새/ 산 그림자 차갑게 우는/ 골 깊은 자
작나무 숲에서/ 겨울 행진한다(겨울 계곡溪谷)"에서와 같이 이순耳順
을 뛰어 넘은 연륜의 김남구 시인이, 한 편의 시 쓰기를 위해 고뇌
하면서도 순리를 거스르지 아니하고, 자신에게 보다 엄격하되 주의
집중하는 시인을 만날 수 있다는 것은 하나의 기쁨임에 틀림이 없
다. 실로 시의 눈 뜨기란, 자신과의 끊임없는 갈등구조의 파상破狀이
기에 한 사람의 엄숙한 시인이 독자들의 기대를 결코 저버리지 않으
며 생명적인 작업에 전념하는 행위는 놀라움으로 간주되는 것이다.

3. 묵언默言의 시학과 자아변주

김남구 시인의 시 의식은 일상의 상식에 머물지 아니하고 각질화
된 고정의 틀을 깨뜨려 보이고 있다. 애써 '묵언의 시학과 자아변주'
로 논의하지 아니하더라도 그의 시적 포즈는 대상 속으로 한순간 몰
입하는 현상이다. 비록 사물의 은유적 표현이란 용어를 구사할 필요
성은 절감하지 아니하더라도 "별 뜨는 소년의 눈망울 찾아/ 시간 속
으로 간다(꿈을 찾아서)"에서 유추되는 것은 바로 묵음의 시학이다.
여기서 침묵은 묵음과 연계되고, 다시 그에 대한 연상은 적막이고
영(zero)과 통한다. 짐북을 깨는 소리는 미세할 수도 있지만 무한의
통로와 접목되는 카오스(chaos)이고 유한적이다.

한편 "회상의 그림자로/ 졸고 있다(5월의 추억)"처럼 색깔, 느낌,
감각 등의 속성들을 상반균형相反均衡의 시적 형상화로 점철시키는
그만의 시적 차별성은 돋보인다. '피가 도는 추상'으로 현실과 정신

세계의 끝없는 모색의 생산물인 그의 시편은 자연현상에 시적감응을 출현한 것으로 자기 성찰에서 비롯된 갈등에의 해명이기도 하다. 비교적 영상조립 시점으로 형상화 된 김남구 시인의 시를 바르게 이해하고 평가하는 열쇠가 된다. 어쨌거나 시인에게 있어 존엄한 생명의 존재 확인은 가벼운 이름이라 할지라도 그 만의 가치와 의미를 지니는 까닭에 시인에게 있어 통과제의通過祭儀란, 숙명을 수용하는 몸짓과 더불어 삶의 미더움이 요청되기에 불가피 시의 몸살이라는 이분법적 고통이 주어진다. 이 점에 있어 "예술적 경험에서 예술가는 자신을 객관적 대상으로 만나게 된다."는 아감벤(Agamben)의 시적 체험은 자아에 대한 절대적 분열의 경험으로 간주된다.

마치 "잡초 새 발돋움으로/ 생명을 적시며/ 바람처럼 의상을 흔드는/ 시간의 片鱗(풀벌레 소리)"은 나태주 시인의 "자세히 보면/ 예쁘다// 오래 보면/ 아름답다// 너도 그렇다(풀꽃)"와 같은 시적 발흥으로 <풀벌레 소리>를 통해 확인된 현상이기에 그의 인간적 행보는 '묵언의 시학과 자아변주'에 해당하는 것이다. 이와 같은 현상은, 상오충돌에서 오는 갈등구도를 변형시켜 따뜻한 정신기후로 조성시키는 역동성의 이행이기에 다행스럽다 할 것이다. 따라서 환유적 결핍으로서의 욕망이 목적지에 안착하는 순간, 이질적인 욕망의 그림자가 또다시 엄습하는 점에 착안할 때, 성숙한 독자는 라깡적인 발상으로서의 욕망이 '다른 어떤 것'을 추구하는 환유적 운동임을 거부감 없이 동의한다.

한 그루의 '수양버들'을 응시하면서도 "한 다발의 녹색파도/ 눈물겨운 우아한 몸짓"으로 형상화 시키는 언어의 연금술사인 김남구 시인을 불안, 초조, 조급함에 익숙한 대다수 이 땅의 시인들에 견주어 "황간黃侃의 유인遊刃을 기억에 떠올리며 예술의 품격을 향유하는 천성적 시인"으로 단정할 수는 없으나, 미적주권의 확립이라는 큰 틀 위에서 감성주의와 기독교적 이론의 접목이라는 이중구조의 의미망을 나직한 육성으로 구명하고 독자적으로 본래의 형질을 명증하려고 고독한 작업을 반복하는 그의 열중은 높이 평가하여도 지나침이 없다. 결론적으로 김남구 시인의 정체성을 '절제된 언어로 사물의 본질을 해명하고 생명적인 형질을 회복하려는 고독한 창조적 제작자'로 제시하며 글의 말미에 조심스럽게 그에게 한결 같은 기대를 걸어본다.

▎6▎
경계 허물기와 시적 치유治癒
─이종철의 『琉璃窓은 바다로 향해 열리고』의 시학

▎1. 시적 공간과 시 의식

인간의 존엄한 삶에 있어 필연적인 만남을 인연이라고 한다. 때로 그것은 인격 형성에 큰 영향을 줄 뿐 아니라, 위대한 민족의 혼이나 사상을 심어주는 만남은 영혼을 흔들어 깨워 삶의 지침을 돌려놓기도 한다. 이 점에 있어 일상적인 시간대에 있어 신선한 감동을 안겨주는 인간과의 만남은 정신적으로 가난한 우리네 삶을 눈부시게 하는 내적 풍요와 충만의 인자因子가 된다.

시간에 쫓기는 각박한 일상에서 지금 생각하면, 고인이 된 안양예술고등학교 교장이던 최명순 박사를 통해 까맣게 잊고 지내던 이종철 실장의 시고詩稿를 향리鄕里의 커피숍에서 전해 받은 것은 2년 전 늦은 가을 황혼녘이다. 나름대로 대학을 졸업하고 한 때는 대우자동차판매(주) 성공지역실장 일에 열중하면서도 그의 고향에서 키웠던 시심詩心을 꽃 피우려는 열정을 접지 않고 불혹不惑을 지나쳐 온 시간대에서도 대견스럽게 그 자신이 한 편 한 편 절규 같은 독백을 피울림으로 홀리고 있어 신선한 감동을 충격적으로 접하게 되었다.

문학에 대한 동경과 그 가능성에 대한 줄기찬 도전은 신선한 감동이었다. 20년 이후, 제자와의 소중한 해후는 하나의 흥미로운 사건임에 틀림이 없다. 훌쩍 세월을 뛰어 넘어 월간문예지『선으로 가는 길』의 발행인으로 가끔은 바쁜 일로 서울을 오가는 나에게 틈틈이 시 쓰기의 지도 받기를 결코 그는 게을리 하지 않으면서도, 문화와 예술에 대한 안목을 확장하는 진지함을 보여주었다. 이처럼 나와는 사제의 연이 있는 이종철 시인은 한 사람의 충직한 생활인으로 무한 경쟁의 시대를 살아가는 고뇌에 찬 직장인답게 현실에 안주하기를 거부하고 끊임없이 사고하며, 활력 있게 움직이며 놀랍게도 문학에 대한 젊은 날의 신념을 다행스럽게도 줄기차게 쏟아내었다.

연유야 어떠하던 활활 타오르는 그의 이 같은 시혼詩魂은『겨레문학』을 통해 비 공인된 입법자로서의 소임을 엄숙하게 수행해야 할 공인으로서의 책임을 부여받게 되었다. 그 자신에 있어 무엇보다 중요한 것은 언어공해가 심각한 현대 산업사회에 있어 상처받은 영혼을 치유하며, 식물성인 언어로 정신적 기후를 따뜻하게 조성하는 정신적 작업의 종사자로서 한국 시단의 빛난 미래를 이종철 시인과 동반자로서 시작詩作에 몰두할 수 있다는 것은 하나의 보람이며, 작게는 감사할 일이다.

2. 밝음에의 지향 의지

뭐꼬?/ 宇宙를 먹는다/ 가득찬 텃밭은/ 어느새 텅 빈 충만으로 채워지고/ 自我를 찾아 / 대중 속으로 점멸된다/ 自我 속으로 사라진다//
　　　　　　　　　　　　　　　　　-<텅 빈 充滿> 전문

참으로 자기 직업에 충직한 한 사람의 존재자로서 퓨전의 시대를 저마다 살아가며 홀로 있기라는 내면의 충만을 위해 사유의 시간을 즐기는 이종철 시인의 멋스러움은 우리네 삶에 새로운 의미를 교시한다. 어디까지 사는 것이 문제는 아니다. 또 다른 그의 시편을 보기로 하자.

> 어느새 고래 한 마리를
> 지친 나의 육신처럼 잡아끌고
> 비정한 도시를 향해 돌아가고 있는
> 나의 쓸쓸하고 어두운 귀가,
> 더 큰고래를 잡기 위해
> 내일도 목숨의 바다로
> 나아가야 할 天刑 같은 日常.
>
> > -<텅 빈 충만>에서

오늘이 저마다에게 주어진 최초의 시간이며, 최후의 날이라는 절박감 속에서도 '어떻게 살아야 의롭고 빛 된 삶의 흔적을 남길 것인가?' 라는 물음 앞에 자신을 놓아 보고 한번쯤 고뇌하는 자성의 시간, 즉 내적 충만에서 비롯된 홀로 있기, 사유의 시간을 저마다 확인하는 행위는 실로 소중한 정신적 작업이다.

> 능선의 朱木 높은 가지 끝 눈꽃 피워/ 태고적 적요 간직하고/ 영욕의 세월을 숨긴 채/ 온통 눈부신 白衣이다.//
>
> 천재단 오르는 길목엔/ 세찬 눈보라 휘날려/ 인간을 맞이하는 선열의 얼/ 순리 거슬리지 않는/ 자연의 秘法 깃들게 하고.//
>
> > -<태백산>에서

냉소적이고도 불안한 시대의 늪을 건너며 살아가는 우리네 비

극적 불행은, 소중한 일(직업)을 위해 애씀의 땀을 흘리기를 거부하
고 옳고 그름의 분별보다는 실리적이고도 일시적인 것들을 위해 순
리를 거스르고 비열한 이기주의에 철저하게 사로잡히는 데서 기인
한다. 이종철 시인은 이 점을 자연의 묵묵함과 철리哲理를 통해 그
자신이 스스로 확인하고 있다.

> 오랜 세월 쌓아 온 因業일랑
> 너의 넓은 가슴자락으로
> 안아서 밑으로 흘러 보내고
>
>   -<연잎>에서

비교적 식물성 언어인 풀꽃, 단풍, 만추 등을 시의 소재로 즐겨 사
용하는 이종철 시인은 지극히 생명에 대한 경외심을 소중히 인식하
고 있다. 우리가 몸담고 있는 현실이 때로는 불확실성과 불특정 다
수를 겨냥한 생명 경시의 충격으로 참담함을 안겨줄지라도 조금은
내 자신이 여유와 너그러운 마음가짐으로 이 불신의 사회를 신뢰의
사회로 변화·발전시켜 나가기 위해 살아 온 날을 되돌아보는 자성
의 시간을 지녀야 할 것이다.

> 성산대교 아래로 유유히 흐르는 江
> 영욕의 세월을 숨긴 채 휴식 없이 흐른다.
> 날마다 새로운 밝은 미래 생각하며
> 오늘도 출근이다.
>
>   -<출근길>에서

사람은 소중한 삶이 처소에서 저마다 자기의 소임과 불러야 할
노래와 꿈과 기원이 있다. 때로는 비정하고 피곤한 일상적이 시간대
에서 우리가 엄숙한 삶을 영위한다는 것은 선하고 아름답고 조화로

운 인간 관계를 이루며 자신의 꿈을 성취하기 위한 경계 허물기이며 고정의 틀을 깨는 놀라움이다. 우리에겐 언제나 쓰고 남는 목숨의 시간이 허락되는 것이 아니다. 생명적인 것은 물질적인 것보다 영원한 것이기에 선하고 의롭고 정직한 일을 해야 할 기회 또한 항시 주어지는 것은 결코 아니다. 이 점에 있어 소외된 이들의 상처 깊은 영혼을 치유하고 까닭 없이 불안하고 들뜬 마음과 한 순간의 분노를 잠재우기 위해 한편의 아름다운 시를 촉매로 생산하며, 쫓기는 일상에서 "날마다 새로운 밝은 미래 생각하며/ 오늘도 출근" 길을 서두르는 충직한 이종철 시인의 몸짓은 이처럼 엄숙하고 충직한 것이다.

하찮은 일에도 지극히 성실함을 보이는 주의 집중, 바로 그 열정이 그만이 지닌 시적 매력이며, 시를 떠받들고 있는 저력이다. 비록 담백한 시격詩格이지만 어설픈 대로 자신의 분신인 시편을 통해 투박한 생명의 언어를 보석처럼 조탁하려는 애씀의 흔적은 물론 이거니와, 빈곤한 삶을 넉넉함으로 다스리는 뜨거운 심장과 현실적 상황을 극기하는 의지와 신뢰가 시적 토양에 자양분처럼 스미어 있어 시를 읽는 기쁨을 안겨준다.

> 인간 본연의 향수
> 저미고 가슴 저민
> 심연의 마음.
>
> 레테강 건너
> 추억을 그리는
> 세월의 아픔이다.
>
> ─<눈물>에서

차창 밖에 눈물처럼 흔들리는 태풍 루사가 안겨준 참담한 풍경, 고향 가는 마음이 무겁다. 어느새 들꽃 향 묻어 있는 가을바람에 새털처

럼 가벼운 구름 한 자락이 가슴에

-<귀향 길>에서

나직한 통곡으로 자신의 본원적 그리움인 향수를 귀소심리歸巢心理
로 절절하게 노래한 이종철 시인의 시에는 난해함이나 호사스런 시
적 기교성이 없다. 고향에 대한 그리움을 절절한 정감으로 읊고 있
는 이종철 시인이 태풍 루사로 인해 황폐해진 고향의 참담함을 가슴
아파하면서도 "들꽃 향 묻어 있는 가을바람에 새털처럼 가벼운 구
름 한 자락이 가슴에 나려와 안긴다." 라고 노래하는 서정, 분명 거
기에는 투명한 눈물이 묻어 있을 것이다.

오늘날 사회의 대중은 양심의 소리에 귀 기울이기를 거부하고 있
기에 진실을 상실하고 왜곡하기에 절망적인 삶을 영위하는 것이리
라. 저마다 정직한 삶을 거부하기 때문에 암울하게도 입술에 영혼의
노래를 결코 담을 수 없다. 분노와 폭식, 탐욕으로 인한 조급함과 냉
소, 인색함과 상대방에 대한 배려가 없기에 불행하게도 어둠에 쫓기
는 불안과 초조한 생을 살아가고 있다. 바로 이것은 삶에 대한 넉넉
함과 여유로움을 상실한 탓이다.

하이얀 두 손 정갈하게 빗은 듯
바닷가 백구인 양
그 자태가 아름답다.

다정한 女人의 음성
초 여름날 山鳥의 울음 같아
먼 산 쳐다본다.

-<女人>에서

비열한 이기주의에 사로 잡혀서 우리의 사회는 음울하다. 특히 이

땅의 지도층 인사나 기득권을 상실한 지성인들마저 땅에 속한 무가
치한 것들을 위해, 뒤돌아보는 여유 없이 안타깝게도 오로지 앞만
보고 달려 왔다. 실의와 패배, 좌절감으로 마침내 치유 받을 수 없는
상처를 정신적 유산으로 지니게 되는 것이다. 진정한 인간성의 회
복, 그것은 신과 이웃을 사랑하는 소중한 행위야말로 푸른 하늘과
밤의 별을 쳐다보는 삶의 넉넉함에서 기인된 것이다.

비록 삶의 현상으로 고통 속에 몸담을지라도 그것은 결코 신이
인간을 괴롭히는 것이 아니라, "고운 치맛자락엔 선이 비치고 / 창
포에 머리감아 정결한 여인 / 언제나 말이 없다" 이종철 시인이 삶
의 일상에서 접하는 현상에 대하여 투시하고 형상화하는 열정과 시
가 언어 경제라는 측면에서 '언제나 말이 없다.' 라고 청초하며 육감
적인 여인을 통해 언어공해가 심각한 시대적 모순을 우회적으로 빗
대어 일깨워 주려는 그의 시적 인식에 한번쯤 관심을 지녀야 할 것
이다.

3. 행복한 시 쓰기와 정한情恨의 이분법

이종철 시인이 조심스럽게 빛나는 서정의 틀 위에서 미적 주권을
위해 적지 않은 시편들을 형상화하려고 주저하면서도, 자잘한 우려
를 떨쳐 버리고 현상적 일탈과 존재를 위해 노력한 그 집념은 오래
기억할 일이다. 그 자신이 선별한 50여 편의 시는 편의상 <제 1부,
텅 빈 충만과 홀로 있기>, <제 2부, 琉璃窓은 바다로 향해 열리고>
로 구분 지어 정리되었다.

이것은 적극적 사고를 가지고 사회 현상에 철저하게 부딪쳐 보려
는 그 자신의 실험·도전일 수도 있지만, 충직한 독자들에게 선입견

없이 있는 그대로의 물상을 받아들이게 하는 것도 구속으로부터의
자유로움을 위한 문화인식의 쌓기와 허물기의 시도로 풀이되어 지
는 탓으로 치부할 수 있다.

아버님 계신 곳
들 까마귀 우짖는 까마귀 골

묘지 위에 흰 눈은 쌓이고
겨우내 추위와 싸우던
용감하고 강직한 아버지.

-<산소>에서

은빛 포말 밀려오는 바닷가
안개 속 육지를 보행한다.
고향의 향수
정녕 유년의 그리움은
추억으로 장식되는가.

-<내 고향>에서

여기서 궁색한 내 자신의 변명 같지만, 이종철 시인에 대한 작은
배려로 현대시의 현상과 존재론적 해석이나 판단을 잠시 접어 보기
로 한다. 사랑 받는 아내는 남편을 위해 지나친 화장을 하지 아니
하듯 얕은 생각일지도 모르지만 꾸밈없는 그대로 자신을 들어내 보
는 것도 그 나름의 의미를 지니기 때문이다. 애써 그의 시적 모티프
를 행복한 시 쓰기와 정한情恨의 이분법二分法으로 접목시켜 논하려
고 하는 데는 그만의 까닭이 있다. 위의 시 <산소>와 <내 고향>을
통해 '삶과 죽음, 고향과 타향, 남과 북'의 대치된 양상, 우울한 조국
의 얼굴은 결코 그의 시에 있어서 예외일 수는 없다. 고통이 있기에

인간의 존재는 더욱 존엄하고 값 있는 것이라지만, 항시 뜨거운 피를 올곧게 간직하고 있는 이종철 시인의 의식의 내면에는 분단된 조국의 암울한 현상이 생명의 유산으로 거부할 수 없는 운명으로 자리해 있다.

삶을 마감한 그의 부친 이창우 씨는 평생을 원덕이라는 공간에 머물며 자유 민주라는 이데올로기의 깃발 아래서 '단국대학교 정치과와 육군 보병학교 졸업, 국제승공연맹 삼척군 지부장, 통일교육전문위원, 민주평화통일 자문위원회 삼척군 부회장 등'을 역임한 반공주의자인데 견주어, 동토凍土의 땅에 생존하고 있는 백부 이건우 씨는 조국의 분단 기를 대표하는 천부적 작곡가로 일본 고등음악학교를 졸업한 지식인이다. '조선음악가 동맹 서울시 지부장, 6·25 당시 월북하고 내무성 예술단장 역임, 70년대부터 혁명 가극 공동창작에 전념하며 칸타타 <분노하라 남쪽바다> 등 200여 편을 작곡한 평양음대 작곡과 교수'로 아이러니 하게 재임하고 있는 현실이다.

비록 이종철 시인이 그의 시편에 모순어법을 즐겨 사용하지는 않았지만, 이 같은 연유로 의식의 내면에는 모순과 갈등의 대립된 양상이, 항시 남모를 비분悲憤과 통한痛恨으로 자리해 있음을 쉽게 발견할 수 있다. 그러나 그 자신은 의식의 내면에 흐르는 울분과 까닭모를 슬픔을 예술가적 기질과 민족애로 말끔히 걸어 내어 "행복은 저녁놀처럼/ 하늘을 수놓는 오렌지 빛/ 여름비에 말끔 씻긴 수채화처럼/ 물기에 촉촉이 젖어 있는 머리 결 (행복)"로 형상화시키고 있는 점은 놀랍다.

특히 신앙인들은 자신들의 종교적 대상을 향해 영혼의 창문을 항상 열어 놓고 있듯이 이종철 시인의 시 의식 또한 유리창이 바다를 향해 열려 있듯이, '바다'로 상징되는 그의 고향을 향해 영혼의 눈(心眼)이 항시 열려 있는 경이로움일 것이다. 바로 그것은 마치 구도자求道者의 열린 사고와 끊임없는 수도를 위해 목탁木鐸 문양의 표징인 '물고기의 뜨고 있는 눈' 처럼 항시 새로운 가치와 인식에 대해 깨여 있다는 "열림"에 대한 엄연한 사실에의 확인이다.

> 얼마나 더 살아야 당신의 젊은 날/ 아픈 상처를 치유할 수 있을까/ 영원한 자화상 아버지/ 먼 훗날 저의 형상 지켜보는/ 떨리는 이 가슴 어이 하나.//
>
> —<父情>에서

> 어둠이 잘려 흩어지던 날/ 한 점의 빛을 받아/ 오랜 잠 속에서 무엇을 찾고 있는/ 우리네 가난한 일상//
>
> —<무소유>에서

실로 참된 기쁨과 행복을 누리는 삶의 지혜를 터득하여 충만한 생명감을 뜨거운 활력으로 채워주는 것은 정직한 시인이라면 마땅히 해결해야 할 명백한 명제일 것이다. "어둠이 잘려 흩어지던 날/ 한 점의 빛을 받아 (무소유)"의 시간대는 바로 우주의 생리와 접목되는 득도의 세계이며, 오랜 무지 속에서 진리와 지혜를 구하는 바로 우리네 삶의 단면이며 형상이다.

시 해설을 가름하며 한 사람의 독자로서의 소박한 바램이라면, 이종철 시인이 상재上梓하는 처녀시집 『琉璃窓은 바다로 향해 열리고』는 현상적 일탈과 존재를 계기로 시적 상상력과 모더니티에 대한 놀라운 변화를 보여주고 있는 점이다. 모쪼록 시어의 애매 모호성에 대한 처리 능력이나 낯설게 하기의 시적 기교에 미숙함이 간혹 발견되기는 하지만, 당당한 이 땅의 시인으로 성숙하여서 사상과 철학이 빈곤한 우리네 시단에서 독자적인 시의 지평을 지속적으로 열어 가기를 바라는 간절한 마음을 시집의 말미에 부기附記한다.

7

생명외경이 생성된 순수 서정의 시학
-김영교의 『대관령의 연가』의 시학

1. 순수 서정과 생명에의 변용變容

영국의 시인인 S. 스펜더가 시작의 과정(The making of a poem, 1955)에서 제시한 바 있듯이 '변명, 주의집중, 영감, 기억, 신념, 노래' 라는 시론을 폭넓게 수용하며, 누구보다 자연 관조를 통해 정관적인 면을 구축하며, 나름대로 사변성을 강하게 표출하고 있는 김영교 시인의 시를 대하면 신선한 감동을 받게 된다. 그의 시적 기본 틀은 자연 친화적인 것과 가족, 그리고 종교적 대상으로 한 생명 경외의 엄숙성을 누구보다 언어의 절제된 힘과 내면적 깊이를 시화하며 너그러움과 참음의 의지를 통해 삶의 호밀 밭을 지키는 한 시대의 양식 있는 시인으로 충직한 삶의 내면성을 풀어 보이고 있다. 자신의 직업에 보다 성실하며 시 창작에 몰두하면서도 투명한 영혼의 편린으로 빚어내는 그의 시편을 대하면 누구나 한번쯤은 무상의 기쁨이 가미된 행복한 순간을 맞게 될 것이다.

확실히 엄숙한 시인이란, 지금까지 정체된 전통성을 회복할 뿐만 아니라, 빗나간 전통의 실을 가능한 자신의 시안에 다시 꼬아 넣는 시정신이 맑게 깨어 있는 자이듯, 카톨릭인으로서 내적 충만을 내면 의식에 깔고 있는 그의 시편을 중심으로 시 읽기를 시작하려고 한다. 일단, "생명외경이 생성된 순수 서정의 시학"으로 김영교 시인이 시정신을 전제하고, 그가 상재上梓하는 첫시집 『대관령 연가』를 텍스트로 삼는다.

2. 압축된 삶의 구조構造

평자의 지론이지만, 김영교 시인의 시적 발상은 다행스럽게도 그가 살아 온 삶의 흔적을 통해서 확인되어지는 현상으로, 비틀기가 아니라 다가서기라는 시정신의 틀 위에서 자신의 생각을 경박하게 표출시키지 않는 겸허하고 따뜻한 심성이다. 애써 그의 시편을 생태시로 국한하여 분할하고 통합하는 것은 현명한 처사라고 할 수는 없을 것이다. 잠재된 내면의식의 탐색, 본질적인 접근에 견주어 김영교 시인의 다소 설익어 풋과일의 맛과 향이 나는 시편에는 지나친 언어의 기교나 유희적인 가식이 없다.

자연친화와 순수서정으로 우리에게 친근감 있게 다가오는 따뜻한 생명감, 한마디로 표현하면 그의 시적 매력은 거짓 꾸밈이 없는 진솔함이다. 그의 시편에는 화려한 시적 기교나 가성假聲을 통해 들려주는 노래가 아니라, 그 자신이 땀 흘린 삶의 현장에서 확인하고 발견한 사무사思無邪를 중심으로 한 공리적 시관에 근거한 화계삼창畵鷄三唱이라고 전재할 수 있다.

아직은 자신의 부끄러운 분신의 드러냄인 시 쓰기를, 두려워 할 줄 아는 시격詩格의 소유자인 김영교 시인은 차분하고 나직한 음성으로 절박한 우리의 일상 속에 생명의 소중함을 부단히 일깨워 주려고 나름대로 진지한 삶의 자세를 겨냥하고 있는 존재이다. 어디까지나 그 자신이 자연의 순리에 순응하며 귀향 자로서 면모를 정직하고

당당하게 보여주기에 정신적으로 빈곤한 우리네의 불안한 삶에 신
선한 충격과 감동을 안겨 줄 것이라는 기대감을 내면의 인식 속에서
털어 버릴 수는 없다.

시란 가장 행복한 심성의 최고 열락을 표현한 눈부신 언어의 기록
이다. 김영교 시인의 첫 시집 『대관령 연가』는 '제1부-초원의 四季,
제2부-대관령의 풍경, 제3부-장례식 풍경'으로 구분되어 있다. 그는
"순백의 목장지 가득/ 다사로이 희망을 품고/ 새벽을 여는 햇살 (대관
령 목장의 아침 풍경)" 이라는 시행을 통해 내면적 성찰을 통한 인생
론적 체험을 그의 나직한 육성에 담아 절절히 노래하고 있다. 언제
어디서나 삶의 호밀 밭을 지키는 예감의 파수꾼이어야 할 시인의 존
재를 확인시키듯, 언어의 절제된 힘과 내면적 체험의 깊이를 시화하며
참음의 의지를 통해 정신적 넉넉함을 다시금 일깨워 혼돈에의 방황을
끝내려는 부단한 그만의 작업을 힘겹게 감내하고 있다.

> 겸손하라/ 순응하라/ 조용히 깨우쳐 주는 적요//
>
>   – <밤바다>에서

> 온갖 세상의 번뇌를 덮어주면/ 능선 위 하늘이 맞닿은 구름 사이/
> 외로운 枯死木이 목장의 겨울 지켜준다//
>
>   – <목장의 四季>에서

> 바람 앞에서 일어나라/ 같이 날자 높이 날아오르자/ 무한의 공간으
> 로의/ 비상 꿈꾸게 하네 //
>
>   – <인동초>에서

사상과 정서의 자유로운 교감을 거쳐 마침내 자각 속에 생명체로
존재하는 시는 깨달음의 미학이다. 이처럼 김영교 시인의 시편에는
지상적인 것에서 확산, 승화되어 우주와 통하는 다가서기라는 적극

성이 수용되고 있다. 비록 그 자신이 삶의 터전이 되는 대관령 삼양 축산의 그 광활한 목장을 예술인의 감성을 접목시켜 테마가 있는 목장으로 경영하며, 재생적, 미학적인 면보다 생산적 요소가 짙은 상상력을 가라앉은 가락 속에 이미지를 제시하며 입체적인 구조와 점층적 효과를 조화시켜 전통적인 맥락에 담아내려고 노력하는 진지함에 뜨거운 박수를 보내지 않을 수 없다.

> 원칙과 기준이/ 잘 지켜지는 세상/ 도덕과 윤리가/ 바로 서는 세상 // 가슴 따뜻한/ 사람들이/ 정과 사랑/ 나누어 가는/ 세상//
> 　　　　　　　　　　　　　　　　　－ <바른 세상> 전문

> 이슬 함빡 머금은/ 새벽 산책길에/ 행여 신발 젖을세라/ 긴 풀을 베는/ 어느 초부의 손길이/ 정녕 하루를/ 즐겁게 한다//
> 　　　　　　　　　　　　　　　　　　－ <기쁜 하루>에서

> 젊은 청소년에게는 맑고 고운 심성과/ 호연지기를 심어주리라/ 내 작은 소망의 빛/ 이 일에 정열을 불태우며/ 모든 인생을 투자하리라//
> 　　　　　　　　　　　　　　　　－ <목숨의 불태우고>에서

시가 존재와의 만남이듯 '만남과 조화'의 소중함을 그 자신의 시편에 담아 정신적 기후마저 알맞게 조성시켜주고 있다. 김영교 시인은 예술의 매력이 분리와 고립으로부터 인간의 개성을 해방시키어 타인과 일체가 되어야 함을 항시 마음에 두고 시작에 몰두하고 있다. 특히 그의 고뇌를 우리가 거리감 없이 확인한 때, 공생(interbeing)이라는 공동체 인식의 소중함을 통하여 '껴안기, 경계 허물기'라는 미적 주권이라는 깨달음을 접하게 될 것이다.

'감히 날아오를 수 없는 곳에 앉아 있는 사람'인 시인은 창조적 활동을 통하여 영감의 역할을 충실히 수행하여야 한다. "깊이 생각함

에서 지혜를 찾고/ 겸손하고 신중하며/ 활기차고 생동감 넘치는/ 母性을 지니게 하소서(어머니의 기도)" 라는 시행처럼 자신의 카톨릭 신앙과 의지의 충동을 내면미학의 현실적 변용으로 이해하려고 애씀의 땀을 수용하고 있는 그의 시편에는 참마음과 참 자기(眞我)의 가짐이 내재해 있다. 시가 창작되어지는 것은 개성 미의 재현이며, 그 발로이기에 자기 존재의 확인은 더없이 소중한 행위이다.

> 온밤 하얗게 밝혔다/ 잔잔한 감동과 흥분에/ 가슴은 떨리고/ 몇달 동안 우여곡절 끝에/ 드디어 기적 소리 울리며/ 이 곳 대관령 목장 향해/ 크고 귀한 손님들이 출발하였다//
>
> — <기적 소리>에서

> 무더기로 내리는 눈이/ 하늘까지 닿은 오후/ 반가운 목소리 들려오네/ 나이를 먹어가도/ 작은 일에 감동을 받으며/ 행복을 느낄 수 있는 것은/ 바로 주님의 은총이고/ 신앙의 힘이라고/
>
> — <반가운 전화>에서

> 이 마음 변치 않고/ 심장 깊은 곳에 담아두고/ 조금 씩 조금 씩/ 꺼내어 들고 갚아 드리리라//
>
> — <얼굴>에서

인간의 원초적인 향수, 만유의 본체인 자연을 축으로 하여 자연회귀自然回歸를 새롭게 조명한 그의 시 작업은 한순간 본래의 나를 인식하면서 현실 속에 안주하며 시대의 아픔을 함께 하기에 이른다. 자신을 해체하고 창조하는 진통을 절감하며 그의 시편에는 비유비공非有非空의 발상 또한 은밀하게 숨겨져 있다. 이처럼 김영교 시인의 시적 경향은 자연自然과 생명에의 서정적 변용變容이 시적 토양으로 공감대를 형성하고 있다. 자연에의 귀의 또는 친화적인 색채감, 바로 그것이 그의 시격詩格으로, 우리에게 감동을 주는 시의 힘이기에 거부감이나 갈등이 없다.

정월 대보름 월광/ 가득 머금어/ 교교 하게 비추이는 밤/ 광솔 불 담아/ 휘휘 돌리며/ 찬밥 얻으러 다니는/ 한 떼의 악동들//
- <망우리> 전문

잠시 스쳐 지나가는/ 비록 풀꽃의 바람 같은/ 목장지기에 불과하지 요/ 자연을 경외하며/ 자칫 실수로/ 후손에게 누를 끼치는/ 어리석음 범하지 말아야지요/ 그저 머물렀다 소리 없이 떠나는/ 산 나그네처럼//
- <목장 나그네> 전문

다소 이미지를 감각물의 단순한 재현으로 처리한 그의 시에는 창 조의 능력이 나약한 듯 하지만 사물에 대한 깊은 애정, 향토성 짙은 전통적인 가락으로 일상적인 대상을 세세히 풀어 보이고 있기에, 생 명의 소중함을 일깨워 역주 뒤의 평온함을 안겨준 점이 그의 시의 장점이며 매력이다.

"어이 어어이
어이 넘자 어어이"
가시는 길 못내 아쉬워 눈물 홀리시는가
보내는 길 아쉬워 애간장 태우시는가
함박눈 펑펑 쏟아 내리는 날
동네 젊은 이 모두 모여 상군 이루어
꽃상여 매고 한길 눈 속을 헤쳐 나간다
곳집에서 꽃상여 내오고 틀을 맞추고
황덕불 피우고 언 손발 녹이며 오열하는 유족들 뒤로하고
세치 반 향나무 관 꽁꽁 묶어 요요 앞세우고
선소리꾼 소리 맞춰 긴 행렬 이룬다
- <장례식 풍경>에서

특히 자연 관조를 통해 정관적인 면을 구축하고 있는 그의 시는 사변성을 강하게 표출하고 있다. "하현달을 천장에 달고/ 백만 송이 장미를 아내에게 선물하며/ 계곡물 소리에 맞추어/ 바이올린 연주하며/ 구름과 벗삼고/ 자연과 대화를 나누어/ 어느덧 신선이 되어버린 친구(울산 친구)"나 " 참 반갑다/ 너/ 원앙/ 사모관대/ 머리에 이고/ 봄 햇살 타고/ 살며/ 내 마음에 다가온(원앙)"에서 보여주듯 진실한 인간성의 회복으로 그가 추구한 영적 구도의 시적 인식은 근본적으로 인간 존재에 대한 물음이다.

3. 다채로운 시어詩語의 사물성事物性

김영교 시인의 소중한 삶에 있어 『대관령 연가』를 통해 천명하고 있듯이 "생명의 봄을 열며/ 귀한 첫 손님으로/ 내 마음에 닿으니/ 가슴은 온통 떨림이다// 도리질 쳐 잊으려/ 한 길 눈 속 고이 숨겨 두어도/ 차마 못 잊어/ 하얀 마음 속/ 노란 꽃으로 다가오는/ 첫 사랑 그대(동의나물)"처럼 신선한 감동은 전율 같은 가슴 떨림이며, 동시에 그만이 겪는 황홀함이다.

평자가 알고 있는 김영교 시인의 삶은 도전·실험정신의 맥락 속에서 좌절을 극복한 강인한 투사적 기질로 유추된다. 그의 시편에서 언뜻언뜻 보이는 겨레 사랑, 조국 사랑은 근간 우리현대문학사에서 새롭게 조명되는 강릉 출신의 민족시인 심연수나 일제 저항기 대표적 민족시인 이육사의 시혼詩魂이 불굴의 신념으로 도도하게 흐르고 있는 점이다. 흔히들 흐르는 강물처럼 덧없는 세월이라고 하지만, 불혹不惑을 지나쳐 온 연륜이 김영교 시인의 경우는, 뒤돌아 볼 수 있는 정신적 여유 없이 다양한 체험을 겪으며 숨 가쁘게 지나쳐 온 인생여정으로 확인된다. 패기에 차 있는 그가 참으로 쫓기는 시간 속에서도 관동대학의 평생교육원 문예창작과에서 소중하게 간직한 시의 종자와 글감을 꺼내어 싹틔우고 꽃 피우며 이렇게 시집을 간행한 그 열정과 용기는 가치 있고 의미 있는 정신적 작업이기에 시어의 사물성과 결부시켜 언급하지 않을 수 없다.

모두冒頭에서도 기술한 바 있지만, 김영교 시인의 시 창작의 큰 틀은 자연 친화적인 것과 고향과 연계된 가족, 그리고 종교적 대상으로 한 생명 경외의 엄숙성이다. 때로는 삶을 관조하면서 언어 예술로 직조해 낸 대다수 시편들은 나름대로 체험하고 확인된 교시적인 사념을 '홀로 있기'라는 과정을 통해 조심스럽게 창조해 낸 생산물이다. 실체의 껍질을 벗기고 일순간 깊은 사상에 몰입하는 정신력이 직관적이라면, 사물의 전체를 거시적 입장과 영원한 시간의 관점에서 주시하는 정신력의 한 방법을 관조의 세계라 칭할 수 있다. 이같은 시각에서 접근할 때 김영교 시인의 시적 특성은 생의 달관에서 오는 포괄적 정신력이 그 축軸을 이루고 있는 어른스러움과 감정의 절제에서 비롯된 여유로움으로 풀이할 수 있다.

모름지기 시인이란 공인되지 아니한 입법가로서 재빠르고도 날개 달린 그리고 신성한 것을 받아들이는 존재이다. 어디까지나 시는 긴즈버그의 지적처럼 '심신의 최고 순간을 신비적인 계시'에 따라 표현해야 한다. 시란 가장 행복한 심성의 최고 열락의 순간을 표출한 기록인 바, 인고의 아픔마저 김영교 시인은 절박한 심정으로 담담하게 육성에 담아 노래하고 있다.

바쁜 일과 속 잠시라도/ 마음의 여유를 갖고/ 자신의 언행을 돌아보며 점검하며/ 내적 충만을 위해 기도하게 하소서//

　　　　　　　　　　　　　　　　　　　　－ <기도>에서

> 오늘 한 송이 눈꽃의 영혼이/ 햇빛에 투영되어/ 조용히 사라졌습니
> 다//...생 략...// 집안 가득 향기를 피우던/ 눈꽃 세 송이 시린 마음 아
> 른거려/ 차마 눈을 감지 못합니다 //
>
> – <어느 환경미화원의 죽음>에서

'치열한 전투 중에 잠시 투구를 벗어 놓고 작은 교회당에 들어가 하나님께 감사의 기도를 드리던 순간이 나에게 가장 소중한 시간이었다.'라는 보나팔트 나폴레옹의 고백처럼 자신과 소외된 이웃에 대한 그의 애정과 관심은 각별해서 때로는 눈물겹다.

일반적으로 시어(poetic-diction)의 조심스런 선택의 배열, 회화적인 스타일, 사물의 묘사와 깊은 사유의 결합, 이 모두는 그의 목소리만큼이나 안정감이 있다. 특히 <인발구>, <눈 놀이>의 시편에서는 일상적인 것을 전통적인 요소에 담아 삶의 현장을 다시금 확인시켜 주고 있다. <킬리만자로의 꿈>, <달리는 사람들>의 시편을 통한 시적 상상력은 시인 스스로가 어떤 창조를 구성하려는 적극적인 정신능력 즉 능동적 활동이라는 점 또한 점검하게 한다.

여기서 시어의 사물성 또한 존재의 현현顯現을 위한 언어의 집으로 제기되는 실례를 통해 다행스럽게도 깨달음과 자리 매김이 확인된다. 끝으로 "생명외경이 생성된 순수 서정의 시학"을 조심스럽게 형상화하는 김영교 시인에게 거는 소박하고 한결 같은 기대는 화려한 언어유희에 이끌리지 말고 자기의 육성, 냄새, 느낌 그리고 색깔이 있는 시의 영토를 확장하되 항시 겸허한 자세로 드러냄 보다 감춤, 비틀기보다 손잡아 주고 다가서는 품격 있는 시인으로 성장해 달라는 것이다.

| 8 |

삶의 기본 양상과 생명·일상·서정
-박지은, 『촛불의 영혼』과 따뜻한 감성

| 1.   미적 주권과 생명에의 변주

시작詩作의 과정에서 "주의집중, 영감, 기억, 신념 등"은 중요한 항목이다. 언어공해가 심각하여 불신으로 치닫고 있는 지식·정보화 시대에 몸담고 있는 다수의 대중에게, 삶의 기본적 양상으로 생명·일상·서정을 따뜻한 감성으로 아우르는 박지은 시인의 시편들은 다행스럽게도 자잘한 감동과 넉넉함을 안겨준다.

일단, 그의 생산적인 시론은 <自序>를 통하여 "耳順의 세월, 이제 여기까지 와서 비록 음정이 서툴지라도 나만의 육성으로 나직한 음색으로 노래하리라. 노래가 그리운 사람과 함께 정이 그립고 목이 타는 이에게 벗이 되고 위로가 될 수 있다면 더 없는 축복이기에, 촛불의 영혼靈魂으로 기억 혼적에 오래 남겨두고 싶다."에서 공생 (interbeing)이라는 공동체 인식의 소중함을 확인할 수 있다. 그의 이 같은 정신적 행위가 미적 주권과 생명에의 변주라는 기본 틀 위에서 시 쓰기를 통한 소외된 이웃의 끌어안기와 다가서기, 그리고 사유思惟에서 기인된 파상破狀의 탐색이기에 모성의 평온함마저 안겨준다.

특히 자신의 분신과도 같은 언어의 집합인 시집 『촛불의 영혼』은, 자연 친화적인 것과 종교적 대상으로 생명 긍정의 모티프를 형상화한 땀과 눈물이 묻어 있어 새로운 관심과 논의의 대상이 된다. 그의 이 같은 존재의 표징은, 언어의 절제된 힘과 내면적 깊이를 통해 충직한 삶의 내면성을 풀어 보인 빛의 찬가이기에 어둠을 무너뜨리는 구원의 징표로 견주어 진다. 바로 이 점은 박지은 시인의 시적 토양이며, 시정신이 직조織造해 놓은 그만의 빛나는 의상이기에 불멸의 노래라고 지적할 수 있다.

조금은 모더니티한 시적 기법이 결여된 감이 없지 않으나 박지은 시인의 시적 발상은, 몇 가지의 특성으로 해석된다. 그 점은 전통적인 소재를 자신의 언어로 시화詩化하려는 노력의 현저함, 소재의 자유로운 취급과 미적 주권을 확립하여 서정의 표출을 시도하려는 경향, 친근한 소재의 확장과 다양한 기법의 원용, 그리고 복잡하고 다양한 어조와 어법을 단순화하려는 정신적 작업의 일상화를 생명의 변주로 형상화 한 것이다.

일단, 여기서는 "너희는 빛과 소금이 되라"는 성서의 말씀처럼 자신을 불살라 주위의 어둠을 밝히며 육체와 상반되는 혼(넋)을 종교적 차원에서 영혼으로 승화시켜 '생명·일상·서정'을 삶의 기본 양상으로 조화롭게 기호화하여 정신적 생산물인 『촛불의 영혼』을 시집으로 묶어 간행한 박지은 시인의 행복한 시 읽기를 함께 숨죽이며 다시금 음미해 보기로 한다.

2. 시적 구성과 실험, 그리고 탐색

우리에게 부담 없이 읽혀지고 신선한 감동을 안겨주는 박지은 시인의 시적 발상은 다행스럽게도 그가 살아 온 삶의 흔적을 통해서 확인되어지는 창조주 앞에 바쳐지는 진솔한 삶의 고백이며 현상이다. 비록 사물의 소묘와 인생론적 명상의 결합이 박지은 시인의 주된 시의 특성이라고 지적할 수는 없지만, 어디까지나 정신적 작업의 생산물인 "언어의 집"으로서 그의 시편들은 숨막히는 단절, 경계가 아니라 경계 허물기이며 문 열어 놓기라고 지적할 수 있다.

그의 시적 소재는 단순한 것이지만, 현상적인 물상과 시적 정감을 과거의 기억 흔적과 환상에 융합시킴으로 현실과 기억, 그리고 환상의 경계를 풀어보이고 있다. 다소 설익어 풋과일의 맛과 향이 나는 그의 시편에는 '주야로 불 밝히다 영혼의 숨결(촛불)'처럼 자신을 불태우는 희생의 순수함이 내재해 있지만, 현란한 언어의 기교나 가식적인 장치는 없다. 순수한 감성과 꾸밈이 없는 담백함, 이 점이 독자의 눈길을 끄는 그만의 시적 힘이며, 감동이다.

> 바람 불어라 치면
> 치마폭
> 감싸시며
>
> 주야로 불 밝히다
> 녹아 내린
> 영혼의 숨결
>
> -<촛불>에서

굳은 인연 무명실로/ 올을 엮으며/ 등 돌린 태양 빛만/ 바라보다가/

서산머리 노을 안고 떠난 여인//

-<조선의 여인-어머니>

우리가 위의 시편을 통해 감지할 수 있듯이 '궂은 인연 무명실로/ 올을 엮으며/ 등 돌린 태양 빛만/ 바라보다가 서산머리 노을 안고 떠난 여인(조선의 여인-어머니)'처럼 주어진 운명을 거역하지 않고 인고의 아픔으로 받아들이며 '궂은 인연 무명실로/ 올을 엮는' 내면 성찰을 통한 인생론적 체험을 나직한 육성에 담아 담담하게 소화해 내고 있을 뿐이다.

물론, 박지은 시인의 시편을 통해 천부적 재능에 기인한다고 할 수도 있지만, 다소 치열한 시정신이 해학과 슬기로 매력적인 조화를 완벽하게 직조해 내지 못한 아쉬움이 남는다. 그러나 언어의 절제된 힘과 내면적 체험의 깊이를 참음의 의지로 다시금 일깨워 혼돈에의 방황을 마감하려는 그만의 정신적 작업은 영혼이 순수한 이들에게 투명한 눈물을 자아내게 하기에는 부족함이 없다.

그래도 이야기 그리운 날//
잠자는 바다/ 깨우려고/ 물새는 또/ 파도 위를 질주한다//

-<물새는 이야기가 그립다>에서

어제는 삼월의 모퉁이
오늘은 시월의 빈 뜨락
내일은 입동을 입에 물고

꺼이꺼이 울며불며
가는 세월 울고
오는 세월 울고

-<뻐꾹새 시계>에서

깊이 잠들어/ 눈뜨지 못한/ 영혼(靈魂)을 위해//

목련 꽃잎은/ 하염없이 피고 지고//

-<연가(戀歌)>에서

　삶의 일상에서 서로를 적대시 할 때, 그림자(shadow)를 상대방에게 상호투시 한다는 평범한 사실을 대다수의 이들은 의식하지 못하고 있다. 개인적인 그림자를 투시할 경우엔 인간 관계에서 갈등을 일으킨다는 것을 박지은 시인은 그 나름으로 감지하고 있다. 분노, 시기심, 비난, 증오심 등이 개인적인 그림자의 투사로 일어나는 것이기에 박지은 시인은 <물새는 이야기가 그립다>, <뻐꾹새 시계>, <연가>와 같은 예시를 통해 잠자는 바다를 깨우려고 파도 위를 질주하는 물새처럼, 또는 가고 오는 세월을 지켜보며 꺼이꺼이 우는 뻐꾹새 시계이거나 하염없이 피고 지는 꽃잎처럼 깊이 잠들어 눈뜨지 못한 영혼을 위해 숨결을 죽여가면서도 아주 조심스럽게 목련의 꽃잎만을 피워낼 뿐이다.

　어머님 애환의 실타래/ 끝내 풀지 못한 매듭으로/ 남겨둔 채//

　오늘도 억겁의 한/ 가슴에서 주섬주섬/ 설화처럼 풀어놓는//

-<사초>에서

　박지은 시인의 깨끗한 시혼의 영역은, 어머니 애환의 실타래처럼 '끝내 풀지 못한 매듭으로/ 남겨둔 채//...설화처럼 풀어놓는(사초)' 단계로 점차 확장되고 있다. 여기서 한 사람의 독자로 감지할 수 있는 섬세한 시적 발상과 미감 반짝이는 시적 처리는, 격정으로 치닫던 우리의 불안한 서정抒情에 한순간의 평안을 안겨준다. 이 같은 그만의 정신작업은, 사상과 정서의 자유로운 교감을 거쳐 자각 속에 생명체로 존재하는 깨달음의 미학임을 재인시켜주는 생산적 행위이다.

어디까지나 시가 존재와의 만남이라는 이론의 틀 위에서 발아發芽되어, 정신적 기후를 알맞게 조성시켜주는 박지은 시인의 시적 매력은, 분리와 고립으로부터 인간의 개성을 해방시키어 타인과 일체가 되어야 함을 항시 마음에 두고 시작에 몰두하고 있다는 점이다. 이같은 시적 특성은 그 자신이 '順理로 사는 법인 줄/ 알아야 하느니(순리)' 또는 '나는 눈을 감으리라/ 저 타는 노을/ 마지막 몸짓(눈을 감으리라)'라는 시편처럼 상세하게 설명하지 아니하더라도 누구나 쉽게 이해하는데 있다.

> 거슬러 오를 수 없는
> 삶을 가득 실은 물굽이
> 순리(順理)로 사는 법인 줄
> 알아야 하느니
>
> -<순리>에서

> 나는 눈을 감으리라/ 저 타는 노을/ 마지막 몸짓//
>
> -<눈을 감으리라>에서

우리가 감히 날아오를 수 없는 곳에 앉아 있는 존재로서의 시인은, 창조적 활동을 통하여 영감의 역할을 충실히 수행하여야 한다. 모름지기 박지은 시인의 내면의식에 있어 '나는 눈을 감으리라/ 저 타는 노을/ 마지막 몸짓(눈을 감으리라)'처럼 한편의 시가 창작되어지는 것은 개성 미의 재현이기에 이처럼 자기 존재의 확인은 더없이 소중한 정신작업일 것이다.

비교적 즉물적인 현상에 대하여 양면성을 지니는 그의 입장은, 강렬한 서정을 전통적 리듬에 담으면서도, 보다 가라앉은 운율 속에 이미지를 형상화하여 소재를 차근차근 분석하고 때로는 입체적 구성과 점층적 효과를 의중에 담아 그 나름의 실험과 탐색을 지속적으로 수행하고 있는 점이다.

　　푸른 몸짓/ 풋 설움 선율이 고와/ 곤히 잠든 침실/ 옷깃 사이로/ 속
살 부벼 파르르 떨던/ 실바람 아파라//

-<목련 · 1>에서

　　사투리 토속인심/ 늘 푸른 넓은 가슴/ 은모래 구만리 길/ 해당화로
꽃 피우면//

-<향수-고향 삼척>에서

　　정선 아리랑에/ 산 머루 영글어/ 삼태기에 꿀 젖/ 넘치는 충만//

-<9月은>에서

　　모름지기 박지은 시인은 <향수-고향 삼척>이나 <9月은>의 시편
을 통하여 만유萬有의 본체인 자연을 축으로 한 자연회귀의식自然回歸
意識을 새롭게 조명하여 한순간 본래의 자아를 인식시키기에 이른다.
자신을 해체하고 재창조하는 진통을 절감한 그의 시편에는 목관 악
기의 저음低音처럼 지극히 고향에 대한 그리움이 시적 토양으로 자
리해 있다. 그 같은 보기는 바로 유년 성장기의 유일한 공간(삼척)
이 바다와 인접했던 까닭으로 하여 '(겨울)바다'라는 시어가 다층적
多層的인 기호로 사용되고 쉽게 확인되는 점이다.

　　당신이 허락한 뼈아픈/ 그 한마디/ 날 위한 사랑인 줄/ 예전엔 몰랐
지/ 한 목숨 다 바쳐서/ 거룩되신 등불이/문밖 보내실 제/ 헤거름에 돌
아 오라/ 바람 불어 치면/ 치마 폭 감싸시며/ 주야로 불 밝히신/ 녹아
내린 혼 불//

-<촛불의 영혼-성모상 앞에서> 전문

언어는 상징이다. 이 점에 있어 성모상 앞에서 촛불의 영혼을 노래하고 있는 박지은 시인에게 있어 '촛불의 영혼'의 표징은 촛불에 영혼이 있다는 범신적인 접근이 아니라 소중한 삶을 촛불처럼 자기 희생의 통로를 통하여 지극히 선하고 밝고 의롭게 살아가겠다는 신념의 드러냄이다.

따라서 그만의 시적 경향은 깊은 종교성과 접목되고 생명에의 서정적 변용變容이 시의 골격으로서 공감대를 형상화하고 있다. 바로 그의 시격은, 에코토피아적인 색채감과 종교적인 사유思惟에서 기인된 층위이기에 우리에게 감동을 주기에 지나친 거부감이 없을 뿐더러 갈등의 요소마저 배제되어 있다.

기독교의 신앙을 축으로 하여 그 자신이 '한 목숨 다 바쳐서/ 거름되신 등불이여//...주야로 불 밝히신/ 녹아내린 혼 불(촛불의 영혼 -성모상 앞에서)'로 표징되고 있는 표제시를 통하여 확증되고 있다. 박지은 시인의 투명한 시정신이 윤무輪舞하는 신념의 충동을 내면미학으로 수용하고 변주變奏하여 해석하려는 그의 시편 <성모의 밤>, <풀꽃 향-마리아>, <산울림-요한 신부의 영전에> 등에는 카톨릭적인 종교관에 입각한 참 자기(眞我)의 가짐인 순수한 신앙심이 명백하고 또렷하게 자리 매김 되어있다.

> 쪽빛 달 외면해도
> 희뿌연 안개 숲 헤치며
> 홀로 당신의 뜨락
> 서성이는 황홀
>
> -<성모의 밤>에서

> 꽃향기 한 아름/ 품에 안고 노을 속/ 바람으로 오시는 분//
> -<풀꽃 향-마리아>

  장미넝쿨 가시밭길 찾아/ 창백한 세월에/ 미소 던진/ 만인의 영원한
  연인//

                              -<산울림-요한 신부님 영전에>

  우리는 위의 시편을 통하여 시각성 보다 사유를 중시하여 생명의
유한성과 아름다움의 덧없음을 지적으로 파악하려는 시인의 고뇌를
발견하게 된다. 다소 이미지를 감각물의 단순한 재현으로 드러내 보
인 박지은 시인의 이 같은 시편들은 창조의 능력이 나약한 듯 하나
사물에 대한 깊은 애정, 전통적인 가락으로 일상적인 대상을 세세히
풀어 보이려는 집념은 '두견의 슬픈 날개'나 '백조가 되고 싶은 / 내
절절한 소망'처럼 자리해 있다는 놀라움이다.
  여기서 두견이 되었건 백조가 되었건 무한 공간으로 날아오르는
새는, 천상적인 대상으로 항시 지상에서부터 이탈하여 하늘에 오르
는 종교적인 의미를 지닌다. 바로 그 보기가 예감의 새는 자신을 위
해 이 땅에 무덤을 만들지 않으며, 어두운 동굴 속에서 울음을 울지
않는다는 점이다.

  긴 여정, 손끝 저려/ 부러진 몸짓 퍼득이다/ 태산의 울림에도/ 날지
  못하는/ 두견의 슬픈 날개//

                                          -<슬픈 날개>에서

  공허한 가슴은/ 항시 빙점으로 돌아와/ 발가벗은 가지에 걸터앉아/
  또 다른 나를 응시한다//

  백조가 되고 싶은 / 내 절절한 소망 //

                                          -<백조의 꿈>에서

특히 전통적인 정서와 때로는 전형적인 풍물을 다루되 전통적인 소재를 새로운 방법과 기호를 소통의 도구로 구사하며 언어의 조합, 이미지의 연결, 어조의 복합성, 운율의 변화 등을 통하여 자신의 독자성을 구축하려고 노력한 그의 애씀에 대하여는 뜨거운 갈채를 보내는데 더 이상 인색하여서는 아니 될 것이다.

때로는 인간성의 회복으로 추구한 영적 구도의 시적 인식이 지상에 속하는 여성상징인 '진달래, 백합, 목련, 눈꽃, 해바라기, 해당화, 풀꽃' 등의 다양한 꽃으로 제시되고 있지만, 이것은 본질적으로 그의 따뜻한 감성에서 비롯된 인간존재에 대한 물음이며, 그토록 자신이 소중하게 인식하고 있는 생명외경의 편린片鱗의 보기일 것이다.

3. 언어의 유의미와 결합

일찍이 랜섬(John Crowe Ransom)은 "시는 자연미의 표현이며, 상상想像이라는 훌륭한 기능이 시의 작인作因이다."라고 지적한 바 있다. 행복한 언어의 집짓기와 촛불의 미학으로 해석되어지는 박지은 시인의 시정신은 비교적 식물성 언어로 직조된 전율 같은 가슴 떨림이며, 동시에 그만이 겪는 황홀함이다.

다양한 삶을 체험하며 인생여정을 숨 가쁘게 질주해 오다 비록 뒤늦게 등단하여 강인한 생명력을 '촛불의 영혼'으로 시적 형상화한 그 자신이 누구보다 평화주의자로 온유한 심성의 소유자라는 확증은, 오늘도 눈부신 생명의 꽃으로 활활 타오르는 시에 대한 열정, 자기희생을 통한 통로인 신앙심으로 해명된다. 바로 시인이라면 최소한 그의 체취는 풀꽃 향이거나 모과 향이어야 하고, 추하고 우울한 것도 조금은 깨끗하게 정화시키려고 몰두하는데 있을 것이다. 이 점에 비추어 박지은 시인의 시 창작의 큰 틀은, 고향과 지극한 선의 드러남인 자연 친화적인 것과 카톨릭적인 신앙에서 연유한 생명경외의 엄숙성이다.

특히 언어의 결합으로 해석되는 그의 시편들은, 삶을 관조하면서 나름대로 체험하고 확인된 교시적인 언어를 내적 충만이라는 과정을 통해 조심스럽게 직조해 낸 생산물이기에 생명력이 있다. 실체의 껍질을 벗기고 일순간 깊은 사상에 몰입하는 정신력이 직관적이라면, 사물의 전체를 거시적 입장과 영원한 시간의 관점에서 주시하는 정신력의 한 방법이 관조의 세계이다. 여기서 놀랍게도 박지은 시인은 항시 영혼의 창窓을 절대자인 그분을 향해 열어 놓고 있다는 사실이다.

모처럼 상재한 시집 『촛불의 영혼』을 통해 확인되듯 지극히 아니무스(animus)적인 결과물로 생산된 박지은 시인의 또 하나의 시적 특성은 생의 달관에서 비롯된 여유로움으로 풀이할 수 있다. 그것은 마치 "개념과/ 창조 사이에/ 감정과/ 반응 사이에/ 그림자는 자리한다."라는 T.S Eliot식 발상으로 신비스런 동반자(companion)로서의 시 쓰기와 동일하다.

그 자신의 신념의 표징인 산문시 <시작 노트>에서 실증해 보이듯이 "아직은 기후 쌀쌀한 시절, 봉긋한 백목련의 슬픈 사춘기 소녀인 듯 토라진 내면의식은, 온통 나를 에워싸고 유년의 꿈을 키워주던 고향바다와 충격적인 해후邂逅를 한다, 늦은 밤 소복한 바다의 느꺼운 울음 들으며 시작 노트에 떨어지는 회한의 눈물, 작품을 통한 만남과 그리움, 쓰라린 체념과 지혜로운 인내로 목숨의 강은 여기까지 흘러 왔는데. 이제 내 분신의 파편과도 같은 따뜻한 감성의 시를 통해 나의 고뇌와 호소, 아픔까지 사랑하면서 목숨의 불 활활 태우며, 언어의 자유를 위해 푸른 초원을 마음껏 달리듯 그렇게 살아가리라."

결론적으로 상재한 『촛불의 영혼』에서는 보편성을 지닌 시어의 사물성이 다행스럽게도 존재의 현현顯現을 위한 언어의 결합으로 확인된다. 이 땅의 어떤 시인보다 생명외경이 생성된 순수서정의 시학을 형상화하려고 애쓴 흔적이 역력한 박지은 시인에게 거는 소박한 기대는, 언어공해가 심각한 우리의 정신세계를 더 이상 현란하게 하는 모순된 언어유희에 이끌리지 말고 오로지 자기의 육성, 냄새, 느낌 그리고 색깔이 있는 시의 영토를 확장하라는 것이다. 아울러 항시 비틀기보다 손잡아 주고 소외된 이들을 향해 다가서는 품격 있는 시인으로 모국어의 속살로 고정화된 자기모순의 문제를 조화롭게 소통시키는 시대적 역할과 소임을 다하여, 단절의 경계를 허무는 우리현대시사에 있어 보다 당당하고 뚜렷한 실체로 자리 매김하라는 당부를 글의 말미에 남긴다.

제5장
생명적 기호와 심상의 소통

문화비평서
인식의 전환과 현대시의 변주

▌ 1 ▌
선물膳物에 수용된 감성의 에스프리
-이복재의 시학과 생명적 기호

▌ 1. 형상의 잠식과 감성의 에스프리

인간은 사유思惟의 실체로서 지속적인 물음(logos)을 통해 고독한 자신의 존재를 확증한다. "철학이란 본래 향수요, 어디에서나 고향을 만들려는 하나의 충동이라."고 낭만주의의 시인 노발리스는 지적하고 있지만, 절망의 끝이 보이지 않는 암울한 지식·정보화 사회에 몸담고 있으며 그 자신의 삶의 족적인『선물膳物』(삶과 꿈, 2008)을 상재한 생산적 행위는, 그저 놀랍고도 가슴 따뜻한 감미로운 미감美感이 한순간 다이돌핀으로 변형되어 영혼을 정화시켜주기에 지극히 감동적이고 창조적이다.

형상에 잠식蠶食된 예감의 시학과 생명적 기호로 자신만의 냄새와 느낌, 그리고 특이성과 이복재 시인의 시적 떨림은, 독자들에게 묵시적으로 들여다보기라는 관심의 내상이 된다. 매순산의 지난至難한 삶을 눈부신 정수精髓로 변주하는데 익숙한 그만의 정제된 언어의 편린들은, 구속으로부터의 자유로운 이탈의 여유로움이기에 상실된 감동마저 눈물겹게 회복시켜주는 매력을 지닌다. 특히 오랜만의 침묵을 깨고 묶어낸 그의 깊이 있는 시집은 비교적 다양성을 지녔기에 책의 그늘이 넓다. 어찌 하였던 간에 보람의 일터에서 종사하며 불투명한 일상에서 파상되는 전율로 깊은 밤 고뇌하면서도 화합의 통로를 관통하기 위한 '행복한 언어의 집짓기'는 그만의 당당함으로 잠재된 의식의 불꽃이다.

끊임없는 시적 탐구로 미적 주권을 회복하려는 이복재 시인의 엄숙한 작업을 응시하노라면 긴장감을 늦추지 않을 수 없다. 예언자적 시인이라면 알퐁스 도데의 「마지막 수업」을 통해 배경지식(schema)으로 영어몰입교육으로 민족의 혼인 모국어가 위협받고 있는 현상에서 기억 흔적에 담아둘 일이다. "슬픔은 슬픔만이 진정/ 아픈 손으로 어루만지고/ 눈물에겐 눈물만이/ 손수건 건넬 수 있는지//... 생략...// 상처는 알고 있지/ 마음에게 마음이 노을빛/ 눈길로 안아주면 별이 되고/ 노래가 되고/ 아침 햇살이 됨을(상처)" 이처럼 시대적 소임을 수행하며 아픔을 감내하는 시인과의 가식 없는 만남은 공허한 우리네 삶에 있어 하나의 기쁨으로 해석된다.

> 그대 갈 곳 없으면/ 아니, 발 디딜 길 없으면/ 별을 향해 가슴 내밀어/ 길을 만들라/ 은하수는 머나먼 길이라 생각지 말라/ 내가 나에게로 향하는 길은/ 우주에서 가장 가까운 길일 수도 있으니//
> 　　　　　　　　　　　　　　　　　　　－<土末에서・2>에서

예리한 금속성 언어로 상처받아 부러진 날개를 치유治癒하려고 이복재 시인은 "별을 향해 가슴 내밀어/ 길을 만들라./ 우주에서 가장 가까운 길을"이라며 생명적인 언어 기호로 실험・도전정신을 몸소 확장시키고 있다. 비열한 이기주의로 치닫는 냉소적인 포스트모더니즘의 토양에서, "수 없이 허물어져/ 흔적을 찾을 수 없는/ 나의 빈 가슴이/ 저 홀로 떠돌다/ 지금은 어디에 살고 있는지/ 주소도 없는 곳에서/ 꽃씨 심어 놓고/ 오늘도 눈물 글썽이며/ 별을 바라볼지 몰

라(주소)"라는 시적구조의 처리와 유추, 그리고 상상력의 확대는 자
못 의미심장하다. 그 점은 차창 밖의 흔들리는 풍경을 확연하게 명
증하려는 투시적 효과와 긴장 뒤의 안도감을 안겨주는 반응으로 분
망한 우리네 삶에서 느림의 사유를 일깨워 주는 정신적 행위로 풀이
된다. 까닭에 그만의 정신적 집산이기도 한『선물膳物』의 시사적詩史
的 가치는 거대한 성채城砦처럼 비중 있게 논의될 수 있기에 그의 시
학과 정신지리지의 통합에 관한 검색은 실로 빛나는 정신작업에 해
당한다.

2. 감성의 시학과 정신지리지

언어의 충돌과 결합인 한편의 시 쓰기란, 삶의 다양한 소재의 선
택과 세계의 만남에서 깨어남을 계기로 지속적인 변형을 추구하는
작업이다. 시적 형상화를 위해 낯선 물상과의 접합이나 감내하기 힘
겨운 현상과도 충돌하지만, 정신작업의 종사자에게 나약한 패배감
과 두려움, 현실의 안주는 결코 허락할 수 없다. 그 까닭은 질서의
회복을 위한 '감성의 시학과 정신지리지'란, 이복재 시인의 자아인식
의 재현(모사)이기에 시적 정조情調 또한 "문패에 이름을 새깁니다/
별, 바람, 강, 노래, 들꽃, 하늘이/ 당신을 기다리는 곳이라"는 삶의
공간(처소)으로 앙양된 심리상태를 유지하여야 한다.

"울림이 싫다고 무너지는 벽/ 그 벽을 붙잡고 나는 말을 건네고
있지만/ 대답이 없습니다/ 대문 없는 집을 지으며 허공에/ 물소리
닮은 당신의 노랫가락으로/ 문패를 달고 있습니다/ 그리고 그 문패
에 이름을 새깁니다/ 별, 바람, 강, 노래, 들꽃, 하늘이/ 당신을 기다

리는 곳이라고(집짓기)" 이처럼 이복재 시인은 지오 폰티식 발상으
로 '벽은 귀를 열어 놓고 있지만, 입을 열어 말하지 않음'을 인식하
고, 비록 가시적이고 실제로 체험한 대상이지만, "스치는 바람을 붙
잡아 벽을 쌓고"라는 언어적 기법은 "가시적인 것은 소멸된다."는
사실주의의 시인 라아킨의 이론에도 접근하고 있다. 혹여 다른 평자
에 의해 독자들과의 시 해석에 비집을 틈새가 있다면 그의 시에 대
한 이해와 선험적 지혜, 상상력의 통합적인 폭과 깊이, 그리고 다양
성에 기인된 차별화일 것이다.

> 나만을 위한 길을 찾기 위해/ 눈먼 가슴 허허로이 빈 들녘 헤매 임
> 인가/ 하늘엔 이야기 나눌 별도 많고/ 길 위에는 손잡고 걸어갈 사람
> 도 많은데/ 아! 오늘도 나는/ 작고 소중한/ 여린 가슴과 사랑하는 것들
> / 가벼이 스쳐 지나고 있구나//
>
> -<나이 마흔에>에서

다만 <나이 마흔에>에서 불혹不惑의 세월을 지나친 그 자신이 시
에 수용하고 있는 실경實景들 중 많은 부분은 독자들의 심상 속에서
도 고스란히 투사되어 인식되고 있다. 이복재 시인의 여러 심상心象
들은 현실 그대로의 현상 반응이다. 이 같은 시적 형상들은 새로운
이미지의 확장으로 변형되어 공감대를 형성하기에 독자들의 정신풍
경에 때로는 암울한 그림자를 드리우기도 한다. 바로 정신지리의 일
면은 "아! 오늘도 나는/ 작고 소중한/ 여린 가슴과 사랑하는 것들/
가벼이 스쳐 지나고 있구나"라는 시적 구조로서 일상의 모순·갈등
에 빗대어지는 또 하나의 실체로 심안心眼을 닦아내는 의미의 접근
이다.

또 하나 "더 빨리 지나가는 길을 위해/ 자로 그은 듯 선이 되어버
린 길/ 그 길을 위하여/ 사람과 바람과 별빛과 물의 출렁임이/ 함께

걷던/ 수많은 길을 잃어버리고(길·2)"에서와 같이 '길의 현상학'에 있어 길은 곧 삶의 무게로 현주소이며, 마침내 그의 시에서 하나의 골격으로 작용하는 현상이며 관념이다. 여기서 길(공간, 처소)이 관념으로 작용할 때 곧장 마음의 통로로 변형한다. '빗줄기는/ 삶의 여유였을까'라는 그의 역설逆說이 바람과 별빛, 그리고 물의 출렁임으로 몽타주 되면서 마음의 이미지를 해명하기에 길은 지리학적 개체가 아닌 그의 마음을 관통하는 매개로 작용하는 대상물이다. 이복재 시인에게 있어 끝내 '수많은 길을 잃어버리고/ 길 위에 남아 있던 이야기도 잃어버리고'라는 상실감을 '바라보던 빗줄기→바람, 별빛, 물의 출렁임'이라는 회화적 기법은 가히 절창絶唱이다. 또 다른 시편 <별꽃>에서 교시하는 "나보다 더 아린 상처를 보듬으며/ 꽃으로 피어나는 그대"의 의미소 또한 내면인식의 이분법적인 갈등과 모순, 자잘하고도 섬세한 기억의 흔적(Trauma)으로 작용하기에 쉽게 털어버릴 수 없다.

뿐만 아니라, "흔들리는 바람이 되고/ 태풍에 부서지는 파도가 되고/ 쏟아지는 빗줄기 되기도 한다/ 홀로 외로워지는 밤/ 나보다 더 아린 상처를 보듬으며/ 꽃으로 피어나는 그대(별꽃)"에서와 같이 시문학에 있어서도 자기실천(Do It Yourself)의 원리는 기본 틀을 구성하는 장치를 마련하여야 한다. 이복재 시인은 실험정신을 반복하며 도시의 소음 피폐된 삶의 애증을 삭임 질하며 절제된 정감으로 "마음 열어 놓아야/ 그대에게 가는 길이 더 가까워진다고/ 지난 밤 떠난/ 수도자의 발자국은 늘 이야기 하고 있어// 이제 펄럭이는 깃발에/ 수많은 이야기 달지 않아도 되리라(소통·2)"라는 소통疏通에 대한 믿음을 낮은 음조로 읊조리고 있다. '펄럭이는 깃발에/ 수많은 이야기 달지 않아도 되리라'는 미끄러짐의 시학을 통한 자신의 소박한 기대감은 놀랍다. 그것은 그 동안의 거리감, 단절들이 한순간 '마

음의 문이 열리는 소통'으로 발화 상황, 어조, 언어의 조직방식으로
수평의 관계가 회복되고 긴장된 대립·갈등도 꼬인 실타래가 풀리
듯 풀어지고 마침내 <별이 내게로 왔다>에서는 경직된 일체의 고
정관념마저 해체되기에 이른다.

> 사랑은/ 미움과 다툼을 만들고/ 삶은/ 슬픔과 상처를 만드는/ 흔적
> 속에 별이 내게로 왔다//
>
>   -<별이 내게로 왔다> 전문

　자연을 인과율로 한 우리 시단의 양상은 정직성과 철학의 빈곤성
을 이탈하지 못하고 있는 현상이다. 이 점에 있어 이복재 시인의 시
사적 가치를 무비판적으로 수용하여 '사물의 본질을 구명하고 서정
성과 주지성을 통합해 나가는 이상주의적 시의 지평'으로 그의 시
정신을 극단적으로 규명한다면 결코 바람직하지 아니할 것이다. 여
기서 마땅한 주의 집중이지만, 언뜻언뜻 그만의 정감적 미에 대한
일깨움과 생명율을 지닌 진동의 언어를 통해 삶의 존엄성을 접할 수
있음은 함께 기뻐할 일이다. 일차적으로 담백한 시격에 담아 확증하
고 있는 그만의 독자적인 시정신은, 뼈아픈 자아 성찰과 역동성으로
즉물적 현상을 분할하고 통합하는 감성에 기인하기에 더욱 시의 색
채는 빛난다.

　실제로 또 다른 그의 시편에서 "세상 모든 귀耳 열어놓고/ 바람소
리 만지작거리는/ 오래전 너의 모습(수석의 전문)"이나 또 "세상 모
든 문門 열어놓고/ 나를 기다리는/ 그대 눈망울(꽃의 전문)"을 통하여
쉽게 감지할 수 있는 그만의 시적 저력은, 구조적으로 1연 3행의 '귀
열어놓고, 문 열어놓고'의 단시의 유감없는 시적 발아로 풀이되고
있다. 이처럼 이복재 시인의 시편은 일상적 삶에서 감동을 회복시켜
활력을 넘쳐나게 할 뿐 아니라, 삶의 본원本源을 상실한 현대인의 응

고된 영혼을 뜨거운 눈물로 녹아내리게 하고 무위·무상이라는 관념을 촉발시켜 걸어 잠근 마음의 문을 내부로부터 열게 한다. 그의 시편을 통해 예견된 현상이지만, 가일층 이분법적인 사회현실에서 친근 관계를 회복시켜 자연에 순응하게 하고 영혼의 피폐함마저 은총의 강물로 충만케 하려는 처절한 애씀은 실로 눈물겹다.

> 허허로운 가슴에 슬픔 넣어두고/ 눈물을 만들고 있는/ 우리네 이별
> //
> 슬픔은 내가 만들어 놓고/ 그 위에 눈물을 뿌리는 것/ 이별은 슬픔
> 탄생시키지 않는다//
>
>   -<이별>에서

<시작詩作의 과정(a making of poem)>에서 스펜더(Spender)가 제시한 '기억력'은 특정한 감각적 인상으로 시인의 천부적인 재능으로서의 상상력이다. 기억력은 단순히 정신적인 재현 작업이 아니라, 고통을 통해 생산된 생명력을 지닌 예술작품이다. 이별離別은 '눈물을 만들어내지만, 슬픔을 탄생시키지 않는다'는 오랜 날 그만의 신념은 맑은 영혼과 시에 대한 열정, 그리고 끝없는 자성임에 틀림이 없다. 항시 시에 대한 열망으로 밤잠을 설치는 그만의 미적 공유의식은 근자에 이르러 놀랍게도 '편 가르기나 대립갈등의 구조가 아니라, 화합과 용서의 하나 되기'라는 본질적 의미망의 확장, 곧 관용으로 변형되어 예술적 감동과 환희로 변주된다.

3. 시적 감응과 시인의 소임

시적 상상력은 수동적인 사물과 능동적인 정신을 결합하는 매개적 정신능력(the intermediate)의 범주로 해석되어진다. 비록 사물의 재해석을 위한 발상으로 사물의 은유적 재구성이라는 그의 시적 포즈는 직면한 대상에 몰입한 결과물로서 형태, 색깔, 감각 등의 속성들을 상반균형의 시적 형상화로 풀이된다. 여기서 그만의 정신풍경은 '조금은 천천히'라는 느림의 미학에서 비롯된 여유로움이다. 우리는 절박한 상황에서도 이복재 시인의 시적 감응感應은 주지적인 세계를 갈마들면서도 서정의 시학으로 전이轉移된다. 구속으로부터의 정신적 자유로움을 발아시킨 투명한 시의식의 연결고리는 삶의 성찰을 통해 생산된 고뇌의 정수(core)이다. 꽃의 현상학적 시각에서 접근하면 그의 시, 곧 정치精緻한 언어의 떨기는 온통 푸른 생명의 식물성 언어로 직조되어 있다. "꽃잎(바람에게)", "꽃향기, 꽃그늘(세월 흐름 속에)", "꽃(벽)", "꽃그늘(선물)" 등의 시어는 <담쟁이>에서 "푸르른 당신/ 나와 함께 살아갈 수 있다"로 발전하고 마침내 "뿌리 깊은 나무 한 그루(당신)"로 변형된다.

지상적이며 여성 상징인 꽃을 시적 대상으로 삼고 몰두하는 시편을 접할 때, 그 자신이 한 사람의 지극한 평화주의자임이 확인된다. 그에게 있어 꽃은 재생이라는 순환적 이미지로서 바슐라르적 상상력에 의한 식물의 불이며, 생명의 빛이다. 이복재 시인의 시편에 수용된 꽃의 기능은 단절과 죽음을 이겨내는 강인한 생명력의 통로이며 인자因子로도 작용하기에 그의 표제시가 되는 <선물>은 다행스럽게도 날아오름이나 새로운 만남과 조화로 단절, 결핍에서 오는 초조·불안의식을 해소시켜주고 있다. 자연의 섭리에 순응하는 귀향자로서 불안한 우리네의 삶에 신선한 감동을 안겨주는 그는 놀랍게도 가장 행복한 심성의 최고 열락을 목관 악기의 투명한 음계로 쏟아내고 있다.

한편, 우리는 "아린눈물 가슴으로 보듬어/ 햇살 맑은 꽃그늘 아래로 소풍가는 일처럼(선물)"에서 언어의 절제된 힘과 내면적 체험의 깊이를 통한 "새벽길 걸으며 별빛을 주었다"는 <눈물>로 형상화는, 마침내 절절한 삶의 애환을 마지막 3연 3행에서 "햇살 맑은 꽃그늘 아래로 소풍가는 일처럼" 피곤한 정신적 혼돈에의 방황, 항해를 끝내려는 힘겨움과 접하게 된다. 비교적 열림 지향의 결과물인 이복재 시인의 시적 감응과 생명적 기호는 감성의 에스프리를 위한 유의미한 이미지이기에, 에드워드 호퍼(Eward Hopper)의 시선이 닿은 모든 대상과 공간이 사각형으로 이루어지듯 무미건조한 사각형에 익숙한 현대인들의 도시 위로 사각형의 햇빛이 쏟아지는 현상에 관하여서는 따뜻한 시선으로 응시해 볼 일이다. 인간은 생의 짐이 풀리고 나면 허공으로 하관下官하는 아픈 존재이기에 이복재 시인이 교시하는 묵언의 힘은 일상에서 접하는 감동의 신선함이다. 이 시대의 정신적 종사자인 예감의 시인들이 관심을 지녀야 할 시대적 역할이라면, 영혼을 정화시키는 눈물 묻은 시어詩語로 끝내 비열한 이기주의로 치닫는 현대인의 심장에 뜨거운 피의 순환을 조성시켜주는 영혼 깊은 곳에서 솟아나는 눈물을 길어 올리는 정신적 노동 행위를 거부하지 않는 것이다.

혼돈과 절망의 시간대를 맑고 푸른 한 자락 '떠돌이 바람'으로 또는 "대문을 닫으며/ 두 팔 벌려(대문을 닫으며)" 우리 주위에 항시 머물기를 소망하는 이복재 시인은 상처 입은 영혼을 따뜻한 가슴으로 치유하는 일에 열중하고 있다. 항시 '사랑으로 안아 줄' 가족이라는 핏줄의 인연을 조심스럽게 확인하는 그는 정신적 피폐함으로 소외된 이들의 기대에 어긋남이 없이 삶의 현장을 갈마드는 순수한 영혼의 소유자이다. 비록 현상적으로 대문을 걸어 잠갔다고 하지만, 그 자신은 마음을 열어 놓고 빛된 사랑과 진리의 자유를 위하여 2-3%의 염분이 오염된 바다를 생명의 처소로 정화시키듯이 세속적인 틀을 부수며 자신의 노래로 초연하게 견고한 고독과 격랑을 헤쳐나가는 진정한 극소수의 창조자이다. 세월의 물발에 부대끼며 진정한 나눔과 배려의 소중함을 실천궁행하는 일에 몰두하고 있는 이복재 시인은 머뭇거림 없이 '인간실존과 일상적 대상물을 감성적으로 형상화하는 일에 다행스럽게도 긴장과 응시의 눈길을 멈추지 않는 구도자의 자세가 빛나는 위대함'에 접근할 수 있는 감성의 시인이다.

　결론적으로 우리의 기억에 이복재 시인의 존재를 오래 각인하여야 할 소박한 까닭은, 격앙된 어조나 냉소의 미소를 머금지 않으면서도 항시 혈흔血痕같은 자신만의 시적 감응을 상상력을 통해 확장시키는데 참으로 열중인 따뜻한 심장의 소유자이기 때문이다. 글의 말미에서 소박한 기대라면 흘려버린 과거에 집착하지 말고 인식의 오류에 관해 생산적으로 비판하되 홀로 있기(思惟)의 시간을 가지라는 것이다. 아울러 자신의 시편에 자아인식에서 비롯된 즉물적, 전체적, 정의情意와 지성의 종합, 객관적 특성을 지니도록 집중할 것과 일상에서 부대끼는 물상을 투명하게 여과하되 그간의 낡고 고루한 시각에서의 변전變轉을 추구하여 절대의지의 공간으로 비상할 것을 확신한다.

‖ 2 ‖
순수한 영혼과 모성의 기도
-김화진 시인의 정신지리와 내면인식

‖ 1. 감성의 새로움과 에스프리

　치열한 시장의 논리가 지배하는 21세기, 후기산업사회에 몸담고 있는 현대인들에게 '무관심은 죄악이라'는 지적은 다양한 삶의 양상에 있어 지극히 교시적教示的인 의미를 지닌다. 여기서 논의의 대상인 김화진 시인은 절망의 끝이 보이지 않는 사회현상에서 오랜 날을 우직하게도 '별과 꽃, 그리고 영혼'을 구가하고 있다. 그는 이 땅의 어느 시인보다 정신적 기후를 따뜻하게 조성하여, 생명경외生命敬畏의 존엄성을 목가적 서정으로 절박하게 시화詩化하고 있는 순수한 에스프리의 소유자로 기독교에 대한 신앙심이 독실한 인물이다. 다소 빛바랜 그의 시집 『스쳐간 바람 자리 빛을 남긴다』(경운출판사)를 푸른 생명의 계절이 총총히 오는 길목에서 다시금 접할 수 있음은 실존문학의 거두 싸르트르가 <작가의 책임>에서 "작가의 책임은 명백하다. 바로 그것은 자유와 해방의 이론을 구축하는 것이라."고 기술하였듯 구속으로부터의 자유로운 이탈의 여유로움에 의한 한순간의 정신적 위안임에 틀림이 없다.

　우리의 소중한 일상에서 특정한 사람과의 만남이 운명적이듯, 필

자의 삶의 여정에 있어 김화진 시인과 그의 투명한 시혼에 대한 섬
세한 관심사는 장황한 변명을 떠벌리지 아니 하더라도 그냥 지나쳐
버릴 수만은 없다. 1997년 함께 <허균문학상>을 수상한 인연도 있
지만, 교편을 잡고 있는 큰 자제와의 피치 못할 관계성과도 연유한
다. 그러나 무엇보다도 영혼의 피폐함으로 미래가 불투명한 일상에
서 파상되는 세상살이의 갈등과 전율처럼 엄습해 오는 절박한 고뇌
의 편린들을 감성의 통로를 거쳐 자연의 숨소리로 감동을 회복시켜
주는 정신적 변형을 언어의 집짓기로 해석하는 까닭일 것이다.

　한 때 김경린 시인으로부터 "의식의 심화 속에서 유추되는 시세
계"로 정의되며, '지적서정성의 의식세계, 시세계 속에 파고드는 현
대의 불안의식, 발화하는 현대의 감각적 표현' 등으로 해석되어진
그의 시편들은 혼돈의 시간대를 걸쳐 내면인식의 깊이와 중량감을
더하여 줄 뿐더러 목가적 서정성을 눈부시게 토해내고 있다. 여기서
새삼 그의 시편에 대한 의미와 가치를 비중 있게 논의하려는 필자
나름의 의중은 몇 년 전부터 문명의 이기가 안겨주는 인간소외의 문
제를 온 몸으로 항변하다가 '홀로 있기(思惟)'와 직면하는 물상과의
관조를 위해 그 자신이 매연과 언어공해의 거대한 도시공간을 훌쩍
뛰쳐나온 강직한 신념의 놀라움에 기인한다.

　천년의 신비가 자리한 강원도 백두대간의 산자락에 은거하면서
김화진 시인은 절박하리만치 홀로 고독하게 바람과 들꽃과 이마를
마주하며 끊임없이 전통의 실타래를 꼬는 일에 전념하고 있다. 조금
은 같은 공간에서 그를 대하면, 좌절과 회색의 시간대에서 오로지
보다 밝은 미래사회를 위해 시혼을 불태우는 열정이 너무 투명해 눈
물겹기도다. 도시 공간에서 생산되는 인간소외, 상실된 자아를 모성
적인 돌봄으로 치유하려는 그만의 엄숙한 작업을 주의 깊게 응시하
노라면 숨죽이지 않을 수 없다. 특히 언어 공해가 심각한 지식·정

보화 사회에서 가족에 대한 깊은 애정과 자연친화적인 품성, 그리고
서정적인 미감은 그저 잔잔한 감동을 일깨워준다. 시어詩語에 대한
다양한 해석과 언어의 조탁을 통해 미적주권을 형상화시켜 담백하
게 표출하는 진지함은 바로 내면인식에 뿌리내린 그만의 육감이며,
매력이다.

모름지기 비정한 이기주의로 치닫는 지식·정보화 사회에 있어
가까운 미래를 위해 인간성의 회복과 공동체 인식의 소중함은, 여유
로운 삶에 대한 깊은 이해와 언어의 분별력에 접목되어야 할 것이
다. 근자에 언어에 대한 각별한 배려에 무관심인 시인들이 양산되고
있는 실상은 다문화권의 사회양상으로 문단의 현주소에 해당할 것
이다. 그러나 이 같은 현상에서도 오로지 시 쓰기에 대한 갈망과 열
중을 위하여 삶의 공간을 갈마들며 불태우는 김화진 시인의 순수한
열정과 영혼의 선율이 내재된 지난한 몸짓은 너무 강렬해서 눈이 부
시다. 기실 정신작업에 종사하는 이들에게 거는 필자의 소박한 소망
은, 저마다의 직업과 가치의 추구를 위해 시간과 물질을 투자하며
몰두하는 행위도 소중하지만 존엄한 삶을 예술처럼 아름답게 가꾸
어가기 위해서는 우리말에 대한 지대한 애정과 관심의 표명이다.

필자 자신은 모국어에 대한 애정이 그려진 알퐁스 도데의 「마지
막 수업」이나 센키에 비치의 「등대지기」를 기억 흔적에 가끔은 담
아두고 있다. 그 까닭은 최소한 우리말을 갈고 닦고 아름답게 가꾸
어가는 작업의 소중함은 그 어느 세기보다 외국어가 범람하는 시대,
이 땅의 시인이라면 우리말에 보다 더 애착을 지니며 검색할 시인의
소임이 따르기 때문이다. 바로 언어는 그 민족의 위대성을 상징하는
역사요, 문화며 생명체이기에, 비록 세계화의 시대를 살아가고 있다
할지라도 치열한 경쟁에서 살아남으려면 반드시 역동적인 힘과 민
족의 정체성(identity)을 지녀야 한다.

가을이었다고// 말하지 않겠습니다.// 겨울이 바람을 몰아// 떠나게
했다고// 말하지 않겠습니다.// 그저// 무심한 기류였다고// 알고 있겠
습니다.//

-<낙엽> 전문

'겨울바람을 무심한 기류로" 인식하며 '비어 있음의 충만'을 형상
화하는 이 같은 정신기후의 조성에 몰두하는 김화진 시인의 서시序
詩는 물안개로 실상이 불투명한 차창 밖의 흔들리는 풍경(정물)을
보다 확연하게 그 실체를 명증해주는 투시적 효과와 긴장 뒤의 안도
감을 안겨주는 반응, 그리고 분망한 우리네 삶에서 '조금은 천천히'
라는 느림의 미의식을 일깨워 주기에 그저 감사할 뿐이다.

2. 진동의 언어와 시적 환상

모두冒頭에서 기술한 바지만, 필자는 오랜 시간 환경공해 못지 않
게 정신적 건강에 해악을 주며 건전한 사회에 증오와 불화를 충격적
으로 안겨주는 언어공해의 심각성을 지적해 왔다. 낭만주의의 천재
시인인 P. B. 쉘리는, 시인은 영감의 비의秘義를 해명하고 사제司祭로
서의 소임을 담당하여야 할뿐 아니라, 최소한 존재의 뿌리인 언어의
집짓기에도 열중하여야 함을 역설하였다. 바로 한편의 시 쓰기란 삶
의 다양한 소재의 선택과 세계의 만남에서 깨어남을 계기로 지속적
인 변형을 추구하는 작업이다. 하나의 구조물이나 시적 형상화를 위
해서 때로는 낯선 물상과의 접목이나 감내하기 힘겨운 현실상황과
도 직면하지만, 나약한 패배감와 두려움, 그리고 절망의 순간에 머

무는 행위는 반드시 거부되어야 할 행위이다. 그 같은 새로운 가치
와 질서의 창출을 위해 영혼의 세계에 접하는 감동, 즉 앙양된 심리
상태 또한 적절히 유지되어야 할 것이다.

> 허상은/ 그대와 나를 떼어 놓았을 뿐/ 영원히 남는 것은 없다/ 한
> 켠으로 젖고 한켠으로 메마르며/ 아득하게/ 지워져 가는 저 노을을 본
> 다/ 담아내며 스쳐간 바람 자리/ 돌아올 수 없는 저 푸른 외침과 더불
> 어//
>
> 　　　　　　　　　　　　-<스쳐간 바람 자리 빛을 남긴다>에서

영국의 크리스찬 로젯티는 "누가 바람을 보았나요./ 나는 바람을
볼 수는 없지만/ 창밖의 흔들리는 나뭇가지를 보고/ 바람이 지나가
는 것을 알 수 있어요(바람)"라고 노래하였지만, '아득하게 지워져
가는 노을, 노을을 담아내며 스쳐간 바람의 흔적, 바람의 푸른 외침'
으로 실상을 파악할 수 없는 바람을 공감각적으로 처리한 김화진 시
인의 시적 수사는 가히 절창絶唱이다. 특히 실험정신을 반복하며 적
극적으로 소음과 매연 속에 묻히는 삶의 현상에서 애증을 삭임 질하
며 절제된 정감으로 "부식되어 버린 세월과 더불어/ 숨 쉬지 못한 너
는 가고/ 남은 자리에서 오래 너를 잊을 수 없었다(그 자리에 오면)"
라고 읊어낸 시편에는 동병상련의 지극히 선한 성정性情과 품격이 자
양분처럼 스미어 있기에 그에 대한 하찮은 기억의 흔적(Trauma)도
쉽게 털어버릴 수 없다.

> 소리 없는 호흡이고 싶다/ 부드러운 내 안의 살결처럼/ 홈 없는 그
> 대/ 무색/ 들이키고 내쉬는 숨결처럼/ 하늘/ 불변의 빛//
>
> 　　　　　　　　　　　　　　　　　-<원초의 힘> 전문

김화진 시인의 시형식의 특징은 비교적 호흡이 짧은 압축성에 기인한다. 단적인 지적이지만, 자연을 인과율로 한 대다수 우리 문단의 양상이 정직성과 철학의 결여와 빈곤에 연유하는 상황이라는 점이다. 여기서 애써 '김화진 시인의 시적 흐름이나 가치를 역사적 의미를 부여하여 사물의 본질을 구명하고 서정성과 주지성을 통합해 나가는 이상주의적 찬미와 비판'이라는 그의 시 정신에 대한 옹호는 낯설게 하기랄까 별개의 사항이다. 비교적 정감적 미와 정신적 의의에 대한 일깨움과 "얼어붙은 폭포에/ 첫봄 햇살 몸풀어주면/ 줄줄이 구슬 같은/ 물방울 흘러내리겠지(분수)"에서 진동의 언어를 통해 생명의 가치를 접할 수 있는 것은 어디까지나 기웃거림보다는 함께 기뻐할 대상일 것이다.

> 너의 영혼/ 물들인 풀빛 날 부릅니다/ 털 부풀려/ 쌓인 눈 털어냅니다//
>
> ─<내일도 눈이 오려나>에서

> 물을 타고 저류에서 수면까지/ 그대 안은 채 날으고 싶었습니다//
> ─<포말로 남은 때도>에서

인용한 시편을 통해 유추할 수 있듯이 그의 시편엔 낯설음과 허망함이 어둠과 교접되어 절규 같은 울음으로도 혼재되어 있다. "더는 아파하지 말자/ 이별이 전제한 만남/ 우리는 알아야 한다/ 걸어온 날들처럼/ 사랑은 끝이 없다/ 떠나는 것들은/ 사랑하기 때문이다(사랑하는 모든 것들)"처럼 때로는 나직한 통곡 속에서도 따뜻한 시적 분위기를 조성시켜주려는 그의 담백한 시격의 역동성을 통해 확인할 수 있는 것은, 놀랍게도 절절한 어둠과 울음이 아니라, 일상의 현상을 애정으로 응시하는 시인의 감지력이다. 여기서 우리가 쉽게 예감할 수 있고 또 그의 시를 떠받들고 있는 저력은 "돌아보면 제자리 그래도/ 갔으면 해요/ 물결처럼 삶의 자리/ 그렇게 갔으면 해요 (그렇게 갔으면 해요)"라는 자연회귀自然回歸에 연유한다. 삶의 본원本源을 상실한 현대인의 응고된 영혼을 뜨거운 눈물로 녹아내리게 하고 마침내 무위, 무상이라는 관념은 걸어 잠근 마음의 문을 내부로부터 스스로 열게 한다. 숭고한 모성애는 특히 자녀에 대한 눈물겨운 일념은, 어려운 현실에서도 애증과 불화를 몰아내고 친근 관계를 회복시켜 자연 순리에 순응하게 하여 영혼의 피폐함마저 충만한 은총으로 채우게 한다.

영국의 스펜더(Spender)가 '기억력'은 특정한 감각적 인상으로 시인의 천부적인 재능이며 상상력과 결부된다고 지적하였듯이 일단, 기억력은 단순히 정신적인 재현작업이 아니라, 고통을 통해 생산된 창조적 기억의 변형으로 생명력을 지닌 예술작품이다. 비교적 독실한 크리스찬으로 그 자신이 깊은 밤, 바람 앞에서도 신 앞에 드리는 절박한 기도는 '시처럼 맑은 영혼과 시에 대한 열정, 바로 끝없는 자성自省'이기에 충격적으로 감동을 안겨주는 진동의 언어와 시적 환상은 더 없이 매력적으로 분별되는 것이다.

> 태초로부터/ 나의 네 영혼을 시처럼/ 살게 하여 주소서/
> -<기도·Ⅱ>에서

> 주여/ 하나 되게 하소서/ 혈기를 멸하시고/ 가슴을 더욱 뜨겁게 하소서/ 간구로 기도하는 자 채워주소서//
> -<기도·Ⅲ>에서

항시 시에 대한 열망으로 밤잠을 설치는 그만의 미적 공유의식은 '편 가르기나 대립 갈등의 구조가 아니라, 화합과 용서의 하나 되기'

라는 본질적 의미망을 확장하여 타인의 정신적 삶의 영역마저 예술적 기쁨을 안겨주는 선한 심성과 결부되고 있다. 그는 미적 정감이 섬세한 시인이기에 <형태가 다른 것들>에 관하여 애써 제기치 아니 하더라도 "남을 수 없음은/ 갈증을 느끼는 몸부림/ 거리는 어둠을 불러/ 토해내는 밤은 타고 있습니다."에서 확인되듯 오랜 날, 그 자신의 삶의 처소인 도시공간을 떠나와 현재 홀로 독거하는 공간은 단순히 수치數値 개념이 아닌 정서적 양감量感이기에 강물의 흐름이거나 바람이 머문 자리로 인식되는 것이다. 바로 이 같은 틈새는 미적주권을 확립하려는 김화진 시인만의 당당한 시격詩格의 보기일 것이다.

3. 심층인식과 미적주권의 확립

만상萬象이 적요 속에 자리한 시각時刻, 그의 육신은 피곤에 지쳐 있다. 그러나 금화처럼 짤랑이는 그의 내면인식으로의 정신풍경은, 각질화 된 고정관념을 깨뜨려 보이고 있다. 비록 사물의 재해석을 위한 발상으로 사물의 은유적 재구성을 꾀하지 아니 한 김화진 시인의 시적 포즈는 직면한 대상 속에 몰입한 결과물로서 형태, 색깔, 감각 등의 속성들을 상반균형의 시적 형상화로 풀이된다.

내음/ 날리지 않는/ 재로/ 썩지 않는/ 물이 되어/ 고요히/ 흐르고 싶다//

  -<어디쯤 멈춰 있을까> 전문

그의 시편의 골격을 형성하고 있는 것은 '조금은 천천히'라는 느림의 미학에서 비롯된 여유로움이다. "떨어지는 낙엽/ 줍지 않으렵니다// 가을바람 불어도/ 옷섶/ 여미지 않으렵니다(낙조)" 그 자신의 '가을의 기다림'은 마침내 놀라움으로 변주되기도 한다. 때문에 잠재의식潛在意識의 심부에 내재되어 있는 본질은 김화진 시인에게 있어 하나의 엄숙한 신앙이다. 절박한 상황 속에서 그만의 따뜻한 감성은 지적인 세계를 갈마들면서도 주정적인 세계로 전이轉移된다. 바로 구속으로부터의 정신적 자유로움을 발아시킨 투명한 시 인식은 삶의 성찰을 확인하는 고뇌의 정화精華로 지난한 몸부림이다.

> 세상 모든 식물들에게/ 기회와 생명으로/ 흰 눈처럼 오소서/ 은밀한 곳 통한의 시간/ 사슬로 동여 매여진 세상/ 하얀 눈으로 풀어주소서//
> 　　　　　　　　　　　　　　　　　　　-<식충식물> 전문

특히 지상적이며 여성 상징인 꽃 "잎눈도 터지기 꽃망울 먼저 터트린/ 기현상도 있었더래요(설익은 꽃)"과 총체적 의미의 <초원과 수목>에 관심을 지닌 김화진 시인의 시편을 접할 때, "저기 저 까치/ 철없는 바람의 날개 짓(계절)"을 통한 비상이나 새로운 조화의 불투명에서 오는 안타까움이다. 그에게 있어 꽃은 재생이라는 순환적 이미지로서 바슐라르적 상상력에 의한 식물의 불이며, 생명의 빛이다. 또한 그의 시편에 수용된 "생명 있는 날까지 아무도 닿지 않는 곳/ 깊숙이 혼자 자맥질하여 샘물로 뿜어내리(천구백 오십년 생)"의 의미는 단절과 죽음을 이겨내는 강인한 생명력의 통로이며 인자因子이다.

이제 김화진 시인의 시 해설을 가름하면서 거는 소박한 기대라면, 지나친 과거에 집착하지 말 것과 인식의 오류에 관해 생산적으로 비판하되 자성의 시간을 가지라는 것이다. 이것은 시창작의 주체가 시인이지만 폭넓은 시각에서 볼 때 충직한 한 사람의 독자는 시인 자

신일 수도 있다. 따라서 자신의 시편에 비판적, 즉물적, 전체적, 정의情意와 지성의 종합, 유물적, 구성적, 객관적 특성을 지니도록 열중하여야 한다. 후기산업사회의 다양성을 수용하여야 할 현대시는 일상적으로 부대끼는 사물을 여과하여 엄밀히 구성의 과정을 걸쳐 새로움을 표출해야 함은 물론, 그간의 낡고 고루한 시각은 접어두고 새로운 변전變轉을 추구하여야 한다.

차지에 김화진 시인의 시적 매력은, 펑펑 쏟아지는 뜨거운 눈물과 순수한 영혼의 기도 같은 떨림을 매개로 생산되고 작용한다. 종교적으로 제단祭壇을 쌓을 때는 정釘(쇠붙이)으로 쪼아 만든 돌이 아닌 토담이나 자연석을 사용하여 쌓는다. 바로 이 점에 있어 스키마, 곧 배경지식이라면, 자연은 사랑과 평화를 의미하지만 인위적인 작업에 의한 금속(칼, 도끼, 정)은 곧 파괴나 살해의 도구로 변형된다는 점은 오래 기억할 일이다. 특히 한국적인 자연과 연계된 생태시학 또는 생명외경의 소중함을 상실한 현대인들에게 '인간관계의 회복과 조화로움의 소중함을 통해 소외감의 참담함'을 일깨우기 위하여 삶의 일상을 영혼의 정화를 위해 눈물 흘려 기도하는 김화진 시인과 같은 정직하고 좋은 품격의 시인들이 얼마만큼 고뇌하고 있는가라는 끊임없는 반문은 우리 현대시의 밝은 미래의 문제와도 결부된다. 때문에 현실에 안주하며 언어의 기교에 익숙하게 길들여진 창작행위란, 시인의 도덕성과 책무責務이지만, 2014 평창동계올림픽 유치의 실패로 인해 강원도민들이 실의로 가슴을 앓는 혼돈의 시대에 Happy 700m, 평창군 용평면의 산자락에 머물며, 바람 자리로 빛의 편린片鱗을 남기려는 갈망일 것이다. 아울러 한결같은 조응과 기대라면, 삶의 현상을 심도 있게 탐색하되 열정과 순수한 영혼의 소유자로 암울한 현실을 신념으로 초연하게 극기하라는 것이다.

한편, 무엇보다 자명한 것은 이 땅의 시인들이 미적주권을 상실했을 때, 그것은 우리 사회의 갈등구조를 얽어매는 시대적인 불행으로 정신적 공해를 유발시키는 인자가 된다. 비록 김화진 시인이 '물속에 놓여 있는 돌도 함부로 치우면 물의 울음소리를 들을 수 없음'을 격앙된 어조나 번뜩이는 잠언箴言으로 역설하지 아니 하였더라도 혈흔血痕같은 시편을 통하여 시적 감응感應과 시인의 소임을 기억 흔적에 깊이 각인시키려고 노력한 점은 격찬하여도 지나침이 없다.

결론적으로 "순수한 영혼과 모성의 기도"로 해명되어지는 김화진 시인에게 있어, 시의 난해성은 심층인식과 미적주권의 확립으로 내면인식의 풍경화를 채색한 시적 수사의 단순성은 모남이 없이 친화력을 안겨주고 있다. 이처럼 내면인식의 심화 속에 유추되는 그만의 시세계는 시적 흥취와 순수한 영혼을 위한 구도에 이끌려 적막한 강원도의 산자락에 거처하면서 빚어내고 투망으로 건져 올린 담백한 시격의 생산물은 그만의 특유한 개성, 냄새, 집념으로 채색할 영원한 모성적母性的 선율이기에 격려와 찬사를 받기에 지나침이 없다. 특히 근자에 이르러 열정적이되 순수한 신앙심으로 헌신적인 교회 봉사와 자성에 의한 기도생활에 전념하며 새로운 시 쓰기에 가일층 몰두하는 김화진 시인에게 거는 기대라면, 모쪼록 한국현대시사에 있어 독자적이되 차별화된 시적 토양을 조성하기 위한 실험정신을 끊임없이 발휘하라는 것이다.

▌3▐

귀향歸鄕하는 입법자의 변증辨證
-피기춘의 존재와 즉물 세계의 인식

▌ 1. 귀향하는 입법자

　정신적 작업인 시 창작에 있어 소재의 선택이나 표현 기법, 그리고 새로운 실험적 시도와 개성적 특이성의 서술은 미적 진실성을 보다 심화시켜 준다. 일차적으로 발상적 동기에 있어서 예술을 무한無限으로까지 추구하는 변증법의 모색은 보다 의미 있는 행위로 해석된다. 언어의 제작은 언어에 존재가 입주하는 집으로 비유된다. 존재의 뿌리인 가정(城)이나 고향은, 주제의 참신성을 위해 도전하는 시인에게 있어 끊임없이 일깨워짐으로써 되돌아가 머물러야 할 처소이다. 때문에 시인은 누구보다도 귀향(Heimkunft)하는 자로서의 시대적 소임을 엄숙히 담당하여야 한다.

　존재와 즉물 세계의 인식을 새롭게 일깨워 줄 시인의 정신적 작업인 『생명의 유업』은, 폴 틸리히가 역설한 불확실한 시대를 살아가는 독자들에게 신선한 감동과 충격을 안겨 줄 것으로 확신된다. "접혀진 내 안의 아홉 개 날개"를 펼치며 날아오를 눈부신 순간을 위하여 살아가는 인간들은 '영혼의 거울'로 표징된 에네아그램(enneagram)이라는 아홉 개의 유형으로부터의 검색에서 비롯된 현실 관조에서 빚어진 사려 깊은 순수 서정의 시편들은 삶의 현장에서 매 순간, 열정적으로 빚어낸 '가장 선량하고 행복한 순간의 눈부신 언어의 기록'이기에 내면 미학의 현실적 변용으로 풀이된다.

"창조자의 이름에 합당한 것, 신과 시인 말고는 없다."는 P. B. 셸리(Shelley)의 시론을 언급하지 않더라도, 독실한 크리스챤으로서 신앙과 성서를 축으로 창조활동을 다양하게 펼쳐나가는 피기춘 시인은 영감의 비의秘義를 해명하는 사제司祭로서 비공인의 입법자 역할을 충실히 수행하고 있는 품격 있는 시인이다. 모름지기 인간은 회색의 그림자, 곧 세 개의 어둠의 그림자인 '공허함, 죄책감, 두려움(공포)'속에서 살아가고 있다.

> 십자가 불빛 아래/ 얼룩진 추한 형상/ 더 이상 숨길 것 없고/ 안으로 스며든 죄악의 아픔/ 상하고 얼룩진 지친 영혼/ 용서와 구원을 위한 기도는/ 비로소 가슴 찢는 절규가 되고.//
>
>   -<기도>에서

> 경외자의 말씀과/ 눈부신 약속 지키려/ 겸손의 흙덩이 빚어/ 화답의 은총 기다리는/ 믿음의 백성은/ 고뇌의 밤 하얗게 밝힌다.//
>
>   -<방황의 끝>에서

예를 들면, 눈앞의 가려진 일상적인 안개에 보다 익숙해져 있는 우리에게 가시적 현상 뒤의 불가시적不可視的 본체의 드러남을 암시하고 있는 피기춘 시인은 문명에 찌든 우리의 영혼에 푸른 생명의 바람을 안겨 준다. '고뇌의 밤 하얗게 밝혀야 하는' 그의 정신적 아픔은 지구의 회전 반응에 의한 현상과 접하면서도 "잿빛 하늘 끝에서/ 들려오는 은총의 언어/ 별빛 같은 새날을 약속하며/ 절망의 시간 위로한다. (잿빛 하늘 아래서) "에서 표출해 보이듯 그는 시종 참

음의 소중함을 확인시키며 눈부신 약속을 위해 깊은 밤, 잠들지 않고 기도하며 '용서와 구원'을 절절하게 소망하는 영혼에 대한 그만의 존엄성은 소중한 것으로 확인된다. '빛깔과 소리, 그리고 이미지'는 피기춘 시인의 시적 자산이기에 <방황의 끝>에서 현현되는 그의 시편은 '어둠, 거리 두기, 이화異化'가 아닌 긍정적 실체의 추구임을 다시금 지난한 몸짓으로 우리 앞에 확증하고 있다.

  소중한 생명의 지조 / 침묵의 미소로 꽃 피우는 / 고독한 상념의 형
  상은 / 긴 독백의 상징이다.//

  -<蘭의 독백>에서

  안으로 저려오는 슬픔 같은 / 사랑의 약속은 / 별이 되고 / 꽃이 되
  고 / 열매가 된다.//

  -<약속>에서

  창조적 행위의 등가물로 제시된 꽃과 별, 그리고 열매는 자연 본래의 의미이며 질감이다. 지상적인 꽃은 울음을 동반하고 승화하여 천상적인 별이 된다. 피기춘 시인의 시는 기독교적 바탕 위에 뿌리를 내리면서도 천체적인 것과 접맥되어 있다. 때문에 <난의 독백>에서 제시되는 '침묵' 역시 단순한 심상의 표출이나 일시적인 휴지가 아니다. 그것은 삶에 대한 진지하고 지속적인 절규絶叫로서 일순간의 끝남이 아니라 무한히 되 물림하는 시간대이다. 이것은 그의 시정신의 일면으로 역동적인 힘이기도 하다. 하나의 문제를 던져주고 다시 그것을 실증해 보이려는 그의 의지와 신앙은 근본적으로는 인간의 본질에 대한 해명이다.

2. 존재와 즉물 세계의 인식

『시인이 심은 나무 (아티스트 간행)』라는 첫 시집이 표징表徵하듯 피기춘 시인에게 있어서의 '나무'는 스스로의 존재를 확인하려는 생명적인 의지의 집합개념이다. 특히 네게의 창으로 열려 있는 "사랑을 위한 나직한 통곡"으로 상징화 된 그의 시집은 기독교적인 영혼의 노래로서의 <크고 부드러운 손>, 시인의 정신지리精神地理의 편린인 <인생의 향기>, 순수 서정의 들어남인 <풍경 한 장>, 그리고 삶의 애환이 채색된 <삶의 현장>으로 구도화 되어 있다.

피기춘 시인이 관념이나 의미를 배제한 비 상징화의 표출로 일상적인 삶 속에서 토해낸 영혼의 음조音調는 너무도 투명하다. "용서와 구원을 위한 기도는/ 가슴 찢는 절규가 되고.(기도)" 여기서의 '절규'란 자연 본래의 울음이며 또한 '찢는' 이라는 시적 이미지는 새로운 탄생(復活)으로서 종교적 의미를 수반한다.

　　가난한 육신의 삶 너무 힘겨워/ 밤마다 마른 베개 적시우며/고뇌의 밤 지새우신/ 애닯던불면의 시간들, //
　　나직한 통곡으로/ 상처의 세월 치유하며/ 겸허한 말씀으로/ 은혜의 시간 살아오신/ 자잘한 흔적. //
　　호젓한 미소 속에 / 예지의 일상은 더욱 빛나고 / 서리서리 스며 있는 / 그리움의 향수는 / 떠난 시간의 흔적 / 목 메이게 그리워한다. //
　　깨끗한 영혼의 빛으로 / 소중하게 살다 가신 / 당신의 빈자리 //
　　슬픔의 무게 너욱 커지고 / 생전에 남겨 놓은 은총의 유업 / 핏줄에 일어서는 영혼의 선물이다. //
　　　　　　　　　　　　　　　　　　-<생명의 유업> 전문

'자기 시대의 특정한 양상을 기록하는 임무를 시대로부터 위임받은 사람'인 시인에게 있어 지각의 체험이나 격물지법格物之法은 별의 미가 없다. 이처럼 시 작업에 진지하고, 시집『생명의 유업』에서 보여주는 그의 시적 세계는 특이해 이채롭다. 그것은 대상을 추구하는 시의 내면에 흐르는 시 의미나 운율은 도식적으로 조잡하게 빚어낸 눈부신 언어나 기교적인 인위적 소리가 아니기 때문이다.

"슬픔의 무게 더욱 커지고/ 생전에 남겨 놓은 은총의 유업/ 실핏줄로 일어서는 영혼의 선물"처럼 모두의 가슴에 와 닿는 나직한 통곡痛哭 뒤의 뜨거운 침묵이다. 바로 그것은 생명에 대한 외경심에서 비롯된 유명을 달리한 선친에 대한 그리움이며 언젠가 건너야 할 운명의 강江(죽음)에 대한 동경이다. 여기서 우리는 그의 내면적 정경 묘사는 사물의 본질을 형상화하는 시적 변용의 묘미를 살려주는 무한의 깊이를 지닌 무의식의 세계의 들어냄으로 파악된다. 독자적으로 '별과 꽃이 되고/ 강물이 된다.(애증의 이별)'로 살아남으리라는 그의 신념을 통해 지고한 사랑과 자유, 그리고 평화를 옹호하려고 가슴을 앓는 정직한 시인과의 만남은 하나의 큰 인연이며 행복으로 간주되는 것이다.

> 만추의 소슬 바람/ 잎새 흔들어 주던 날/ 한 잎 낙엽보다 가벼이/ 본향을 향한 야속한 이여.//
> -<하얀 이별·1>에서

> 까치 울어주던 이른 새벽/ 영원한 죽음도 이별도 없는/ 평안의 안식처 찾아/ 무언의 손짓 뒤로 한/ 하얀 이별의 목숨.//
> -<하얀 이별·2 >에서

인간은 옷(관념)을 벗으면 구속으로부터 진정한 자유를 얻게 되어 비로소 만유萬有와 일체가 되고 마지막 처소인 본향에 다다르게

된다. <하얀 이별 1·2>의 시편을 통해 시의 본질인 서정성은 이
승과 저승을 이어주는 교량의 구실을 담당한다. 그 결과로 얻어지는
것이 일차적으로 무욕無慾(無罪)임을 피기춘 시인은 그 나름의 몸짓으
로 해명해 보이고 있다.

> 허물 벗는 나목의 生理 속에/ 내 작은 인생은/ 삶의 소임을 깨닫는
> 다. //
>
> -<晩秋>에서

시적 진실이 시의 본령임을 자인하고 있는 그는 현실적인 상황에
서 뿐만 아니라 무의식 속에서도 부단히 허물(옷)을 벗는 연습을 시
도한다. 그 자신이 그토록 벗으려는 허물의 개념은 외형적인 제도
요, 구속으로서 인간 스스로가 얽어 짠 관념의 가면이다. 그의 이 같
은 작업은, 인간성의 회복으로 점철된 순수한 안목 그대로의 진실이
며, 내향적 이미지의 시법詩法이 내면적 충동의 외부적 정경 묘사로
표출된 또 하나의 현상이라고 지적된다. 삶의 어두운 공간에서 고정
의 틀을 깨며 새로운 빛과 가치를 추구하는 행위, 그러나 그 길은
자신이 응당 걸어야 할 형극이며 사랑하고 소유한 것들로부터의 일
탈임을 피기춘 시인은 인식하고 있는 것이다.

3. 자연과 생명의 서정적 변용

> 바람결에 풀잎들은 반짝이고/ 작은 보랏빛 미소는/ 인생을 노래하
> 며/ 소망을 약속한다. //
>
> -<제비꽃>에서

시대적 상황 의식에 투철해야 하고, 예언자적인 영감을 터득해야 하는 시인에게 있어, 그 자신의 의지가 응집되어 형상화된 꽃은 인간 본래의 영혼의 울림으로서 전우주적 개념으로 확산되고 이해되어야 함을 변증하려는 시정신과 결부된다. 시는 논리적이거나 굳이 과학적으로 규명될 필요는 없다. 그는 하나의 하찮은 대상(꽃)을 통해 시적 상상想像을 폭넓게 우리 앞에 펼쳐내 보이며 인생과 영혼의 문제를 유한과 무한으로 대치시켜 가면서 설명하려 한다.

인간을 포함한 만유萬有는 우주 생성의 연맥緣脈 속에 기인한다. 때문에 하찮은 물상에도 생명을 주어 삶의 외경과 사랑의 소중함을 일깨워 주는 그의 작위作爲는 자연의 비의를 통한 자기 확인 수단으로서의 심상의 형상화 작업이다. 자연 관조를 거쳐 생성된 그의 시는 사변성을 강하게 표출하고 있으며 정관적인 면을 구축하고 있다. 이처럼 보다 자연에로의 접근을 시도한 그의 시는 내면적 성찰을 통한 인생론적 체험과 결부된다.

松林里의 솔향기는/ 草柴의 해당화와 찔래꽃을 이끌고/ 南平들을 휘돌아 영진 앞바다에서/ 동해의 붉은 햇덩이 건져낸다. //

-<靑鶴의 햇불>에서

새벽안개 내려앉은/ 초당동 입구/ 교산과 초희 남매/ 다정한 문학비,/ 애증의 세월은/ 목 메이는 슬픈 형상이 되어/ 발걸음 멈추게 한다.//

-<초당의 새벽>에서

대다수 시인들은 소재의 다양성을 꾀하며 친자연적인 시적 영역을 확대시킨다. '인간·자연·사랑'의 이미지 삼각대위三角對位로 치환되는 형상, 이것이 피기춘 시인의 시격詩格이며 시적 미학이다. 그는 이미지의 변용變容을 위해 소재로 택한 대상을 단순히 문명 비판적인 시각에서 다루기를 원하지 않고 있다. 특히 그가 추구한 구도의 세계는 인간과 자연의 교감으로서의 자연귀의 곧, 존재의 처소(집)에서 비롯된 자아회귀自我回歸로서의 귀향歸鄕과 연계된다.

> 여울져 가는 세월의 강가에서/ 멀어져 간 추억의 그리움 접고/ 풀꽃 같은 미소로/ 순수의 삶 그려보는/ 소리 없는 속삭임은/ 투명한 행복이다.//
>
> 　　　　　　　　　　　　　　　-<가을의 상념>에서

'슬픔을 노래하고/ 아픔 치유하는/ 감사의 日常으로/ 은총의 삶 살고 싶다.(空間)"에서 제시하듯이 탄생은 진통을 동반하나 그것은 실로 삶의 환희를 안겨 준다. 피기춘 시인은 다행스럽게도 땅위로 갈앉는 나직한 톤으로 새로이 꽃잎을 여는 한 순간의 황홀한 떨림을 '풀꽃-미소-속삭임-행복'으로 도식화 하여 우주적인 현상으로 확대시켜 조명할 줄 아는 밝은 심성의 소유자로 긍정적 사고를 지니고 있다.

> 세속에 찌든 허물 벗고/ 보이는 일상적 행복보다/ 숨어 있는 행복 찾는 소망은/ 갈매기의 비상과 함께/ 붉은 해오름이고 싶다.//
>
> 　　　　　　　　　　　　　　　-<존재의 의미>에서

> 동해의 붉은 햇덩이/ 수평선을 걷어내면/ 草堂 솔숲은/ 새벽잠에서 깨어나고,//
>
> 　　　　　　　　　　　　　　　-<초당의 새벽>에서

시인의 동공은 항시 투명하게 열려 있어야 한다. 나락 지는 꽃잎에 견주어 일출의 햇덩이를 연상하는 그는 혜면慧眠과 자기 특유의 목소리를 지닌 존재이다. 생명의 존엄성을 신앙처럼 인식하고 있는 그는 삶과 죽음 사이에 한 줄기 피로 흔들리는 바람의 선율旋律을 영혼의 울림으로 형상화 하여 나름대로의 연계성을 통시적으로 변증할 줄 아는 안목 있는 존재이다. 이처럼 그는 '우리들이 감히 날아오를 수 없는 곳에 앉아 있는 사람, 최고의 지혜를 지닌 현명하고 명성이 빛나는 자'이다.

> 저마다 허락된/ 헌신과 봉사의 일상 속에/ 빛으로 살고 싶은/ 속절없는 그리움 하나.//
>
> -<공직자의 소명>에서

뒤를 돌아보며 미래를 꿈꾸는 자연인 인간은 불멸의 영광과 영원성을 희구하는 존재로서 주어진 소임을 엄숙히 담당해야 한다. 비교적 피기춘 시인은 지상의 해방을 통한 진정한 자유인이 되기 위해서 그는 인위적인 가면을 벗어 던지고, 본래의 나(眞我)로서 일상적인 삶도 성실하게 영위하는 진지한 모습을 보여주고 있다. 이 같은 작업을 위해 인고의 땀을 흘리며 살애이는 바람 앞에서도 뜨거운 가슴 하나로 맞서고 있다. 때로는 꺼져가는 한 가닥 선하고 의로운 불꽃을 끄지 않으려고 문명의 바람 앞에서 단독자單獨者의 길을 걷기도 한다.

특히 시적 정감이 다정다감한 피기춘 시인의 육신은 현실에 안주하고 있으나, 높은 시정신은 겸허하고 진술하며 모남이 없는 그의 인격만큼이나 현실과 적당한 거리를 늘 유지하고 있어 항시 빛난다. 위기적 상황에서도 정신적 여유를 지니고 대처하는 생의 예지가 그의 시편 속에 면면히 자리해 있어 더욱 더 시격詩格을 높여 준다고 할 수 있다.

위대한 언어는 침묵과/ 그리고 무언無言이다./ 가슴 속 독백의 언어
와/ 자연의 정적靜寂을/ 듣고 사는 영혼은 아름답다.//

-<언어의 미학>에서

신록의 계절보다/ 더 푸르게 다가오는/ 젊은 날의 초상 앞에/ 해마
다 새롭게 채색되는/ 풍경화 한 폭.//

-<의미>에서

예술작품의 본질인 시작품은 성스러운 창작일 수도 있다. 자연이
잠을 깬다는 것은 시인의 의식과 주의가 함께 눈을 뜨는 것과 동일
개념이다. 시인의 눈 속에 빛이 밝아옴으로 물상의 양감이 인지認知
되고 정신작용에 의해 사물이 보다 명확히 파악 될 때에야 비로소
자연은 잠을 깨는 것이다. 존재의 사유란, 비교적 현실체험과 종종
직결된다.

모름지기 시인의 정신세계는 투명하여 칙칙함이나 어둠을 거부하
여야 한다. 밝음과 빛남을 통해 참 존재의 의미를 확인시키려고 노력
하는 그는 이 시대의 예언적인 시인으로 우리에게 겸허한 몸짓으로
생명의 소중함을 명증해 주는 친근한 예인藝人이기도 하다. 또 그는
천성적으로 따뜻한 인간미와 강원도민의 그 우직한 성품을 그대로
소유하고 있기에 그를 아는 이들은 그를 좋은 시인이라고 한다.

대다수 이 땅의 시인들이 안고 있는 역사인식의 결여나 철학의
빈곤성을 그의 시의 약점이라고 지적할 수 있다. 그러나 그의 시정
신이 항상 영혼의 잔을 세속적인 것으로 채우려고 애쓰지 아니 하
고, 비우려고 노력하고 오로지 단절과 증오가 아닌 열림과 사랑만을
꾸준히 추구하는 우직한 그만의 저력과 시적 상상력의 확장은 오래
기억하여야 할 생산물이다.

| 4 |

형상에 잠식蠶食된 예감叡感의 시학
-금종성 시인의 감성과 순수의 서정

| 1.   감성의 새로움과 에스프리

『푸른 꽃』의 저자 노발리스가 "철학이란 본래 향수요, 어디에서나 고향을 만들려는 하나의 충동이라."고 지적하였듯이 인간은 지속적인 물음(logos)을 통해서 고독한 자신의 실존을 증명하는 존재이다. 절망의 끝이 보이지 않는 치열한 경쟁사회에서 이순耳順을 지나친 시간대에 『참여문학』을 통해 등단한 금종성 시인이 '삶의 흔적'과도 같은 첫 시집 『길이 아니고 마음이다』(문예촌, 2007)를 상재한 생산적 행위는, 감성과 순수의 서정으로 빚어낸 생명의 재창조로 말끔 씻긴 에스프리로 대변된다.

정신적 산물에 해당하는 그만의 시집은 <길이 아니고 마음이다. 서 풍. 고향이 없는 아들. 가을비 타고 오는 마음. 잊혀 진 삶> 이렇게 5부로 직조織造되어 있다. 형상에 잠식蠶食된 예감의 시학으로 생명경외生命敬畏의 존엄성을 절절하게 노래한 시편은 충직한 독자에게 있어 관심의 대상이 된다. 일관된 삶을 창조 작업으로 변형시키기에 열중하는 금종성 시인의 정제淨齊된 언어의 편린들을 겨울 초입에서 접할 수 있음은 구속으로부터의 자유로운 이탈의 여유로움이기에 한순간의 감동과 미감으로 해석되어진다. 연유야 어떠하든 삶의 한평생을 올곧게 축산업 분야에 종사해 오면서도 영혼의 피폐함으로 불투명한 일상에서 파상되는 갈등과 전율 앞에 고뇌하며 인식의 통로를 거쳐 자연의 숨소리로 변형되어 신선한 감동과 경이로움을 안겨준다.

언뜻언뜻 확인되는 처연하되 투명한 그만의 시적 이미지는 고통을 눈 뜨게 하는 빛나는 응결체로 작용한다. 지적이면서도 감성적인 서정성, 그의 시편에 수용된 초조와 불안의식, 발화하는 현대의 감각적 표현 등으로 해석되어지는 시적 형상화는 격랑의 시간대를 걸친 내면인식에 깊이와 중량감을 더하여준다. 새삼 그의 시편에서 문학성의 깊이를 확증하려는 의중은, 무엇일까? 바로 그 연유는 인간소외의 문제를 온 몸으로 항변하다가 직면하는 물상과의 관조를 위해 그 자신이 거대한 공해와 소음의 공간을 뛰쳐나와 자연(physis)과 연계성을 맺는 현존재(Dasein)로서 끊임없는 물음을 통해 삶의 본질을 해명하려는 집착에 기인한 까닭이다.

인간소외의 문제, 상실된 자아를 치유하는 그만의 엄숙한 작업을 응시하노라면 긴장감을 늦추지 않을 수 없다. 예언자적 시인이라면, 모국어에 대한 애정이 그려진 알퐁스 도데의 단편 「마지막 수업」의 대사를 배경지식(schema)으로 기억 흔적에 담아둘 일이다. 그는 최소한 모국어의 속살을 갈고 닦는 작업의 소중함을 인식하고 시인의 시대적 소임을 충실히 수행하는 장본인이다. 언어는 민족의 위대성을 상징하는 역사요, 문화며 생명체이기에 문화충돌의 세기에서 생존하려면 민족의 정체성(identity)을 지녀야 한다.

> 앞산에 어둠 깔리면/ 달빛 내려앉아 창 너머로 흐르는데/ 가는 4월 향기기 서럽고/ 오는 5월 라일락 향 그리워/…생략…/ 시공을 초월한/ 사랑의 노래/ 평화의 노래//
>
> ─<소쩍새 소리> 전문

금종성 시인은 '소쩍새 소리 즉, 울음'은 처절한 절규로 피보다 붉은 꽃을 피워내는 가식과 가감이 없는 율조律調로 인식하고 있다. 그는 의도적으로 한국적 서정의 토양에서 소쩍새 '울음'이나 서양의 의식 구조인 '노래'로 시어를 선별하지 아니하고 '소리'로 시적 구조를 처리하고 있다. 그러나 자명한 것은 "작열하던 햇살 살며시/ 비켜서는 발끝에/ 초여름 꾀꼬리 노래 떨어져/ 움튼 자리에 피어난(들국화)" 개체로 변형시켜 마침내 '청순한 들국화'를 꽃피우고 있는 현상일 것이다. 이점에 있어 '앞산에 어둠이 깔리면/ 달빛 내려앉아 창 너머로 흐르는' 유추와 시적 상상력의 확장은, 마치 창밖의 흔들리는 풍경(물상)을 보다 확연하게 그 실상을 명증하는 투시적 효과와 긴장 뒤의 안도감을 안겨주는 반응, 그리고 분망한 우리네 삶에서 느림의 사유를 일깨워 주기에 그의 시사詩史는 미적주권의 확장으로 거대한 성채城砦처럼 이채롭게 평가할 수 있다.

2. 시적 상상력과 진동의 언어

한편의 시 쓰기란, 삶의 다양한 소재의 선택과 세계의 만남에서 깨어남을 계기로 지속적인 변형을 추구하는 작업이다. 시적 형상화를 위해 낯선 물상과의 접목이나 감내하기 힘겨운 현실상황과도 직면하지만, 나약한 패배감와 두려움, 현실 안주는 결코 허락할 수 없다. 그 까닭은 질서의 회복을 위해 앙양된 심리상태를 유지해야 하기 때문이다.

목적이 있어 시작한 것도 아니다/ 시작이 있어 끝을 맺는 것도 아니

다/ 와야만 했고 가야만 하는 이유도 모른 채/ 어디서 어디로 가는지
도 모르고 길이/ 있기에//

　시간 속을 유영하면서 황혼을/ 가슴에 품고/ 기쁨, 슬픔, 행복과 불
행 속을/ 걸었던 이 길은/ 길이 아니고 마음이었다//

　길이 있어 가고 오고/ 오가니 길이 보였고 또 보고 걷지만/ 조용히
뒤돌아보면/ 보이지 않는 바람이었다//

-<길이 아니고 마음이다> 전문

　인용한 시는 금종성 시인의 표제 시에 해당한다. 비록 가시적이고
실제로 체험한 대상이지만, "걸었던 이 길은 길이 아니고"라는 언
어적 기법은 "가시적인 것은 소멸된다."는 사실주의의 시인 라아킨
적 발상이다. 그만의 '길에 대한 현상학'에 관한 해석이라면, 논자의
내면인식에 잠식된 만큼의 인식과 짐작할 수 있을 만큼의 상상력이
검색되어 때로는 기웃거리며 공감되고, 시적 분위기에 풀어져 흥취
할 따름이다. 혹여 다른 평자에 의해 독자들과의 시 해석에 틈새가
있다면 그의 시에 대한 이해와 선험적 지혜, 상상력 등의 통합적인
폭과 깊이, 그리고 다양성에 기인된 차별화이다.

　다만 『길이 아니고 마음이다』는 이미 그 자신의 시가 수용하고
있는 실경實景들 중 많은 부분이 충직한 독자들의 심상 속에 고스란
히 투사되어 작용한다. 그의 시에서 정신적 산물로 생성된 여러 심
상心象들은 '현실' 그대로의 현상이다. 이 같은 시적 형상들은 새로운
이미지의 확장으로 변형되어 공감대를 형성하고 암울한 그림자를
드리우기도 한다. 그의 시에서 "어디서 어디로 가는지도 모르고 길
이 있기에/ (걸었다)"라는 언어구조는 "걸었던 이 길은/ 길이 아니
고 마음이었다." 애매모호한 역설적 수사로 처리되었다. 걸었던 길
이 "기쁨, 슬픔, 행복과 불행을 비수匕首처럼 감내하는 길"이라면 또
하나의 길은 "보이지 않는 바람" 같은 무상, 무념의 길이다. 다른 측

면에 있어 두 길은 자신의 삶을 극적으로 암시한 양상으로, 길은 정신과 육체, 이상과 현실에서 겪는 모순·갈등이거나 '한 몸=두 길'에 해당하는 실체로서 심안心眼을 닦아내는 의미의 접근이다.

따라서 길은 곧, 삶의 무게로 현주소이며 둥지고 무덤에 견주어지고, 마침내 그의 시에서 중심축으로 작용하는 인자因子로 현상이며 관념으로 작용한다. 여기서 길(공간, 처소)이 관념으로 작용할 때 곧장 마음의 통로로 변형한다. 다시 언급하면 '길이 바람이다'라는 그의 역설逆說이 바람과 몽타주 되면서 마음의 이미지를 해명하기에 길은 지리학적 개체가 아닌 화자의 마음을 관통하는 매개이다. 어쨌든 금종성 시인에게 있어 '길은 마음이고, 또 바람'일 뿐이다. 마치 그것은 "갈 곳 없는 방랑자의 키를 잡아/ 해너미 노을 속 젊은 여인 눈물의 추억을/ 만들어 주지만/ 오지 않는 날이면 바다에 나가/ 기다리면/ 갈대숲 헤치며 살포시 다가오는/ 당신은/ 슬픈 서풍西風"으로 실체를 파악할 수 없는 바람을 회화적 수법으로 처리한 시적 기법은 가히 절창絶唱이다.

문학은 자기실천(Do It Yourself)의 원리가 기본 틀을 구성하도록 설계되어야 한다. 특히 실험정신을 반복하며 소음과 도시적 삶의 현상에서 애증을 삭임 질하며 절제된 정감으로 "성선설적인 그림자에 항상 존재하는/ 사랑에는/ 업보를 갖고 태어난 인간에게 숨이 쉬어지는 동안/ 성악설적인 미움이 존재하는 것을 행복으로 감싼다(두 그림자)"라고 표출한 시편에는 동병상련의 선한 성정性情과 품격이 자리해 있다. 시어는 언어 자체에 내재된 모든 표현의 자질들과 발화상황, 어조, 언어의 조직방식이 동등한 자격으로 작용하기에 긴장된 갈등관계를 형성한다. 때로는 조화되면서 '의미하는 것'이 아니라 '존재하도록' 만들기 때문에 '잘 빚어진 항아리'와도 같다. 그에게 내면인식의 이분법적인 갈등과 모순, 자잘한 기억의 흔적(Trauma)은 쉽게 털어버릴 수 없다.

> 땅 속 깊이/ 가슴앓이 감춘 만큼 늘어트린/ 생명은/ 시련에 짓밟히고 세파에/ 시달려도/ 바람은 오직 하나/ 아주 작고 아름다운/ 보랏빛 꽃 하나//
>
> -<칡넝쿨> 전문

비교적 <칡넝쿨>을 비롯하여 <새벽 장터>, <나의 존재>, <반딧불>, <봄을 느낄 때>의 시편들은, 금종성 시인의 시형식의 한 특징으로 1, 2연 10행 이내의 호흡이 짧은 단시이다. 단적으로 자연을 인과율로 한 대다수 우리 시단의 양상은 정직성과 철학의 빈곤에 연유하는 현상이다. 애써 '그만의 시적 흐름이나 가치를 역사적 의미를 부여하여 사물의 본질을 구명하고 서정성과 주지성을 통합해 나가는 이상주의적 찬미와 비판'이라며 그의 시 정신을 옹호하는 편파적 성향은 결코 바람직하지 아니하다.

이 점에 있어 정감적 미와 정신적 의의에 대한 일깨움과 "눈동자 돌아가는 소리 피를 토하고/ 잔머리 굴리는 소리 함성으로 변하지만/ 인정이 훈훈한 땀 냄새는/ 새벽녘 좌판 대에 진열된다(새벽 장터)"에서 생명 율을 지닌 진동의 언어로 삶의 존엄성을 접할 수 있음은 기뻐할 일이다. <허수아비>를 통해 유추할 수 있듯이 그의 시편엔 낯설음과 허망함이 어둠과 교접되어 울음으로 수용되기도 한다. "노란 민들레 꽃잎 하나 말없이 가슴에 품는다(10분간의 절규)"처럼 2차 대전 당시 천형天刑의 공간인 아이슈비치에서 행하여진 나치의 잔학상을 담백한 시격에 담아 확증하고 있기에 금종성 시인의 시정신은, 나직한 통곡 속에서도 자신의 존재로 빛나고 있다. 그의 시에 내재되어 풀어져 있는 자아성찰과 역동성은 즉물적 현상을 응시하는 감성에서 기인한다.

한편, 쉽게 감지할 수 있는 그만의 시적 저력은, 나뭇잎은 떨어져 뿌리로 돌아가듯 "이 가슴 속 단풍 한 잎/ 저 달빛에 스민다(낙산 해변의 달)"라는 시적발아로 자연회귀自然回歸와 계연성을 지닌다. 그의 시편은 일상에서 감동을 회복시켜 활력을 넘쳐나게 할 뿐 아니라, 삶의 본원本源을 상실한 현대인의 응고된 영혼을 뜨거운 눈물로 녹아내리게 하고 마침내 무위, 무상이라는 관념을 촉발시켜 걸어 잠근 마음의 문을 내부로부터 스스로 열게 한다. "우주를 탄생시키는/ 내일의 꿈이다(박꽃)"에서 보여준 사물에 대한 식별력은, <예견된 떠남>, <고향이 없는 아들>을 통해서 가일층 현실에서 친근 관계를 회복시켜 자연에 순응하게 하고 영혼의 피폐함마저 은총의 강물로 충만케 한다.

'시작詩作의 과정(a making of poem)'에서 스펜더(Spender)가 제시한 '기억력'은 특정한 감각적 인상으로 시인의 천부적인 재능으로서의 상상력과 결부된다. 기억력은 단순히 정신적인 재현작업이 아니라, 고통을 통해 생산된 생명력을 지닌 예술작품이다. 유추하건데 독실한 카톨릭 신자이기도 한 금종성 시인이 깊은 밤, 바람 앞에서도 "오! 하느님/ 오직 제가 할 수 있는 것은 두 손 모아 가슴에/ 대고 당신을 향합니다(기도)"처럼 운명적으로 그분을 향해 영혼의 창문을 열어놓고 드리는 기도이며, '시처럼 맑은 영혼과 시에 대한 열정, 그리고 끝없는 자성임'에 틀림이 없다.

항시 시에 대한 열망으로 밤잠을 설치는 그만의 미적 공유의식은 '편 가르기나 대립 갈등의 구조가 아니라, 화합과 용서의 하나 되기'라는 본질적 의미망의 확장으로 조성된 예술적 감동과 환희이다. 그는 감정이 섬세한 시인이기에 <끝나지 않은 술래잡기>나 <반딧불>에서 확인되듯이 "꼭꼭 숨어라 머리카락 보인다/ 60년 전 까마득한 누나의 목소리...", "웃음소리에 잠이 깬 별들은/ 하늘에 올라/

용용 죽겠지"처럼 메르헨적 요소인 동심을 정서적 양감量感으로 처리하는 담백한 품격의 소유자이다.

3. 서정의 시학과 정신풍경

시적 상상력은 수동적인 사물과 능동적인 정신을 결합하는 매개적 정신능력(the intermediate)의 범주로 이해할 수 있다. 금화처럼 짤랑이는 금종성 시인의 내면인식으로서의 정신풍경은, 일상에 머무르지 아니하고 각질화 된 고정관념을 깨뜨려 보이는 정신적 산물로 치장되어 있다. 비록 사물의 재해석을 위한 발상으로 사물의 은유적 재구성을 꾀하지 아니 한 그의 시적 포즈는 직면한 대상에 몰입한 결과물로서 형태, 색깔, 감각 등의 속성들을 상반균형의 시적 형상화로 풀이된다. 그의 시편에서 골격은 '조금은 천천히'라는 느림의 미학에서 비롯된 여유로움이다.

"가슴 속 파도만 느릿한 추억으로/ 다가와 안기니(들리지 않는 파도소리)", "순풍을 들쳐 업고 유유히 떠가는/ 돛단배는(정동진 앞바다)", "언제 올 것인지 모른다/ 마냥 기다리며 한 없이 한 없이 걷고 있다(기다림의 세월)" 이처럼 그 자신의 '느릿함과 유유함'은 마침내 '기다림'으로 변주된다. 때문에 내면의식의 심부에 침잠되어 있는 본질은 그에게 있어서 하나의 종교이다. 절박한 상황에서 금종성 시인의 따뜻한 감성은 지적인 세계를 갈마들면서도 서정의 시학으로 전이轉移된다. 구속으로부터의 정신적 자유로움을 발아시킨 투명한 시의식은 삶의 성찰을 위한 고뇌의 정화精華이다. 꽃의 현상학적 시각에서 접근하면 그는 푸른 생명의 식물성 언어로 꽃을 즐겨 노래하고 있는데, <도라지 꽃>, <박꽃>, <들국화>, <코스모스>, <칡넝쿨>,

<할미꽃> 등이 그 보기이다.

> 아! 향기 없어 더 향기롭고/ 백치白痴스러워/ 청아한 모습은/ 우주
> 를 탄생시키는/ 내일의 꿈이다//
>
> ―<박꽃> 전문

지상적이며 여성상징인 꽃을 시적 대상으로 삼고 주의집중을 하
는 그의 시편을 접할 때, 그 자신이 한 사람의 지극한 평화주의자임
이 확인된다. 그에게 있어 꽃은 재생이라는 순환적 이미지로서 바슐
라르적 상상력에 의한 식물의 불이며, 생명의 빛이다. 그의 시편에
수용된 꽃의 기능은 단절과 죽음을 이겨내는 강인한 생명력의 통로
이며 인자因子로도 작용한다. 금종성 시인의 시 해설을 가름하며 거
는 기대라면, 흘려버린 과거에 집착하지 말 것과 인식의 오류에 관
해 생산적으로 비판하되 자성의 시간을 가지라는 것이다. 이것은 시
창작의 주체는 시인이지만 다각적인 시각에서 응시할 때 독자란, 시
인 자신일 수도 있기 때문이다. 따라서 자신의 시편에 비판적, 즉물
적, 전체적, 정의情意와 지성의 종합, 유물적, 구성적, 객관적 특성을
지니도록 열중하여야 한다. 후기산업사회의 다양성을 수용할 현대
시는 일상적으로 부대끼는 사물을 여과하여 엄밀히 구성의 과정을
걸쳐 새로움을 표출해야 함은 물론이거니와 그간의 낡고 고루한 시
각은 접어두고 새로운 변전變轉을 추구하여야 한다.

5

심상의 소통疏通과 연못의 상징
-김은주의『연못 속 하늘』의 시학

1. 시 의식의 소통과 응시

일찍이 영국의 스팬더는 "주의집중, 기억력, 영감, 신념, 음악성"에 관하여 지적한 바 있다. 참으로 서정시를 쓰기가 어려운 시간대에서 "매혹적 형상과 정신풍경의 시학"으로 거론되는 김은주 시인의 경우, 미적 주권의 확립과 서정성이 점차로 경시되고 파괴되는 공간 대에서 감동의 회복을 위한 그만의 고뇌는 실로 눈물겨운 정신작업으로 생성된 눈부신 서정시의 꽃이기에 새삼 관심의 대상이 된다. 이 점에 있어 시작품이나 시학적 현상을 대상으로 정의, 분류, 분석, 평가 등에 관한 일체를 논의하려는 의도는 언어적 행위와 그 맥을 같이 하기에 차근차근 이론적 근거를 제시하며 시인의 문학성과 그 가치를 해명하는 정신작업으로 전문적 독서행위임에 틀림이 없다.

"용광필조容光必照(빛이 가득차면 문틈으로 새어나온다)"라는 글귀처럼 월향月鄕 김은주 시인의 시편과 밝은 미소 뒤에 언뜻언뜻 우수가 묻어 있는 일상의 흔적들을 찬찬히 검색하노라면 그만의 '냄새, 색깔, 개성, 품격'을 발견할 수 있다. 바로 이것은 남다른 그만의 독자적인 고뇌의 결과물이며, 적극적 사고의 생산물에 해당한다. 교육의 효용성은 list up이라는 반복학습을 필요로 하기에, 해설자의 의중은 교육의 흐름이 창의성을 전제하며 학습자 위주라는 관점에 초점이 맞춰지듯 시간적으로 어긋남이 없이 성숙한 독자에 대한 배려를 기본 골격으로 그에 관한 시의식의 소통과 응시에의 확인이다.

　김은주 시인이 시집 『연못 속 하늘』(아티스트, 2007)의 글머리 <따뜻한 서정의 끝자락에서>에서 "푸른 생명의 계절에, 아련한 추억의 시간을 반추해 본다. 중학교 소녀시절 유난히 시詩를 좋아하여 나지막한 산자락에 오르며 나름대로 문학이란 소중한 언어를 가슴 깊이 품어보던 수줍음에 볼 붉히던 순간들이 주마등처럼 스쳐간다."라고 기술하고 있다. 이처럼 불혹不惑의 세월을 지나치면서도 그 자신이 "수줍음에 볼 붉히는 존재임"을 다시금 일깨워 주는 것은, 밝고 선한 심성의 소유자이기에 '아아, 부끄러워/ 눈감을 밖에(연못 속 하늘)'라는 탄성이 절로 발아되는 것이다. 일단은, 비센떼 우이도부로가 시학의 근본원리를 '현실의 해체와 변형'으로 인식하고 "시인에 의해 만들어진 새로운 것이 우리의 관심사이고 미학이며 예술론"을 주장한 점과 일맥상통한다고 할 것이다.

　간혹 현대시는 객관화된 상대주의적 가치에 지나치게 노출될 때 소통의 불가능을 초래하는 위험성을 지닌다. 김은주 시인에게 있어 명쾌한 소통을 위한 묵언과 관조의 통로 이행은 진정한 자의식과 적확한 언어를 찾기 위한 사유의 시간과 긴밀한 관계성을 지니는 것으로 해석된다. 모름지기 해체로서의 창조원리와 주체의 분열에 있어 시인은 창조자로서 작은 신이 되는 체험을 때로는 고백하여야 할 것이다. 시인의 정신작업의 행위를 한 사람의 창조자로 비견할 때, 시적 창조의 행위는 실제로 현상을 부정하고 파괴하고 해체하는 힘의 연계선상에서 이루어질 수도 있다.

여기서 그 나름의 고뇌 끝에 모처럼 시 의식을 형상화하여 [한국 농촌문학상 수상시집]의 타이틀로 간행한 『연못 속 하늘』(아티스트, 2007)은 <제1부, 서정의 경계와 바람의 통로>, <제2부, 시의식의 소통과 응시>, <제3부, 경계 허물기와 에스프리>, <제4부, 서정의 미학과 묵언의 시학>으로 그 틀을 팽팽하게 유지하고 있다. 일단, 누구보다 적극적으로 시 쓰기에 몰두하는 김은주 시인은 담백한 시격의 소유자로 생명의 소중함을 진지한 삶의 자세로 유지하고 있다. 비교적 호흡이 짧은 단시적 형식을 전체적 꼴로 취하며 정체된 전통성을 회복하기 위하여 가능한 자신의 시 안에 다시 꼬아 넣는 그의 시적 특성은 대상의 응시凝視를 통해 사랑으로 전이시키는 공리적 시관으로 시적 치유治癒마저 모색하고 있다.

"깊은 영혼의 세계/ 덧없이 흐르는 강물처럼/ 우리네 목숨의 시간도/ 그렇게 밀려간다(세월)"을 통해 김은주 시인의 심상적 소통의 실체에 충직한 독자라면 한번쯤 관심을 지녀야 할 것이다. 미학적 혼돈으로 비평의 안목이나 성실성의 조심스런 검증 없이 지각과 인식의 미끄러짐 속에서 자유롭고 매혹적인 시적 형상화는 익숙함 그 자체가 아닌 낯선 사유의 상투성에 의해 생산된 기형일 수도 있다. 차지에 '조금은 천천히'라는 느림의 시학이라는 이론에 근거하여 미적 정서보다 자극적인 공감각의 파상破狀으로 만연되는 미의식의 저속화를 해소하기 위해 '심상의 소통과 연못의 상징성'을 자신의 시에 조심스럽게 조화시킨 김은주 시인의 눈물겨운 애씀과 노력의 행방은 자못 가치 있는 작업임에 틀림이 없다.

예술의 매력이 분리와 고립으로부터 인간의 개성을 뛰어 넘어 타인과의 일체가 될 때 아름다움과 감동을 더하여 주듯 그의 시격은 보다 형사形似를 깔고 있어서 다정다감한 미적 정감을 안겨주는 시적 저력 또한 지니고 있다. 이처럼 주의집중으로 시작에 몰두하는 김은주 시인은 소재의 본질을 새롭게 조명할 뿐더러 표제시인 <연못 속 하늘>을 통하여 우리가 기대한 그 이상으로 시적 상상력을 열린 우주로 향해 확장하고 있다.

> 연못 속의 맑은 물/ 하늘을 품고 있다//
> 연못 속 하얀 마음/ 죄업罪業을 묻는다//
> 하늘이 내려앉은/ 연못의 수면에 투사透寫된/ 숨겨진 나의 속마음//
> 끝내 들키고 말아/ 아야, 부끄러워/ 눈 감을 밖에//
>
>   -<연못 속 하늘> 전문

김은주 시인의 나직한 육성을 듣노라면, "아야, 부끄러워/ 눈감을 밖에(연못 속 하늘)"의 시적 기교처럼 전형적인 한국 여성의 담백한 심성에서 비롯된 부끄러움과 수줍음에서 기인한 존재감 사이에서의 긴장감을 접하게 된다. 바로 그 같은 행위는 시의미의 해체와 강조의 예시로 김수우의 지적처럼 '이 시대는 견딤의 시학을 감내하는 것처럼 보이듯, 시인들도 견디듯이 시를 쓰고 시도 견디듯이 세상을 비집어야하기' 때문일 것이다. 한 사람의 충직한 독자인 우리는 김은주 시인의 <연못 속 하늘>을 통하여 다음과 같은 시적 상상력을 유추할 수 있을 것이다. '연못→빛→하늘'이라는 순차적 진행 속에서 빛의 상징성은 가시성에 의한 지적 공간화, 시각적 실체로서 열과 혼용된 불의 은유적 내포, 그리고 불의 특성을 환기시키는 광도, 위용, 집중, 연소의 이미지로서의 원형이다.

특히 연못 속에 내려앉은 하늘, 즉 '연못 속의 맑은 물'을 관통하는 빛에 의해 그 본질과 형상이 선명하게 파악될 것이다. 일반적으로 물은 궤린의 원형 상징에서는 창조의 신비, 탄생, 죽음·부활·정화와 속죄·풍요와 성정으로 해석되며 무의식으로도 풀이된다. 따라서 물은 창조의 원천, 풍요, 생명력 또는 생산력의 상징이며, 종

교적으로는 청정의 정화력을 뜻하며 물의 작은 집합인 (연)못은 생명의 처소(공간)이며, 여성의 자궁(양수)과도 연계성을 지닌다. 이같은 시적 이론에 근거하여 "연못 속 하얀 마음/ 죄업罪業을 묻는다"는 그의 시적 인식은 자못 비장감을 안겨준다.

연못에 대한 접근의 한 방편으로, 울산 천전리 암각화의 물결무늬 벽화에서도 확인되듯 물의 작은 총합인 연못은 물의 저장소이다. 농경사회에서 비는 청동기시대의 각종 기도문과 주문呪文에서 '지하수의 일곱 아들이 물을 거룩하게 한다. 물을 깨끗하게 한다. 물을 빛나게 한다.'와 같이 입증된다. 이처럼 지모신地母神은 땅 밑에서 올라오는 지하수나 연못에 고인 물의 생명과도 연관된다. 한편, 땅에 고인 물은 저승과 연관되며 고대 근동의 장례에서 여자 곡哭꾼들이 머리카락을 풀어헤치는 관습과도 상통한다.

특히 그의 시편에 시적 질료로 수용되는 "희미한 기억으로 다가오는/ 인연으로 일어서는 이생의 번뇌/ 수면에 반쯤 잠긴 연꽃의 깨끗함에/ 내 삶의 허물을 벗는다(산사의 풍경)"에서 '연꽃'은 연못과의 연계선상에서 시적 상상력의 확장에서 이해하면 서식하는 다양한 수초 중 하나로 '빛의 꽃'인 연꽃은, 아름다움의 완전성을 상징하며, 영적인 개화를 뜻한다. 아울러 연못하면 연상되는 연은, '태초부터 있었던 꽃', '대해大海의 영광스러운 백합'으로 '존재가 태어났다가 사라져가는 그 곳'을 의미한다. 어디까지나 연은 태양의 불이 가지는 위대한 창조력과 달에 속하는 대해의 힘이 서로 작용한 결과이며, 태양과 바다가 만들어낸 연은 불과 물로서의 영과 물질, 즉 모든 존재, 근원의 상징이기도 하다.

한편, 김은주 시인이 시적 형상화한 <연못 속 하늘>에서 궤린의 원형상징 이미지로서의 하늘은, 태양과 불과 밀접한 관계를 맺으며 창조의 힘·자연의 이치·의식(사고, 각성내지 지혜·정신의 비전)·

부성父性의 원리(달과 지구는 여성내지 모성의 원리)·시간과 생의 추이로 해석할 수 있다. 이처럼 "연못 속의 맑은 물, /하늘을 품고 있다"에서 시각적으로 파악되는 현상은 못의 수면에 투사된 하늘이지만, 우리에게 경이로움을 충격적으로 안겨주는 그의 시적 발상은 '못이 하늘을, 인간이 우주를 품고 있다'는 상상력의 확장으로 '개체가 만상을 소유한 피가 도는 추상'에서 기인한 점의 강조일 것이다.

놀랍게도 여기서 김은주 시인이 갈망하는 사랑의 의미는 사유의 통로를 걸쳐 풀고 해명해야 할 하나의 과제이지만, '순수로 빛날 사랑의 정체성'은 떠남, 헤어짐이라는 이별에 그 뿌리를 두고 있다. 그러나 그에게 있어 죽음이 육과 영의 분리이듯이 그의 내면인식에는 "돌아오지 않는/ 답신을 기다리며/ 오늘도 빨간 우체통에/ 소망의 편지를 넣는다(슬픈 인연)"와 같은 절망이나 포기가 아닌 자기존재에 대한 끊임없는 행위의 반복이다. 우리가 그의 시를 읽다가 정서를 자극하는 개인정감에 이끌려 가끔은 시선을 멈추게 된다. "어둠의 세상에서/권력과 사치는/ 더욱 빛난다// 노숙자의 슬픈 형상/ 거리에서 기폭처럼 펄럭이고/ 도시의 공간, 빈 점포의 주인들/ 바쁜 발걸음 어디로 향하는가(회색빛 도시)"에서와 같이 김은주 시인의 시 창작의 축이 되고 있는 불안의식은 적당한 정서적 거리를 유지하고 있다. 하나의 경계로 우리가 소외된 이웃(노숙자)에 대한 관심을 외면할 때, 자신의 어두운 측면인 그림자를 상대방에게 상호투시하게 된다는 엄연한 사실을 인식하고 따뜻한 정신적 기후를 조성하여야 할 것이다.

특히 시 <연못 속 하늘>을 중점적으로 가치의 규정과 시사적 의의를 통해 한 사람의 충직한 독자인 우리는 개체인 자아의 표징이기도 한 연못에 내려앉은 생명의 본체인 하늘과의 계연성을 상상하고 확장하게 될 것이다. 애써 궤린의 물과 하늘의 상징성을 차입하지 아니하더라도 연못의 형상화를 통해 그 공간에 서식하는 수초를 비롯한 다양한 생명체, 시인 자신의 내면에 담아내어 소유하고 있는 인식의 대상인 하늘이 소중한 이들의 집합의 공간으로서 가정의 변형으로 전이되는 감동과 경이로움으로 해석되어짐을 확인할 수 있다.

한편, 그만의 가정과 가족에 대한 따뜻한 분별력과 집착에 가까운 헌신적인 모성의 표출은 눈물겹게도 신선한 감동을 안겨주기에 부족함이 없다. 나름대로 <서정의 표출과 물상 바라보기, 심상의 소통과 연못의 상징, 느림의 시학과 경계 허물기, 미적 주권의 확립과 묵언의 시학>의 통로를 걸치는 이행작업은 때로는 황홀한 숨 막힘에 견주어진다. 마침내 "수줍음에 볼 붉히는 부끄러움과 '보다 천천히'라는 느림과 자아성찰의 미끄러짐의 시학"을 시적 토양으로 조성하여, 마침내 종교성이 내재된 서정적 자아의 관점에서 응시하며 사유하는 정신적 작업은, 심각한 언어의 공해로 영혼마저 피폐된 오늘의 사회현상에서 또 하나 삶의 본질에 대한 가치 있는 교시적 의미로서의 소중한 확인이다. 신은 인간에게 너무 소중하고 아름다운 것은 손으로 잡을 수 없게 하였듯이 김은주 시인의 절박한 영혼의 노래는 '강물 위에 뿌려지는 푸른 달빛이며, 낮은 산자락의 물안개며, 산사의 풍경, 그리고 긴 머리칼 날리는 천년의 바람'일 뿐이다.

2. 느림의 시학과 경계 허물기

비교적 불교적 색채를 강하게 수용하고 있는 김은주 시인의 시적 인식과 이미지의 형상은 철저한 자아성찰에서 비롯된 수용성에서 기인한 겸허함이다. 그는 우리가 공감해야 할 문제이지만, 인간은 유한적인 존재라는 의미를 죽음과 결부시켜 들려주기도 한다. [매혹적 형상과 정신풍경의 시학]으로 해명되어지는 그의 시편을 통해 지속적으로 감지되고 확인되어지는 것은, 우리가 일상에서 접하는 현상적 대상이 끝내 파괴적이고 동물적이기에 경계의 긴장미를 늦출 수 없는 그만의 자성自省이며 고뇌이다.

세속에 어깨 떠밀려 피곤한 자들이여/ 천년 신라의 창건에서/ 오늘의 시간까지 중생들을/ 반겨주는 낙가사의 일주문을 보라//
억겁의 세월 그윽이 들려오는/ 불경에 귀 열어 놓고/ 열반涅槃의 그날까지 묵언으로/ 천지 가득할 꽃비를 뿌리자//

－＜산사의 숨결＞에서

삶과 우주를 관통하는/ 적요의 진리 앞에/ 합장의 손길은/ 속세의 죄 깨닫게 한다//
기름진 생존 위한/ 핏빛 서린 욕정의 일상들/ 희미한 기억으로 다가오는/ 인연으로 일어서는 이생의 번뇌/ 수면에 반쯤 잠긴 연꽃의 깨끗함에/ 내 삶의 허물을 벗는다//

－＜산사의 풍경＞에서

우리는 그의 시작 행위가 진통과 산고産苦의 과정을 통한 시 쓰기 작업으로 놀랍게도 피를 말리는 행위의 육화肉化로, '숭고한 노동이며, 처절해 눈물겨운 고통이라'는 고정된 미의식과 맥을 함께 한다는 점을 쉽게 발견할 수 있다. 그러나 때로는 '아직 끝남을 모를 모진 인연 속에서도 목숨의 빛(시간 속에 잃어버린 빛)'을 밝히기 위한 처절하고 지난至難한 김은주 시인의 몸짓, 정신지리는 부정이 새로운 미를 재창조하는 역동적 힘의 동력이라는 민감한 자의식에 이끌려 고뇌하는 그만의 주의집중은 미적 주권의 확립과 적당한 거리를 유지하고 있기에 관심의 대상이 되는 것이다.

일상의 체험일수도 있지만 산사와 연계된 적멸보궁寂滅寶宮에 오르

면 무서울 정도의 적요寂寥와 만나게 된다. 깊은 산중의 적요나 적막
은 몸과 마음을 진저리치게 하는 절대고독이다. 이 같은 현상에 비
추어 정직성을 통로로 한 그의 시편은 생명외경의 정신세계가 자연
과 합일되어 가끔은 고기의 편린(비늘) 같은 눈부심이 있다. 때로는
깊은 산중에서 길을 묻는 수행자에게 어느 선사가 "눈앞이 길이다."
라는 가르침을 일깨워 주었듯이 그의 시편은 전체적으로 시어의 현
학성과 눈부심, 수사의 화려함이나 기법의 뛰어남으로 장식되지 않
기에 경계심이나 거부감이 없고 친근한 서정성이 있다.

특히 김은주 시인의 <산사의 숨결>에 내재된 불심佛心 못지않은
것이 그 자신의 변명 같은 인연의 소중함이다. "인연으로 일어서는
이생의 번뇌/ 수면에 반쯤 잠긴 연꽃의 깨끗함에/ 내 삶의 허물을
벗는다(산사山寺의 풍경)"에서처럼 그 자신의 시집 <글머리>의 "오
늘까지 양심의 소리에 귀 기울이며, 생명외경의 소중함을 아름다운
선율로 연주하는 한 사람의 시인이 될 수 있도록 큰 힘이 되어주신
미약한 부모님과 하늘의 연緣으로 지난 17년간 부부의 정분情分 나누
며 든든한 내 삶의 버팀목으로 힘겨울 때마다 격려와 사랑을 쏟아준
남편, 그리고 사랑하는 아들에게 고마움의 마음을 글머리에 언급하
고 싶다."라는 술회述懷는 감미로운 눈물이 묻어 있다. 이처럼 그의
시편에 자리한 지극 정성은 <여자의 행복>, <비둘기 가정>, <가정
을 위한 기도>에서 보여주는 남편과 아들에 대한 눈물겹도록 순수
하고도 헌신적인 사랑이다. "세상에서 가장 선한 마음/ 육체적 고통도
함께 나누는/ 따뜻한 사랑의 가정이 되게 하소서"란 시적 발상은 주
변의 독자들에게 감동을 안겨주기에 결단코 부족함이 없다.

▌3.   미적 주권확립과 묵언의 시학

한편, 놀랍게도 김은주 시인의 시 의식은 일상적인 상식에 머물지 아니하고 각질화 된 고정관념을 깨뜨려 보이고 있다. 비록 사물의 재해석, 사물의 은유적 구성이란 용어를 구사하지 아니하더라도 그의 시적 포즈는 대상 속에 몰입하는 현상이다. "어느 나그네의/ 서러움에 겨운 듯/ 힘겹게 거니는 모습/ 무언의 물음표 하나/ 귀향의 길에 찍고 싶어라(폭설)"에서 유추되는 것은 묵음의 시학이다. 침묵은 묵음과 연계되고, 다시 그에 대한 연상은 적막이고 영(zero)과 통한다. 아울러 침묵을 깨우는 소리는 미세하지만 동시에 무한이며 카오스(chaos)이고 끝내는 유한적이다.

공허한 마음 채워주는/ 시인의 묵언/ 남설악 오색의 주전골/ 천년 태초의 신비 안겨주고//

－<남설악 비경에 머문 시심>에서

이처럼 색깔, 느낌, 감각 등의 속성들을 상반균형相反均衡의 시적형 상화로 점철시켜주는 점이 그만의 시적 차별성이다. '피가 도는 추상'으로 현실과 정신세계의 끝없는 모색의 결정인 김은주 시인의 시편은 자연현상에 감흥을 출현한 산물로 자기성찰에서 비롯된 갈등이 무엇인가라는 물음에의 해명은 영상조립 시점으로 형상화된 그의 시를 바르게 평가하는 열쇠가 된다. 시인에게 있어 존엄한 생명의 존재 확인은 가벼운 이름이라 할지라도 그 만의 가치와 의미를 지니는 까닭에 시인에게 있어 통과제의通過祭儀란, 숙명을 수용하는 몸짓과 더불어 삶의 미더움이 요청되기에 불가피 시의 몸살이라는 이분법적 고통이 주어진다. 이 점에 있어 "예술적 경험에서 예술가는 자기 자신을 객관적 대상으로 만나게 된다."는 아감벤(Agamben)의 지적처럼 시인에게 있어 시적 체험은 자신에 대한 절대적 분열의 경험으로 간주된다.

특히 <산사의 풍경>을 통해 확인된 시적 현상에 있어 그의 인간적 업보業報일수도 있는 '미적 주권확립과 묵언의 시학'에 해당하는 행보行步는 다행스럽게도 갈등구도와 얼어버린 눈물도 따뜻한 정신 기후로 변주시키는 행위로의 이행이다. 따라서 환유적 결핍으로서의 욕망이 목적지에 안착하는 순간, 이질적인 욕망의 그림자가 또다시 엄습하는 점에 착안할 때, 성숙한 독자는 라깡적인 발상으로서의 욕망이 '다른 어떤 것'을 추구하는 환유적 운동임을 거부감 없이 동의한다. 단, 여기서 평자는 '절제된 언어로 사물의 본질을 해명하고 본래의 형질을 회복하려는 시인을 고독한 창조적 제작자'라고 지적하고 싶다. 결론적으로 김은주 시인에게 거는 소박한 기대라면, 항시 하나 같이 비정하고 비열한 이 시대에 몸담고 있을지라도 세계와 자아의 관계성을 탐색한 종래의 서정에만 안주하지 말고 전략적이고도 실험성격에 가까운 변형을 위해서도 매혹적이되 시적 대상(사물)에 드리워진 깊은 그늘(苦痛)을 치유하는 서정의 주체로 엄숙한 시대적 소임을 다하여 달라는 주문을 다시금 요청한다.

∥ 6 ∥

가슴의 눈금 읽기와 생명적 기호
-강은혜『하얀 그리움에 물든 꽃잎』의 시학

1. 자의적 은폐와 감성의 시학

책은 간접체험을 통해 새로운 지적세계로 진입하는 통로이다. 미적주권의 확립인 시집의 경우, 감동을 회복시켜 주기에 데리다의 지론처럼 책의 바깥은 없다. 지극히 생명적인 것을 재현하는 시인의 정신적 집합인 시집을 읽는 행위는 모름지기 불꽃같은 열정과 홀로 있기라는 사유思惟와의 해후에 해당한다. 열정을 태우는 주체와 타는 대상의 차별성을 무화시키며 융합하고 상승하는 저력을 지닌 예감의 시인은, 곧 망각한 불의 꿈을 다시 지피는 위대함을 지닌 존재이다. 이와 같이 필자와 무관하지 아니한 그는 한겨레문학회 기획실장으로 우연일 수도 있지만, 저자의 추천에 의한『한맥 문학』출신이다.

강은혜 시인이 의미공간을 설정하여 혼돈混沌을 털어버리기 위해 정신적 생산물을 감성의 시학으로 확장하여 우리에게 영혼의 안식을 충격적 감동으로 안겨주려는 소박한 기대감은, 냉혹한 시대적 상황에서 절제된 언어로 제작한 생명외경의 엄숙함이기에 <가슴의 눈금 읽기와 생명적 기호>로 해명된다.

자의적 은폐를 감성의 시학으로 표출하기 위한 그의 회의와 변명은, 서정의 미감으로 빛나는 자연, 영혼 회귀의 본원(천상)인 사랑으로 그 틀을 일정하게 유지하고 있다. 나름대로 정직한 시인의 현실인식과 차별화된 시정신의 접목과 해명은 시적 의미와 그 대상을 변형·확장하는 역동성을 수용하고 있어 다행스럽게도 비정한 모순과 갈등구도로부터의 이행을 추스르는 통로가 된다. 바로 이 같은 정황은 이 시대의 충직한 독자들에게 삶의 일상에서 반복되어지는 애증, 갈등과 화해 등의 잇닿은 시간대의 사회현상을 예술적 질감으로 정제된 정신작업이기에 『하얀 그리움에 물든 꽃잎』은 보다 시적 매력을 지니기에 충분하다.

특히 비열한 이기주의로 치닫는 지식·정보화 시대에 몸담고 있는 우리가 초조와 불안의식에 이끌려 암울한 절망의 늪에서 살아가고 있는 것은, 어딘가 공허하고 선명하지 못한 부분들이 내면의식의 심부深部에 그 실체를 숨기고 있기 때문이다. 그러나 다분히 예언자적인 강은혜 시인에게 있어 견고한 고정 체를 언어로 빚어내는 고뇌의 시 작업은 행복한 집짓기에 비견된다. 차지에 그의 '가슴의 눈금 읽기'는, 의문과 혼돈 털어버리기를 전제로 하기에 일상에 안주하기를 거부하고 잇닿은 시간대를 축으로 상상력을 확대하며 빛나는 감성의 일깨움에 몰두하는 주의집중에 따뜻한 시선과 격려의 박수를 보내야 할 것이다.

여기서 미적주권을 확립하기 위해 시의 자주성, 독자성을 회복시키려는 시의 틀 짜기를 위한 그만의 열정과 고뇌는 눈물겹다. 한 시대의 비공인 된 입법자로서 현대와 전통의 틀을 쌓고 허물며 자신의 시적 토양과 지평을 구도적인 자세로 아우르기를 반복하는 정신적 행위는 엄숙하다. 놀랍게도 강은혜 시인은 자의적 은폐를 서정적 미의식으로 회복시켜 지식·정보화 시대에 몸담고 있는 오늘의 우리에게 미감이 뛰어난 순수 서정시를 접목시켜 한 순간 치솟던 마음의 분노를 평정시키는 시적 치유治癒의 가능성과 정신적 기후마저 따뜻하게 조성시켜주는 역사적 소임을 충직하게 수행하고 있다.

정신적으로 궁핍한 삶의 처소에서 절제된 정감으로 사제로서의 역할을 담당하고 있는 강은혜 시인은 <뜨거운 사랑>, <함께 흐르고 싶다>, <부부> 등의 시편을 통하여 삶의 동반자이며 생의 반려자에 대해 애틋한 관심을 기울이며 경계 허물기의 등식으로 불신의 인간관계를 사랑으로 회복시켜주고 있다. "하나님께서/ 나를 당신에게 보내고/ 내게 당신을 보내주심은/ 허점을 돕기 위함입니다(사랑하는 당신과 함께)"라며 긍정적 사유에 머물기를 못내 소망하고 있다.

비교적 전통적인 맥락에서 강은혜 시인이 즐겨 틀과 도구로 사용하는 서정시는 의미 시 또는 생명력이 있는 건강한 현대시와 결속되기도 한다. 모두冒頭에서 밝힐 문제는 아니지만, 모더니즘 유파의 다양한 실험 시와 해체 시의 공존 양상을 검색하기 위하여 문예사조에 대응하는 팽팽한 긴장감과 치열한 시 정신은 결코 경원시하여서는 아니 될 항목임은 오래 기억할 일이다.

▎2. 시적 감응感應과 시인의 소임

인간의 영혼은 신으로부터 나와 신으로 회귀하는 반사상反射像이다. 생티에리는 "인간의 영혼이 어떻게 자기 자신의 아름다움을 생각할 수 있겠는가? 또한 어떻게 바로 자기 안에 그 모습을 비추는 자의 찬란함에 정복당하지 않을 수 있겠는가?"라고 자문하였다. 무엇보다 자명한 것은, 인간은 점진적으로 영적 상승을 통해 동물적 상태에서 이성적 상태로, 그리고 이성적 상태에서 영적인 상태로 이

동할 수 있음의 재인再認이다. 특히 감동을 회복하는 작업에 열중인 강은혜 시인은 '오늘의 위대함을 포옹하는 순간은 지금이다'라는 오프라 윈프리적 사고로 현실의 충실함을 항변하면서도 "거부할 수 없는 인고의 세월/ 아, 주름살 깊이만큼이나/ 그리도 많이 걸린 시간의 비늘(벗이여)"을 인간 관계성의 소중함을 다시금 나직하게 피 흘림하고 있다.

이처럼 정신적으로 창조된 것이 물질보다 한결 생명적이기에 다망한 일상에서도 몸담고 있는 정신세계의 토양이 되고 의미망을 확장할 때의 인간층위와 자연(바람)에 관해 인식한 정신력의 내구성耐久性이 견고한 고독과 바람 앞에 선 강은혜 시인의 정신풍경을 응시할 수 있음은 일상적 삶의 환희에서 수용된 심상心象의 형상화이다.

　　짧은 만남
　　긴 이별

　　긴 만남
　　짧은 이별

　　사랑이란
　　길고 짧음으로 척도 되는
　　가슴의
　　눈금 읽기인 것을…
　　　　　　　　　　　　　　　　-<가슴의 눈금 읽기> 전문

자신의 선한 심성과 담백한 품격으로, 정조情調를 엄격히 통제하고 즉물적 현상을 적확하게 풀어보인 '합리성, 그 모순에 대한 사유'에 민감한 강은혜 시인의 시적 의미성은 "짧은 만남/ 긴 이별// 긴 만남/ 짧은 이별"에서 '길고 짧음'이라는 대칭구도로 응축되고 빛난

다. 우리가 접하는 현재의 즉물 현상은 이처럼 일정한 패턴으로 고
정된 것이 아니라 새로움을 향한 끊임없는 변전이다. 삶과 죽음, 만
남과 이별 등 이분법적 발상은 곧, 우주적 상상력을 확대하는 통로
이미지의 유추로 '가슴의 눈금 읽기'라는 여과과정을 위한 자아의
내적 성숙을 위한 이행이며 자아성찰自我省察의 눈물겨운 반복이다.

　강은혜 시인의 골격을 형성하고 있는 시편은 생명의 본질, 본원本
源에 대한 회귀로 결부되어 있다. 그만의 독자적인 인식의 심층에
내재되어 있는 대상의 시적 추이推移는 마침내 단절된 계절의 층위,
절박한 상황 속에서도 '사랑'이 종자(불)가 되어 생명에 대한 섬세한
정감으로 지적인 세계를 뛰어넘은 주정적 감정의 세계로의 전이轉移
에 해당한다.

　　가만히/ 귀 기울이면 들린다./ "사랑해요"//

　　　　　　　　　　　　　　　　　　　　　-<봄 봄>에서

　열림 지향적 사고의 결과물인 '사랑의 유의미'는 "당신이 심어준/
싹 하나/ 가슴으로 키운다(첫 사랑·2)"에서 확인되듯 빛의 통로이
다. 그것은 에드워드 호퍼(Eward Hopper)의 시선이 닿은 모든 대상
과 공간이 무미건조한 공간에 익숙한 현대인들의 도시 위로 사각형
의 햇빛이 쏟아지는 현상, 그렇다. '사각형 유리창 너머에 앉은 결코
자유롭게 소통하지 못하는 사람들'은 한번쯤 숙고해 볼 일이다. 기
실 근자에 시적 관심은 점차 심층적인 경향보다 언희言戱(pun), 시의
표층으로 전이되고 있음은 한 시대의 변형이기에 시인의 시적 경향
은 본능적 지략으로 육화해야 살아남을 수 있다. 이것은 강은혜 시
인에게도 예외일 수는 없지만, 놀랍게도 언어의 논리 사이에 불현듯
출현하는 그의 시적 생산물은 자기희생을 통한 역동성을 제공하고
있기에, 이 같은 색채는 다음의 시편을 통해서 확인된다.

젖은 빗물 때문일까/ 비에 젖은 그리움 때문일까/ 망설이며 돌아가
지 못하는/ 인사동 네거리엔/ 하염없이 비는 내리는데//

-<인사동엔 비만 내리고>에서

흐르다가 몸 섞어/ 하나가 되는/ 따로 따로 왔다가/ 하나로 돌아가
는 비//

불이不二의 생리/ 우리도/ 불이不二//

-<비>에서

무엇보다 혼돈의 시대에 '인사동에 불이不二의 생리生理로 나리는
비'처럼 때로는 맑고 푸른 생명의 바람으로 우리 주변에 머물면서
상처 입은 영혼을 따뜻한 가슴으로 치유하기를 열망하고 있는 강은
혜 시인은 정신적 피폐함 속에서 고통 받는 소외된 독자들의 기대에
어긋남이 없이 삶의 현장을 탐색하는 순수한 영혼을 지닌 아름다운
존재이다. 까닭에 그의 긍정적 시각은 2-3%의 염분이 오염된 바다
를 생명의 처소로 정화시키듯 세속적인 틀을 부수며 어두운 세기를
초연하게 자신의 의지로 헤쳐 나가는 '진정한 극소수의 창조자로서
의 면모'를 담백하게 형상화하고 있다.

3. 영혼의 잠식蠶食과 내면인식

순수성이 결핍되고 무너져 내린 암울한 삶의 일상에서, 예언자로
서의 시인은 예기치 못한 즉물적 현상을 버티어내기가 비록 버거울
지라도 푸른 식물성 언어를 조탁하여 실상이 흐려 있는 영혼의 통로
를 탐색하기 위한 고뇌를 감내하여야 한다. 몰개성이라는 변명으로

21세기의 화두話頭인 상성相生의 원리를 거스르지 말고, 영혼의 안식을 위해 언어에 대한 식별력은 물론 정신지리와 내면인식에 대한 열정 또한 지속하여야 한다. "앉으나 서나/ 언제나 당신 생각으로/ 아무 것도 보이지 않고/ 들리지도 않는다(첫 사랑)"처럼 궁핍한 "영혼의 잠식蠶食과 그 길 찾기"를 체득하는 강은혜 시인의 시적 탐색이 감동의 회복작업과 맞물려 있음은 유념할 필요가 있다.

또 하나 그의 시편이 가슴을 따뜻하게 하는 비법은, "세상에서 가장 행복한 날은/ 임을 만나려가는 길가에/ 풀잎 한 잎이라도 아름답고/ 온 세상 가득 핑크 장미뿐/ 마음은 바람 타고 님에게로/ 두둥실 날아가는 날입니다(가장 행복한 날)"로 시화詩化된 '회의와 변명, 그리고 부끄러움의 시학'에 대한 논의로 구명된다. 담백한 품격의 소유자인 강은혜 시인이 몸담고 있는 삶의 처소에서 구도자로서의 따뜻한 감성의 시학은, 사랑을 축으로 진리를 밝히는 불燈이며, 생명적 기호로도 풀이된다.

글의 모두冒頭에서 강은혜 시인이 정신적 부산물로 형상화한 낯익은 시편들은 보다 엄격하게 유의미한 것으로 적확, 격렬, 구체적, 복합적이다. 따라서 리듬과 형태를 갖추어 가치를 확증하려고 노력한 그의 지난한 몸짓이 눈물겹도록 순수한 것은 감동의 회복에 연유한 결과다. 이처럼 신선한 감동을 안겨주는 정직성은 그만의 저력이며 독자를 긴장시키는 마력이다. 자못 생생한 일탈의 정신을 예술적인 질감과 터치로 형상화한 '꽃잎'으로 일관된 그만의 시작행위는 엄숙하고 생명적이다. 여기서 도외시할 수 없는 그의 따뜻한 감성에서 배어나온 연민의 정과 감미로운 눈물, 그리고 천상의 층계를 오르는 고독한 창조적 능력, 즉 수동적인 사물과 능동적인 사물을 결합하는 매개적 정신능력(the intermediate faculty)의 범주에 위치한 시적 상상력이기에 감동마저 충격적으로 일깨워주고 있다.

모름지기 강은혜 시인은 삶의 순간을 포착하여 놓치지 않고, 불확실한 시간대와 공간에서 생존하는 인간존재의 탐색을 위해 땅에 가라앉은 낮은 음성과 겸허한 몸가짐, 그리고 감미로운 감성으로 시혼을 즐겨 노래하는 시인이기에, 그의 시 읽기는 바람의 통로를 탐색하기 위한 행복한 정신작업으로 해석된다. 이 같은 경향은 "천년이나/ 만년이나/ 바람의 머리가 허여케 희어져/ 흰 눈처럼/ 하얗게 내릴 때까지 사랑해야 할/ 정녕 사랑하는 사람아(내 사랑하는 사람아)"를 통해 보다 투명하게 확인되고 있다.

강은혜 시인에게 있어 그 자신이 고뇌하며 상재한 시집 『하얀 그리움에 물든 꽃잎』에서 발현되는 견고한 성채城砦의 신앙심을 발산하는 힘도 역동적이지만, 우리의 관심사는 한 사람의 충직한 시인이 삶의 처소를 아름다운 서정의 미감으로 장식할 뿐만 아니라, 피멍든 손으로 영혼의 닻줄을 잡아당기는 힘겨운 행위를 자신의 소임으로 인식하고 있는 점일 것이다. 특히 즉물적 현상을 거부하지 않는 그의 섬세하고 치밀하고 적확한 기호 캐내기 작업은 번개 같은 영감靈感을 충격적으로 시화詩化하는 예술 행위로 간주된다. 모름지기 필자가 그에게 거는 한결같은 기대라면 언어의 심연과 시적 치유를 위해 증오와 무관심이 내재된 삶의 처소에서 푸른 식물성 언어로 꽃잎을 시화詩化한 온유한 품격의 소유자로 감동을 회복하는 신선함과 주의집중으로 천상天上의 선율을 감미롭게 탄주彈奏하여 아직도 철학과 사상이 결여된 우리시문학의 토양에 차별화 된 시의 지평을 열어 따뜻한 정신기후를 조성하라는 것이다.

▌7 ▌
존재탐구와 변형을 통한 화해의 시학
-박순옥 시인의 일상과 존재 탐구

▌1. 생명외경畏敬과 화해의 시학

　시작과정詩作過程에 있어 "변명, 주의집중, 영감, 기억, 신념, 노래"
는 비중 있게 논의되는 시적 논의이다. 어느 시간대보다 언어공해가
심각하고 생명에 대한 존엄성이 상실된 오늘의 사회현상에서 자연
관조를 통해 정관적인 면을 구축하며, 사변성의 발로發露로 서정적
미감이 돋보이는 시를 간혹 접하면 자잘한 감동을 받게 된다. 화자
(persona)의 시적 기본양식이 현학적이거나 애매 모호성을 거부하
고 피가 도는 삶의 일상에서 뜨겁게 소외된 이웃을 끌어안고 서정성
을 풀어낸 감동의 회복을 시적으로 형상화한 박순옥 시인의 시적 정
체성은 <존재탐구와 변형을 통한 화해의 시학>이다. 삶의 일상에서
부딪끼는 대상과의 관계성에서 공동체 의식의 소중함을 확인시키는
그만의 정신작업은 열정적인 삶과 미적주권이라는 골격 위에서 시
의 눈 뜨기를 통한 가족 계층 간의 끌어안기와 자성, 그리고 사유思
惟에서 기인된 파상破狀의 탐색이기에 감동적이다.
　특히 망설임과 가슴앓이의 통로를 걸쳐 마침내 내면인식을 이끌
어낸 『문학 공간』출신으로 언어의 집산인 박순옥 시인의 『옷가게

일기』의 상재上梓는, 자연 친화적인 것과 가족 층위를 축으로 한 존재탐구를 생명 외경의 엄숙성으로 형상화하였기에 공동 관심사의 대상이 된다. 이 같은 존재의 표징은, 『문학 공간』출신인 그 자신이 언어의 절제된 힘과 심층적 깊이를 통해 10여 년간의 응축한 시 정신을 풀어 보인 정신적 생산물이기에, 칼릴 지브란의 지론처럼 "시는 마음속의 불꽃이고 수사학은 눈송이다. 불길과 눈이 어떻게 하나가 될 수 있겠는가?"라는 지적과 잇닿은 선상線上의 '칸타타'로 치부할 수 있다. 박순옥 시인이 자신의 시편을 통해 말하려는 신념과 주의집중은, 사물을 새롭게 응시하고 초점을 맞추는 시적 변용의 조응調應이다. 정직한 시어로 사물의 본질을 투시하며, 새로운 것을 탐색하여 이미지를 형상화하기 위한 가슴 뜨거운 열정, 사물을 통찰하는 예지, 특히 삶의 현장에서 뼈아픈 노력으로 내면에 잠재된 의식을 일깨워 전달하는 메신저로서의 역할을 담당하였기에 그의 시적 특이성은 역동적이다.

이 같은 정조情調가 쉽게 파악되는 것은 노동의 일상에서 자생된 가치와 의미를 살려내고 부정적인 세계를 긍정적으로 변용시키어 화석화된 언어마저 생명적인 사고로 변형시키는 작업을 수행하기 때문이다. 이처럼 우리의 잠재의식을 흔들어 깨워 정서와 미적 감각들을 들춰내어 자칫하면 소멸할 존재의 기억들을 서정의 틀에 담아 다시금 확인시켜주는 눈물겨운 작업이기에 따뜻한 격려를 보내지 않을 수 없다.

시집의 목차에서 확인되듯 <1부 나무 구박>, <제2부 고추 꽃>, <제3부 쥐띠 삼대>, <제4부 즐거운 날>의 기승전결식 구성은 박순옥 시인의 시적 틀 짜기로, 그의 시정신이 직조織造해 놓은 빛나는 날개이며 상상력의 시혼이기에 <제4부 즐거운 날>에는 시적 초점이 집약되어 있다. 이순耳順의 시간대를 지나치면서 줄곧 자신의 삶

에 충직해 온 박순옥 시인은, 비교적 홀로 있기라는 내적 충만에 치
중하는 편이지만 그의 시편을 분할·통합하는 탐색은 의미를 지닌
다. 여기서 <존재탐구와 변형을 통한 화해의 시학>으로 그의 시 정
신을 전제하고, 그 자신의 삶의 현장이며 행복한 처소로 시의식의
총합인 『옷가게 일기』를 텍스트로 하여 빛나는 서정적 미감을 검색
해 보기로 한다.

▌2. 삶의 구도構圖와 존재 탐구

   우리에게 부담 없이 읽혀지며 신선한 감동마저 안겨주는 박순옥
시인의 시적 모티프는 다행스럽게도 올곧게 살아 온 삶의 편린을 통
해 확인되어지는 화해와 상성의 현상이며 담백한 삶의 기억의 연륜
이다. 어디까지나 비틀기가 아닌 털어내기, 손잡아 주기라는 시적
화해의 시학에서 조성된 따뜻한 정신기후이기에 정직한 그의 시편
들은 메레디스의 지적처럼 '산문은 저녁과 밤을 그릴 수 있지만, 시
는 새벽을 노래하는 데 필요하다.'를 뒷받침하는 숨 막히는 단절을
거부한 경계 허물기로 마음의 문 열어 놓기이다.

> 열네 살 적 어머니 무릎에/ 다가앉아 저고리 깃을 배우다가/ 제법이
> 라는 언어로 맺어진 인연의 끈/ 지천명에도 옷이 좋아 만지작거리지
> 만/ 오늘따라 정겹다/ 어둠이 나린 적막한 시간에도/ 아, 가게 문 닫는
> 게 싫은/ 천명 같은 업보業報 어이할꺼나//
>
> -<옷가게 일기·5>에서

   예시를 통해 시상의 다양성을 고려할 때, 박순옥 시인의 정직하고

도 담백한 시작詩作 행위는 생산적 감성의 시학으로 형사形似되는 '자연·가족·일(작업)'이라는 3중구조의 존재탐구와 화해의 시학으로의 틀 짜기이다. 그의 시적 인식에 있어 생명적이며 화해의 표징이기도 한 자연은 생명의 이치에 의한 삶의 현주소로서의 드러남이다. 애써 "어둠이 나린 적막한 시간에도/ 아, 가게 문 닫는 게 싫은/ 천명 같은 업보業報 어이할거나"를 통해 확인되는 철저한 직업의식과 이웃에 대한 배려, 그래서 그의 동공瞳孔엔 투명한 눈물이 묻어난다.

> 거미줄처럼 뻗어가는 짐 보퉁이들/ 단잠에 뒹 구르는 시간이지만/ 불빛보다 반짝이는 눈동자들/ 그 속에서 살아있음을 확인한다/ 눈과 눈의 씨름 끝에/ 걸머멘 따끈한 세상 소식/ 눈 뜨는 새벽이면 충만한 생명감/ "표현"이란 작은 공간에/ 어깨에 맺힌 피멍 풀어놓고/ 숨찬 목청 토해낸다//
>
> −<옷가게 일기·2>에서

특히 박순옥 시인의 음조音調는 견고한 이미지와 엄숙한 생명 외경의 미감이 조화롭게 교합된 유기적 구조이기에 목관 악기의 선율처럼 항시 투명하다. "단잠에 뒹 구르는 시간이지만/ 불빛보다 반짝이는 눈동자들/...생 략.../ 눈 뜨는 새벽이면 충만한 생명감" 이 같은 현상에서 육체의 피곤마저 건강한 삶의 인식으로 냉혹한 현실에 대한 저항과 회의, 불안 등의 부정적 요소들을 제거하여 우리가 존재하고 있는 처소를 보람의 공간으로 변주시켜주는 정신과 잇닿아 있다. 한 사람의 충직한 독자인 우리는 "푸른 해풍에 볼을 비비는/ 돌비에 각인된 시는/세월을 말아갈수록 뜨거운/ 해맑은 님의 음성이다/ 마른 가슴 촉촉이 적셔내는/ 님의 감미로운 입김이다(흔적−허난설헌 추모 시)"를 통해 시적인 아름다움으로 전치된 그의 시편들은 변주곡의 음악적 효과를 지니며 본질적으로 시의 특성을 잘 살려낸 작업으로 해석할 수 있음은 그저 고맙고 감사할 일이다.

> 아이야, 오늘도/ 이 세상의 어미들은/ 뼈의 틈에 저려오는/ 시린 바
> 람소리 듣는다//
>
> -<어미>에서

눈물겹게도 소중한 생애를 '시린 바람소리 듣는' 희생적인 어머니
의 초상肖像을 추상적 소재인 바람을 형상화하는 과정에서, 참신한
감각과 깊이 있는 사색의 변형적 조화를 시도하여 미적 형상화의 능
력을 한층 돋보이게 한 박순옥 시인의 시적 저력은, 그 자신이 독자
들의 관심을 저토록 끌어 모으고 시의 본질을 해명하려는 진지한 노
력과 변주의 기법이 서정적 미감을 정화시켜 빚어내는 비법에 기인
한다. 애써 그의 시편들을 생태 시학으로 국한지어 분할하는 것은
현명한 처사일 수는 없다. 진정한 예술은, 남편의 사랑을 받고 있는
아내에게는 지나친 화장이 필요치 아니하듯 과장, 언희言戱를 요구하
지 않는다. 그의 <고추 꽃>처럼 "옥양목 홑적삼/ 등잔불 아래 깨끼
바느질/ 새벽닭 울음을 비벼낸/ 어머니 젊음 가리웠던 옷이다" 와
같은 시를 쓰려고 고뇌하였듯이 설익어 풋과일의 맛이 나는 그의 시
편에는 지나친 언술言述이나 유희적인 가식이 드러나지 않는다. 어
쨌거나 담백한 시격詩格의 소유자인 박순옥 시인은, 갈앉은 음성으로
절박한 일상에 생명의 소중함을 일깨워 주려고 진지한 삶의 자세를
겨냥하고 있는 존재이다.

> 때로는 홀치켜 엉키기도 하지만/ 풀며 가래며/ 한 코 놓치면 와르르
> 헐어질까/ 내 마음도 올올이 이었다//
>
> -<뜨게질>에서

온 세상이 낯설다/ 사는 동안 누가 무거워할 때/ 조금은 지혜롭고 넉넉하게/ 짐 덜어준 적 있었던가//

-<짐>에서

위의 시편을 통해 쉽게 유추되어 지듯이 박순옥 시인은 인간관계의 소중함을 묵언적의 교시로 뜨개질에 접목시켜 형상화할뿐더러 "조금은 지혜롭고 넉넉하게/ 짐 덜어준 적 있었던가?"를 반문하며 그 자신의 내면적 성찰을 통한 인생론적 체험을 나직한 육성에 담아 절절히 노래하고 있다. 이처럼 인간사의 이치란, "풀며 가래며" 강물처럼 덧없이 흘려보낸 시간의 개념 또한 "한 코 놓치면 와르르 헐어질까"라는 두려움, 주의집중과 불가분의 연계성이 있음도 기억할 일이다. 따라서 언어의 절제된 힘과 내면적 체험의 깊이를 형상화하며 참음의 의지를 통해 정신적 넉넉함을 다시금 일깨워 혼돈에의 방황을 끝내려는 부단한 그만의 시적 행위는, 순수한 영혼들에게 언젠가 [아 바오 아쿠]라는 가상 동물을 만날 수 있는 감동을 전이시켜주기에도 결코 부족함이 없다.

세상 쓸어온 바람이 징소리를 낸다/ 가장 좋은 것은 앞으로/ 무한 채울 수 있기에/ 항시 비어 놓는 지혜로움//

-<빈 충만·1>에서

순백의 눈 위에도/ 감자거름 무덤무덤 져내던/ 살보다 더 아끼던 텃밭/ 그 귀퉁이 한평 땅만 옹치 손에 쥐고/ 아흔 살 장승은 잠이 들었다//

-<시아버님>에서

소중한 인간 관계에 있어 서로를 적대시 할 때 일상의 삶에서 자신의 어두운 측면, 즉 그림자(shadow)를 상대방에게 상호투시하고 있다는 것을 대다수의 이들은 의식하지 못하고 있다. 개인적인 그림자를 투시할 경우에 갈등을 불러 모은다는 사실을 그나마 박순옥 시인은 자신의 삶을 통해 체득하고 있다. 시기심, 거짓말, 비난, 탐욕 등이 개인적인 그림자의 투사로 일어나는 것이다. 그러나 집단적 또는 원형적 그림자를 투사할 경우에는 인종차별, 희생양 만들기, 원수 만들기, 전쟁과 같은 위험한 통로에 다다르는 위험성이 따른다. 이 점에 있어 그는 겸허한 심성으로 한 순간 분노나 격정으로 치닫던 우리의 불안한 서정抒情에 평안을 안겨주려고 <시아버님>의 생몰生沒의 비통을 감내하며 "아흔 살 장승은 잠이 들었다"라고 담담하게 읊어내고 있다.

여기서 다소 낯설지만 박순옥 시인의 시편에서 확인되는 감동의 주조主調는 삶과 죽음의 역학 관계에서 인간의 에로스의 진면목을 찾고, 그로부터 빚어지는 '허무, 숙명과 이를 극복하는 구원이 어떤 구도로 풀이되는가?'라는 점이다. 일단, 삶과 죽음은 바로 표리表裏, 시종始終으로 상호보완성을 지닌다. 삶과 죽음의 이원적 구조가 때로는 동시에 표출되기도 하고, 그것들의 본질 속에 은폐되기도 한다. 이 같은 생사의 공존현상은 공간에서뿐만 아니라 시간대에서도 예리하게 상호작용한다. 요컨대 박순옥 시인은 어떤 사물을 시적대상으로 삼을 때, 그것의 출발부터 종말에 이르기까지의 과정을 깨닫고, 불가사의한 목숨의 근원까지 투시하는 에너지를 지닌 감별력이 뛰어난 존재이다.

> 정상을 향해 단숨에 치닫다가도
> 주저앉은 나약함 반복하며
> 그 비탈 둥지에서 이탈하려는
> 생리生理의 질주
>
>   -<고속도로>에서

사상과 정서의 자유로운 교감을 거쳐 마침내 자각 속에 생명체로 존재하는 시는 깨달음의 미학이다. 박순옥 시인의 시편은 지상적인 것에서 확산, 승화되어 우주와 통하는 적극성이 내재되어 있어 역동성을 지닌다. 그 자신은 부딪치는 삶의 일상에서도 "Y셔츠 등 언저리에/ 땀으로 노선표를 그린/ 밝은 표정의 운전기사는/ 하루의 끝자락을 끌고 달린다(즐거운 날-시내버스 · 2)"처럼 때로는 생산적 요소가 짙은 상상력을 가라앉은 가락 속에 이미지를 밝고 건강하게 제시하며 입체적인 구조와 점층적 효과를 조화시켜 <나무 구박>처럼 종종 전통의 맥락에 담아내는 진지함은 감동마저 안겨준다.

일단, 우리가 그의 올바른 시 해석을 위하여 그의 고뇌를 비틀기나 거리감 없이 확인할 때, 상생에 근거한 공동체 인식의 소중함을 통하여 "낯설게 하기로부터 껴안기, 단절이나 담쌓기로부터의 경계 허물기"라는 미적주권의 확립으로 깨달음을 접해야 할 타당성이 따른다. 그 같은 특징은 <주목-동반자 · 2>에서 "살 저미는 바람 막아서서/ 나의 어깨를 어루만지는 반려(伴侶)/ 아이들의 소꿉놀이 눈물겨운데/ 문득, 환상 같은 꿈이다"를 통해 밝히 명증되는 것으로 파악된다.

3. 감성의 미감과 화해의 시학

감성의 미감과 화해의 시학으로 해석되어지는 박순옥의 시정신은 비교적 식물성 언어로 직조된 전율 같은 가슴 떨림이며, 동시에 그만이 겪는 황홀함이다. 때문에 그의 삶 또한 도전 · 실험정신의 맥락 속에서도 좌절을 극복한 기질의 표징으로 해석된다. 박순옥 시인은 존엄한 삶에 있어 필연적인 만남의 소중함을 수시로 확인시켜 주고 있다. 항시 고독을 시적으로 승화시켜 소요하는 여유를 울림과 음미의 대상으로 인식하는 그의 시편은 우리의 심상을 거울처럼 투명하게 닦아내는 데 큰 영향을 줄 뿐더러 달빛 묻은 영혼을 흔들어 깨우고 삶의 지침마저 돌려놓기도 한다. 이처럼 그는 초연한 자세로 삶과 현실을 교감시키는 미학적 도전을 통해 정신적으로 빈곤한 우리네 삶을 내적 충만의 인자因子로 변형시키는 역할을 담당하고 있다.

특히 박순옥 시인의 시는 흙냄새를 풍기는 고향의 애환을 되살려놓은 그리움의 기록이다. 말하자면 파괴와 오염의 도시가 아니라 인간과 자연이 하나가 되어 조화로운 삶을 누릴 수 있었던, 반세기 전이 땅 사람들의 풍경을 진지한 모습으로 담아내고 있다. 이 같은 점은 "가죽신을 신고도 꺽꺽거리는 오늘/ 베 잠뱅이 흙물에 적시던 아버지/ 그토록 덥고 잠든 흙/ 맨발로 밟아도 정겨워라(흙)"을 통해서도 확인된다. 죽음을 넘어서는 깨끗한 고향의식이야말로 한 줌 흙속의 씨앗으로 남아 새 생명을 틔우고 끝내는 자연회귀성과의 접합이다. 모름지기 시인의 소임은 고향의식을 불변할 가치로 인식하고 정신의 빗돌을 세워 그 곳에 비명을 새겨 놓는 것이다.

　　내 소중한 삶의 흔적/ 만신창이 상처들 치유한 자리/ 굳은살 두터워
　　더는 흔적내지 않는/ 투박한 나무 구박을 닮아간다//

　　　　　　　　　　　　　　　　　　　　　　　-<나무 구박>에서

치열한 삶의 격랑에서 이순을 맞는 그의 경우는, 숨 가쁘고 분망한 삶의 길목에서 여유로운 자신의 성찰 없이 그저 질주해 온 인생여정이다. 그러나 그 자신이 온유한 심성의 소유자로 상성의 시학에 민감한 시인이라는 확증은, 눈부신 생명의 꽃으로 피워내는 그의 밝음 지향의 시편을 통해 해명된다. 최소한 고매한 품격의 시인이라면 박순옥 시인처럼 저마다의 체취는 풀꽃 향이거나 모과 향이어야 하

고, 냉소적이고 음울한 심성도 항시 깨끗하게 정화되기를 소망하는 따뜻한 가슴의 소유자이어야 할 것이다.

모두冒頭에서 기술하였듯이 박순옥 시인의 시의 눈 뜨기는 자연 친화적인 것과 고향과 연계된 혈연, 그리고 지극한 선의 드러남과 접목된 생명 경외의 엄숙성이다. 혹여 삶을 관조하면서 언어예술로 직조해낸 그의 대다수 시편들은 존재탐구를 통해 확인되고 조심스럽게 창조된 생산물이다. 실체의 껍질을 벗기고 일순간 깊은 사상에 몰입하는 정신력이 직관적이라면, 사물의 전체를 거시적 입장과 영원한 시간의 관점에서 주시하는 정신력의 한 방법은 관조의 세계이다. 특히 아니무스(animus)적이며 모성적인 결과물로 생산된 그의 시적 특징은 생의 달관에서 오는 감정의 절제에서 비롯된 여유로움이기에, 바로 그 점은 "개념과/ 창조 사이에/ 감정과/ 반응 사이에/ 그림자는 자리한다."라는 T.S Eliot식 발상으로 그의 시적 표징은 신비스런 동반자(companion)로서의 시 쓰기에 해당한다.

여기서 랭보의 지적처럼 "시인들은 모든 감각을 한없이 오랫동안 신중하게 교란시킴으로써 자신을 환상가로 만든다."로 풀이할 수도 있지만 시인이란, 재빠르고도 날개 달린 그리고 신성한 것을 받아들이는 인간이다. 시는 긴즈버그의 지적처럼 "심신의 최고 순간을 신비적인 계시에 따라 표출되어야 하고 가장 행복한 심성의 최고 열락의 순간을 표출한 기록"이어야 하듯이 박순옥 시인의 시편은 전반적으로 보편성을 지닌 시어의 사물성이 존재의 현현顯現을 위한 언어의 집으로 인식되어 깨달음과 자리 매김으로 확증되고 있기에 다행스럽다.

모름지기 박순옥 시인의 시세계는 서정성을 기저로 하는 의식세계에 그 기본 바탕을 두고 있다. 그러면서도 그는 바람에 나부끼는 현실 속에서의 자기 존재의 확인에서 시적 정신을 분출하려는 삶의 의지를 엿보이게 한다. 그의 시적 언어와 기법에 있어 현대적인 이미지의 화려한 입체적 조형성을 비교적 찾아 볼 수는 없지만 재래의 표출화 기법을 유지하면서 이미지의 선명성을 드러내려는 노력은 실로 감동적이다.

결론적으로 <존재탐구와 변형을 통한 화해의 시학>을 독자적으로 형상화 한 박순옥 시인에게 거는 절실한 기대는 화려한 언어유희에 이끌리지 말고 자기만의 육성, 냄새, 느낌, 그리고 색깔 있는 시적 토양을 확장하라는 것이다. 아울러 항시 겸허한 자세로 드러냄보다는 감춤, 비틀기보다 손잡아 주는 심성이 지극히 선하고 담백한 시인으로 언어에 대한 식별력을 지니되 인간소외를 시를 통해 회복하고 치유하는 완숙完熟한 존재로 자리 매김할 것을 소망한다.

▌8▐

육성의 패스티쉬와 서정의 양식樣式
-안미자의 『불륜』과 탈 중심주의 시학

▌1. 영혼의 잠식蠶食과 감성의 시학

현대시론에서 패스티쉬(pastiche)는 패러디와 같은 모방적 기교를 의미한다. 제임슨(F. Jameson)이 주창하듯 포스트모더니즘의 대표적 기법인 패스티쉬는 풍자적 의도가 없는 혼성모방으로 두 가지 상황을 발생시킨다. 하나는 새로운 세계와 스타일이 모두 소진되어 더이상 독창적인 스타일의 혁신이 불가능하여진 고갈의식이고, 다른하나는 가정법을 구사해서 언어적 규범, 곧 패러디의 대상이 상실되고 언어의 다양성만 남게 된 현상학적 수사이다. 이 점에 있어 모방되는 텍스트를 비판하거나 풍자하려는 의도가 없음을 수시로 확인시키는 경남 함안 태생인 안미자 시인이, 첫시집 『불의 노래』 간행이후, 정신적 생산물의 총합인 『불륜』의 탈 중심주의 시학은 곧, 육성의 패스티쉬로서 서정 양식이기에 충직한 독자들의 관심을 모으기에 부족함이 없다.

모두에서 천명하는 바이지만, 항시 애매 모호성에 대한 의문의 해명에 몰두하는 그만의 소박한 시격詩格은 담백하고, 풀꽃의 향내를 풍겨내는 기품이 있어 그의 시 읽기는 거부감이 없다. 기억 혼적에 오래 남겨두어야 할 지적이지만, 그 자신이 정신적 피폐함으로 절망의 끝이 보이지 않는 궁핍한 시대를 살아가는 현대인들에게 꿈의 날개를 달아주고 정신적 상처를 치유하는 작업에 열중하는 행위는 지극히 창조적이다. 일단, 미적 주권과 생명에의 변주라는 기본 틀 위에서 소외된 이웃의 끌어안기라는 모성의 평온함을 안겨주는 그의 시적 분위기(情調)는 신선한 감동으로 해석되어진다.

끈끈한 삶의 연계선상에서 씌어진 그의 시편들은 자신의 분신과도 같은 기억 흔적으로, 자연친화적인 대상을 시의 종자로 하여 존엄한 삶의 일상을 시적으로 형상화 한 것이기에 친밀감을 안겨준다. 이 같은 인식은 언어의 절제된 힘과 깊이를 통해 충직한 삶의 내면성을 풀어 보인 탈 중심주의 시학이기에 어둠과 절망을 무너뜨리는 구원의 징표로 풀이되는 일면을 지닌다. 바로 이 점은 그간에 시인이 추구해온 따뜻한 정신기후의 조성이기에 그의 시 정신이 직조織造해 놓은 그만의 빛나는 꿈과 새와 바람은, 풀꽃의 향기로 채색될 수 있기에 독자들 또한 행복감에 취할 수 있다. 성군경 회장(한국시민문학회)의 지적처럼, "안미자 시인에게는 언제나 선심으로 행하는 믿음이 있다. 인간과 자연을 감싸고 있는 따뜻함과 순수성이 삶의 근간이 되어 그를 바른 길 위에 답보하게 한다...생략...이 시대에 꼭 필요한 순결한 영혼을 가진 실천하는 목소리이다."

이처럼 어디까지나 순결한 영혼의 소유자인 안미자 시인의 시적 이해를 돕기 위해 항목을 구분 지어 탐색한다면, 첫째는 전통적인 소재를 자신의 언어로 시화詩化하려는 노력의 현저함이고, 둘째는 삶의 현상에서 접목되는 다양한 소재의 자유로운 취급과 감성적 시학을 확립하여 서정의 표출로 고정화하려는 경향과 복잡하고 다양한 어조와 어법을 단순화하여 끊임없이 생명의 변주로 형상화 한 점일 것이다. 일단, "유리창 너머로 비치는/ 한 줄기의 빛(불륜)"처럼 비록 일상적인 삶에서 혹암을 밝히며 영혼과 상반되는 육체(본능)를 "육화의 패스티쉬와 서정의 양식"으로 조화롭고 가식 없이 기호화한 안미자 시인의 따뜻한 감성의 시를 함께 긴장하며 조금은 찬찬히 응시해 보기로 한다.

2. 시적 감응과 언어의 결합

히치언(L. Hutcheon)은 "낭만주의가 패러디를 '기생물'로 거부하는 것은 예술을 개인의 소유물로 보는 자본주의 윤리관의 성장을 반영한 것"이라고 주장한 바 있다. 이것은 마르크스적인 것을 대변한 이론으로 인식할 수 있다. 여기서, 꿈의 시학으로 지칭되는 안미자 시인의 시정신은, 비교적 생명적이고 푸른 꿈이 내재되어 있는 식물성 언어로 직조된 전율 같은 가슴 떨림이며, 동시에 그만이 겪는 기억 뒤편의 잊혀 진 황홀함과 감동에서 비롯된 행복한 언어의 집짓기에 해당된다.

> 황색 피부에 각선미를 노출하고/ 실크스카프로 하체를 살짝 감추고 반듯하게/ 누운 여인이 너와 나 사이라는 판타지/ 실오라기 하나도 걸치지 않은 채/ 그녀의 膣 속으로 沈沒한다/ 그들의 裸身이 화끈 달아올라도/ 남을 두려워하거나 의식조차 하지 않는/ 알몸에 사람들이 플래시를 켜도/ 수줍어하거나 숨거나 도망치지 않는다./ 별빛이 하나 둘 漸滅하고/ 아침이슬 같은 반짝이는 땀/ 알몸에 방울방울 묻어나고/ 유리창 너머로 비치는/ 한 줄기의 빛// 부적절한 관계를 즐기는/ 사람들로 가득한 현장//
>
> −<불륜> 전문

　　"부적절한 관계를 즐기는/ 사람들로 가득한 현장"은 우리네 삶의 현실적 공간으로서 이 시대 슬픈 운명의 정신지리지精神地理地의 단면이기에, 안미자 시인의 용기 있는 항변은 화자(persona)가 관찰자 시점에서 지극히 섬세하게 한순간의 놓침 없이 전개되는 치열한 삶의 단면을 형상화하는 것이다. "남을 두려워하거나 의식조차 하지 않는/ 알몸에 사람들이 플래시를 켜도/ 수줍어하거나 숨거나 도망치지 않는다."는 사회심리학적으로 온전하게 이해될 수 없기에 시인과 독자의 소통疏通에 있어 작화증作話症의 해석으로 견주어진다. 여기서 '불륜=통간通姦'이라는 보편성에 관해서는 참고할 바이지만 팜므파탈(Femme fatale)은 근대성을 둘러싼 여성과 남성 간의 갈등과 불안정의 표지인 '숙명적인 여성의 이미지'로서 욕망의 우상, 공포의 대상, 파멸의 함정으로 합성되어 문화 전면의 주요 도상圖上으로 부각된 점은 감안할 필요가 있다.

　　파도를 들이키며/ 수평선 너머의/ 중생대와 눈을 맞추다/ 사람들은 서둘러/ 먼 신화를 찰가닥찰가닥 찍어댄다//

-＜상족암, 중생대＞에서

　　어스름 짙은 베란다 밖 가로등/ 밤의 플러그에/ 갇힌 것 예감한다//

-＜플러그에 갇히다＞에서

　　꿈의 기억에 관한 문제는 부차적인 문제이고, 현실적으로 눈앞에 놓여진 잔상에서 '먼 신화를 찰가닥찰가닥 찍어대거나, 밤의 풀러그에 갇힌 것 예감'하며 시적으로 형상화 하려는 접근법은 그저 기발한 시적 발상이기에 관심을 이끌어내는 인자因子로서, 또는 조력자로서의 작용에 해당한다. 모두冒頭에서 안미자 시인은 자신만의 느낌, 색깔을 수시로 시편을 통해 확인하면서 삶의 여정을 숨 가쁘게 질주

해 온 존재이다. 특히 강인한 생명력을 시적 상상력으로 확장하면서
시화詩化한 그 자신이 평화주의자로 온유한 심성의 소유자라는 근거
는, 「낙동강문학」을 축軸으로 눈부신 생명의 꽃을 활활 불 지르는
열정과 즉물적인 대상을 직관력으로 의미 있는 생산물로 창출하기
때문이다.

　　바람이 일어/ 소리들의 향연이/ 은빛 억새꽃에 맴돈다//
　　　　　　　　　　　　　　　　　-<가을나뭇잎 소리>에서

　　은빛 바람 일어/ 흩날리는 꽃잎/ 피어오르는/ 가을 햇살//
　　　　　　　　　　　　　　　　　-<물안개 피는 강가>에서

　바람이 일면 소리들의 향연은 시작되고 그 향연의 정감은 은빛
억새꽃에 맴돈다는 발상전환이나, 은빛 바람이 일면 꽃잎은 흩날리
고 지는 꽃잎에 눈부시게 조락凋落하는 가을 햇살의 생리 또한 "산
벚꽃 사이에/ 동백의 피가 낭자하고/ 허리 굽은 소나무를/ 등 굽은
바위 받쳐 들고 있다(봄, 앓는다)"에서 접목되듯 산 벚꽃 군락에 붉
은 동백꽃, 그리고 이기주의로 치닫는 비열한 인간사회를 냉소하듯
허리 굽은 소나무를 등 굽은 바위가 받쳐 들고 있는 생태시학적인
안미자 시인의 정신기후는, 지극히 순수한 심성에서 연유한 생명경
외의 친근함으로 풀이된다. 이처럼 언어의 결합으로 해석되는 그의
시편들은 삶을 관조하면서 체험하고 확인된 교시적인 언어로 조심
스럽게 직조해 낸 생산물이기에 감동을 일깨워주는 힘이 있다.

　　붉게 물든 잎들/ 빈 감방 쪽으로 바라보고/ 고요 속의/ 텃새들의 흐
　느낌/ 꽉 붙잡고 있다//
　　　　　　　　　　　　　　　　　-<담쟁이 속 들여다보다>에서

숲 속에서 바람을 엿들었다//
　우리의 관절에 떨어진 햇살/ 나무와 나무 사이/ 계곡과 계곡 사이
오가며/ 물의 소리를 읽는다.//

-<겨울 숲에서>에서

　'담쟁이 속을 들여다보기나, 겨울 숲 속에서 바람을 엿듣는 정신
적 행위'에 있어 혹여 실체의 껍질을 벗기고 일순간 깊은 사상에 몰
입하는 정신력이 직관적이라면, 사물의 전체를 거시적 입장과 영원
한 시간의 관점에서 주시하는 정신력의 한 방법이 관조의 세계임은
인지할 필요가 따를 것이다. 여기서 놀랍게도 "숲 속에서 바람을 엿
들었다/...생략.../ 물의 소리를 읽는다(겨울 숲에서)" 라는 시행을 통
해 충직한 독자들은 그의 체온이 따뜻하고 음성이 부드러우며 항시
홀로 있기라는 사유思惟의 창窓을 열어 놓고 예감의 눈빛으로 일상의
대상물을 응시와 투사, 그리고 교접交接하려고 오랜 날 고뇌하고 있
음을 유추할 수 있을 것이다.

맑은 날//
따끔따끔한 햇살이/ 나무에 매달린 초록에게 안길 때//
진흙 속/ 가시연꽃이/ 화들짝 웃는다.//

-<안압지>에서

　모름지기 삶의 흔적을 남기는 존재로서의 인간은, 몸담고 있는 현
실이 때로는 불확실성과 생명경시의 충격으로 참담함을 안겨줄지라
도 조금은 자신의 여유로움으로 이 불신의 사회를 변화시켜 나가기
위해서는 사유의 시간을 지녀야 한다. "진흙 속/ 가시연꽃이/ 화들
짝 웃는다."의 시적 수법을 통해 확인되듯 혼돈(chaos) 앞에서 "빛

이 있으라." 명하신 창조주가 이 땅에 우리의 목숨을 허락하여 주신 것은 존엄하고 분명한 시대적 소임이 있기 때문이다. 이 점에 있어 매사에 신중하되 열정적인 안미자 시인은 자신의 시적 재능인 비장한 통찰력으로 미세한 움직임도 놓치지 않고 <안압지>에서 감지되듯 사물의 정수精髓를 관통貫通하는 빛의 화살로의 변형·추이일 것이다.

3. 생명적 기호와 의지의 접합接合

일반적으로 진리와 정의의 표징인 빛은, 어둠을 밝히며 무지를 무너뜨리는 저력을 지니고 있다. 때문에 한 사람의 양식을 지닌 시인에게 있어 자기 흔적을 남기려는 고뇌의 작업은 실로 눈물겨운 정신 작업이다.

> 내 각막
> 빛으로 땅 속을 빠개었다
>
> 거대한 불의 변주곡이 울려
> 포도송이가 용암으로 흘러내리고
> 민달팽이를 닮은 사람들이
> 부글부글 끓는 잿물에서 굳어갈 때
> 여인들의 몸에서 금화가 울고 있다
>
> —<폼페이의 잠>에서

이와 같이 안미자 시인에게 있어 항시 눈감아도 흘려버린 시간의 틈새에서 존재의 뿌리를 삶의 공간에서 다시금 재현하려는 상상력의 확장은 놀라움이다. '거대한 불의 변주곡 뒤, 끓어오르는 용암이 굳어갈 때 여인들의 몸에서 금화가 울고 있다.' 탐욕, 인간의 부조리를 군더더기 없이 말끔하게 처리한 수법, 이처럼 충직한 한 사람의 실체로 투명한 음조音調를 쏟아내며 거대한 숲이 황폐하면 끝내 새들의 안식처와 노래마저 살아지는 현상을 일깨워 새로운 의미를 교시教示하여주는 그는 분명 예감의 시인이다.

기실 비정한 시대에 몸담고 있는 우리네 삶에 있어 사는 것만이 문제는 아니다. '영원히 살 것처럼 배우고, 내일 죽을 것 같은 절박한 심정으로 오늘을 살아야 하듯이' 모름지기 지금 이 시간은 저마다에게 주어진 최초이며, 최후의 시간대라는 긴장감 속에서도 '어떻게 살아야 의롭고 빛 된 삶의 흔적을 남길 것인가?' 라는 역사인식을 지니고 한번쯤 고뇌하는 자성의 시간을 확인하면서 유서를 쓰는 진지한 심정으로 남기는 원고지 칸을 진지하게 메우는 정신작업은 소중한 행위임에 틀림이 없다.

안미자 시인은 냉소적이고도 불안한 시대의 늪을 건너며 살아가는 우리네의 비극적 불행이, 마침내 소중한 일(직업)을 위해 애씀의 땀을 흘리기를 거부하고 옳고 그름보다도 소멸될 일시적인 것들을 위해 사로잡히는 어리석음에서 기인함을 못내 경계하고 있다. 그 자신 삶의 일상에서 주어지는 의문을 역사인식 즉, 문화인식의 확장으로 꼬인 실타래를 풀어가듯 "귀 열린 풍경風磬// 석양의 빛이/ 갈대숲을 풀어낸다(교차점에서의 풍경)"처럼 꼼꼼히 확인하며 구명하려는 그의 열중은 실로 눈물겹다.

특히 화해의 인간 관계를 모티프로 설정한 <장터에서> "땀방울 맺힌 이마의 주름살 위에/ 노을빛은 숨을 거둔다" 이처럼 노동의 신성함과 결부지어 일몰의 장엄함을 감성적으로 처리한 그의 시적 형상화는, 자신의 꿈을 성취하기 위한 경계 허물기이며 고정관념을 깨

는 놀라움이다. 우리에겐 언제나 쓰고 남는 목숨의 시간이 허락되는
것이 아니다. 생명적인 것은 물질적인 것보다 영원한 것이기에 선하
고 의롭고 정직한 일을 해야 할 기회 또한 항시 주어지는 것은 아니
다. 이 점에 있어 소외된 이들의 상처 깊은 영혼을 치유하고 까닭
없이 들뜬 마음과 한 순간의 증오를 잠재우기 위해 '사랑받는 아내,
존경받는 모성으로서의 소임'을 수행하면서 한편의 아름다운 시를
촉매로 생산하여, 감동을 안겨주는 눈물겨운 행위는 그의 시격詩格을
보다 눈부시게 한다.

> 앞치마의 고뇌는/ 풍경風磬 소리 그려 넣지 못한다//
>
> −<설거지를 하며>에서

하찮은 일에도 성실함을 보이는 주의집중이 그만이 지닌 시적 매
력으로, 시를 떠받들고 있는 힘이다. 비교적 심성이 고아하고 담백
한 안미자 시인이 분신과도 같은 시편을 통해 투박한 언어를 조탁한
애씀의 편린片鱗들은 놀랍게도 우리의 빈곤한 삶을 넉넉함으로 다스
리는 뜨거운 심장과 시를 읽는 기쁨을 통해 감미로운 다이돌핀을 쏟
아내게 만든다. 여기서 식물성 언어를 구사하여 풀꽃 향을 풍겨내는
가슴이 따뜻한 그의 시편을 손금을 보듯 찬찬히 들여다보고 음미하
면 한순간 마음에 평정을 얻게 된다.

지상에 갈앉는 나직한 톤으로 <꽃바구니>에서는 자신의 본원적
그리움을 "안개꽃/ 장미꽃의 생애"로 변주시키며 자연친화적인 귀
소심리歸巢心理로 노래하면서도 그 자신은 난해힘이나 불필요힌 시적
기교를 거부한다. 바람에 흔들리듯 세월의 물발에 온 몸을 부딪기면
서도 "양수를 직방으로 빨아/ 받쳐주는/ 꽃대는 서까래이다"처럼 흔
들림이 없는 그 요체要諦를 깔끔하게 처리한 시상詩想은 칙칙한 어둠
이 없기에 빛으로 발화發火한다. 빛은 곧 생명이며 말씀(logos)의 표

징으로 어둠과 절망의 상대적 위치에 자리하기에 정신적 기후를 따
뜻하게 조성시켜주는 안미자 시인의 시편에는 가식적 언어의 치장
이나 지나친 기교적 장치는 배제된다.

낡은 목선/ 퇴색한 유행가/ 갈매기 울음 젖는다//

-<낡은 폐선>에서

해바라기 꽃/ 남과 북을 애절하게 응시할 때/ 하얀 국화 꽃잎 떨어
진다//

-<노란 손수건>에서

정신적 피폐함으로 혼돈의 시대를 살아가는 대다수의 이들은, 양
심의 소리에 귀 기울이기를 거부하고 있기에 암담하게도 입술에 영
혼의 노래를 결코 담을 수 없다. 분노와 폭식, 탐욕으로 인한 조급함
과 냉소, 상대방에 대한 언어의 배려가 없기에 항시 어둠에 쫓기는
불안한 생을 살아가고 있다. 가끔은 일상적인 삶에서 '퇴색한 유행
가 또는 갈매기 울음에 젖는 버려진 폐선 앞에서, 현실적으로 하얀
국화 꽃잎이 나락 지는 현상'을 불행하게도 외면한 이들을 위하여
해바라기 꽃의 생리가 태양을 응시하듯 남과 북을 애절하게 주시하
며 그 나름으로 <낡은 폐선>, <노란 손수건>에서 '포기하지 말라
고, 단념하지 말라'고 이렇게 영혼의 서정적 미감을 통해 들려주는
안미자 시인의 생산적인 정신작업을 불멸의 노래라 칭하여도 결코
지나침은 없을 것이다.

비열한 이기주의에 사로 잡혀서 우리의 사회는 음울하다. 특히 이
땅의 지도층 인사나 공직자들은 불행하게도 무가치한 것들을 위해,
뒤돌아보는 여유 없이 안타깝게도 앞만 보고 달려 왔기에, 그 결과
실의와 패배, 좌절감을 치유받기 힘겨운 정신적 유산으로 남기게 되

었다. 진정한 인간성의 회복은 경천애인敬天愛人의 행위에서 비롯되며 어디까지나 '타인에 대한 배려와 연민의 정의 발현'으로 그것은 삶의 넉넉함에서 기인되는 것이다. 일단, 궁색한 필자의 변명 같지만 안미자 시인에 대한 작은 배려로 현대시의 현상과 존재론적 해석이나 판단을 잠시 접어 보기로 한다. 그러나 그 자신이 추구하는 이상적 공간은 "꽃들은 모든 것들을 위로 한다/ 땀방울 맺힌 이마의 주름살 위에/ 노을빛은 숨을 거둔다(장터에서)"와 동일한 내면의 풍경화로 자리해 춤과 노래로 변주되어 때로는 출렁이고 육화肉化된 삶의 현장이다.

이처럼 그 자신이 상재한 시집 『불륜』을 통해 확인되는 시적 특이성은 다소 뜨겁게 달아오른 생리와 갈등의 모순 구조적 경향을 경시할 수는 없지만, 생의 달관에서 비롯된 넉넉함, 곧 여유로움으로 해석할 수 있다. 그것은 앨리 엇(T. S Eliot)의 발상처럼 신비스런 동반자(companion)로서의 시 쓰기와 동일하다. 특히 이 땅의 어떤 시인보다 순수서정의 시를 형상화하려고 애쓴 흔적이 역력한 그에게 거는 소박하고도 절실한 기대는, 우리의 정신세계를 더 이상 현란하게 하는 모순된 언어유희言語遊戱에 이끌리지 말고 자기의 육성, 냄새, 느낌이 있는 시적 영토를 확장하라는 것이다.

결론적으로 영혼의 잔을 채우려는 우매함보다 비우려는 성숙함을 오랜 기간, 구도자의 자세로 일깨워 온 안미자 시인은 거부감 없이 우리 곁에 자리한 모성적인 시인이다. 그에게 기대하는 한결 같은 소망이라면, 비틀기보다 소외된 이들을 위해 소중한 언어의 식별력을 지니고 다가가는 품격 있는 시인으로서 예언자(A prophet)적 소임을 당당히 수행하되 차별화된 시인의 정신적 기후도 조성하라는 당부를 글의 말미에 남긴다.

9

소박한 감성과 꽃의 현상학
-심상언의 꽃의 현상학과 내면인식

1. 시의 소통疏通, 쌓기와 허물기

　푸른 산자락이 홍엽에 물드는 10월 중순의 어느 날, 강의를 마치고 4층 연구실에서 원고를 손질하고 있는 데, 뜻밖에도 시력을 잃은 심상언 시인(영세명 라파엘)이 시집을 묶어 간행하겠다는 조급한 마음으로 층계를 어렵게 오르며 1백여 편의 시고詩稿를 들고 나를 방문하였다. 나는 새삼스럽게 "무관심은 죄악이다"라는 교시적 가르침을 떠올리며 그의 손을 조심스럽게 잡아끌며 의자에 앉게 하였다. "선생님, 도움이 필요해서 이렇게 부득이 찾아왔어요." 나는 귓가에 부딪치는 그의 말을 들으며 따뜻한 차 한 잔을 끓여 주었다. 그렇다. 이처럼 자신의 시혼詩魂을 눈부시게 꽃 피우며, 생명의 존엄성을 절감하고 흘려보낸 일상의 자잘한 기억 흔적을 그리움으로 눈물겹게 노래하고 채색彩色한 심상언 시인의 『꽃의 말과 정신풍경』(문예사조사, 2008)을 정갈한 아침 식탁에서 접할 수 있는 것은, 영혼이 피폐한 현대인에게는 정신적인 평안이며 위안을 안겨주는 인자因子가 되기에 모두冒頭에서 경이롭다고 지적하지 않을 수 없다.

　곤핍한 일상의 삶 속에서 세상살이의 안부를 전하며 그 깊이 숨어 있는 삶의 무늬와 무게를 명증하기 위해 오로지 시적 상상력을 통로로 자연의 숨소리를 온 몸으로 체감하며 생산한 정신작업은 신선한 감동을 안겨줄 뿐 아니라, 생명의 기호에 의한 행복한 집짓기에 해당된다. 특히 삶이라는 거대한 격랑에 떠밀리면서도 어려운 한 시대의 늪을 건너며 끊임없이 전통의 실타래를 꼬며 풀어내는 심상언 시인이 단절된 도시 공간, 이 좌절과 회색의 시간대에 몸담으면서도 밝은 미래를 위해 줄기차게 시혼을 불태우는 그만의 열정은 너무 처절해 눈물겹다.

상실된 일상적 자아를 발견하려는 고독한 작업을 통해 언어공해가 심각한 비정한 지식·정보화 사회에서 오직 기억 흔적과 감각에만 의존하여 따뜻한 감성을 통한 투명한 그리움을 지나친 언어의 유희나 기교 없이 담백하게 표출한 시인의 고뇌와 애씀, 그것이 각별한 심상언 시인의 매력이며 시적 동력이다. 그의 시집에 수용된 시적 흐름은 본질적으로 본향에 대한 그리움으로 일관된다. 그 자신이 혼돈의 사회현상 앞에서 눈물 묻은 정감을 절제하며 읊어 놓은 시편에는 그의 선한 성정性情, 그리고 감사와 삶에 대한 강렬한 집념이 자양분처럼 스미어 있기에 기억 흔적(Trauma)에 각인된 삶의 편린片鱗들은 쉽게 털어버릴 수 없는 살아 눈 뜬 목숨이다. 이처럼 그의 정신세계에 잠재된 시작품은 추억의 강물 위에 늘상 흔들리는 낯익은 정신풍경이기에 일단, 관심의 대상이 된다.

여기서 기술하려는 바는 자연을 연골 고리로 할 때, 우리 시단의 큰 불행은 정직성과 사상의 결여성에 비롯된다는 점이다. 애써 심상언 시인의 시적 흐름이나 가치를 시사적 의미를 부여하여 사물의 본질을 구명하고 서정성과 주지성을 통합해 나가는 이상주의적 찬미와 비판인식이라고 그의 시 정신을 일방적으로 옹호하거나 떠벌리려는 사적인 의중은 아니지만, 좋은 시란 외연外延과 내포內包의 최원

最遠의 양극에서 모든 의미를 통일한 것으로, 정서와 상상을 통한 문학으로 인생의 표현이며 생명의 재해석이다. 이 점에 있어 정감적미와 정신적 의의에 대해 일깨움을 주며, 생명의 가치를 신선한 감동으로 안겨주는 심상언 시인의 시편을 대할 수 있다는 것은 모두가함께 기뻐하고 따뜻한 격려를 아낌없이 보낼 일이다.

불교에서는 '사랑, 칭찬, 위로, 격려, 양보, 그리고 부드러운 말 등'을 통하여 얼마든지 남에게 보시報施할 수 있음을 언시言施로 일컫는다. 이처럼 그는 소통을 위한 도구로 언시를 매개물과 방법으로 택하여 환경공해 못지 않게 정신적 건강에 해악을 주며 건전한 사회에증오와 불화를 충격적으로 안겨주는 언어공해의 심각성 문제 앞에서, 시각 장애자의 고통을 감내하며 풀꽃 향을 자아내는 푸른 식물성 언어를 즐겨 사용하고 있다. 그는 생명감이 응축된 언어로 〃항상누군가를 유혹하여라/ 너는 웃음으로 사랑을 주고/ 감미로움과 행복을 주어라/ 그리고 그의 눈부신 꽃이 되어라(꽃에게 말하다)"를 기도문처럼 되 뇌이며, 지나친 기교나 난해한 시어의 사용을 절제하면서 가라앉은 나직한 음성으로 삶의 지각을 부단히 일깨우고 있다. 한편 심상언 시인만의 독자적이되 소박한 심성의 생성물인 시집『꽃의 말과 정신풍경』에 수용된 예감豫感의 선율旋律이 시적 상상력의 확장과 따뜻한 정신기후의 조성을 위한 끊임없는 변전이기를기대하면서 "시의 소통, 쌓기와 허물기"에 관한 이해를 탐색하여 보기로 한다.

2. 꽃의 현상과 내면인식

시의 창작에 있어 시인이 좋은 시를 쓰는 것은, 시적 소재나 질료를 어떻게 적절하게 구도 배치하여 표현하느냐에 의해 판가름이 난다. 삶의 일상에서 보고 느끼고 직면하는 모든 대상과 현상들이 시적 소재로서의 의미를 지니지만, 전통적으로 대다수의 시인들이 자신의 정감과 시적 표현을 위해서 사용한 것이 비교적 꽃과 사랑으로 압축된다. 이 같은 경향에 있어 예감의 시인인 심상언의 경우도 예외는 아니다. 각고刻苦의 아픔을 통해 생산한 그의 시집『꽃의 말과 정신풍경』은 편의상 <제1부, 꽃의 말, 바라보기. 제2부, 빛나는 시의 영토. 제3부, 아득한 정신풍경>으로 구분지어 출간되었다.

일단, 시집의 대표 질료로서의 '꽃'은 그간의 대다수 시인들에 의해서도 다양한 방법으로 상징화 되었으며, 두 가지 기본적 관점에 의해 하나는 꽃을 본질과 형태로 나누고 또 하나는 통념상 꽃을 중심의 이미지로 영혼의 원형상징으로 인식하는 것이다. 심상언 시인의 시작과정(a making of poem)은, 전반적으로 필립 라아킨(Philip Larkin)의 "시란 맑은 정신의 문제, 즉 사물을 있는 그대로 보려는 것이라"는 시적 논의와 동일한 맥락에서 1980년대 신표현주의를 표방한 독일의 화가 안셀름 파커가 "현실적인 모든 것은 단지 이미지일 뿐이다."라는 이론에 상당히 근접한 것으로 풀이된다.

비교적 일에는 절차와 명분이 따르듯 시인의 정신적 생산물인 시편을 이해하는 것은 거대한 싱채城砦를 오르는 힘거운 작업에 해당한다. "천천히 천천히/ 눈을 뜨리라(꽃은 핀다·1)", "다 가슴에 태우고/ 더 고운 빛깔로/ 활짝 웃으리라.(꽃은 핀다·2)", "주인님의 말씀 믿으며/ 절망은 없다는 살아온 체험 속에/ 꽃은 꼭 핀다(꽃은 핀다 · 3)” 예시에서 파악되는 심상언 시인의 집념은 너무 확신에 넘쳐나고 있어 처절감마저 안겨준다. 곧 ‘꽃’과 ‘나’의 관계성이 전적으로 두 세계관에 의한 것으로 해석되기 때문이다. 원론적으로 꽃의 원형적 이미지는 ‘여인’을 상징하는 것이 보편적이지만, 이 시에서는 ‘지독한 신념’의 표징임에 틀림이 없다. 그러나 ‘본질적으로 가시적인 모든 대상은 소멸된다.’는 라아킨의 시적 발상처럼 사물과 인생에 대한 과장된 태도에 미혹 당하지 아니하고서도 현실묘사에 치밀하게 접근한 그만의 시적 작위作爲는 너무도 극명한 삶의 일상이다.

특히 뒤늦게나마 심상언 시인에 대해 작은 빚을 청산한다는 소박한 기대로 꽃의 현상과 내면인식이라는 언어구조를 통한 이분법적인 발단과 고정固定을 심연의 체험을 통한 해체와 창조의 변형으로 시도하는 과정에서 한순간 마음의 평정을 얻게 됨은 그저 감사할 뿐이다. 그 보기로 <제비꽃>에서 “우리 처음 만나던 그날/ 붉은 수줍음처럼/ 파닥거림을/ 성스럽게 받아 든다(당신)”, “서럽게 울던 나는/이른 승천의 의미를/ 이제 알 것만 같다(왜 들풀이 되었나)” 젊은 나이에 사랑하는 아내와 사별하고, 14년의 세월을 격랑에 떠밀리는 비통함 속에서 체험한 화마火魔, 사업 실패, 힘겨운 투병생활, 시력상실 등, 그러나 심상언 시인의 시편 중 ‘꽃’에 관한 소재적 특징과 사물의 시적 현상은 심장이 메어지는 통한이지만 그는 깊은 신앙심으로 거부감 없이 그 모든 현상을 수락하고 있다.

촉촉이 젖은 입술들이/ 그리움을 쓰다듬고 있다.//

–<카네이션>에서

산고에 지친 나비/ 허리춤을 잡는다./ 고개를 들다 멈춘 시선 속에서//

–<코스모스>에서

둥 그렇게 둥 그렇게 달을 안고 춤을 추자/ 너와 나, 우리가 함께//

-<달>에서

이처럼 단장斷腸의 비장미에서 생성된 그의 시편들은, '원망, 증오, 저주' 등의 뒤틀린 심사의 잔상은 철저하게 배제되고 정화되어 있을 뿐더러 "잠시 스쳐간 아름다운 추억들/ 환상이었다면// 달맞이꽃이 피었다./ 안개 속에서(안개 속에서)" 이렇게 담담하게 자신의 정감을 시적 통로를 통해 풀어내 보이고 있다. 꽃의 의미는 본질적으로 일시성, 봄, 아름다움의 상징이며 일반적으로는 핵심적인 존재의 상징이다. 꽃은 봄이나 미를 나타내지만 생명의 짧음, 쾌락의 덧없음, 아름다움의 일시성 등을 상징하기도 한다. 그러나 그의 시편에 내재된 꽃의 이미지는 영혼의 원형을 상징한다. 이처럼 정신적 행위에 기인한 그만의 생산적인 시론詩論은, 서정의 미학과 생명에의 변주라는 기본양식에서 시 쓰기를 통한 소외된 관계성의 회복으로 모성적母性的 평온함을 감동적으로 일깨워주는 기능을 지닌다.

맑은 하늘 활활 타며 출렁이는
산 여울에 발을 담그고,
추억이 묻은 아름다운 꽃이 되리라.

-<단풍>에서

바로 이 같은 시적 행보는 심상언 시인의 투명하고 깨끗한 시적 발상이 직조織造해 놓은 빛나는 의상으로, 미감의 선율旋律에 해당된다. 이처럼 우리가 확인할 수 있는 꽃의 형상성은 시인의 정서가 조소한 것으로, 그의 순수한 서정이 시적 맥락에 잠재되어 있다. 그만큼 꽃은 닫혀 진 상태를 유지하면서 시인에 의해 열려지기를 기다리고 있다. 꽃은 피어나며 바람에 흔들리기도 하고 떨어지기도 한다. 꽃이 떨어짐으로써 <벚꽃 위로 날아간 나비>가 되고, 급기야 "나비야, 나비야,/ 미안해서 어쩌니./ 내 날개 다 날려 보내/ 너를 따를 수 없단다." 라는 자기성찰의 소통疏通을 통해 비록 올곧게 꽃을 매개로 하였지만 대상을 통한 순수서정의 작업은, 개인의 의지를 확증하는 층위로 정신기후마저 더 없이 따뜻하게 조성시켜 주기에 부족함이 없다.

조금은 애정을 지니고 주의집중하며 조심스레 응시하면, 심상언 시인의 시편에 낯설음과 허망함이 어두움과 교접되어 절규 같은 울음이 수용되어 있음을 확인할 수 있다. 그러나 나직한 통곡 속에서 정신기후를 따뜻하게 조성시켜주려는 그의 시격은 절절한 어둠과 울음이 아니라, 현상을 애정을 지닌 눈으로 응시하는 따뜻하고 빛나는 감성이다. 어디까지나 육체적으로는 안타깝게도 시각을 상실한 장애이지만, 그의 시를 떠받들고 있는 원초적인 힘은 본향本鄕에 대한 그리움이다. 이 같은 논리는 그의 시 <제3부, 아득한 정신풍경>에서 빈도 수 높게 제시된다.

그 옷자락 가늘게 잡고/ 너와 같이 걸었던 이 길을/ 술잔에 따라 마시면/ 바람이 있어 화려한 갈대밭에/ 금빛 물결 눈부시게 가득하다.//
                                    -<경포대 달빛>에서

모래톱을 헤치고 떠나는 배/ 슬퍼 마오, 슬퍼 마오./ 그까짓 기다림 쯤이야.//

                                    -<남항진>에서

섬진강에서 다슬기기 기어간다./ 그래서/ 아버지가 등 어리를 내놓고 웃고 계시다.//

                                    -<섬진강>에서

항시 맑은 정신세계가 직조해 놓은 그의 시적 동공은 너무 투명해 절망의 틈새나 어둠의 그늘이 없다. 그저 '금빛 물결과 눈부신 햇살, 속살마저 하얗게 반사되는 강물과 오물오물 기어가는 다슬기, 그리고 아버지의 벌건 등어리' 마치 그것은 "죽어도 변하지 않은/ 님 얼굴 바라보며/ 물장구 치고 지키리라(남대천)", "나비야, 나비야./ 나와 함께 춤추지 않으련(봄 풍경-봄바람)"에서 인지되듯, 한국의 천년 시향詩鄕인 강릉과 고향의 연을 맺은 이들의 응고된 마음 덩어리를 뜨거운 눈물로 녹아내리게 하고 걸어 잠근 마음의 빗장을 내부로부터 스스로 열게 하는 뜨거운 불이며 힘을 지니고 있다. 지극히 선함과 밝음을 지향하는 숭고한 사랑이 잠식된 "결국은 착함으로/ 성호를 긋는다(병실에서)"라는 종교적 행위는 마침내 증오와 불화를 몰아내고 친근 관계를 회복시켜 자연의 순리에 순응하게 하고 빈곤한 영혼마저 따뜻함과 은총으로 충만하게 한다.

시편 <잡초가 자라는 풍경>, <낮에 뜨는 별들>, <날지 못하는 새>처럼 자연의 순리를 거스르지 않는 청빈한 정신적 삶과 소박한 감성과 목가적인 서정을 통해 삶의 비감을 노래한 심상언은 부끄럽게도 무분별한 언어가 정신적 공해를 조성하여 편 가르기, 이해타산에 익숙한 현상에서 우리 시대의 환경과 인간의 생존가치를 천착穿鑿하면서도 경계 허물기를 통하여 늘상 소외된 이들의 곁으로 분별력을 지니고 친근하게 다가오는 품격稟格 있는 시인이다. 기실 그 자신이 절감하는 외로움은 우리가 가슴 저리게 공감하는 본질적인 소외, 곧 무상무념이다. 세상적인 욕심이 없는 그의 심리상태는 생리적으로 천상을 향해 날아오르며 '불타는 석양 속에 부활하는 한 마리 쇠기러기'이며, '물안개 속에서 떠도는 빈 배'와 같은 대상이다.

「詩作의 過程」에서 스펜더(Spender)가 열거한 기억력은 특정한 감각적 인상으로 시인의 천부적인 재능에 속하며 상상력과 결부된다. 여기서 기억력은 단순히 정신적인 재현(模寫)이 아니다. 평자가 시 해설을 쓰려고, 심상언 시인의 시편을 꼼꼼히 채근하는 과정에서 몇 번인가 못내 눈물을 훔치면서도, 그 자신이 아득히 잊혀진 과거의 의식을 회상하며 탈진脫盡의 병상에서 기억력을 창조적인 힘으로 변전시켜 이처럼 생명력을 지닌 시혼으로 생성한 노력, 고뇌 앞에서 새삼 삶의 엄숙성을 체득하고 절감할 것이다. 모름지기 시인은 영감의 비의秘義를 해명하고 사제司祭로서의 소임을 담당하여야 할 뿐더러, 최소한 자기 존재의 근거인 언어의 집을 짓는 일에도 최선을 다하여야 한다. 또한 삶의 일상에 있어 시적 다양성을 위해서는 소재의 선택과 세계의 만남에서 깨어남을 계기로 부단히 변화의 장을 지속하여야 한다. 때로는 낯선 물상과 감당할 수 없는 접목이 주어질지라도 결코 좌절의 순간에 머물러서는 아니 된다. 새로운 가치와 질서를 창출하기 위해서는 감동, 즉 양양된 심리 상태를 적절히 지탱해야 하기 때문이다.

시집의 말미에 편집된 "안녕이라고 말하지 않고 떠나간 너/ 내 눈 안의 호숫가에 내려 앉겠지(너는, 고개를 가로 젖지 않았다)"에서 그만의 미적 의식은 의미망을 확장하여 자아의 삶은 물론 타인의 정신적 영역도 확장시켜 마침내 예술적 기쁨을 안겨주는 인자로 변이된다. 감각이 섬세하고 민감한 심상언 시인이기에 내면의식을 심리적으로 애써 분석치 아니 하더라도 힘겨운 병고와 시력 장애로 인한 상실감 속에서 지나쳐 온 20여년의 세월은, 단순히 수치로서의 집합 개념이 아니라, 정서적인 량감量感이기에 '아득한 세월'로 인식될 것이다. 이 같은 천형天刑과도 같은 일관된 고통과 절박감 속에서 가혹하리만치 점자點字로 반복되어진 시작詩作 행위야말로, 시 쓰기에는 나태하고 명분 찾기에 급급한 이 땅의 대다수 시인들에 견주어 참담한 시적 환경에서 열정적으로 시의 서정성을 확립하는 '자기갈등→

자기완성'은, 그만의 매력이며 담백한 시격詩格이다.

3. 빛나는 감성과 시의 틀 짜기

만상萬象이 정적 속에 자리한 시각, "세상에 빛을 더 많이 태우고.// 천천히 천천히 눈을 뜨리라(꽃은 핀다·1)" 오로지 '빛나는 감성과 시의 틀 짜기'를 위해 불면증에 시달린 그의 육신은 피곤에 지쳐 있지만, 상대적으로 금화처럼 짤랑이는 그의 잠재의식은 일상적인 상식에 국한되어 있지 않을 뿐더러 놀랍게도 각질화 된 우리들의 고정관념을 깨뜨려 보이고 있다. 비록 사물의 재해석 또는 사물의 은유적 재구성이란 용어를 구사하지 아니 하더라도, 어디까지나 그의 시적 포즈는 대상 속에 몰입하여 형태, 색깔, 감각 등의 속성들을 상반균형의 시적 형상화로 점철되어 <연두빛 투피스>에서는 서정성으로 빛난다. "빗속을 뛰어 다녀야/ 소중한 사랑이라고/ 봄비에 젖은 연두빛 투피스/ 우리를 숨겨 줄/ 녹음이 짙어간다."

여기서 화자의 목소리는 지나친 가식이나 긴장감이 없는 투명한 어조 감사의 언어로 발성된다. 현실적으로 심상언 시인의 경우, 시적 구조에 있어 언어를 조탁하는 절제미와 집중력, 그리고 긴장감이 다소 이완된 뼈아픈 약점으로 작용될 수 있다. 그러나 시력장애로 사물에 대한 식별력이 혼탁한 현상에서도 원고지 칸을 메워가는 눈물겨운 열정은 어디서 오는 것일까? 이 같은 순수한 서정의 발로는 '남편의 사랑을 받는 아내에게 지나친 화장이 필요 없듯이' 지극히 선하고 아름다운 인간 관계를 일깨우려는 그의 한 점 흐트러짐 없는 생명적인 식물성 언어의 조탁에서 비롯된 엄숙함이다.

특히 우리는 가장 지상적이며 여성 상징인 '꽃'과 총체적 의미의

'시적 영토, 즉 정신풍경'을 축으로 윤무輪舞하기를 수락한 심상언 시인의 시적 형상화를 대할 때, 천상을 향한 비상이나 새로운 만남과 조화의 소중함을 다시금 확인하게 된다. 그러나 그에게 있어 꽃은 재생이라는 순환적 이미지로서 바슐라르적 상상력에 의한 식물의 불이며, 생명의 빛이기에 단절과 고독을 이겨내는 강인한 생명력과 무관하지 않음은 주지할 바다. 보편적 시론을 동원하지 아니 하더라도 시는 상상력과 자유, 영혼의 노래로 해석되어야 한다. 바로 그 같은 까닭은 "심령이 가난한 자는 복이 있고(마 5:3), 하나님은 교만한 자를 대적하신다(벧전 5:5)"라는 성서의 말씀에 근거한 그의 시 정신이 서로 간의 이질적인 이미지를 병치시켜 이미지의 상호충돌에 의해 의미의 충격을 주는 시작기법의 활용으로 충직한 독자의 상상력을 자극하여 넓고 다양한 의미의 영역을 확보한 탓이다.

불꽃 튀는 삶을 치열하게 살아가면서 의식이 홀로 깨어 있음으로 하여 투명한 영혼의 소유자인 심상언 시인의 시학을 '소박한 감성과 꽃의 현상학적 잠언'이라면 이 땅의 시인들이 미적주권을 상실했을 때, 그것은 우리 사회의 갈등구조를 얽어매는 시대적인 불행임은 물론하고 정신적 공해를 유발시키는 요인이 된다. '물속에 놓여 있는 돌도 함부로 치우면 물의 울음소리를 들을 수 없음'을 묵시적으로 일깨워준 그가 비록 격앙된 어조나 번뜩이는 예지로 역설하지는 아니 하더라도 그 자신의 혈흔血痕같은 시편을 통하여 시적 감응과 시인의 시대적 소임을 시적 상상력을 통해 형상화 한 지속적이고도 눈물겨운 영혼 잠식蠶食을, 예감의 시인이라면 기억 흔적에 깊이 새겨두고 뼈아픈 성찰을 새롭게 반복해야 할 일이다.

결론적으로 우리 시문학의 보다 밝은 미래는, 서정성을 통한 감동의 회복과 소박한 자연회귀의 충위에 기인되기에 생명외경의 소중함을 망각한 이 시대의 독자들의 상처 입은 영혼을 치유治癒하는데

육체적 한계를 뛰어넘은 심상언 시인과 같은 가슴과 피가 뜨거운 시
인들이 얼마만큼 고뇌하고 노력하는가의 문제와 결부된다. 안일한
창작 행위는 시인의 도덕성에 관한 문제이지만, 시력의 기능을 상실
한 참담한 절망 속에서도 모두의 기대에 어긋남이 없이 물상의 움직
임도 일순간 놓치지 않고 탐색하는 순수한 영혼의 소유자로서 세속
의 틀을 부수며 초연하게 자신의 의지로 눈부신 시의 꽃을 피우려는
정신적 행위는 눈물겹고 존엄하기에 아낌없는 찬사를 보내도 결단
코 지나침이 없을 것이다.

찾아보기

저자소개

엄창섭

1945년 강원도 강릉에서 출생하여 성균관대학교 대학원 국어국문학과 박사과정(문학박사)을 수료하였다. 1965년부터 『華虹詩壇』(편집인)을 통해 시작 활동을 시작하였으며, 월간 <詩文學>(1977년)으로 등단한 뒤, 관동대 교수로 재임 중에 있으며 교무처장, 사범대학장, 대학원장 등을 역임하였고, 현재 한국시문학회, 한국겨레문학회 회장, 한국현대문예비평학회 부회장 및 아세아 문예 주간 등을 맡고 있다. 특히 평생을 고향에 머물며 교육과 집필활동에 몰두하면서 <한국현대시협상>, <동포문학상>, <후광문학상>, <흰돌 문학상>, <강원도문화상>, <허균문학상> 등을 다양하게 수상하였다. 시집에는 기독교 세계를 특징적으로 詩化한 『비탈』(1968년)을 포함하여 『바다와 해』, 『생명의 나무』, 『골고다의 새』, 『열매따기』 외 4권, 『金東鳴 문학연구』, 『한국현대문학사』, 『문예사조론』, 『沈連洙 문학연구』, 『沈連洙의 문학과 삶』, 『삶과 문학, 그리고 箴言』, 『문화인식의 현상과 이해』, 『문화인식의 확장과 변형』, 『문화인식의 변형과 다이돌핀』 등 문화비평서 다수를 펴냈다.

(eomcs@kd.ac.kr /hp.017-343-5928)

문화비평서
인식의 전환과 현대시의 변주

초판인쇄 2009년 2월 21일
초판발행 2009년 2월 25일

저자 엄창섭

발행한곳 제이앤씨
책임편집 김진화
등록번호 제7-220호

우편주소 서울시 도봉구 창동 624-1 현대홈시티 102-1206
대표전화 (02) 992 / 3253
팩시밀리 (02) 991 / 1285
홈페이지 http://www.jncbook.co.kr
전자우편 jncbook@hanmail.net

ISBN 978-89-5668-688-2   93810   **정가** 22,000원